Sacer Sanguis IV

Band 4 - Snowdown in England

HINWEIS: Dieser Band ist Teil einer Buchreihe.
Bitte die besondere Lesereihenfolge beachten.
(Details siehe Coverrückseite)

Besucht mich im Internet:
www.albert-knorr.com

Impressum:

1. Auflage
Taschenbuchausgabe

A-1230 Wien, www.albert-knorr.com

Begleitleserinnen: Marlen Raab, Silke Puls, Ann-Christin Friedrich, Anja Kowalik
Lektorat: Mag. Christina Stauber, Dr. Thorsten Michel, Dipl.-Dol. Stefanie S. Roth, Mag. Ursula Mayer, Mag. Bettina Weinhäupl,

Beratung bei Fachfragen: Hannes Rada

Reiseplanung: Natascha Diesner-Glaser
Assistent bei Rechercheireisen: Erik Wyplel, Viktor Divos

Titelfoto: Andreas Kasper
Umschlag und Fotos: Mag. Albert Knorr
Klappentext: Beate Senft, Bruno Wieland, Shira-Susanne Langenberger, Mag. Albert Knorr
ISBN: 978-3-950-26811-9
Taschenbuch WG: 2121
Gedruckt in der EU

Vorwort:

Dies ist eine frei erfundene und rein fiktive Geschichte. Berührungspunkte mit der Realität finden sich immer dann, wenn ich auf das Fachwissen von Spezialisten oder eigene Erlebnisse zurückgegriffen habe. Dort, wo mir das nicht möglich war, hat meine Fantasie nachgeholfen. Dabei stand aber immer die theoretische Machbarkeit der Dinge im Vordergrund. Sollte ich dennoch Unsinn verzapft haben, geht der allein auf mein Konto.

Alle Hauptakteure sind Fantasiegestalten. Jede Ähnlichkeit mit lebenden Personen oder anderen Romanfiguren ist zufällig und gänzlich unbeabsichtigt. Einige der Orte und Schauplätze sind ebenfalls frei erfunden, andere existieren aber tatsächlich und wurden von mir im Zuge meiner Rechercheeisen besucht.

Dieses Buch entstand (wie schon seine Vorgänger) durch die Hilfe freiwilliger Leseratten aus dem Internet, die mir mit Rat, Tat und guten Vorschlägen zur Seite standen. Ich habe mir keinen Verlag gesucht und finanziere meine Bücher selbst.

Sacer Sanguis IV
Band 4 - Snowdown in England

Genre: Action-Thrillogy
Autor: Albert Knorr
1. Auflage: Okt. 2010

Danksagung:

Ohne die Verbesserungsvorschläge und Anregungen von hunderten Freiwilligen wäre dieses Projekt nicht möglich gewesen. Ich freue mich daher sehr, dass sich wieder so viele Leseratten zum Testlesen gemeldet haben.

Mein Dank gilt auch meinen Beratern und Helfern, deren Fachwissen und Talente ich für dieses Buch verwenden durfte (siehe Impressum).
Danke an meine Familie, meine Freunde und die vielen Blogbesucher für eure Unterstützung.

Tel Aviv, Hauptquartier des israelischen Geheimdiensts:
„Die Lage ist anscheinend ernster, als ich es zunächst wahrhaben wollte." Der grauhaarige Mann klappte die Mappe auf seinem Schreibtisch zu und suchte den Blickkontakt zu seiner Tochter, die ihm gegenübersaß.
Souzan-Chaya, eine große Israelin mit brünettem Haar, war immer so perfekt gekleidet, als erwarte sie, an einer Pressekonferenz teilnehmen zu müssen. Glücklicherweise konnten sie und ihr Vater die undankbare Pressearbeit aber anderen überlassen. Ihre Aufgabe war es stattdessen, im Schatten der Öffentlichkeit die Fäden zu ziehen und dafür zu sorgen, dass Israel sicher war und blieb.
Dem Mossad standen dafür sowohl personelle als auch finanzielle Ressourcen von beachtlichem Ausmaß zur Verfügung. Öffentliche Vorschläge, den Etat für die Landesverteidigung zu kürzen, waren reine Lippenbekenntnisse. Das israelische Volk hatte sich weitgehend damit abgefunden, dass ein friedliches Zusammenleben inmitten der arabischen Nachbarstaaten - wenn überhaupt - nur durch militärische Überlegenheit zu sichern war. Über viele Jahrhunderte hinweg hatte man sich im Nahen Osten daran gewöhnt, große Opfer zu bringen, um eines Tages die langfristigen Ziele zu erreichen. Zumindest die Hoffnung darauf gab man von Generation zu Generation weiter.
„Wie schätzt du die Chancen ein, dass die Polizei die Situation noch in den Griff bekommt?", fragte sie.
„Ohne uns?" Sein Blick unterstrich, wie zerrissen er in dieser Frage war. „Es ist nicht unmöglich, aber es könnte falsch sein, es darauf ankommen zu lassen. Die politischen Gräben sind zurzeit tiefer denn je. Keine Seite kann es sich im Augenblick leisten, den Tod Unschuldiger zu verantworten. Die internationale Presse zerreißt sich nur deshalb nicht das Maul über uns, weil die lokalen Medien alles herunterspielen - noch."
Souzan-Chaya nickte. Trotzdem war sie mit ihrem Vater längst nicht immer einer Meinung, wenn es darum ging, die politischen und militärischen Geschicke ihres Landes zu lenken.

Das lag aus seiner Sicht aber nur daran, dass Souzan-Chaya noch der Weitblick fehlte, den der Sessel auf seiner Seite des Schreibtisches mit sich brachte.
Sie schlug ihre langen Beine übereinander und strich das Kleid glatt. „Wie willst du vorgehen?"
Er schaute sie an, ohne zu antworten.
Sie kannte diesen Blick zur Genüge. Ihr Vater hatte seine Entscheidung bestimmt längst gefällt. Auch das Gespräch, das sie in der letzten halben Stunde geführt hatten, konnte daran nichts mehr ändern. Das war eben seine Art, Souzan-Chaya in wichtige Entscheidungen einzubinden. Sie war eingeladen, ihre Einwände darzulegen und diese zu erörtern. Allerdings änderte nichts von dem, was sie sagte, noch irgendetwas an seiner Meinung.
Zumindest war das die Erfahrung, die sie in den fast 44 Jahren als seine Tochter gemacht hatte. All die Zeit war es ihr unmöglich gewesen, aus seinem Schatten hervorzutreten, der um so vieles größer war als ihr eigener. Und mit jedem Tag schwand ihre Hoffnung darauf, dass ihr das doch noch gelingen könnte.
„Wir setzen zwei Teams ein, die den bisherigen Hinweisen nachgehen und die Polizei bei ihren Ermittlungen unterstützen", brach er sein Schweigen. „Außerdem will ich, dass unsere politischen Freunde abgeklopft werden. Falls es tatsächlich einen Zusammenhang zwischen den einzelnen Vorfällen gibt, müssen die Fäden ja irgendwo zusammenlaufen." Er öffnete seine Schreibtischschublade und holte einige zusammengeheftete Seiten hervor. „Das sind Listen mit den Namen möglicher Drahtzieher. Ich will, dass du denen zuerst auf den Zahn fühlst. Finde heraus, was sie darüber wissen - ohne sie mit Informationen zu versorgen."
Der Nachsatz schmerzte Souzan-Chaya umso mehr, als sie es sich selbst nie verziehen hatte, dass sie sich vor vielen Jahren im Zuge einer Befragung verplaudert hatte. Längst war Gras über die Sache gewachsen, doch ihr Vater wurde nicht müde, es bei jeder Gelegenheit aufs Neue auszureißen.

„Was ist mit der anderen Sache, um die ich mich kümmern soll?“, fragte sie, als hätte sie seine Anspielung überhört.
„Hat Zeit! Das hier ist wichtiger. Ich möchte, dass wir die Lage bis zum Wochenende wieder unter Kontrolle haben. Weihnachten steht vor der Tür und du weißt, was das bedeutet.“
Sie sah ihn überrascht an. *Ach, du hast dieses Jahr daran gedacht?*
Er nahm davon keine Notiz. „Wir können uns keine schlechte Presse leisten.“ Ganz offensichtlich spielte er auf die Touristenströme an, die jedes Jahr um die Weihnachtszeit die biblischen Stätten bereisten.
Ein eingehendes Telefonat beendete die Unterredung, bevor seine Tochter Gelegenheit fand, ihn auf die Einladung zu Heiligabend anzusprechen.
Verärgert und enttäuscht zugleich zog sie die Tür seines Büros hinter sich zu. *Das ist ja wieder mal toll gelaufen.* Neben der beruflichen Distanz machte ihr vor allem auch die private zu schaffen. Das Verhältnis zu ihrem Vater war noch nie völlig entspannt, geschweige denn herzlich gewesen. Der Tod ihrer Mutter vor einigen Jahren hatte die Sache um nichts leichter gemacht.
Souzan-Chaya hatte ihrem alten Herrn nie verziehen, dass er ihr von klein auf zu verstehen gegeben hatte, um wie viel lieber ihm ein Sohn gewesen wäre. Diese Fehleinschätzung, wie er es nannte, machte er ihr seit fast ebenso langer Zeit zum Vorwurf. Ihre private Kommunikation beschränkte sich in der Regel auf Randbemerkungen bei Dienstgesprächen. Seit dem Tod seiner Frau hatte er sich völlig der Arbeit verschrieben und kümmerte sich um den Staat Israel, als wären dessen Einwohner seine Familie. In gewisser Weise sah er sie auch als solche und der Verlust jedes einzelnen israelischen Staatsbürgers schmerzte ihn.
Souzan-Chaya hatte gehofft, ihm wenigstens in diesem Jahr eine verbindliche Zusage für ein gemeinsames Essen abringen zu können. Ihre Mutter war nach dem Zweiten Weltkrieg als

Vertriebene bei einer Christenfamilie aufgewachsen und hatte einen Teil ihrer Bräuche übernommen.
Er kann so verdammt stur sein! Souzan-Chaya wartete auf den Aufzug und vertröstete sich damit, dass sie es bei nächster Gelegenheit wieder versuchen würde.
„Hattet ihr wieder ein Familientreffen?“ Alon Kollek, ein schlanker, großgewachsener Israeli Anfang vierzig, kam die Treppe herauf. Sein schwarzes Haar sah aus wie frisch geschnitten.
Souzan-Chaya warf ihm einen vielsagenden Blick zu. „Frag nicht.“
Zwischen Alons Sommersprossen deutete sich ein Lächeln an. Kaum einer kannte die Beziehung zwischen dem Boss und Souzan-Chaya besser als er. Schließlich war es ihr Vater gewesen, der Alon seinerzeit zum Mossad geholt hatte. Aus der anfänglichen Sandkastenfreundschaft von Souzan-Chaya und dem Nachbarsjungen hatte sich im Lauf der Jahre mehr entwickelt. Heute war sie die rechte Hand ihres Vaters und Alon die Waffe darin.
„Hat er dich auch wegen der jüngsten Zwischenfälle zu sich bestellt?“, wollte sie wissen, als er an ihr vorbeiging.
Er blieb kurz stehen. „Ist dein Interesse an der Antwort dienstlich oder privat?“
„Dienstlich.“
„Ja!“ Er setzte seinen Weg fort und vermittelte den Eindruck, es eilig zu haben.
Sie blickte ihm nach. „Was hättest du mir gesagt, wenn es privat gewesen wäre?“
„Dazu darf ich mich leider nicht äußern“, antwortete er, ohne sich umzudrehen und bog in den Gang ab, aus dem Souzan-Chaya gerade gekommen war.

***

Jerusalem, Israel:
Der für sein Kampfgewicht etwas zu kurz geratene Vasul keuchte, als er in die Via Dolorosa einbog. Er zwang sich,

ruhiger zu atmen, um kein zusätzliches Aufsehen zu erregen. Obwohl er sich beschwor, langsam weiterzugehen, musste er zusehen, wie seine Beine wieder schneller wurden. Es war die Angst, die seine Gelenke schmierte und ihn vor sich hertrieb.
Immer wieder blickte Vasul über die Schulter zurück, um sich zu vergewissern, dass ihm niemand folgte. *Reiß dich zusammen! Wenn du die Pakete nicht zustellst, bist du ein toter Mann*, rief er sich die Worte seines Auftraggebers ins Gedächtnis.
Die Pakete, das waren insgesamt sieben Schachteln in der Größe von Taschenbüchern, die er in seinem kleinen Touristenrucksack quer durch die Stadt schleppte.
Langsamer! Du machst sie sonst auf dich aufmerksam. Vasul war seit etwa einer Stunde unterwegs und hatte erst zwei seiner Pakete zugestellt. Alles war bisher nach Plan verlaufen und doch schlug sein Herz bis zum Hals.
Als er zuvor das zweite Paket aus seinem Rucksack geholt hatte, waren seine Handflächen so feucht gewesen, dass er es fast fallengelassen hätte. Seine ganze Aufregung hatte er den beiden Soldaten zu verdanken, die völlig unbeteiligt in einem der Hauseingänge geplaudert hatten.
Es war irrational, und Vasul wusste das. Trotzdem hatte ihre bloße Anwesenheit ihn fast dazu veranlasst, Hals über Kopf davonzulaufen. *Die wollten doch gar nichts von dir. Sie haben dich nicht einmal bemerkt!*
Jedenfalls so lange nicht, bis er beim Gehen über die Bordsteinkante gestolpert war, weil er seinen verängstigten Blick nicht von den Soldaten hatte lassen können. Doch selbst dieser Zwischenfall hatte den beiden nur ein Lachen entlockt. Vermutlich hatten sie in Vasul nicht mehr als einen Schwachkopf gesehen, der es vor lauter Tagträumerei nicht schaffte, einen Fuß vor den anderen zu setzen.
Wie in Trance war es Vasul gelungen, das zweite Paket doch noch abzuliefern. Doch seither tickte seine innere Uhr immer schneller, zwang ihn, sich ihrem Tempo anzupassen.
Ich habe es nicht eilig... überhaupt nicht eilig... alle Zeit der Welt! Das Einzige, was zählt, ist, dass ich alle Pakete zustelle... Nur die Pakete zustellen!

Nie hätte er gedacht, dass ihm dieser einfache Botenjob so schwer fallen würde. Jedes Kind könnte die sieben Pakete zustellen. Aber vermutlich war genau das Vasuls Problem. Kein Kind würde diese Pakete zustellen wollen, nicht einmal wenn ihm klar wäre, wie viel Spielzeug es sich von dem Geld kaufen könnte, das Vasul für die Auslieferung bekam.

Langsamer, Vasul! Geh langsamer! Du bist nicht auf der Flucht. Jedenfalls nicht, solange du niemandem einen Grund lieferst, dich zu verfolgen.

Sein Unbehagen stieg, denn je mehr er sich dem Zentrum näherte, umso dichter wurde das Netz aus Soldaten und Polizei. Er bedauerte es, dass er seine Zustellrunde am Stadtrand hatte beginnen müssen.

Immer wieder ertappte er sich dabei, wie er blitzartig den Kopf zur Seite drehte, wenn sein Blick Gefahr lief, den eines Soldaten zu kreuzen. *Hör auf damit! Du machst dich verdächtig!* Es fiel ihm zunehmend schwerer, der drohenden Gefahr wissentlich ins Auge zu blicken.

Der rechte Hemdsärmel wies bereits deutliche Flecken auf. Kein Wunder, musste er sich damit doch bei nahezu jeder Querstraße den Schweiß von der Stirn wischen. Ein Umstand, der ihn während der heißen Sommermonate zu einem Touristen unter vielen gemacht hätte. Doch jetzt? Es war Ende Dezember und die nächste Hitzewelle war Monate entfernt. Keiner der zahlreichen Reisenden, die das Heilige Land über die Weihnachtsfeiertage besuchten, hatte Schweißperlen auf der Stirn - nicht bei diesen Temperaturen.

Vasul bog in eine der Seitengassen ein und war dankbar, als er sah, dass sie menschenleer war. Er hielt kurz inne und nutzte den Moment der Einsamkeit, um sich bewusst zu machen, dass kein Augenpaar auf ihn gerichtet war. *Niemand hier... niemand ist dir gefolgt... du bist nur ein Tourist unter vielen... benimm dich wie einer und niemand wird Verdacht schöpfen.* Er atmete tief durch und spürte, wie sein Pulsschlag sich verlangsamte.

Fünf Pakete hatte er noch zuzustellen, bis er zum Treffen mit seinem Kontaktmann aufbrechen konnte. Vasul leckte sich

über die Lippen. Sie schmeckten salzig. *Du musst dich wieder beruhigen. Nur noch fünf!*
Das nächste davon sollte er in einem Café abliefern. Wenn er sich beeilte, konnte er es von hier in weniger als zwei Minuten erreichen. Aber genau das durfte nicht passieren. Vasul musste sich genau die Zeit nehmen, die man ihm dafür eingeräumt hatte. Sein Auftraggeber bestand auf einer Auslieferung nach Plan. Nur zehn Minuten betrug das Zeitfenster, das er für die Abgabe der einzelnen Pakete hatte. Keinesfalls durfte er vor diesem Zeitfenster beim Adressaten auftauchen, aber auch keinesfalls später.
Der strenge Zeitplan sollte sicherstellen, dass Vasul sich nicht schneller oder langsamer durch die Straßen von Jerusalem bewegte als die übrigen Touristen.
Er blickte auf sein Handgelenk. Ihm blieben noch gute fünf Minuten bis zum Zustelltermin des dritten Pakets. So langsam, wie er es gerade noch verantworten konnte, bog er in die nächste Quergasse ein.
Schlagartig war es mit der Einsamkeit vorbei. Eine Reisegruppe mit rot bedruckten T-Shirts floss als zähflüssige Menschentraube an Geschäftslokalen mit Heiligenbildern, Kreuzen und Rosenkränzen vorbei.
Vasul schnappte im Vorbeigehen einige Wortfetzen auf, konnte sie aber keiner ihm bekannten Sprache zuordnen. Auch die Symbole auf den T-Shirts waren ihm völlig fremd. Trotz dieser offensichtlichen Gegensätze zog er es vor, im Schutz der Gruppe die Auslagen anzustarren. *Es sind nur noch zwei Minuten, dann bist du wieder eines los. Zwei Minuten!*
Durch das Gedränge abgelenkt, bemerkte Vasul zunächst nicht, dass er von der anderen Straßenseite aus gemustert wurde. Erst als die Touristengruppe langsam weiterzog, kam der Beobachter auf leisen Ledersohlen näher.
Vasuls Blick war noch immer auf die Auslage gerichtet. Die Hände lässig in den Taschen, versuchte er, möglichst entspannt auszusehen.
„Ich habe gewusst, dass du kommst!“, hörte er plötzlich eine Stimme in gebrochenem Englisch sagen.

Äußerlich ließ Vasuls erschrockenes Zusammenzucken die Hände noch tiefer in die Taschen rutschen. In seinem Innersten dagegen hörte das Herz für einen Moment auf zu schlagen.
„Entschuldige, bitte“, reagierte die Stimme sanft. „Ich wollte dich nicht erschrecken.“
Vasuls Lippen brachten keinen Ton hervor und sein Herz schien mit einem Mal die ausgelassenen Schläge nachholen zu wollen. Der Film, der gerade vor seinem geistigen Auge abgelaufen war, hatte Vasul auf höchst unangenehme Weise an seine eigene Vergänglichkeit erinnert. Noch immer war es ihm nicht möglich, etwas zu sagen. Seine rechte Hand hielt die Waffe in der Hosentasche fest umklammert.
„Ich bin der Besitzer dieses Ladens“, erleichterte ihm der Händler den Einstieg ins Gespräch. „Als mir aufgefallen ist, mit welcher Ehrfurcht du das Kreuz angesehen hast, wusste ich sofort, dass du der bist, auf den wir gewartet haben.“
Vasul atmete kaum hörbar aus und kämpfte die Angst in sich nieder.
„Das Kreuz und ich, meine ich“, setzte der Händler seine Erklärung fort. „Seit über zwei Jahren steht es nun schon in der Auslage und wir warten darauf, dass derjenige kommt, für den es bestimmt ist. Du glaubst doch an die Vorsehung?“ Er ließ seinem potenziellen Kunden keine Gelegenheit zur Antwort. „Es hat die ganze Zeit auf dich gewartet und jetzt...“
Vasul wischte sich mit der Linken die Schweißperlen von der Stirn, bevor er sich umdrehte. Die rechte Hand hielt er immer noch in seiner Hose verborgen. Nur zögerlich löste sich sein Zeigefinger vom Abzug der Pistole. „Du musst mich verwechseln“, sagte er wie jemand, den man gerade aus einem schlechten Traum gerissen hatte. „Ich muss jetzt los.“
„Aber so warte doch“, sagte der Händler und berührte Vasuls Arm. „Wir beide haben doch noch gar nicht über den Preis gesprochen.“
„Falls du das noch einmal versuchst, bist du tot!“, brach es aus Vasul heraus. Er sagte es in einer Sprache, die dem Händler unbekannt war, und dennoch verfehlte der Tonfall seiner Worte die Wirkung nicht.

Kopfschüttelnd blickte der Händler seinem gereizten Beinahekunden nach, bis dieser am Ende der Straße in einem Café verschwand.
Fast auf die Minute hatte Vasul seine dritte Lieferadresse erreicht und fand bei der Zustellung alles genau so vor, wie es der Auftraggeber vorhergesagt hatte. Es war beruhigend und erschreckend zugleich, mit welcher Präzision das Uhrwerk tickte, in dem Vasul nur ein winziges Zahnrad war. Ein Rädchen, das sich nun auf seine nächste Position zubewegte - die vierte von sieben.

***

Tel Aviv, Israel:
Im Hauptquartier des Mossad bereitete man sich auf einen ereignisreichen Vormittag vor. Die beunruhigenden Neuigkeiten waren nur erste Vorboten viel größeren Unheils gewesen, dessen war sich Souzan-Chayas Vater nun sicher.
„Es ist mir völlig egal, woher ihr die Leute dafür nehmt. Mobilisiert die Reservisten oder zieht sie von mir aus sonstwo ab, aber sorgt dafür, dass wir die Lage endlich unter Kontrolle bekommen! Ich will jeden Mann und jede Frau, die nicht wenigstens im Koma liegen, in spätestens einer Stunde auf der Straße haben!“ Er donnerte den Telefonhörer auf die Gabel und atmete lautstark durch.
Fast stündlich kamen die Berichte mit den neuesten Katastrophenmeldungen aus den unterschiedlichsten Städten Israels herein. Vor allem die Hafenstadt Eilat im Süden des Landes und Jerusalem schienen die erklärten Ziele der Anschlagsserie zu sein.
Den Großteil der Nacht hatte er damit verbracht, sich Vorwürfe zu machen, dass er mit seiner Intervention zu lange gewartet hatte. Eine verbindliche Einschätzung dazu würde er, daran bestand kein Zweifel, in Kürze von seinen politischen Gegnern erhalten. Das Geräusch der Sägen an seinem Stuhl war schon seit längerem deutlich zu vernehmen.
Unruhig wie ein Raubtier in einem viel zu engen Käfig lief er im Büro auf und ab. Es war definitiv nicht die richtige Zeit,

hinter dem Schreibtisch zu warten, bis die Dinge ihren Lauf nahmen. *Wo bleibt er denn nur?* Sein Blick galt der Uhr inmitten der kleinen Fotogalerie auf dem Tisch. Im selben Moment klopfte es an der Tür.
„Komm schon rein!“, forderte er mit drängender Stimme.
Alon Kollek trat ein und grüßte freundlich wie immer.
„Sparen wir uns die Höflichkeiten“, kam der alte Fuchs, wie seine Leute ihn nannten, gleich zur Sache. „Wir müssen das da draußen beenden - ich weiß bloß noch nicht, wie wir das am besten anstellen.“
Alons entschlossener Blick bekräftigte seine grundsätzliche Zustimmung. „Wie schlimm ist es?“
„Jerusalem hat es bisher am härtesten getroffen. Mehrere Sprengsätze sind hochgegangen, ein Dutzend weitere konnten noch rechtzeitig entschärft werden. Zum Glück gab es bisher fast ausschließlich Sachschäden.“
„Fast?“
Der alte Fuchs räusperte sich. „In der Altstadt hat es einen Barbesitzer erwischt.“
„Gibt es schon Hinweise?“, hakte Alon nach.
„Keine brauchbaren. Zwei Kinder wollen in der Nacht einen Mann gesehen haben, der vor der Bar herumgeschlichen ist. Er war groß und dunkel gekleidet... Der schwarze Mann eben, wie Kinder ihn sich in ihrer Fantasie vorstellen.“
Alon deutete auf die Zeitung auf dem Schreibtisch. Auf der Titelseite war ein ranghoher Würdenträger der katholischen Kirche abgebildet. „Könnten die Anschläge etwas mit dem Besuch aus Rom zu tun haben, der für die Weihnachtsfeierlichkeiten erwartet wird?“
„Das war auch meine erste Vermutung“, räumte sein Boss ein. „Aber wir haben auch zwei Sprengsätze in Eilat und an die zweihundert Meldungen von Verdächtigen hier in Tel Aviv.“ Er seufzte. „Kein Wunder, dass die Leute nervös werden und anfangen, überall Gespenster zu sehen. In den letzten 24 Stunden gab es mehr Anschläge als in den vergangenen zehn Jahren.“

„Die üblichen Verdächtigen scheiden diesmal eher aus, weil es keine Selbstmordattentäter sind."
„So sehe ich das auch. Das Muster passt zu keiner bekannten Gruppierung. Es gab auch weder Bekennerschreiben noch Forderungen - zumindest bisher nicht. Leider haben wir damit auch noch keine konkrete Spur zu den Tätern. Eine erste Untersuchung der Sprengsätze hat ebenfalls noch keine Anhaltspunkte gebracht. Das Labor braucht Zeit. Zeit, die ich nicht habe. Was ich allerdings habe, ist der Eindruck, dass die Zahl ziviler Opfer bisher bewusst gering gehalten wurde. Der Barbesitzer, den ich erwähnt habe, hätte die Explosion fast überlebt. Wenn jemand richtig Schaden anrichten wollte, würde er doch die Sprengkraft bündeln und sie nicht auf mehrere Ladungen verteilen."
Alon speicherte diesen Gedanken als eine von mehreren Möglichkeiten in seinem Hinterkopf ab. „Glauben Sie, dass jemand uns testet, um uns aus der Reserve zu locken?"
„Schon möglich." Der alte Fuchs ließ die Achseln zucken. „Es könnte aber auch als Warnung gedacht sein."
Alon warf ihm einen fragenden Blick zu.
„Keine Ahnung wovor", kam prompt die Antwort. „Um das rauszufinden, habe ich ja euch! Fest steht, dass mir die Zeit wie ein Eiswürfel zwischen den Fingern wegschmilzt. Ich muss eine der wichtigsten Entscheidungen überhaupt treffen und dazu brauche ich alle Fakten!"
„Was sind die Alternativen?"
Die alten Gesichtszüge legten an Härte zu. „Entweder ich bleibe ruhig hier sitzen und vertraue darauf, dass die Polizei mit massiver Unterstützung durch unsere Leute wieder Herr der Lage wird, oder ich empfehle dem Premierminister, die Streitkräfte in Bewegung zu setzen und wir jagen mit Panzern Terroristen, die es vielleicht gar nicht gibt. Was das politisch bedeuten würde, möchte ich mir gar nicht ausmalen."
Der Sessel des mächtigsten Mannes im Staat Israel war heiß begehrt und eine Menge Leute liebäugelten damit, darauf Platz zu nehmen. Alon gehörte definitiv nicht dazu.

„In jedem Fall wird es folgenschwere Konsequenzen haben, falls ich mich falsch entscheide.“ Er ballte die Hand zur Faust und ließ sie auf die Tischplatte knallen. „Himmel, Alon! Warum haben wir das nicht vorhergesehen? Wofür leisten wir uns den besten Geheimdienst der Welt, wenn wir uns dann so eiskalt erwischen lassen?“ Seine Worte klangen wie ein Vorwurf und so waren sie auch gemeint. „Mir sitzen die politischen Gegner im Nacken. Sie wollen Ergebnisse sehen und vor allem erwarten sie Antworten von mir. Besorgt mir endlich Informationen, damit ich ihnen die auch geben kann!“

***

Jerusalem:
Vasul presste in Panik seinen Rücken gegen ein rostiges Fenstergitter und hoffte, dass es sein Gewicht aushalten würde. Einige Meter unter ihm fuhr ein Polizeifahrzeug durch die gepflasterten Straßen der Jerusalemer Altstadt.
Der baufällige Erker, in dem Vasul Zuflucht gefunden hatte, schützte ihn fürs Erste vor neugierigen Blicken. Lange hatte er ohnehin nicht vor zu bleiben. Einerseits, weil er noch zwei seiner Pakete auszuliefern hatte und andererseits, weil ihn der Gestank seines Erbrochenen unmittelbar neben ihm nicht vergessen ließ, wie sehr ihm der Auftrag bereits zusetzte.
Vasul hatte es auf seiner Flucht gerade noch die Treppe des alten Gebäudes hochgeschafft, als der erste von zwei Polizeiwagen in die Straße eingebogen war. Ein paar Sekunden lang hatte die Anspannung Schlimmeres verhindert, doch schließlich hatte er dem Drängen aus der Magengegend nachgegeben.
Zehn Minuten musste das jetzt her sein und es ging ihm kaum besser. Das mochte zum Großteil auch daran liegen, dass das Geheul der Polizeisirenen ringsum immer weiter anschwoll.
Vasul wusste nicht mit Sicherheit, ob der massive Polizeieinsatz tatsächlich ihm galt, doch nichts lag ihm ferner, als es herauszufinden.

Zumindest das Heulen des Polizeiwagens unten auf der Straße wurde leiser und Vasul konnte beobachten, wie der Wagen hinter einem Haus verschwand.
Erleichtert atmete er auf und sank in die Knie. *Was ist denn plötzlich los in dieser verdammten Stadt? Die können doch unmöglich nur meinetwegen so einen Aufstand machen?* Seine Hand zitterte wie verrückt, als er die Brusttasche seines Hemds aufknöpfte und ein zusammengedrücktes Zigarettenpäckchen herausfischte. Die ersten beiden Glimmstängel fielen zu Boden, rollten ein Stück und verschwanden irgendwo in den Ritzen des groben Mauerwerks. Erst beim dritten Versuch gelang es ihm, eine Zigarette so aus dem Päckchen zu klopfen, dass er sie anschließend auch rauchen konnte.
Ich hätte diesen Auftrag nicht annehmen dürfen. Er machte mehrere schnelle Züge und spürte, wie seine Lebensgeister zurückkehrten, als der Rauch an seinem Gaumen kratzte.
Noch zwei Pakete. Nur noch zwei! In einer Stunde ist alles vorbei. Dann kann ich mir endlich überlegen, wie ich das Geld ausgebe. Er rang sich ein Grinsen ab - primär wohl, um sich selbst Mut zu machen. Seine zittrigen Finger kamen allerdings auch dann nicht zur Ruhe, als der warme Rauch in den Brustkorb geströmt war und als gelbbrauner Schleier die Lungenbläschen überzog. *Nicht mal das hilft.*
Trotz seiner Zwangspause lag Vasul noch sehr gut in der Zeit. Die nächste Zustelladresse war nur eine Querstraße entfernt und zu Fuß gut erreichbar. Mit einem tiefen Zug sog er den Rest der Zigarette in sich hinein und spülte den Geschmack des Erbrochenen mit einer Mischung aus Teer und Schleim hinunter.
Bevor Vasul sich wieder auf den Weg machte, holte er seine Waffe heraus und vergewisserte sich, dass sie geladen war - mittlerweile zum fünften Mal, seit er mit seiner Zustellung begonnen hatte. Die Anspannung und die Unsicherheit, die ihn zu dieser Überreaktion veranlassten, standen ihm ins Gesicht geschrieben.
In Gedanken hatte er sich bereits ausgemalt, was passieren würde, falls es tatsächlich zum Schusswechsel mit den

Soldaten oder der Polizei kommen sollte. Zweifellos waren die Soldaten mit ihren Maschinengewehren das schlimmere Übel. Einen oder zwei von ihnen würde er vermutlich erledigen können, wenn sie ihn dazu zwingen sollten. Mit dem, was dann folgen würde, wollte er sich im Moment lieber nicht beschäftigen.
In puncto Lebenserwartung vertraute er ohnehin lieber auf die Worte seines Arztes, der Vasul prophezeit hatte, dass er eines Tages im Bett sterben würde. Also nicht anders als die meisten, die der Krebs irgendwann dahinraffte.
Vasul hatte das untere Ende der Treppe erreicht und streckte vorsichtig seinen Kopf aus dem Schatten des Hauseingangs. Abgesehen von entferntem Sirenenklang schien sich die Lage wieder entspannt zu haben.
Nur noch zwei Päckchen! Er trat auf die Straße hinaus und ging zielstrebig durch die Häuserflucht aus Natursteinmauern. Es war nicht gerade die beste Gegend Jerusalems, in der er sein vorletztes Päckchen abliefern sollte. Das biblische Alter der Stadt trat hier besonders stark zutage, da vielen Leuten das Geld für die Renovierung fehlte. Manche Häuser waren bereits unbewohnbar und standen leer. Einige Hauseingänge hatte man sogar vergittert, weil der Einsturz drohte. Andererseits gab es hier kunstvolle Mauerbögen, welche die gegenüberliegenden Häuserfronten wie kleine Brücken verbanden.
Durch den Widerhall der engen Straßenzüge war es schwer einzuschätzen, wie weit eine Sirene tatsächlich entfernt war oder in welche Richtung sie sich bewegte. Erst recht, wenn man sich selbst in Bewegung befand. Die Akustik veränderte sich beträchtlich, wenn Vasul unter einem der Mauerbögen durchlief, wie er es gerade tat. Das Sirenengeheul drang wieder lauter an seine Ohren.
Er stutzte. Spielte ihm sein Gehör einen Streich? Zwei Schritte weiter verstärkte sich der Eindruck. Und plötzlich wurde die Vorahnung zur Gewissheit. *Sie kommen zurück!*
Vasul stand etwa in der Mitte einer relativ langen Straße und war unentschlossen, wohin er laufen sollte. Fest stand für ihn nur, dass er in Kürze Besuch bekommen würde und es kaum

eine andere Stelle in der Stadt gab, die noch weniger für eine Schießerei geeignet war.
Sein Blick suchte die Umgebung nach Versteckmöglichkeiten ab. Die beiden Hauseingänge, an denen er gerade vorbeigekommen war, hatten massive Absperrgitter und schieden aus.
Unter normalen Umständen war gar nichts dabei, sich als Tourist in diesen Teil der Stadt zu verirren. Allerdings war das Großaufgebot an Einsatzfahrzeugen ein klares Indiz dafür, dass die Umstände derzeit alles andere als normal waren. Und Vasuls Problem bestand darin, dass er nicht wusste, warum.
Er kämpfte gegen die älteste Geißel der Menschheit an: die Angst vor dem Ungewissen. Die potenzielle Gefahr nicht einschätzen zu können, führte evolutionsbedingt automatisch dazu, dass die eigene Fantasie alle Informationslücken mit Erfahrungen aus vergleichbaren Situationen auffüllte. Basierend auf Vasuls bisherigem Leben war das eine denkbar schlechte Option.
Vasul durfte es unmöglich riskieren, seinen Ausweis vorzeigen zu müssen. Die einzige Möglichkeit war, das Katz-und-Maus-Spiel fortzusetzen, bis er auch die letzten beiden Pakete zugestellt hatte.
Vielleicht hier... Seine Hand rüttelte so fest an einer der Holztüren, dass Stücke der abblätternden Farbe zu Boden fielen. Doch es war zwecklos und die Tür fest verschlossen. *Es muss doch einen Weg geben.* Von Panik getrieben, rannte er auf den nächsten Hauseingang zu. *Abgeschlossen!*
Mit einer hastigen Kopfbewegung blickte er die Straße hinunter. Die Sirene war ihm ohne jeden Zweifel schon sehr nah gekommen. *Zu nah!*
Er lief weiter zum nächsten Hauseingang. Der Holzrahmen war mit Brettern und einigen Querlatten provisorisch vernagelt. Vom unteren Teil der Absperrung fehlten allerdings schon einige Bretter. Das dadurch entstandene Loch war bestenfalls groß genug, dass ein Kind hindurchschlüpfen konnte.
Wenn es Vasul gelingen würde, noch ein oder zwei der Bretter loszutreten, hatte er seinen Fluchtweg aus der Mausefalle

gefunden. Mit kräftigen Tritten machte er sich an der Absperrung zu schaffen.
Anders als erhofft, brach das Holz nicht, sondern federte immer wieder zurück. Es war fast so, als würde er gegen einen Lattenrost treten. *Jetzt mach schon!* Jedes Mal, wenn sein Fuß das Holz traf, wich es zurück, um gleich darauf wieder in die ursprüngliche Position zurückzuspringen.
Das funktioniert nicht. Er verwarf seine anfängliche Idee und konzentrierte sich stattdessen darauf, die Befestigungsnägel durch die Federbewegungen zu lockern.
Zumindest auf einer Seite muss es doch klappen... Vasul erkannte seine Chance darin, dass die Bretter immer abwechselnd von innen und außen angenagelt waren. Wenn es ihm also gelänge, das derzeit unterste Brett loszurütteln, könnte er anschließend das nächste vielleicht doch nach innen wegtreten, wie er es von Anfang an geplant hatte. Mehr als zwei Bretter würde er nicht brauchen, um seinen Körper durch die Öffnung zu zwängen.
Du verdammtes... Noch einmal trat er mit ganzer Kraft zu und diesmal wurde sein Einsatz belohnt. *Pling.* Ein glockenheller Ton, einer gerissenen Klaviersaite nicht unähnlich, begleitete den abgesprengten Nagelkopf bei seinem Abflug. *Auch recht!* Sofort packte er mit beiden Händen die losgerissene Seite des Holzbretts und benutzte sie als Hebel, um auch das andere Ende freizubekommen. *Na also. Jetzt muss ich nur noch...*
Wie erwartet, leistete die von innen befestigte Latte deutlich weniger Gegenwehr und schon nach zwei Tritten rutschten die Nägel aus dem Türrahmen. *Geschafft!* Fast gleichzeitig quietschte sich ein Streifenwagen hinter Vasul ein.

***

Woodberry Mansion, ein Herrenhaus in der Nähe von London:
Ein halbes Dutzend Bauarbeiter war damit beschäftigt, die letzten Querstreben an dem Gerüst anzubringen, das den einsturzgefährdeten Keller vorübergehend abstützen sollte. Noch lagen die Männer einigermaßen im Zeitplan, doch das

letzte Wochenende vor den Weihnachtsfeiertagen war bereits zum Greifen nah.
„Wofür braucht ihr da hinten schon wieder so lang?“, trieb der Vorarbeiter seine Leute an.
„Mein verdammter Bolzen geht nicht rein“, kam prompt die Antwort.
„Habt ihr gehört? Sein Bolzen passt nicht“, wiederholte einer der anderen Arbeiter amüsiert.
„Darüber hat sich seine Frau auch schon beklagt“, lachte der nächste.
„Sei bloß still, sonst...“ Blitzschnell war die Hand zur Faust geballt.
„Sonst was?“
„Sonst könnt ihr alle das Wochenende hier verbringen!“, drängte sich die scharfe Stimme des Vorarbeiters dazwischen. Er bereute es längst, dass er seinen Leuten in der Frühstückspause erlaubt hatte, einen Vorschussschluck auf die Weihnachtsfeiertage zu nehmen. „Bevor das Gerüst nicht steht, sieht keiner von euch seine Familie. Ist das klar?“
Ein widerwilliges Brummen machte die Runde. Dann gingen alle wieder an die Arbeit.
Der Vorarbeiter kramte einen neuen Bolzen aus der Schachtel und gab ihn weiter. „Hier, versuch's mal mit dem!“
In den vergangenen Wochen hatten die Männer Übermenschliches geleistet und Tonnen an Schutt und Geröll aus dem zusammengestürzten Keller entfernt. Jeder Meter, den sie sich vorarbeiteten, war hart erkämpft und musste sorgfältig abgestützt werden, ehe sie mit dem Errichten neuer Kellerwände beginnen konnten.
Ihre größte Sorge galt dem erdrückenden Gewicht des alten Herrenhauses, das über ihnen in den Himmel ragte. Keiner der Arbeiter wollte sein Leben darauf verwetten, dass das massive Bauwerk an seinem Platz verharren würde, während sie versuchten, den Keller freizulegen. So blieb ihnen keine Wahl, als mühsam jeden Meter abzusichern, den sie dem Schutt abrangen.

Bill war der älteste der Arbeiter im Team und verfügte über die meiste Erfahrung im Umgang mit einsturzgefährdeten Gebäuden. Nur noch zwei Weihnachtsfeste trennten ihn von seiner Pensionierung. Vor Jahren hatte er mitgeholfen, einen ganzen Häuserblock zu sanieren, den eine Gasexplosion schwer in Mitleidenschaft gezogen hatte. Die Arbeit hier wies deutliche Parallelen auf, wenngleich Bill sich nicht vorstellen konnte, dass dieser Keller seinen Zustand ebenfalls einer Gasexplosion verdankte, wie der Hausbesitzer das behauptete. Für Bill warf die Baustelle einige ungeklärte Fragen auf. Da waren zum einen diese seltsamen Risse im umliegenden Erdreich, wie er sie in über vierzig Jahren noch nie gesehen hatte. Zum anderen machten ihn die winzigen Erdhaufen stutzig, die die Bauleute jeden Morgen auf dem Kellerboden vorfanden, wenn sie ihre Arbeit antraten. Zunächst hatte Bill sie wegen ihrer vulkankegelartigen Form für kleine Maulwurfshügel gehalten und einfach niedergetreten, doch die aufgehäufte Erde war viel zu fein, um von einem Maulwurf zu stammen. Außerdem schien das Auftreten der Hügel keinem erkennbaren Muster zu folgen. Manchmal waren sie wieder genau dort vorzufinden, wo Bills Stiefel sie am Vortag dem Erdboden gleichgemacht hatte, und dann wiederum entdeckte er sie an völlig neuen Plätzen.
Keiner der anderen Arbeiter hatte den winzigen Hügeln große Bedeutung geschenkt und so verzichtete auch Bill darauf, seine Beobachtungen anzusprechen. Er betrat jeden Tag als Erster die Baustelle und deshalb war den anderen vermutlich gar nicht aufgefallen, dass die Hügel über das Wochenende immer an Größe zulegten, weil sie vor den Schuhsohlen der Arbeiter verschont blieben. Jeden Montagmorgen war das Schicksal der kleinen Wochenendbauwerke allerdings wieder besiegelt - zumindest bisher.
Bill glaubte, dass sie weiter an Größe zulegen würden, wenn sie nur Gelegenheit dazu hätten. Die Arbeitspause während der Weihnachtsfeiertage sollte seiner Meinung nach ausreichen, um den Verdacht zu erhärten.

„Diese Seite ist fertig", vermeldete Bill, nachdem er die letzte Querstrebe verbaut hatte.
„Hier fehlen auch nur noch zwei Bolzen", rief sein Kollege von der anderen Seite herüber.
„Na bitte! Ich muss euch nur richtig antreiben." Der Vorarbeiter setzte ein zufriedenes Lächeln auf. „Im neuen Jahr können wir dann gleich mit den Vorbereitungen fürs Betonieren loslegen."
„Das klingt gut!" Die Stimme gehörte zu einem Beinpaar in Jogginghose, das die Kellertreppe herunterkam. „Sehr gut sogar!" David Wilder, gebürtiger Israeli und Wahlbrite, war erst seit kurzem der Eigentümer des Anwesens.
Bei ihrem ersten Zusammentreffen hatte Bill ihn zunächst nur nach Äußerlichkeiten beurteilt: 1,80 Meter groß, sportliche Figur und ebensolche Garderobe. Den Geheimratsecken nach zu urteilen, war das dunkelblonde Haar in Richtung vierzig unterwegs.
Als Bill dann noch erfahren hatte, dass der sympathische David Wilder sein Geld mit Computern verdiente, fühlte er sich darin bestätigt, endlich einmal einen dieser wunderlichen Millionäre aus der IT-Branche kennengelernt zu haben. Zumindest was den Millionär betraf, lag er damit allerdings völlig falsch.
„Sie kommen genau richtig, Mr. Wilder. Meine Männer befestigen gerade die letzte Querstrebe für dieses Jahr."
David nickte und gab sich Mühe, seinen prüfenden Blick möglichst fachmännisch wirken zu lassen, auch wenn er nicht so recht wusste, worauf er eigentlich achten sollte. „Und Sie sind sicher, dass das bis zum nächsten Jahr hält?"
„Todsicher, Mr. Wilder! Wenn Ihnen das Haus während Ihrer Weihnachtsparty einstürzt, komme ich zu den Feiertagen persönlich vorbei und baue Ihnen alles wieder auf." Der Vorarbeiter legte seine Hand um Davids Schulter. „Sie sollten nur darauf achten, dass nie mehr als drei Leute beisammenstehen - damit sich das Gewicht besser verteilt." Er lachte herzhaft über seinen eigenen Witz.

„Da dürfte wenig Gefahr bestehen.“ Davids Schmunzeln wirkte etwas verunsichert. „Dieses Jahr wird Weihnachten sehr ruhig und besinnlich ausfallen.“
„Jeder wie er will, sag ich immer“, erwiderte der Vorarbeiter. „Wir brauchen jetzt noch etwa eine halbe Stunde, um Ordnung zu schaffen und dann haben Sie es hier so ruhig und besinnlich, wie Sie wollen.“
David sah den geschäftigen Männern noch eine Weile über die Schultern, bevor er wieder nach oben ging.
Wie angekündigt folgten ihm die Arbeiter kurz darauf und verabschiedeten sich mit den üblichen Glückwünschen für die Feiertage. Der Vorarbeiter kam als Letzter die Kellertreppe hoch und drehte das Licht ab. In seiner Hand hielt er mehrere Zettel und einen Kugelschreiber. „Ein paar Unterschriften noch, Mr. Wilder, und dann sind Sie uns für dieses Jahr los“, erklärte er gut gelaunt.
David überflog die Zeitbestätigungen der Arbeiter und kritzelte seinen Namen darunter. „Und Sie sind wirklich sicher...“ Er blickte während der Unterschrift auf. „...dass da nichts passieren kann?“
„Absolut, Mr. Wilder. Wir haben unser stärkstes Gerüst verbaut und jede Strebe doppelt abgestützt. Das trägt jetzt sogar zwei von Ihren Schlössern, wenn es sein muss.“
„Ich fürchte“, entgegnete David, während er den letzten Zettel unterschrieb, „meine anderen Schlösser muss ich verkaufen, um Ihre Rechnungen bezahlen zu können.“
Dankend nahm der Vorarbeiter die Zeitbestätigungen entgegen und streckte David seine Hand hin. „Frohe Weihnachten und einen guten Start ins neue Jahr, Mr. Wilder! Wir sehen uns dann wie vereinbart im nächsten Jahr.“
„Danke, Ihnen auch.“ David begleitete den Mann noch zur Tür. Dort blieb er eine Weile stehen und blickte den beiden Lieferwagen nach, bis sie durch das gusseiserne Tor von Woodberry Mansion verschwanden.
„Frohe Weihnachten, David“, murmelte er und spürte die Einsamkeit, die sich gemeinsam mit der Stille über das Anwesen legte. Der einzige Lichtblick in den kommenden

Tagen war Goliath, sein vierbeiniger Freund, den er vorübergehend bei seiner Nachbarin in London gelassen hatte. David war schon sehr bald zu dem Schluss gekommen, dass die Baustelle kein geeigneter Platz für seinen Goliath war. Jetzt aber, da die Arbeiten vorübergehend eingestellt waren, wollte er nichts lieber, als nach London fahren und ihn zu sich holen. Die Feiertage in seinem Haus in London zu verbringen, schied für David völlig aus. Zu viele schlechte Erinnerungen warteten dort auf ihn. Erinnerungen, die gerade zu dieser Zeit des Jahres, wenn alle im Kreis ihrer Liebsten feierten, schnell unerträglich werden konnten. Er dachte an die nahe Zukunft und sah das einsamste Weihnachtsfest seines Lebens auf sich zukommen. Seufzend kramte er seinen Autoschlüssel hervor, um sich auf den Weg zu Ms. Furgerson, seiner Nachbarin in London, zu machen.

Während der tannengrüne Volvo-Kombi den gepflasterten Weg hinunterrollte, kam plötzlich wieder Leben in das Kellerdunkel von Woodberry Mansion. Entlang eines der Risse im Boden bildeten sich winzige Kreise, die binnen weniger Stunden zu Miniaturhügeln heranwachsen sollten.

***

Jerusalem:

Vasul stürmte durch das enge Treppenhaus nach oben. Den Rucksack hielt er fest in der Hand, für alles andere fehlte die Zeit. Die Polizei war ihm schon viel zu dicht auf den Fersen.

Alle Fenster des Abrissgebäudes waren vernagelt, wodurch das Tageslicht draußen und die tote Luft drinnen blieb. Dem Gestank nach zu urteilen, war es nicht allen streunenden Haustieren gelungen, das Treppenhaus wieder zu verlassen, nachdem sie hier ihr Geschäft verrichtet hatten.

„Stehenbleiben!“, brüllte eine Männerstimme auf Hebräisch nach oben. Einer der Polizisten hatte die Absperrung aus Holzplanken erreicht, durch die kurz zuvor auch Vasul hineingeklettert war. „Stehenbleiben!“, wiederholte der Polizist diesmal auf Arabisch und zückte seine Pistole. Aus dem

Inneren des Gebäudes waren Vasuls gehetzte Schritte zu hören, die einen Dreck auf die Anweisung gaben.
„Öffnen!", rief der Polizist seinem Kollegen zu und ging ein paar Meter zur Seite. In der Zwischenzeit hatte sein Kollege die Schrotflinte aus dem Wagen genommen und sie durchgeladen. Drei Ladungen jagte er aus kurzer Distanz in die zusammengenagelten Bretter. Die kümmerlichen Reste erledigte ein gezielter Tritt aus der Hüfte.
Das letzte herunterfallende Holzstück hatte den Boden noch nicht berührt, da sprang der Polizist mit der Pistole schon nach drinnen und nahm die Verfolgung des Flüchtigen auf.
Falls Vasul sich nicht verzählt hatte, musste das nächste zugenagelte Fenster direkt auf die bogenförmige Brücke führen, die das Gebäude mit dem Nebenhaus verband. Sollte er sich geirrt haben, blieben ihm geschätzte zwölf Meter Flugzeit, um seinen Fehler zu bereuen.
„Drei! Das muss es sein!" Für einen Probelauf war keine Zeit mehr. Die Effizienz der israelischen Einsatzkräfte war ebenso legendär wie ihre Verhörmethoden. Für beide galt, dass es gesünder war, sie nur vom Hörensagen zu kennen.
Vasuls Fuß erreichte den Treppenabsatz der dritten Etage. Ohne abzubremsen, rannte er auf das mit Brettern vernagelte Fenster zu. Erst unmittelbar davor riss er schützend Arme und Rucksack vors Gesicht, während er sich mit aller Kraft vom Boden abstieß. Über achtzig Kilogramm flüchtende Masse katapultierten sich als lebendes Projektil gegen die Holzbarriere vor dem Fenster und duldeten keine Gegenwehr.
Der zweite Polizist, der immer noch unten beim Auto wartete, glaubte zunächst an eine Explosion, als er das Krachen hörte und gleich darauf ein Trümmerhagel auf ihn niederprasselte. Instinktiv sprang er zur Seite und suchte hinter dem Wagen Deckung vor den herabfallenden Holzstücken.
Vasuls Knie schrammten bei der Landung unsanft über den Boden der Steinbogenbrücke. Sein Versuch sich abzurollen war gründlich misslungen und seine Hose sah aus, als hätte ein riesiger Mottenschwarm darin gefrühstückt. Zwischen dem

löchrigen Stoff war hellrotes Fleisch zu sehen. Ein Farbton, der sich auch an seinen aufgeschürften Händen wiederfand.
Ohne sich richtig aufzurichten, flüchtete er halb robbend, halb auf Knien über die Steinbrücke zum gegenüberliegenden Haus. *Bleib in der Mitte und halt den Kopf unten*, mahnte er sich, seiner Neugier nicht nachzugeben. Zu groß war die Gefahr, dass ein weiterer Polizist irgendwo auf der Straße nur darauf wartete, ein leichtes Ziel vor den Lauf seiner Dienstwaffe zu bekommen.
„Stehenbleiben!", hörte er wieder die Stimme aus dem Treppenhaus. Der Lautstärke nach zu urteilen, befand sich der dazugehörige Polizist irgendwo zwischen dem ersten und zweiten Stock. Vasul blieb also noch Zeit, sich Zutritt zum gegenüberliegenden Gebäude zu verschaffen, um dort seine Flucht fortzusetzen.
Vergittert, stellte er entsetzt fest, als er zum Fenster auf der anderen Seite der Brücke hochblickte. *Verdammt!* Unter diesen Umständen war an ein Eindringen in das Haus nicht mehr zu denken. Vasul blickte an der gemauerten Dachrinne entlang nach oben. Bis zum Dach fehlten geschätzte drei Meter - zwei von der Oberkante des Fenstergitters gerechnet, das als Notleiter zumindest einen Versuch wert schien.
Blitzschnell schleuderte er seinen Rucksack auf das Dach und kletterte hinterher. So gut es ging, verlagerte er sein Gewicht dabei auf die Füße, um die zerschundenen Hände zu schonen, die sich an dem vom Rost aufgerauten Metallgitter festkrallten. *Nur noch zwei Pakete. Das ist zu schaffen.* Vasuls nächste Meter waren die entscheidenden. Ohne jede Möglichkeit, sich zu verteidigen, kämpfte er zwischen Dach und Brücke gegen die Schwerkraft an, die mit zwölf Metern freiem Fall lockte.
Vasul musste davon ausgehen, dass seine Jäger sofort schießen würden, sollte er ihnen die Gelegenheit dazu bieten. Zweifellos glaubten sie nun nicht mehr, dass er nur harmlose Touristenmitbringsel in seinem Rucksack hatte. Vielmehr lagen die Karten jetzt offen auf dem Tisch und Vasul hatte alles auf eine davon gesetzt.
„Stehenbleiben!"

Vasul ordnete die Stimme einem weiteren Polizisten zu, der unten auf der Straße lauerte.
„Er klettert am gegenüberliegenden Haus an der Fassade hoch“, gab er seinem Kollegen über Funk durch. „Du müsstest freie Schussbahn haben, sobald du beim Fenster bist. Der Flüchtige braucht beide Hände, um sich festzuhalten. Leider ist mir für einen sicheren Schuss die Brücke im Weg.“
„Verstanden“, kam die gekeuchte Antwort.
Vasuls rechter Ellenbogen schwang sich über die Kante des gemauerten Flachdachs und half ihm dabei, den Rest seines Körpers hochzuziehen, bis er sein Knie aufstützen konnte. *Noch zwei Pakete!* Ein Schuss knallte.
Eine Sekunde lang sah es so aus, als hätte der Polizist danebengeschossen. Vasuls Körper bewegte sich nicht und machte den Anschein, als hinge er buchstäblich in der Luft.
Der Zeigefinger des Polizisten setzte gerade zu einem weiteren Zucken an, da verlor der Angeschossene das Gleichgewicht, kippte wie ein umgestoßener Sack nach vorn über und verschwand hinter dem Dachvorsprung.
Angespannte Sekunden verstrichen, doch alles blieb ruhig.
„Hast du ihn richtig erwischt?“, funkte der Polizist von der Straße herauf.
„Ich glaube schon“, erwiderte der in der Fensteröffnung lauernde Kollege.
„Ist dein Glaube so stark, dass du freiwillig nachsehen gehst?“
„Ich werde versuchen, ob ich hier drin bis aufs Dach komme. Von dort oben sollte ich freien Blick hinüber haben.“
„Alles klar. Ich behalte von hier aus die Dachkante im Auge, solange du im Haus bist.“
„Falls er noch lebt, halte ich ihn da oben in Schach, bis der Hubschrauber mit den Scharfschützen eintrifft.“ Er hakte das Funkgerät wieder an seinem Gürtel fest und stieg die Treppe hoch. Bis zum Dach war es nur noch ein Stockwerk.
Dort angekommen, entdeckte er zwar auf Anhieb die einzige Dachluke, doch um den Verschlussmechanismus zu erreichen, musste er zunächst ein paar herumstehende Bretter beiseiteschieben.

Mit dem Griff seiner Pistole schlug er gegen den dreckverklebten Schieber, bis dieser die Luke schließlich freigab. „Ich gehe jetzt raus“, meldete er nach unten und stieß den Deckel auf. Er zwängte sich durch die quadratische Öffnung, deren Ränder mit einer dicken Schicht Vogelkot überzogen waren. *Hier ist bestimmt seit Jahrzehnten keiner mehr rausgeklettert.*
In geduckter Haltung sah er sich nach Deckung um. Einige Meter neben der Dachluke befand sich der Auslass eines großen Abluftschachts, an dessen Seite die verbeulten Reste einer Satellitenschüssel herunterhingen. Als er hinter dem Luftschacht Deckung gefunden hatte, meldete er sich wieder bei seinem Kollegen: „Ich bin jetzt oben. Werde mich mal ein wenig umsehen.“
„Verstanden! Bisher war auf dem Dach alles ruhig. Ich glaube, du hast ihn wirklich erwischt. Der Hubschrauber ist in zirka fünf Minuten hier. Also spiel nicht den Helden.“
„Fünf Minuten“, bestätigte er und tauschte das Funkgerät gegen die Pistole.
Vorsichtig richtete er sich auf und schob den Kopf hinter der Satellitenschüssel hervor. Das gegenüberliegende Dach war nur geringfügig niedriger, wodurch er gezwungen war, sich ordentlich zu strecken, um die Umgebung der Dachkante einsehen zu können. Trotz aller Bemühungen blieb aber immer noch ein Streifen von etwa einem Meter Breite, der sich seinen wachsamen Blicken entzog. „Ich kann nicht bestätigen, dass wir ihn aufgehalten haben“, meldete er nach unten.
„Bitte wiederhol das!“
„Ich seh ihn nicht mehr. Er könnte auch im Sichtschatten der Dachkante liegen. Mit absoluter Sicherheit lässt sich das von hier aus nicht sagen. Ich muss noch ein oder zwei Meter höher, um meinen Schusswinkel zu verbessern.“
„Überlass das dem Hubschrauber!“

***

Jordanien, im Haus einer angesehenen Archäologin:

„Das kommt ganz darauf an, ob ich noch einen Platz in der nächsten Maschine bekomme“, antwortete Chess dem Anrufer, während sie sich vor dem Spiegel in ihrem Schlafzimmer die Bluse zurechtzupfte. Ihre smaragdgrünen Augen funkelten voller Vorfreude. „Nein, ganz bestimmt nicht. Ich bin wirklich sehr froh darüber, dass Sie sich für mich entschieden haben.“

Sie klemmte das Telefon zwischen Kinn und Schulter, um ihr schwarzes Haar mit beiden Händen zu einem Zopf zusammenzubinden. „Machen Sie sich darüber keine Gedanken. Ich bin mit den Weihnachtsbräuchen einigermaßen vertraut und finde mich sicher zwischen all den Wunderbäumen und Lebkuchenhäusern zurecht.“

Sie stutzte und verbesserte sich amüsiert. „Weihnachtsbäume, ja natürlich - genau die meinte ich.“

Chess verabschiedete den Anrufer und riss das oberste Blatt vom Notizblock, auf dem sie stichwortartig die Eckdaten für ihren nächsten Auftrag notiert hatte. Die Echtheitsprüfung von vier Mumien für ein renommiertes Museum war zwar keine große Sache, aber eine gute Gelegenheit, der jordanischen Wüste wieder einmal den Rücken zu kehren. Ohne Ali, Chess’ Bruder, war es in den vergangenen Monaten ziemlich ruhig im Haus gewesen. Auch deshalb sah sie in der Einladung nach Europa eine willkommene Abwechslung.

Wenig später klopften ihre Finger die gewünschten Reisezeiten in die Laptoptastatur und die Webseite der *Royal Jordanian Airlines* spuckte die passenden Flugnummern aus.

„Heute Abend schon“, murmelte Chess. „Da bleibt mir nicht mehr viel Zeit zum Packen.“

Obwohl der kurzfristige Auftrag im Museum nur für ein paar Tage angesetzt war, buchte Chess den Rückflug erst für Mitte Januar. *Es kann nicht schaden, wenn ich zwei Wochen Urlaub anhänge*, dachte sie.

Während der Tintenstrahldrucker und seine eingetrockneten Patronen noch damit kämpften, eine leserliche Buchungsbestätigung zu Papier zu bringen, hatte Chess schon ihren Rucksack aufs Bett geworfen.

Auch wenn sie ihre Berufskleidung für gewöhnlich immer griffbereit im Schrank hatte, dauerte das Packen diesmal länger. „Rot oder apricot?“, fragte sie ihr unschlüssig dreinblickendes Spiegelbild, um letztlich beide Farbvarianten im Rucksack verschwinden zu lassen.
Irgendwann zwischen der khakifarbenen und der olivgrünen Hose verlangte der Drucker mit lautem Gepiepse seine obligatorische Druckkopfreinigung, die Chess ihm verweigerte. Das Kleidungsstück ihrer Wahl unter den einen Arm geklemmt, hämmerte sie mit der anderen Hand genervt auf die Eingabetaste, um den Drucker davon zu überzeugen, die Reinigung zu überspringen. *Komm schon, du blödes Ding! Dafür, dass ich dich so selten einschalte, könntest du dann wenigstens funktionieren.*
Eine gute Viertelstunde später hatte Chess ihre Siebensachen gepackt und hielt zwei jeweils knapp bis zur Mitte bedruckte Seiten in der Hand, die, entsprechend zusammengeklebt, durchaus Ähnlichkeit mit einer Buchungsbestätigung hatten.
Den Rest des angebrochenen Nachmittags verbrachte sie damit, Haustiere und Pflanzen so zu versorgen, dass ihr Überleben bis zu Chess' Rückkehr gesichert war. Vor allem Simba, ihre wirklich große Katze, konnte sehr nachtragend sein, wenn Chess sich im Vorfeld einer Reise nicht angemessen verabschiedete.
„Genug geschmust“, bestimmte die Archäologin und klopfte Simba auf den Rücken. „Bis ich wieder da bin, musst du dich um das Haus kümmern. Und denk daran, was wir vereinbart haben. Du bringst keine Freunde mit zum Spielen nach Hause.“
Simba stieß ein wohliges Schnurren aus, das alles und nichts bedeuten konnte und verschwand zwischen den Blumentopfreihen im Dickicht von Chess' Glashaus.
„Gut, dass wir darüber gesprochen haben.“ Chess wandte sich ab und ging zurück ins angrenzende Wohnhaus. Bis auf einen Punkt ihrer Checkliste hatte sie alles erledigt. Für die Zeit nach dem Museumsauftrag musste sie sich selbst um eine Unterkunft kümmern, da das Hotelzimmer in London nur für die Dauer der Mumienuntersuchung reserviert war.

Chess war sich aber auch ohne Voranmeldung sicher, nicht auf der Straße schlafen zu müssen. Schließlich hatte sie sich nicht ganz ohne Hintergedanken um den Auftrag in England bemüht. Mehr als auf die Arbeit freute sie sich über die Möglichkeit, einen guten Freund wiederzusehen. Die Frage war nur, ob sie David Wilder jetzt schon Bescheid sagen oder ihm einfach einen Überraschungsbesuch abstatten sollte.

***

Jerusalem:
Vasul hatte sein vorletztes Paket unter Schmerzen abgeliefert. Das Einschussloch in seiner Schulter konnte man bestenfalls als notdürftig versorgt bezeichnen. *Dieser verdammte Bulle! Hätte er sich nur eine Sekunde länger Zeit gelassen, wäre ich in Sicherheit gewesen.* Die andere Hälfte der Wahrheit verdrängte er ganz bewusst. Hätte der Polizist nämlich genau dieses Augenzwinkern früher abgedrückt, wäre Vasul noch immer auf dem Dach - und tot.
Auch wenn sich der Blutverlust bisher in Grenzen hielt, so galt das nicht für die Schmerzen. Zwei der Migränetabletten, die er stets bei sich trug, hatte er deshalb schon zerkaut, aber sie zeigten keine Wirkung.
Er gönnte sich einen Moment Verschnaufpause und blickte besorgt zum Himmel. Der kleine Punkt, der anfangs nur über dem Viertel gekreist war, in dem die Polizei Vasul vermutet hatte, dehnte seinen Suchradius kontinuierlich aus. *Ihr kriegt mich nicht, ihr Schweine!*
Mittlerweile musste den Polizisten auch klar geworden sein, dass er ihnen entwischt war. Über einen Balkon auf der Hausrückseite war es ihm gelungen, Zugang zum Nachbargebäude zu erlangen, das wiederum über einen Ausgang auf der anderen Straßenseite verfügte. Natürlich hatte er verdammtes Glück gehabt, aber anders war ein solcher Auftrag auch nicht zu schaffen.
Mit zusammengebissenen Zähnen und einem dunklen Fleck unter seinem Rucksack war es ihm schließlich gelungen, das

sechste Paket gerade noch rechtzeitig abzuliefern. Nun musste er nur noch Nummer sieben loswerden, um seinen Job zu beenden. Obwohl das Ziel fast schon zum Greifen nah war, bildete das Geheul der näherkommenden Sirenen eine Art Bannkreis.
Jetzt, da die Polizei wusste, in welchem Bereich sie ihn zu suchen hatte, war sein Leben keinen müden Schekel mehr wert. Der nächste Sicherheitsbeamte würde, da gab Vasul sich keinen Illusionen hin, sofort das Feuer eröffnen.
Dass es ihm überhaupt gelungen war, sechs von sieben Paketen auszuliefern, grenzte an ein Wunder. Dass er immer noch atmete, war jedenfalls eines.
Noch neun Minuten... verdammte neun Minuten... Vor Ablauf dieser Frist konnte er Lieferung Nummer sieben nicht zustellen. Sein Problem lag nicht etwa darin, die letzte Adresse rechtzeitig zu erreichen, sondern die Zeit bis zur Übergabe totzukriegen, bevor das jemandem mit ihm gelang.
Während alle bisherigen Zustelladressen sich in Bezug auf die Örtlichkeiten weitgehend ähnlich waren, wartete die letzte mit einer verhängnisvollen Besonderheit auf. Sie lag am Ende einer Sackgasse im Neubaugebiet und machte dadurch eine Flucht nahezu unmöglich.
In Kombination mit dem Großaufgebot an Polizei und Militär, die das Netz um Vasul immer enger knüpften, hatte der letzte Zustellversuch durchaus Ähnlichkeit mit einem Selbstmordkommando. Bei objektiver Betrachtung lag der einzige Unterschied vermutlich darin, dass er keinerlei Ambitionen hatte, langfristig in seinem Job auf-, geschweige denn unterzugehen.
Nicht zum ersten Mal an diesem Tag quälte ihn die Frage, welcher Teufel ihn geritten hatte, diesen Auftrag überhaupt anzunehmen. Hätten es drei Pakete nicht auch getan? Oder vier?
In fünf Minuten kann ich liefern. Bisher hatte er es geschickt vermieden, sich der Sackgasse zu nähern und sich in einem Hausflur versteckt gehalten. Jetzt aber war es an der Zeit, dass die Maus ihre Deckung verließ und sich den Katzen stellte, die ihre Kreise immer enger zogen.

Als hätte Vasuls Aufregung nicht gereicht, seinen Pulsschlag alle Rekorde brechen zu lassen, zwang nun auch noch der Blutverlust das Herz zur Raserei.
Wie schon zuvor im Abrissteil der Stadt war auch hier im Neubaugebiet wenig los. Kaum eines der Häuser war schon bezugsfertig und die meisten warteten sogar noch auf den Innenausbau. Vasul bot sich dadurch die Möglichkeit, immer wieder zwischen Häuserblocks unterzutauchen, wenn die Situation es erforderte. So wie gerade eben, als der Hubschrauber über die Sackgasse hinwegflog.
Drei Minuten! Er lehnte an einer grob verspachtelten Wand, den Anschlüssen nach zu urteilen in einem Badezimmer, und wartete, bis der Rotorenlärm sich entfernte.
Vasul zog noch einmal den Tragegurt seines Rucksacks nach, den er zugleich als provisorischen Druckverband verstand. Als er sich gleich darauf von der Wand abstieß, hinterließ er dort einen Fleck beachtlicher Größe, allerdings ohne überhaupt Notiz davon zu nehmen. Sein Blick war starr auf das Ende der Sackgasse gerichtet, die er mehr hinunterwankte als ging. Polizei war weit und breit keine zu sehen und auch die gelben Helme der Bauarbeiter leuchteten nur vereinzelt zwischen den noch unverglasten Fassaden auf.
Je näher er seinem Ziel kam, desto mehr Zweifel drängten sich ihm auf, dass er hier wirklich richtig war. *Bald ist es erledigt.* Seine müden Augen suchten nach dem Kontaktmann, der die Sendung entgegennehmen sollte. Noch hatte er sich ihm nicht gezeigt. Vasul steuerte auf eine Palette mit Baumaterial zu, die unmittelbar neben dem Hauseingang stand. Die Gelegenheit, sich, wenn auch nur für einen Moment, hinzusetzen, war einfach zu verführerisch. *Außerdem*, so versicherte er sich, *habe ich von hier einen guten Überblick über den gesamten Straßenverlauf.*
Aus den oberen Stockwerken drang das Hämmern und Bohren der Handwerker, die bisher keine Notiz von ihm genommen hatten. Kostbare Minuten verstrichen, in denen die Augen immer wieder auf das Zifferblatt seiner Uhr wanderten. *Was mache ich, wenn er nicht auftaucht?* Erstaunlicherweise

beunruhigte ihn diese Frage nun weit weniger, als sie es am Vormittag bei den anderen Paketen noch getan hatte. Der Gutteil seiner neu entdeckten Gelassenheit ließ sich auf den Blutfleck zurückführen, der mittlerweile auch seine Hose tränkte. Wenigstens schien das Schmerzmittel langsam zu wirken, auch wenn es ihn anscheinend ermüdete.

Seine Gedanken glitten immer wieder zu Belanglosigkeiten ab, dabei sollte seine größte Sorge doch dem eng gesteckten Zeitfenster gelten, das ungenützt zu verstreichen drohte. Für diesen Fall gab es keinerlei Anweisungen. Niemand hatte ihn darauf vorbereitet.

Die Adresse stimmte, das hatte er bereits dreimal kontrolliert, die korrekte Zeit sogar noch öfter. *Vielleicht haben sie ihn geschnappt?* Er verdrängte den Gedanken sofort wieder. *Er kommt gleich, noch ist die Zeit nicht um.*

Vasul zwang sich dazu, wieder gleichmäßig zu atmen. *Ich kann aber nicht länger warten als vorgegeben.* Es war ihm klar, dass seine Wunde dringend von einem Arzt versorgt werden musste. *Nur noch eine Minute...* Für einen Augenblick war er versucht, seinen Rucksack abzunehmen, um an das Paket zu kommen, doch je länger er saß, umso überzeugter war er, dass er einen solchen Versuch nicht überleben würde. „Die letzte Minute ist gleich um“, murmelte er, als wollte er sich einen Grund geben, aufstehen zu dürfen.

Als er es gleich darauf versuchte, scheiterte er bereits im Ansatz. Ein starkes Schwindelgefühl raste durch seinen Kopf und ließ ihn zurücksinken. *Ich kann doch nicht hierbleiben!*

Eine Schlussfolgerung, zu der sein Auftraggeber zweifelsohne schon viel früher gekommen war und entsprechende Vorsorge getroffen hatte.

Noch vier Sekunden... drei... zwei... Mit der entschuldbaren Ungenauigkeit von einer Sekunde detonierte Bombe Nummer sieben am vereinbarten Ort und zerstreute neben Vasuls Bedenken auch gleich den Rest von ihm.

Ohne es selbst jemals erfahren zu haben, hatte Vasul auch das letzte Paket gemäß den Wünschen seines Auftraggebers zugestellt. Unglücklicherweise hatte der in Folge einer unerwarteten Planänderung keine Verwendung mehr für seinen pflichtbewussten Lieferanten.

***

Tel Aviv, Hauptquartier des israelischen Geheimdiensts:
„Wir haben endlich eine Spur zu den Bombenbauern." Alon Kollek, führender Agent beim Mossad, winkte mit ein paar Seiten Papier, die noch warm waren vom Laserdrucker.
Hiob Shalev, Alons Mann fürs Grobe, ließ den Kugelschreiber fallen und sprang auf. Hiob maß zwei Meter und war kräftig wie ein Bär. Sein Körperbau war eine Zerreißprobe für jeden Anzug. „Wohin fahren wir?", fragte er auf dem Weg zum Parkdeck.
„Nach Jerusalem. Zur Vermieterin eines Mannes, den sie gerade von einer Hausfassade kratzen. Die Polizei war ihm dicht auf den Fersen, als er sich entschieden hat, mit seinem Rucksack davonzufliegen." Er drückte Hiob die Ausdrucke in die Hand.
„Das klingt sogar nach einer sehr heißen Spur." Hiob nahm auf dem Beifahrersitz des Volvo Platz.
Die Reifen quietschten ganz kurz auf dem glatten Asphalt, als das silberne Cabrio aus der Garage bog und in östlicher Richtung davonraste.
„Wie ist die Polizei auf die Vermieterin aufmerksam geworden?", fragte er beim Überfliegen des vorläufigen Polizeiberichts.
„Sie hat sich selbst gemeldet, als sie Aufrufe der Polizei im Fernsehen gesehen hat."
Hiob las einige Absätze quer. „Das ist alles?", murmelte er ungläubig. „Eine paranoide Vermieterin? Bitte sag mir, dass das nicht unser einziger Anhaltspunkt ist, um nach Jerusalem zu fahren!"
Alon schmunzelte. „Nein, natürlich nicht. Das Wichtige kommt irgendwo weiter hinten." Er fasste hinüber und schob die obersten Blätter beiseite. „Hier müsste es sein", sagte er, ohne seinen Blick von der Fahrbahn zu nehmen. „Die Polizei hat die

Frau bereits befragt. Aber der Boss will, dass wir uns in der Wohnung gründlich umsehen und nach Spuren zu den Hintermännern suchen."
„Also sind wir jetzt sein Strohhalm? Das ist eigentlich Polizeiarbeit", brummte Hiob. „Dafür sind wir nicht zuständig."
Alon zog sein Mobiltelefon aus der Hosentasche und hielt es Hiob unter die Nase. „Bitte mach ihm das klar, während ich eine Möglichkeit zum Wenden suche."
„Schon gut." Hiob nahm ihm das Telefon aus der Hand und versenkte es in der Mittelkonsole. „Telefonieren beim Autofahren ist sowieso viel zu gefährlich." Er blätterte auf die nächste Seite des Berichts. „Hier steht, dass die Vermieterin etwas seltsam ist."
„Alte Leute eben." Alon zuckte mit den Schultern. „Die sind doch immer irgendwie eigen."
Für eine Weile beließ Hiob es dabei und widmete sich dem Studium des vorläufigen Polizeiberichts. Dann zuckte er plötzlich hoch, als wäre ihm etwas eingefallen. „Weiß Souzan-Chaya eigentlich, dass uns der alte Fuchs dort hinschickt?"
„Souzan-Chaya?", fragte Alon, als wüsste er zunächst nicht, von wem Hiob sprach. „Kann ich mir nicht vorstellen. Der Bericht kam gerade rein, als ich bei ihm im Büro war."
„Du bist in letzter Zeit sehr oft bei ihm im Büro. Hast du was ausgefressen?"
Alon zögerte bei seiner Antwort. „Wir hatten einige Nachbesprechungen."
„Verstehe." Hiob war es gewohnt, dass sein unmittelbarer Vorgesetzter ihn nicht in alles einweihen konnte, das weiter oben in der Hierarchie besprochen wurde. Da Alon aber gleichzeitig auch sein bester Freund war, hatten sie sich darauf geeinigt, von Nachbesprechungen zu reden, wenn man Alon Stillschweigen verordnet hatte. Hiob fragte in solchen Fällen nicht weiter nach und Alon war nicht gezwungen, sich eine Lüge zu überlegen, wie es unter ihren Kollegen weit verbreitet war.

Dank Alons flotter Fahrweise erreichten sie die Adresse der Vermieterin in Rekordzeit. Das Haus war einer dieser hässlichen grauweißen Quader, wie man sie fast überall in Israel in die Landschaft gepflanzt hatte. Hier standen gleich Dutzende davon beisammen.
„Da muss es sein!" Ein Polizeiwagen parkte in der Einfahrt. Die dazugehörigen Beamten hatten vor dem Haus Stellung bezogen.
Alon stieg als Erster aus und zückte seine Papiere, die ihn als Ermittler des Verteidigungsministeriums auswiesen. „Sonderkommando für Terrorbekämpfung", sagte er wie jemand, den es zu Tode langweilte, sich einem einfachen Streifenpolizisten erklären zu müssen.
„Gehen Sie schon rein!", kam die mürrische Antwort.
„Schlüssel?"
„Hat die Verrückte!" Der Polizist zeigte nach oben und grinste schadenfroh.
Die gegenseitige Geringschätzung unterschiedlicher Behörden entstammte einer alten Tradition, die beide Seiten mit viel persönlichem Engagement am Leben erhielten.
28 Stufen später fanden sich Alon und Hiob im ersten Stock vor der Tür der Vermieterin wieder. Alon musste den Klingelknopf mehrmals drücken, bis eine alte Frau in gepunktetem Nachthemd einen Spalt weit öffnete. „Ja?", krächzte sie an der Sicherheitskette vorbei.
Alon hielt ihr seinen Ausweis hin. „Wir würden uns gerne in der Wohnung von Mr. Vasul umsehen."
Die Vermieterin sah sich weder ihn noch den Ausweis näher an. Stattdessen musterte sie Hiob mit einem schmatzenden Geräusch. „Sie waren doch schon hier."
Alon warf seinem Begleiter einen fragenden Blick zu.
„Das war die Polizei", stellte Hiob klar. „Wir sind vom Verteidigungsministerium. Bitte lassen Sie uns jetzt in die Wohnung von Mr. Vasul."
„Das kann jeder behaupten", gab sich die Alte kämpferisch.
Alon winkte mit seinem Ausweis. „Aber nicht jeder kann sich auch ausweisen."

„Moment", sagte sie. „Ohne Brille bin ich so gut wie blind."
Hiob atmete genervt aus.
„Bin gleich wieder zurück." Sie entfernte sich schlurfend.
Durch den Türspalt, den die Sicherheitskette freigab, konnte Hiob sehen, wie sie in einem der Zimmer verschwand. „Haben wir wirklich nichts Besseres zu tun? Da draußen laufen Terroristen rum und wir verschwenden unsere Zeit im Altenheim."
Alon schob seinen Freund beiseite und warf ebenfalls einen Blick in die Wohnung. Im Vorzimmer baumelte ein Schlüssel mit rotem Anhänger an der kalkweißen Wand.
„Ich kann sie nicht finden!", rief die Vermieterin.
Hiob stöhnte.
„Das passiert mir immer wieder", erklärte sie aus den Tiefen ihrer Wohnung. „Deshalb hab ich mir eine zweite Brille zum Telefon gelegt. Eine Brille zum Brillensuchen sozusagen."
Hiob warf Alon einen vielsagenden Blick zu. „Vielleicht sollten wir sie anrufen, damit sie den Weg findet."
Alon beugte sich vor und rief ihr durch den Spalt zu: „Der Schlüssel zu Mr. Vasuls Wohnung - ist das der mit dem roten Anhänger?"
„Ja... Aber woher wissen Sie..."
Der Rest ihres Satzes ging in dem Geräusch unter, mit dem Hiob die Türkette verabschiedete. Er brauchte nur zwei schnelle Schritte, um den Schlüssel von der Wand zu nehmen.
„Tür Nummer fünf", las er vom Anhänger ab und warf seine Beute Alon zu.
„Ich bin mir sicher, dass ich die Suchbrille neben das Telefon gelegt habe", murmelte die Alte aus der Küche.
„Lassen Sie sich Zeit!" Hiob zog die Tür ins Schloss und folgte Alon in Wohnung Nummer fünf.
Dass die Polizei den Raum bereits durchsucht hatte, war schon beim Betreten offensichtlich. „Die Leute von der Spurensicherung waren verdammt schnell", bemerkte Hiob.
„Die hatten auch über zwei Stunden Vorsprung." Alon begann seine Suche in der Küche, während er seinem Begleiter das Wohnzimmer zuwies.

Alon öffnete den Kühlschrank und verschaffte sich einen ersten Überblick. *Fleisch, das erst gestern abgepackt wurde... Schweinefleisch! ...zwei Packungen Milch, die erst nächste und übernächste Woche ablaufen... alles ganz frisch...*
„Also ich fand die Theorie mit den islamistischen Selbstmordattentätern ja von Anfang an schwach“, rief er durch die Wohnung. „Aber jetzt ist sie endgültig gestorben. Kein Terrorist ist so dämlich und räumt sich den Kühlschrank voll, wenn er weiß, dass er am nächsten Tag von 62 Jungfrauen im Paradies bekocht wird.“
„Es sind 72 Jungfrauen“, korrigierte Hiob. „Und der Koran sagt auch nichts davon, dass sie kochen können.“
„Das kommt davon, wenn man das Kleingedruckte nicht liest.“ Alon erklärte seine Suche in der Küche für beendet und steuerte auf das Schlafzimmer zu, als sein Mobiltelefon klingelte. „Es ist Tel Aviv“, rief er Hiob zu. „Vielleicht gibt es schon erste Ergebnisse von der Spurensicherung.“ *Bin gespannt, ob ihnen das mit dem Kühlschrank aufgefallen ist...*
Hiob hörte Alons Stimme im Nebenzimmer verschwinden und widmete sich wieder den Schubladen einer Kommode. Bisher hatte er nichts entdecken können, das einer heißen Spur glich. *Leer... leer...* Die Ausbeute war ausgesprochen dürftig und bestätigte die Angaben des vorläufigen Polizeiberichts, dass Vasul die Wohnung erst vor zwei Wochen bezogen hatte.
Streng genommen hätte Hiob sich diese Information auch noch einmal von der Vermieterin bestätigen lassen müssen, aber so genau wollte er dann doch nicht sein.
Die Anzeichen in der Wohnung waren auch so eindeutig genug, um dem Bericht der Kostümierten, wie man Polizisten in Uniform beim Mossad nannte, zu glauben.
Je länger Menschen in einem Zimmer lebten, umso mehr Hinweise sammelten sich an. Selbst wenn man - aus welchen Gründen auch immer - vorhatte, keine Spuren zu hinterlassen, arbeitete die Zeit doch gegen einen. Irgendwann nahm man doch einmal ein Flugblatt oder eine Zeitung mit aufs Zimmer, legte ein Taschentuch in eine der Schubladen oder verlor einen Kugelschreiber in der Couchpolsterung. Es waren nur

unbedeutende Kleinigkeiten, aber ihr völliges Fehlen ließ nur zwei Schlüsse zu: Entweder war die Wohnung frisch vermietet, oder sie gehörte Adrian Monk. Letzteres konnte Hiob ausschließen.
Er öffnete die Tür eines eichenfarbenen Schranks, den er etwa so alt schätzte wie die Vermieterin selbst. Der zitronengelbe Trolley darin sprang ihm förmlich entgegen. Genau deshalb widmete Hiob sich zunächst der unscheinbaren Tasche, die zwischen weitgelaufenen Sportschuhen lag. In erster Linie wirkte sie gebraucht und hatte Reißverschlüsse an den Seiten. Hiob probierte einen davon, der sich alle paar Zentimeter verklemmte.
Als er ihn schließlich weit genug geöffnet hatte, fand er darin nichts weiter als einige Taschentücher. Sofort machte er sich an den nächsten Reißverschluss. *Nichts!* Erst beim dritten Versuch sollte seine Ausdauer belohnt werden. *Was haben wir denn hier?*

***

Negev-Wüste, israelisches Militärsperrgebiet:
Simon, selbstbewusst, durchtrainiert und Agent des israelischen Geheimdienstes, starrte dem Militärtransporter nach, der soeben das Gelände inmitten der Negev-Wüste verließ.
Obwohl Simon sich noch nicht mit allen Feinheiten seines neuen Arbeitsplatzes vertraut gemacht hatte, war ihm doch klar, dass das Hauptquartier in Tel Aviv die aktuelle Lage als höchst bedrohlich eingestuft haben musste. *Denen scheint das Wasser bis zum Hals zu stehen, wenn sie sogar von uns Leute abziehen...*
Seine Gedanken folgten der blutigen Bombenspur, von der ihm einer der Kommandanten wenige Minuten zuvor berichtet hatte. Die Anschläge schienen keinem bekannten Muster zu entsprechen und genau das bereitete den Verantwortlichen größtes Kopfzerbrechen. Fahndung und Säuberung liefen seit Stunden auf Hochtouren.

Die speziellen Reinigungstrupps, die in Israel nach Anschlägen zum Einsatz kamen, zeichneten sich durch Professionalität und Routine aus. Letzteres ließ sie in den Augen ausländischer Beobachter oftmals im falschen Licht erscheinen. Während ringsum Sirenen heulten, taten die Putztrupps lediglich das, wofür sie bezahlt wurden: Sie suchten gewissenhaft Straßen, Gebäude und umliegende Gebüsche ab, um in ihren Plastiksäcken alles zusammenzusammeln, was von den Bombenopfern noch übrig war. Andere sorgten mit eigens entwickelten Reinigungsmitteln dafür, dass in der Regel schon zwei bis drei Stunden nach einem Vorfall alles wieder dem gewohnten Bild entsprach.
In einem Land, in dem Lehrer bei Schulausflügen mit Maschinengewehren bewaffnet waren, bemühte man sich, den Schein zu wahren, der für seine Bewohner Normalität war. Normalität im Umgang mit einer Bedrohung, die längst auch in Europa Nachahmer gefunden hatte. Im selben Maß, wie fundamentalistische Terroristen ihren heiligen Krieg in die westliche Welt exportierten, sorgten lokale Fernsehsender mit ihren Berichten für die Abstumpfung der Zivilbevölkerung. Bilder von Krieg und Terror wurden allabendlich zum Thema in den Wohnzimmern und kaum einer ließ sich noch von den Nachrichten den Appetit verderben.
Auch Simon hatte schon sehr früh lernen müssen, dass das Leben eine harte Schule war und mitunter unerwartete Wendungen nahm. Als Schicksal hatte sein Vater diesen Rest an Unsicherheit bezeichnet, unmittelbar nachdem vor Simons Augen ein Kind von einer Schultaschenattrappe in Stücke gerissen worden war. An jenem Vormittag hatte er nicht verstanden, was sein Vater ihm zu sagen versuchte, während Männer in ihren bizarren Schutzanzügen den Schulhof nach Stücken des Mitschülers absuchten.
Doch Simon hatte in der Folge rasch gelernt und sah das Leben heute mit ganz anderen Augen. Den Tod auch, seit er von seinem Auftrag im Iran zurück war. Der Mossad hatte ihn dort als Kontaktmann in das Atomprogramm eingeschleust,

nachdem ein anderer Agent nur um Haaresbreite seiner Exekution entkommen war.
Simon hatte sich nicht um den Job im Mullah-Regime gerissen, doch es galt als ungeschriebenes Gesetz, dass der erste Auftrag nach Abschluss der Ausbildung das wichtigste Karrieresprungbrett war. Abgesehen davon äußerte Israel seinen Agenten gegenüber keine Bitten, sondern erteilte Befehle, die es umzusetzen galt.
Drei Monate lang hatte Simon versucht, einen der führenden Atomphysiker des Iran davon zu überzeugen, dass sein Leben um vieles besser verlaufen könnte, wenn er sich für die richtige Seite entschied. Letztlich war der Wissenschafter dann aber seiner eigenen Bescheidenheit zum Opfer gefallen. Die Gleichgültigkeit, die Simon bei der Beseitigung des Iraners an den Tag gelegt hatte, war für beide eine Überraschung mit bleibendem Eindruck gewesen. Simon hatte sich danach darin bestätigt gefühlt, dass seine Entscheidung zugunsten des richtigen Berufs gefallen war.
Wenige Wochen nach seiner Rückkehr hatte man ihn in jene geheime Anlage versetzt, die das israelische Militär in der Negev-Wüste unterhielt. In Simons Aufgabenbereich fiel ein als *Block L* bezeichnetes Areal von der Größe mehrerer Fußballfelder.
Der gesamte Militärkomplex war sehr weitläufig inmitten von Fels und Sand angelegt und glänzte mit vereinzelt stehenden Blechhallen, die an Schäbigkeit kaum zu überbieten waren.
Auch im Inneren folgte zwar vordergründig alles den Vorschriften für militärische Funktionalität, der Mossad verstand es aber vorzüglich, seinen Räumlichkeiten die gewisse Note zu verleihen, die den Alltag erträglicher machte. Großzügigkeit gegenüber den eigenen Mitarbeitern wurde zum leistbaren Luxus, wenn man nicht gezwungen war, sich mit dem Sammeln von Belegen und Spesenabrechnungen herumzuschlagen.
Simon wartete, bis der Wagen am Horizont verschwunden war. Erst dann drehte er sich um und ging zurück.

Was auf den Überwachungsbildern feindlicher Satelliten aussah wie eine überholungsbedürftige Lagerhalle, hielt diesem Eindruck auch noch bei näherer Betrachtung stand.
Langsam schloss sich das riesige Rolltor hinter Simon, bis es mit einem lauten Scheppern in der Endposition arretierte.
Da die wenigen kleinen Fenster vor Dreck längst erblindet waren, blieben nur die an langen Kabeln von der Decke baumelnden Lampen, die Lichtinseln ins Dunkel zeichneten. In den etwa hundert Blechschirmen leuchtete nicht einmal mehr die Hälfte der Glühbirnen.
Simon ging durch eine von mehreren Reihen aus Militärfahrzeugen. Die meisten davon waren ausrangierte Truppentransporter und Geländewagen, die man seit Jahren nicht vom Fleck bewegt hatte. Von Zeit zu Zeit machte sich jemand die Mühe und pumpte die plattgestandenen Reifen wieder auf oder befreite die Scheiben von ihrer Staubschicht. Allem Anschein nach war dieser Jemand aber schon seit längerem nicht mehr vorbeigekommen.
Selbst auf den zweiten Blick wäre kein Eindringling auf die Idee gekommen, dass die Israelis ausgerechnet hier einige ihrer größten wissenschaftlichen Schätze und Geheimnisse lagerten. Dinge, die im Licht der Öffentlichkeit nur allzu leicht Schaden nehmen konnten. Die Sicherheit, in der man sich wiegte, war mit ein Grund gewesen, warum man von der Anlage vorübergehend Personal abgezogen hatte.

***

Jerusalem, Vasuls Wohnung:
Hiob hatte den karierten Zettel aufgefaltet, den er in der Tasche gefunden hatte. Von Hand war darauf notiert:

Luciani Ankunft 14:30 Uhr

Hiob grübelte noch über die Bedeutung seines Funds. *Ein Hinweis auf ein Treffen?* Luciani klang in seinen Ohren wie ein

typisch italienischer Familienname - in einem Land mit rund 60 Millionen Einwohnern.
Trotzdem sagte ihm sein Instinkt, dass er eine erste Spur gefunden hatte, die den Kollegen der Spurensicherung zweifellos entgangen war.
Wer ist Luciani? Hiobs kantige Stirn legte sich in Falten. *Jetzt wäre Chess hilfreich. Sie knackt selbst Rätsel, von denen unsereins nicht einmal weiß, dass es welche sind... Luciani kommt um 14:30 an. Aber an welchem Tag und vor allem wo? Und wie erkenne ich ihn?*
Alon betrat telefonierend das Zimmer. „Ich komme, so schnell ich kann, zurück!" Er beendete das Gespräch und steckte sein Mobiltelefon ein. „Wir haben den vorläufigen Bericht der Spurensicherung bekommen. Ist dir irgendwo ein zitronengelber Trolley aufgefallen?"
Hiob zeigte mit der Ecke des Zettels in Richtung des offenstehenden Schranks.
„Damit wollte Vasul heute Abend nach Rom", gab Alon seine Informationen weiter. „Zumindest geht das aus dem Flugticket hervor, das die Spurensicherung darin gefunden hat. Sie vermuten, dass er sich dort mit jemandem treffen wollte. Möglicherweise noch heute Nacht. Spätestens aber im Lauf des morgigen Tages, denn für morgen Abend war sein Rückflug gebucht."
Hiob machte einen abwesenden Eindruck. *Rom! Das könnte die Suche nach Luciani erleichtern.*
„Hiob?"
„'tschuldigung", riss er sich von seinem Gedanken los. „Ich habe diesen Zettel hier gefunden." Er reichte ihn weiter und deutete auf den Text. „Ich gehe davon aus, dass Vasul sich in Rom mit einem Mann namens Luciani treffen wollte. Den Flugzeiten nach zu urteilen schon morgen Nachmittag."
„Warum keine Frau?"
Hiob zuckte mit den Schultern. „Klingt irgendwie männlich für mich."

„Angenommen, es ist tatsächlich ein Mann“, sagte Alon nachdenklich. „Rom ist groß. Und es gibt bestimmt eine ganze Menge Lucianis. Wie willst du da den richtigen finden?“
„Ich?“ Hiob räusperte sich.
Alon klopfte ihm auf die Schulter. „Glaub mir, ich würde gerne mit dir tauschen. Aber der Boss will mich so schnell wie möglich zurück in Tel Aviv haben. Die Lage hat sich weiter verschärft. Vasul war offenbar nicht der einzige Bombenleger, um den wir uns kümmern müssen.“
Hiobs Miene verfinsterte sich. „Gab es Opfer?“
Alon nickte. „Vier! Sieht so aus, als wäre die Vorwarnzeit, die die Bombenleger uns gegeben haben, jetzt endgültig vorbei.“
„Wann musst du zurück?“
„Vor fünf Minuten. Meinst du, du kommst hier allein klar?“
Hiob brummte zustimmend. „Mit der verrückten Vermieterin werde ich schon fertig. Aber solange ich nicht weiß, wo genau in Rom ich mich morgen Nachmittag mit Luciani treffen soll...“
„Ich fürchte, ein Telefonbuch wird uns auch nur bedingt weiterhelfen“, sagte Alon mit ausdrucksloser Stimme und überflog noch einmal den Text. „Warum hat er sich diesen Termin überhaupt notiert? Die Uhrzeit hätte er sich doch auch so merken können.“
„Eine falsche Fährte?“ Hiob klang wenig überzeugt. „Die Schrift sieht mir eher so aus, als hätte er sich das neben dem Telefonieren notiert.“
„Wenn wir beide telefonieren und einen Termin vereinbaren, den du dir notierst, schreibst du dann auch meinen Namen daneben?“
„Weiß nicht! Wenn ich die Person kenne, würde ich mir vielleicht nur Ort und Uhrzeit notieren.“
„Eben. Also entweder kennt Vasul diesen Luciani nicht näher oder...“ Alon betrachtete noch einmal den Text.
„Oder Luciani ist keine Person, sondern der Ort des Treffens“, vervollständigte Hiob den Gedanken. „Das würde dann auch erklären, worauf sich der Hinweis mit der Ankunft bezieht, nämlich auf das Eintreffen des Kontaktmanns. Vasul selbst

kann ja nicht gemeint sein, denn er wäre ja schon heute Abend angereist. Und egal wo sich der Ort Luciani in Rom befindet, Vasul hätte wohl kaum die ganze Nacht gebraucht, um dort hinzugelangen."

„Vielleicht ist Luciani ein Hotel", mutmaßte Alon. „Dann hätte Vasul nur warten brauchen, bis sein Kontaktmann pünktlich dort ankommt. Das herauszufinden, sollte nicht schwer sein. Ich werde..." Alons Handy summte kurz und die eingehende SMS unterbrach das Gespräch. *Solltest du nicht schon auf dem Rückweg sein*, stand auf dem Display. *Verdammte Satellitenüberwachung!*

„Souzan-Chaya!", verkündete Alon so erfreut, als spräche er einen Fluch aus. „Hiob, ich würde vorschlagen, du nutzt die Zeit bis zum Abflug, um dich hier weiter umzusehen. Vielleicht entdeckst du noch was. Besonders gründlich kann die Spurensicherung ja nicht gewesen sein, wenn sie sogar den Zettel übersehen haben."

„Und wenn ich den Kontaktmann in Rom gefunden habe? Schickt ihr den Escortservice oder soll ich ihn vor Ort zum Reden bringen?"

Alon schien sich seine Antwort zu überlegen.

Der Escortservice war ein spezielles Team, das sich als Reisebegleiter für Personen verstand, die aus freien Stücken niemals israelischen Boden betreten würden. Durch den kombinierten Einsatz von Gewalt, Drogen und anderen Hilfsmitteln machte ihnen der Escortservice die Reise dennoch schmackhaft.

„Wir dürfen keine weitere Zeit verschwenden", traf Alon seine folgenschwere Entscheidung. „Leer die Flasche vor Ort!" Im Agentenjargon bedeutete das die Autorisierung aller Maßnahmen, um an die gewünschten Informationen zu kommen. Praktisch kam der Befehl einem Todesurteil der Zielperson gleich, denn sobald diese alle Informationen preisgegeben hatte, war ihr Leben so wertvoll wie das einer leeren Einwegflasche. Um zu verhindern, dass geleerte Flaschen andere warnen konnten, wurden sie vorsorglich dem Recycling zugeführt.

***

London, noch am selben Abend:
Chess, das schwarze Haar zu einem Pferdeschwanz zusammengebunden, war diesmal nur mit leichtem Gepäck angereist - abgesehen natürlich vom hoffnungslos überfüllten Archäologenrucksack, der fast die ganze Rückbank des Taxis in Beschlag nahm. Ihre weiße Daunenjacke hatte sie schon in Jordanien anziehen müssen, weil dafür kein Platz mehr im Rucksack gewesen war.
„Kann es denn bitte einmal nicht regnen, wenn ich nach London komme...“
„In London regnet es nicht so oft, wie viele denken“, erwiderte der Taxifahrer, dessen Scheibenwischer Mühe hatten, die Wassermassen zu bewältigen.
„Ja, ja“, murmelte sie wenig überzeugt. *Diese Lüge erzählen hier anscheinend alle, um gutgläubige Touristen anzulocken.* Ihre Gedanken wanderten zu David, der nie eine Gelegenheit ausließ, um für seine Sonneninsel die Werbetrommel zu rühren.
Das Taxi bog in eine ruhige Seitenstraße ein, die beidseits von breiten Gehwegen eingefasst war. Durch die beschlagene Seitenscheibe konnte Chess einen verschwommenen Blick auf die spießigen Gärten der Backsteinhäuser werfen.
„Und da sind wir auch schon!“ Der Taxifahrer bremste sich genau vor Davids Gartentor ein. „Das macht 67 Pfund bitte.“
70 Pfund später stand Chess im wahrsten Sinne des Wortes im Regen und blickte den Rücklichtern des Taxis nach, das irgendwo zwischen den feuchten Schleiern in der Dunkelheit verschwand.
Bisher war ihr Läuten nicht erhört worden, also drückte sie erneut auf den Klingelknopf - diesmal um einiges energischer.
Nichts passierte.
Was für eine großartige Idee von dir, David überraschen zu wollen! Ungeduldig presste sie den Knopf bis zum Anschlag hinein und lauschte. Es war ihr allerdings unmöglich zu sagen, ob im Haus überhaupt eine Glocke läutete.

Chess sah sich hilfesuchend um. Nur ein Haus weiter formte die dichte Krone eines über den Gartenzaun ragenden Baums eine Art Vordach, das zumindest etwas Schutz versprach. Zielstrebig steuerte sie darauf zu und holte dann ihr Mobiltelefon hervor. *Ich hoffe, du hast wenigstens dein Handy mitgenommen, wo immer du auch steckst.*
Kaum war die Nummer gewählt, hörte sie auch schon die Ansage der Mailbox. *Na, ganz toll! Genau so habe ich mir die Vorweihnachtszeit in England immer erträumt.*
Unbemerkt schob sich ein gehäkelter Küchenvorhang beiseite und ein Augenpaar begann, die Archäologin vor dem Gartentor argwöhnisch zu inspizieren.
Chess drückte die Wahlwiederholung, landete aber sofort wieder in der Mobilbox. *Vielleicht ist er ja nur einkaufen gefahren und kommt gleich wieder zurück.*
Der Küchenvorhang senkte sich wieder.
Chess blickte auf die Uhr. *Wie lange kann man eigentlich in London einkaufen?*
Plötzlich hörte sie das Sperrgeräusch einer Tür. Überrascht drehte sie sich um, konnte aber nichts erkennen.
Furgerson las sie im gelben Licht der Straßenbeleuchtung vom Türschild ab. Während sie noch überlegte, woher ihr der Name bekannt vorkam, ging im Haus bereits das Licht an und die Eingangstür öffnete sich einen Spalt.
„Ms. Furgerson!“, rief Chess, als hätte sie die alte Dame wiedererkannt. Tatsächlich war es aber nur so, dass ihr all die Geschichten wieder einfielen, die David über seine Nachbarin erzählt hatte.
„Sie wollen bestimmt zu Mr. Wilder, nicht wahr?“ Ms. Furgerson verstand es vorzüglich, ihre Neugier durch Hilfsbereitschaft zu tarnen.
„Ja, ich wollte ihn und Goliath mit meinem Besuch überraschen.“
Die alte Dame schmunzelte durch den Türspalt. „Na, das ist Ihnen offensichtlich auch gelungen.“
„Wissen Sie, wo er ist?“
Ms. Furgerson nickte. „Sind Sie seine neue Freundin?“

Chess stutzte. „David hat eine neue Freundin?“, fragte sie lauter als gewollt.
Ms. Furgerson trat hinter der Tür hervor, bis sie komplett zu sehen war. Spätestens jetzt hätte sie ihre Kochschürze im Karottendesign als Davids Nachbarin verraten. „Sind Sie seine neue Freundin?“ Ihr fortgeschrittenes Alter war höchst nützlich, wenn es darum ging, Fragen ein zweites Mal stellen zu dürfen, ohne sich der Neugier verdächtig zu machen. „Sind Sie nicht die Archäologin?“
„Ja... Ich meine, nein... Ähhh... Also ich meine, ich bin schon die Archäologin...“
Ms. Furgerson hatte genug gehört, um zu wissen, dass sie die junge Frau genau dort hatte, wo sie sie haben wollte. „Kommen Sie doch rein, mein Kind. Sie werden ja ganz nass.“
Ein Summen öffnete das Gartentor und Chess hatte lange genug im Regen gestanden, um sich bereitwillig jedem Verhör zu stellen, solange es nur im Trockenen stattfand.
„Ich bin Chess“, sagte sie beim Eintreten und reichte ihrer Gastgeberin die Hand. „Sehr erfreut, Sie persönlich kennenzulernen.“
„Sie haben Glück, Ms. Chess. Ich habe gerade einen Kuchen im Ofen. In ein paar Minuten dürfte er so weit sein.“
„Einfach nur Chess, bitte. Vielen Dank, dass Sie mich von der Straße geholt haben.“ Sie lächelte charmant unter ihren klatschnassen Haaren hervor. „Wie schon gesagt, wollte ich David besuchen, aber meine Überraschung ist leider ins Wasser gefallen.“
„Sie haben die beiden nur knapp verpasst“, entgegnete Ms. Furgerson und bot einen ihrer mit rotem Stoff gepolsterten Stühle an. „Mr. Wilder hat Goliath vor einer Stunde bei mir abgeholt. Die beiden wollen Weihnachten außerhalb verbringen.“
Chess kombinierte blitzschnell. „In Woodberry Mansion?“
„Ja, so pflegt er sein neues Hobby zu nennen...“, entgegnete sie fast ein wenig beleidigt und räumte in Windeseile feinste Porzellantassen und Teller hervor, als wäre die Queen höchstpersönlich zu Besuch gekommen.

„Aber das Haus ist doch gar nicht bewohnbar.“
„Also mir brauchen Sie das nicht zu sagen, Chess.“ Ihr Tonfall legte nahe, dass sie keinen Gefallen an Davids Idee fand, das Haus zu renovieren. „Ich hoffe schwer, dass Sie ihn davon abbringen können, hier wegzuziehen.“
„Ich?“, fragte Chess perplex. „Ich fürchte, Sie überschätzen meinen Einfluss bei weitem.“
Ms. Furgerson überhörte den Einwand geflissentlich. „Das Leben auf dem Land mag ja seine Vorzüge haben, aber Sie sollten auch an die Zukunft denken. Mit Kindergärten und Schulen sieht es dort oben alles andere als rosig aus.“
Kindergärten? Schulen? Chess kämpfte damit, ihre Stimme wiederzufinden. „Wie meinen Sie das?“
Die alte Dame stellte Tee und Ingwerkekse auf den Tisch. „Der Kuchen muss noch einen Moment auskühlen, bevor ich ihn anschneiden kann.“
Chess nickte mechanisch. So überraschungsreich hatte sie sich ihren Besuch in London wahrlich nicht vorgestellt.
„Ich bin sehr froh, dass ich Sie endlich einmal persönlich kennenlerne“, setzte Ms. Furgerson fort. „Probieren Sie doch einen von den Keksen! Man weiß ja so wenig über manche Leute, obwohl man Tür an Tür lebt. Nehmen Sie Zucker?“ Ohne die Antwort abzuwarten, versenkte sie zwei Stück in der dampfenden Tasse. „Mr. Wilder hat mir schon so viel von Ihnen erzählt, Chess. Die Arbeit als Archäologin muss schrecklich aufregend sein, nicht wahr?“
„Ja... Ja, die Arbeit ist sehr abwechslungsreich. Mein Spezialgebiet sind Mumien. Deshalb hat sich das mit dem Besuch auch so kurzfristig ergeben. Ich soll für das Museum...“ Sie unterbrach sich selbst, als wäre sie gerade aus einem Tagtraum erwacht. „Was genau hat Ihnen David denn so über mich erzählt?“

***

Rom, im Bahnhofsviertel nahe der Stazione Termini:

Hiob hatte im Internet tatsächlich ein Hotel Luciani ausfindig gemacht und war mit derselben Abendmaschine angereist, die auch Vasul für sich gebucht hatte.
Es war leicht, um diese Zeit ein Zimmer in einem der vielen Hotels zu bekommen, die dem Bahnhofsviertel sein unverwechselbares Flair verliehen. Jedes der betagten Mietshäuser konnte je nach Größe fünf und mehr Hotels beherbergen - zumeist eines auf jeder Etage.
Die Hotelzimmer waren Altbauwohnungen, die man mit wenig Liebe und noch weniger Geld modernisiert hatte.
Jetzt würde ich gerne mit Alon tauschen. Hiob hatte in der Vergangenheit bestimmt schon in schlechteren Zimmern übernachtet, die Erinnerung daran aber verdrängt.
Die einzige Steckdose im Raum hing an mit Isolierband umwickelten Drähten aus der Wand und dass im Badezimmer noch nicht alle Fugen schwarz vor Schimmel waren, lag nur daran, dass einige Fliesen bereits fehlten. Als Hiob den gelben Streifen im Waschbecken entdeckte, wurde er auf höchst unangenehme Weise daran erinnert, dass sich die Toilette am anderen Ende des Stockwerks befand.
Diesmal kann sich wenigstens keiner über meine Ausgaben beklagen. Er tröstete sich damit, dass es nur für eine Nacht war.
Sein Zimmer lag genau gegenüber dem Hotel Luciani und ermöglichte einen perfekten Blick auf den Hauseingang. Durch die geschlitzten Fensterläden konnte er die Straße im Auge behalten, ohne selbst gesehen zu werden.
Fast vier Stunden war er nach dem Einchecken unterwegs gewesen, um sich mit der Umgebung vertraut zu machen. Im entscheidenden Moment durfte er nichts dem Zufall überlassen.
Hiob breitete ein mitgebrachtes Handtuch über das fleckige Bettlaken und formte ein zweites zum Kopfkissen.
Er war kaum richtig eingeschlafen, da ließ ihn das Klirren von Glas hochschrecken. *Das war unten auf der Straße!*
Dem Zerschlagen der ersten Weinflasche sollten noch viele weitere folgen. Eine Gruppe Jugendlicher bediente sich an einem Glascontainer und verteilte den Inhalt großzügig zwischen parkenden Autos und auf dem Gehweg. Gelegentlich

schrie einer von ihnen etwas dazwischen und so vertrieb man sich die Zeit bis weit in die frühen Morgenstunden.
Hiob, der sich trotz fest verschlossener Fenster fühlte wie mitten im Geschehen, war mehr als einmal versucht, auf der Straße für Ordnung zu sorgen. Seine Tarnung war ihm aber wichtiger als sein Schlaf und so kramte er stattdessen ein Buch von Sir Arthur Conan Doyle hervor.
Die alte Geschichte entführte ihn nach London in die Baker Street 221b und weckte so manche Erinnerung. Ohne dass er es beeinflussen konnte, glitten seine Gedanken immer wieder zu David Wilder ab, wenn von Holmes' Freund Dr. Watson die Rede war.
Nachdem er dutzende Male umgeblättert hatte, legte er das Buch zur Seite und schlief tief und fest - für den Rest der Nacht und darüber hinaus.
Verdammt, so spät schon! Es war kurz vor 10 Uhr, als Hiob vom Wecksignal seines Mobiltelefons in die römische Realität zurückgeholt wurde. Mit einem Schlag waren seine Träume von britischen Herrenhäusern und bestandenen Abenteuern beiseite gewischt. Eigentlich hatte er fest damit gerechnet, schon viel früher von selbst aufzuwachen. Dennoch blieb ihm noch mehr als genug Zeit bis zur Ankunft des geheimnisvollen Unbekannten, der Licht hinter die Anschlagsserie in Israel bringen sollte.
Falls er überhaupt auftaucht - ein Hoffnungsschimmer mit der Leuchtkraft eines Glühwürmchens, das war auch Hiob bewusst. Doch da er in Vasuls Wohnung keine weiteren Hinweise entdeckt hatte, blieb das seine beste, weil einzige Spur.
Lange vor dem eigentlichen Termin stand Hiob einsatzbereit am Fenster und blickte durch die halb geöffneten Holzflügel hinunter auf den Eingang des Hotels Luciani.
Seine ursprüngliche Idee, auf der Straße zu warten, hatte er bereits kurz nach seiner Ankunft verworfen, da die Straße zu übersichtlich war, um unauffällig herumzustehen. Die zweite Dezemberhälfte schien in diesem Jahr keine Touristen in das Bahnhofsviertel zu locken und das, obwohl das Wetter sehr mild, fast schon frühlingshaft anmutete.

Hiobs aufmerksamer Blick suchte die Gegend um den Hoteleingang ab. Autos und Mopeds fuhren die Straße entlang, hielten aber nicht an. Bisher hatten sich erst zwei Fußgänger blicken lassen. Weder die übergewichtige Frau, die aus ihren rosa Leggings quoll, noch der Junge in der Lederjacke passten zu Hiobs Vorstellung des Unbekannten. Es war der Instinkt eines erfahrenen Jägers, der ihn einen männlichen Erwachsenen mit leichtem Gepäck erwarten ließ.

Minuten verrannen, ohne dass auch nur eine einzige Person den Hauseingang betrat. *Der Plan ist echt schwach.* Hiob wollte eigentlich gar nicht näher darüber nachdenken. Mangels anderer Alternativen, die Zeit totzuschlagen, tat er es dann aber doch. *Vielleicht weiß er längst, dass es Vasul erwischt hat. Was ist, wenn sein Flug Verspätung hat? Oder wenn mit Luciani doch nicht das Hotel gemeint war?*

Das Warten auf ungewisse Ereignisse empfand Hiob als den mühsamsten Teil seiner Arbeit. In Gedanken hatte er schon am Vorabend jeden seiner Schritte genau durchgeplant. Er wusste, wie er die Zielperson bearbeiten würde, um sie zum Sprechen zu bringen, hatte die Gegend erkundet und Fluchtwege geprüft, falls sich die Dinge nicht wie vorhergesehen entwickeln sollten. Jobs wie dieser ließen generell nur wenig Platz für Improvisation - sofern alles glatt lief.

So war es beispielsweise unabdingbar, komplexe Situationen schon im Vorfeld in standardisierte Einzelschritte zu zerlegen, wie sie der Mossad seinen Agenten bis zum Umfallen einbläute. Diese Automatisierung von Bewegungsabläufen verschaffte ihnen einen ganz wesentlichen Zeitvorteil. Während eine Zielperson noch überlegte, wie sie auf ein plötzliches Bedrohungsszenario reagieren sollte, hatte ihr Angreifer im Vorfeld längst schon alle Möglichkeiten durchgespielt.

Israels besten Agenten wurde nachgesagt, dass sie die Gedanken ihrer Gegner lesen könnten. Tatsächlich wussten sie aber nur schon im Voraus, zu welchem Schluss ihre Opfer kommen würden. Mit entsprechender Erfahrung war es nicht schwer, die Zukunft vorherzusagen. Jeder Jungjäger lernte sehr bald, wie im Gras verstecktes Federvieh reagierte, wenn er in

die Luft schoss. Und wer erst einmal das Fluchtverhalten seiner aufgeschreckten Beute durchschaut hatte, war von da an klar im Vorteil.
Der könnte es sein! Der Mann, der Hiobs Aufmerksamkeit geweckt hatte, war Mitte fünfzig und trug einen hellgrauen Anzug von der Stange. Zweifellos gab er sich alle Mühe, wie ein Geschäftsmann auszusehen und hatte einen Aktenkoffer dabei, wie Hiob ihn selbst gerne benutzte.
Allem Anschein nach war er zum ersten Mal in der Straße und orientierte sich an den Hausnummern - zumindest versuchte er das zunächst. Dann fiel sein Blick jedoch auf das senkrecht hängende Schild mit der Aufschrift Hotel und quer darunter auf den Namen Luciani.
Die Zielstrebigkeit, mit der der Mann seine Schritte ab der Entdeckung des Schilds setzte, verriet Hiob, dass sie beide fündig geworden waren.
Drei Minuten zu früh. Hiob streifte sich hauchdünne Lederhandschuhe über, die lästige Fingerabdrücke während der kommenden Unterhaltung vermeiden sollten. Er tat es ohne Hast. Erst als der Mann im Anzug bereits ein paar Sekunden lang im Hotel Luciani verschwunden war, verließ Hiob sein Zimmer.
Ab sofort kontrollierte nur noch der israelische Agent in ihm den Verlauf der Dinge, ganz so, wie es die Befehle vorsahen. Um sich seiner Sache ganz sicher zu sein, wollte Hiob die vermeintliche Zielperson spontan mit einer Fangfrage konfrontieren. Bestätigte die Antwort seinen ersten Verdacht, dann würde er die Flasche leeren.
Als Hiob gleich darauf über die Straße ging, verließ der Mann im grauen Anzug das Hotel bereits wieder - ohne Aktenkoffer. Geistesgegenwärtig verschwand Hiob in einem dunklen Hausflur. *Was zum Teufel hat der vor?* Dass der Mann sein Zimmer so rasch wieder verlassen hatte, kam trotz aller Planung völlig unerwartet und forderte jenes Improvisationstalent, das einen wirklich guten Agenten ausmachte.

Zum Nachdenken blieb keine Zeit. *Koffer oder Zielperson?* Hiob vertraute seinem Instinkt und entschied sich für die Zielperson, der er wie ein riesiger Schatten folgte.
Mit verdächtig schnellen Schritten ging es die Straße hinunter und Hiob hatte zunächst Sorge, sein Ziel aus den Augen zu verlieren, wenn dieses überraschend abbiegen sollte. Trotzdem wollte er es um jeden Preis vermeiden, noch dichter aufzurücken.
Doch schon nach zwei Hausecken verlangsamte der Mann sein Tempo und stoppte schließlich auf einem gepflasterten Platz mit großen Palmen in Terrakottatöpfen. Als hätte er plötzlich wieder alle Zeit der Welt, holte der Mann im Anzug sein Handy hervor und begann zu telefonieren.
Auch Hiob hielt an und fand hinter einer weit offenstehenden Garagentür Deckung. *Ob Vasuls Anschluss eine Mailbox hat?* Obwohl die Zeit drängte, mahnte Hiob sich zur Vorsicht. Ein Verhör auf offener Straße war keine Option. Also beschloss er, eine günstigere Gelegenheit für den Zugriff abzuwarten.

***

Negev-Wüste, Israel, 16:45 Uhr:
Ein viel zu kurzer Dezembertag sank seinem Ende entgegen. Dem klaren Himmel nach zu urteilen, sollte ihm eine Eisnacht folgen. Ein schwerer Geländewagen in wüstentypischer Tarnoptik steuerte die unbefestigte Piste zur geheimen Militäranlage entlang.
Der dunkelhäutige Mann am Steuer unterschied sich äußerlich deutlich von den beiden Offizieren, die neben ihm in der ersten Reihe saßen. Sein kurzärmeliges Shirt verblasste neben der Autorität ihrer Uniformen.
Den hinteren Teil des Wagens hatte man zu einem Laderaum mit verdunkelten Scheiben umgebaut, wodurch geheime Transporte wie dieser ermöglicht wurden.
„Wir liegen gut in der Zeit“, stellte einer der Uniformierten mit Blick auf die Instrumententafel des Wagens fest.

„Dann kann er ja langsamer werden“, folgerte der ranghöchste der drei Männer. „Wir können es uns nicht leisten, gegen einen der Steinbrocken zu knallen, die hier überall rumliegen.“
Sofort entspannte der Fahrer seinen Gasfuß, verlangte ihm der Wüstentrip bei Dunkelheit und durch unwegsames Gelände doch seine ganze Aufmerksamkeit ab.
Ilan, der diensthabende Soldat auf dem Beobachtungsturm des Militärgeländes, verfolgte das auf- und abhüpfende Licht der Scheinwerfer schon seit geraumer Zeit. Wäre der Transport für diese Nacht nicht angekündigt gewesen, hätte er längst Alarm geschlagen.
Vier Jahre war er nun schon in der Negev-Wüste stationiert und längst waren die strengen Sicherheitsprotokolle für ihn zur Routine geworden. Wer hier seinen Dienst versah, tat das streng nach Vorschrift - Buchstabe für Buchstabe. Für Individualisten und Querdenker hatte man keine Verwendung, wenn es um die Zutrittskontrollen der Areale F bis L ging.
Ilan legte sein Gewehr griffbereit und bereitete sich auf die Ankunft der Lieferung vor.
Der Fahrer ließ den Geländewagen ausrollen, sodass er knapp eine Fahrzeuglänge vor dem Gittertor zum Stehen kam. Dann öffnete er das Fenster und schob seinen nackten Ellenbogen in die äußerst erfrischende Winternacht hinaus.
Nichts hinter dem Tor deutete darauf hin, dass sich überhaupt jemand auf dem Gelände befand. Ungeduldig klopfte er mit der flachen Hand gegen die Außenseite der Wagentür.
„Scheinwerfer aus und Motor abstellen“, verlangte eine Lautsprecherstimme irgendwo aus dem Dunkel.
Sofort kam der Fahrer der Aufforderung nach.
Ilan drückte einen Knopf und ein roter Punkt begann vor dem Geländewagen aufzuleuchten. Es war ein Infrarotscheinwerfer, der auf den Bereich vor dem Tor gerichtet war. Ohne unterstützende Elektronik vermochte das menschliche Auge allerdings nur die rote Lichtquelle auszumachen.
„Bitte weisen Sie sich aus!“ Mit einem Infrarotfernglas beobachtete Ilan das Geschehen aus sicherer Entfernung. Seit Selbstmordattentäter sprengstoffbeladene Fahrzeuge als

probates Mittel gegen Straßensperren und Kontrollpunkte entdeckt hatten, war man gut beraten, Distanz zu wahren.
Der Fahrer hielt zunächst seinen Ausweis und dann seine Einfahrtsgenehmigung aus dem Wagenfenster. Der eisige Wüstenwind strich über den nackten Unterarm.
Ilan ließ sich Zeit und forderte den Neuankömmling auf, auch noch seinen Kopf aus dem Fenster zu strecken. Ihm war nicht entgangen, dass der nackte Unterarm des Fahrers bereits vor Kälte zitterte. Doch Vorschrift war eben Vorschrift. Fast zwei Minuten nahm er sich für die Überprüfung, ehe er schließlich den Toröffner betätigte. „Sie können jetzt bis zum nächsten Tor vorfahren. Es öffnet automatisch, sobald sich das erste wieder hinter Ihnen geschlossen hat. Halten Sie sich dann rechts und folgen Sie den blauen Schildern bis zum Areal L. Sie haben eine halbe Stunde, um das Gelände wieder zu verlassen." Damit hatte Ilan jedem einzelnen Punkt des Protokolls Genüge getan und sank zurück in seinen Sessel.
Gelegentlich erwischte er sich noch dabei, dass er über den Inhalt der Lieferungen spekulierte, die sein Tor passierten. Doch mit den Jahren schwand seine Neugier im selben Maß, wie die Routine wuchs.
„Bieg da vorn rechts ab und park neben der Halle!", erging die Anweisung an den Fahrer.
„Dreißig Minuten sind verdammt knapp", gab der Mann in der Mitte zu bedenken.
„So lange werden wir nicht brauchen", erwiderte die höher dekorierte Uniform.
Der Fahrer stoppte den Wagen wie verlangt und stellte den Motor ab. „Soll ich sicher nicht mitkommen?"
Statt ihm zu antworten, stiegen die beiden Uniformierten aus dem Wagen und gingen zielstrebig auf das Rolltor der Halle zu.

***

Rom, mehrere Meter unterhalb der Straßenzüge:

Hiob befand sich in einem langen Raum ohne Fenster. Das einzige Licht kam von mehreren Grabkerzen. Ihre Kunststoffbecher ließen die Flammen blutrot erscheinen.
„Was ich nicht habe, ist Zeit!" Hiobs flache Hand traf klatschend ihr Ziel. Dann wiederholte er seine Frage nach dem Auftraggeber.
Der Geruch von Schwefel und feuchtem Mauerwerk lag in der Luft. Die verstaubten Spinnweben und die Fußabdrücke auf den Stufenbrettern unterstrichen, wie unwahrscheinlich es war, hier gestört zu werden.
Er wischte sich mit seinem Taschentuch einen Blutstropfen vom Handschuh. Die Befragung der Zielperson erforderte Aufmerksamkeit, Erfahrung und viel Sachverstand.
„Du kannst sie nicht aufhalten", zischte der Mann im Anzug, den Hiob fachgerecht mit Handschellen an ein Holzfass gekettet hatte. Der spezielle Knebel in seinem Mund erlaubte es ihm nicht, lauter als in Zimmerlautstärke zu sprechen - laut genug also für den leerstehenden Weinkeller, den Hiob für das Verhör ausgewählt hatte.
Er wiederholte sein Anliegen, ohne auf die Worte des Gefangenen einzugehen. „Ich will den Namen des Auftraggebers!"
„Von mir erfährst du nichts", tönte es neben dem Knebel hervor. „Selbst wenn du mich umlegst!"
Eins nach dem anderen. Bisher erweckte Hiob nicht den Eindruck, durch übertriebene Brutalität an die gewünschte Information gelangen zu wollen. Der gut dosierte Schlag gegen die Nase seines Gefangenen hatte diese zwar zum Bluten gebracht - mehr aber auch nicht. Zweifellos ließ er sich davon nicht einschüchtern.
Hiob war kein Freund von sinnloser Gewalt und erst recht kein Sadist. Er erledigte seinen Job mit kalter Effizienz - nicht mehr und nicht weniger.
Seine Hand kramte einen durchsichtigen Beutel mit braunem Pulver aus der Hosentasche.
„Spar dir deine Drogen", gab sich der Angekettete kämpferisch. „Die wirken bei mir nicht."

Hiob öffnete den Beutel und trat hinter den Mann. Mit einer Hand packte er ihn an den Haaren und zog ihm den Kopf ins Genick. Die andere schüttete eine ordentliche Menge von dem Pulver in die Nase.
Es war ein Gemisch verschiedener Substanzen, die sehr unterschiedlich wirkten. Das Blutverdünnungsmittel sorgte beispielsweise dafür, dass die Wunde in der Nase sich nicht wieder verschließen konnte. Ein anderer Bestandteil wirkte gefäßerweiternd, wodurch sich das Nasenbluten wie von selbst verstärkte.
Hiob wartete, bis sein Opfer eingeatmet hatte und gab dann dessen Kopf wieder frei. Wohlweislich blieb er für den Rest des Verhörs hinter dem Befragten. Zu den Zutaten zählte nämlich auch ein hochwirksames Niespulver auf Nanobasis, das sich sofort in den Schleimhäuten festsetzte.
Der *Blutsturm*, wie Insider die Befragungstechnik nannten, war eine der effizientesten Verhörmethoden, die der Mossad in jüngerer Zeit entwickelt hatte. Ähnlich wie beim simulierten Ertrinken, wie es die amerikanischen Geheimdienste gerne einsetzten, entstand kein bleibender körperlicher Schaden. Der psychische Druck für das Opfer war dafür umso größer.
Wegen der großen Sauerei, die das nun einsetzende Dauerniesen hinterließ, scheuten einige Agenten den Blutsturm und griffen lieber zu handfesten Methoden.
Hiob schaute auf die Uhr. Er wusste aus Erfahrung, dass es nicht lange dauern würde. Das Gefühl, im eigenen Blut zu ertrinken, brach selbst die härtesten Männer, ohne dass sie dabei ernsthaft Schaden nahmen. Es bestand lediglich die Gefahr, dass die Opfer verbluteten, weil es zu keiner Blutgerinnung kam und der kostbare Lebenssaft unaufhörlich mit Hochdruck aus der Nase geschleudert wurde.
Nicht lange, nachdem der Mann zum ersten Mal geniest hatte, hörte Hiob den Namen des Auftraggebers aus dem Mund des Befragten. Der Israeli glaubte seinen Ohren nicht zu trauen.
„Wiederhol das!“, fuhr er den Gefangenen an, um sicherzugehen, dass ihm seine Sinne keinen Streich gespielt hatten.

„Zygon Fruit- Trading Ltd.", spuckte der Geständige den Namen buchstäblich heraus. „Mehr weiß ich wirklich nicht."
Hiob hatte genug gehört. Blitzschnell trat er zur Seite. Seine kräftigen Hände packten so unbarmherzig zu, wie die Fangbeine einer Gottesanbeterin. Der Gefangene wollte noch aufschreien, doch da war sein starrer Blick bereits auf die Wand hinter ihm gerichtet.
Das Niesen war verstummt.
Die Technik des Genickbruchs hatte Hiob während seiner Ausbildungszeit in einem Schlachthof der israelischen Regierung zur Genüge trainieren müssen. Verglichen mit einem Stiernacken mutete die Halswirbelsäule eines Menschen geradezu lächerlich filigran an.
Mitleid empfand Hiob mit seinem Opfer keines. Wer Israel mit einem Bombenteppich überzog, musste wissen, dass er keine Vergebung zu erwarten hatte.
Hiobs Gehirn arbeitete auf Hochtouren und alle vorbeischwirrenden Gedanken drehten sich um den Namen, den er gerade vernommen hatte. *Zygon Fruit-Trading Ltd. Das ist kein Zufall!*
Hiob hatte den Namen des Unternehmens schon einmal gehört - damals unter ganz ähnlichen Umständen. Sofort brachte er die mysteriöse Briefkastenfirma mit einem Auftrag in Wien in Verbindung, der bis heute viele Fragen offen gelassen hatte. Wie hingen der Überfall im Naturhistorischen Museum und die Bombenanschläge in Israel zusammen?
Eine ganz üble Vorahnung kroch wie Sodbrennen in Hiob hoch. Plötzlich fügten sich Erinnerungen und Gegenwart wie Puzzlestücke ineinander.

***

Negev-Wüste, Areal L:
Simon lag rücklings auf dem staubigen Hallenboden. Sein rechter Arm war unnatürlich verdreht. Der Rest von ihm wurde von einem kräftigen Fuß und einem Eisenrohr in Schach gehalten.

Wenige Meter entfernt rappelte sich ein Mann hoch und wischte mit dem Ärmel seiner Uniform das Blut von der Unterlippe. „Das Schwein hat mir die Rippen gebrochen“, stieß er abgehackt hervor. Zweifellos bereitete ihm das Sprechen noch mehr Schmerzen als das Atmen.
Simons Bewacher reagierte, indem er seinen Arm durchstreckte und das Ende des Eisenrohrs noch fester gegen Simons Hals drückte. Obwohl sein Opfer nicht aussah wie jemand, von dem eine Gefahr ausging, ließ er den Agenten nicht aus den Augen. Seiner Einschätzung nach gaben Simons gebrochener Arm und das Einschussloch im Oberschenkel keinen Anlass zur Sorglosigkeit. Die Pistole, die er auf Simon gerichtet hatte, untermauerte das.
„Worauf wartest du? Leg ihn um!“ Noch etwas wackelig auf den Beinen und schwer atmend kam der verletzte Eindringling näher. „Besser noch... lass mich das machen.“ Er hatte Simons Attacke nur um Haaresbreite überlebt und kämpfte mit den Nachwirkungen ihres Zusammentreffens.
Simons Blick wanderte zurück zu dem Mann neben ihm. In seinen Augen sah er die Kaltblütigkeit jenes Mannes, der ihn von hinten niedergeschlagen hatte. Und er sah das Blut, das von der Eisenstange tropfte - sein Blut. Dass er noch lebte, war entweder unvorstellbares Glück oder Berechnung. Unter den gegebenen Umständen war er nicht bereit, an Glück zu glauben.
„Was wollt ihr?“, krächzte er mit zusammengequetschtem Kehlkopf.
„Wo ist der Eingang?“, fragte sein Bewacher mit ruhiger, fast gleichgültiger Stimme.
„Hinter dir.“ Simons flüchtiger Blick streifte das große Rolltor.
„Falsche Antwort.“ Ohne Vorwarnung versenkte er 9 Millimeter polierten Stahl in Simons gesunden Oberschenkel. Trotz des aufgeschraubten Schalldämpfers übertönte der Schuss den Aufschrei.
„Wo ist der Eingang?“, wiederholte der Schütze seine Frage.
Simon war sich bewusst, dass die Eindringlinge den Zugang zum geheimen Depot früher oder später auch ohne ihn finden würden, zumal sie offensichtlich genau wussten, wonach sie

suchten. Die Frage, die ihn vor allen anderen beschäftigte, war, ob Kooperationsbereitschaft sein Leben verlängern oder verkürzen würde. Einen Wimpernschlag später steckte die Antwort tief zwischen seinen leblosen Augen.
„Wir wurden bereits lange genug aufgehalten." Der Schütze senkte die rauchende Waffe und wandte sich wieder seinem Begleiter zu. „Hol ihn rein! Er soll uns beim Suchen helfen."
Mit gequälten Schritten machte sich der Angesprochene auf in Richtung Rolltor, um dem Fahrer Bescheid zu sagen.
Unterdessen sah sich Simons Mörder genauer um. Er kannte die Halle nur aus Erzählungen, wusste aber, dass die hier gelagerten Wagen allesamt nur Tarnung waren. Eine sehr gute Tarnung, wie er beim Durchschreiten der Fahrzeugreihen feststellen musste. Nichts deutete darauf hin, dass die Halle einem anderen Zweck als dem offensichtlichen diente.
Sein Handschuh wischte im Vorbeigehen über die Motorhaube eines Geländewagens und hinterließ einen tiefen Strich in der Staubschicht. *Eine halbe Stunde.* Das war die Zeit, die ihnen der Kontrollposten eingeräumt hatte. Geschätzte fünf Minuten hatte die Fahrt zur Halle gedauert und fast ebenso viele waren für Simons Beseitigung verschwendet worden.
Die Reifenspuren auf dem Hallenboden ließen keinerlei bevorzugte Richtung erkennen, legten aber nahe, dass längst nicht alle Wagen fahruntauglich waren.
„Wo bleibt ihr denn?", rief er seinen beiden Männern zu, die gerade die Halle betraten.
„Er bekommt kaum Luft", entgegnete der dunkelhäutige Fahrer und zeigte auf den Uniformierten an seiner Seite. „Ich glaube, eine Rippe hat seine Lunge durchbohrt."
Simons Mörder reagierte unerwartet scharf. „Bist du bei deinem Stamm der Medizinmann oder warum erzählst du hier so einen Mist?" Ohne ihm Gelegenheit zur Antwort einzuräumen, fragte er: „Wo ist der Eingang zum Depot?"
„Dort hinten." Der Fahrer zeigte auf einen der dunklen Hallenbereiche, in dem sich mehrere Fahrzeuge befanden. Das schwache Licht kam nur von einer einzigen Lampe. Überall im Umkreis hatten die Glühbirnen ihr Leben ausgehaucht.

„Bist du sicher?“ Der Tonfall deutete an, dass Irrtum keine gültige Option war.
„Ganz sicher. Dort hinten ist es. Ich habe selbst einmal beim Abladen helfen müssen, weil sie eine der Kisten nicht allein vom Wagen herunterbekommen haben.“
Die Schritte des Anführers wurden schneller. „Du wartest besser beim Wagen“, sagte er an seinen verletzten Begleiter gerichtet, der ihm nur noch wenig nützlich schien. „Bestimmt findest du im Handschuhfach einen Verbandskasten“, bekräftigte er seine Anteilnahme.
Der Verletzte verzichtete darauf, etwas zu erwidern und sparte sich seine Kraft für den Rückweg zum Wagen. Auch wenn die Diagnose nicht von einem Mediziner stammte, so passten Schmerz und Symptomatik doch vernichtend gut.
Unterdessen hielt der Anführer den Fahrer mit einer Handbewegung dazu an, sich zu beeilen. „Mach endlich!“, trieb er ihn durch die Karosseriereihen. „Mehr als die Hälfte der Zeit ist bereits um. Ich muss dir ja nicht erklären, was in diesem Land auf Hochverrat steht.“
„Die Kisten sind nach Nummern geordnet“, erklärte der Fahrer, als sie sich dem versteckten Eingang bis auf wenige Meter genähert hatten. „Für die besonders schweren haben sie einen Flaschenzug, der mit der Seilwinde eines Pickups betrieben wird.“
„Brauchen wir nicht! Den Inhalt kann ich locker tragen und den Verpackungsmüll nehmen wir nicht mit.“
„Hier ist der Zugang zum unterirdischen Depot.“ Der Fahrer stemmte sich gegen einen der alten Militärtransporter und rollte ihn gut einen Meter zurück. Zum Vorschein kam ein Loch im Boden, das entfernt an eine Montagegrube erinnerte.
Das hätte ich alleine nie gefunden...
Die beiden Männer stiegen eine Treppe hinab und gelangten schon nach wenigen Schritten in das Depot.
„Wie oft warst du schon hier unten?“
„Nur einmal, aber diesen Anblick vergisst man sein Leben lang nicht.“
Wortlos gab ihm sein Begleiter Recht.

„Welche Nummer hat unsere Kiste?“ Nun war es der Fahrer, der zur Eile drängte.
„2471...“, erwiderte der Mann in Uniform. „L2471.“

***

Israel:
In der folgenden Nacht überschlugen sich die Ereignisse im Hauptquartier des Mossad in Tel Aviv. Nur durch ein Bauernopfer ließ sich ein machtpolitisches Erdbeben noch abwenden.
Als Souzan-Chaya das Büro ihres Vaters betrat, war es kurz vor Mitternacht. Der alte Fuchs thronte nicht wie gewohnt hinter seinem Schreibtisch, sondern lief, wie von einer Meute Hunde aufgescheucht, durchs Büro.
„Konntest du nicht schneller kommen?“ Er machte sich nicht die Mühe, seine Tochter anzusehen, sondern holte stattdessen zwei gerahmte Fotos aus einem Regal.
Das größere der beiden Bilder war eines von Souzan-Chayas Lieblingsfotos. Obwohl die Farben nach all den Jahren nicht mehr sehr kräftig waren, ließen sich darauf die Sommersprossen des schwarzhaarigen Jungen noch immer erkennen. Gemeinsam mit einem Mädchen, das fast einen Kopf größer war als er selbst, saß er am Strand vor einer liebevoll gestalteten Sandburg. Schwungvoll schob seine Hand ein rotes Plastikauto in den Innenhof. Der Fotograf hatte genau jenen Moment festgehalten, in dem der viel zu breite Wagen unter dem einstürzenden Burgtor verschwand. Von den Prügeln, die Souzan-Chaya ihrem Spielgefährten dafür hatte zukommen lassen, wusste Alon auch heute noch ein Lied zu singen.
„Setz dich!“, befahl ihr Vater und holte sie zurück in die Gegenwart. Die beiden Fotos ließ er in einem Karton verschwinden, der schon zur Hälfte mit persönlichen Habseligkeiten gefüllt war.
Wortlos nahm sie Platz und bereitete sich darauf vor, das Unfassbare aus seinem Mund zu hören.

„Dir dürfte nicht entgangen sein“, fuhr er fort, „dass es einen Überfall auf eines unserer Depots gegeben hat.“
Sie nickte, und obwohl er nicht aufschaute, wusste sie, dass er ihre Bestätigung registriert hatte - auf seine Art.
„Die Anschläge, die Bomben, die vermeintlichen Terroristen...“ Seine Stimme war nicht lauter als sonst, doch sie zitterte vor Zorn. „Alles nur ein riesiges Täuschungsmanöver. Es ging ihnen nur darum, dass ich von überall Leute abziehe, um die Weihnachtsruhe zu sichern.“ Zum ersten Mal, seit sie den Raum betreten hatte, sah er seiner Tochter in die Augen. „Diese Sache lässt sich nicht mehr unter den Teppich kehren. Einer muss die Konsequenzen tragen und das werde ich sein.“ Die Worte gingen ihm wie Säure über die Lippen.
Souzan-Chaya wollte etwas erwidern, doch seine Geste gab ihr zu verstehen, dass es besser war zu schweigen. Die ganze Zeit während der Fahrt ins Hauptquartier hatte sie sich gefragt, was sie antworten sollte, wenn er ihr von seinem Rücktritt erzählen würde. Und jetzt, da es heraus war, schienen alle Worte bedeutungslos.
„Es ist eine politische Entscheidung.“ Mit einem Mal klang er verbittert. Es war die Stimme eines Mannes, der in seiner schwersten Stunde erkannte, dass alle ihm den Rücken zugekehrt hatten. Die Tatsache, dass er genau das von seinen engsten Vertrauten erwartet hatte, machte die Sache um nichts einfacher.
Wortlos nahm er einen Stapel Bücher und ließ ihn in einem weiteren Karton verschwinden.
Für einen sehr langen Moment schien die Stille alles im Raum erdrücken zu wollen.
„Sie hatten keine Wahl“, sagte er schließlich. „An ihrer Stelle hätte ich genau so gehandelt. Dem Wohl des Landes zuliebe.“
Der Diebstahl aus einem der Sicherheitsdepots war, nach einer Enttarnung eigener Agenten im befreundeten Ausland, die größte Schmach, die einem Geheimdienst widerfahren konnte. Auch wenn der Fall außenpolitisch nicht annähernd so bedeutsam war wie das Auffliegen einer Agentenidentität, so sorgte er angesichts der knappen Mehrheiten innenpolitisch für

umso mehr Zündstoff. Jetzt war Schadensbegrenzung angesagt und das schnelle Vorgehen sollte sicherstellen, dass der Kopf ab war, noch bevor der Fisch zu stinken begann.
Ihr Vater hob einen der vollen Kartons von seinem Sessel auf den Schreibtisch. „Wenn wir in Japan wären, hätte ich meinen Abgang ehrenvoller gestalten können."
Sie sah ihn überrascht an und verstand den Sinn seiner Aussage nicht. *Versucht er, sich zu rechtfertigen? Und wenn ja, wofür?*
„Aber wir sind nicht in Japan", stellte er bestimmt fest. „Ich habe dafür Sorge getragen, dass deine ausdrücklichen Bedenken gegen meine Entscheidung in den Akten vermerkt wurden."
Ihr Blick wurde kalt und klar wie Eis. „Du hast was?"
„Stell dich nicht so an, Souzan-Chaya!" Für einen Mann, der gerade seinen Rücktritt erklärt hatte, war die Autorität, die er immer noch ausstrahlte, geradezu beängstigend. „Ich habe mein Leben lang darauf hingearbeitet, dass du eines Tages den Laden übernimmst. Herzlichen Glückwunsch!", bemerkte er mit zynischem Unterton. „Dein Ansuchen wurde vor einer halben Stunde genehmigt."
Es war ihm nicht möglich zu sagen, ob Souzan-Chaya nur mit ihren Worten oder nach Luft rang.
„Tu nicht so überrascht! Dass auch ich irgendwann meinen Ruhestand antreten werde, war nie ein Geheimnis. Nun ist es eben ein paar Jahre früher passiert als geplant."
Souzan-Chaya hatte lange genug zugehört. „Ist dir überhaupt klar, was du da von mir..."
„Nicht ich! Dein Land verlangt es!", stoppte er ihren Einspruch mit aller Entschiedenheit. „Dass du mein Nachfolger... meine Nachfolgerin wirst, ist die einzig logische Konsequenz."
„Wie kannst du..."
„Bleib sitzen! Wir sind noch nicht fertig."
Es erschreckte sie, welche Macht er selbst in dieser Situation noch über sie hatte. „Aber ich..."
„Das war keine Bitte! Es wird Zeit, dass du endlich Verantwortung übernimmst. Ich werde dieses Büro jetzt räumen und dann gehört es dir - mit all den Problemen, die es

unverzüglich zu lösen gilt. In der Öffentlichkeit wird man die Angelegenheit nicht breittreten - es spielt sich alles hinter den Kulissen ab. So funktioniert Politik."

„Ich will den verdammten Job aber nicht!" Der Zorn funkelte aus ihren Augen.

Ihm war der trotzige Klang ihrer Stimme nicht entgangen, den sie schon als Kind nicht hatte verbergen können. „Spar dir deine Kraft, Souzan-Chaya! Das hier verlangt jetzt deine gesamte Aufmerksamkeit." Er holte eine Mappe aus seiner Schreibtischlade und schob sie ihr über den Tisch zu. „Du musst Objekt L2471 zurückholen und die Verantwortlichen zur Strecke bringen. Das ist das Mindeste, was du deinem Land schuldig bist."

„Dem Land oder dir?", platzte sie heraus. „Wie stellst du dir das überhaupt vor? Soll ich hier im Büro deine Marionette spielen, während du im Hintergrund die Fäden ziehst?" Der Ärger in ihrer Stimme wuchs im selben Maß, wie ihr Respekt schwand. „Ich bin nicht wie du! Ich will es auch nicht sein. Du kannst nicht die Verantwortung bei mir abladen und glauben, dass dein Job damit erledigt ist."

Er ging um den Tisch und zu ihrem Erstaunen streckte er die Arme nach ihr aus. Dann umarmte er sie, wie er es schon viel zu lange nicht mehr getan hatte. „Finde die Schuldigen", flüsterte er ihr ins Ohr. „Das ist der letzte Befehl, den ich dir als dein Vorgesetzter erteile. Versprich mir, dass du den Job nicht hinwirfst, bevor er erledigt ist." Er schob sie ein Stück von sich weg, ohne die Hände von ihrer Schulter zu nehmen und blickte ihr tief in die Augen. „Bitte versprich es mir, Souzan-Chaya. Versprich mir, dass du es für mich zu Ende bringst."

***

Hauptquartier des Mossad, Tel Aviv, einige Stunden danach:

Souzan-Chayas Dynamik beim Durchschreiten des Flurs hatte etwas von einem schnaubenden Stier. Sie machte kein

Geheimnis daraus, wie sie zu ihrer beruflichen Veränderung stand.
Auch wenn ihr Auftreten in den letzten Stunden alles andere als professionell gewesen war, vielleicht sogar trotzig - wie ihr Vater ihr das seit Kindestagen gerne vorwarf - so konnte sie doch nicht anders, als ihrer Wut freien Lauf zu lassen. Zumindest, da war sie sich sicher, würde ihr in diesem Zustand keiner freiwillig zu nahe kommen oder es gar wagen, ihr zur Beförderung zu gratulieren.
Einer der Haustechniker war gerade damit beschäftigt, das Schild an der Bürotür ihres Vaters zu tauschen, als Souzan-Chaya anrauschte. *Jetzt ist es meine Tür!*
„Oh, gut, dass Sie kommen. Wollen Sie Ihr Schild..."
„Nein!" Die Art, wie sie die schwere Bürotür hinter sich zuschlug, rundete ihre vielsagende Antwort ab.
Souzan-Chaya stand in ihrem neuen Büro und holte tief Luft. Schon als es noch ihrem Vater gehört hatte, war es ihr immer viel zu groß und protzig vorgekommen. Doch jetzt, da sie auf der anderen Seite des Schreibtisches Platz nahm, schien es ihr noch ein beachtliches Stück gewachsen zu sein. Sie legte mehrere dicke Aktenmappen auf die polierte Tischplatte.
Die letzten Stunden hatte sie damit verbracht, Versäumnisse ihres Vaters aufzuarbeiten. Ja, so leid es ihr auch tat, sich das eingestehen zu müssen, aber gewisse Dinge hätten sich vermeiden lassen. In einem beispiellosen Kraftakt hatte sie sich diese Gewissheit verschafft und war jetzt noch wütender als zuvor.
„Verbinden Sie mich mit Alon!", sagte sie wenig freundlich in den Telefonhörer.
Kurz darauf meldete sich ihr bester Agent am anderen Ende und sie gab ihm klare Anweisungen. Als er in einem Punkt widersprach, wurde sie schlagartig lauter.
„Die Italiener streiken? Sind wir hier im Kindergarten? Es ist mir völlig egal, auf welcher Maschine um diese Jahreszeit noch ein Platz frei ist. Mich hat auch keiner gefragt, ob ich zu Weihnachten etwas Besseres vorhabe! Von mir aus kann Hiob bei einer italienischen Linienmaschine als Co-Pilot anheuern

oder gleich ein ganzes Flugzeug entführen. Hauptsache, er ist bis 18:00 Uhr hier in meinem Büro... Und du auch!", fauchte sie noch hinterher, bevor der Hörer auf das Telefon knallte.
Irgendjemand wird die Rechnung für all das bekommen und ich will verdammt sein, wenn ich bis heute Abend nicht weiß, wer das sein wird!
Es war auf die Sekunde genau 18:00 Uhr, als Alon und Hiob das Büro ihrer neuen Chefin betraten. Die Stimmung war so angespannt, dass die Luft beim Eintreten fast schon knisterte. Die beiden Agenten beschränkten ihre Begrüßung auf ein höfliches Nicken und selbst das betrachtete Souzan-Chaya noch als Zeitverschwendung.
„Setzt euch!" Ohne Umschweife kam sie zur Sache und schlug die oberste Mappe auf ihrem Schreibtisch auf. „Bisher führen alle Spuren zu unserer ominösen Obstfirma: Zygon Fruit-Trading Ltd. Natürlich gibt es diese Firma unter der angegebenen Adresse nicht, aber es finden zum Teil enorme Finanztransaktionen über deren Konten statt."
„Haben wir uneingeschränkten Zugriff?", fragte Alon.
„Nein! Das ist eines der größten Probleme. Unsere amerikanischen Partner sind in diesem Fall leider überhaupt nicht kooperativ. Ein Teil der Gelder läuft über Subkonten in Südamerika, auf die auch die CIA keinen Zugriff hat - behaupten sie jedenfalls." Ihr Blick sprach Bände. „Aber wir haben etwas anderes bekommen." Sie zog einen schwarz-weißen Fotoausdruck zwischen den Blättern heraus.
„Dieses Foto hat eine der Überwachungskameras in einer amerikanischen Bank gemacht. Es zeigt eine gewisse Cornelia Simmons, die an diesem Tag ein Konto eröffnet hat." Ihr Finger tippte auf das Datum in der rechten unteren Ecke des Fotos. „Laut eigener Angaben arbeitet sie als Vertriebsleiterin für die Zygon Fruit-Trading Ltd., die sich auf den Import von Südfrüchten spezialisiert hat."
Sie schob das Bild über den Tisch und gab ihren Leuten Zeit, es sich genau anzusehen. „Kommt sie euch bekannt vor?"
Alon war sich unsicher, Hiob verneinte entschieden.

Souzan-Chaya nahm das Foto wieder an sich. „Sie ist definitiv operiert worden, um ihr Aussehen zu verändern. Und dass sie in der Bank einen gefälschten Reisepass hinterlegt hat, war auch kein Zufall. Es hat lange gedauert, bis die elektronische Gesichtserkennung einen ersten Treffer hatte, aber mittlerweile konnte der Computer die Namen von knapp 140 Frauen ausspucken, deren Gesichtszüge markante Ähnlichkeiten mit Ms. Simmons aufweisen."

„Das klingt nach einer Menge Arbeit für unsere Kollegen an den Schreibtischen." Alon konnte sich sicher sein, dass derartig einschläfernde Arbeit nicht an ihm und Hiob hängenbleiben würde.

„Die sind schon fertig." Souzan-Chayas Worte klangen ebenso trocken wie überlegen. „Wie es der Zufall so will, passt eine der Auserwählten nicht nur optisch zu Ms. Simmons. Ich nehme an, der Name Natascha Wilder ist euch noch ein Begriff?" Sie beobachtete die Reaktion der beiden.

Alon fiel es wie Schuppen von den Augen. *Aber natürlich!*

Hiob dagegen bereute es, seine Lesebrille nicht aufgesetzt zu haben.

Souzan-Chaya fuhr fort: „Es war sehr hilfreich, dass Scotland Yard Natascha Wilder mit Foto bei Interpol zur Fahndung ausgeschrieben hat. Auf diesem Weg hatten wir auch ein aktuelles Bild von ihr in der Datenbank. Unsere Spezialisten sind sich nahezu sicher, dass das nicht die erste Gesichtsoperation war - und möglicherweise liegt sie in diesem Moment schon wieder unter dem Messer."

„Ist sie unser neuer Auftrag?", fragte Hiob, der mit einem Mal vom eigenen Tatendrang überflügelt schien.

„Es gibt noch mehr, das ihr wissen müsst." Souzan-Chaya schob die oberste Mappe beiseite und schlug die nächste auf. „So wie sich die Sache für mich darstellt, steckt Ms. Simmons, Wilder, Preston oder wie immer sie sich gerade nennt, sowohl hinter dem Diebstahl von Objekt L2471 als auch hinter den Anschlägen und den ganzen Reliquienraubzügen."

„Simons Exekution nicht zu vergessen." Hiobs Miene hatte sich deutlich verfinstert.

Souzan-Chaya warf ihm einen tadelnden Blick zu. „Das wird kein persönlicher Rachefeldzug."
„Natürlich nicht", brummte er.
Sie ließ es darauf beruhen. „Die Verbindung zwischen Ms. Simmons und Dr. Qian, unserem größenwahnsinnigen Halbgott in Weiß, ist für mich offensichtlicher denn je."
„Wo steckt Qian?" Es war Alon, der sein Interesse für den asiatischen Genetiker offen bekundete.
„Soweit wir wissen, verweilt er immer noch auf seinem schwimmenden Labor. Er war allerdings clever genug, die ausrangierte Bohrinsel ein gutes Stück weiter in den Süden schleppen zu lassen." Sie stand auf und ging zur Weltkarte, die hinter ihr an der Wand hing. Ihr Finger kreiste kurz über dem Jemen und stach dann zielstrebig ins Meer. „Sanctuary Island II müsste jetzt ungefähr hier vor Anker liegen."
„Gleich neben dem Golf von Aden." Auf die richtige Entfernung glichen Hiobs geschärfte Augen noch immer denen eines Adlers. „Keine einladende Region."
„Kommt darauf an, wen du zu deinen Freunden zählst." Alon war aufgestanden, um sich die Sache aus der Nähe anzusehen. „Qian fürchtet die westlichen Geheimdienste seit der Sabotage in seinem Labor vermutlich mehr als die Piraten, die im Golf von Aden ihr Unwesen treiben. Was ist das hier für eine Insel?"
„Sokotra", antwortete Souzan-Chaya, ohne hinzusehen. „Es ist übrigens eine kleine Inselgruppe. Sie gehört zwar zum Jemen, hat sich aber praktisch völlig autark entwickelt. Die Hauptinsel Sokotra ist ein verschlafenes Eiland, das von der UNESCO zum Weltnaturerbe erklärt wurde. Außer vor Naturschützern muss sich Qian dort vor niemandem verstecken."
„Eine bessere Gegend hätte er sich wahrlich nicht aussuchen können", musste Hiob zugeben. „Wie bringt er seine Arbeiter auf die Insel?"
„Hubschrauber... vermute ich mal. Genau wissen wir das nicht. Seit dem erfolgreichen Sabotageakt auf Sanctuary Island II haben wir seinen Aktivitäten leider zu wenig Bedeutung beigemessen."

Hiob und Alon reagierten beide, als ob sie Souzan-Chayas erste offene Kritik an ihrem Vater überhört hätten und jeder dankte dem jeweils anderen still dafür.
„Sokotra.“ Alon las den Namen von der Karte ab, als bezeichnete er eine ansteckende Krankheit. „Ich war damals schon dafür, den irren Doktor samt seiner Insel mit einem Torpedo auf den Meeresgrund zu schicken. In ein paar Jahren siedeln sich Korallen darauf an und alle sind zufrieden.“ Er lächelte. „Der Presse könnten wir einen solchen U-Bootangriff leicht als Piratenüberfall verkaufen. Eine kleine Explosion und niemand würde mehr Fragen stellen.“
„Kannst du vergessen!“ Souzan-Chaya zeigte sich wenig amüsiert über den Vorschlag. „Die Amis haben es kategorisch abgelehnt, Sanctuary Island II zu versenken. Jemand von ganz oben hält schützend seine Hand über unseren lieben Doktor und sein schwimmendes Labor und wir haben uns an dieses Abkommen zu halten. Außerdem dürfen wir nicht außer Acht lassen, dass sich rund 300 Leute auf der umgebauten Bohrinsel aufhalten. Soweit wir wissen, handelt es sich dabei fast ausschließlich um Zivilisten.“
„Das alte Spiel. Aber was haben wir auch anderes erwartet.“ Alon nahm wieder Platz. „Qian ist Experte für Biowaffen, skrupellos genug, sie dem Meistbietenden zu verkaufen, und er hat hervorragende Referenzen in aller Welt - wenn man von seinen seriösen Kollegen einmal absieht.“
Hiobs nachdenklicher Blick war noch immer auf den Golf von Aden gerichtet. „An Qian kommen wir so einfach nicht ran. Als er gemerkt hat, dass wir ihm auf den Fersen sind, hat er die Anker gelichtet und seinen Standort gewechselt. Genau das wird er wieder tun, wenn er rechtzeitig vorgewarnt wird.“
„Vielleicht wäre es ratsam, wenn wir ihm einen unangekündigten Besuch abstatten?“ Alon hatte das kalte Winterwetter in Tel Aviv ohnehin satt und der Golf von Aden versprach dank seiner südlichen Lage Sonne pur.
„Ich habe andere Pläne“, stellte Souzan-Chaya klar. „So wie es aussieht, ist der Doktor bereits dabei, seine Forschung wieder auf festen Boden zu verlagern. Wir müssen davon ausgehen,

dass er sein Labor nicht ohne Grund so nah an die Küste von Sokotra verlagert hat. Möglicherweise ist auch mehr beschädigt worden, als wir wissen. In jedem Fall scheint er mir aber fürs Erste mehr mit sich selbst beschäftigt zu sein, und das gibt uns Zeit, Licht in die Sache zu bringen."

Leb wohl, Sonne!

„Findet raus, welche Verbindung zwischen Qians Genforschung, Objekt L2471 und Ms. Simmons existiert. Am besten beginnt ihr eure Suche nach Antworten dort, wo Ms. Simmons sich die meiste Mühe gegeben hat, ihre Spuren für immer zu beseitigen."

„Woodberry Mansion!", kam es Alon und Hiob fast gleichzeitig über die Lippen.

„Damit wäre schon fast alles gesagt." Souzan-Chayas Blick wanderte abwechselnd zwischen den beiden Agenten hin und her.

Alon zeigte sich äußerlich ungerührt, hatte aber seine Zweifel daran, dass die bloße Suche nach Antworten der einzige Grund war, warum Souzan-Chaya ihn und Hiob in England haben wollte.

„Dieser Auftrag hat absolute Priorität. Ich werde euch persönlich alle Mittel genehmigen, die zu seiner Erfüllung erforderlich sind." In diesem Moment wurde Souzan-Chaya erstmals bewusst, welch unglaublicher Vorteil es war, nicht im Geringsten an der Macht zu hängen, die ihr neuer Job mit sich brachte.

***

Woodberry Mansion, eine Fahrstunde nördlich von London:

Obwohl David Wilder nun schon seit Monaten damit beschäftigt war, den Mauern des alten Herrenhauses einen neuen Anstrich zu geben, fühlte er sich immer noch als Fremder. Nur sehr langsam gewöhnte er sich an die vielen Eindrücke seines neuen Zuhauses.

Vor allem nachts, wenn Davids Augen geschlossen waren, hatte er eigentlich keine großen Unterschiede zu seinem Haus

in London erwartet - ein fundamentaler Irrtum, wie ihm die akustische Kulisse von Woodberry Mansion eindrucksvoll vor Ohren geführt hatte.
Von den geschätzten zweihundert unterschiedlichen Geräuschen, die das Anwesen in den vergangenen Nächten von sich gegeben hatte, entfiel die überwiegende Mehrheit auf das Haus selbst: knackendes Mauerwerk, knarrende Holzplanken, klopfende Leitungen, abbröckelnde Kaminschächte...
Die anderen Geräusche hatte David in drei Gruppen unterteilt. Da gab es zunächst die, die von Wind und Wetter verursacht wurden: losgerissene Fensterläden, Äste, die über die Fenster kratzten und vieles mehr.
Das zweite Drittel ließ sich Tieren zuschreiben, die auf dem Anwesen ihr Zuhause gefunden hatten. Da war zum Beispiel die Eichhörnchenfamilie, die beim Verteilen ihrer Wintervorräte gern die Abkürzung über die scheppernde Dachrinne nahm. Oder das Käuzchen, dessen Höhle David irgendwo im Stamm der alten Eiche vermutete.
Darüber hinaus gab es noch eine Reihe weiterer Geräusche, die sich bislang keinem Urheber zuordnen ließen. Sie waren der wahre Grund, warum David seine Handwerker am Morgen oft mit dunklen Ringen unter den Augen begrüßte.
Immerhin fünf Wochen hatte es gedauert, bis David hinter das Geheimnis der nächtlichen *Todesschreie* gekommen war. Markerschütterndes, schrilles Gekreische, das er instinktiv mit zu Tode gequälten Tieren oder - seiner ausgeprägten Fantasie sei Dank - Kleinkindern in Verbindung gebracht hatte.
Tonhöhe und Lautstärke der Schreie konnten extrem variieren, wodurch eine genaue Zuordnung zusätzlich erschwert wurde. Bestimmt ein Dutzend Mal war David vor Schreck im Bett gestanden, bis er einen ersten Blick auf das versteckte Treiben in seinem Garten hatte werfen können.
„Besser, du klappst in der Nacht deine Ohren runter, Goliath“, flüsterte er seinem weißen Riesenkaninchen zu, das das Privileg hatte, neben David im Himmelbett schlafen zu dürfen. „So ein einsames Haus im Wald kann nämlich ziemlich laut sein.“ Er streichelte Goliath noch ein paar Mal übers Fell und

ließ dann langsam seine Hand zur Seite rutschen, als der Schlaf ihn übermannte.
Die fast sternenklare Nacht hatte die Schatten ihrer wenigen kleinen Wölkchen über den bewaldeten Hügel gelegt, auf dessen höchstem Punkt Woodberry Mansion in den Sternenhimmel ragte. Eine alte Steinmauer trennte das Haus und den parkähnlichen Garten vom umliegenden Wald ab.
Nachbarn oder befestigte Hauptstraßen suchte man im Umkreis von mehreren Kilometern vergeblich. Das Anwesen war der perfekte Platz, um wochenlang keiner Menschenseele über den Weg zu laufen, wenn man das wollte. Andererseits war es auch der letzte Platz, an den Hilfe sich zufällig verirren würde, sollte man sie eines Tages vielleicht brauchen. Abgeschiedenheit hatte eben auch ihren Preis.
Ein nachterprobtes Augenpaar spähte von der Eingrenzungsmauer in den Garten und suchte sich einen Weg zum Haus, ohne die schützende Deckung der Schatten verlassen zu müssen. Fast allen Geschöpfen der Nacht war gemein, dass sie das Mondlicht lieber dazu nutzten, sich umzusehen, als selbst gesehen zu werden.
Geschmeidig und nahezu lautlos glitt der pelzige Körper an der Innenseite der Mauer herab und folgte dem Verlauf des Mauerschattens nur wenige Zentimeter über dem Boden. In unregelmäßigen Abständen stoppte er abrupt, streckte den Kopf in die Höhe und lauschte. Allerdings nur, um gleich darauf wieder auf allen Vieren loszusprinten.
Die knorrige Eiche war das nächste Zwischenziel auf dem Weg über den Rosengarten bis zum Kellerfenster, das schon seit Jahren nicht mehr richtig schloss.
Obwohl David und Goliath schon eingeschlafen waren, blieb der Neuankömmling auf dem Grundstück nicht völlig unbemerkt. Ein weiterer Marder hatte sich schon vor langer Zeit im Garten eingenistet und wartete mit spitzen Zähnen darauf, sein Revier zu verteidigen. Angriffslustig funkelten seine alten Augen hinter einem Holzstoß hervor.
Ein leichter Ostwind sorgte dafür, dass der Eindringling seine Witterung noch nicht aufgenommen hatte. Das ältere Tier

konnte in aller Ruhe abwarten, bis sein Rivale sich quer durch das Grundstück gehetzt hatte, bevor es ihm einen Empfang bereitete.

Mit dem Wind wanderte auch der Schatten einer kleinen Wolke. Der junge Marder erkannte darin seine Chance und legte die Strecke zwischen Eiche und Rosengarten in Rekordzeit zurück. Nur zweimal blitzte sein grau-schwarzes Fell im Mondlicht auf. Als gäbe es für ihn keine Dornen, floss der schlanke Körper förmlich durch die Reihen aus Rosenstöcken. Er hatte sich dem Haus bis auf dreißig Meter genähert.

Sein betagter Artgenosse hinter dem Holzstoß hatte schon unzählige Kämpfe hinter sich und längst lernen müssen, dass es nicht lohnte, seine Kraft an übermächtige Gegner zu verschwenden. Und was sonst sollte er in dem kräftigen Jungtier sehen, das gut und gerne eineinhalb Mal so viel wog wie er selbst.

Der frühe Sommer und der lange Herbst hatten für überdurchschnittlich viel Nachwuchs bei der kleinen Marderpopulation gesorgt, die einst ein privater Züchter in den Wäldern rund um Woodberry Mansion ausgewildert hatte.

Bei der Nahrungssuche waren sich die Jungtiere nun zusehends gegenseitig im Weg. Verschärft wurde die Situation noch durch eine bevorstehende Wetteränderung, die die Tiere des Waldes zunehmend beunruhigte. Wer konnte, versorgte sich mit Futter, alle anderen liefen Gefahr, selbst als solches zu enden.

Erstmals kreuzten sich die Blicke der beiden Marder und sofort verdrängte das aggressive Fauchen der Tiere die Stille der Nacht. Noch war alles nur Show, doch der Herausforderer ließ sich seine vermeintliche Unerfahrenheit nicht im Geringsten anmerken. Mit entschlossenen Sätzen sprang er auf den Holzstoß zu. Kurz davor stoppte er ein letztes Mal und zeigte kreischend seine spitzen Zähne. Das Maul war groß genug, um den Kopf seines Rivalen in einem Stück darin verschwinden zu lassen, sollte der unmittelbar bevorstehende Kampf das erforderlich machen.

Die Botschaft war unmissverständlich und der alte Marder gut beraten, den Rückwärtsgang einzulegen. Mit einer Geste der Unterlegenheit ließ er sein Fauchen abklingen und zog sich zurück. Damit war der Zugang zum Kellerfenster frei.
Der neue Revierbesitzer verabschiedete seinen Artgenossen mit einem Luftbiss und dem dazu passenden Fauchen. Kaum war der alte Marder in der Dunkelheit verschwunden, zwängte sich der Neue durch den Fensterspalt in den Keller.
David und Goliath schreckten gleichzeitig aus dem Bett hoch. „Nicht schon wieder!", stöhnte David und legte seinen Arm schützend um das Riesenkaninchen, dessen Herz wie verrückt klopfte. „Das ist der furchtbare Schrei, von dem ich dir erzählt habe. Ich hätte nie gedacht, dass Marder so schreckliche Geräusche machen können, wenn sie miteinander kämpfen."
Er stand auf und ging zum Fenster, das er im Schlafzimmer zu jeder Jahreszeit einen Spalt geöffnet ließ.
„Blöde Viecher! Geht woanders spielen!" David drückte den Fensterflügel zu und verriegelte ihn. „Letztes Mal haben sie geschlagene zwanzig Minuten vor meinem Fenster gerauft", murmelte er schlaftrunken. *Natürlich genauso weit entfernt, dass ich sie mit meinem Schuh nicht erwischt habe... Den sollte ich übrigens auch endlich mal wieder holen...*
Vor dem Haus beobachtete der alte Marder aus sicherer Entfernung den verzweifelten Fluchtversuch seines Rivalen. Wie von Geisterhand wurde das kräftige Tier ins Dunkel des Kellerfensters zurückgezogen. Doch so sehr der kräftige Marder auch dagegen ankämpfte, es gelang ihm nicht zu entkommen. Sein Kreischen verstarb zu einem Wimmern, ehe es schließlich ganz verstummte.
Der alte Marder hatte sein Revier zurück und einer der Vorzüge seines Alters war offensichtlich geworden: Er hatte den Leichtsinn der Jugend überlebt.

***

Wohnung von Alon Kollek, Tel Aviv:

„Du hast die Frau gehört, Alon. Wir sollen uns sofort auf den Weg machen."
„Blabla", äffte Alon sie nach. „Souzan-Chaya und ich waren uns schon in der Sandkiste nie einig darüber, in welcher Richtung die nächste Eisdiele liegt."
„Mag sein", sagte Hiob emotionslos. „Aber sie hat es zur Chefin gebracht und du..."
„Sag es nicht!", drohte Alon mit erhobenem Zeigefinger. „Ich bin völlig zufrieden mit meinem Job und kann sehr gut damit leben, dass Souzan-Chaya unsere neue Chefin ist - die Chefin schlechthin!"
„Mhmm." Hiob grinste ausgesprochen selten, aber in diesem Moment fand er es durchaus angemessen.
„Du mich auch!" Alon drehte sich um und holte seinen Koffer aus dem Schrank. „Bei unserem letzten Besuch in London hatten wir eine Woche Dauerregen."
„Oh, ja, ich weiß es noch, als ob es erst gestern gewesen wäre." Hiob schob den Vorhang beiseite und beobachtete das Geschehen auf der belebten Querstraße schräg gegenüber. „Damals waren wir aber auch nicht mitten im Winter dort."
Alon hatte den Koffer aufs Bett geworfen und verstaute gerade eine Regenjacke darin. „Was willst du damit sagen?" Er blickte zu Hiob hinüber.
„Ach nichts", bemerkte Hiob ganz beiläufig und verfolgte mit seinem Blick einen kleinen Jungen, der es offensichtlich sehr eilig hatte, Abstand zwischen sich und zwei Jugendliche zu bringen, die ihm im Laufschritt folgten. „Ich dachte nur..."
„Was?", fragte Alon genervt und packte 10 Paar schwarze Socken ein.
Hiob ließ den Vorhang zurückgleiten und drehte sich um. „Sagt dir der Begriff *Weiße Weihnachten* etwas?"
„Schnee!"
„Genau der! Ich bin zwar kein Meteorologe, aber ich bilde mir ein, in der Schule gelernt zu haben, dass Regen im Winter zu Schnee wird."
„Stimmt. Jetzt, wo du es erwähnst... da war irgendwas." Alon betrachtete den Inhalt seines Koffers. „Meinst du das ernst?"

„Wir sollten es zumindest in Erwägung ziehen", gab Hiob zu bedenken. „Stell dir vor, die Wassermenge vom letzten Mal kommt diesmal als Schnee herunter."
„Buch unseren Mietwagen sofort auf einen Schneepflug um!" Alon holte die Regenjacke wieder heraus und tauschte sie gegen etwas Wetterbeständigeres. „Sag mal, solltest du als Pilot nicht ganz genau darüber informiert sein, wie das Wetter wird?"
„Wir fliegen mit einer Linienmaschine."
„Tatsächlich?" Alon zeigte sich ehrlich überrascht. „Wann hat sie dir das gesagt?"
„Gesagt gar nicht. Aber die Sekretärin hat mir beim Rausgehen unsere Flugtickets und die hier in die Hand gedrückt." Hiob ließ zwei Ausweise im Scheckkartenformat in der Brusttasche seines Hemds hervorblitzen.
„Gut kombiniert." Alon nahm den schwarzen Transportkoffer seiner Zweitwaffe aus dem Schrank und legte ihn auf das Bett.
„Willst du die auch mitnehmen?"
„Warum nicht? Wenn Souzan-Chaya Recht hat, dann sollten wir lieber kein Risiko eingehen. Und nach dem, was mit Simon passiert ist, sehe ich keinen Grund, an ihrer Einschätzung zu zweifeln."
Hiobs Stimme wurde mit einem Mal kalt wie Gletschereis. „Es ist mir ein persönliches Bedürfnis, dass ich diese offene Rechnung begleiche."
„Dann zieh die nächste freie Nummer. Der erste Schuss auf seinen Mörder gehört nämlich schon mir." Alon öffnete den Pistolenkoffer und vergewisserte sich, dass Waffe und Zubehör an ihrem Platz waren. „Ich kenne mich mit fremden Bräuchen nicht so aus, aber hat man zu Weihnachten nicht einen Wunsch frei? Meinen kennst du jetzt jedenfalls."
„Möge der Schnellere von uns beiden sich seinen Wunsch erfüllen." Mit seiner Anspielung machte Hiob deutlich, dass er gar nicht daran dachte zurückzustecken, wenn es darum ging, Simons Mörder zur Strecke zu bringen.
Es war alte Tradition beim Mossad, dass der Verlust von Kollegen bei der erstbesten Gelegenheit gesühnt wurde. Mit

Simons Tötung hatte sich sein Mörder - vermutlich sogar ohne es zu wissen - zum Freiwild degradiert. Den Aufzeichnungen der versteckten Überwachungskameras im Block L war es zu verdanken, dass die Mossadagenten sein Gesicht in ihre Zielübungen einbinden konnten.

„Lassen wir es drauf ankommen!“ Alon verstaute den Pistolenkoffer in seinem Gepäck. „Und dein Gewehr, Hiob?“, fragte er, als würde er die Antwort nicht längst kennen.

„Schon eingepackt.“

„Wann geht unser Flug noch mal?“

„In nicht ganz zwei Stunden“, erwiderte Hiob mit flüchtigem Blick zur Uhr.

„So bald schon? Dann können wir ja froh sein, dass wir uns mit den Ausweisen das mühsame Einchecken ersparen.“ Er zog die Glock 17 aus dem Halfter unter seiner sportlichen Jacke und prüfte den Zustand des Magazins.

„Passt“, sagte er und steckte seine Waffe wieder zurück. „Zahlt uns die *Sayeret Matkal (Anti-Terror-Spezialeinheit der israelischen Streitkräfte)* wenigstens was dafür, dass wir statt ihren Leuten als Sky-Marshals mitfliegen?“

„Wer sagt denn, dass wir statt ihnen fliegen?“

Alon lächelte überlegen und drückte den Reisekoffer zu. „Auf diesem Flug möchte ich kein Terrorist sein.“

„Wir haben keine Rückflugtickets“, streute Hiob ganz beiläufig ein und ging hinaus in die Wohnküche, um sich ein Glas Mineralwasser zu holen.

„Und das erwähnst du jetzt, weil...?“

„Ich hab viel mehr Unterwäsche eingepackt als du!“, rief Hiob von draußen.

Alon überlegte kurz, dann öffnete er den Koffer noch einmal und ließ eine zweite Garnitur seiner stets vorgepackten Unterwäsche darin verschwinden. „Weiß David eigentlich schon, dass wir kommen?“

„Diese Frage wollte ich dir auch gerade stellen.“

***

Ein einsames Waldstück nördlich von London:
„Sind Sie sicher, dass dieser Weg überhaupt noch irgendwohin führt?“ Der Taxifahrer vermied es ganz bewusst, die Zufahrt zu Woodberry Mansion als Straße zu bezeichnen.
„Ja, ganz sicher.“ Chess lächelte ihm freundlich aus dem Rückspiegel entgegen. „Es ist zwar schon eine Weile her, dass ich hier war, aber ich kenne den Weg noch sehr gut.“
„Wenn Sie das sagen. Für mich sieht in diesem Wald ein Baum wie der andere aus.“
„Ich verstehe, was Sie meinen. Aber glauben Sie mir, das sehen Sie ganz anders, sobald Ihnen einer davon vors Auto fällt.“
Der Fahrer wirkte verunsichert. „Warum sollte er das tun?“
„Fragen Sie nicht“, seufzte Chess.
Er unterdrückte sein Bedürfnis, den Kopf zu schütteln. „Ich hoffe, Sie haben anständige Winterkleidung da drin.“ Sein rechtes Auge schielte zum Spiegelbild des riesigen Rucksacks auf der Rückbank, während das linke versuchte, die kurvenreiche Strecke im Auge zu behalten.
„Machen Sie sich keine Sorgen um mich, ich bin den Regen gewohnt, den es hier angeblich gar nicht gibt“, sagte sie mit leidgeprüfter Stimme.
„Beim Regen wird es nicht bleiben. Das Wetter soll über Weihnachten umschlagen. Eine große Kaltfront ist im Anrücken, und falls die Meteorologen nicht wieder völlig danebenliegen, bringt sie eine ordentliche Schneemenge mit.“
„Richtiger Schnee?“, zeigte sich Chess überrascht.
Der Fahrer nickte. „Jede Menge davon. Vor allem hier oben könnte er leicht für mehrere Tage liegenbleiben und den Weg unpassierbar machen.“
„Das wäre blöd“, platzte Chess heraus. „Ich muss nämlich tagsüber nach London ins Museum, weil ich dort arbeite.“
„Zu den Feiertagen?“
„Ja, gerade da. Ich bin Archäologin und soll ein paar Objekte überprüfen, die schon ab Januar ausgestellt werden. Mir bleibt also leider kaum noch Zeit.“

„Hatte Ihr Flieger denn so viel Verspätung?“, scherzte der Taxifahrer, der es gewohnt war, dass seine Fahrgäste sich jedes Jahr um die Weihnachtszeit über die Störungen im Flugverkehr beschwerten.
Chess lachte. „Nein, ganz so schlimm war es nicht. Mein Flugzeug ist gestern sogar fast pünktlich gelandet... Noch zwei Kurven, dann sind wir da“, bemerkte sie, als sie ein völlig verrostetes Schild erblickte, das sie von ihren früheren Besuchen kannte.
Kurz darauf stand Chess vor dem schmiedeeisernen Gittertor und blickte auf David Wilders Anwesen. Hinter ihr wartete der Taxifahrer mit laufendem Motor, während sie die Türglocke betätigte.
Es klingelte dreimal, bevor sich Davids überraschte Stimme aus dem Lautsprecher der Gegensprechanlage meldete. „Ja, bitte?“
„Ich habe ein Paket für Mr. Wilder!“, brummte Chess in das Mikrofon.
Nachdenkliches Schweigen.
„Von wem?“
„Aus Jordanien.“ Chess verstellte ihre Stimme, so gut es ging. „Schlecht zu lesen. Könnte Cheese heißen. Kennen Sie jemanden, der Cheese heißt?“
„Chess! Sie meinen sicher Chess.“ David klang erfreut.
„Auch möglich“, brummte Chess unfreundlich. „Wollen Sie das Paket nun oder nicht? Ich habe noch eine Menge auszuliefern. Weihnachten - Sie wissen ja...“
„Ja! Natürlich will ich das Paket. Bitte kommen Sie rein!“ Der Toröffner summte und gab ihr den Weg frei.
Chess drehte sich noch einmal zum Taxifahrer um. „Hat geklappt“, sagte sie zufrieden durch das geöffnete Seitenfenster. „Danke, dass Sie gewartet haben.“
Er winkte ihr zu und ließ den Wagen anrollen. „Ich wünsche Ihnen frohe Weihnachten im Museum... Und denken Sie an den Wetterbericht!“
Chess hievte den riesigen Rucksack auf ihre Schultern und folgte der gepflasterten Straße, die die große Wiese vor dem

Herrenhaus in zwei Hälften teilte. Im Vergleich zu ihrem letzten Besuch war das Gras kurz gemäht und wirkte der Jahreszeit entsprechend dunkel und saftlos.
Chess überquerte den gepflasterten Platz vor dem Haus und stieg den überdachten Treppenaufgang hoch. An der Eichentür angekommen, ergriff sie den dicken Messingring und schlug ihn gegen das Holz.
David Wilder öffnete die Tür und im selben Moment bereute Chess es, keine Kamera schussbereit zu haben, um seinen verdutzten Gesichtsausdruck einzufangen.
„Chess!" David streckte voller Freude die Arme nach ihr aus.

***

Golf von Aden, vor der Küste von Somalia:
Ein afrikanisches Schiff in erbärmlichem Zustand fuhr, vom jemenitischen Festland kommend, den Golf von Aden in Richtung Süden. Selbst im fahlen Mondlicht war das Rostrot der Außenwände des Seelenverkäufers deutlich zu erkennen. Die Aufbauten an Deck deuteten darauf hin, dass es sich um einen Tanker handelte.
Seinem Tiefgang nach zu urteilen war es unbeladen, wodurch es Piraten aus zwei Gründen uninteressanter erscheinen sollte: Erstens waren leere Schiffe im allgemeinen manövrierfähiger und damit schwerer zu entern und zweitens versprach die Ladung eines Schiffes zusätzlichen Profit, wenn es darum ging, Lösegeld vom Eigner zu erpressen.
Allerdings hatten die somalischen Piraten feststellen müssen, dass die Reedereien in den letzten Jahren vermehrt Schrottschiffe einsetzten, um wertvolle Ladungen getarnt und unbeschadet durch den Golf von Aden zu bringen.
Es war also nicht verwunderlich, dass sich einige der Freibeuter gerade auf besonders betagte Kähne spezialisiert hatten, zumal deren Verteidigungsmöglichkeiten üblicherweise stark beschränkt waren. Letztlich gab es also keinerlei Garantie, dass ältere Schiffe und deren Mannschaften von den Piraten nicht aufgebracht wurden.

Der afrikanische Schrotttanker hatte bereits die Aufmerksamkeit eines somalischen Piratenschnellboots auf sich gezogen. Entfernung und Geschwindigkeit nach zu urteilen, hatten die Piraten aber noch nicht entschieden, ob ein Angriff sich lohnen würde.
Im hinteren Brückenbereich des Tankschiffes waren unterdessen ein alter Ägypter und seine brünette Begleiterin in eine Partie Domino vertieft. Der Kontrast zwischen der adretten Amerikanerin und dem runzligen Alten war so hart wie der zwischen den dunkelblauen Spielsteinen und ihren Elfenbeinaugen.
Die vertrockneten Finger des Ägypters krallten sich um einen der aus Lapislazuli gefertigten Steine. „Passen Sie auf, Ms. Simmons", warnte er sie vor ihrem Spielzug. „Sie müssen sich möglichst viele Optionen offenlassen, sonst verlieren Sie wieder."
„Es ist ja nur ein Spiel", zeigte sie sich unbeeindruckt und legte den Stein wie geplant ab. Cornelia Simmons Sympathie für ihren Gastgeber war mehr als enden wollend. Dennoch durfte sie ihn sich keinesfalls zum Feind machen. Einerseits, weil er besaß, was sie begehrte, und andererseits, weil ihn eine Aura des Todes umgab, die ihresgleichen suchte.
Cornelia Simmons war ein großes Risiko eingegangen, als sie diesem Treffen und der damit verbundenen Reise zugestimmt hatte, doch es gab keine Alternative.
In den letzten Jahren hatte Cornelia viele Grenzen überschritten, um ihre Interessen durchzusetzen und sie hatte auch andere dazu gedrängt, die eigenen Grenzen zu überschreiten. Dass sie jetzt, so kurz vor dem Ziel, noch immer am Leben war, zeigte nur, wie gut sie es verstand, im richtigen Moment anderen den Vortritt zu lassen.
„Sie sind dran, Ahil", riss sie den Ägypter aus seinen Gedanken.
„Entschuldigen Sie, bitte." Seine kratzige Stimme verstand es ausgezeichnet, Freundlichkeit zu heucheln. „Ich war wohl gerade woanders."

„Wo genau?“, fragte sie und strafte den Raum mit einem abschätzigen Blick. „Ich würde mich Ihnen nämlich sehr gerne anschließen.“

Ahils Lachen glich dem einer Hyäne. „Sie gefallen mir, Ms. Simmons. Schon bei unserem ersten Telefonat war ich mir sicher, dass wir uns ausgezeichnet verstehen werden. Ich bedaure es sehr, dass wir uns nicht früher begegnet sind.“ Er legte einen weiteren Dominostein an und deutete auf die Ausbeulung in seiner Brusttasche. „Rauchen Sie?“

„Hab’s mir abgewöhnt. Ist schlecht für die Haut.“ Cornelias knallrot lackierte Fingernägel blitzten auf, als sie sich sanft über die Wange strich.

„Wem sagen Sie das.“ Ahil reagierte mit einem leicht verträumten Lächeln. Sein nikotingegerbter Zeigefinger rückte den Dominostein zurecht.

Cornelia konnte keinen ihrer Steine anlegen und war gezwungen, einen neuen vom Stapel zu nehmen.

„Sie wirken abgelenkt, Ms. Simmons. Beunruhigt Sie etwas?“

„Beunruhigen ist vielleicht zu viel gesagt“, entgegnete sie und strich sich durchs Haar. „Es ist nur so, dass es bessere Orte für eine amerikanische Staatsbürgerin gibt als den Golf von Aden. Erst letzte Woche habe ich in den Nachrichten gesehen, dass wieder zwei Schiffe von Piraten entführt worden sind.“

„Piraten?“, stieß Ahil abfällig hervor. „Das sind doch bloß einfache Fischer, die nicht wissen, wie sie ihre Familien durchbringen sollen. Vor denen müssen Sie keine Angst haben, meine Liebe.“

„Fischer?“, fragte Cornelia skeptisch. „Ich habe noch nie von Fischern gehört, die mit Maschinengewehren und Granatwerfern zur See fahren. Und erst recht nicht von solchen, die Schiffe kapern und androhen, die Besatzung zu ermorden, wenn kein Lösegeld bezahlt wird.“

„Sie dürfen nicht alles glauben, was Ihnen das Fernsehen daheim auftischt“, beschwichtigte Ahil. „Hier in der Region gelten andere Regeln im Umgang miteinander. Das bedeutet aber nicht, dass es gefährlicher ist als anderswo auf der Welt. Wenn Sie zum Beispiel in New York so unbedacht über die

Straße laufen, wie die Einheimischen das hierzulande tun, schaffen Sie es niemals auf die andere Seite. An jedem Tag sterben allein im Straßenverkehr mehr Menschen als in einem ganzen Jahr durch die Hände Ihrer sogenannten Piraten."
„Mag sein", räumte Cornelia ein. „Für mich macht es dennoch einen gewaltigen Unterschied, ob ich mit dem Risiko lebe, Opfer eines Verkehrsunfalls zu werden, oder ob jemand gezielt Jagd auf mich macht."
Ahil legte einen weiteren Dominostein an. „Glauben Sie einem alten Mann wie mir, Ms. Simmons. Der Tod findet uns überall. Wichtig ist nur, dass man immer in Bewegung bleibt, um ihm die Sache nicht unnötig leicht zu machen."

***

Woodberry Mansion, England:
David schenkte Tee in eine mit Rosen verzierte Tasse aus feinstem englischen Porzellan und reichte sie an Chess weiter. „Also wenn du mich angerufen hättest, dann..."
„Hab ich aber nicht, David. Sonst wär's doch keine Überraschung geworden."
„Nein, vermutlich nicht... Wo hast du denn eigentlich gestern übernachtet?"
„Na, wo schon. Bei Ms. Furgerson natürlich! Deine Nachbarin hat mich ja nicht mehr weggehen lassen. Stattdessen hat sie mir etwas von irgendwelchen schwarzen Gestalten erzählt, die ums Haus schleichen, und dass junge Mädchen wie ich um diese Zeit unmöglich allein unterwegs sein dürfen." Chess' Mundwinkel hoben sich.
David verdrehte die Augen, während er eine weitere Teetasse füllte. „Sie meint sicher die Männer von Chief Inspector Scowcroft. Mir ist sie damals auch wochenlang damit in den Ohren gelegen. Ms. Furgerson liest einfach zu viele Krimis."
„Lässt Scotland Yard dein Haus noch immer überwachen?", fragte Chess überrascht.
„Nein, natürlich nicht! Aber mach das mal Ms. Furgerson klar. Für sie ist mittlerweile jeder Passant ein potenzieller

Geheimagent oder gar ein Krimineller. Falls sich tatsächlich einmal ein Einbrecher in unsere Straße verirren sollte, bleibt er ihr bestimmt nicht verborgen."
„Sei doch froh", bemerkte Chess. „Zumindest musst du dir keine Sorgen machen, wenn sie dein Haus so gut bewacht."
David trank einen Schluck Tee und ließ sich in seinen dunkelgrünen Ohrensessel zurücksinken. „Lass uns das Thema wechseln. Was genau machst du im Museum?"
„Vier jordanische Mumien kontrollieren! Vielleicht hast du ja schon von der Ausstellung gehört, die ab Januar beginnt. In London machen sie zurzeit ziemlich viel Werbung dafür."
„Meinst du die Plakate mit den roten Masken und dem vertrockneten Kopf davor?"
Sie nickte erfreut. „Ja, genau die! Ich muss für die Versicherung ein paar Dinge prüfen, weil die Begleitpapiere auf dem Transport verschwunden sind."
„Na, besser die Papiere als die Mumien."
„Die Papiere sind schlimm genug, glaub mir. Bis spätestens 27. Dezember muss die Versicherung den Vertrag unterschreiben, sonst dürfen die Mumien und ihre Tonsärge nicht ausgestellt werden."
„Und wie schlimm wäre das?", fragte David.
„Eine der vier Mumien ist der vertrocknete Kopf auf dem Plakat."
„Also ziemlich schlimm", beantwortete er die Frage selbst.
„Ja, für das Museum wäre es eine Katastrophe, wenn die jordanischen Tonsärge nicht gezeigt werden dürften. Sie sind praktisch die Zugpferde der ganzen Ausstellung."
„Ich find's sehr schmeichelhaft, dass sie dabei gerade auf dich gekommen sind, Chess."
„Um ehrlich zu sein, hatten sie so kurzfristig keine große Wahl." Ihre smaragdgrünen Augen betonten das charmante Lächeln. „Der verantwortliche Sachverständige ist erkrankt, sein Stellvertreter bereits in den Weihnachtsurlaub geflogen und der dritte im Team wird von der Versicherung nicht anerkannt, weil er noch zu wenig Erfahrung hat. Bei solchen Deckungssummen wollen sie kein Risiko eingehen."

„Verstehe. Und sind die Mumien nun echt? Oder hat sie irgendjemand während des Transports gegen Kopien ausgetauscht und du lässt den Schwindel auffliegen?"
Sie lachte. „Soweit ich es bisher sagen kann, hat alles seine Richtigkeit, aber es ist noch eine Menge Papierkram zu erledigen, damit alle guten Gewissens ihre Unterschrift unter den Versicherungsvertrag setzen können. Ich bin dennoch sehr zuversichtlich, dass wir es schneller schaffen als in der vorgegebenen Zeit."
„Das klingt doch gut", zeigte David sich erfreut. „Dann kannst du mit uns Weihnachten feiern. Goliath hatte ja schon seine Bedenken, dass es uns allein ein wenig langweilig werden könnte in dem großen Haus."
„Ach, hat er dir das gesagt?", fragte sie neckisch.
„Vielleicht nicht genau mit diesen Worten, aber so ähnlich ist es bei mir angekommen. Wir freuen uns jedenfalls sehr, dass du hier bist. Fühl dich in Woodberry Mansion wie zu Hause!"
„Danke, aber ich will wirklich keine Umstände machen. Wenn ich also ungelegen..."
„Es ist Weihnachten!", fiel er ihr ins Wort. „Da kommen Freunde niemals ungelegen und du schon gar nicht. Ich muss morgen Früh sowieso noch einmal nach London, da kann ich dich beim Museum absetzen. Und für die nächsten Tage nimmst du einfach meinen Wagen."
„Im Ernst?"
„Klar, ich habe doch Urlaub. Alles, was ich noch einkaufen will, besorge ich morgen. Dann kriegt mich dieses Jahr keiner mehr von hier weg."
„Weil wir eingeschneit werden, meinst du?"
„Eingeschneit? Wer hat dir denn diesen Bären aufgebunden?"
„Der Taxifahrer. Er hat gesagt, dass eine Kaltwetterfront mit viel Schnee unterwegs ist."
„Im Großraum London schneit es so gut wie nie", behauptete David so überzeugend, als wäre er leitender Tourismusbeauftragter.
„So wie es nie regnet?"

Er dachte an Chess' letzten Besuch und das heftige Unwetter zurück. „Das war eine Ausnahme."
„Mhm... Hab ich schon erwähnt, dass es gestern auch geschüttet hat, als ich vor deinem Haus stand?"
„Wirklich? Hier war es knochentrocken."
„Lass gut sein, David", schmunzelte sie. „Ich hätte ja gar nichts gegen ein wenig Schnee. Es sollte nur nicht zu viel sein, damit ich ins Museum komme. Aber so ein kleiner Abendspaziergang durch den angezuckerten Wald..."
„Der Wald ist toll", bestätigte David. „Ich habe vor ein paar Wochen damit begonnen, das Stück hinter dem Grundstück zu erkunden. Da wachsen ganz besondere Bäume. Moment, bitte..." Er stand auf und ging zu einer alten Kommode mit mehreren kunstvoll verzierten Schubladen. In der obersten davon suchte er nach etwas. „Hab's gleich!"
Zwei Schubladen später wurde er fündig. Wie einen kleinen Schatz präsentierte er einen Ausdruck mit Foto und Namen der Bäume: „Süntelbuchen! Ich musste sie im Internet suchen. Mit meinen botanischen Kenntnissen ist es zwar nicht weit her, aber ich konnte sie ganz eindeutig bestimmen", erklärte er stolz und zeigte auf das Foto. „Genau die wachsen hinten im Wald."
Chess staunte nicht schlecht bei dem Anblick. „Sind die krank? Steht dein Haus auf einem Atommüllendlager?"
„Nein, gar nicht. Diese Bäume sind alle kerngesund. Die Süntelbuche ist eine ganz spezielle Varietät der Rotbuche", las er die Überschrift des Artikels vor. „Außerdem gehört sie seit kurzem zu den zehn Pflanzenarten, die ich erkenne, wenn ich davorstehe." *Oder waren es elf?*
„Zehn schon?" Sie grinste. „Wirklich beeindruckend."
Ich hätte elf sagen sollen. „Willst du sie sehen?"
„Unbedingt!"

***

20:31 Uhr, Schnellboot somalischer Piraten, Golf von Aden:
„Macht schon!", drängte Hassan, der Anführer der Piraten. Seine kleine, aber kampferprobte Crew bestand aus drei

ehemaligen Fischern, denen der Bürgerkrieg sowohl die Heimat als auch die Familien geraubt hatte.
Mit dem Sturz der Regierung Somalias war auch die Überwachung der somalischen Hoheitsgewässer eingestellt worden. Ein tragischer Umstand, durch den umgehend Fischereiflotten aus allen Weltmeeren angelockt worden waren. Mit deren modernen Fangtechniken hatten die einfachen Holzboote der Einheimischen nicht mithalten können.
Anders als seine drei Männer war Hassan selbst Kämpfer im Bürgerkrieg gewesen und hatte geplündert und gebrandschatzt, bis er eines Tages bei seinem Warlord in Ungnade gefallen war. Nur dem glücklichen Umstand einer Ladehemmung verdankte Hassan sein Leben. Auf seiner überhasteten Flucht hatte ihn zwar noch eine Kugel eingeholt und sein rechtes Ohr abgerissen, aber das war ein kleines Opfer gemessen an dem gewaltigen Rest des Schwarzafrikaners.
Einige Jahre war es nun schon her, dass Hassan sich ein Schnellboot besorgt hatte und mit seinen Männern den Golf von Aden unsicher machte. Obwohl Hassan dank zahlreicher Überfälle längst ein gesichertes Auskommen hatte, trieb ihn die Gier dazu, sein Glück immer wieder aufs Neue zu versuchen - so auch in dieser Nacht.
„Was dauert denn so lange?“, herrschte er einen seiner Männer an, der im hinteren Teil des Schnellboots die Enterhaken für den Abschuss vorbereitete.
„Die Seile haben sich verheddert. Ich muss sie neu aufwickeln“, rechtfertigte sich der kleinwüchsige Schwarze, in dessen Mundhöhle nur noch fünf vereinzelt stehende Zähne im Mondlicht zu erkennen waren.
„Du oder er?“, fragte Hassan.
„Er!“ Der Fünfzahn mit dem Enterhaken zeigte auf den jüngsten der vier Schwarzafrikaner, den sie alle nur Andrew riefen. „Weil er ständig hier durchlatschen muss, obwohl kaum Platz zum Arbeiten ist“, tönte es durch die Zahnlücken.
Hassans Augen waren so dunkel wie die Nacht selbst. Dennoch konnte Andrew seinen stechenden Blick spüren.

„Für Saboteure und Verräter ist kein Platz auf diesem Boot!“, warnte Hassan.
Andrew zuckte innerlich zusammen und vertiefte sich wieder in seine eigentliche Aufgabe: das Vorbereiten der Waffen für den Überfall auf das Tankschiff.
„Wie lange noch, bis wir sie einholen?“, fragte Hassan, als er neben dem Mann am Steuer Platz nahm.
„Weniger als zwei Minuten, wenn wir es darauf anlegen.“
„Tun wir nicht“, stellte Hassan klar. „Setz dich langsam hinter sie und halte sicheren Abstand, bis wir so weit sind... Und ihr beide seht gefälligst zu, dass ihr fertig werdet!“, rief er mit dem Fahrtwind nach hinten.
Der Steuermann des Schnellboots nahm Schub zurück. Trotz der relativen Dunkelheit konnte er die Beute vor sich klar ausmachen. Zum einen waren die Deckaufbauten des Tankers zwar spärlich aber doch beleuchtet, und zum anderen ließ das Mondlicht die Gischt der Heckwellen wild funkeln.
Die Piraten verzichteten bei ihrem Schnellboot aus nachvollziehbaren Gründen auf jede Art von Positionsleuchten. Ihr erklärtes Ziel war es, sich dem Tanker unbemerkt von hinten zu nähern und ihn mit drei Leuten blitzartig zu entern. Nur der Steuermann blieb an Bord des Schnellboots zurück und wartete darauf, dass er von den anderen das vereinbarte Signal bekam, um längsseits zu gehen.
Ihre numerische Unterlegenheit glichen die Piraten durch das Überraschungsmoment und die Entschlossenheit aus, mit der sie ihre Schusswaffen zum Einsatz brachten. Die Erfahrung hatte sie gelehrt, dass die Anzahl der beim Entern getöteten Besatzungsmitglieder kaum Einfluss auf die Höhe des erpressbaren Lösegelds hatte.
In aller Regel war den Schiffseignern die Ladung wichtiger als die Mannschaft, da Erstere nicht einfach im nächsten Hafen durch ein paar arbeitslose Matrosen ersetzt werden konnte.
Lediglich bei Kreuzfahrtschiffen reagierten die Reedereien sehr sensibel auf die Androhung von Gewalt, wobei die überwiegende Mehrzahl von ihnen die Gewässer vor Somalia ohnehin großräumig umschiffte.

„Ich bin so weit!“, war Andrews Stimme aus dem Bootsheck zu hören. Sein junges Herz raste, wie jedes Mal, wenn sie zur Jagd fuhren. Erst die besondere Mischung aus Angst, Vorfreude und Adrenalin gab ihm das wunderbare Gefühl, am Leben zu sein.
Andrew, der seine Kameraden bereits mit Waffen versorgt hatte, hielt nun dem Anführer eine Kalaschnikow, eine Pistole, ein Kampfmesser und einen Gürtel mit Handgranaten hin. „Das sind deine, Hassan. Lass uns den Kahn endlich entern!“
Auch der Fünfzahn war von der spannungsgeladenen Luft angesteckt. Er hielt seine Panzerfaust so innig umklammert wie kleine Kinder ihren Lieblingsteddybären. „Und wenn sie Ärger machen, versenk ich sie damit!“
Hassan wusste, dass es mehr als eine Panzerfaust brauchte, um einen Tanker dieser Größe auf den Grund des Meeres zu schicken, doch dass er die einstigen Fischer in diesem Glauben ließ, stärkte die Kampfkraft seiner Crew zusätzlich.
„In Ordnung, Männer. Wir gehen vor wie immer. Du bringst uns so dicht wie möglich neben das Heck des Tankers... Und dann schießt ihr beide eure Enterhaken hoch. Wer zuerst oben ist, sichert die Umgebung, bis alle von uns an Bord sind.“
„Und er bekommt die 1000 Dollar zusätzlich“, erinnerte Fünfzahn an den Bonus, den Hassan dem Ersten von ihnen in Aussicht gestellt hatte.
„Die kannst du gleich wieder vergessen!“, gab sich Andrew kampflustig. „Diesmal sacke nämlich ich das Geld ein.“
„Träum weiter.“ Ein verächtliches Schnauben drang durch die Zahnlücken. „Ich werde dir von oben zusehen, wie du dich in deinem Seil verhedderst.“
„Ich habe mich noch nie...“
„Es reicht“, sagte Hassan bestimmt. „Solange ihr euch nicht gegenseitig in den Rücken schießt, um Erster zu werden, habt ihr meinen Segen. Aber denkt dran, weshalb wir hier sind. Falls euch jemand von der Besatzung entdeckt und zu früh Alarm schlägt, gehen wir nämlich alle leer aus. Ist das so weit klar?“

Die beiden nickten und antworteten wie aus einem Mund: „Glasklar, Hassan."
„In Ordnung, dann lasst uns die Sache jetzt durchziehen", verkündete er mit lauter Stimme und hatte Mühe, das rasch näherkommende Brummen der Schiffsdiesel zu übertönen.
Vor dem Schnellboot tauchte im Sprühnebel riesiger Schiffsschrauben das Tankerheck wie ein mehrstöckiges Haus aus der Nacht auf. Obwohl die Farbe größtenteils abgeblättert war, ließen sich die großen Buchstaben des afrikanischen Schiffsnamens noch immer zwischen dem Rost erkennen: AFWYS.
Da die vier Piraten aber weder lesen noch schreiben konnten, war ihnen die Bedeutung der Schriftzeichen nicht bewusst. Unmittelbar nacheinander wurden drei Enterhaken auf die AFWYS abgefeuert, wo sich ihre mit Kletterknoten versehenen Seile in der Reling verhakten.

***

Etwa zur selben Zeit in Woodberry Mansion, England:
Chess und David waren so in ihre Plauderei vertieft gewesen, dass sie erst beim Verlassen des Hauses bemerkt hatten, dass es längst nicht mehr regnete.
„Sieht ganz so aus, als hätte der Taxifahrer mit seinem Wetterbericht Recht behalten." Chess' schwarze Stiefel knirschten im frischen Schnee.
Obwohl es im näheren Umkreis keine anderen Häuser oder beleuchtete Straßen gab, war es durch die Schneedecke im Wald um Woodberry Mansion ungewohnt hell. Selbst das wenige Mondlicht, das es durch den wolkenverhangenen Himmel schaffte, reichte für gute Sichtverhältnisse.
„Es hat aufgehört zu schneien, Chess. Du kannst die Kapuze wieder abnehmen." David trug einen dunklen Mantel und spazierte unmittelbar neben ihr.
„Damit mir die Ohren auch noch abfrieren?" Chess wärmte sich die Finger in den Taschen ihrer weißen Daunenjacke. „Wenn du mir gesagt hättest, dass wir eine Polarexpedition

machen, dann hätte ich mir anständige Handschuhe mitgenommen... Nicht diese selbstgestrickten Dinger hier...“
„Die hast du selbst gestrickt?“
„Seh ich so aus?“
„Du nicht, aber die Handschuhe.“
„Sehr witzig.“ Chess ließ sich unbemerkt ein Stück zurückfallen. „Weißt du, was ich schon immer machen wollte?“
„Nein, was?“ Als David sich zu ihr umdrehte, traf ihn die Antwort mitten ins Gesicht.
Chess musste unweigerlich lachen, als sie sah, wie perfekt ihr Schneeball getroffen hatte. „Tut mir leid, David. Das war keine Absicht. Ich wollte wirklich nicht...“
David wischte sich mit dem Handrücken übers Gesicht. „Ist ja nichts passiert.“ Er gab sich Mühe, möglichst verständnisvoll auszusehen, während er in die Knie sank. Kaum hatte seine rechte Hand die Schneedecke erreicht, revanchierte er sich mit einem Bauchschuss. „Das wirst du mir jetzt vielleicht nicht glauben, aber der tut mir sogar noch mehr leid.“
„Doch, das glaub ich dir sofort“, lachte Chess. „So einen schlechten Schuss kann man doch nur bedauern.“
„Na warte!“
Chess’ nächster und übernächster Schneeball fielen ihrer guten Laune zum Opfer und gingen meilenweit am Ziel vorbei.
David landete zumindest noch einen Streifschuss, bevor Chess sich hinter einem Baum in Sicherheit bringen konnte.
„Weißt du, dass ich noch nie eine richtige Schneeballschlacht gemacht habe?“, rief sie hinter ihrer mächtigen Eiche hervor.
„Gewusst habe ich es nicht, aber es lässt sich schwer verbergen, wie man sieht.“
„Wie meinst du das jetzt?“ Sie steckte die Nasenspitze vor und prompt klatschte unmittelbar daneben ein Schneeball gegen den Stamm. *Das war knapp!*
„Gegen mich hast du keine Chance“, gab David an. „Ich hab schon viel mehr richtige Winter erlebt als du.“
„Pah!“, gab sie sich kämpferisch. „Ich hab bisher den besten Treffer gelandet.“

„Das war reines Glück! Du hast doch vorhin selbst gesagt, dass es keine Absicht war."
„Vorhin hatte ich auch noch keinen Baum, hinter dem ich mich verstecken konnte", erwiderte sie vergnügt und verabschiedete das nächste Geschoss in Davids Richtung.
„Daneben!" Er konterte mit zwei schnellen Würfen, die in Kopfhöhe an der Eichenrinde kleben blieben.
„Wieso fliegen deine Schneebälle viel besser als meine?", wollte Chess wissen, die erhebliche Probleme damit hatte, den Pulverschnee in Form zu bringen.
„Geheimes Familienrezept!" Mit ein paar schnellen Schritten versuchte er, in eine bessere Angriffsposition zu kommen. „Da machen sich eben die Erfahrungen bezahlt, die Generationen von Wilders beim Schneeschaufeln in der Nachbarschaft gesammelt haben."
„Red keinen Blödsinn, sondern verrat mir lieber, warum meine Schneebälle zerfallen und deine nicht." Auch Chess blieb in Bewegung und schlich um den Stamm, damit David nicht auf sie zielen konnte.
„Okay, ich will fair zu dir sein. Komm her, und ich verrat dir das Geheimnis."
Sie lachte ihn aus. „Gegenangebot: Verrat es mir zuerst und ich überleg mir dann, ob ich auf deinen Vorschlag eingehe."
David bereitete indessen vier seiner Schneebälle nach dem Familienrezept der Wilders zu. „Du hattest deine Chance, Chess. Jetzt wird es Zeit, die Schlacht zu entscheiden."
Sie blickte sich um. *Mit seinen Schneebällen schießt er viel weiter als ich. Sobald er sich meinem Baum zu sehr nähert, muss ich loslaufen, aber dann hat er mich...* „David?"
„Ja?" Er ging direkt auf den Baum zu.
„Warte mal kurz."
„Netter Versuch." Er war nur noch ein paar Schritte entfernt.
„Nein, wirklich. Es gibt da etwas, das du wissen solltest."
„Dann sag's lieber schnell, bevor du gleich den Mund voller Schnee hast."
„Kannst du mal bitte für einen Moment ernst sein?" Chess' Stimme war ihrem Vorschlag bereits gefolgt.

David stutzte und blieb einen knappen Meter vor dem Baum stehen. „Ja... Ja, sicher. Was ist denn?“
„Ich komm jetzt vor. Aber du darfst mich nicht gleich bombardieren...“
Er senkte die Arme. „Keine Sorge. Ich...“
Chess sprang hervor. „...weil der nächste Schuss nämlich mir gehört!“ Mit beiden Händen warf sie ihm eine ordentliche Ladung Schnee entgegen und lief laut lachend los in Richtung einer Gruppe merkwürdig verdrehter Bäume. Sie standen sehr dicht und versprachen gute Deckung gegen Davids Weitwürfe.
David spuckte Schnee. Reflexartig feuerte er Chess seine vorbereiteten Spezialbälle nach. An exaktes Zielen war allerdings nicht zu denken, da die Konturen ihrer weißen Jacke erst nach und nach wieder aus der Pulverschneewolke auftauchten. „Das war ein böser Fehler.“
„Du hast mir keine Wahl gelassen!“, rief Chess. Sie hatte die Baumgruppe erreicht. „Wenn wir nicht mit denselben Waffen kämpfen, dann muss sich die Schwächere eben mit einer Kriegslist helfen.“
„Die listige Kriegerin wird gleich feststellen, wie erfrischend es ist, mit Neuschnee eingerieben zu werden.“
„Das würdest du nicht wagen.“ Chess behielt David immer im Auge und bewegte sich abwechselnd seitwärts und rückwärts durch die verkrüppelten Baumskelette.
„Finden wir's raus.“
„Tu nichts, was du später bereuen könntest, David.“ Chess hatte noch immer Mühe, ihr Lachen zu kontrollieren.
„Wer sagt denn, dass ich das bereuen werde? Du hast doch förmlich darum gebettelt, eine Abreibung zu bekommen. Kennst du Schneemannbauen?“
„Schneemannbauen?“
David grinste. „Man stopft dem Verlierer die Jacke mit Schnee aus. In deinem Fall wird es dann wohl eher eine Schneefrau. Aber ich denke, wir sollten angesichts des bisherigen Schlachtverlaufs nicht unnötig kleinlich sein.“
„Das wagst du nicht, David Wilder!“

„Weiße Jacke, weißer Schnee - das wirst du gar nicht merken.“ David erreichte den ersten der verkrüppelten Bäume. „Das sind übrigens die Süntelbuchen, von denen ich dir erzählt habe.“
„Ach, wirklich?“ Chess ließ David nicht aus den Augen. „Wär mir jetzt gar nicht aufgefallen. Bin irgendwie gerade abgelenkt.“
„Nimm dir ruhig Zeit für sie. Deshalb sind wir ja hergekommen. Mit Schnee ausstopfen können wir dich später auch noch. Du läufst uns ja nicht davon und selbst wenn... Ich habe die Schlüssel zum einzigen Haus im Umkreis von zehn Kilometern.“
„Verrat mir lieber, wie du das mit den Familienschneebällen hinbekommst, damit wir Waffengleichheit haben.“
„Na schön, wenn du es unbedingt wissen willst.“ Er nahm eine Hand voll Schnee von einem der Äste und spuckte hinein. „Das ist die geheime Zutat.“
„Spucke?“
„Wasser“, stellte David richtig.
„Ist ja widerlich. Und mit so was schießt du nach mir?“ Sie spuckte auf den losen Schnee in ihrer Hand und presste ihn fest zusammen. „Wow, das klappt erstaunlich gut.“
„Sag ich doch - ist ein Familienrezept.“
„Ich hoffe, in der Küche arbeitet man bei den Wilders mit anderen Zutaten?“
„Ja, zum Nudelkochen nehmen wir richtiges Wasser - das würde sonst zu lange dauern... Wie gefallen dir die Süntelbuchen?“
„Ich bin jetzt auch mit dem Familienrezept bewaffnet“, betonte sie und ließ ihren Blick vorsichtig wandern. „Sehen irgendwie gespenstisch aus. Als hätte man sie verhext.“
David stimmte zu. „Der da hinten ist mein Lieblingsbaum.“
„Glaub ich dir unbesehen.“ Sie grinste ihn an, die Hand schussbereit.
„Traust du mir etwa nicht?“, fragte er mit übertrieben enttäuschter Stimme.

„Nicht weiter, als ich werfen kann." Chess bewegte sich behutsam durch das Waldstück mit den Süntelbuchen und zeigte sich ehrlich beeindruckt von dieser Laune der Natur. „Sie sind wunderschön. Du hast mir wirklich nicht zu viel versprochen. Ich habe so etwas noch nie gesehen."
David näherte sich der Archäologin mit großen Schritten. Er war mit zwei Schneebällen bewaffnet. „Lass uns die Sache hier im Mondlicht zu Ende bringen." Er gab sich größte Mühe, pathetisch zu klingen. „Ein faires Duell unter den Süntelbuchen - nur du und ich. Jeder bekommt zwei Schüsse."
„Und dann?", kicherte sie.
„Dann stopf ich dich mit Schnee aus, wie versprochen."
„Niemals!" Sie schickte ihre weiße Antwort mit viel Schwung los und landete einen respektablen Treffer auf Davids Schulter. „Die fliegen wirklich viel besser!" Sie wich zur Seite und Davids Schneeball traf einige Meter hinter ihr den Boden. „Daneben!"
„Betrachte ihn als Warnschuss."
Chess ging in die Knie, um sich mit neuer Munition zu versorgen, da bemerkte sie aus dem Augenwinkel dunkle Flecken im Schnee. Erst beim zweiten Hinsehen erkannte sie, dass es sich um Abdrücke handelte.
„Volltreffer!", freute sich David. Er hatte Chess' Ablenkung gnadenlos ausgenutzt.
„Uuh, ist das kalt." Chess schnippte den Schnee, der zwischen Schal und Hals steckte, heraus.
„Ja, so ist das, wenn man sich nicht aufs Duell konzentriert."
„Ich war nur kurz abgelenkt", rechtfertigte sie sich. „Offenbar sind wir nicht die Einzigen, die hier ihren Spaß haben."
„Sind wir nicht?", fragte David.
„Hier!" Sie zeigte auf die Spur im Schnee. „Da muss erst kürzlich jemand vorbeigekommen sein."
David riskierte einen flüchtigen Blick aus dem Augenwinkel. „Noch einmal falle ich auf deine Tricks nicht rein."
„Kein Trick. Ich schwöre!" Sie war noch immer damit beschäftigt, sich vom Schnee zu säubern.

David blieb dennoch skeptisch, was die Möglichkeit einer weiteren Kriegslist betraf. „Das war vermutlich nur ein Wildschwein."
„Na ja, wenn die bei euch Schuhgröße 45 tragen..."
„45?", fragte David erstaunt. „Das wäre mir neu."
„Okay, vielleicht hat es auch nur Größe 44, aber so einem Riesenschwein will ich trotzdem nicht allein im Wald begegnen... Hast du nicht gesagt, dass du hier völlig allein lebst?"
„Ja, im Umkreis von einigen Kilometern gibt es kein anderes Haus." David kam zögerlich näher, um selbst einen Blick auf die Spuren zu werfen. „Vielleicht ein verirrter Jogger?"
„Bei dem Wetter? Der muss sich aber ordentlich verirrt haben. Dem Profilabdruck nach zu urteilen, würde ich eher einen Jäger vermuten."
„Ein Jäger?" David schüttelte entschieden den Kopf. „Hier gibt's keine Jäger. Das gehört alles zu Woodberry Mansion. Hier wird nicht gejagt."
„Dann vielleicht vom Militär? Das würde vom Profil her auch gut passen... Aber Sportschuhe sind das bestimmt nicht gewesen." Sie verdrehte ihren Kopf, um der Spur weiter folgen zu können.
„Eigentlich darf hier überhaupt niemand rumlaufen. Das ist Privatgrund." Davids gute Laune war einem nachdenklichen Blick gewichen.
„Lass uns der Spur folgen", schlug Chess vor. „Viel Vorsprung kann er noch nicht haben."
„Er?"
„Na, eine Frau war das bestimmt nicht bei diesen Fußabdrücken." Chess folgte der Spur ein paar Schritte. „Komm schon, David."
„Vielleicht ist es besser, wenn wir zum Haus zurückgehen."
Sie drehte sich zu ihm um. „Das meinst du jetzt aber nicht ernst? Wo ist dein Abenteuergeist? Wenn einer auf deinem Grund und Boden rumläuft, dann müssen wir klären, wer das ist."
„Besser nicht." Davids besorgter Blick widersprach ihr.

„Du hast doch nicht etwa Angst?“, versuchte sie ihn mit einem Scherz umzustimmen.
„Es gibt da etwas, das ich dir noch nicht über Woodberry Mansion erzählt habe, Chess. Lass uns bitte zurückgehen.“

***

Nachts, Brücke des Tankers AFWYS im Golf von Aden:
„Irrtum, jetzt ist es mein Schiff!“ Hassans dunkle Augen enthoben zunächst den Captain der AFYWS und in Folge dessen Brückenoffizier ihres Kommandos.
Dann wandte er sich den beiden Geiseln zu, die vor ihm an einem Tisch saßen und blaue Dominosteine vor sich aufgelegt hatten. An den alten Ahil verschwendete er kaum etwas von seiner raubtierhaften Aufmerksamkeit, auf Cornelia Simmons verweilte sein Blick dagegen schon deutlich länger. „Wir bekommen selten so hübschen Besuch. Nicht wahr?“ Sein Englisch hatte einen starken Akzent, war aber einigermaßen verständlich.
Andrew hielt mit der Waffe die Brückenbesatzung in Schach, und Fünfzahn war damit beschäftigt, alle außer dem Captain zu fesseln. „Kann ich haben Frau zuerst?“
Die Angst in Cornelia Simmons Gesicht war kaum zu übersehen - ein Umstand, der Hassan amüsierte. „Ich muss mich für meine Leute entschuldigen. Sie wissen leider nicht, wie man sich einer Lady gegenüber benimmt. Machen Sie sich keine Sorgen. Wir werden Sie nicht töten. Geben Sie uns nur, was wir wollen.“
Cornelias Blick suchte allem Anschein nach bei Ahil Hilfe. Doch weder der alte Ägypter noch die Schiffsbesatzung selbst machten Anstalten, gegen die Piraten aufzubegehren. Sie überließen ihnen mit geradezu erschreckender Gleichgültigkeit das Kommando über ihr Schiff.
„Tun Sie doch was!“, verlangte Cornelia mit einem Anfall von Panik in der Stimme. „Sie können mich nicht einfach diesen Wilden ausliefern!“
„Bleiben Sie ruhig“, flüsterte Ahil.

Hassan kam näher und beugte sich zu ihm hinunter. „Weise Worte, alter Mann." Dann sagte er an Cornelia gerichtet: „Sie sollten besser auf ihn hören. An Ihnen sind wir nämlich gar nicht interessiert..." Er warf seinen beiden Männern einen flüchtigen Blick zu, der seine gewünschte Wirkung bei Cornelia nicht verfehlte. „Jedenfalls diejenigen von uns, die hier ab sofort das Sagen haben."
Der Ärmel von Hassans fleckigem Hemd spannte sich bis in die letzte Naht, als der muskulöse Schwarzafrikaner ohne jede Vorwarnung seine Faust niederdonnern ließ. Für Cornelia reichte die Zeit kaum noch aus, um zu erschrecken, da prasselten die Dominosteine auch schon wie Hagelkörner zurück auf den Tisch.
„Und jetzt zum geschäftlichen Teil", sagte Hassan mit ganz ruhiger Stimme. „Dieses Schiff hat kein Öl geladen und seine derzeitige Route führt es nicht einmal in die Nähe eines Hafens, der es betanken könnte. Warum?", richtete er die Frage an den Captain.
„Ich soll nur den Kurs halten", beeilte sich der Mann am Steuer mit seiner Antwort. „Einfach nur den Kurs halten."
„Dann mach das gefälligst auch!" Hassans plötzliche Stimmungsschwankungen gaben seinen Geiseln keinerlei Chance, ihn einzuschätzen. „Was transportiert der Kahn und für wen?"
„Dort drüben ist eine Kopie der Frachtpapiere", erwiderte der Captain.
„Spar mir die Zeit und sag mir, was drinsteht!"
„Es sind mehrere Kisten mit Geräten an Bord."
„Geräte?" Hassans Augen blitzten auf. „Welche Geräte?"
„Weiß ich nicht." Der Captain hatte seinen Blick stur geradeaus in die Nacht gerichtet. „Wirklich nicht!"
„Wissenschaftliche Geräte." Cornelias Stimme verriet ihre Unsicherheit. „Nichts, was Sie leicht zu Geld machen können."
„In meinem Land lässt sich alles zu Geld machen. Erzählen Sie mir mehr davon!"
„Es gibt nichts weiter zu erzählen." Cornelia schüttelte zögerlich den Kopf. „Diese Geräte stammen aus einem

Forschungslabor und sind so hochspezifisch, dass Ihnen ihre Bezeichnungen bestimmt nichts sagen werden.“
„Halten Sie mich für blöd, Lady?“, herrschte er sie an.
Cornelia zuckte zurück. „CYTREX SPECTRO K7V12“, stammelte sie. „Das ist eine Art Mikroskop, mit dem sich Moleküle färben lassen.“
„Was noch?“ Aus Hassans Reaktion ließ sich nicht ableiten, ob er auch nur die leiseste Ahnung hatte, worüber Cornelia sprach.
„Mehrere BEO12-Prismen und ein FTIR-Spektrometer.“ Sie wartete ab, ob er sich mit der Erklärung zufrieden gab.
„Wie viel sind diese Geräte zusammen wert?“
„Ich weiß nicht...“
„Ungefähr!“
„Vielleicht ein paar Hunderttausend, wenn Sie sie neu kaufen.“
Ihre Antwort schien Hassan zu gefallen. „Wie groß und wie schwer sind die Kisten?“, fragte er den Captain.
„Die kleineren haben wir von Hand verladen, die größte wiegt über hundert Kilogramm und ist so sperrig wie eine Waschmaschine.“
Hassan musste nicht lange überlegen. Die Aussicht auf rasche Beute und einen ebenso schnellen Rückzug war verlockender, als ein riesiges Tankschiff samt Besatzung tage-, wenn nicht sogar wochenlang in Geiselhaft nehmen zu müssen, bis das Lösegeld bezahlt war. „Dann schlage ich vor, dass wir uns jetzt um das Umladen kümmern.“
„Mit diesen Geräten können Sie nichts anfangen“, sagte Cornelia. „Niemand wird Ihnen Geld dafür geben, weil...“
Ahils Knie schlug gegen das ihre und ließ sie ihre Worte überdenken.
„Jaaaaa?“, fragte Hassan mit Säuselstimme. „Was wollten Sie gerade sagen, Lady?“
„Machen Sie doch, was Sie wollen“, erwiderte Cornelia trotzig.
„Genau das werde ich tun!“ Er wandte sich seinen Männern zu. „Andrew, du kommst mit mir, wir sehen uns diese Geräte, die keiner will, mal aus der Nähe an.“
„Aye, Sir!“

„Und da Sie offensichtlich so gut über die teuren Geräte Bescheid wissen, dürfen Sie uns begleiten, Lady.“ Hassan packte Cornelia beim Arm.
„Es ist meine Ladung. Sie weiß gar nichts!“, verkündete der alte Ahil völlig überraschend. „Ich war persönlich dabei, als die Kisten verstaut wurden und werde euch auch zeigen, wo sie sich befinden.“
„Ein Gentleman der ganz alten Schule“, lachte Hassan abfällig in Anspielung auf Ahils gebrechliches Äußeres. „Schaffst du es überhaupt, ohne Hilfe aufzustehen?“
Ahil murmelte ein Paar Wortfetzen in unverständlichem Arabisch und erhob sich mit Hilfe seines aus krummem Holz geschnitzten Gehstocks. „Ich werde euch führen. Folgt mir!“
Hassan war sichtlich erstaunt vom freiwilligen Vorstoß. Ein Umstand, den der alte Araber wohlwollend registrierte, bevor er sich umdrehte und in Richtung Tür humpelte. „Na, los! Ihr wollt doch sicher zurück auf euer Boot, bevor die Sonne aufgeht.“
„Die Lady kommt trotzdem mit.“ Hassan zog Cornelia wie eine Puppe vom Stuhl.
„Von mir aus“, brummte Ahil gleichgültig.
Hassan drehte sich beim Verlassen der Brücke noch einmal zu Fünfzahn um. „Ich sehe hier drin nichts mehr von Interesse. Sollte es also Ärger geben oder du dich langweilen, weil wir nicht zurückkommen, dann weißt du, was du zu tun hast.“ Mit einem metallischen Scheppern fiel die Tür hinter ihm ins Schloss.
Der Gruppe, bestehend aus Ahil, Andrew, Cornelia und Hassan, wehte beim Betreten des Decks eine verhältnismäßig kühle Brise nächtlicher Meeresluft entgegen.
„Hier entlang.“ Obwohl Ahil sich bei jedem Schritt auf seinen Stock stützte, schienen ihm die Metalltreppen zwischen den Decks kaum Schwierigkeiten zu bereiten.
„Eine gute Idee, eure teuren Geräte auf diesem alten Tanker durch die somalischen Gewässer bringen zu wollen“, bemerkte Hassan.

„Aber nicht gut genug!“ Andrew nahm gleich drei Stufen auf einmal. „Ich hoffe, die Lady kann auch ordentlich zupacken, sonst müssen wir sie anderweitig...“ Sein dreckiges Grinsen gab Cornelia eine vage Vorstellung, was sie von dieser Nacht noch zu erwarten hatte.
„Andrew, benimm dich! So spricht man nicht mit einer Lady.“ Hassan fand zunehmend Gefallen an der Rolle des galanten Freibeuters. „Für wen sind die Geräte bestimmt?“
„Irgendein Labor.“ Ahil hinkte auf einen Container zu, dessen Bodenplatte man vor Jahren mit dem Schiffsdeck verschweißt hatte. Durch das oftmalige Überstreichen und im schlechten Licht der Bordbeleuchtung wirkte er wie ein Bestandteil der Deckaufbauten.
„Welches Labor?“ Hassans Stimme verlor mit einem Mal etwas von ihrer Bestimmtheit. Cornelia nahm von dieser Veränderung keine Notiz, Ahil sehr wohl.
„Da drin sind die Kisten.“ Der Stock des Alten klopfte gegen die Containertür.
Hassan stieß seinen Gedanken beiseite und Ahil gleich mit. Sein kräftiger Arm packte die Tür und rüttelte daran. *Abgeschlossen!* Verärgert drehte er sich um. „Wer hat den Schlüssel?“
Ahil hatte durch den Stoß das Gleichgewicht verloren und musste sich erst wieder aufrappeln. „Der Captain, vermute ich.“
Blitzschnell zog Hassan seine Pistole und presste sie an die Stirn des Alten. „Findest du das lustig?“
Ahil atmete schwer.
„Ich habe gefragt, ob du das lustig findest?“, brüllte Hassan.
„Hören Sie auf!“ Cornelia nahm ihren ganzen Mut zusammen. „Sehen Sie denn nicht, dass er keine Luft bekommt?“
„Tote brauchen keine Luft. Und so wie ich die Sache sehe, wird er genau das gleich sein - tot!“ Hassan pochte mit dem Lauf der Pistole mehrmals gegen Ahils Stirn. „Was hast du dir dabei gedacht?“
Der alte Ägypter sah der drohenden Gefahr mit ausdruckslosen Augen entgegen.

„Ich hole Ihnen den Schlüssel“, bot Cornelia an und machte einen vorsichtigen Schritt.
„Stopp!“, rief Andrew und drohte blitzschnell mit der Waffe.
„Was für ein toller Plan, Lady, dass Sie so selbstlos loslaufen wollen“, bemerkte Hassan zynisch. „Aber leider müsste Andrew Ihnen in diesem Fall auf der Stelle eine Kugel in Ihren bezaubernden Rücken jagen, und das wollen Sie doch sicher nicht.“
„Dieses Schloss... ist neu“, stammelte Ahil ungläubig. „Hier war bis gestern nur ein einfacher Riegel.“
„Du lügst!“
„Nein, warum sollte ich?“
„Tja... Warum solltest du?“, murmelte Hassan und wandte sich von dem Alten ab. „War hier ein Schloss dran?“, richtete er die Frage an und seine Waffe auf Cornelia.
Sie sah Hassan an wie die Futtermaus ihre Schlange.
„War hier ein Schloss dran?“, wiederholte er die Frage mit gedehnter Stimme.
„Nein“, flüsterte sie durch die zitternden Lippen.
„Danke.“ Hassan grinste wie jemand, der schon alles hatte und des meisten davon längst überdrüssig geworden war. Wortlos drückte er den Abzug.
Cornelia zuckte nur noch instinktiv zusammen, dann schien die Zeit für sie stehenzubleiben.
„Verdammt!“, sagte Hassan verärgert und betrachtete seine Pistole genauer. „Ich habe schon wieder vergessen, sie zu entsichern.“
Andrew lachte laut. Auch wenn er Hassans Lieblingsscherz bereits kannte, so war die Reaktion seiner Opfer doch immer wieder ein einzigartiges Schauspiel.
„Sie... Sie sind krank!“, schrie Cornelia, als ihre Stimme zurückkehrte. „Sie...“ Wütend wollte sie sich auf Hassan stürzen.
„Ganz ruhig!“, schnitt ihr Andrew den Weg ab. „Dieser Fehler passiert ihm nämlich kein zweites Mal.“
Jetzt lachte auch Hassan. „Du bleibst hier und passt auf den Alten auf. Ich begleite die Lady zurück zur Brücke, damit sie

sich mit dem Schlüssel unterwegs nicht verläuft.“ Er wies Cornelia mit der Waffe den Weg zurück zur rostigen Treppe. Ihre Schritte waren noch ein paar Sekunden zu hören, dann wurde es still. Ahil war mit seinem dunkelhäutigen Bewacher allein.

„Wie lange bist du schon Pirat, Andrew?“

„Schnauze!“

„Hältst du ihn für einen guten Anführer?“

„Schnauze!“, kam die Wiederholung mit Nachdruck.

Ahil schwieg eine Weile.

„Glaubst du an die Vorsehung, Andrew?“

„Wenn du nicht gleich aufhörst, mich anzulabern...“

„Soll ich dir sagen, für welches Labor die Lieferung bestimmt ist?“

Der Pirat stutzte.

Ahils Mundwinkel hoben sich. „Ich nehme an, ihr seid am Heck an Bord gekommen?“

„Halt jetzt endlich deine...“

„Sind dir die großen Zeichen auf dem Heck aufgefallen? Du kannst nicht lesen, oder?“ Ahils Stimme kühlte mit jedem Wort weiter ab. „Keiner von euch konnte den Schiffsnamen lesen, als ihr uns geentert habt. So ist es doch?“

„Wovon zum Teufel redest du?“

„Weißt du, auf welchem Schiff du dich befindest?“ Die Art, wie Ahil die Frage stellte, legte nahe, dass es besser war, die Antwort darauf nicht zu kennen.

„Nein...“ Die schrecklichste aller Vorahnungen überzog die Piratenzunge wie kochendes Blei.

„Doch!“, zischte Ahil giftig. „Du befindest dich an Bord der AFWYS!“

Der Pirat wurde so aschfahl, als hätte der Leibhaftige persönlich den Namen verlesen. „Nein... unmöglich...“ *Die AFWYS... Das Schiff des Scheiterns... Wir sind alle verdammt!* In seinem Gehirn kramte er panisch ein paar Gedankenfetzen zusammen, die er mit dem alten Tanker in Verbindung brachte: Legenden über ein Schiff, dessen Name auf Afrikaans *Scheitern* und *Versagen* bedeutete.

Aus gutem Grund machten nicht nur somalische Piraten einen großen Bogen um die AFWYS. Ihr Eigner garantierte für Sicherheit, die selbst Geld nicht kaufen konnte, und ihre handverlesene Mannschaft brachte jedem den Tod, der dumm genug war, sich mit ihr anzulegen.
„Bei Morgengrauen laufen wir die Insel Sokotra an."
„Sokotra...", wiederholte Andrew mit scheintoter Stimme.
Ahil war zufrieden. Er hatte den Piraten genau dort, wo er ihn haben wollte. „Ja, Andrew, du hast das Schiff des Scheiterns geentert."
„Aber wieso..."
„Unwichtig!"
„Was ist mit..."
„Tot!", sagte Ahil so bestimmt, dass jeder Zweifel ausgeschlossen war.
„Und...?"
„Tot!"
„Und Hassan?"
„Heißt so euer Anführer?" Ahil drehte die locker sitzende Uhr an seinem Handgelenk ein Stück nach oben, um einen besseren Blick auf das leuchtende Zifferblatt werfen zu können.
Sekunden verstrichen.
„Wo ist Hassan?"
„Moment noch!"
Der völlig eingeschüchterte Schwarzafrikaner richtete seine Waffe auf Ahil. „Was ist mit..."
„Hassan?" Der Alte lächelte eiskalt. „Drei... zwei... eins... ebenfalls tot!"
Die Pistole in der Piratenhand zitterte. Aus einem Grund, den Andrew selbst nicht verstand, wusste er, dass Ahil die Wahrheit sagte.
Der Alte hämmerte mit seinem Krummstock kurz aber kräftig gegen die Reling, als wollte er eine Ankündigung machen. „Und jetzt zu uns beiden!"

***

Sanctuary Island II, vor der Küste von Somalia:
Ein großgewachsener Asiat im weißen Labormantel stand auf dem obersten Deck seiner zu einem Speziallabor umgebauten Bohrinsel und blickte in die pechschwarze See. Mit gewisser Besorgnis nahm er zur Kenntnis, dass der Wind in den letzten Stunden merklich aufgefrischt hatte.
Von einem der unteren Decks näherte sich unbemerkt ein zweiter Mann. Er war um einen ganzen Kopf kleiner und hatte es offenbar sehr eilig. Bis zu drei der Drahtgitterstufen nahm er auf einmal und vermittelte dabei den Eindruck, dass er es nicht gewohnt war, den Laufburschen auf dem schwimmenden Labor zu spielen. „Dr. Qian?", krächzte er beim Erreichen des obersten Decks und musste feststellen, dass seine Stimme noch auf sich warten ließ. Er stützte sich mit vorgebeugtem Oberkörper auf das Treppengeländer und sammelte seinen Atem für einen zweiten Versuch.
„Dr. Qian!"
Der Asiat drehte sich um. „Ja?"
Mit halbschnellen Schritten kam der Bote japsend näher. „Ich glaube", er zeigte auf Qians Brusttasche, in der dieser sein Minifunkgerät aufbewahrte, „Ihr Intercom funktioniert schon wieder nicht."
Qian fischte das Funkgerät mit zwei Fingern heraus und betrachtete das teure Stück Elektronik argwöhnisch.
„Der Kapitän der AFWYS hat versucht, Sie zu erreichen. Es gab einen Überfall durch Piraten."
„Reden Sie!", drängte Qian.
Der Bote streckte ihm besänftigend die flache Hand entgegen, als wollte er sich eine Auszeit für seinen nächsten Atemzug erbitten. „Es ist alles wieder unter Kontrolle."
„Was ist mit der Ladung?" Qians Gesichtszüge verhärteten sich.
Keuchend streckte der Mann seinen Daumen nach oben. „Alles in Ordnung, Dr. Qian. Das Schiff wird... sich eine Stunde verspäten."
„Ist das alles?", fragte Qian scharf.
Der Bote nickte. Nach einigen kurzen Atemzügen fügte er hinzu: „Sie sollten Ihr Funkgerät..."

Bevor er seinen Satz zu Ende sprechen konnte, schleuderte Qian es bereits in die Nacht. „Du Drecksteil hast mich lange genug geärgert!"
„Sie können sehr gerne meines haben", bot ihm sein Mitarbeiter sofort an. „Es ist voll aufgeladen."
„Bringen Sie mir ein neues!"
„Selbstverständlich, Dr. Qian. Ich bin schon unterwegs."
„Aber lassen Sie sich nicht sinnlos viel Zeit damit!" Qian schob den Ärmel seines Labormantels hoch, um einen Blick auf das giftgrüne Zifferblatt seiner Uhr werfen zu können. *Also noch eine Stunde dazu, bis sie endlich hier eintreffen.* Er war jemand, der seine Ungeduld gerne mit seiner Umgebung teilte. Anderen seinen Zeitdruck weitergeben zu können, machte ihm das eigene Warten in gewisser Weise erträglicher.
Nicht nur Qians schöpferischer Perfektionismus hatte in den vergangenen Monaten erkennbar an Größe zugelegt. Trotz der Rückschläge, die andere seinem Projekt zugefügt hatten, fühlte er sich von Tag zu Tag stärker und mächtiger.
Bei all seinen Experimenten war er dem Gottsein nähergekommen als je ein Mensch vor ihm. Davon war er nicht nur überzeugt, der Gedanke wuchs sich vielmehr zu einer regelrechten Besessenheit aus. Jede Sekunde, die Qian nicht an der Vollendung seiner Aufgabe arbeiten konnte, betrachtete er als verlorene Lebenszeit. Er hatte genug davon, biologische Kampfstoffe für irgendwelche kriegsgeilen Fanatiker zu entwickeln, wollte nicht länger genetische Experimente an minderwertigen Lebensformen durchführen.
Nicht, dass er das Geld seiner fragwürdigen Auftraggeber nicht immer gerne genommen hatte, aber aus heutiger Sicht waren sie für ihn alle nur Mittel zum Zweck gewesen. Sie sollten sich glücklich schätzen, einem Genie wie Qian gedient zu haben, als dieser noch auf ihre Hilfe angewiesen gewesen war.
Unter Qians Leuten gab es nur wenige, die seine krankhafte Veränderung zu diesem Zeitpunkt bereits richtig deuten konnten. Zwar war vielen aufgefallen, dass er den Druck, nicht zuletzt auch auf sich selbst, gnadenlos erhöht hatte. Die

meisten führten das allerdings auf den Zeitverlust durch die erlittenen Rückschläge zurück.
Qian selbst wäre der Einzige gewesen, der die ersten Anzeichen seiner Erkrankung noch rechtzeitig hätte erkennen können. Damals, als sein größtes Projekt auf Messers Schneide gestanden hatte, war allerdings keine Zeit gewesen, sich persönliche Schwächen einzugestehen.
Mittlerweile verengte der krankheitsbedingte Tunnelblick Qians Urteilsvermögen schon dermaßen, dass er ebenso fanatisch auf das Licht am Ende dieses Tunnels zusteuerte wie eine suizidgefährdete Motte auf eine Kerzenflamme.
„Dr. Qian?“
Er wirbelte herum, die Augen so weit aufgerissen, dass sie in der Nacht fast zu leuchten schienen. „Was?“
„Ihr neues Funkgerät“, erklärte der atemlose Bote und reichte es dem Doktor. „Es ist bereits auf den richtigen Kanal eingestellt und aktiviert.“
Qians glasiger Blick schien sein Gegenüber nicht richtig fokussieren zu können. Er streckte seine Hand über dreißig Zentimeter am Ziel vorbei ins Leere. „Geben Sie schon her!“
„Hier!“
Wortlos steckte Qian das Funkgerät ein und starrte in den Himmel. Noch immer standen seine Augen unnatürlich weit offen. „Was ist mit der AFWYS?“, fragte er nach einer Weile.
„Doktor?“, erwiderte sein Mitarbeiter verunsichert.
„Die AFWYS!“, zischte Qian und zuckte nervös mit den Lippen, als sollten noch weitere Worte folgen. Dem war aber nicht so.
„Abgesehen von der Stunde Verspätung gibt es keine Neuigkeiten“, wiederholte sich der Bote.
„Verspätung?“, fuhr Qian ihn an, als hätte er noch nie etwas davon gehört. Er machte ein paar Schritte zur Seite und schüttelte ungläubig den Kopf. „Verspätung“, war mehrmals ganz leise zu hören. Dann drehte der Doktor sich unvermittelt um und kam zurück. Seine Bewegungen wirkten mit einem Mal unterschwellig aggressiv. „Verdammte Piraten!“, schrie er mit solcher Überzeugung, dass sein Gegenüber vor Schreck

zusammenzuckte. In normaler Lautstärke setzte er fort: „Solche Kretins können doch unmöglich ein Akt göttlicher Schöpfung sein. Verstehen Sie das denn nicht?“ Er starrte den Mann mit verklärtem Blick an. „Gott ist tot!“ Mit diesen Worten drehte Qian sich um und ließ seinen völlig verdutzten Mitarbeiter allein zurück.
Erst beim Treppenabgang blieb der Doktor noch einen Moment lang stehen. Von hinten war es unmöglich zu erkennen, womit er vor seinem Brustkorb hantierte. Qians rechte Hand tauchte kurz neben seinem Kopf auf. Gleich darauf überstreckte er seinen Hals ein Stück. Das Ganze dauerte nicht länger als drei, vielleicht vier Sekunden. Danach stieg der Doktor die Treppe hinunter und verschwand in der Nacht.
Der Bote blickte ihm mit einem besorgten und einem lachenden Auge nach. *Also dafür, dass der Boss angeblich keinen Tropfen anrührt, hat er aber ganz anständig Schlagseite. Das glauben mir die Jungs nie, wenn ich ihnen davon erzähle.* Er stutzte, als wäre ihm gerade etwas Bedeutendes klargeworden. *Am besten, du hältst gleich die Fresse, gibt sonst sowieso nur Ärger.* Er setzte sich in Bewegung. *Bleibt ihm nur zu wünschen, dass er wieder nüchtern ist, bis der verrückte Ägypter mit seiner Freundin hier auftaucht. Mit dem soll nämlich gar nicht gut Kirschen essen sein.*

***

Andrew leckte über seine blutigen Lippen. Sie schmeckten salziger als sonst. Die Vorstellung, die der alte Ahil mit seinem Stock geboten hatte, um seine Überlegenheit zu demonstrieren, war ebenso schmerzhaft wie unnötig gewesen. Andrews Widerstand war bereits gebrochen gewesen, als er zum ersten Mal den Namen des Tankers vernommen hatte, den er und seine unglücklichen Piratenkollegen geentert hatten.
Mittlerweile unbewaffnet, aber wenigstens noch am Leben, folgte er dem Alten wie in Trance. Zu viel war in der letzten Stunde passiert, als dass der Pirat seine Gedanken sammeln konnte. Seine schwitzende Hand legte sich um das Geländer

der steilen Metalltreppe, die hinauf zur Brücke der AFWYS führte.
„Na los, komm schon!“, krächzte Ahil über die Schulter zurück. Es war beeindruckend und beängstigend zugleich, welches Tempo der vermeintliche Krüppel mit seinem Stock vorlegte. Sein mysteriöses Verhalten und die vielen offenen Fragen bereiteten Andrew Unbehagen. Er konnte sich beim besten Willen nicht erklären, warum ausgerechnet er der Einzige sein sollte, der den Angriff überlebt hatte.
Wie zur Bestätigung kam ihm im selben Moment Hassan entgegen. Der leblose Körper stürzte außerhalb des Geländers an der Treppe vorbei. Andrew riss den Kopf herum und starrte ihm nach, bis er auf der Wasseroberfläche aufschlug, von der Strömung des Schiffs erfasst wurde und gleich darauf unter dem pechschwarzen Kiel verschwand. Andrews Finger verkrampften sich so fest, dass das vom Rost aufgeraute Geländer darin seine Spuren hinterließ.
Ahil war bereits am oberen Ende der Treppe angekommen und rief jemandem etwas zu, von dem Andrew bestenfalls ahnen konnte, was es bedeutete. Gleich darauf drehte er sich um und fauchte hinunter: „Wo bleibst du denn?“
Andrew hatte allen Grund, es nicht eilig zu haben, die Männer wiederzusehen, die er zuvor bedroht hatte. Zögernd setzte er seinen Fuß auf die letzte Stufe. Im diffusen Licht, das aus dem seitlichen Brückenfenster aufs Deck geworfen wurde, bemerkte er zwei Gestalten, die über eine dritte gebeugt waren. Selbst ein Mann von Andrews Intellekt konnte sich ausrechnen, dass es Fünfzahns Leiche sein musste, die da vor ihm auf dem Boden lag. Allem Anschein nach stopften Ahils Männer ihrem Opfer etwas in die Hosentaschen. Was genau das war, konnte Andrew zunächst nicht erkennen.
„Vergiss die Brusttasche nicht!“, wies Ahil einen der Männer an. Andrew sah zu, wie der Angesprochene in eine schwarze Sporttasche fasste, die hinter ihm auf dem Boden stand und etwas herausholte. So, wie er es zusammenknüllte, musste es entweder Stoff oder Papier sein. Eine ganze Handvoll davon stopfte er in Fünfzahns blutig zerfetztes Hemd.

„Das reicht!“, befahl Ahil. Er drehte sich um und zeigte mit dem Stock auf Andrew. „Ich finde es nur angemessen, wenn du ihm die letzte Ehre erweist.“
Andrew blickte verständnislos in die dunklen Augenhöhlen seines Gegenübers.
„Du sollst ihn über die Reling werfen!“, wurde einer der Männer neben Fünfzahns Leiche deutlicher und grinste verschlagen.
„Aber mach dir die Hände nicht dreckig“, lachte der andere mit in die Hüften gestemmten Armen.
Ahils Geste trieb Andrew an.
Wortlos näherte Andrew sich seinem ehemaligen Piratenkollegen. Erst als er nur noch einen Schritt entfernt war, konnte er erkennen, womit man Fünfzahn die Taschen vollgestopft hatte. Gemessen an den Ausbeulungen in seiner Kleidung war er einige tausend Dollar schwer.
„Was ist mit dem Geld?“, fragte Andrew.
„Das darf er behalten“, brummte Ahil.
Andrew blickte die beiden anderen Männer fast schon hilfesuchend an. Die drehten sich aber nur um und verschwanden in der Dunkelheit der AFWYS. Spätestens jetzt war klar, dass diese undankbare Arbeit allein an ihm hängenbleiben würde. Wenig begeistert bückte er sich zur Leiche hinunter und packte zu. Der Arm fühlte sich nicht nur warm an, sondern zuckte plötzlich auch. Andrew wich erschrocken zurück. „Er lebt noch!“
„Das gibt sich mit der Zeit. Los, jetzt mach endlich! Oder willst du mit ihm tauschen?“ Die Bestimmtheit in Ahils Stimme legte nahe, dass seine Geduld zur Neige ging.
Andrew bückte sich widerstrebend, gehorchte aber. Er brabbelte ein paar Worte in einer Sprache, die Ahil nicht verstand. Dann bekreuzigte er sich und packte Fünfzahns rechten Arm. Mit einer kraftvollen Drehbewegung hievte er sich den Schwerverletzten auf die Schultern. Fünfzahn stöhnte erbärmlich, während Andrew breitbeinig in Richtung Reling stapfte. Dort angekommen, hielt er kurz inne und suchte Blickkontakt zu Ahil.

Der Alte nickte, und damit war Fünfzahns Schicksal besiegelt. Im nächsten Moment warf Andrew die letzte Erinnerung an seine Piratenvergangenheit ab. Künftig würde er seinen Dienst an Bord der AFWYS verrichten - zumindest hatte ihm der Alte das vorhin in Aussicht gestellt, gleich nachdem er ihm mit dem Stock ins Gesicht geschlagen hatte. Andrew verstand beim besten Willen nicht, warum Ahil ausgerechnet ihn verschont hatte, aber es war weder der Ort noch die Zeit, um über Wunder nachzudenken.

„Hör auf, ihm nachzuglotzen!" Ahil grinste zufrieden. „Der kommt nicht mehr zurück und wir haben Wichtigeres zu tun." Er ging zur Tür der Schiffsbrücke und stieß sie mit seinem Stock auf.

Nichts deutete im Inneren der Brücke darauf hin, dass es hier erst vor kurzem zu einem Kampf auf Leben und Tod gekommen war. Der Kapitän des Seelenverkäufers stand pfeiferauchend am Ruder, als hätte er den ganzen Abend nichts anderes getan. Nur Cornelia Simmons schaute vom Tisch auf, als Ahil den Raum betrat.

„Wir setzen unsere Partie gleich fort, Ms. Simmons. Ich möchte meinem neuen Mitarbeiter nur zuerst noch zeigen, wofür er seine Seele eingetauscht hat."

In Cornelias als Erwiderung gedachten Blick mischten sich Sorge und Unverständnis.

„Gutes Personal ist schwer zu finden", sagte Ahil mit einem fratzenhaften Grinsen. Als könnte er ohne seinen Stock keinen weiteren Schritt mehr machen, hinkte er auf den aufgebrochenen Schlüsselkasten zu, der an der Wand hinter dem Kapitän montiert war. Ahils knöchrige Finger fischten nach einem kleineren Schlüsselbund.

Andrew stand starr an der Türschwelle, als würde ihn ein unsichtbares Kraftfeld daran hindern, auch nur einen Fuß auf die Brücke zu setzen.

„Bin gleich zurück", rief Ahil Cornelia Simmons zu und forderte Andrew wortlos auf, ihm zu folgen.

„Wohin gehen wir?"

„Nach unten.“ Entweder war Ahil ein verdammt guter Schauspieler, oder sein rechtes Bein bereitete ihm beim Abstieg über die Treppe höllische Schmerzen. In jedem Fall hinkte er so offensichtlich, dass man meinen könnte, ein frisch Amputierter mache die ersten Schritte mit seiner Beinprothese.
„Was ist mit Ihrem Bein, Ahil?“
„Nichts!“ Die knurrende Antwort war gedacht, das Thema für alle Zeit als erledigt zu betrachten.
Andrew war klug genug, es dabei bewenden zu lassen und folgte dem Alten. Erst jetzt fiel ihm das metallische Kratzen auf, das Ahils Gehstock auf dem eisernen Schiffsdeck machte. Das Geräusch bestätigte Andrew darin, dass er seine aufgeplatzte Lippe einem Stück Metall am Ende von Ahils Stock zu verdanken hatte. Die Treffsicherheit, mit der ihm der Alte zuvor das Stockende ins Gesicht geschlagen hatte, ließ vermuten, dass er nicht dessen erstes Opfer gewesen war.
Kurz darauf erreichten die beiden Männer das Hauptdeck. Ahil deutete auf eine Tür mit kräftigen Beschlägen. Sie führte zweifellos unter Deck. „Aufschließen!“, verlangte er und warf seinem Begleiter den Schlüsselbund zu. „Der breite!“
Andrew tat, wie ihm geheißen. Er brauchte beide Hände, um die festsitzende Tür überhaupt öffnen zu können, dabei quietschte sie grausam. Zumindest hier, da war Andrew sich sicher, war niemals auch nur ein Tropfen Öl hingelangt.
Aus dem riesigen Schiffsbauch schlug ihm abgestandene Kellerluft entgegen. Falls der Tanker tatsächlich einmal als solcher eingesetzt worden war, musste das Jahre, wenn nicht Jahrzehnte, zurückliegen.
„Hier entlang“, übernahm Ahil wieder die Führung.
Andrew folgte ihm. Nach einigen Metern hatte er genug Mut zusammengesammelt, um seinem neuen Chef eine weitere Frage zu stellen: „Wofür waren die Dollar vorhin?“
Ahil stoppte unvermittelt und blickte Andrew an, als wäre er der größte Idiot auf Erden.
„Nicht so wichtig“, reagierte der Afrikaner schnell und deutete an, weitergehen zu wollen. Genau das tat Ahil auch.

Andrew musste sich die Antwort selbst geben. Immer wieder kam es vor, dass Piratenleichen an der somalischen Küste angespült wurden. Manche von ihnen hatten das Pech, auf zu viel Gegenwehr der Besatzung gestoßen zu sein. Andere fielen mit ihren kleinen Schnellbooten Unwettern oder großen Wellen zum Opfer. Es kam aber nur selten vor, dass Leichen mit Dollarscheinen in den Taschen angeschwemmt wurden. Zumindest wusste Andrew jetzt, wem ein solcher Geldsegen zu verdanken war.
„Aufschließen!“, befahl Ahil. „Der kleine ist es.“ Er hatte eine ungefähre Vorstellung davon, welche Fragen sein neuestes Crewmitglied beschäftigten. Der übrigen Besatzung war es bei ihrem Dienstantritt auf der AFWYS damals nicht anders ergangen.
Andrew öffnete das Stahltor und die beiden betraten einen der einstigen Tankräume. Die Größe war beeindruckend und entsprach der mehrerer Fußballfelder. Jedes noch so kleine Geräusch wurde durch das Echo der Stahlwände um ein Vielfaches verstärkt. Die Luft roch nach Schmierfett und Gummi, vergleichbar jener in einer alten Autowerkstatt. Die wahren Dimensionen wurden erst durch die Stahlgitter deutlich, die man zur Unterteilung eingeschweißt hatte. Sie bildeten hunderte Lagerabteile oder Käfige - je nachdem, was man vorhatte, darin unterzubringen.
„Du denkst vermutlich“, zeigte Ahil sich unerwartet gesprächig, „Pirat zu sein und Lösegeld für die Besatzung und die Ladung zu erpressen wäre eine gutes Geschäft. Ihr fahrt zur See, seid frei und unabhängig und nehmt das Gesetz selbst in die Hand. Nicht wahr?“
„Es ist auf jeden Fall besser, als Fischer zu sein.“
„Ist es das?“, fragte Ahil abfällig und bog in einen der Gänge ein, die von den Käfigen gebildet wurden.
„Bevor die internationalen Fangflotten in unsere Gewässer eingefallen sind, hatten wir unser Auskommen. Wir haben diese Veränderung nicht gewollt, aber zumindest können wir noch selbst über unser Schicksal bestimmen. Wenn wir das richtige Schiff kapern, haben wir für Monate, manchmal sogar

für Jahre ausgesorgt. Trotzdem würden die meisten von uns gerne wieder einfache Fischer sein."
„Wirklich rührend", seufzte Ahil sarkastisch. „Ich fürchte nur, das werden andere zu verhindern wissen. Früher haben die Europäer gut an eurem Fisch verdient, aber heute profitieren sie von euren Kaperfahrten noch viel mehr."
Andrew schien Ahils Worten nicht folgen zu können.
„Ihr seid doch selbst nur kleine Fische im Netz riesiger Versicherungsgesellschaften. Sie sind es, die mit euch ein Vermögen verdienen. In den letzten Jahren haben sich ihre Prämien verzehnfacht. Kaum eine Reederei wagt es noch, unversichert durch diese Gewässer zu fahren. Mit jedem Schiff, das ihr entert, steigt der Profit der Versicherungsgesellschaften." Ahil schien es große Freude zu bereiten, Andrew die Nutzlosigkeit seines bisherigen Daseins vor Augen zu führen. Indem er den Piraten seiner Wurzeln beraubte, sicherte er sich dessen Abhängigkeit. Für einen Mann wie Ahil zählte sie mehr als alle Loyalität und alles Pflichtbewusstsein dieser Welt. „Wir sind da." Er zeigte auf eine Gittertür mit Vorhängeschloss.
Im Halbdunkel einer einsamen Glühbirne, die gleich mehreren vergitterten Abteilen reichen musste, fiel Andrews Blick auf ein paar Metallboxen. Jede von ihnen war groß genug, um wenigstens zwei stattliche Männer darin verschwinden zu lassen.
„Du warst bereit, dein Leben für diese Fracht zu geben", sprach Ahil mit beschwörender Stimme. „Genau das wirst du auch weiterhin tun." Wie aus dem Nichts holte er Andrews Pistole hervor und gab sie ihm zurück. „Bis wir Sokotra erreichen, wirst du diesen Platz nicht mehr verlassen. Sollte sich jemand außer mir dieser Tür nähern, legst du ihn um - ohne Vorwarnung. Hast du das verstanden?"
Andrew kontrollierte die Einsatzfähigkeit seiner Waffe.
„Ob du mich verstanden hast?", herrschte Ahil ihn an.
Andrew zuckte zusammen. Er fand es beängstigend, gleichzeitig aber auch auf unbeschreibliche Weise faszinierend, welche Autorität von dem Alten ausging. „Ja, verstanden."

Ohne ein weiteres Wort zu verschwenden, kehrte Ahil ihm den Rücken zu und humpelte zurück in Richtung Treppe. Dabei konnte er spüren, wie Andrew seine Waffe auf ihn richtete, wie er mit sich haderte, den Vorteil in seiner Hand zu nutzen und Ahil von hinten zu erledigen.
Andrew dagegen vermochte selbst nicht zu sagen, wie er reagiert hätte, wenn Ahil sich noch einmal umgedreht und gesehen hätte, wie er mit der Waffe auf ihn zielte. Tief in seinem Innersten war er froh darüber, es nicht herausfinden zu müssen. Entweder war der alte Mann schlau genug, es darauf nicht ankommen zu lassen, oder er vertraute seinem neuen Mitarbeiter tatsächlich schon sein Leben an.
Das von allen Seiten widerhallende Geräusch einer zufallenden Tür verdeutlichte Andrew, dass er nun mehr denn je ganz auf sich gestellt war. Eine fast friedliche Stille breitete sich in dem riesigen Tankerbauch aus, die nur vom weit entfernten Stampfen des Schiffsdiesels unterlegt wurde. Zumindest in einem Punkt war Andrew sich sicher: Er hätte nichts anders tun können, um zu überleben.
Ahil hatte unterdessen die Brücke der AFWYS wieder erreicht und vertröstete Cornelia Simmons mit ihren Dominosteinen ein weiteres Mal. „Einen Moment noch, bitte. Ich habe eine Kleinigkeit zu erledigen, bevor wir weiterspielen."
Über den Bordfunk rief er einen seiner Leute zu sich, der keine Minute später auf der Brücke vorstellig wurde. Das lichte Haar des Seemanns war grau, das Gesicht von der harten Arbeit gezeichnet. Zumindest optisch war er keine zehn Jahre jünger als der alte Ahil. Dafür hatte er kräftige Oberarme, die großflächig tätowiert waren. „Wie kann ich helfen?"
Ahil musterte den Seebären. „Ich habe Andrew, unseren Neuling, angewiesen, ein Auge auf unsere Fracht zu werfen."
„Soll ich ihm auf die Finger schauen?", bot sich der Seemann an.
„Das wird nicht nötig sein. Aber er hat schon den ganzen Tag nichts gegessen und getrunken. Geh und bring ihm etwas aus der Kombüse, damit er mir bei der Hitze da unten nicht tot umfällt, bevor wir Sokotra anlaufen!"

Der Seemann nickte und verschwand.
„Aber jetzt!“, sagte Ahil an Cornelia Simmons gerichtet und nahm Platz. „Tut mir leid, dass es etwas länger gedauert hat. Sie gestatten?“ Er drehte die offen liegenden Dominosteine um und mischte sie. „Ich glaube, Sie beginnen diesmal.“
Sie nickte und legte den ersten Stein an. „Ich hatte mir die Reise nicht ganz so abwechslungsreich vorgestellt.“ Trotz des vorwurfsvollen Untertons gab sie sich Mühe, souverän auf ihr Gegenüber zu wirken.
Ahil lächelte entschuldigend. „Wir befinden uns leider auf keiner Kreuzfahrt, sondern wir durchqueren die gefährlichsten Gewässer der Welt.“
„Es scheint mir, dass die Piraten dieses Schiff mehr fürchten müssen als umgekehrt.“
Ahil wirkte unentschlossen, welchen der beiden Steine in seinen Händen er anlegen sollte. „Ich kann Ihnen darin nur beipflichten. Man sollte meinen, dass das Lesen des Schiffsnamens selbstverständlich ist, bevor man beschließt, es aufzubringen.“ Er entschied sich für den Stein in seiner rechten Hand.
„Lesen scheint mir in dieser Gegend ganz generell ein höchst seltener Luxus zu sein.“ Auch Cornelia machte ihren nächsten Spielzug und war zuversichtlich, die Partie rasch für sich entscheiden zu können.
„Bedauerlicherweise schützt Unwissenheit weder vor Strafe noch vor dem Tod“, philosophierte Ahil gelangweilt.
Cornelia nahm den nächsten Dominostein und wollte ihn gerade anlegen, als plötzlich ein dumpfer Knall aus dem Schiffsbauch zu hören war, der wie ein Schuss klang. Ihre Hand zuckte. „Was war das?“
Ahil machte eine beruhigende Geste. „Gönnen Sie Ihren Nerven eine Pause, meine Liebe. Es ist alles in bester Ordnung. Wissen Sie, von Zeit zu Zeit ist es notwendig, die Mannschaft eines solchen Schiffs zu verjüngen, um ihre Schlagkraft zu erhalten. Außerdem stärkt frisches Blut die Motivation und den Zusammenhalt der Altgedienten. Sie können sich vielleicht vorstellen, dass die Zahl freiwilliger Bewerber für den Dienst

auf diesem verfluchten Kahn begrenzt ist. Da muss man eine gute Gelegenheit nutzen, wenn sie sich bietet.“ Er legte zufrieden seinen nächsten Stein an.

***

Mumienabteilung im Londoner Museum:
Chess stand neben dem Fenster im ersten Stock und nutzte ihre kurze Pause, um ihr langes schwarzes Haar aufzuschütteln. Aus dem Augenwinkel beobachtete sie das Treiben unten auf der Straße. Es war offensichtlich, dass Londons Autofahrer nur wenig Routine auf schneeglatten Fahrbahnen hatten. *Der Wetterbericht hat nicht zu viel versprochen.*
Bereits am frühen Morgen, als Chess von Woodberry Mansion aufgebrochen war, hatte der graue Himmel vermuten lassen, was auf den Großraum London zukam. Nach dem Mittagessen hatte der Schneefall zwar vorübergehend aufgehört, aber nur, um wenig später umso heftiger wieder loszulegen.
Mittlerweile war alles mehrere Zentimeter dick mit Schnee bedeckt. Im gegenüberliegenden Park hatten Kinder eine ganze Schneemannfamilie aufgestellt, und weitere Kugeln waren schon im Anrollen.
„Die sehen fast so aus wie unsere Mumien, finden Sie nicht?“
Chess drehte sich aus ihrem Tagtraum gerissen um und blickte in die gutmütigen Augen von Professor Yellowstone, dem Direktor des Museums.
„Es tut mir leid, ich wollte Sie nicht erschrecken“, entschuldigte sich der großgewachsene Mann im beigen Anzug. Nur sein heller Haaransatz ließ vermuten, dass sein ansonsten schwarz getöntes Haupt bereits auf die sechzig zusteuerte.
„Sie haben mich nicht erschreckt“, erwiderte Chess freundlich. „Ich hab mir nur gerade überlegt, ob ich bei dem Wetter noch aus London rauskomme.“
„Sie müssen in den Norden, wenn ich mich recht erinnere?“
Chess nickte. „Ja, ein Freund von mir hat dort ein Anwesen mit Herrenhaus geerbt. Es ist sehr alt und muss an vielen Stellen

renoviert werden. Ich werde die Weihnachtsfeiertage dort verbringen."
„Ein altes Herrenhaus? Vielleicht sogar mit einem lebendig eingemauerten Geist, den es zu befreien gilt? Davon soll es oben im Norden einige geben."
„Nein", lachte Chess. „So schlimm ist es nicht."
„Sagen Sie das nicht, bevor Sie nicht alle Räume bei Nacht gesehen haben." Yellowstone zwinkerte ihr zu. „Der Verkehr sollte kein Problem sein. In einer halben Stunde beginnt die Stoßzeit, dann schieben die Autos den Schnee von den Straßen oder drücken ihn zumindest zusammen. Sie sollten allerdings nicht länger als eine Stunde nach dem großen Aufbruch starten, sonst schneit es wieder alles zu."
„Ich werd mir den Wecker stellen", entgegnete sie heiter.
„Kommen Sie gut voran mit unseren Prunkstücken?", lenkte Yellowstone die Aufmerksamkeit wieder auf die drei Tonsärge an der Wand.
„Sehr gut sogar. Bei der mittleren Mumie muss ich noch zwei Kleinigkeiten überprüfen, aber im Großen und Ganzen spricht nichts mehr dagegen, dass Sie Ihre Ausstellung plangemäß eröffnen."
„Abgesehen von Frau Holle", scherzte der Museumsdirektor und trat an die eindrucksvollen Schaustücke heran. Jeder der drei Sarkophage war aus gebranntem Ton gefertigt und verfügte über ein abnehmbares Kopfteil, durch das man früher die Mumien hineingelegt hatte. Die Form der Särge erinnerte entfernt an die verschachtelten russischen Holzpuppen, wenngleich jeder von ihnen über zwei Meter groß und in schlichtem Terrakotta gehalten war. Nur sehr grob waren die Umrisse der Verstorbenen aus dem Ton herausgearbeitet worden. Trotzdem waren sie gut voneinander zu unterscheiden.
Yellowstone wirkte zufrieden. „Ich bin sicher, dass diese jordanischen Mumien mit ihren Tonsärgen ein wahrer Besuchermagnet werden. Sie sind etwas ganz anderes als ihre ägyptischen Gegenstücke, die mittlerweile doch schon weithin bekannt sind."

„Da haben Sie Recht. Mein Bruder hat diese Art von Särgen gerne scherzhaft als Blumentöpfe bezeichnet, weil sie auch nur aus einfachem Ton gefertigt sind. Da, wo ich herkomme, waren Bestattungen in aller Regel nicht so prunkvoll wie im alten Ägypten. Vielleicht sind uns gerade deshalb einige besonders schöne Stücke erhalten geblieben."
„Sie meinen, weil die Grabräuber wenig Lust hatten, die Wüste wegen ein paar Blumentöpfen umzugraben, wo es doch ein paar Tagesreisen entfernt die sagenumwobenen Pyramiden zu plündern gab?"
Chess schmunzelte. „Wenn Sie es so formulieren, klingt es sogar für mich verlockender."
„Jetzt tun Sie sich aber Unrecht", widersprach Yellowstone. „Der Ruf, den Sie sich als Archäologin aufgebaut haben, beweist eindrucksvoll, dass Ihnen an historisch-wissenschaftlichen Werten weit mehr gelegen ist als an monetären. Jedes Ausgrabungsteam kann sich glücklich schätzen, eine so engagierte Frau wie Sie an der Spitze zu haben."
„Vielen Dank", reagierte Chess überrascht auf das verbale Blumenmeer des Direktors. *Ich bin gespannt, ob seine Charmeoffensive privater oder beruflicher Natur ist.*
„Werden Sie nach den Feiertagen gleich wieder nach Amman zurückkehren?"
„Ein paar Tage hier in der Umgebung von London möchte ich noch anhängen, bevor ich zurückfliege. Wenn ich schon einmal hier bin... Aber allzu lange darf es nicht werden."
Yellowstones Nicken signalisierte vollstes Verständnis. „Sie haben bestimmt schon eine ganze Reihe neuer Aufträge, die daheim auf Sie warten."
„Um ehrlich zu sein..." Chess wandte ihren Blick ab und starrte auf die Fensterscheibe, wo sie zwischen den schmelzenden Schneeflocken ihr Spiegelbild sah. „...bin ich im Moment ganz froh darüber, dass mein Terminplan nicht so dicht gedrängt ist wie üblich. Die letzten Monate waren mehr als turbulent und da tut es ganz gut, etwas Abstand zum Alltag zu gewinnen."

Yellowstone wirkte angenehm überrascht. „Wenn Ihnen der Sinn nach Ablenkung steht, hätte ich vielleicht etwas für Sie."
„Tatsächlich?" Chess ließ ihren Blick auf die Scheibe gerichtet.
Der Direktor holte tief Luft, als wollte er Energie sammeln, um eine Sensation zu verkünden. „Wie Ihnen vielleicht bekannt ist, wird dieses Museum zu einem nicht unerheblichen Teil von privaten Unterstützern finanziert. Wir haben dafür einen eigenen Club der Förderer des Museums eingerichtet."
„Ist mir zu Ohren gekommen", bemerkte Chess beiläufig.
Die versteckte Aufregung in Yellowstones Stimme drängte an die Oberfläche. „Einige unserer Spender gehören noch dem alten Adel an, es sind aber auch Hobbyarchäologen und Kunstbegeisterte darunter. Auf jeden Fall gibt es einige unter ihnen, die liebend gerne eine eigene Expedition starten würden, um für dieses Museum neue Schaustücke zu finden oder zumindest eine spannende Geschichte mitzubringen, die sie den anderen unter die Nase reiben können."
Chess drehte sich zu ihm um. „Sie fragen mich aber jetzt nicht ernsthaft, ob ich Lust hätte, das Kindermädchen für einen dieser verschrobenen Millionäre zu spielen, die auf den Spuren von Indiana Jones wandeln wollen?"
Verlegene Röte stieg in Yellowstones ansonsten eher britenblasses Gesicht. „Nun, ganz so hart würde ich es nicht ausdrücken", antwortete er mit gedehnter Stimme. „Aber es läuft in etwa darauf hinaus."
Chess schüttelte amüsiert den Kopf. „Tut mir leid, dass ich Ihnen eine Absage erteilen muss, aber ich kann es nicht ausstehen, wenn mir jemand erklärt, wie ich meine Arbeit zu erledigen habe, der davon weniger Ahnung hat als ich."
„So würde es nicht laufen", beeilte sich Yellowstone zu versichern. „Das Museum legt Tour und Forschungsauftrag in Absprache mit dem Expeditionsleiter... mit der Expeditionsleiterin fest. Für unsere Geldgeber ist das wie ein geführter Abenteuerurlaub, bei dem die Reiseleiterin immer das letzte Wort hat. Sie wären völlig frei darin, den Ausgrabungsort zu wählen und den Ablauf der Expedition vor Ort festzulegen. Wir haben solche Touren in der Vergangenheit

bereits einige Male höchst erfolgreich für alle Beteiligten abgewickelt. Bitte glauben Sie mir, wenn ich Ihnen sage, dass keiner unserer Geldgeber Interesse daran hat, das Kommando über eine Expedition zu übernehmen. Wenn dem so wäre, würde der Betreffende uns auch nicht brauchen, und um ehrlich zu sein, sind die meisten auch schon etwas betagt."
Chess sah den Direktor wohlwollend an. Was er erklärte, klang durchaus schlüssig und es war weiß Gott nicht so, dass sie Angst hatte, sich gegen einen abenteuerlustigen Briefmarkensammler nicht durchsetzen zu können, sollte es darauf ankommen. „Ich glaube nicht, dass das etwas für mich ist. Aber trotzdem danke für das Angebot."
„Eine Sache möchte ich noch erwähnen", startete Yellowstone einen letzten Versuch, sie umzustimmen.
„Ja?"
„In der Vergangenheit hat sich gezeigt, dass einige unserer Sponsoren sehr gute Kontakte haben, wenn es darum geht, schnell und unbürokratisch an Einreisegenehmigungen oder Grabungsbewilligungen zu kommen. Es ließen sich also möglicherweise auch Projekte verwirklichen, die unter normalen Gesichtspunkten nicht so einfach umzusetzen wären. Selbstverständlich kann ich im Voraus nichts versprechen, ohne Rücksprache gehalten zu haben, außer, dass sich alles im legalen Rahmen abspielt."
„Sie meinen, ich zeige mit dem Finger auf einen Punkt der Weltkarte und Sie und Ihr Finanzier sorgen dafür, dass wir dort am nächsten Tag mit offenen Armen empfangen werden?"
„Vielleicht nicht gleich am nächsten Tag", räumte der Direktor in aller Bescheidenheit ein. „Aber wenn Sie bedenken, wie viele Ihrer Kollegen oft jahrelang auf eine Grabungsgenehmigung warten müssen."
„Warum fragen Sie die nicht?" Chess lächelte frech.
Yellowstone rückte seinen Krawattenknopf zurecht. „Weil wir als international angesehenes Museum einen Ruf zu verlieren haben. Ich kann es mir nicht leisten, dass irgendein zweitklassiger Archäologe im Namen des Museums tätig wird. Wenn wir Leute verpflichten, dann nur die allerbesten.

Unglücklicherweise haben die zumeist Besseres zu tun, als für unsere betagten Geldgeber den Reiseleiter zu spielen."
Chess hob die Mundwinkel.
„Was die Ausrüstung betrifft", fuhr Yellowstone fort, „können Sie sehr gerne auf alles zurückgreifen, was wir in unserem hauseigenen Magazin haben. Dank unserer Clubmitglieder ist das mittlerweile eine respektable Menge an hochwertigen Ausrüstungsgegenständen."
„Ich bestimme also, wohin es morgen gehen soll?", frage Chess provokant.
„Ganz so ist es freilich nicht", schwächte er ab. „Wir erwarten uns natürlich auch einen archäologischen Nutzen von der Expedition und letztlich muss sich auch ein Geldgeber dafür finden. In der Regel läuft es allerdings darauf hinaus, dass wir alle Hebel in Bewegung setzen werden, wenn Sie uns ein spannendes Projekt vorschlagen. Aus Erfahrung kann ich Ihnen sagen, dass unsere Sponsoren kaum eine Gelegenheit auslassen, wenn sich ihnen ein Abenteuer bietet. Erst recht nicht an der Seite einer so kompetenten und bezaubernden Expeditionsleiterin. Denken Sie schon an ein bestimmtes Ziel?"
„Den Tempelberg?", fragte sie keck, dachte aber nicht im Traum daran, ihren größten Archäologenwunsch jemals erfüllt zu bekommen.
Yellowstone schnaufte. „Puuh, ich fürchte, das übersteigt selbst unsere Möglichkeiten bei weitem."
„Einen Versuch war es wert", sagte sie freundlich. „Wie schon angedeutet, bin ich ganz froh, einige Tage für mich zu haben und entspannen zu können."
Yellowstones Gesicht ließ eine gewisse Enttäuschung erahnen.
„Ich werde aber trotzdem über Ihr großzügiges Angebot nachdenken, während ich über die Feiertage eingeschneit bin."
Die Mundwinkel des Direktors hoben sich wieder. „Ich gebe Ihnen meine Visitenkarte mit. Rufen Sie mich an, wann immer Sie Ihre Meinung ändern. Jederzeit!"
Chess steckte die Karte dankend ein und drehte sich zu den Tonsärgen. „Jetzt sollte ich mich aber sputen, damit mein

Gutachten fertig wird, bevor da draußen alles im Schneechaos versinkt."
„Ich halte Sie nicht länger auf." Der Direktor streckte ihr die Hand entgegen. „Frohe Feiertage!"

***

Sanctuary Island II, Küste vor Sokotra, am späten Nachmittag: Die Luft in dem gerade einmal zwanzig Quadratmeter großen Besprechungsraum war stickig, aber gekühlt. Es roch nach dem Kunststoffbelag, der auch die Böden der Unterkünfte zierte, die man Ahil und Cornelia Simmons für die Dauer ihres Aufenthalts auf dem schwimmenden Labor zugewiesen hatte.
„Ich habe meine Leute angewiesen, mit Ihren Sachen ganz besonders vorsichtig zu sein", reagierte Qian auf Cornelia, die ihren Blick aus dem Fenster direkt hinüber zur AFWYS gerichtet hatte. Dem Doktor war nicht entgangen, wie konzentriert sein Besuch das Ausladen der Kisten verfolgte. An Ahil, den ältesten Kopf in der Dreierrunde, gerichtet sagte er: „Ihr Prachtstück selbstverständlich auch."
„Das will ich doch hoffen", sagte der alte Ägypter so ungerührt, dass man seine Worte auch als Drohung verstehen konnte. Nach einer kurzen Pause fragte er: „Ist mit Ihnen alles in Ordnung, Qian?" Ahil scherte sich einen Dreck um Titel, war sich aber sehr wohl bewusst, wie viel Wert Qian darauf legte, als Doktor angesprochen zu werden. „Sie sehen mir ein wenig müde aus."
„Es ist viel zu tun", gab sich Qian zugeknöpft. „Ich darf doch davon ausgehen, dass Sie beide den weiten Weg nicht auf sich genommen haben, um mit mir über mein Schlafverhalten zu reden? Wir haben Wichtigeres zu tun."
Cornelia räusperte sich. „Sie sind für einen wesentlichen Teil dieses Projekts verantwortlich. Da ist es nur naheliegend, dass wir kein Risiko eingehen wollen."
„Ich bin für den wesentlichsten Teil verantwortlich", belehrte Qian. „Objektiv betrachtet bin ich der Einzige, der ein Risiko eingeht - indem ich mich bereiterklärt habe, mit Ihnen

zusammenzuarbeiten." Es wollte dem Doktor so gar nicht schmecken, dass Ahil und Cornelia während der Anreise bereits umfassend Gelegenheit gehabt hatten, einander kennenzulernen und sich unter vier Augen zu besprechen. Qian fühlte sich dadurch in die Außenseiterrolle gedrängt.
Obwohl alle am Tisch vergleichsweise gute Miene zum bösen Spiel machten, war sich jeder bewusst, dass sie für die nächste Zeit Teil einer Zweckgemeinschaft waren, die vor allem durch eines geprägt war: gegenseitiges Misstrauen.
„Jeder von uns muss seinen Beitrag leisten, damit wir am Ende Erfolg haben. Keiner erreicht das hochgesteckte Ziel im Alleingang", machte Cornelia ihren Standpunkt deutlich.
Qians Pupillen weiteten sich. „Ohne den Erfolg meiner Arbeit ist alles andere bedeutungslos."
„Das hat niemand bestritten", pflichtete Ahil ihm bei. „Aber ohne meine beiden Mitbringsel könnten Sie mit Ihrer Arbeit gar nicht beginnen."
Die Mimik des Doktors signalisierte Einsicht. „Sie haben Ihr Talent zum Beschaffen seltener Artefakte bereits in der Vergangenheit unter Beweis gestellt. Aber was ist mit ihr?" Er wandte sich Cornelia zu. „Ms. Cornelia Simmons, vormals Natascha Wilder, von der holographischen Abteilung des Imperial College in London, wenn ich mich recht erinnere." Er wartete ihre Bestätigung nicht ab, sondern fuhr mit einer gehörigen Portion Sarkasmus in der Stimme fort: „Nach dem bedauerlichen Tod Ihres Professors sind Sie die weltweit einzige Spezialistin für cerebrale Holographie. Das macht Sie automatisch zu einem unverzichtbaren Mitglied im Team - Glückwunsch, meine Liebe. Gestatten Sie mir eine Frage...? Was außer Ihrem Wort können Sie uns bieten, das Ihr Talent unter Beweis stellt?"
„Ich kann keine toten Klone auf den Tisch legen, falls Sie das von mir erwarten", erwiderte Cornelia scharf.
„Touché!" Qian fasste sich mit einem gespielten Lächeln ans Herz. „Wir haben alle erdenklichen Sicherheitsvorkehrungen getroffen, dass es künftig keine solchen Störfälle mehr gibt. Das setzt allerdings voraus, dass nur noch Profis an dem

Projekt beteiligt sind. Ich werde keinem Laien mehr Zutritt zum Labor gestatten, gleichgültig, wer ihn geschickt hat oder welche wichtigen Proben er mitbringt." Qian sah Cornelia und Ahil nacheinander an, um sich ihre Zustimmung zu sichern.

„Ich habe ohnehin kein Interesse, Ihnen bei Ihrer Arbeit über die Schulter zu schauen", stellte Cornelia klar. „Mein Teil beginnt erst, wenn Sie Ihr Können erfolgreich unter Beweis gestellt haben."

„Bis es so weit ist, sollten Sie die Zeit nutzen, um Ihre fehlenden Puzzlestücke einzusammeln." Qian erkannte an Cornelias Reaktion, dass ihr offenbar gar nicht bewusst gewesen war, dass er von dem Fehler wusste, der Cornelia bei den Vorbereitungen des Projekts unterlaufen war. „Ahil hat mir von Ihrem Versäumnis berichtet", erklärte der Doktor rasch.

Cornelias verständnisloser Blick traf den Ägypter.

Ahil lächelte milde. „Wir haben alle Interesse daran, dass dieses Projekt schnellstmöglich abgeschlossen werden kann. Ich habe Ihnen nicht ohne Grund meine Hilfe bei der Beschaffung Ihrer fehlenden Unterlagen angeboten."

„Na schön", erwiderte Cornelia Simmons, die insgeheim gehofft hatte, das leidige Thema nicht auch noch vor Qian ausbreiten zu müssen. „Es war nicht meine Schuld, was da in England passiert ist. Aber nachdem Sie es ansprechen, werde ich mich auch dazu..."

„Das wird bestimmt nicht nötig sein!", fiel ihr der Doktor ins Wort. „Bitte ersparen Sie mir Ihre Entschuldigungen. Ich gehe selbstverständlich davon aus, dass Sie Ihre Sachen beisammen haben, sobald die Zeit gekommen ist. Anderenfalls wäre das sehr bedauerlich."

Cornelias wütende Mundwinkel formten sich zum Widerspruch, doch Ahil kam ihnen zuvor: „Seien Sie ganz beruhigt, Qian. Meine Leute werden dafür sorgen, dass alles an seinem Platz ist, sobald Ms. Simmons mit ihrer Arbeit beginnt. Gestern Abend ist bereits die Verstärkung für das Team in London angekommen, um unsere Interessen vor Ort mit Nachdruck zu vertreten."

„Verstärkung? Rechnen Sie mit so viel Widerstand?“, fragte der Doktor.
„Lassen Sie es mich so ausdrücken: Da es auf die freundliche Art nicht funktioniert hat, werden wir keine weitere Zeit mit Höflichkeiten verschwenden.“
Der Doktor schien mit der Antwort zufrieden. Ahils Mitarbeiter waren für ihre überzeugenden Argumente bekannt und verstanden sich ausgezeichnet darauf, Dinge zu beschaffen, von denen sich die Besitzer nur widerwillig bis gar nicht trennen wollten.
„In der Zwischenzeit“, fuhr Ahil fort, „kann Ms. Simmons schon einmal alles für den späteren Datentransfer vorbereiten.“
„Aber wie können wir uns sicher sein, dass dieser Datentransfer funktioniert, wenn Ms. Simmons nie zuvor etwas Vergleichbares getan hat?“, fragte Qian provokant.
Cornelia hasste es, wenn man sich in der dritten Person über sie unterhielt, während sie anwesend war. „Sie wollen Gewissheit?“, fragte sie gereizt. „Dann sorgen Sie dafür, dass Ihr Frankensteinverschnitt in einem Stück und ohne Hirnschaden die Welt betritt. Sobald Ihnen das gelungen ist, werde ich alles in meiner Macht stehende tun, um diesem dummen Stück Klonfleisch die Erinnerungen zurückzugeben, die im Hologramm gespeichert sind.“
Qian wollte etwas einwenden, doch Cornelia ließ sich nicht mehr von ihm unterbrechen: „Ob das reichen wird, Frankenstein auch nur einen einzigen sinnvollen Satz sagen zu lassen, kann ich Ihnen beim besten Willen nicht beantworten - noch nicht! Der Erfolg hängt primär von der Geschwindigkeit ab, mit der wir die Informationen ins Gehirn des Klons bekommen. Meine Simulationen zeigen, dass wir einen ausreichend großen Teil der Daten zeitgleich übertragen können. Letztlich gibt es aber nur einen Weg, das herauszufinden: Klonen Sie ihn!“
Das Feuer in Qians Augen ließ nur vermuten, was er empfand, als er Cornelia Simmons derart abfällig über seinen bevorstehenden Schöpfungsakt sprechen hörte.

„Sie hat Recht", schlug sich Ahil auf Cornelias Seite. „Fest steht, dass uns eine Hülle allein nicht weiterbringt. Wir könnten genauso gut ein Dutzend dieser hirnlosen Klone aufmarschieren lassen und es würde nichts bewirken. Was wir brauchen, ist der eine Klon, der die Massen nicht nur mit seinem Äußeren überzeugt, sondern auch mit inneren Werten. Ganz egal, wie wir es anstellen oder wie schlecht die Erfolgschancen stehen, wir müssen es wagen!"
„Ganz meine Rede", stimmte Cornelia zu. „Wer diesen Klon kontrolliert, kontrolliert die Welt. Diese Aussicht sollte uns allen als Ansporn reichen. Wann können Sie mit der Arbeit anfangen, Doktor?"
Stille.
Ahil sah den Doktor erwartungsvoll an. „Qian? Wann legen wir los?"
„Bald", hauchte der Doktor gedankenversunken. *Er ist meine Schöpfung. Ich alleine werde ihn kontrollieren!*

***

Woodberry Mansion, England, etwa zur selben Zeit:
David stand mit einem dunkelblauen Trainingsanzug bekleidet in der Haustür und sah seine beiden Überraschungsgäste verdutzt an.
„Können wir reinkommen?", brummte Hiob, dessen kurze braune Haare unter riesigen Schneeflocken zu verschwinden drohten. In seiner Rechten hatte er einen Koffer, die Linke hielt er hinter seinem Rücken verborgen.
„Ja." Davids Verwunderung ließ ihn etwas geistesabwesend wirken. „Kommt bitte rein!"
Alon machte einen raschen Schritt an Davids ausgestreckter Hand vorbei, während Hiob fast die gesamte Türbreite für sich allein beanspruchte. Instinktiv wich David zurück und schenkte dem israelischen Hünen ein verständnisvolles Lächeln.
Deutlich kräftiger als gewöhnlich schloss sich die Eingangstür von Woodberry Mansion.

Alon schlüpfte aus seiner dicken Jacke. „Du willst sicher wissen, warum wir hier sind?“
David bejahte.
„Frohe Weihnachten!“ Hiob drückte ihm wenig liebevoll eine kleine Kartonschachtel mit roter Schleife in die Hand. Offenbar war die Schachtel dem Schneetreiben schon länger ausgesetzt gewesen. Auf dem durchweichten Karton ließ sich noch genau erkennen, wo Hiob ihn gehalten hatte.
„Und du fragst dich sicher, warum wir nicht vorher angerufen haben?“ Alon kämmte sich mit den Fingern durchs Haar, um den Schnee loszuwerden.
„Ja...“, erwiderte David zögerlich.
„Wir uns auch!“ Hiob hatte sich seiner Jacke entledigt und stand genau so da, wie David ihn in Erinnerung behalten hatte: groß, kantige Gesichtszüge und in einem dunkelgrauen Anzug, dessen Schulternähten man die Beanspruchung ansah. „Glauben Sie mir, Wilder, wenn ich die Wahl gehabt hätte, wäre ich bei Sonne, Strand und Meer geblieben... Nichts gegen Sie persönlich, aber das Wetter hier ist noch schlechter als beim letzten Mal.“ Er wandte sich Alon zu und senkte verschwörerisch die Stimme. „Ich hätte nie gedacht, dass ich das einmal sagen würde.“
„Täusch ich mich, oder renovierst du dein Schloss?“ Alon strich mit der Handfläche über eine frisch gestrichene Wand beim Treppenaufgang.
„Ich habe eine Firma beauftragt.“ David zeigte in Richtung Keller. „Seit der Explosion ist eine Menge Zeit und Geld in die Reparaturen geflossen. Der betroffene Kellerbereich musste komplett abgestützt werden, damit das Haus nicht absinkt.“
Hiob nickte fachmännisch. „Mit Immobilien hat man immer Ärger. Sie sollten Ihr Geld lieber in Rohstoffen anlegen.“
„Welches Geld?“, fragte David. „Diese Arbeiten kosten ein Vermögen, aber wenn ich sie nicht machen lasse...“
„Es ist immer dasselbe mit Erbschaften“, seufzte Alon. „Kaum hat man die Millionen, machen sie einen auch schon arm. Können wir uns irgendwo setzen? Ich denke, es gibt einiges zu besprechen.“

David führte seine Gäste ins Jagdzimmer des Anwesens und bat sie, Platz zu nehmen. Hiob wählte einen mit weinrotem Leder bezogenen Ohrensessel unter einem ausgestopften Elefantenkopf. Alon machte es sich rechts davon auf einem Doppelsofa bequem, während der Hausherr in einen der weiteren Ledersessel sank, die um den rustikalen Holztisch angeordnet waren.
Alon ließ seinen Blick über die dunkel getäfelten Wände gleiten, die wenigstens zwei Dutzend unterschiedlichster Jagdtrophäen beherbergten. Ihrem Zustand nach zu urteilen, hingen sie dort schon seit Jahrzehnten. Dieser Eindruck verstärkte sich durch den fast schon antiken Drilling, ein Jagdgewehr mit drei Läufen, über dem Kamin. „Wir wären schon früher hier gewesen, aber wir sind zuerst zu deinem Haus in London gefahren."
„Ihr hättet anrufen können."
„Hätten wir", erwiderte Hiob. „Aber dann hätten wir den Kuchen von Ms. Furgerson versäumt. Ich kann immer noch nicht glauben, dass uns Ihre Nachbarin jedes Mal zum Kuchen einlädt, wenn wir am Haus vorbeikommen. Es ist fast so, als würde sie den ganzen Tag nichts anderes tun, als auf Besuch zu warten, den sie verköstigen kann."
David schmunzelte. „Aushorchen trifft es eher. Sie ist sehr daran interessiert, was in der Nachbarschaft passiert. Ihre Kuchen sind nur die Köder, um unbedarfte Besucher einzufangen und ihnen ihre Geheimnisse zu entlocken. Sie sollten vorsichtiger sein, Hiob! Die alte Ms. Furgerson hat es faustdick hinter den Ohren. Das lernt sie alles aus den Kriminalromanen - zumindest hat sie mir das einmal gestanden, als sie offensichtlich ein Gläschen zu viel von ihrem Selbstgebrannten verkostet hat."
„Unsinn", widersprach Hiob. „Die alte Dame ist völlig harmlos, und von mir erfährt sie sowieso nichts."
„Immerhin weiß sie von dir, dass wir nach Woodberry Mansion wollten", stellte Alon richtig. „Da sie David aber nicht vorgewarnt hat, behält sie ihr Wissen tatsächlich lieber für sich."

„Davon könnt ihr ausgehen. Oder hat euch die liebenswerte alte Dame von Chess erzählt?“
Alon wurde hellhörig. „Was hätte sie uns denn über Chess erzählen sollen?“
„Sie ist euch mit dem überraschenden Weihnachtsbesuch zuvorgekommen. Ms. Furgerson hat sie ebenfalls bei Kaffee und Kuchen verhört, bevor sie zu mir weiterreisen durfte.“
„Chess ist hier?“, fragte Alon erstaunt.
„Im Moment nicht. Sie arbeitet im Museum an einer Mumienausstellung. Aber wenn der Schneefall es zulässt, sollte sie in den nächsten Stunden wieder hier sein. Ich bin sicher, sie freut sich, euch wiederzusehen.“
Hiob blickte grübelnd in die Runde. „Ms. Furgerson hat Chess' Anwesenheit nicht mit einem einzigen Wort erwähnt.“
„Nehmen Sie es sportlich“, lachte David. „Sie sind nicht der Erste, der in Ms. Furgersons Kuchenfalle getappt ist.“
„Sehr witzig!“, brummte es unter dem Elefantenrüssel.
„Schieß los!“, wandte sich David wieder Alon zu. „Weshalb seid ihr hier?“

***

In einem dunklen Waldstück bei Woodberry Mansion:
Der leichte Luftzug war zwischen den Bäumen kaum zu hören, wehte aber eine umso eisigere Brise in Richtung der beiden Männer, die schon seit Stunden auf ihrem Beobachtungsposten durchhalten mussten. Yobi, Ende zwanzig und für gewöhnlich sehr quirlig, blickte sorgenvoll auf seine Schuhe, die so gar nicht für einen Marsch durch den Tiefschnee gedacht waren.
„Ich spür meine Zehen nicht mehr. Meinst du, sie sind schon abgefroren?“
„Red kein blödes Zeug!“, erwiderte Milan, ein mehr als kräftig gebauter Südeuropäer mit Halbglatze, dem die Kälte ebenfalls schwer zu schaffen machte. „So schnell erfriert man nicht. Ich hoffe nur, die kommen bald.“
Yobi hauchte in seine Handflächen und rieb sie kräftig aneinander. „Was machen wir, wenn nicht?“

„Wie meinst du das?“
„Vielleicht sind sie auf dem Flughafen eingeschneit. Oder falls sie es doch noch rechtzeitig auf die Insel geschafft haben, könnten sie ein Problem mit dem Wagen haben - wär bei dem Dreckswetter doch kein Wunder. Jedenfalls mach ich mir meine Gedanken darüber, was wir tun, wenn sie nicht wie vereinbart auftauchen. Willst du dann hierbleiben, oder ziehen wir uns zum Aufwärmen ins Hotel zurück?“
„Bist du verrückt? Heute Nacht bringen wir die Sache zu Ende. Du kennst die Anweisungen so gut wie ich.“ Milans zittrige Finger packten das Fernglas, das um seinen Hals baumelte. Er wandte seinem Partner den Rücken zu und blickte in Richtung des alten Herrenhauses.
„Die letzten Befehle, die wir erhalten haben, sind fast zwei Tage alt“, widersprach Yobi. „Zu der Zeit konnte noch keiner ahnen, dass wir im Schnee versinken werden. Unsere Kleidung ist überhaupt nicht dafür ausgelegt, dass wir stundenlang hier rumstehen. Sieh dir nur deine Schuhe an, die sind völlig ruiniert. Wir brauchen anständige Stiefel für den Winter und richtige Daunenjacken, sonst holen wir uns den Tod.“
„Wenn wir unseren Posten unerlaubt verlassen und der Boss davon erfährt, holt der Tod uns.“
„Wie soll er es erfahren?“ Yobi zog den Kragen seiner Regenjacke so hoch er konnte, um sich zumindest ein wenig vor den Schneeflocken zu schützen, die seit kurzem wieder verstärkt sein Genick ansteuerten. „Die blöden Handys funktionieren nur da drüben auf dem Felshügel. Solange wir dort nicht hingehen, kann der Boss uns keine neue Nachricht schicken und wir ihm auch nicht. Wenn ich das nächste Mal zum Felsen latsche, könnte ich genauso gut falsch abbiegen und den Wagen nehmen, um damit zu dem kleinen Laden an der Hauptstraße zu fahren, an dem wir gestern vorbeigekommen sind. Das würde nicht länger als eine Stunde dauern und wir hätten endlich etwas Vernünftiges anzuziehen.“
„Genau so machen wir das“, erwiderte Milan sarkastisch. „Ich lass dich mit dem Wagen zum gemütlichen Einkaufsbummel in

die nächste Stadt fahren, und wenn der Boss in der Zwischenzeit auftaucht, fang ich mir deine Kugel ein."
„Wir könnten auch beide fahren."
„Vergiss es!"
„Ach komm schon, Milan! Was soll in diesem Haus groß passieren? Die beiden Männer, die wir vorhin ankommen gesehen haben, hatten Koffer dabei und bleiben sicher länger. Sie sind heute Nacht also zu dritt. Damit wissen wir alles, was wir wissen müssen. Bis die Party steigt, sind wir längst wieder zurück."
„Was ist mit der Frau, die heute Morgen weggefahren ist? Immerhin hat sie seinen Wagen genommen."
„Eben!" Yobi trat auf der Stelle, um seine gefühllosen Füße am Leben zu halten. „Das bedeutet, dass keiner von ihnen weg kann, weil die anderen beiden mit dem Taxi gekommen sind. Aber davon verirrt sich heute bestimmt keines mehr in diese Einöde. Also sitzen sie hier fest! So wie wir auch bald, wenn wir nicht endlich abhauen. Komm schon, noch sind die Straßen befahrbar. Wer weiß, wie es in einer Stunde aussieht."
Milan hielt das Fernglas fest an sein Gesicht gepresst. „Wir hätten von Anfang an mehr Druck machen sollen. Dann wäre die Sache längst erledigt."
„Hätten, wäre...", äffte Yobi. „Die Vergangenheit lässt sich nicht mehr ändern. Aber wir können daraus lernen und diesmal die richtige Entscheidung treffen. Ich will in diesem verdammten Wald nicht verrecken!"
Milan setzte das Fernglas ab und drehte sich mit ernster Miene zu Yobi um. „Hab ich dir schon einmal erzählt, was der Boss mit Frischobst wie dir macht, wenn es ihm sauer aufstößt?"
„Jetzt geht das wieder los", seufzte Yobi genervt. „Der Boss ist nicht hier! Wenn du statt durch dein blödes Fernglas zu glotzen einmal einen Blick auf die Umgebung werfen würdest, könntest du sehen, dass rings um uns alles im Schnee versinkt. Kein Mensch wird heute noch auftauchen, erst recht nicht der ach so gefährliche Boss."
„Überleg dir deine Wortwahl, wenn du über ihn sprichst!", drohte der Erfahrene dem Nachwuchs. „Ich war zweimal dabei,

als er Früchtchen wie dir das Kerngehäuse mit bloßen Händen herausgerissen hat."

„Wir werden erfrieren, wenn wir ernsthaft versuchen, mit diesen Klamotten eine Nacht im Freien zu überstehen!", zeigte der Jüngere sich unbeeindruckt. „Welche Rolle soll es da noch spielen, ob der Boss uns morgen der Länge oder der Breite nach in Streifen schneidet? Milan, bitte!"

Milan schien zu überlegen. „Was ist, wenn die Frau zurückkommt?"

„Was soll sein? Dann steht bei unserer Rückkehr eben ein grünes Auto vor der Tür, und wir erzählen dem Boss, dass sie zu viert im Haus sind."

„Sie könnte noch jemand mitbringen, von dem wir dann nichts wissen, und die Lage deshalb falsch einschätzen."

Yobi drückte durch eine Geste aus, wie sehr ihn solche Spekulationen nervten. „Es könnte sich auch jemand auf der Rückseite des Hauses durchs Kellerfenster reingeschlichen haben, ohne dass er uns aufgefallen ist. Oder noch schlimmer, da unten könnte schon seit mehreren Wochen ein geheimes Sonderkommando sitzen und nur darauf warten, dass wir unseren Angriff starten. Wir wissen es nicht. Wir können es nicht wissen! Was wir allerdings wissen, ist, dass wir morgen tot sein werden, wenn wir uns nicht etwas Anständiges zum Anziehen beschaffen, um über die Nacht zu kommen."

Insgeheim wusste Milan, dass Yobi mit sehr hoher Wahrscheinlichkeit Recht behalten würde. Die Wetterverhältnisse hatten sich im Lauf des Tages zunehmend verschlechtert und nichts deutete darauf hin, dass es in den nächsten Stunden besser werden könnte - ganz im Gegenteil. Verschärfend kam hinzu, dass ihre leichte Herbstkleidung, gemessen an dem massiven Schneefall und dem eisigen Wind, im besten Fall noch als unzureichend zu bezeichnen war. Andererseits wusste Milan nur zu gut, wie wenig Verständnis sein Boss für kreative Köpfe in den eigenen Reihen aufbrachte. Jede noch so gut gemeinte Eigeninitiative konnte rasch als Verrat ausgelegt werden, weshalb Milan bisher gut damit

gefahren war, Befehle zu befolgen und sie nicht zu interpretieren oder gar zu hinterfragen.
„Milan?“
„Wir warten noch eine halbe Stunde.“
„Und dann?“
„Dann gehe ich rüber zum Hügel und versuche, den Boss zu erreichen.“
„Toller Plan“, murrte Yobi. „Klingt für mich nur nicht anders als das, was wir in den letzten 48 Stunden getan haben. Da hatte es allerdings noch keine gefühlten zehn Grad unter Null in diesem Schneeloch. Wir haben noch nicht einmal Handschuhe.“
„Hör endlich auf zu jammern! Wenn ein Überwachungsjob so viel Kohle abwirft, muss dir auch klar sein, dass es dabei um harte Arbeit geht.“
„Was hat es mit Arbeit zu tun, wenn wir uns alles abfrieren, während...?“
„Still!“, unterbrach Milan jäh. „Da drüben tut sich etwas.“ Er nahm das Fernglas und richtete es auf die zwei Lichtpunkte, die sich den gewundenen Zufahrtsweg zum Anwesen hochkämpften. „Sieht so aus, als hätten wir Glück. Die Frau von vorhin ist allein zurückgekommen.“
„Damit sind sie zu viert im Haus“, folgerte Yobi.
„Nur wenn sie es bis dorthin schafft. Die Straße scheint verdammt rutschig zu sein.“ Durch die enorme Vergrößerung des Fernglases war zu erkennen, wie sich der tannengrüne Kombi trotz Allradantriebs den Berg hochkämpfte. „Die Kleine ist nicht schlecht unterwegs! Sie fährt sicher nicht zum ersten Mal auf rutschigem Untergrund.“
„Hast du gestern nicht gesagt, dass sie vermutlich eine Araberin ist?“
Milan starrte gebannt zur gegenüberliegenden Anhöhe. „Sand oder Schnee - was macht das für einen Unterschied? Entweder hast du Gefühl für den Wagen oder du hast es nicht.“
„Wie auch immer“, drängte Yobi. „Sobald sie im Haus ist, können wir uns doch Handschuhe und Stiefel besorgen. Was meinst du? Freiwillig geht doch von denen bestimmt keiner

mehr bei dem Sauwetter vor die Tür, und bis der Boss kommt - falls er überhaupt noch auftaucht -, sind wir längst wieder zurück."
„Er wird rechtzeitig hier sein. Darauf kannst du unser beider Leben verwetten!"
„Von mir aus. Trotzdem bleibt uns noch genug Zeit bis es so weit ist. Komm schon, Milan! Ich kann mit meinen steifgefrorenen Fingern doch nicht einmal mehr den Abzug der Knarre bedienen, von deinem Zittern mit dem Fernglas ganz zu schweigen. Sieh es doch endlich ein, im derzeitigen Zustand können wir niemandem im Haus gefährlich werden. Auch der Boss wird nicht erfreut sein, wenn er uns kampfunfähig in einer Schneewehe vorfindet."
„Ich denk drüber nach. Bis dahin kannst du dich nützlich machen und versuchen, ob du ihn erreichst."

***

Zufahrtsweg zu Woodberry Mansion, zur selben Zeit:
Komm schon, du schaffst es! Chess hatte alle Hände voll zu tun, Davids Volvo durch die verbleibenden Serpentinen zu bugsieren. Immer wieder bremste die Elektronik die durchdrehenden Räder ab, aber letztlich ließen sich die physikalischen Grenzen damit nicht überwinden. Vor allem das Stück nach der letzten Spitzkehre war durch einen besonders steilen Anstieg geprägt.
David hat nicht erwähnt, dass er noch Besuch erwartet. Zwar konnte Chess im Schnee noch Reifenspuren erkennen, aber so wie es aussah, war es schon eine ganze Weile her, dass das letzte Fahrzeug die Steigung gemeistert hatte. *Vielleicht hat die Post auch nur ein Weihnachtspaket in letzter Minute zugestellt.* Das leise Brummen aus den vorderen Radkästen verhieß nichts Gutes für die Traktion.
„Wenn du jetzt schlappmachst, bleibst du die ganze Nacht hier stehen", beschwor Chess das Auto. „Du willst doch bestimmt in deine warme Garage... Streng dich an!"

Der Volvo wurde immer langsamer und begann, bei zunehmendem Druck auf das Gaspedal, auf der Schneedecke von links nach rechts zu tanzen. „Die paar Meter wirst du doch noch schaffen.“ Doch so sehr Chess sich auch bemühte, weiter sollte sie im Schwedenstahl nicht kommen. Erst beim Aussteigen wurde ihr bewusst, wie hoch die Schneedecke auf der Steigung war.
Der Volvo saß mit der Bodenplatte nicht nur auf, sondern hatte mit seiner Stoßstange bereits wie ein Schneepflug die obersten Zentimeter zur Seite geschoben. Wehmütig dachte sie an die Bodenfreiheit ihres Range Rovers. *Wieso bauen die Schweden so niedrige Autos?* Kopfschüttelnd schleuderte sie die Tür zu und verriegelte den Wagen. „Wir sehen einander im Frühling wieder!“ Ein Blick in den tiefgrauen Himmel machte deutlich, dass es bis zur nächsten Schneeschmelze noch eine ganze Weile dauern konnte.
Schon nach wenigen Schritten spürte Chess, wie der Schnee über die Vorderkante ihrer Stiefel rutschte und für ungewollte Abkühlung sorgte. *Hier hat es deutlich mehr geschneit als in London.*
Sie kämpfte sich die Anhöhe bis zum gusseisernen Gittertor hoch und verwendete den Schlüssel, den David ihr gegeben hatte. Es kostete einiges an Kraft, das Tor gegen den Schnee aufzudrücken und so beließ Chess es bei einem schmalen Spalt, der gerade ausreichte, sie durchschlüpfen zu lassen.
Als sie mit beiden Beinen auf dem Grundstück war, hielt sie inne und genoss die vorweihnachtliche Stille. So weit sie sehen konnte, war alles in Watte gepackt und Millionen weiterer Schneeflocken sanken sanft vom Himmel. Bäume, Sträucher, ja sogar Davids Haus hatten eine dicke, weiße Haube. „Es ist wunderschön!“, flüsterte Chess. Die kalte Luft verlieh den Worten flüchtig Gestalt.
Jeder Schritt, den die Archäologin machte, ließ den Schnee leise unter ihren Füßen knirschen. Mehrfach blieb sie stehen, um das ungewohnte Naturerlebnis zu erfassen. Anders als in bewölkten Wüstennächten, die Chess nur zu gut kannte, war es durch den Schnee nicht völlig dunkel, obwohl es keine

erkennbare Lichtquelle gab. Zu weit abgelegen im Wald war das Anwesen, als dass ein Schimmer der Zivilisation es bis hierher hätte schaffen können.
Lediglich aus zwei von Davids Fenstern drang Licht. Chess drehte dem Haus den Rücken zu, um ungestörte Sicht zu haben. Sie blickte auf den gegenüberliegenden Hang. Er war nur unwesentlich niedriger, aber deutlich dichter bewaldet als die Anhöhe, auf der Woodberry Mansion lag.
Während Chess so dastand und lauschte, verschmolz sie in ihrer weißen Kapuzenjacke geradezu mit der Umgebung. *Das hätte Ali sicher auch gefallen.* Ihr fiel auf, dass es auf dem anderen Hang einen viel höheren Anteil an Laubbäumen gab, deren kahle Skelette allerdings nicht annähernd so ansehnlich waren wie die schneebedeckten Nadelbäume, die es auf Davids Seite gab.
Ob das dort drüben auch Süntelbuchen sind? Chess' Blick hatte schon fast das Ende der Baumgruppe erreicht, als sie eine flüchtige Bewegung wahrnahm, die ihre Aufmerksamkeit zurücklenkte. *Was war das?* Auf die große Entfernung waren bestenfalls noch armdicke Äste und Baumstämme zu erkennen. Umso unwahrscheinlicher war es, dass ein solcher sich bei annähernd Windstille bewegte. *Da! Schon wieder!*
Über eine Minute starrte sie auf die Stelle, konnte aber keine weitere Bewegung beobachten. Stattdessen erinnerte sie sich an die Fußspuren im Wald und die Geschichte, die David ihr dazu erzählt hatte. *Das kann nicht sein*, verdrängte sie den Gedanken. *Bestimmt hat einfach nur ein Ast unter dem Schnee nachgegeben. Ist auch kein Wunder, bei der Menge, die seit dem Nachmittag dazugekommen ist.*
Ihr fiel auf, dass ihre Hände zu zittern begannen. *Zeit, dass ich ins Warme komme. Durch das Fenster neben dem knisternden Kaminfeuer lässt sich das Schneetreiben bestimmt viel gemütlicher beobachten.*
Bis zum Haus waren es zwar nur noch etwa 150 Meter, aber in Anbetracht dessen, dass der Schnee schon über Kniehöhe lag, strengte der Fußmarsch Chess mehr an, als sie zunächst gedacht hatte. *Wenigstens wird mir wieder warm.*

Etwas außer Atem erreichte sie die Haustür und drückte den Klingelknopf.
Das Läuten war selbst im Jagdzimmer noch gut zu hören.
„Chess!“, reagierte David.
„Ich gehe!“ Alon sprang auf. Er wollte sich das verdutzte Archäologinnengesicht keinesfalls entgehen lassen. „Denk daran, was wir gewettet haben, David!“ Auf dem Weg zur Tür ließ er es sich nicht nehmen, den korrekten Sitz seiner Kurzhaarfrisur in einer Fensterspiegelung zu überprüfen.
Es läutete erneut.
„Alon!“, rief David. „Lass deine Haare, wie sie sind, und mach endlich auf!“
„Ja, gleich!“
Draußen drückte Chess ein weiteres Mal den Klingelknopf - diesmal länger. „David? Es ist ziemlich kalt hier draußen!“
Alon hatte den Eingang erreicht, und hielt sich die Nase zu, um wie ein britischer Butler zu klingen. Durch die immer noch geschlossene Tür näselte er: „Lord Wilder nimmt mit Freunden das Abendessen im Jagdzimmer ein. Wen darf ich melden?“
Lord Wilder? Chess stutzte. „David, lass den Blödsinn! Ich bin es, Chess.“
„Chess?“, fragte die Stimme von der anderen Seite der Tür mit glaubwürdig gespielter Verwunderung. „Sind Sie mit Lord Wilder näher bekannt oder gar persönlich befreundet?“
„David! Das ist nicht witzig. Ich bin das letzte Stück gelaufen, weil der Wagen im Schnee steckengeblieben ist. Jetzt würde ich mich gerne aufwärmen und...“
Alon riss die Tür auf. „Ich wusste es!“ Bevor Chess reagieren konnte, rief Alon quer durchs Haus: „Ich hatte Recht, David. Sie hat deinen Wagen im Schnee versenkt.“
„Hab ich nicht!“ Chess gab Alon einen Schubs und drängte nach drinnen. „Was machen Sie überhaupt hier?“
„Ich freue mich auch, Sie wiederzusehen.“ Alon unterstrich seine Behauptung, indem er Chess mit einer charmanten Geste aus ihrer weißen Daunenjacke helfen wollte.

„Das Vergnügen ist ganz auf meiner Seite", erwiderte Chess und wich dem Annäherungsversuch geschickt aus. „Was tun Sie hier?"
„Mit einem alten Freund Weihnachten feiern - und Sie?"
Begründete Skepsis stieg in Chess' Gesicht. „Ich auch."
„Gut." Alon nickte zufrieden. „Nachdem wir das geklärt hätten, gehe ich mir meinen Gewinn abholen."
„Ihren Gewinn?"
„Ich habe mit David gewettet, dass Sie sein Auto nicht heil zurückbringen."
„Sie...!" Chess funkelte ihn giftig an. „Wissen Sie überhaupt, wie hoch der Schnee da draußen liegt? Ich hatte überhaupt keine Chance, den..." Vom eigenen Geistesblitz getroffen, unterbrach sie sich und kramte etwas aus ihrer Jackentasche hervor. „Hand!"
Alon sah sie mit großen Augen an.
„Ihre Hand!", wiederholte Chess forsch.
Wozu...? Verwundert kam er der Aufforderung nach.
Chess ließ den Autoschlüssel in Alons ausgestreckte Hand fallen. „Parken Sie den Wagen, James! Aber machen Sie keine Beulen hinein, sonst zieht Ihnen Lord Wilder das von Ihrem nächsten Lohn ab." Ohne Alon eines weiteren Blickes zu würdigen, drehte sie ihm den Rücken zu und setzte sich in Bewegung. „Im Jagdzimmer sagten Sie, nicht wahr, James?"

***

Auf der Anhöhe gegenüber von Woodberry Mansion:
Yobi schimpfte in Gedanken vor sich hin, während er einsam das letzte Stück des Hügels hochstapfte, um seinem Handy Empfang zu verschaffen. *Warum um alles in der Welt ist Milan nur so stur? Wir könnten doch genauso gut von der Hauptstraße aus beim Boss anrufen... Zum Beispiel während wir uns warme Klamotten besorgen oder ich mir einen heißen Kaffee genehmige. Das ist alles sowieso eine riesige Schnapsidee. Wir hätten diesen Typen gleich beim ersten Mal umlegen sollen, als wir ihn aufgesucht haben... Damals war er*

allein und wir hätten alle Zeit der Welt gehabt, das Haus zu durchsuchen.
Yobi holte sein Mobiltelefon hervor und las vom schwach beleuchteten Display ab: *Kein Netz.*
Er starrte wenig begeistert auf die knapp 80 Meter vor ihm, die sehr steil anstiegen und selbst durch die dicke Schneehaube damit drohten, wie uneben und felsig der Untergrund war. *Mir bleibt aber auch nichts erspart!*
Insgeheim verfluchte er den Tag, an dem er Milan kennengelernt hatte. Yobi hatte sich seinen Lebensunterhalt damals mit diversen Raubüberfällen und Taschendiebstählen verdient - keine großen Sachen, gerade so, dass es zum Überleben gereicht hatte.
Yobis bevorzugtes Jagdrevier war die Hafengegend gewesen. Zwischen betrunkenen Matrosen und leichten Mädchen hatte sich fast immer eine Gelegenheit geboten, um den ein oder anderen Geldschein abzustauben. Wäre er nur dort geblieben! Dummerweise hatte er bei einem seiner Beutezüge diesem Betrunkenen gelauscht, der damit geprahlt hatte, dass das richtig große Geld auf der Pferderennbahn zu machen sei. Von Jackentaschen, prallgefüllt mit Geld, war die Rede gewesen und von dichtem Gedränge, in dem keiner sagen konnte, wem welche Hand gehörte.
Für den Kleinkriminellen Yobi hatte sich das alles wie ein Märchen aus dem Schlaraffenland angehört. Noch in derselben Nacht war er zu dem Schluss gekommen, dass seine Zukunft auf der Pferderennbahn lag.
Den ganzen nächsten Nachmittag hatte Yobi damit verbracht, auf der Rennbahn die Lage zu erkunden. Alles stellte sich ihm genau so dar, wie der Betrunkene es geschildert hatte: Da waren die stinkreichen Schnösel in ihren dunklen Anzügen gewesen, die es sich nicht nehmen hatten lassen, ihre Wettscheine an der Kasse selbst einzulösen. Wenn einer von ihnen richtig abgesahnt hatte, beulten sich seine Taschen wie Tennisbälle aus. Yobi hatte schnell verstanden, dass es nach jeder Runde Verlierer, aber auch - und nur das zählte für einen Dieb - Sieger gab.

Rückwirkend betrachtet war es ein Riesenfehler von Yobi gewesen, sich ausgerechnet den Glatzkopf in der grauen Weste auszusuchen. Zunächst war noch alles gut gelaufen. Yobi hatte die Brieftasche bereits erbeutet, ohne dass er seinem Opfer auch nur die Chance gegeben hatte, etwas zu bemerken. Bedauerlicherweise war ihm aber entgangen, dass er bei seinem Diebstahl von einem äußerst robust gebauten Schläger beobachtet worden war.

Bis zum Abgang der mittleren Tribüne hatten Yobis schnelle Beine es noch geschafft, doch dort war seine Glückssträhne abrupt zu Ende gewesen. Ein Schlag hatte ihn im vollen Lauf wie aus dem Nichts getroffen und zu Boden gerissen.

Das Erste, das seine Augen nach dem Zusammenprall wieder hatten fokussieren können, waren kleine weiße Kieselsteine gewesen, die neben ihm verstreut am Boden lagen.

Erst einen Gedankengang später hatte Yobi realisiert, dass es sich dabei um seine Zähne gehandelt hatte.

Das Gesicht des Schlägers, der vor ihm stehend Position bezogen hatte, war gegen das Licht nicht zu erkennen gewesen. Die Aggressivität seines Auftretens war dafür umso deutlicher ausgefallen. Mit Sicherheit hätte der Mann Yobi an jenem Nachmittag totgeschlagen, wenn Milan nicht aufgetaucht wäre, um ihm beizustehen.

Nicht, dass Yobi ihm deshalb nicht zu ewigem Dank verpflichtet war, aber dieses Zusammentreffen sollte nicht nur positive Veränderungen in Yobis Leben bringen. Milan hatte ihm im wahrsten Sinn des Wortes wieder auf die Beine geholfen und ihn unter seine Fittiche genommen. Im Zuge dessen hatte Yobi auch den Mann kennengelernt, für den Milan schon seit Jahren arbeitete. Äußerlich alles andere als eine auffällige Erscheinung, waren die Jobs, die der Boss anzubieten hatte, durchaus bemerkenswert und in der Regel sehr gut dotiert.

Yobis einziges Problem mit der Arbeit, so wurde zumindest Milan nicht müde zu betonen, war, dass er zu viel darüber nachdachte. Yobi hatte nie gelernt, sich anderen unterzuordnen. Er war auf der Straße großgeworden und hatte immer sein eigenes Ding durchgezogen. Das ging jetzt nicht mehr, und es fiel ihm unsagbar schwer, Befehle vorbehaltlos umzusetzen, die er für unsinnig hielt. Alles zu hinterfragen, entsprach viel mehr seinem Naturell.

„Was für ein Schwachsinn“, fluchte er leise vor sich hin. Seine Hose war vom hohen Schnee nass bis in den Schritt, und das Ende des Felsvorsprungs noch nicht erreicht. *Warum haben wir nicht dort drüben Position bezogen? Überall hat man freie Sicht. Aber nein, wir müssen uns den einzigen Bergrücken aussuchen, der alle Funksignale abschirmt.*

Der Schneefall wurde merklich stärker und erinnerte Yobi erneut daran, dass seine Kleidung mehr als unpassend war. Immer wieder rutschte er mit seinen flachen Sohlen ab und musste bei jedem Schritt darauf achten, die Schuhe nicht im Schnee zu verlieren.

Dreckswetter! Es kostete ihn viel Überwindung und Kraft, seine unterkühlten Beine durch den hüfthohen Schnee zu treiben. Mittlerweile ließen sich Nässe und Kälte nicht mehr so genau voneinander unterscheiden, und so konnte Yobi nur raten, ob die Jeans nur an seinen Beinen klebte, oder bereits festgefroren war.

Mit unglaublicher Erleichterung vernahm Yobi das elektronische Piepsen aus seiner Jackentasche. Sofort tasteten seine tauben Finger nach dem Handy und holten es hervor. *Langsam*, mahnte er sich zur Ruhe. *Du hast nichts davon, wenn es in den Schnee fällt.*

Yobis Daumen zitterte so stark, dass es ihm fast nicht möglich war, einzelne Tasten gezielt zu treffen. Er brauchte mehrere Anläufe, bis die Kurzmitteilung auf dem Display erschien:

Durchhalten! Treffen uns drei Stunden früher als vereinbart. Bringen Kleidung und Kaffee mit. Mitternacht schlagen wir zu. R.I.P.

Kaffee! Die bloße Vorstellung schoss Yobi durch die Venen wie heiße Lava. *Wir werden nicht erfrieren.* Hastig tippte er seine Bestätigung, die sich angesichts seiner unterkühlten motorischen Fähigkeiten aber auf lediglich zwei Buchstaben beschränkte: *ok*.

***

Im Jagdzimmer von Woodberry Mansion:
Chess setzte sich und merkte, dass das Ledersofa noch warm war. „Ich hätte wirklich nicht gedacht, Sie hier zu treffen, Hiob. Was treibt Sie in die Gegend? Oder sollte ich besser fragen: Wer?“
„Die Antwort ist dienstlich“, gab Hiob sich zugeknöpft.
„Tatsächlich?“ Chess ließ sich von David eine Teetasse reichen und schenkte ein. „Alon hat mir vorhin gesagt, dass er einen alten Freund zu Weihnachten besucht.“
„Wo steckt er überhaupt?“, wollte David wissen.
„Er parkt deinen Wagen um.“ Chess lächelte zufrieden und wandte sich wieder Hiob zu. „Hat es etwas mit Thors Hammer zu tun?“
„Schon möglich“, wich Hiob aus.
„Ach, Hiob, jetzt lassen Sie sich doch nicht immer alles aus der Nase ziehen. Sie wissen doch, wie neugierig wir Frauen sein können.“
„Das weiß er spätestens seit seinem Besuch bei Ms. Furgerson“, merkte David belustigt an.
Hiob warf ihm einen einschüchternden Blick zu.
„Erzählen Sie schon, Hiob!“, hakte Chess nach.
„Da gibt es nichts Großartiges zu erzählen. Wie wir Wilder schon erklärt haben, wollen wir uns im Haus nur ein wenig umsehen.“
„Wonach genau wollen Sie sich denn umsehen?“
„So konkret sind unsere Anweisungen leider nicht.“
Chess nippte an der Tasse. „Ihr Auftauchen hat nicht zufällig etwas mit dem überraschenden Rücktritt des israelischen Geheimdienstchefs zu tun?“
„Wie kommen Sie denn darauf?“, fragte Hiob mit ganz entspannter Stimme.

„Nur so eine Idee“, sagte sie beiläufig, um das Thema gleich darauf weiter zu vertiefen: „Ich habe gelesen, dass jetzt eine Frau an der Spitze steht. Jemand, den Sie persönlich kennen?“
„Israel ist klein, da läuft man jedem irgendwann über den Weg“, wich Hiob einer direkten Lüge aus.
„Es ist doch Souzan-Chaya?“, hakte Chess nach. „Mir war gar nicht bewusst, wie wichtig diese Frau ist.“
„Bisher war sie auch noch nicht so wichtig“, murmelte David.
Chess Blick verharrte auf Hiob. „Also, warum hat Souzan-Chaya Sie beide hergeschickt? Das macht sie doch bestimmt nicht ohne guten Grund. Noch dazu ausgerechnet in der Weihnachtszeit, wo die Linienflüge so teuer sind.“
„Woher wissen Sie, dass wir einen Linien...“
„Ich habe mir Ihre Kofferanhänger draußen im Flur angesehen.“
Hiob seufzte. „Wollen Sie sich nicht gleich selbst bei einem der Geheimdienste bewerben? Leute mit Ihrem Verhör- und Kombinationstalent können die dort sicher gut brauchen.“
„Ich will Sie nicht in Bedrängnis bringen.“ Chess blickte auf das lodernde Kaminfeuer und öffnete den obersten Knopf ihrer Bluse. „Warten wir, bis Alon zurück ist. Dann soll er mir meine Fragen beantworten.“
„Welche Fragen?“ Alon kam durch die Tür. Die eine Hand in die Hüfte gestemmt, den Autoschlüssel lässig in der anderen. Ohne Vorwarnung warf er ihn Chess zu. „Auftrag ausgeführt!“
Die Archäologin reagierte nicht, und so landete der Schlüssel punktgenau in ihrem Schoß. „Ich war mir sicher, dass Sie es schneller schaffen.“
„Welche Fragen?“, wiederholte Alon.
Chess lehnte sich entspannt zurück ins weiche Leder. „Ich habe mich nach unserem gemeinsamen Abenteuer in Kerak bei einigen Leuten umgehört und dabei ein paar interessante Dinge erfahren, die mir seither nicht mehr aus dem Kopf gehen.“
„Ich bin ganz Ohr.“ Alon kam näher und nahm auf einem der freien Sessel Platz.
Chess fuhr fort: „Durch ein Gespräch mit einem befreundeten Kollegen ist mir zum Beispiel Folgendes bewusst geworden:

Ich bin die ganze Zeit von der Annahme ausgegangen, dass es Qian und Shahid von Anfang an nur darum ging, an DNA für ihre Klonversuche zu kommen. Mittlerweile stellt sich mir allerdings die Frage, was sie mit einem Klon wollen. Ich meine, wenn kein Mensch weiß, wie das Original ausgesehen hat, ist ein solcher Klon doch bedeutungslos. Wozu sich also die Mühe machen und quer durch die Welt auf Reliquienraubzüge gehen?"
Betretenes Schweigen machte sich breit.
„Darüberhinaus beschäftigt mich die dringende Frage, ob ich tatsächlich die Einzige in der Runde bin, die erst kürzlich zu dieser Erkenntnis gekommen ist? Oder gibt es vielleicht noch etwas anderes, an dem Qian Interesse hat?"
Alon zuckte innerlich zusammen, als ihm etwas klar wurde. Äußerlich ließ er sich nichts anmerken. Sein Blick wanderte wie zufällig hinüber zur mehrfach unterteilten Fensterscheibe, an der sich aus Schneeflocken kleine Tropfen bildeten. *Vielleicht wäre es doch besser gewesen, vorher anzurufen.*
„Also doch!" Chess sah Hiob vorwurfsvoll an. „Sie wussten es die ganze Zeit - und Sie auch, Alon!"
Letzterer tat so, als hätte er den Beisatz nicht gehört und vertiefte sich ins Studium der Schneeflocken.
„Sie beide haben David und mich nur benutzt, um an den vierten Kreuznagel zu kommen. Nicht wahr?"
Hiob räusperte sich. „Ganz so war..."
„Ruhe!", verlangte Chess zornig. „Natürlich war es ganz genau so! Wir sind für Sie quer durch Schweden gelaufen und haben diese blöde Rätselrallye mitgemacht. David hat sich Ihretwegen sogar mit diesem menschlichen Grizzlybären angelegt. Wir haben Ihnen vertraut!"
„Und wir haben Sie beide gerettet!" Alons ernster Blick wanderte über David zu Chess. „Mir tut es sehr leid, dass nicht alles nach Plan gelaufen ist. Weder Sie noch David hätten in die Sache hineingezogen werden sollen, aber zumindest soweit es Sie betrifft, war das nicht meine Entscheidung. Ab einem gewissen Punkt konnten wir nur noch versuchen, Sie beide zu

schützen. Genau das haben Hiob und ich getan, so gut es uns möglich war."
Chess' Zornesfalten machten deutlich, dass sie diese Ansicht nicht teilte. „Wir hätten uns sehr gut selbst schützen können, wenn Sie uns von Anfang an reinen Wein eingeschenkt hätten. Ihre blöde Geheimniskrämerei hat uns überhaupt erst alle in Gefahr gebracht!"
Die Blicke von David und Hiob kreuzten einander und bestätigten den jeweils anderen darin, dass es besser war, sich kein Schreiduell zu liefern.
Alon beugte sich nach vorn, um seinen Worten mehr Nachdruck zu verleihen. „Ich habe Ihnen immer alles gesagt, was ich verantworten konnte. Geheimhaltung gehört ebenso zu unserem Job wie die militärischen Strukturen, die sie regeln. Für persönliche Befindlichkeiten bleibt da nur wenig Platz."
„Militärische Strukturen?", zog sie seinen Erklärungsversuch ins Lächerliche. „Dass ich nicht lache. So einfach können Sie es sich nicht machen. Für Ihre Entscheidungen tragen nur Sie die Verantwortung! Sie ganz allein müssen die Konsequenzen Ihres Handelns mit Ihrem Gewissen vereinbaren - vorausgesetzt Sie besitzen überhaupt eines."
„Ich kann verstehen, dass Sie wütend sind", versuchte Alon einzulenken. „Aber ich habe nur Befehle befolgt, die unserer aller Sicherheit dienten."
„Wessen Befehle?"
„Militärische Befehle."
„Halten Sie mich für blöd?" Das Gift in Chess' grünen Augen begann, den Smaragdglanz abzulösen. „Sie können anscheinend nicht einmal jetzt zugeben, von wem Sie Ihre Befehle erhalten. Warum sprechen Sie ihren Namen nicht aus? Soll ich es für Sie tun? Souzan-Chaya! Sie ist die neue Chefin des Mossad!"
„Ihre Eifersucht ist kindisch, Chess."
„MEINE WAS?"
„Schluss jetzt, ihr beiden!", griff David beherzt ein. „Ihr seid Gäste in meinem Haus, und ihr seid meine Freunde. Also darf

ich doch hoffentlich auch erwarten, dass ihr euch entsprechend benehmt."
„Aber er..."
„Chess!", bat David mit beschwörender Stimme.
Die Angesprochene atmete laut durch und signalisierte mit ihrer Geste, dass sie bereit war, sich wieder zu beruhigen.
„Danke." David wirkte erleichtert. „Mir ist klar, dass geheime Militärarbeit und die Freiheit von Wissenschaft und Forschung nur schlecht harmonieren."
„Geheimdienstarbeit", flüsterte Chess gerade laut genug, dass alle es hören konnten.
„...nur schlecht harmonieren", wiederholte David mit deutlich mehr Nachdruck in der Stimme. „Ich verstehe leider nur zu gut, dass Alon und Hiob nicht immer mit offenen Karten spielen können. Trotzdem gebe ich Chess Recht, dass ich möglichen Gefahren leichter aus dem Weg gehen kann, wenn ich sie einzuschätzen weiß. Das setzt aber wiederum voraus, dass mich jemand informiert, bevor auf mich geschossen wird." Er sah Alon tief in die Augen. „Wird man in Kürze wieder auf mich schießen?"
„Nein, wir haben diesmal keinen soziopathischen Serienkiller im Schlepptau, falls du das meinst", stellte Alon klar.
David schien erleichtert. „Für den Anfang beruhigt mich das schon einmal."
„Warum sind Sie hier? Keine Ausflüchte diesmal!", drängte Chess auf eine ehrliche Antwort.
Davids Blick schloss sich der Fragestellung an.
„Na schön", zeigte Alon sich einsichtig. „Wir sind hier, weil etwas sehr Wertvolles gestohlen wurde und wir glauben, dass Davids Exfrau etwas damit zu tun hat."
„Sie glauben?", stocherte Chess nach.
„Wir sind ziemlich sicher", korrigierte Alon. „Alle Fäden laufen immer wieder bei ihr und Dr. Qian zusammen. Dummerweise verbieten uns aber die Gepflogenheiten internationaler Schreibtischdiplomatie, den Doktor einfach samt seinem Labor im Meer zu versenken. Deshalb erwartet

man von uns, dass wir unsere Zeit lieber damit verschwenden, hier im Haus nach Spuren suchen."
„Welche Spuren?"
„Spannende Frage!", merkte Alon ironisch an. „Ich fürchte nur, dass wir das selbst nicht so genau wissen. Unser Boss..."
„Souzan-Chaya!", verbesserte Chess.
„Unser Boss", wiederholte Alon, „möchte wissen, warum Natascha sich die Mühe gemacht hat, das Labor im Keller in die Luft zu sprengen. Also sollen wir auch genau dort mit unserer Suche beginnen."
Chess runzelte die Stirn. „Korrigieren Sie mich, falls ich falsch liege, aber war es nicht ganz offensichtlich der Sinn der Sprengung, alle Spuren im Labor zu verwischen?"
„Das Gute an Explosionen ist, dass sich die Dinge selten völlig in Luft auflösen, sondern nur in kleinere Bestandteile zerlegen. Wir hoffen, ein paar Stücke zu finden, die uns weiterhelfen können."
„So was fällt Ihnen genau zu Weihnachten ein?"
„Mir wäre das überhaupt nicht eingefallen", rechtfertigte Alon sich. „Auch wenn es Ihnen schwerfällt, das zu glauben, selbst ich bekomme immer nur die Informationen, die mein Boss für richtig und wichtig hält. Es ist also durchaus möglich, dass er mehr weiß als ich."
„Sie", korrigierte Chess. „Ich bin mir sogar absolut sicher, dass *sie* mehr weiß als Sie."
Davids Räuspern beendete die Spitzfindigkeiten. „Von mir aus könnt ihr euch im Keller gerne umsehen, aber wie ich Hiob vorhin schon erklärt habe, sind längst noch nicht alle Teile wieder begehbar."
„Das mit dem Freilegen sollte kein Problem sein." Alon sah Chess erwartungsvoll an. „Wir haben doch eine namhafte Archäologin in unseren Reihen."
Chess stellte ihre Teetasse geräuschvoll auf den Untersetzer zurück. „Treiben Sie es nicht zu weit!"
„Wieso?" Alon markierte den Unschuldsengel. „Sie wollten doch über alle Neuigkeiten informiert werden. Jetzt kennen Sie nicht nur das Geheimnis unseres Besuchs, ich biete Ihnen sogar

an, bei der Lösung mitzuhelfen. Mehr als in der ersten Reihe zu stehen, geht doch nun wirklich nicht."
Chess witterte in dem Kuhhandel ihre Chance. „Was wurde Ihnen gestohlen?"
Alon sah Hiob und David ratsuchend an, als hätte er die Frage nicht verstanden.
„Sie wissen schon, das wertvolle Etwas, dessen Verschwinden Sie hierher geführt hat", half sie ihm auf die Sprünge.
„Ach, das meinen Sie", sagte Alon so belanglos, wie er es gerade noch für vertretbar hielt. „Nur ein weiteres Artefakt, das aus einer Sammlung entwendet wurde."
„Welches Museum?", hakte Chess nach.
„Es handelt sich mehr um eine Privatsammlung."
„Die wem gehört?"
„Dem Staat Israel!" Hiob sah keinen Sinn darin, das Unvermeidliche noch länger hinauszuzögern.
Chess nickte, als hätte sie die Antwort längst gekannt. „Was genau wurde Ihrer Regierung denn gestohlen?", richtete sie die Frage an Alons Adresse.
„Ein Tuch."
„Dasselbe, das man Ihnen schon in Wien gestohlen hat?"
Alon war so überrumpelt, dass er gar nicht erst versuchte, seine Verblüffung zu verbergen.
„Wie haben Sie davon erfahren?", fragte Hiob.
Chess zuckte gelangweilt mit den Schultern. „Sie wissen doch, dass es für eine gute Archäologin auf Dauer keine ungelüfteten Geheimnisse gibt."
„Alle Informationen über die durchgeführten Untersuchungen und den Aufenthalt dieses Artefakts unterliegen der absoluten Geheimhaltung." Alon war immer noch fassungslos. „Wer hat Ihnen diese Information zugespielt?"
„Wie der bereits zweite Diebstahl innerhalb weniger Monate beweist, sind Ihre streng geheimen Geheimsachen offenbar gar nicht mehr so geheim, wie die Geheimagenten Ihres Geheimdienstes es gerne hätten." Chess blickte demonstrativ in Richtung Fenster und stellte ihre Bewunderung für die schmelzenden Schneeflocken offen zur Schau.

„Ich habe nichts verraten!“, beteuerte David, um gleich darauf hinzuzufügen: „Außerdem habe ich selbst gerade erst davon erfahren. Was ist das für ein Tuch?“
„Klären Sie Ihren alten Weihnachtsfreund doch über das Artefakt auf, Alon.“ Chess beobachtete noch immer das Schneetreiben auf der Fensterscheibe.
„Das ist geheim!“, erwiderte Alon.
„Wieso weiß sie es dann?“ Davids vorwurfsvolle Frage war nicht geeignet, Beliebtheitspunkte bei Alon zu sammeln.
„Genau!“ Chess drehte sich um. „Das alles ist streeeeeeeeng geheim. Oops, da fällt mir ein: Wieso weiß ich es dann?“
„Lassen Sie diese Spielchen!“, reagierte Alon ernst. „Wir haben einen unserer Leute bei dem Raub verloren.“
„Tut mir leid“, sagte Chess nach einem Moment des Schweigens.
Alon nahm die Entschuldigung mit einem Kopfnicken an.
„Was ist das für ein Tuch?“, richtete David seine Frage an Alon.
„Das Grabtuch von Turin ist dir ein Begriff, nehme ich an?“
David bejahte. „Aber das ist doch eine Fälschung.“
„Exakt“, bestätigte Hiob. „Wir besitzen das Original. Besser gesagt, wir haben es besessen, bevor ein paar Wahnsinnige halb Israel mit einem Bombenteppich überzogen haben, um das Tuch in aller Ruhe stehlen zu können.“
„Wenn Sie etwas darüber wissen...“ Alons eindringlicher Blick galt Chess.
„Ich wusste nur von der Untersuchung im Naturhistorischen Museum in Wien“, versicherte Chess. „Gewisse Gerüchte verbreiten sich schnell in Archäologenkreisen. Als Sie dann vorhin das gestohlene Tuch erwähnt haben, musste ich nur noch eins und eins zusammenzählen.“
Alon hörte sich Chess’ Erklärungen in aller Ruhe an und stellte zwei weitere Fragen zu dem Thema. Im Anschluss daran schickte er unbemerkt eine SMS nach Tel Aviv.

***

In einem Waldstück nahe Woodberry Mansion:
„Verdammt!“ Yobi trat seit über einer Stunde auf der Stelle, um nicht endgültig festzufrieren. „Wo bleiben die denn?“
„Halt lieber den Mund und spar dir die Wärme“, konterte Milan.
„Welche Wärme? Ich seh nicht mal mehr meinen Atem. Das sagt doch schon alles!“
„Hör auf zu jammern wie ein kleines Kind! Sie werden schon kommen.“
„Hoffentlich ist es dann noch nicht zu spät. Ich spüre meine Finger nicht mehr.“ Yobi rieb die Handflächen aneinander, um sich zu versichern, dass wenigstens die noch da waren. „Sie hätten schon vor einer halben Stunde hier sein müssen. Ich hab kein gutes Gefühl bei der Sache.“
„Schalt doch wenigstens einmal das Hirn ein, bevor du deine Klappe aufmachst. Wenn die Jungs bei diesem Schneechaos auch noch die ganze Ausrüstung samt Kleidung und Kaffee für uns mitschleppen müssen, können sie doch gar nicht so schnell hier sein.“
„Heißer Kaffee“, hauchte Yobi sehnsüchtig. „Mir war noch nie in meinem Leben so kalt, das schwör ich dir.“
„Ach ja?“ Milan packte ein Stück seiner Hose und rüttelte daran. Ein Geräusch, das an zerbrechendes Glas erinnerte, war zu hören und ungezählte Eissplitter lösten sich vom Stoff. „Die ist durchgefroren! Aber weißt du was? Ich jammere dir nicht vor, wie kalt mir ist. Mir ist nämlich klar, dass du genauso frierst wie ich.“
„Soll ich mich jetzt besser fühlen?“ Yobi zupfte an seiner Hose und erzielte ein recht ähnliches Ergebnis. „Wir werden in diesem Wald krepieren und keiner wird davon Notiz nehmen, verstehst du? Weil es niemanden interessiert. Ja, vielleicht in ein paar tausend Jahren, wenn sich Forscher darum streiten, in welchem Museum unsere Eismumien ausgestellt werden dürfen - aber bis dahin...“
„Yobi! Kannst du jetzt endlich die Klappe halten?“

„Schon gut, schon gut!“ Yobi machte eine beruhigende Handbewegung. „Wenn du die Wahrheit nicht vertragen kannst.“
„Weißt du, was die Wahrheit ist? Ich werd’s dir sagen. In spätestens einer Stunde stecken wir in trockenen, warmen Klamotten und noch etwas später sind wir da drüben.“ Er zeigte mit der Hand auf Woodberry Mansion. „In diesem Haus! Dann werden seine Bewohner sich wünschen, sie könnten den Rest der Nacht statt uns im Schnee verbringen. Aber so viel Zeit wird ihnen leider nicht bleiben.“ Milans eingefrorenes Grinsen konnte nicht einmal ansatzweise wiedergeben, wie er den Hass über seine unglückselige Situation auf die Leute im Haus projizierte, die er sich vorstellte, wie sie um den wärmenden Kamin saßen, lachten und sich die Bäuche vollschlugen, während er...
„Milan?“, wurde er von Yobi aus seinen Gedanken gerissen.
„Was?“
„Hast du das auch gehört?“
Milan schüttelte den Kopf.
„Ich glaube, wir bekommen Besuch.“ Er zeigte mit dem Kopf in Richtung Bergrücken, und gleich darauf konnte auch Milan zwischen den Bäumen Bewegung erkennen.
„Na endlich, das wurde aber auch Zeit!“
Yobi sah die Sache ganz genau so. „Verdammt, ich kann den Kaffee schon riechen. Ich schwör’s dir, ich kann ihn bis hierher riechen.“
„Du Spinner! Gar nichts kannst du riechen. Warten wir erst mal ab, ob sie uns tatsächlich einen mitgebracht haben.“
„Sag das nicht!“ Yobis Augen flackerten auf. „Ich leg sie um, wenn sie uns vergessen haben. Gott ist mein Zeuge, wenn sie keinen Kaffee dabeihaben, gibt es ein Blutbad.“
„Reg dich ab, Kleiner.“ Milan legte seinen eisigen Arm um Yobis Schultern. „Das Blutbad heben wir uns für später auf, wenn wir dort drüben im Warmen sind.“
Gegen den hellen Schnee waren bereits die Silhouetten der Männer auszumachen, die sich dem Treffpunkt näherten. Sechs Leute in schwarzer Kleidung bahnten sich ihren Weg durch

den tiefen Schnee. Jeweils zwei von ihnen trugen eine Blechkiste, in der sich die Ausrüstung befand. Nur die ersten beiden Männer verzichteten auf derartigen Ballast. In dem kleineren davon erkannte Yobi bereits seinen Boss, der sich selbst den klangvollen Namen R.I.P. gegeben hatte.
„Siehst du, da drin ist unser Kaffee“, Yobis Vorfreude war kaum noch zu zügeln. „Ich hab’s dir gesagt, Milan. Auf die Jungs ist Verlass! Die lassen uns nicht verrecken.“
Es war nicht zu übersehen, wie beschwerlich sich der Weg für R.I.P. und seine Männer gestaltete. Immer wieder wankten sie oder drohten zu straucheln, wenn sie über eine im Schnee versteckte Wurzel stolperten. Dazu kam, dass sie die Ausrüstungskisten unnatürlich hoch über dem Boden tragen mussten, um damit nicht die weiße Pracht vor sich her zu schieben, die den Kleinsten von ihnen schon über die Hüfte reichte.
Yobi winkte ihnen wie ein Schiffbrüchiger, der einen Luxusliner an seiner Insel vorbeifahren sah. Milan rempelte ihn vorsorglich an, um Yobi davor zu bewahren, in seinem Kältewahn auch noch loszuschreien.
R.I.P. und sein Team hatten sich bis auf wenige Meter der Position von Yobi und Milan genähert. Dadurch, dass die beiden einerseits ihren Beobachtungsplatz nicht verlassen hatten, und andererseits ständig in Bewegung geblieben waren, hatten sie den Schnee im Bereich mehrerer Quadratmeter zusammengedrückt und den Boden damit in eine eisharte Fläche verwandelt.
R.I.P. setzte prüfend seinen schweren Stiefel darauf. „Wie ich sehe, habt ihr euch einen Lagerplatz angelegt. Gute Arbeit, Leute.“
„Kaffee?“, war das erste Wort, das Yobi über die aufgesprungenen Lippen kam.
„Eure Handys!“, verlangte R.I.P.
Yobis Blick machte deutlich, dass er keine Ahnung hatte, wovon der Boss sprach.
„Her mit euren Mobiltelefonen!“, wurde R.I.P. deutlicher.

„Mach schon, Yobi." Milan, der dieses Prozedere bereits von früheren Einsätzen kannte, kam der Aufforderung als Erster nach. „Es ist besser, wenn wir unter uns bleiben, solange die Aktion läuft."
Mit erkennbarer Skepsis übergab Yobi sein Telefon und tröstete sich damit, dass der Empfang im Funkschatten des Senders ohnehin nicht der beste war. „Bekommen wir jetzt endlich unseren Kaffee?"
„Gebt ihnen die Thermoskanne und anständige Kleidung!", befahl R.I.P. und wandte sich Milan zu. „Respekt, alter Freund. Ich hätte nicht mehr darauf gewettet, dass ich euch noch hier antreffe - erst recht nicht lebend. Du hast einen guten Einfluss auf den Kleinen, das gefällt mir."
„Viel länger hätten wir auch nicht mehr durchgehalten, das kannst du mir glauben. Diese verdammte Nässe kriecht einem von unten in die Glieder und die Kälte tut ihr Übriges dazu. Wenn wir nicht ständig in Bewegung geblieben wären..."
„Zieht euch erst mal etwas Anständiges an! Ich hätte euch gerne schon früher jemand zur Ablöse geschickt, aber zwei von unseren Leuten sind in London festgenommen worden."
„Wer?"
„Zwei von den Neuen." R.I.P verzog das Gesicht. „Aber keine Sorge, wir haben sie vor Ort angeheuert und sie wussten noch nicht, wofür wir sie einsetzen wollten. Ich nehme an, die Polizei wird sie verhören und in ein paar Tagen wieder freilassen. Laut eigener Aussage haben sich die beiden bisher noch nichts Gröberes zuschulden kommen lassen."
„Hat sie jemand bei den Bullen verraten? Rechnest du mit weiteren Problemen?"
„Beruhig dich wieder." R.I.P. schlug so unerwartet kräftig auf Milans Schulter, dass dieser einen Schritt nach vorn machen musste, um nicht umzufallen. „Du siehst das alles nicht locker genug, Milan. Kein Mensch weiß, dass wir hier sind." Er blickte auf seine Armbanduhr. „In weniger als drei Stunden ist alles vorbei."
„Hoffen wir, dass du Recht hast."

„Für dich!“, sagte einer der Männer und warf Milan eine schwarze Jacke zu.
„Schwarz?“, fragte Milan. „Wäre es bei dem Wetter nicht...“
R.I.P. kam seiner Frage zuvor, indem er den Reißverschluss seiner eigenen Jacke ein Stück weit öffnete und Milan einen Blick auf die weiße Innenseite werfen ließ. „Wendejacken. Wir drehen sie um, sobald wir den Wald verlassen und uns über freies Gelände bewegen.“
Milan nickte anerkennend und tauschte seine völlig durchnässte Jacke gegen die neue. „Was ist mit den Hosen?“
„Die Mühe können wir uns sparen. So hoch, wie der Schnee mittlerweile liegt, sieht sie keiner.“
Wie aufs Stichwort bekam Milan eine Hose in die Hand gedrückt. „Hier, das sollte deine Größe sein... Unter uns gesagt, ich würde mich an deiner Stelle beeilen, sonst säuft dir dein Kumpel den ganzen Kaffee weg.“
Yobi spürte, wie die Lebensgeister wieder in die unterkühlten Gliedmaßen zurückkehrten. Vor allem seine Finger schmerzten angesichts des heißen Bechers. „Ich dachte echt schon, ihr lasst uns hier verrecken, Leute.“
„Hätten wir auch fast getan, nachdem wir den Wetterbericht im Fernsehen gesehen haben“, erwiderte einer der beiden Männer, die diverse Ausrüstungsgegenstände aus den Transportkisten holten.
„Was hat euch umgestimmt?“ Yobi nahm einen großen Schluck.
„Die 9 Millimeter vom Boss“, erwiderte der andere mit einem trockenen Lachen.

***

Im Jagdzimmer von Woodberry Mansion:
Alon und David saßen noch immer auf den bequemen Ledermöbeln im Kreis der Jagdtrophäen, während Chess und Hiob im Nebenzimmer verschwunden waren, um sich über Chess’ Arbeit im Museum zu unterhalten.

„Was waren das für Männer?“ Alon hatte sich noch nicht vollends entschieden, ob sein Interesse für die Besucher privater oder beruflicher Natur war.
„Durchschnittstypen“, erwiderte David. „Sie haben mir erzählt, dass sie von einer Filmgesellschaft kommen und das Haus für Dreharbeiten mieten wollen.“
„Namen?“
„Der ältere von beiden hat sich mir nie vorgestellt, aber der jüngere war ein ganz netter Kerl. Er hieß Yogi oder Yobi...“ David verdrängte das Bild des gleichnamigen Bären aus seinem Gedächtnis. „Moment, ich hab mir seine Visitenkarte aufgehoben.“ David verließ das Zimmer, um wenig später mit einer blau-weißen Karte zurückzukommen. „Yobi Spiers - SACWOOD Movie Productions - Location Manager“, las er davon ab.
Alon nahm die Karte an sich und betrachtete sie argwöhnisch. „Nie zuvor gehört. Haben sie gesagt, welche Art von Film sie drehen wollen?“
„Bei den ersten beiden Malen ist dieser Yobi noch allein gekommen. Wenn ich mich recht erinnere, war von einem Horrorfilm die Rede. Deshalb wollten sie auch in den Keller. Das ging aber nicht, weil ich die Bauarbeiter noch für mehrere Wochen im Haus habe.“
„Wie hat Yobi darauf reagiert?“
„Er hat mich gebeten, zumindest einen kurzen Blick in den Keller werfen zu dürfen, damit er weiß, ob sich das Warten für die Produktionsfirma lohnt.“
„Hast du ihm den Keller gezeigt?“
„Ja, er ist am nächsten Tag wiedergekommen, als die Bauarbeiter den Abschnitt abgestützt hatten. Wir haben uns ein paar Minuten unten umgesehen, und er hat mich gefragt, ob er Fotos machen darf.“
„Durfte er?“
David zuckte mit den Schultern. „Klar, wieso auch nicht. Allerdings waren viele Räume mit Werkzeug und Baumaterial verstellt. Dazu kam noch, dass der größte Teil des Kellers bis heute nicht begehbar ist. Die Arbeiten werden, wie gesagt,

noch Wochen dauern.“ Er seufzte beim Gedanken daran, wie viele Facharbeiterstunden er seinem Sparstrumpf noch zumuten musste.

„Red nur weiter!“ Alon hielt die Visitenkarte in der einen Hand und tippte mit der anderen auf seinem Handy herum.

„Zwei oder drei Tage später ist Yobi wieder aufgetaucht. Diesmal allerdings in Begleitung des älteren Mannes, der aber kaum etwas gesagt hat. Seinem merkwürdigen Auftreten nach zu urteilen war er entweder schon viel zu lange in der Filmbranche oder gar nicht. Deshalb bin ich auch stutzig geworden. Die meiste Zeit hat Yobi geredet. Er wollte mich davon überzeugen, die Bauarbeiten vorübergehend auszusetzen, damit sie ihren Streifen in einem möglichst unverfälschten Ambiente drehen können. Das war natürlich Schwachsinn, weil da unten immer noch akute Einsturzgefahr herrscht. Wobei...“, unterbrach er sich selbst. „Für einen Horrorfilm könnte das durchaus passend sein. Ich hab die beiden jedenfalls wieder weggeschickt und ihnen gesagt, dass sie gerne wiederkommen können, sobald die Mauern abgestützt sind.“

„Wie viel haben sie dir für die Aufnahmen geboten?“ Die Geschwindigkeit, mit der Alon seine Fragen parat hatte, ließ vermuten, dass er im Dienst war.

„6.000 Pfund beim ersten Mal und dann haben sie noch zweimal nachgebessert auf insgesamt 13.000 Pfund für eine Woche Dreharbeiten.“

Alon stieß einen beeindruckten Pfiff aus. „Donnerwetter, das ist eine Menge Kohle für eine Filmgesellschaft, die sich keine angemeldeten Telefone leistet.“

David sah ihn fragend an.

Alon tippte erneut auf seinem Mobiltelefon herum. „Ich habe gerade die Telefonnummer von diesem Yobi überprüfen lassen. Es ist eine nicht registrierte Wertkarte, die erst vor zwei Wochen aktiviert wurde. Bisher ist noch kein Anruf getätigt worden oder eingegangen. So wie es aussieht, hat er sich die Mühe nur wegen dir gemacht. Klingt für mich nicht unbedingt nach einer seriösen Filmfirma.“

David schluckte. „Ich wollte mir die Website von denen ansehen, aber in letzter Zeit komm ich zu gar nichts mehr. Irgendwie hatte ich von Anfang an kein gutes Gefühl. Jedenfalls ab dem Moment, als der zweite Mann aufgetaucht ist. Von da an haben sie den Druck bei jedem Besuch erhöht, um mich umzustimmen."
„Haben sie dich bedroht?"
„Nein! Das kann man so nicht sagen. Es war vielmehr ein subtiles Drängeln, das ich immer nur zwischen den Zeilen heraushören konnte. Aber es wurde von Mal zu Mal deutlicher, und dann hat die Geschichte mit den dunklen Gestalten begonnen, die ich bei Nacht im Wald herumschleichen gesehen habe."
„Hast du jemandem davon erzählt?"
„Bisher nur Chess. Wir haben gestern im Wald Spuren im Schnee gefunden."
„Ist das ungewöhnlich?"
„In einer Gegend, in der es im Umkreis von vielen Kilometern kein anderes Haus gibt, schon."
„Verstehe."
„Was machen wir jetzt?" In Davids Stimme mischte sich ein Anflug von Nervosität.
„Gib mir fünf Minuten. Ich muss zwei Anrufe erledigen, dann wissen wir mehr." Alon verließ das Zimmer und David blickte zur Uhr.
Vier Minuten und elf Sekunden später kam Alon zurück ins Jagdzimmer und nahm wieder Platz. „Yobi hat sein Telefon ausgeschaltet. Wir ermitteln gerade, wo und wann er es zuletzt in Verwendung hatte. Vielleicht lässt sich dadurch etwas mehr über deinen Besuch herausfinden."
David kannte Alon lang genug, um zu wissen, dass das nur die halbe Wahrheit war. Zwar verstand Alon es ausgezeichnet, Dinge vor anderen zu verschweigen, aber Davids untrügliches Gespür für drohendes Unheil konnte auch er nicht überlisten.
Eine neue Nachricht kündigte sich auf Alons Handy an. Mit Blick auf das Display fragte er: „Wann sagst du, hat Yobi dich zum letzten Mal aufgesucht?"

David überlegte. „Drei oder vier Tage muss es her sein... Ja, vor drei Tagen waren sie zum letzten Mal hier."
„Interessant!" Alon hielt David das Telefon entgegen. „Bis vor zwei Tagen ist er jedenfalls noch sehr regelmäßig in der Nähe des Sendemasts gewesen, den mein Handy auch gerade verwendet."
„Das ist auch der einzige, den es im Umkreis von mehreren Kilometern gibt", erklärte David. „Rundherum ist nur Wald. Ich bin froh, dass ich überhaupt Empfang habe, denn der Sender ist eigentlich für die beiden Dörfer auf der anderen Seite der Bergrücken gedacht."
„Dann würde mich jetzt dringend interessieren, warum der Mann so konsequent dein Haus observiert hat."
„Observiert?", fragte David verunsichert.
„Was denn sonst? Zum Spaß schleicht dieser Filmemacher sicher nicht zu nächtlicher Stunde durch den Wald. Schade, dass wir von dem anderen Typen keine Telefonnummer haben, die wir durch den Computer jagen können. Wobei..." Alon tippte den Rest seines Gedankens ins Telefon.
„Wenn das Handy jetzt aus ist, heißt das aber, dass er damit aufgehört hat...?" Davids Worte waren mehr Frage als Überzeugung.
„Oder er ist vorsichtiger geworden und trägt dieses Telefon nicht mehr bei sich."
Dieser Gedanke wollte David so gar nicht gefallen. „Warum sollte mich jemand beobachten?"
„Keine Ahnung, sag du es mir!"
„Meinst du, dass Scowcrofts Leute dahinterstecken?"
„Scotland Yard? Auf keinen Fall! Die Polizei kann sich viel einfacher Zutritt zu deinem Haus verschaffen."
Eine weitere Nachricht ging auf Alons Mobiltelefon ein. So wie es aussah, stimmte sie ihn schon beim ersten Überfliegen sehr nachdenklich. „Langsam verspricht die Geschichte interessant zu werden", sagte er an sich selbst gerichtet. Gleichzeitig tastete seine Hand nach der Dienstwaffe, als wollte er sich vergewissern, dass er sie jederzeit griffbereit hatte.

Für David war die bekannte Geste ein Zeichen, das nichts Gutes verhieß.
„Chess?", rief Alon so laut, dass man ihn auch noch zwei Zimmer weiter problemlos hören konnte.
„Ja!"
„Darf ich Sie für einen Moment zu uns bitten? Dich auch, Hiob!"
Nur ein paar Sekunden später hatten wieder alle vier im Jagdzimmer Platz genommen.
Chess blickte Alon erwartungsvoll an.
„Sie sind sehr kurzfristig für den Job im Museum eingesprungen, nicht wahr?", fragte Alon.
„Das kann man so sagen", bestätigte sie. „Zuerst waren die Papiere weg, dann der Gutachter krank, die Vertretung im Urlaub... Aber die Ausstellung wird unmittelbar nach den Feiertagen eröffnet. Das war höchste Eisenbahn."
„Ist der Gutachter ernsthaft erkrankt?"
Chess reagierte überrascht. „Keine Ahnung. Ist das wichtig?"
„Möglicherweise." Alon blickte erst in Davids und dann in Hiobs Gesicht. Beide hatten verstanden, worauf Alon mit seiner Frage hinauswollte.
„Habe ich irgendetwas versäumt?", fragte Chess.
„Noch nicht", sagte David mit besorgtem Unterton. „Ich hätte wissen müssen, dass es wieder Ärger gibt."
„Stimmt", pflichtete Hiob ihm bei.
Alon nickte gedankenversunken. „Den gibt es irgendwie immer, wenn wir scheinbar zufällig aufeinander treffen."
Chess konnte sich noch immer keinen Reim auf das Gespräch machen. „Das klingt fast so, als würden Sie nicht an Zufälle glauben."
„Ich versuch es mir gerade abzugewöhnen... Haben Sie eine Waffe dabei?"
„Meinen Sie das ernst?", fragte Chess.
Der Blickwechsel zwischen Alon und Hiob war eine eindeutige Antwort.
„Meine Armbrust ist oben im Rucksack. Die habe ich immer dabei."

„Wen von uns beiden möchten Sie lieber als Beschützer für heute Nacht?“, richtete Alon seine Frage an Chess.
„Wenn ich die Wahl habe, dann...“
„Ich will Hiob!“, nutzte David ihr Zögern. „Wir haben uns als Team in der Vergangenheit gut bewährt.“ Er zwang sich zu einem Lächeln für seinen erprobten Bodyguard. „Zumindest hab ich an Ihrer Seite immer überlebt.“
Hiob verkniff sich eine Antwort und Alon nutzte die Gelegenheit, um einen Teil seiner Neuigkeiten mit den anderen zu teilen. Er hielt Hiob das Handy entgegen: „Unser Auftrag wurde aktualisiert und die Priorität geändert.“
An Chess und David adressiert sagte Alon: „Ich weiß nicht, wie es sich mit euch beiden verhält, aber ich kann mit Sicherheit sagen, dass es kein Zufall ist, dass Hiob und ich heute hier sind.“
„Was meinen Sie damit?“, fragte Chess.
„Wie ich Ihnen vorhin schon zu erklären versucht habe, bekomme ich immer nur die Menge an Informationen, die mein Boss für richtig und wichtig hält. Im Moment bin ich von den Neuigkeiten selbst...“
„...etwas überrascht“, vervollständigte Hiob den Satz.

***

Büro der Geheimdienstchefin, Tel Aviv:
Der Abend in der Hafenmetropole war für Souzan-Chaya alles andere als ruhig verlaufen. Sie hatte die Spielregeln ihres neuen Jobs schneller gelernt, als ihr lieb war - lernen müssen. Mit jeder Entscheidung, die sie seit ihrem Dienstantritt vor fast 16 Stunden getroffen hatte, fühlte sie sich ihrem Vater auf eine Weise nahe, die sie nie für möglich gehalten hatte.
„Was willst du?“, fragte sie, als er ihr Büro betrat.
„Nachsehen, wie es dir geht.“ Er schloss bedächtig die Tür hinter sich. „Darf ich?“
„Auf der Seite des Tisches schon“, wies sie ihm den Besucherplatz zu.

„Du kommst besser damit zurecht, als ich gedacht hatte", sagte er mit zufriedenem Gesicht.
„Lass dich von Äußerlichkeiten nicht täuschen. Wenn sich eine Möglichkeit bietet, den Job wieder loszuwerden, werde ich sie umgehend ergreifen."
Er schüttelte mit einem überlegenen Grinsen den Kopf. „O nein, das wirst du ganz sicher nicht. Du beginnst gerade erst zu verstehen, welche Macht man hinter diesem Schreibtisch hat. Dieses Gefühl, die Geschicke so vieler Menschen steuern zu können, ist wie eine Droge. Zuerst ist es nur die Neugier, die dich antreibt. Du willst deine Grenzen ausloten, um zu sehen, wie weit du gehen kannst. Jeden Tag ein Stück weiter, und niemand ist da, der sich deinen Entscheidungen in den Weg stellt. Sollte es aber doch jemand wagen, an dir zu zweifeln, machst du ihn mit einem einzigen Stempel mundtot. Wenn deine Leute Fehler machen, oder - was ich dir nicht wünsche - wenn du einen Fehler machst, erklärst du die betreffenden Akten einfach zur Geheimsache und niemand darf einen Blick darauf werfen. Du allein bestimmst, welche Informationen dieses Büro verlassen. Das ist wahre Macht."
„Fertig?", fragte sie und gähnte provokant. „Wenn der Job wirklich so toll wäre, wie du sagst, hättest du den Sessel bestimmt nicht geräumt. Die Tatsache, dass du jetzt auf der anderen Seite des Schreibtisches sitzt, beweist, dass niemand davor bewahrt bleibt, sein Tun zu verantworten. Und weißt du was? Ich begrüße das - sehr sogar!"
„Noch", entgegnete er abfällig. „Du wirst Entscheidungen treffen müssen, die gegen deine Überzeugung, aber im Interesse des Landes sind. Ich weiß, dass dir das nicht leicht fallen wird, aber es wird dich stärker machen. Politik ist ein dreckiges Geschäft, Souzan-Chaya. Deine Mutter hat mir das vom ersten Tag an vorgeworfen, aber ich habe es nie wahrhaben wollen."
„Lass Mutter aus dem Spiel!"
Er schwieg eine Weile, dann wechselte er das Thema: „Wie läuft es in London?"
„Es schneit."

Sein Blick verriet, dass er mit ihrem fragwürdigen Humor nichts anzufangen wusste.
„Okay“, sagte sie widerstrebend. „Du hattest Recht mit deiner Einschätzung der Lage.“
„Tatsächlich?“ Er schien den Moment auszukosten. „Dann darf ich annehmen, dass du Alon mittlerweile darüber informiert hast, dass...“
„Er weiß Bescheid!“
„Ich an deiner Stelle hätte damit noch gewartet bis...“
„Du bist aber nicht an meiner Stelle.“
„Natürlich nicht“, stimmte er leise zu. „Wie hat er es aufgefasst?“
Souzan-Chaya holte ihr Handy hervor, drückte ein paar Tasten und legte es ihrem Vater wortlos auf den Tisch.
Er beugte sich betont langsam vor und nahm es an sich. „Kann man das nicht größer stellen?“
Sie reagierte nicht auf die Frage, sondern blickte stattdessen gelangweilt zum Fenster. Die Panzerglasscheibe war so dick, dass sie viel vom Licht der abendlichen Straßenbeleuchtung schluckte.
„Ich muss sagen“, bemerkte der alte Fuchs mit einem anerkennenden Lächeln, „Alon ist wirklich ganz nach meinem Geschmack. Er nimmt noch immer kein Blatt vor den Mund und das, obwohl du jetzt den mit Abstand größten Schreibtisch von allen hast.“
„Freut mich, wenn du mit seiner Einschätzung der Situation zufrieden bist“, merkte sie trocken an. „Möglicherweise interessiert es dich auch, dass Scotland Yard bei dem Schneetreiben keine Chance sieht, einen Hubschrauber nach Woodberry Mansion zu bekommen.“
„Landweg?“
Sie schüttelte den Kopf. „Schneechaos! Die Polizei hat alle Hände voll zu tun, um zumindest im Großraum London die Hauptstraßen freizuhalten. Allein in den letzten Stunden sind über 40 Zentimeter Neuschnee gefallen, darauf sind die überhaupt nicht vorbereitet. Der öffentliche Verkehr ist weitgehend zum Erliegen gekommen. Wenn ich die

Satellitenbilder auf CNN richtig deute, soll es im Laufe der Nacht noch wesentlich schlimmer werden mit dem Wetter."

„Gegen die Natur sind wir alle machtlos." Ihr Vater ließ sich nicht im Mindesten anmerken, ob er sich angesichts der aktuellen Informationen Sorgen um zwei der besten Agenten machte. „Ich bin sicher, eine Menge Leute in Europa werden sich über weiße Weihnachten freuen. Das bringt mich übrigens zum eigentlich Grund meines Besuchs: Ich würde deine Einladung zum Weihnachtsessen sehr gerne annehmen."

Souzan-Chaya schaute ihn völlig entgeistert an.

„Weihnachten, du weißt schon", half er ihr wohlwollend auf die Sprünge. „Wir sitzen gemütlich zusammen, zünden ein paar Kerzen an und genießen die ruhigste und besinnlichste Zeit des Jahres im kleinen Kreis der Familie. Das war es doch, was du noch vor ein paar Tagen unbedingt wolltest." Sein übertrieben freundliches Lächeln kam bei seiner Tochter noch schlechter an, als er erwartet hatte.

„Hast du überhaupt eine Ahnung davon, was auf meinem Schreibtisch los ist?", fuhr sie ihn an. „Ich... Ich..." Sie rang in ihrem Zorn nach Worten. „Ich habe jahrelang versucht, dich zu einem gemeinsamen Weihnachten zu überreden, und du hast es nicht ein einziges Mal geschafft, ein paar Stunden Zeit für mich zu finden. Aber jetzt... Ausgerechnet jetzt, nachdem du mir deinen Job angehängt und mir all dieses Chaos hier hinterlassen hast, kommst du vorbei und schlägst vor, ein paar Stunden heile Familienwelt zu spielen. Ist das dein Ernst?"

Er ließ ihren emotionalen Ausbruch in aller Gelassenheit über sich ergehen. „Weißt du, nach meinem überraschenden Rücktritt habe ich plötzlich viel mehr Zeit für dich und deine Anliegen. Ist es da nicht verständlich, wenn ich endlich anfange, genau das zu tun, was du schon immer von mir erwartet hast?"

„Oh, nein!", widersprach sie heftig. „So läuft das nicht. Ich werde nicht zulassen, dass du..."

Eine eingehende Kurznachricht ließ sie verstummen.

Ihr alter Herr streckte den Arm aus, um Souzan-Chayas Handy zu erwischen, das immer noch vor ihm auf dem Tisch lag, doch

sie kam ihm zuvor. Mit einer aggressiven Handbewegung schnappte sie sich das Mobiltelefon und strafte den Verlierer des Machtspielchens mit einem bösen Blick. „Schön, dass du da warst und wir uns ausgesprochen haben.“ Auf wenig charmante Art forderte sie ihn damit auf, ihr Büro zu verlassen.
„Ist die Nachricht von Alon?“
„Schon möglich.“
„Lass diese Kindereien, Souzan-Chaya. Du weißt so gut wie ich, dass ich mir die Information auch an anderer Stelle im Haus beschaffen kann.“
„Könntest du. Aber nicht auf legalem Weg, weil du offiziell nicht mehr hier arbeitest. Das wiederum würde bedeuten, dass du dir diese Information widerrechtlich beschaffen musst.“ Ihr Blick war hart und kompromisslos. „Welche mögliche Höchststrafe steht noch einmal auf Spionage in Einrichtungen, die der nationalen Sicherheit dienen?“ Sie legte provokant den Kopf zur Seite, als würde sie über die Antwort erst nachdenken müssen.
„Das wagst du nicht.“
„Wer sollte mich daran hindern?“, fragte sie eiskalt. „Du selbst warst es doch, der mir immer erklärt hat, wo die Grenzlinie der Macht verläuft.“ Ihre Hand bewegte sich entlang der vorderen Schreibtischkante. „Ich sehe sonst niemanden auf meiner Seite.“ Während sie das sagte, blickte sie über ihre linke und dann über die rechte Schulter. „Wenn du mich jetzt entschuldigst, ich habe noch eine lange und ereignisreiche Nacht vor mir.“

***

Obergeschoss von Woodberry Mansion, 22:14 Uhr:
Während Hiob den Keller und das Untergeschoß bezüglich ihrer Verteidigungsmöglichkeiten untersuchte, waren Alon und Chess im ersten Stock unterwegs.
„Die Waffe passt zu Ihnen“, kommentierte Alon die handliche Armbrust, die Chess aus ihrem Rucksack zauberte. „Schon

beim ersten Mal, als ich Sie damit gesehen habe, dachte ich mir, dass nur eine Archäologin so etwas verwenden kann."
„Sie können unken, soviel Sie wollen, dieses Baby hat mir schon gute Dienste erwiesen."
„Die mir auch." Alon klopfte auf seine Glock 17.
„Mag sein, aber können Sie damit auch ein Seil ans gegenüberliegende Flussufer schießen? Oder durch ein Loch in einer Höhlendecke?"
Alon musste passen.
„Ich hoffe inständig, dass Sie sich irren." Chess holte zwei mattschwarze Bolzen hervor und lud ihre für Doppelschüsse umgebaute Armbrust damit.
„Glauben Sie mir, ich auch. Aber falls nicht, will ich vorbereitet sein."
Chess stimmte zu. „Wäre es nicht trotzdem besser, wenn wir Hiob aufs Dach schicken? Ich meine, als Scharfschütze könnte er mögliche Angreifer doch schon aus der Ferne bekämpfen und damit vielleicht abschrecken, bevor es zum Schlimmsten kommt."
„Das Haus hat ein Giebeldach, und bei der Menge an Schnee, die darauf liegt, könnte die kleinste Bewegung eine Lawine auslösen. Da oben herrschen definitiv keine Bedingungen für ein Präzisionsgewehr."
„Wie wäre es mit einem Fenster?"
„Das wäre schon eher eine Möglichkeit, allerdings ließe sich immer nur ein Teil des Geländes überblicken. Abgesehen davon reicht die Sicht bei diesem Schneetreiben nicht einmal so weit, wie Hiob mit einem Schneeball werfen kann."
Chess sicherte ihre Armbrust, damit sich nicht unbeabsichtigt ein Schuss lösen konnte, und befestigte sie anschließend an ihrem Gürtel. „Fertig!"
„Gut. Dann lassen Sie uns nachsehen, wo David steckt."
„Ist er nicht bei Hiob?"
„Nein, er wollte noch Goliath versorgen." Alon trat aus Chess' Zimmer und blickte den Gang hinunter. „David?"

„Hier!“, hörte er David ein paar Türen weiter. „Ich habe Goliath ordentlich Futter in sein Versteck gegeben, falls es länger dauert.“
Alon folgte der Stimme bis zur Küche. „Wo hast du ihn versteckt?“
„Er ist in Sicherheit.“
„Vertraust du mir nicht?“
„Unter Folter haben schon ganz andere gestanden.“
„David, jetzt übertreibst du aber wirklich!“, entgegnete Alon mit verständnislosem Kopfschütteln.
„Ich übertreibe? Wer ist denn in mein Haus gekommen, hat mir frohe Weihnachten gewünscht und fast im selben Atemzug erklärt, dass ein Killerkommando im Anmarsch ist?“
„Das habe ich so nicht gesagt!“, widersprach Alon. „Es besteht lediglich die Möglichkeit, dass wir demnächst Besuch bekommen könnten. Ich will nur sichergehen, dass wir vorbereitet sind, falls es dazu kommt.“
„Siehst du! Genau das meinte ich. Du machst ein paar deiner Andeutungen und schon sind alle in Panik und fürchten um ihr Leben. Deine Geheimnistuerei hat mich schon damals in Israel fertiggemacht. Ich bin ein harmloser Computerfuzzi und habe keine Nerven wie Drahtseile. Genau die vermisse ich aber, wenn mir jemand an Heiligabend erklärt, dass wir gleich sterben werden.“
„Ach, David.“ Alon klopfte seinem Freund aufmunternd auf die Schulter. „Du hast einen ausgeprägten Hang, die Dinge negativ zu sehen. Hiob und ich wurden nicht ohne Grund hierher geschickt, das weiß ich jetzt. Souzan-Chaya will, dass wir auf euch aufpassen, und genau das werden wir tun.“
„Ach, jetzt arbeiten Sie plötzlich doch für sie?“ Chess stand in der Tür, die Arme in die Hüften gestemmt.
„Das war nicht für Ihre Ohren bestimmt“, reagierte Alon, ohne sich zu ihr umzudrehen.
„Was wollen Sie jetzt tun, mich erschießen, weil ich zu viel weiß?“

„Ich denke, die Kugel kann ich mir sparen. Wenn David Recht hat, werden wir ohnehin in Kürze von einem Killerkommando überrollt."
„Wenn *ich* Recht habe?" David musste sich verhört haben.
„Das glaubst du also?", fragte Chess.
„Nein!", widersprach David heftig. „Ich habe lediglich zusammengefasst, was Alon vorhin... Ach, vergiss es! Ist nicht so wichtig."
„Genau", pflichtete Alon ihm bei. „Themenwechsel! Wir haben schließlich noch eine Menge vorzubereiten... Ein paar Messer wären gut: scharf und mit möglichst schwerer Klinge - ungefähr so lang."
„Ich weiß, was du meinst", reagierte David prompt. „Du hast Glück. Genau solche habe ich mir erst vorige Woche gekauft." Er steuerte zielstrebig eine der Küchenschubladen an. „Sogar mit rutschfestem Griff und Kunststoffscheide. Sie sind aus Japan und haben ein kleines Vermögen..." Mitten im Satz stoppte er, als hätte die Eingebung einen Blitz nach ihm geschleudert. „Du willst sie doch nicht etwa für das verwenden, wofür ich glaube, dass du sie verwenden..."
„Ich nehme sie alle - ohne Kunststoffscheiden!"
David sah Chess fragend an.
Mit einer eindeutigen Handbewegung forderte sie ihn auf, Alons Forderung umgehend nachzukommen.
Vier Messer holte David aus der Schublade und legte sie vor Alon auf den Küchentisch. „Sie gehören dir. Ich will sie nicht zurück - egal, ob du sie verwendest oder nicht."
Alon wollte die Messer gerade fachgerecht verstauen, da meldete sein Mobiltelefon eine Kurzmitteilung.
„Bestimmt Ihre Chefin", vermutete Chess. „Hoffentlich hat sie diesmal bessere Neuigkeiten für uns."
„Ja", griff David die Idee dankbar auf. „Vielleicht haben wir Glück, und Yobi ist mit seinem falschen Filmteam im Schnee steckengeblieben."
Alon hatte die Nachricht gelesen und steckte sein Telefon wieder ein. „Das Filmteam nicht, aber die Verstärkung, die Souzan-Chaya schicken wollte. Scotland Yard wird es leider

nicht zu uns schaffen.“ Zum ersten Mal an diesem Abend ließ auch Alons Stimme Besorgnis erkennen.
David reagierte überrascht. „Du hast mit keinem Wort erwähnt, dass wir auf Hilfe warten.“
„Das müssen wir auch nicht mehr“, entgegnete Alon. „Ab sofort sind wir ganz auf uns allein gestellt.“
Chess ließ die Hand über ihre Armbrust gleiten.
„Was hast du sonst noch an Waffen im Haus?“, fragte Alon.
Davids Blick wanderte die Küchenzeile entlang und machte auf einer gusseisernen Bratpfanne mit dickem Holzgriff halt.
„Richtige Waffen“, wurde Alon deutlicher.
„Keine“, erwiderte David kleinlaut. „In der Garage stehen ein paar Schaufeln und Spitzhacken herum, aber...“
„Was ist mit der alten Flinte im Jagdzimmer?“, fragte Chess.
David zuckte mit den Schultern. „Keine Ahnung, ob die überhaupt noch funktioniert.“
„Jetzt ist eine gute Gelegenheit, das herauszufinden“, griff Alon den Vorschlag auf. „Gibt es dafür Munition?“
„Schon möglich“, räumte David ein. „Ich habe sicher noch nicht alle Schränke und Schubladen geöffnet.“
„Dann wird's höchste Zeit, das zu tun!“ Alon schob seinen Freund in Richtung Tür. „Eine dreiläufige Schrotflinte ist auf kurze Distanz Gold wert. Damit kannst nicht einmal du danebenschießen.“
„Ich würde es vorziehen, gar nicht zu...“
„Nur für den Notfall!“, unterbrach Alon Davids Bedenken. „Je mehr Optionen wir uns offenhalten, umso größer sind unsere Chancen, wenn es hart auf hart kommt.“
„Ich hasse es, wenn du das sagst...“ Davids Stimme wurde leiser. „Warum bin ich nicht bei Ms. Furgerson in London geblieben. Ich könnte jetzt mit Goliath auf dem Schoß vor dem Kamin sitzen und ihre selbstgebackenen Weihnachtskekse in mich reinstopfen, während im Radio...“
„Hör auf, dir selbst leid zu tun!“ Chess legte ihm beim Vorbeigehen den Arm um die Schulter und drückte David kurz, aber kräftig. „Wir werden das gemeinsam durchstehen. Aber erst darf mir unser Superagent erklären, wer sich so brennend

für dieses Haus interessiert und warum." Sie schaute fordernd in Alons Richtung. „Und bevor Sie mir gleich erklären werden, dass Sie darüber selbst nicht informiert sind, möchte ich auch noch wissen, warum man Sie dann hergeschickt hat, um uns zu bewachen."

***

Im Waldstück vor Woodberry Mansion, 23:48 Uhr:
R.I.P führte seine Kampftruppe in militärischer Zweierreihe durch den dichten Schneefall. „Macht schon, Leute. Wir haben nur noch zwölf Minuten, um im Zeitplan zu bleiben."
Yobi, der neben Milan stapfte, sagte leise: „Als ob es irgendjemand interessieren würde, ob wir zehn Minuten früher oder später auftauchen."
Milan ließ seinen Blick geradeaus gerichtet und hielt stur die Spur seines Vordermanns. „Wenn du die einzige Gelegenheit verpassen willst, die Insel zu verlassen, dann kannst du dir so viel Zeit lassen, wie du willst. Ich für meinen Teil werde jedenfalls an Bord sein, wenn das Schiff ausläuft."
„Welches Schiff?"
„Wir mussten kurzfristig umdisponieren." Der bullige Mann, der unmittelbar vor Yobi ging, warf einen flüchtigen Blick über die Schulter. „Derzeit ist das Schiff die einzige Möglichkeit, um England zu verlassen. Die Flughäfen sind alle dicht und keiner kann sagen, wie lange das Wetterchaos anhalten wird."
„Ist so ein Schiff bei diesem Wetter denn überhaupt sicher?", fragte Yobi nach vorn.
„Es zwingt dich keiner, dass du an der Kreuzfahrt teilnimmst. Wenn du lieber neben dem rauchenden Krater warten willst, bis Scotland Yard anrückt und dich fragt, wo das Haus hinverschwunden ist..."
Yobi wusste nur zu gut, dass der Mann nicht übertrieb. Mit eigenen Augen hatte er gesehen, welche Mengen an Plastiksprengstoff in der Metallkiste transportiert wurden, mit der sich die beiden Männer am Ende der Zweierreihe durch den

Schnee kämpften. „Gibt es sonst noch irgendwelche Planänderungen, von denen ich wissen sollte?“

R.I.P. hatte das Ende des Waldes erreicht und stand nun vor der alten Mauer, die Woodberry Mansion vom umliegenden Wald abgrenzte. „Zeit, eure Brautkleider überzuziehen, Mädels!“

Mit großer Erleichterung stellten die beiden Träger den Plastiksprengstoff zwischen sich in den Schnee. Die schwere Metallkiste sank sogleich bis über die Oberkante ein.

„Macht schon!“, trieb R.I.P. seine Leute an. „So lange kann es nicht dauern, die Seite zu wechseln.“ Er hatte die Männer in drei Gruppen aufgeteilt, von denen sich eine um die im Haus befindlichen Personen kümmern sollte. Ihr gehörte auch Yobi an, da er mit den Örtlichkeiten gut vertraut war.

R.I.P. führte die zweite Gruppe selbst an. Er hatte den Auftrag, das zu beschaffen, was Ms. Simmons bei ihrem letzten Besuch unachtsamerweise zurückgelassen hatte.

Entgegen allen Beteuerungen von Ms. Simmons glaubte keiner ihrer Geschäftspartner ernsthaft daran, dass sie damals nicht über die Sicherheitskopie informiert gewesen war, die sich noch immer in Woodberry Mansion befand. Vielmehr unterstellte man Ms. Simmons, dass sie geschlampt hatte, auch wenn sich das nicht mehr beweisen ließ.

Die dritte und kleinste Gruppe bildeten die beiden Männer mit dem Plastiksprengstoff. Ihre Arbeit war es, für einen gelungenen Abgang zu sorgen.

Yobi war der Erste, der seine Jacke gewendet und wieder fest zugeknöpft hatte. Offenbar trieb ihn die Kälte noch mehr zur Eile als die Worte von R.I.P.

„Ihr beide, an die Mauer!“ Er zeigte auf Milan und Yobi. Ihnen wurde der wenig dankbare Job zuteil, den anderen Teammitgliedern als lebende Leitern zu dienen. Yobi und Milan wurden angewiesen, ein Stück weit in die Knie zu gehen und ihre Rücken an der Wand abzustützen. Dadurch bildeten ihre Oberschenkel eine schräge Trittfläche für die Nachkommenden.

Vor allem die kräftigen Kerle, die den Sprengstoff transportierten, ließen Yobi im direkten Vergleich wie einen

Schuljungen aussehen. Extrem deutlich wurde das, als der Erste seinen riesigen Stiefel auf Yobis rechten Oberschenkel stellte.
„Alles okay da unten?“, reagierte das Schwergewicht grinsend auf das ruckartige Ausatmen seiner lebenden Trittleiter.
Bevor Yobi zum Antworten kam, spürte er schon den anderen Stiefel. Es war eine sehr flüssige Bewegung, die das Gewicht des Kletternden weg von Yobis Oberschenkel hin zu seiner Schulter verlagerte. Kaum war der Schmerz zu spüren, war die Belastung auch schon wieder vorbei.
In der Folge wurde es für Milan und Yobi erheblich leichter, weil die Männer auf der Mauer die Nachkommenden durch Hochziehen unterstützten.
„Als nächstes den Sprengstoff!“, verlangte R.I.P. von oben. Neben ihm glitten die ersten Männer schon wieder auf der anderen Seite der Mauer hinunter. Ihre geschmeidigen Bewegungen unterstrichen die Erfahrung bei derartigen Einsätzen.
Yobi brauchte beide Hände, um seine Seite der metallischen Transportkiste aus dem Schnee zu heben. Milan packte sie auf der anderen und dann wankten sie zweieinhalb Schritte bis zur Mauer. Mit vereinten Kräften gelang es ihnen, die Kiste bis auf Brusthöhe anzuheben. Jeder der beiden sah die Anstrengung im Gesicht des jeweils anderen.
„Kommt schon, nur noch ein Stück!“, motivierte einer der Männer, die auf der Mauer hockten und die Hand nach unten streckten, um die Kiste endlich packen zu können.
Im Vergleich zu den anderen im Team wirkten Yobi und Milan müde und schwach. Man sah ihnen die körperlichen Strapazen der letzten Tage deutlich an. Entsprechend erleichtert blickten sie der Transportkiste nach, als diese endlich über ihren Köpfen entschwebte.
„Jetzt ihr beide!“ Ein Arm wie Yobis Unterschenkel bot sich ihm als Aufstiegshilfe an. Kaum hatte er danach gegriffen, wurde er wie eine Spielzeugpuppe in die Höhe gezogen. Mit beiden Beinen fest auf der Mauer stehend, nahm er aus dem Augenwinkel wahr, wie Milan sich neben ihm aufrichtete. „Ich

hab schon befürchtet, der reißt mir den Arm aus“, schimpfte Yobi leise und strich sich über die Schulter.
„Pause könnt ihr später machen!“, drängte R.I.P. Seine Gruppe stand abmarschbereit, und auch die beiden Männer mit der Sprengstoffkiste ließen keinen Zweifel an ihrer Entschlossenheit.

***

Kellerbereich von Woodberry Mansion, 23:59 Uhr:
David und Hiob befanden sich in einem kleinen Lagerraum, der außer einem zugeschneiten Fenster und zwei Türen, die in Nachbarräume führten, nichts zu bieten hatte.
David hockte beinwippend auf einem Stapel alter Reifen und hoffte, dass die Nacht schneller und ereignisloser vorübergehen würde, als Alons dunkle Prophezeiung befürchten ließ. „Sagen Sie, Hiob, halten Sie es für eine gute Idee, dass wir bis morgen Früh hier im Keller ausharren sollen? Ich meine, was ist, wenn gar niemand kommt?“
„Nicht so laut“, flüsterte Hiob. „Im Übrigen würde ich an Ihrer Stelle viel eher darüber nachdenken, was zu tun ist, wenn tatsächlich jemand kommt.“
David schaute ihn verunsichert an. „Ich hoffe, es sind nicht zu viele.“
„Wieso? Machen Sie sich immer noch Sorgen um die Tragkraft Ihrer Kellerdecke?“
„Das ist nicht witzig.“
Hiob zuckte mit den Schultern und schaltete die Taschenlampe ab, wodurch es im Keller dunkel wurde.
„Hey, wieso drehen Sie das Licht ab?“
„Weil wir nicht hier sind.“
„Hmmm... Klingt logisch. Wussten Sie und Alon bei der Anreise wirklich noch nicht, was auf Sie zukommen würde?“
„Ich kann natürlich nur für mich sprechen, aber ich habe es erst gemeinsam mit Ihnen erfahren. Alon war zwar im Flugzeug etwas schweigsam, aber wenn ich das jedes Mal hinterfragen würde...“

„Ich weiß genau, was Sie meinen."
„Tun Sie nicht", erwiderte Hiob überzeugt. „Was hat Sie eigentlich dazu bewogen, diesen alten Kasten wieder herzurichten?"
„Ehrlich gesagt... Das wüsste ich auch gern." Davids Gedanken wanderten ein paar Monate zurück. Den Teil mit Professor Woodberrys gefräßigen Mitbewohnern und dem Donnersessel übersprang er dabei geflissentlich. „Nach Ihrem letzten Besuch war hier alles vom Einsturz bedroht."
„Mit meinem Besuch hatte das aber nichts zu tun!"
„So war es nicht gemeint", beteuerte David. „Jedenfalls gab es für mich nicht viele Möglichkeiten. Ich konnte entweder das Gittertor beim Verlassen für immer schließen und das schöne Haus damit dem Verfall preisgeben oder mir möglichst rasch professionelle Hilfe suchen, um zu retten, was noch zu retten war."
„Das Haus hat Sie mit der Mitleidstour überrumpelt? Das passt zu Ihnen, Wilder... Sie sollten aufhören, so weichherzig zu sein, das bringt am Ende immer nur Ärger."
„Glaub ich nicht."
„Warten Sie noch ein wenig, ich bin sicher, Sie ändern Ihre Meinung bald."
„Hören Sie auf, mir Angst zu machen. Alon hat selbst gesagt, dass alle Welt im Schnee feststeckt. Warum sollte das nicht auch für die schwarzen Männer gelten."
„Die weißen Männer", merkte Hiob an. „Nur ein Idiot würde sich bei Schnee schwarz tarnen."
Einen Moment lang war es still. „Okay, dann eben weiße Männer. Obwohl sie genauso gut neonfarben gekleidet sein könnten, weil wir sowieso nicht sehen können, wie sie sich anschleichen."
„Wir nicht, Alon von seiner Position aus schon."
„Aber nur wenn sie kommen und nicht auch im Schnee feststecken."
„Die stecken nicht fest."
„Woher wollen Sie das wissen?"
„Weil sie schon da sind", flüsterte Hiob.

David schluckte. „Wieso...?“
„Nicht jetzt!“ Hiob nutzte die Stille, um sich ganz auf die Umgebung zu konzentrieren. Sein Interesse galt dem Kellerfenster, vor dem er das Knirschen von Schnee gehört hatte. Die dazugehörenden Schritte klangen schwer und kamen nur langsam näher, was Hiob auf die Anstrengung im Tiefschnee zurückführte.
Sie sind da! Auch David hörte ein Geräusch - ein klopfendes. Es kam aus seiner Brust, strömte hinauf in die Schläfen und wurde definitiv lauter. Bisher hatte er sich an den tröstlichen Gedanken geklammert, dass das Wetter unparteiisch wäre: Wenn die eine Seite es nicht nach Woodberry Mansion schaffte, musste das folgerichtig auch für die andere gelten. Dem war aber nicht so. *Ich hätte wissen müssen, dass auf das Wetter kein Verlass ist.*
David war bemüht, dem Geräusch zwischen seinen Pulsschlägen zu lauschen. Nur wenig später war das Knirschen des Schnees deutlich zu vernehmen. Jemand stapfte ganz nah an der Hausmauer entlang. Allem Anschein nach war er dabei nicht allein unterwegs.
Hiob zählte drei, die dicht hintereinander gingen. In einigem Abstand folgten zwei weitere, die nebeneinander unterwegs waren. Was schleppen die mit? Hiob hatte eine Menge Erfahrung damit, andere zu jagen und sie zur Strecke zu bringen. In die Rolle des Jägers zu schlüpfen war deshalb der entscheidende Teil seiner Verteidigungsstrategie. Auf keinen Fall wollte er sich von einem Angreifer durchs Haus scheuchen lassen und darauf hoffen müssen, bei einer überhasteten Flucht keinen fatalen Fehler zu machen. Auch deshalb war die Vorgehensweise mit Alon genau abgesprochen.
David konnte hören, wie die Schritte sich immer weiter entfernten, bis sich schließlich eine trügerische Ruhe im Keller ausbreitete.
„Hiob?“, fragte David vorsichtig.
„Was?“
„Ich habe Zweifel, ob Alons Plan funktioniert.“

„Da sind Sie nicht der Einzige." Auch Hiob wusste, dass die Chancen schlecht standen, den Eindringlingen ein leeres Haus vorzugaukeln. Trotzdem war die Idee aus zwei Gründen einen Versuch wert: Zum einen ermöglichte man der Gegenseite, rasch und ohne Widerstand zum Ziel zu gelangen. Zum anderen ließ sich durch Beobachtung aus dem Hinterhalt möglicherweise herausfinden, warum Woodberry Mansion überhaupt Ziel des Überfalls werden sollte.
„Sie wissen, wie man Schutzbefohlene motiviert." David hielt die dreiläufige Schrotflinte fest umklammert. „Glauben Sie, die werden eine Scheibe einschlagen?"
„Na, anläuten werden sie bestimmt nicht."
David seufzte. „Ich hoffe, sie nehmen nicht die Fenster an der Stirnseite. Die habe ich vor zwei Wochen neu einsetzen lassen."
„Ihre Sorgen möchte ich haben", knurrte Hiob genervt.
„Wollen Sie nicht - glauben Sie mir."
„Ich würde es bevorzugen, wenn wir uns wieder stumm verständigen würden."
David überlegte. „Wie soll das...?"
„Denken Sie einfach drüber nach!", fiel Hiob ihm ins Wort.
„Ich kann jetzt nicht hier im Dunkeln sitzen und still sein, dafür bin ich viel zu nervös. Ich muss mich irgendwie ablenken."
„Sie lenken mich ab!"
„Verstehe", sagte David kleinlaut.
Die Stille kehrte zurück.
Schon besser, dachte Hiob, und konzentrierte sich wieder auf den Job, der vor ihm lag. Alon und er hatten vereinbart, nur aus der Deckung heraus zu operieren und die eigene Anwesenheit so lange wie möglich nicht zu verraten. Das schloss allerdings den Gebrauch aller im Haus befindlichen Feuerwaffen so lange aus, bis der erste Schuss unvermeidlich war.
Während Alon sein Glück Davids japanischen Küchenhelfern anvertraute, deren Flugverhalten er ausgiebig an einer der alten Holztüren getestet hatte, setzte Hiob auf geballte Durchschlagskraft. Aus dem Werkzeug der Handwerker hatte er sich einen Totschläger angefertigt, der nur darauf wartete,

seinem Namen alle Ehre zu machen. Obwohl Hiob das stählerne Griffstück schon seit geraumer Zeit in der Hand hielt, fühlte es sich noch immer kalt an.
Was ist das? Das Klirren einer Scheibe im Erdgeschoss ließ David zusammenzucken. Einen kräftigen Herzschlag später beantwortete er die Frage selbst. *Sie kommen ins Haus.*
„Es geht los“, flüsterte Hiob, dem Davids lautes Atmen nicht entgangen war. „Machen Sie genau das, was ich Ihnen eingebläut habe, dann gibt es auch keine Probleme.“
„Verstanden“, bestätigte David und stellte sich zur Entspannung ein Bild von Goliath vor. Bedauerlicherweise waren seine Versuche, sich mit positiven Gedanken abzulenken, von überschaubarem Erfolg geprägt.
Endlose Sekunden verstrichen und nichts geschah.
Hiob musste davon ausgehen, dass die ersten Eindringlinge bereits auf Erkundungstour im Erdgeschoss unterwegs waren. Da sie dabei weder auf verräterische Lichtquellen noch auf Widerstand trafen, war anzunehmen, dass sie ihre Opfer zuerst in den Schlaf- und Gästezimmern des Hauses suchen würden.
Die Zeit arbeitete in diesem Fall für Hiob, weil sie dafür sorgte, dass die Unachtsamkeit seiner Ziele zunahm. Sollten die Eindringlinge ihr Adrenalin ruhig dafür verschwenden, leere Zimmer zu durchsuchen. Hiob würde das körpereigene Aufputschmittel erst im entscheidenden Moment freisetzen und seinen Reflexen dadurch den entscheidenden Reaktionsvorteil verschaffen.
Die Dinge, die David durch den Kopf gingen, waren nicht annähernd so strategisch geprägt. So kam ihm beispielsweise das Wartezimmer seines Zahnarztes in den Sinn und verdeutlichte, wie schlecht er darin war, geduldig das Unausweichliche zu erwarten.
Anders als bei Hiob förderten derartige Stresssituationen bei David nicht die Konzentration, sondern nur seine Nervosität. Davids Körper hatte für solche Fälle eine ganze Palette von möglichen Reaktionen parat. Sie reichte von feuchten Handflächen über Herzrasen bis hin zu Kribbeln in den Gliedmaßen bei besonders schweren Fällen.

Dass besagtes Kribbeln nur an einer ganz bestimmten Stelle an seinem Bein auftrat, war allerdings eine völlig neue Erfahrung für David. Zunächst noch unbewusst strich er mit der flachen Hand leicht darüber. Erst als das nicht die gewünschte Besserung brachte, rieb er deutlich fester über die Problemzone am Unterschenkel. Zu seiner Erleichterung schien das Problem damit behoben zu sein.

***

Woodberry Mansion, ein Stockwerk höher:
Yobi hatte ein verdammt mieses Gefühl beim Betreten des Hauses. Warum das so war, konnte er sich selbst noch nicht erklären, doch um ausführlicher darüber nachzudenken, fehlte die Zeit. Zu seinem Dreierteam gehörte außer Milan noch ein ausgesprochen roher Kerl, der auf den Namen Spike hörte. Ihm hatte R.I.P. das Kommando über Yobis Gruppe übertragen, was wohl auch mit der gemeinsamen militärischen Vergangenheit von R.I.P. und Spike zu tun hatte.
Yobi streckte vorsichtig den Kopf um die Mauerecke und blickte einen dunklen Gang entlang. So langsam dämmerte ihm, wie groß das Haus war und wie viele Zimmer es allein auf diesem Stockwerk haben musste. Falls einer der vier Gesuchten es darauf anlegen sollte, nicht gefunden zu werden, hatte Yobi denkbar schlechte Karten. Aber auch sonst erwartete ihn und seine Kollegen keine leichte Aufgabe, dessen war er sich sicher.
Die anderen beiden Teams hatten sich schon unmittelbar nach Betreten des Hauses abgesondert und verfolgten ihre eigenen Ziele. Yobi, Milan und Spike waren dazu angehalten, jedes Zimmer zu durchsuchen und sicherzustellen, dass den anderen Teams niemand in die Quere kam.
Spike trat um die Ecke, schob Yobi beiseite und übernahm wieder die Führung. Solange er sehen konnte, wohin der Weg führte, hatte er keine Probleme damit voranzugehen. Dass er Yobi und Milan durch sein Verhalten das Gefühl gab, nur

Kanonenfutter zu sein, sah er als zusätzliche Möglichkeit, die beiden zu erhöhter Aufmerksamkeit zu motivieren.
Spike hatte eine Taschenlampe in der einen Hand und eine Pistole in der anderen, als er sich einer erst kürzlich gestrichenen Holztür näherte. Es schien ihm naheliegend, dass man häufig genutzte Zimmer zuerst renovierte, weshalb er mit der Durchsuchung genau dort anfing. Unmittelbar neben der Tür blieb er stehen und überließ wieder Yobi den Vortritt. Mit einer Handbewegung wies er ihn an, die Tür zu öffnen.
Yobis zögerlicher Blick galt Milan, der Spikes Forderung mit einem Kopfnicken unterstützte. Der Rest lief schnell und routiniert ab. Yobi riss die Tür auf, Milan drängte mit der Waffe im Anschlag hinein und Spike gab ihm Deckung. Für jemanden wie Yobi, der grundsätzlich kein Freund von Überraschungen war, sollte sich die Hausdurchsuchung auf diese Art noch als äußerst belastend herausstellen.
„Leer!“, kommentierte Milan.
„Weiter“, verlangte Spike und ging bereits auf die nächste Tür zu, die schräg gegenüberlag. Auch hier deutete die Farbe darauf hin, dass der letzte Anstrich bestenfalls eine oder zwei Wochen zurücklag.
Yobi wollte seine Hand nach der Klinke ausstrecken, wurde aber von Spike daran gehindert. „Immer schön abwechselnd, damit jeder von euch die gleichen Chancen hat“, flüsterte Spike und überließ Milan mit einem Kopfnicken den Vorrang. Für Yobi bedeutete der Wechsel, dass es nun an ihm war, das Zimmer als Erster zu betreten und sich gegebenenfalls dem Unmut der Bewohner zu stellen. Skrupel, jemanden erschießen zu müssen, den er aus dem Schlaf schreckte, hatte er nicht. Angst, selbst ein Opfer von unerwarteter Gegenwehr zu werden, dagegen schon.
Wieder ging alles ganz schnell. Milan öffnete die Tür, und noch bevor Yobi einen klaren Gedanken fassen konnte, war es auch schon zu spät für ihn zu reagieren. Er hielt den Atem an und sein Herz schlug bis zum Hals. Yobi blickte starr in ein längliches Zimmer, in dem der Hauseigentümer offenbar jene

Möbel lagerte, die ihm bei den Renovierungsarbeiten der anderen Räume im Weg waren.
Warum habe ich gezögert? Yobi konnte eigentlich von Glück sagen, dass er keinen Schuss auf die Stehlampe vor ihm abgegeben hatte. Im ersten Augenblick hatte ihm ihr Anblick nämlich einen ganz gehörigen Schrecken eingejagt. Mit vielem hatte Yobi gerechnet, aber nicht mit einem Hindernis in Augenhöhe. Er atmete in schnellen kurzen Stößen. *Welcher Vollidiot stellt eine Lampe vor die Tür?*
Ein Schlag auf seine Schulter ließ ihn zusammenzucken. „Gute Reaktion, ich hätte dem Drecksding eine Kugel verpasst." Milans geflüsterte Worte waren als Kompliment gedacht, verfehlten ihre Wirkung aber völlig. Yobi sträubten sich die Nackenhaare bei dem Gedanken, dass im übernächsten Raum etwas Schlimmeres als eine Lampe auf ihn warten könnte.
„Weiter geht's", drängte Spike, der offenbar ebenfalls nicht mitbekommen hatte, wie schlecht es um das Nervenkostüm seines Freiwilligen stand.
Milan steuerte zielstrebig die nächste Tür auf der rechten Seite an. Yobi steckte seine Pistole wie in Trance weg und legte seine Hand auf die Klinke. *Warum hab ich gezögert?*
Milan gab das Zeichen zum Start und Yobi drehte mechanisch seine Hand, einmal, zweimal... Erst als die Tür auch beim dritten Mal nicht aufsprang, wurden seine Gedanken wieder klarer.
„Worauf wartest du?", fragte Spike.
„Ich glaube, sie klemmt", flüsterte Yobi.
„Wen soll das hindern?" Spike deutete einen Schulterstoß an und erwartete von Yobi, dass dieser die Anregung in die Tat umsetzte. „Mach schon! Aber leise!"
Yobi nickte und kam der Aufforderung nach. Mit einem gefühlvollen Ruck schlug er seine Schulter gegen das Türblatt und stieß sie etwa zur Hälfte auf. Dort traf sie auf einen Stapel aus Töpfen, die sich laut scheppernd im Zimmer verteilten.
„Du Idiot!", zischte Spike. Im Schein der Taschenlampe konnte er Yobis erschrockenes Gesicht erkennen. „Ich sagte: leise."

„Hier steht überall Gerümpel herum“, rechtfertigte Yobi sich schuldbewusst. „Die Zimmer sind vollgeräumt mit dem alten Zeug.“
„Wenn du so schlau bist und schon weißt, was uns hinter der nächsten Tür erwartet, dann pass gefälligst auf, dass du es nicht umstößt.“

***

Woodberry Mansion, erster Stock:
Alon hielt sich mit Chess in einem der größeren Zimmer mit zwei Fenstern und durchgehendem Riesenbalkon auf. Aus der Vogelperspektive hatten sie mitverfolgt, wie drei kleine Gruppen sich dem Haus genähert hatten und durch ein Fenster im Erdgeschoss eingedrungen waren.
Danach konnte Alon eine Zeit lang nur vermuten, wo die Teams sich aufhielten. Erst das Scheppern der umgeworfenen Töpfe gab ihm wieder einen Anhaltspunkt. „Linker Flügel, zweite Tür auf der rechten Seite“, flüsterte er.
„Wäre auch mein Tipp gewesen. Weit sind sie noch nicht gekommen“, erwiderte Chess.
„Wir müssen berücksichtigen, dass es drei Gruppen gibt, die sich die Arbeit teilen. Je schneller wir herausfinden, worauf sie es abgesehen haben, desto größer sind unsere Chancen, sie aufzuhalten.“
„Haben Sie eine Idee, wofür die Metallkiste sein könnte, die sie angeschleppt haben?“
Alon verneinte. „Ich bezweifle, dass sie vorhaben, darin etwas abzutransportieren. So tief, wie die Kiste in den Schnee eingesunken ist, war sie bestimmt nicht leer.“
„Vielleicht Spezialausrüstung - aber wofür?“
„Werkzeug, Ausrüstung, Waffen, da könnte alles Mögliche drin sein...“ Alons Stimme wurde leiser und seine Konzentration stieg.
Noch war draußen im Flur nichts zu hören. Einige Zimmertüren standen offen, sodass die betroffenen Räume schon von außen gut einzusehen waren. Alon hoffte, damit die

Aufmerksamkeit der ungebetenen Besucher auf die geschlossenen Türen lenken zu können. Wer würde schon Zeit für das Offensichtliche verschwenden, solange es noch genug Türen gab, die nur darauf warteten, geöffnet zu werden?
Nicht nur deshalb hatte Alon das Zimmer gegenüber dem Treppenaufgang als Versteck gewählt. Die Tür stand weit offen und bot einen guten Überblick über das Geschehen auf der Treppe. Keiner konnte ins obere Stockwerk gelangen, ohne hier vorbeizukommen.
Alon hatte ein Loch von der Größe eines Türspions in den gemusterten Vorhang geschnitten, der ihn und einen Großteil des Fensters verdeckte. Der Stoff war blickdicht, wackelte aber bei der geringsten Bewegung verräterisch.
Chess hatte sich für einen weniger exponierten Platz entschieden und neben einer mächtigen Standuhr Deckung gefunden, die von der Wand einen guten halben Meter ins Zimmer ragte. Auf ein Guckloch musste Chess zwar verzichten, dafür konnte sie sich in ihrem Versteck zumindest ein wenig bewegen, ohne Gefahr zu laufen, vom Flur aus entdeckt zu werden.
„Sie kommen!“, flüsterte Chess und legte die Hand um ihre Armbrust.
Gleich darauf hörte auch Alon hinter seinem Vorhang das Knarren der Treppe. Anhand der Schritte zählte er drei Personen, die sich sehr zielstrebig nach oben bewegten. Idealerweise wollte Alon seine Gegner nach und nach in lautlosen Zweikämpfen erledigen, für den Moment vertraute er sein Leben aber lieber seiner Dienstpistole an. Sollte sein Plan nämlich nicht aufgehen und die Eindringlinge wider Erwarten doch das Zimmer unter die Lupe nehmen wollen, blieben Schüsse durch den Vorhang die einzige Option.
Alons Gesicht war ungefähr eine Handbreit vom Stoff entfernt, um einerseits genug zu erkennen und andererseits nicht zu riskieren, dass der Vorhang wackelte.
Auf den Treppen zeichnete sich ein erster schwacher Lichtschimmer ab. Ihm folgte der Lichtkegel einer Taschenlampe, der über die obersten Stufen wanderte. Ein

zweiter folgte. Er leuchtete Beine und Rücken des ersten Manns an und gab Alon damit Gelegenheit, sich einen Überblick über sein erstes Ziel zu verschaffen. Der Mann war von normaler Statur und seine Größe lag irgendwo zwischen 180 und 185 Zentimetern. Von seiner weißen Jacke hatte er sich augenscheinlich getrennt und war nun ganz in schwarz unterwegs. Die Pistole in seiner Hand konnte Alon nur schemenhaft erkennen, da er sie auf der ihm abgewandten Seite des Körpers trug. Die entschlossenen Schritte ließen vermuten, dass er die Gruppe nicht nur anführte, sondern auch sehr genau wusste, wohin er wollte.

Der zweite Mann, der in Alons Blickfeld kam, war um einiges kräftiger gebaut und überragte seinen Anführer um einen ganzen Kopf. Den dritten konnte Alon am schlechtesten wahrnehmen, da er fast völlig im Dunkeln blieb. Figur und Größe lagen irgendwo zwischen den beiden anderen.

Alon entschied sich, seine Ziele der Größe nach durchzunummerieren. Die Nummer eins wollte er sich bis zum Schluss aufheben, wohingegen er sich um die Nummern zwei und drei entsprechend ihrer Unachtsamkeit kümmern würde.

„Da lang“, hörte er Nummer eins sagen.

Eine Taschenlampe leuchtete in Alons Richtung. Reflexartig krümmte sich sein Zeigefinger um den Abzug und die Atmung stoppte, um eine ruhige Hand zu gewährleisten.

„Da lang!“, wiederholte Nummer eins eine Spur lauter. Der Lichtkegel der zweiten Taschenlampe wandte sich ab und folgte der ersten, die bereits an der Tür vorbei war. Schlagartig war es wieder dunkel im Zimmer.

Chess wollte gerade erleichtert aufatmen, da verirrte sich der dritte Lichtstrahl in ihre Richtung. Er streifte im Vorbeigehen Vorhang und Wanduhr, bevor auch er verschwand, um den anderen zu folgen.

Mit gleichbleibendem Tempo entfernten sich die Schritte im Flur.

„Sie warten hier!“, befahl Alon mit gedämpfter Stimme.

„Was haben Sie vor?“, fragte Chess.

„Ich sorge für numerischen Ausgleich.“

Nur an den Umrissen konnte Chess erkennen, dass Alon hinter dem Vorhang hervortrat. „Sie wollen mich doch nicht etwa allein zurücklassen?“
„Ungern, aber noch weniger will ich Sie mitnehmen.“
„Alon!“, flüsterte Chess mit Nachdruck.
„Sie sind hier sicher. Die suchen nicht nach uns.“
„Wie können Sie da sicher sein?“
„Vertrauen Sie mir, die wissen, was sie wollen, und was immer das ist, genau das will ich auch!“
„Was ist mit den anderen?“
Alon war bereits auf dem Weg zur Tür. „Die sind bei Hiob in guten Händen.“
„Aber ich...“
„Rühren Sie sich nicht von der Stelle, ich bin bald wieder zurück!“
„Aber...“ Den Rest ihrer Bedenken musste sie mit der Standuhr neben sich teilen.
Alon streckte vorsichtig den Kopf um die Ecke und sah, dass die drei Lichtkreise fast schon am Ende des Flurs angelangt waren. *Wohin wollt ihr?*
Das Tempo der Eindringlinge bestätigte Alon darin, dass sie keinem der Zimmer unterwegs besondere Aufmerksamkeit geschenkt hatten. *Sie scheinen zu wissen, dass sich die Schlafzimmer alle unten befinden und gehen davon aus, dass sie hier ungestört sind.*
Der Reihe nach verschwanden die Lichter der Taschenlampen hinter der vorletzten Tür auf der rechten Seite. Alon hatte sich im Vorfeld lediglich einen groben Überblick über die Raumaufteilung verschaffen können, mehr war in der kurzen Vorbereitungszeit nicht möglich gewesen. Zumindest wusste er jetzt, dass das ehemalige Arbeitszimmer von Professor Woodberry das Ziel der Männer war.
Alon bewegte sich zügig durch den dunklen Flur, ohne dabei nennenswerte Geräusche zu machen. Er wusste, dass er unterwegs kaum Versteckmöglichkeiten hatte, sollten die Männer unerwartet kehrtmachen und zurückkommen. In einem solchen Fall bestand seine einzige Chance darin, sich in eines

jener Zimmer zu retten, deren Türen abgeschlossen oder mit Abdeckfolie verklebt waren.
Eines davon hatte er soeben passiert, zwei weitere befanden sich noch vor ihm. Die nächsten vier Türen, an denen er vorbei musste, stellten gleichzeitig den riskantesten Abschnitt seines Weges dar, da sich keine von ihnen öffnen ließ.
Seine Schritte wurden schneller, je näher er dem oberen Billardzimmer - es gab in Woodberry Mansion nur wenige Räume, die es nicht in doppelter Ausführung gab - kam. Das Zimmer hatte vorübergehend gar keine Tür. Sie war von den Malern ausgebaut worden und wartete in einem der leergeräumten Zimmer auf einen neuen Anstrich.
Alon bog ins obere Billardzimmer ab und hielt einen Moment inne, um sich für seine nächste Etappe vorzubereiten. Die Lichtverhältnisse waren bescheiden, trotzdem sah er sich um, so gut es ging, für den Fall, dass etwas schieflaufen sollte und er sich hierher zurückziehen musste. Das Mobiliar bestand aus zwei kleinen Sitzgruppen mit Couchtischen, die teilweise mit Folie abgedeckt waren. Weitaus vielversprechender empfand Alon den Billardtisch in der Zimmermitte. Einmal auf die Seite geworfen, würde seine Steinplatte einen hervorragenden Kugelfang abgeben.
Alon machte einen vorsichtigen Schritt in Richtung Flur und lauschte in die Dunkelheit, während er sich seinen weiteren Weg in Erinnerung rief. Zwei geschlossene Türen lagen noch vor ihm: Eine war versperrt, die andere quietschte beim Öffnen erbärmlich und schied dadurch ebenfalls aus. Etwa zehn Meter weiter den Gang hinunter lag die Bibliothek, deren Tür offenstand. Sie war zugleich auch die letzte Möglichkeit für einen Zwischenstopp und grenzte unmittelbar an das Arbeitszimmer, in dem sich die Eindringlinge aufhielten.
Alon setzte sich wieder in Bewegung und passierte auf leisen Sohlen die beiden geschlossenen Türen zu seiner Rechten. Als ihn nur noch wenige Schritte von der Bibliothek trennten, vernahm er gedämpfte Stimmen aus dem Arbeitszimmer. Er verlangsamte sein Tempo, konnte aber nur Wortfetzen heraushören.

Allem Anschein nach gab Nummer eins Anweisung, ein Bild von der Wand zu nehmen. Alon musste unweigerlich an das Poster im Imperial College denken, verwarf den Gedanken aber sofort wieder. *Nein, das wäre nicht sein Stil. Ein versteckter Tresor passt viel besser zum Professor!*
Alon bemühte sein Kurzzeitgedächtnis. Er hatte nur sehr wenig Zeit in den einzelnen Zimmern verbracht, aber das mehr als großzügig dimensionierte Arbeitszimmer war ihm in guter Erinnerung geblieben. Zumindest fünf gerahmte Ölgemälde zählte Alon vor seinem geistigen Auge. Bei einem sechsten bestand die Möglichkeit, dass es in Wirklichkeit ein Spiegel war, da es hinter einem Mauervorsprung angebracht war und Alon genau genommen nur den breiten Goldrahmen gesehen hatte.
Drei der Gemälde hingen zu beiden Seiten neben der Tür. Sie schieden als Tarnung für einen Tresor aus, da die Wand dahinter viel zu dünn war. Ein weiteres zierte die Trennwand zur Bibliothek, die aus demselben Grund ausschied. Somit blieben noch das imposante Bild über Woodberrys Schreibtisch und der Spiegel, der vielleicht keiner war.
Das Bild über dem Schreibtisch ist viel zu groß... Das hätte der Professor nur mit Mühe bewegen können - ein geheimer Tresor ergibt unter solchen Umständen keinen Sinn. Es muss ein sechstes Bild geben. Der Mauervorsprung, der Alon dabei in den Sinn kam, schien ihm ideal geeignet, einen Tresor darin zu verstecken. Zumindest, so hoffte er, hatte er damit eine ungefähre Vorstellung, wo sich seine Gegner im Zimmer aufhielten. *Ich muss unbedingt...*
Schritte auf dem Flur rissen ihn aus seiner Nachdenkpause. Geistesgegenwärtig sah er sich nach einem Versteck um.

***

Im Keller von Woodberry Mansion:
David und Hiob harrten noch immer in dem Lagerraum aus, der ihnen im hinteren Teil des Kellers als Versteck diente. Es war dunkel und kalt. Die stickige Luft vermittelte eine

ungefähre Vorstellung davon, was in den Kellerräumen alles an Baumaterialien gelagert wurde.
Hiob hatte sich in den vergangenen Minuten keinen Zentimeter bewegt. Er behielt von seinem Versteck aus gewissenhaft den Gang im Auge. Selbst zwei der aufeinandergestapelten Heizölfässer hatten es nicht geschafft, dem Riesen ausreichend Deckung zu bieten. Auf den Fassstapel hatte Hiob noch eine Schachtel mit Eisenwinkeln legen müssen, damit auch seine Haare vor neugierigen Blicken verborgen blieben.
David teilte die Ruhe und scheinbare Gelassenheit seines Leibwächters nicht. Er saß in der hinteren Ecke auf einem Reifenstapel und kratzte sich fortwährend am Bein.
„Hören Sie endlich auf!“, verlangte Hiob so laut, wie er es gerade noch verantworten konnte.
„Es brennt aber.“
„Eine Kugel tut mehr weh, glauben Sie mir.“
„Irgendetwas muss mich gebissen haben“, mutmaßte David mit vorwurfsvoller Stimme.
„Vermutlich eine Spinne, die nicht viel Hunger hatte.“
„Das ist nicht witzig, Hiob. Neulich hat mir einer der Handwerker eine Spinne gezeigt, deren Körper war so groß wie mein Daumennagel.“
„War das bevor oder nachdem er sie zertreten hat?“
„Gut, dann glauben Sie mir eben nicht. Aber Sie werden Ihre Meinung schon noch ändern, sobald Ihnen die erste auf den Kopf springt. Ich will mir gar nicht ausmalen, wie viele von den Monstern mich gerade anstarren.“
„Dann lassen Sie's! Wir haben hier sowieso ganz andere Sorgen.“
Vom anderen Ende des Kellers waren Geräusche zu hören. Hiob dachte dabei unweigerlich an zwei oder mehr Männer, die etwas Schweres über die Treppe nach unten beförderten.
David bekam davon noch nichts mit. Er war viel zu sehr mit dem Brennen an seinem Bein beschäftigt. Zu allem Überfluss begann es nun auch noch an seiner linken Wade zu kribbeln. Ohne zu zögern, schlug er mit der flachen Hand gegen sein Hosenbein und rieb fest darüber. *Blödes Vieh!*

„Wilder!“, Hiobs gedämpfte Stimme verfehlte ihre mahnende Wirkung nicht. „Jetzt ist nicht der richtige Zeitpunkt für Ihre Kindereien.“
„’tschuldigung“, erwiderte David kleinlaut.
Draußen auf dem Gang ging das Kellerlicht an. Hiob hatte in weiser Voraussicht nur einen Teil der provisorischen Baustellenleuchten abgeklemmt. Damit stellte er sicher, dass sich die Eindringlinge nur in jenen Bereichen des Kellers ohne Taschenlampe bewegen konnten, die er ihnen zugestand.
Die Lampe, die dem Versteck von David und Hiob am nächsten war, warf ihr Licht so in den Gang, dass ihnen keiner näher als zehn Meter kommen konnte, ohne sich durch seinen Schatten selbst zu verraten.
Au! David schlug erneut zu, diesmal gegen sein linkes Schienbein. Der unmittelbare Schmerz war vergleichbar mit dem eines Bienenstichs, legte sich aber gleich wieder.
„Wilder!“
David sparte sich eine weitere Entschuldigung und rieb sich stattdessen lieber über die betroffene Stelle.
Hiob konnte nur einen sehr kleinen Teil des Gangs einsehen, hörte aber bereits Schritte. Mit Alon hatte er vereinbart, dass der Gegner umgehend dezimiert wurde, sobald klar war, was er vorhatte. Genau das wollte Hiob schnellstmöglich herausfinden, um sich seinem eigentlichen Job widmen zu können.
Auf seinem Reifenstapel ärgerte David sich unterdessen darüber, dass er so dumm gewesen war, den Keller als Versteck zu wählen. Um wie viel besser hatten es Alon und Chess, die sich fernab vom Ungeziefer in den beheizten Räumen aufhielten. Sehnsüchtig dachte David an seine warme Jacke, die oben neben der Eingangstür auf ihn wartete. *Ich hoffe, Yobis Leute finden ganz schnell, wonach sie suchen und verschwinden wieder, ohne Ärger zu machen.*
Hiob ahnte nichts von Davids frommen Wünschen und selbst wenn, hätte er sie bestenfalls als Unsinn abgetan. Für ihn stand unabänderlich fest, dass er und Alon nur aus einem einzigen Grund nach Woodberry Mansion gekommen waren: Weil Souzan-Chaya darin einen entscheidenden Schritt bei der

Aufklärung des Diebstahls und der damit verbundenen Anschläge sah. Auch wenn die Öffentlichkeit von Ersterem nie erfahren würde, so wurden die Entwicklungen in Sachen Bombenleger doch überall mit Argusaugen verfolgt. Nicht nur innenpolitisch konnte Souzan-Chaya herzeigbare Fortschritte dringend brauchen und nutzte jeden brauchbaren Tipp, den ihre Informanten ihr zuspielten.
David verspürte erneut ein leichtes Kribbeln in seinem rechten Hosenbein. *Nicht schon wieder!* Kaum hatte er seine Hand an der Stelle, hörte das Kribbeln auf. Allerdings nur, um Sekunden später ein ganzes Stück weiter oben erneut zu beginnen - und wieder zu stoppen. *Es hat wieder aufgehört!* Dafür kitzelte es ihn jetzt an seinem anderen Knie. Davids Hand huschte in Lauerstellung über seine Hose und er begann sich zu fragen, ob ihm seine Angst vor Spinnen nicht einfach nur einen Streich spielte. Was er ganz sicher nicht wollte, war, paranoid zu werden, während er sich darum sorgte, von hauseigenen Supertaranteln gefressen zu werden.
Hiobs Gehör war voll auf das Geschehen im Kellergang konzentriert und duldete keine weitere Ablenkung. Zwei Männer näherten sich mit schweren Schritten. Die Abfolge der Geräusche ließ vermuten, dass die Männer ihre Bewegungen aufeinander abstimmten, woraus Hiob folgerte, dass sie gemeinsam etwas Größeres trugen. *Sie sind beschäftigt, so eine Chance bietet sich vielleicht nicht wieder.*
David kratzte sich so leise wie möglich am Rücken und spürte schon das nächste Kitzeln an seiner Wange - zumindest bildete er sich das ein. Als er gleich darauf mit der Hand in die Nähe seiner Nase kam, läuteten in seinem Kopf alle Alarmglocken. Den sauren, leicht stechenden Geruch brachte er mit einem Erlebnis in Verbindung, an das er nie mehr erinnert werden wollte. In Sekundenbruchteilen kombinierte er die Eindrücke der letzten Minute und setzte sie wie Puzzlestücke zu einem Bild des Grauens zusammen: *Woodberry Mansion - Keller - Kribbeln - Hose - Hand - Brennen - Stechen - sauer - Ameisensäure!*
„Hiob“, flüsterte David starr vor Schreck. „Hiob!“

Hiob konnte die Schatten der Männer noch nicht sehen, doch ihre Schritte klangen schon sehr nahe. Falls sie sich tatsächlich nur zu zweit hier herunterwagten, machte es die Sache um einiges leichter. Sobald klar war, was sie vorhatten, bot es sich aus Hiobs Sicht an, die Sache rasch zu erledigen.
„Hiob?“, flüsterte David. Im Dunkel konnte er nur vermuten, ob er sich auf dem Reifenstapel präsentierte wie ein gegrilltes Hühnchen auf dem Servierteller, oder ob er sogar einen sicheren Platz aufgab, wenn er den Boden betrat. „Hiob!“
„Was?“ Selbst im absoluten Flüsterton gelang es Hiob auszudrücken, wie sehr David gerade störte.
„Die Ameisen sind zurück!“ Davids besorgte Stimme überschlug sich fast. „Sie krabbeln an meinem Bein hoch.“
Hiob riskierte einen flüchtigen Blick in Davids Richtung, konnte aber so gut wie nichts erkennen. Als er seinen Kopf gleich darauf wieder nach vorn richtete, war im schwachen Lichtschein der Kellerleuchte bereits ein Schatten zu sehen. Damit war klar, dass die dazugehörige Person weniger als zehn Meter entfernt sein musste. Ein zweiter Schatten tauchte unmittelbar neben dem ersten auf, zuerst nur ein Kopf, dann ein Oberkörper. Gleichzeitig wurden auch die Schritte immer lauter.

***

In der Bibliothek von Woodberry Mansion, erster Stock:
Alon hatte es gerade noch zwischen William Shakespeare und Oscar Wilde geschafft, bevor der Schein einer Taschenlampe in Richtung der beiden Regale leuchtete, die ihm als Sichtschutz dienten. Ein gutes Versteck sah anders aus, war in der Bibliothek aber nicht zu finden gewesen. Die meisten Regale waren an der Wand entlang angeordnet und boten keinerlei Deckung. So gesehen musste Alon mit seinem Platz zwischen den einzigen freistehenden Bücherregalen zufrieden sein.
Die Bibliothek war ein länglicher Raum von rund 90 Quadratmetern mit zwei kleinen Fenstern. Die Wände waren

bis unter die Zimmerdecke mit handgeschnitzten Nussholzregalen verkleidet, sodass dazwischen ein breiter Mittelgang blieb.
Alon befand sich im hinteren Teil der Bibliothek, in dem es deutlich enger zuging. Vier zusätzliche Regale standen parallel zu den Wänden in der Zimmermitte und teilten den Gang in zwei schmale Hälften. Diese freistehenden Regale waren im Abstand von jeweils einem dreiviertel Meter zueinander angeordnet, sodass man relativ leicht von einer Seite auf die andere wechseln konnte. Aus der Lücke zwischen dem dritten und dem vierten Regal beobachtete Alon die Bewegungen der Taschenlampe.
Der Lichtkegel wanderte die Buchreihen neben der Tür von oben nach unten ab. Es war offensichtlich, dass der Mann, den Alon als Nummer zwei identifiziert hatte, ein ganz bestimmtes Buch suchte. Dummerweise hatte Alon weder eine Idee, wie die Sammlung angeordnet war, noch wusste er, in welch literarischer Gesellschaft er sich aktuell befand.
Nummer zwei schien die Suche sehr strukturiert anzugehen und rückte zum nächsten Regal vor. Wieder leuchtete die Taschenlampe die Buchrücken von links oben nach rechts unten ab.
Alon konnte sich keinen rechten Reim auf die Gelassenheit machen, die am anderen Ende der Bibliothek vorherrschte. *Der tut so, als hätte er alle Zeit der Welt. Nummer eins hat ihn sicher nicht hierher geschickt, um sich die Zeit mit Lesen zu vertreiben.*
Alon, der sich ein ganzes Stück weit vorgebeugt hatte, um das Geschehen beobachten zu können, zuckte zurück, als draußen auf dem Flur ein zweiter Lichtkegel auftauchte.
Gleich darauf betrat Nummer drei den Raum: „Was dauert hier so lange?“
„Frag nicht so blöd, hilf mir lieber suchen!“, erwiderte Nummer zwei, ohne den Blick vom Regal abzuwenden. „Ich habe noch nie so viele Bücher auf einem Haufen gesehen.“

„Das ist eine Bibliothek! Was erwartest du?" Nummer drei ließ durchklingen, dass er sich seinem Kollegen nicht nur körperlich überlegen fühlte.
„Es wäre einfacher, wenn wir zumindest dabei anständiges Licht hätten", brummte Nummer zwei missmutig.
Nummer drei leuchtete den Bereich neben dem Türrahmen ab und stoppte abrupt, als der Lichtschalter in Sicht kam. Er drückte mehrmals darauf, aber nichts passierte. „Verdammte Bauarbeiten! Es sind immer die Elektriker, die sich die meiste Zeit lassen."
Mitunter hilft es auch, wenn man weiß, wo sich der Sicherungskasten befindet. Alon dachte daran, wie er und Hiob weite Teile des Hauses gezielt vom Strom genommen hatten und ließ ein zufriedenes Lächeln über seine Lippen huschen.
„Bei welchem Buchstaben hast du angefangen?", wollte Nummer drei wissen.
„R, glaube ich. Das Regal gleich neben der Tür ist es." Nummer zwei deutete mit der Taschenlampe in die angegebene Richtung.
„Und wo bist du jetzt?"
„Bei B wie Béthune."
Nummer drei zögerte bei seiner Antwort. „Gibt es auch irgendein System in dem Laden?"
„Ich glaube, die Bücher wurden zunächst nach Ländern geordnet und dann nach Autorennamen. Die hier klingen alle französisch."
„Na, sehr schön!" Nummer drei widmete sich der gegenüberliegenden Wand. „Welches Buch suchen wir noch mal?"
„*Mississippi Writings* von Mark Twain."
„Mark Twain? War der nicht Amerikaner?"
„Schon möglich."
„Warum suchst du ihn dann bei den Franzosen?"
„Vielleicht, weil ich von Büchern keine Ahnung habe. Oder seh ich etwa so aus, als würde ich solche Schinken lesen?"
„Du sollst sie nicht lesen, du sollst nur das richtige finden und das möglichst rasch, bevor R.I.P. die Geduld mit dir verliert."

R.I.P. Alon hatte endlich einen passenden Namen für seine Nummer eins.
„Versuch ich es eben dort hinten", erwiderte Nummer zwei missmutig. Mit schnellen Schritten bewegte er sich in Alons Richtung.
Einen Herzschlag lang war Alon unentschlossen, ob er seiner Glock 17 oder einem von Davids Küchenmesser den Vorzug geben sollte, da kam ihm der Zufall zu Hilfe.
„Das sieht englisch aus." Nummer zwei richtete seine Taschenlampe auf das Buchregal zu seiner Linken. In Augenhöhe war er auf mehrere Titel gestoßen, die mit großen Buchstaben beschriftet waren.
„Wir suchen aber einen amerikanischen Autor", wandte sein Kollege ein.
„Bist du dir da sicher?" Nummer zwei strich mit dem Zeigefinger über die teilweise sehr staubigen Buchrücken vor ihm und las sich leise die Titel vor.
„Was weiß ich!", erwiderte Nummer drei harsch. „Ich halte das ganze hier für Zeitverschwendung. Ein paar Gramm Plastiksprengstoff weniger für den Abriss würden den Jungs doch gar nicht auffallen, und beim Tresor wäre uns damit geholfen."
Alon wurde sofort hellhörig, als von Plastiksprengstoff die Rede war. Mit einem Mal hatte er eine sehr klare Vorstellung davon, was die Männer in ihrer Metallkiste angeschleppt hatten. *Deshalb die drei Teams!* Er malte sich aus, wie eines davon gerade damit beschäftigt war, die Stützmauern im Keller zu verdrahten. Obwohl er Hiob zurzeit nicht kontaktieren konnte, hatte er eine sehr genaue Vorstellung davon, wie der Israeli reagieren würde, wenn jemand vor seiner Nase mit Sprengstoff zu hantieren begann.
Als Folge davon würde es vermutlich nicht allzu lange dauern, bis einem der anderen Eindringlinge das Verschwinden ihrer Sprengmeister auffiel. Zumindest soweit es Hiob betraf, musste Alon nun davon ausgehen, dass es mit der stillen Zurückhaltung vorbei war. *Ich muss meinen Vorteil ausspielen, bevor sie herausfinden, dass die Jagd auf sie eröffnet ist.*

Lautlos holte Alon eine der japanischen Klingen hervor und bereitete sich auf den Nahkampf vor.
„Das wird so nichts!“, schimpfte Nummer zwei. „Wenn wir in dem Tempo weitermachen, kann es noch Stunden dauern, bis wir das richtige Buch finden.“
„Wir haben aber keine Stunden mehr.“ Nummer drei ließ seine Taschenlampe deutlich zügiger durch die Regale wandern und war Alon schon sehr nahe gekommen. Dessen flach an den Unterarm gelegte Klinge wartete nur noch darauf, im richtigen Moment hervorgeschleudert zu werden.
„Erzähl das nicht mir. Ich mach, so schnell ich kann. Verdammte Bücher. Warum konnte der alte Knacker seinen Tresorschlüssel nicht in der Schreibtischlade verstecken, wie jeder andere auch?“
„Vermutlich, weil er Angst hatte, dass ihn jemand beklaut. Du weißt doch, wie merkwürdig alte Leute werden.“
„Ja, ja“, plapperte Nummer zwei. „Die Welt ist schlecht. Spar mir dein Gesülze und sag mir lieber, wo wir dieses Buch finden, damit wir hier raus sind, bevor der Laden in die Luft fliegt.“
„Was meinst du, was ich hier mache?“
„Das würde mich auch interessieren!“ Ohne Vorwarnung stand R.I.P. in der Tür.
Wie auf Kommando richteten die beiden Männer ihre Taschenlampen auf R.I.P. und blendeten ihn damit.
„Nehmt die Lampen runter, ihr Idioten!“, fluchte R.I.P. und kniff die Augen zusammen.
Die Männer reagierten prompt, doch ab sofort hatte R.I.P. für Alon auch ein Gesicht. Wer so wie er darauf trainiert war, Zielpersonen selbst noch inmitten von Menschenmassen ausfindig zu machen, konnte sich auch unter widrigsten Umständen auf seinen Blick verlassen. Eine Sekunde, vielleicht zwei, länger hatte er nicht gehabt, sich die markanten Züge einzuprägen. Letztlich war so viel Zeit aber gar nicht nötig gewesen, denn Alon hatte das Gesicht sofort wiedererkannt.
Alon spürte, wie das Blut in seinem rechten Unterarm pulsierte, während sich seine Finger krampfartig um den Messergriff

legten. Nichts fiel ihm schwerer, als einen kühlen Kopf zu bewahren, während Simons Mörder nur wenige Meter entfernt von ihm stand.

***

Im Keller von Woodberry Mansion:
Hiob spürte ein Stechen in seinem rechten Knöchel, das kurzfristig nachließ, um gleich darauf als dauerhaftes Brennen zurückzukehren. *Verdammte Viecher!* „Halten Sie durch!“, hauchte er in Davids Richtung. „Nur noch ein paar Sekunden.“ Hinter den Ölfässern hatte er nur ein sehr eingeschränktes Blickfeld, konnte aber aufgrund des Schattenwurfs im Gang erkennen, dass die beiden Männer jeden Moment an ihnen vorbeikommen mussten.
Auch Hiob hatte mit den Ameisen in Woodberry Mansion seine Erfahrungen gemacht, und gerade deshalb fiel es ihm ungeheuer schwer, nicht an die aggressiven Tiere zu denken, die Professor Woodberry in seinem Keller gezüchtet hatte - in diesem Keller. *Die sind doch alle bei der Explosion draufgegangen - oder nicht? Hoffentlich irrt Wilder sich.*
David biss die Zähne zusammen, um nicht in Panik aufzuspringen und loszurennen. *Au!* Es verlangte ihm eine Menge Selbstbeherrschung ab, das Kribbeln in den Hosenbeinen zu erdulden, während er befürchten musste, dass in Kürze noch wesentlich mehr Ameisen auftauchen würden, um ihre übergroße Beute in Stücke zu zerteilen.
Auch wenn David die Tiere nicht sehen konnte, so wusste er aus Erfahrung, dass die Konzentration an Ameisensäure in der Luft ein guter Indikator für die Anzahl und die Aggressionsbereitschaft der Tiere war. Noch roch es in dem stickigen Kellerraum vorrangig nach Lösungsmitteln und eintrocknenden Resten von Baumaterialien, doch das konnte sich sehr schnell ändern.
David zwang sich dazu, dem inneren Drang nicht nachzugeben, wild auf seine Schenkel zu schlagen, weil er befürchtete, die Ameisen damit noch bisswütiger zu machen, als sie ohnehin

schon waren. *Denk an deine letzte Akupunktursitzung, die war fast genauso schlimm - war sie nicht - aber fast!*
Hiob hatte seinen selbstgebastelten Totschläger weggesteckt und hielt stattdessen die Glock 17 einsatzbereit. Unter den gegebenen Umständen rechnete er mit dem Schlimmsten. Um eine mögliche Flucht nach vorn antreten zu können, war seine Pistole eindeutig die bessere Wahl.
Die beiden Männer im Kellergang mussten jeden Moment in sein Blickfeld kommen, wie ihre Schatten vermuten ließen. Deutlich waren bereits die Umrisse einer großen Schachtel oder Kiste zu sehen, die sie zwischen sich trugen.
„Lass uns die Kiste da drüben bei dem Querbalken abstellen“, bekam einer der Schatten eine Stimme.
Hiob hatte eine ungefähre Ahnung davon, welchen Balken die Männer meinten, war über ihre Entscheidung aber wenig erfreut. Für den Fall, dass die Eindringlinge vorhatten, sich dort länger aufzuhalten, blieb Hiob und David kaum eine andere Wahl, als in die Offensive zu gehen. Schlimmstenfalls liefen sie sonst nämlich Gefahr, in ihrem Versteck lebendig gefressen zu werden.
Eine der Ameisen schlug ihre kräftigen Kieferzangen in Hiobs Unterschenkel. *Ihr dreckigen...* Als ihr Opfer zuckte, spritzte sie auch noch eine geballte Ladung Ameisensäure in die frische Wunde. Der dabei freigesetzte Duftcocktail heizte auch gleich die Gemüter aller in der Umgebung befindlichen Ameisen an, die ihre gestiegene Aggressivitätsbereitschaft ihrerseits wieder an benachbarte Tiere weitergaben.
So war sichergestellt, dass binnen kürzester Zeit das ganze Nest über den Unruheherd informiert war. Millionen Soldaten konnten sich auf diesem Weg zu einem gemeinsamen Großangriff gegen vermeintlich übermächtige Feinde zusammenschließen.
David hörte zwar die Stimmen der beiden Männer draußen im Gang, aber sie jagten ihm nicht annähernd so viel Angst ein, wie er ursprünglich befürchtet hatte. Das lag vor allem daran, dass er bereits mehr als zwei Dutzend brennende Stellen an den Beinen zählte, und seine aufsteigende Panik sich kaum noch

zurückkämpfen ließ. „Hiob, wir müssen hier raus!“ Seine Stimme hatte etwas Beschwörendes an sich.
Hiob zählte gerade einmal eine Handvoll Bisse, konnte aber lebhaft nachvollziehen, wie sein Begleiter sich fühlen musste. Aus der Tatsache, dass die Ameisen Wilder zuerst erwischt hatten, leitete er ab, dass sie auch aus dieser Richtung kamen. Insofern hielt er es für höchst unklug, die Hintertür des Raums zu öffnen oder gar durch sie zu verschwinden. „Kommen Sie von der Tür weg!“, flüsterte Hiob.
Die beiden Eindringlinge hatten zwischenzeitlich ihre Transportkiste in das hinterste, frei zugängliche Ende des Kellers gebracht und dort abgestellt. Mehrere dicke Stützbalken sicherten die Grundmauern an dieser Stelle und fingen den Druck der darüberliegenden Stockwerke ab.
„Hier sind wir goldrichtig!“, erklärte der jüngere von beiden mit Blick auf die Stützkonstruktion. „Man kann gut sehen, wie die letzte Explosion das Material geschwächt hat. Wenn wir an dieser Stelle und dort drüben nacharbeiten, fällt der Rest wie ein Kartenhaus in sich zusammen.“
„So einfach wird es zwar nicht“, bremste der erfahrene Kollege mit einem Lächeln, „aber mit vereinten Kräften bekommen wir das schon hin.“
In ihrem Versteck hatten David und Hiob unterdessen alle Hände voll zu tun, sich ihre beißwütigen Angreifer vom Leib zu halten.
„Wir müssen endlich hier raus“, drängte David, der neben Hiob herumzappelte. „Sofort!“
„Nicht so laut!“, mahnte Hiob, und rieb sich, so fest er konnte, über die Hose, um möglichst viele von den Ameisen zu zerquetschen. Die Überlebenden des Intermezzos quittierten seinen Versuch allerdings umgehend mit weiteren Bissen.
„Gehen wir!“, verlangte David mit Nachdruck.
„Wohin denn?“, knurrte Hiob gereizt. „Die laufen noch immer da draußen rum. Wir müssen warten, bis sie in einen der Räume verschwinden.“
„Wir können nicht warten. Was ist mit der anderen Tür?“
„Von dort kommen die Biester doch.“

„Glaub ich nicht“, entgegnete David und verzog das Gesicht, weil gleich zwei Ameisen dieselbe Stelle seines Oberschenkels anvisiert hatten.
„Ich aber schon! Also müssen Sie nachsehen, wenn Sie es drauf ankommen lassen wollen!“ Auch Hiob ließ die gewohnte Gelassenheit vermissen und machte kein Hehl daraus, wie sehr die kleinen Beißwerkzeuge selbst einem Hünen wie ihm zusetzen konnten.
„Ich gehe! Geben Sie mir die Taschenlampe.“
„Aber erst verwenden, wenn Sie im nächsten Zimmer sind, sonst...“
„Ich bin ja kein Idiot!“ David streckte ihm im Austausch für die Taschenlampe sein dreiläufiges Gewehr entgegen. „Halten Sie! Gegen diese Übermacht hilft mir der Drilling auch nicht weiter.“
Die Lampe in der Hand machte David auf der Stelle kehrt und steuerte die Hintertür an, die in den Pumpenraum führte. Zweimal stieß er auf dem Weg dorthin mit dem Fuß gegen herumliegendes Baumaterial, was ihm Zurechtweisungen aus Hiobs Richtung einbrachte.
„Wenn Sie noch mehr Lärm machen, können wir gleich vorn rausgehen.“
David ignorierte Hiobs Einschüchterungsversuche und gab sich ganz dem Brennen hin, das sich schon großflächig über seine Beine ausgebreitet hatte.
Ich will hier raus! Die Tür ließ sich nur ein Stück weit öffnen, weil sie von dem Reifenstapel blockiert wurde, der David zuvor als Sessel gedient hatte. Es war Hiobs Idee gewesen, die Reifen auf diese Art zu platzieren, um im Falle eines plötzlichen Rückzugs zusätzliche Deckung zu haben. Außerdem ließ sich eine halbgeöffnete Tür wie ein Flaschenhals einsetzen, der mögliche Verfolger in ihrer Dynamik bremste und sie dadurch auch viel leichter angreifbar machte.
David schlüpfte durch den Spalt und zog vorsichtig die Tür hinter sich zu. Bevor er die Taschenlampe einschaltete, rieb er sich die Beine, um seinen Schmerz zumindest kurzfristig zu

lindern. *Wenn das hier vorbei ist, dann lass ich den königlichen Kammerjäger hier anrücken, der wird euch in den Wald zurücktreiben, wo ihr hingehört!*
David schaltete die Taschenlampe ein und leuchtete zunächst den Boden ab, der, wie die Wände auch, durchgehend weiß gekachelt war. Zumindest auf den ersten Blick waren keine Ameisen zu sehen. An der Wand zu Davids Linken surrten drei unterschiedlich große Pumpen, von denen zumindest zwei so aussahen, als würden sie noch länger ihren Dienst verrichten. Die dritte Pumpe tropfte leicht und war für eine Lache in der Raummitte verantwortlich.
„Ameisenfrei!“, seufzte David erleichtert und machte sicherheitshalber noch einen Blick zur Decke. Fast schon mit Erleichterung registrierte er die fetten Spinnen, die in ihren Netzen hockten. „Schnappt sie euch, wenn sie uns zu nahe kommen!“
Bevor er zurückging, um Hiob zu holen, nahm er sich noch die Zeit, zwei weitere Plagegeister in seinen Hosenbeinen zur Strecke zu bringen. Dann schaltete er die Taschenlampe aus und öffnete die Tür.
„Hiob?“, flüsterte er vorsichtig durch den Spalt und wurde im selben Moment schon unsanft zur Seite geschoben.
„Lassen Sie mich rein!“, drängte Hiob und zog die Tür hinter sich zu. „Diese Viecher sind die Hölle!“
David drehte die Taschenlampe wieder auf und sah Hiob, der sich wie wild die Hosenbeine rieb.
„Bitte sagen Sie mir, dass es hier drin keine gibt.“
„Nur die, die Sie selbst mitgebracht haben.“
Hiob atmete einen Moment erleichtert auf, musste aber sofort wieder Hand im Kampf gegen die Übermacht anlegen. „Als Sie weg waren, haben sich alle auf mich gestürzt.“ Hiobs Arme waren in permanenter Bewegung und unterstrichen dadurch, wo die Beißwerkzeuge ihn überall attackierten.
„Hier drin werden sie uns nicht angreifen“, sagte David - wohl auch, um sich selbst zu beruhigen.
„Ich weiß ja nicht, was dieser verrückte Professor da für Killerameisen gezüchtet hat, aber das aggressive Verhalten

dieser Viecher ist definitiv nicht normal. Glauben Sie wirklich, dass wir hier drin vor ihnen sicher sind?"
David leuchtete auf die Lache am Boden. „Ameisen mögen kein Wasser!"
„Tatsächlich?" Hiob klang positiv überrascht und machte einen großen Schritt in Richtung Pfütze.
„Zumindest hab ich noch keine schwimmen gesehen."

***

Erdgeschoss, hinterer Bereich:
Spike zwang Yobi und Milan auch weiterhin dazu, sich beim Türenroulette abzuwechseln. Während Milan das Risiko, auf Gegenwehr zu treffen, erstaunlich gelassen nahm, steigerte sich Yobis Unmut über die Arbeitsaufteilung zusehends.
„Warum machst du nicht die nächste Tür für uns auf?", fragte er Spike im provokanten Flüsterton.
„Weil ich das Hirn der Gruppe bin, und das Hirn schafft an. Aber wenn du mit zwei Jobs überfordert bist, wird ab sofort nur noch Milan die Türen entriegeln. Dafür gehst du nachsehen, was sich dahinter verbirgt."
„Gute Idee", stimmte Milan zu.
„Das könnt ihr knicken! Ich werde..." Yobi kam nicht dazu, seinen Satz zu Ende zu sprechen. Spike rammte ihm seine Pistole so heftig in den Mund, dass eine Ecke des Schneidezahns daran glauben musste.
„Hier hat nur einer das Sagen und das bin ich! Kannst du das akzeptieren?" Er schob Yobi die Waffe noch tiefer in den Rachen und zwang ihn in die Knie.
Yobi blieb keine Wahl, als dem Druck zu folgen.
„Ob du das akzeptieren kannst?" Spike beugte sich über ihn, bis ihre Gesichter fast zusammenstießen. „Überleg dir gut, was du antwortest, kleiner Mann!"
Aus Yobis Mund war nur ein hilfloses Gurgeln zu hören.
„Ich kann dich nicht verstehen." Spike verdrehte die Waffe ein Stück und konnte die Reaktion an Yobis weit aufgerissenen Augen ablesen: Er bettelte förmlich um Vergebung.

„Lass ihn in Ruhe, Spike“, mischte sich Milan dazwischen. „Er hat genug.“
„Hast du genug, kleiner Mann?“, fauchte Spike und spuckte dabei wie eine Speikobra.
Yobi versuchte zu nicken.
„Gut!“ Spike zeigte sich zufrieden und zog die Waffe wieder aus Yobis Mund. Als er bemerkte, dass Speichel und Blut vom Lauf tropften, wischte er die Pistole angewidert im Ärmel seines Opfers ab. „Du solltest dir dringend wieder einmal die Zähne putzen.“
Yobi spuckte den abgebrochenen Zahn samt Begleitflüssigkeit auf den Boden.
„Weiter jetzt“, drängte Spike. „Wir haben noch etliche Zimmer vor uns.“ Seine Waffe zeigte auf die Tür zur Rechten. „Mir ist kurzfristig entfallen, wer von euch sein Glück als Nächster versuchen wollte?“
„Ich gehe rein!“, sagte Milan leise, aber bestimmt.
Yobi schenkte ihm einen dankbaren Blick und übernahm den weitaus ungefährlicheren Platz an der Türklinke. „Bereit?“
Milan nickte und drückte ganz vorsichtig gegen die Tür. Sie war links angeschlagen und ging nach innen auf. Im ersten Schein der Taschenlampe konnte Milan einen Kamin an der rechten Wand erkennen, während das Türblatt weiter aufschwang. Kurz bevor es die 90-Grad-Stellung erreichte, wurde es schlagartig taghell.
Milan blickte in einen extrem hellen Bauscheinwerfer, dessen Bewegungsmelder auf das Öffnen der Tür reagiert hatte. Bevor die drei Männer begriffen, was gerade passierte, machte es einen Knall und die Nacht war zurück. Milan, der als Einziger direkt in den Strahler geschaut hatte, sah immer noch helle Flecken. „Was zum Teufel...“
Spike schaffte mit seiner Taschenlampe Gewissheit. „Da hat jemand einen Halogenscheinwerfer liegenlassen. Er muss sich eingeschaltet haben, als du die Tür aufgemacht hast.“ Spike sah sich zögerlich im Zimmer um. Außer einem großen Bett war auf den ersten Blick nicht viel zu sehen.

„Was war das für ein Knall?“ Yobi schmeckte noch immer das Blut, das aus der Platzwunde an seiner Oberlippe sickerte.
Milan blinzelte. „Vermutlich die Sicherung. So hell wie der Strahler war, ist es kein Wunder, dass sie durchgeknallt ist.“
Yobi leuchtete am Kabel entlang bis zur Steckdose, deren ursprünglich weißer Kunststoffrahmen ziemlich verschmort wirkte. „Definitiv!“
Spike reagierte verärgert. „Für solche Spielereien haben wir keine Zeit, wir müssen weiter!“ R.I.P. hatte ihm mehr als deutliche Anweisungen gegeben, was zu tun war. Zunächst sollten Spike und seine Männer sicherstellen, dass die anderen beiden Teams bei ihrer Arbeit nicht gestört wurden. Ob die Bewohner des Hauses nur schliefen wie Tote oder es tatsächlich waren, spielte dabei keine Rolle. Mord war eine Option, keine Notwendigkeit.
Nachdem das Erdgeschoss durchkämmt war, sollte dem Zeitplan entsprechend auch das Duo im Keller mit der Anbringung des Sprengstoffs fertig sein. Falls nicht, würde Spikes Team den Kollegen zur Hand gehen.
R.I.P. und seine beiden Begleiter arbeiteten unabhängig von den anderen und mussten den wichtigsten Teil der Mission erfüllen. Sobald sie das in Sicherheit gebracht hatten, weshalb man sie hergeschickt hatte, gab es für den Abriss von Woodberry Mansion grünes Licht. Wer das Haus bis zu diesem Zeitpunkt nicht verlassen hatte, war entweder schon oder bald tot.
Mit der Planung der Aktion hatte Spike nichts zu tun gehabt. Er konzentrierte sich ganz auf die Ausführung und die Befehligung seines Teams. Wie hilfreich die Informationen waren, die der Auftraggeber im Vorfeld der Mission gesammelt hatte, konnte er nur erahnen. Von Yobi hatte er erfahren, dass der Hausbesitzer keiner Fliege etwas zuleide tun konnte und mehr Mitleid als Aufmerksamkeit verdiente.
Im Grunde wusste keiner der Beteiligten, worauf sie sich eingelassen hatten oder welche Informationen dem israelischen Geheimdienst über sie und ihren Auftrag vorlagen. Dennoch gab es unter den acht Eindringlingen in Woodberry Mansion

einen, der andere Ziele verfolgte und dem das Wetter einen dicken Strich durch die Rechnung gemacht hatte. Ihm blieb vorerst nur die Hoffnung, dass seine Informationen Israel noch rechtzeitig erreicht hatten.

***

Pumpenraum im Keller von Woodberry Mansion:
David und Hiob hatten sich nur mühsam von allen Ameisen befreien können, die ihnen unter die Kleidung gekrochen waren. Dort, wo ein Blick auf die nackte Haut möglich war, prangten rote Flecken.
„Ich geh hier nicht mehr weg!“, verkündete David entschlossen.
„Wir können aber auch nicht hierbleiben.“
„Wer sagt das?“
„Ich sage das. Mein Job ist es, herauszufinden, was die Männer vorhaben, die in Ihr Haus eingedrungen sind und nicht, mich hier vor diesen blöden Insekten zu verstecken.“
„Das sehe ich ganz anders. Ihr Job ist es, auf mich aufzupassen und solange ich hier drin bin, bleiben Sie es auch. Basta!“
„Da draußen laufen Männer mit Waffen herum.“ Hiob zeigte in Richtung Tür. „In Ihrem Haus.“
„Selbst schuld“, entgegnete David. „Die werden schon sehen, was sie davon haben.“
„Wir müssen gehen!“
„Mich kriegen Sie hier nicht weg.“ David schüttelte energisch den Kopf. „Haben Sie gesehen, wie groß die Viecher waren, die aus Ihrer Hose gefallen sind?“ Er hielt Daumen und Zeigefinger gute drei Zentimeter auseinander, um seine Frage zu untermauern.
„Jetzt übertreiben Sie mal nicht. Die waren schon noch einen Kopf kürzer.“
„Ja, aber erst, nachdem Sie ihn abgerissen haben. Hiob, das da draußen sind mutierte Killerameisen. Sie haben es vorhin selbst gesagt.“
„Ich weiß“, räumte Hiob ein. „Das ändert aber nichts daran, dass wir einen Weg hier raus finden müssen.“

„Warum warten wir nicht, bis sie sich an meinen Einbrechern sattgefressen haben und wenn sie dann ihr Verdauungsschläfchen halten, schleichen wir uns heimlich an ihnen vorbei.“

„Wilder!“

„Entschuldigen Sie bitte.“ David senkte den Kopf. „Meine Nerven sind zurzeit etwas angespannt... Was aber vermutlich nur daran liegt, dass diese blöden Viecher mir literweise ihr Gift injiziert haben.“

„Wohin führt diese Tür?“ Hiob zeigte auf einen quadratischen Blechdeckel in der hinteren Mauer.

„Das ist doch keine Tür, das ist bestenfalls ein Schachtdeckel.“

„Ist mir auch recht, wohin führt er?“

„Keine Ahnung.“ David zuckte mit den Schultern. „Vermutlich in den eingestürzten Teil des Kellers. Alle anderen Bereiche haben die Bauarbeiter schon erkundet und gesichert.“

„Sie gehen vor!“ Hiobs Hand wies den Weg.

„Warum ich?“

„Damit ich Ihnen den Rücken freihalten kann.“

David schüttelte erneut den Kopf, diesmal mit noch mehr Bestimmtheit. „Wir sollten besser hier warten.“

„Das entscheiden nicht Sie, sondern ich.“ Hiob gab ihm einen kräftigen Schubs. „Gehen Sie!“

„He! Nicht so grob!“ David stolperte durch die kleine Lache, die den Pumpenraum in zwei Hälften teilte. „Ich will aber nicht durch diesen Putzschacht klettern.“

„Möchten Sie lieber wieder auf dem anderen Weg zurück? Vermutlich wimmelt es da draußen mittlerweile nur so von diesen Biestern.“

David schien Hiob gar nicht zugehört zu haben, sondern starrte an ihm vorbei auf die dahinterliegende Tür.

„Los jetzt, gehen Sie schon!“, verlangte Hiob ungehalten.

„Nicht so laut!“ Davids Flüsterstimme ließ nichts Gutes vermuten. Mit der ausgestreckten Hand deutete er auf den unteren Teil der Tür. „Gaaaanz vorsichtig, machen Sie jetzt bloß keine ruckartigen Bewegungen!“

Hiob drehte sein kantiges Kinn zur Schulter und riskierte einen behutsamen Blick nach hinten. Viel konnte er zwar nicht erkennen, aber der dunkle Teppich, den er auf sich zuströmen sah, machte große Erklärungen ohnehin überflüssig.
David zog sich mit winzigen Schritten ans andere Ufer der Pfütze zurück. „Vermeiden Sie schnelle Bewegungen und kommen Sie mir nach!“ Er hatte kaum zu Ende gesprochen, da sprang ihm Hiob mit zwei Riesensätzen hinterher. Der Lichtschein der Taschenlampe hüpfte dabei wild auf und ab und beruhigte sich erst wieder, als Hiob auf sicheren Beinen an Davids Seite stand.
„Das nennen Sie vorsichtig?“
„Ich bin hier, nur das zählt.“
„Leuchten Sie da rüber!“, verlangte David ungeduldig.
Hiob richtete den Strahl seiner Taschenlampe auf das gegenüberliegende Ufer der Pfütze und ließ ihn von dort aus bis zur Tür wandern. Aus dem Spalt zwischen Boden und Tür schob sich ein wabernder Teppich, der bestimmt schon aus mehreren tausend Individuen bestand. Einige von ihnen drängten am Türblatt nach oben, doch die meisten strömten einfach nur geradeaus.
„Wollen Sie immer noch auf diesem Weg zurück, Wilder?“
„Nicht, bevor ich mir den Putzschacht angesehen habe. Behalten Sie unsere kleinen Freunde im Auge, während ich herausfinde, wie man den Deckel aufbekommen kann?“
„Ich werde sie keine Sekunde aus den Augen lassen“, versprach Hiob.
David bat Hiob, immer wieder kurz in seine Richtung zu leuchten, damit er sich einen Überblick über den Verschlussmechanismus verschaffen konnte. „Ich glaube, wir haben Glück. Der Deckel ist nur mit zwei Flügelmuttern gesichert, das sollte ohne Werkzeug zu schaffen sein.“
„Sparen Sie sich Ihre Erklärungen, mir reicht es, wenn Sie das Ding aufbekommen, bevor die Ameisen uns bemerken.“
„Ich will Sie nicht beunruhigen Hiob.“ David wackelte an einer der Flügelmuttern. „Aber die haben uns längst bemerkt.“
„Worauf warten sie dann?“

„Vermutlich auf Verstärkung.“ David drehte die erste Mutter vom Gewinde. „Werden es noch mehr?“
„Das wollen Sie gar nicht wissen, glauben Sie mir.“ Hiob konnte nur tatenlos zusehen, wie sich die schwarze Armee Reihe für Reihe weiter in Richtung Pfütze vorschob, während sich gleichzeitig immer mehr Ameisen unter der Tür durchdrängten. „Es könnte aber nicht schaden, wenn Sie sich ein wenig beeilen.“
„Das Gewinde ist ordentlich eingerostet, es geht leider nicht schneller. Außerdem habe ich kaum Platz.“ David hatte die erste Mutter etwa zur Hälfte heruntergedreht.
„Glauben Sie wirklich, dass das Wasser sie stoppen wird?“
„Sind sie schon so weit?“, fragte David erschrocken.
„Das war keine Antwort auf meine Frage.“
„Ich beeil mich ja schon!“ David klemmte die Flügelmutter zwischen seine Hände und drehte sie unter großem Kraftaufwand über das herausstehende Gewinde.
„Womit füttern Sie eigentlich Ihre Haustiere, wenn ich Sie nicht gerade besuche?“
„Wie meinen Sie das?“
Hiob verfolgte argwöhnisch das äußerst rege Treiben am gegenüberliegenden Ufer. „Na ja, von irgendetwas oder irgendjemandem müssen die Biester sich doch ernährt haben, seit Sie mich ihnen das letzte Mal vorsetzen wollten. Vermissen Sie denn keinen Ihrer Bauarbeiter?“
„Darüber habe ich noch gar nicht nachgedacht.“
„Über die vermissten Bauarbeiter?“
„Nein, wovon sich die Ameisen ernährt haben. Ich bin davon ausgegangen, dass die Explosion sie damals alle erledigt hat.“
„Die sind verdammt zäh“, bemerkte Hiob respektvoll.
„Eine hab ich!“, kommentierte David die abgeschraubte Flügelmutter und stürzte sich sogleich über die zweite. „Was machen unsere Verfolger?“
„Sie stehen vor dem Wasser und beratschlagen, wie sie uns doch noch erwischen können.“ Hiob tauchte seine Hand in die Pfütze und spritzte die Ameisen an. Einen Augenblick lang

wichen sie auseinander, doch nur um gleich darauf als lebende Welle zurückzuschwappen.
Obwohl David voll auf die zweite Flügelmutter konzentriert war, konnte er das Sirren der Tiere nicht überhören. Begleitet wurde das plötzliche Geräusch von dem stechenden Geruch der Ameisensäure. „Was haben Sie getan?“ Seine Stimme klang vorwurfsvoll.
„Ich wollte den Viechern eine kleine Abkühlung verschaffen. Hat nur leider nichts geholfen.“
„Das hab ich gemerkt. Sie sollten sie keinesfalls noch mehr reizen, Hiob!“
„Keine Sorge, das hab ich nicht vor. Die sehen ziemlich sauer aus. Der ganze Boden ist bereits mit Ameisen überzogen und der Ansturm nimmt kein Ende.“
„Zumindest scheint das Wasser sie aufzuhalten.“ David rüttelte an der Mutter, doch sie bewegte sich nicht.
„Darauf würde ich mich nicht verlassen. Die Ersten haben sich bereits die Beine nassgemacht - allerdings nicht freiwillig“, fügte er rasch hinzu. „Ich glaube, sie werden einfach von den Nachströmenden ins Wasser geschoben.“
„Das ist nicht gut“, murmelte David. „Gar nicht gut!“
„Wieso? Ich find’s gut, wenn die sich gegenseitig ertränken. Damit ersparen sie uns die Arbeit, jede von ihnen einzeln zu erschlagen.“
„So schnell ertrinken die nicht. Ich habe im Fernsehen einmal gesehen, wie Ameisen nur mit ihren Körpern lebende Brücken bauen.“
Hiob drehte sich um und leuchtete David mit der Taschenlampe direkt an. „Wiederholen Sie das!“
„Nicht so wichtig.“
„Konzentrieren Sie sich lieber darauf, dass unser Notausgang einsatzbereit ist, sobald der Feind uns überrennt.“ Hiob lenkte den Lichtkegel wieder auf die Pfütze. „Verdammt, ich glaube, Sie haben Recht! Die Viecher klammern sich tatsächlich aneinander, als wollten sie eine Brücke bauen.“
„Damit werden sie nicht weit kommen“, beruhigte David. „Der Trick reicht bestenfalls, um ein paar Zentimeter zu

überbrücken. Selbst mit ihren Riesenkörpern wird es ihnen nicht gelingen, die gesamte Pfütze zu überwinden."
Hiob blieb skeptisch. „Wenn die ersten Ameisen ersaufen, können die nächsten trotzdem über sie drüberlaufen. Lebende Brücke - tote Brücke - das macht für uns keinen Unterschied mehr, wenn sie uns überrennen."
„Ich frage mich, warum sie nicht einfach an der Wand hochklettern", rätselte David.
„Psssst!", mahnte Hiob. „Bringen Sie den Gegner nicht auch noch auf Ideen! Sie haben nicht zufällig Haarspray und ein Feuerzeug dabei?"
„Bedaure." David war es endlich gelungen, die zweite Flügelmutter zu lockern. „Außer Wasser habe ich derzeit nichts im Angebot."
Hiob blickte zur tropfenden Pumpe. „Ich könnte mit einem gezielten Tritt vielleicht das Rohr abreißen. Damit ließe sich der ganze Laden so richtig schön fluten, bis das Wasser zu hoch steht, um auf Leichen durchzulaufen."
„Bekommen Sie den Anschluss dann auch wieder dicht?"
„Wohl kaum."
„Dann sollten Sie sich lieber vorher überlegen, was es bedeutet, wenn tausende von den Viechern panisch neben uns im Wasser treiben und wir gleichzeitig die einzigen Rettungsinseln sind, die sich anbieten."
Hiob sparte sich seine Antwort und beobachtete stattdessen höchst interessiert, wie die Ameisen ihre Strategie zu ändern schienen. „Da drüben tut sich etwas!"
„Ich mach, so schnell ich kann. Sie müssen mich nicht ständig mit neuen Schauergeschichten von der Front motivieren."
„Nein, diesmal ist es wohl eher positiv für uns. Die Ameisen haben damit angefangen, kleine Krümel heranzuschleppen und im Wasser zu versenken. Wenn sie in dem Tempo weitermachen, brauchen sie noch Jahre, um die Pfütze trockenzulegen. Bis dahin haben Sie doch hoffentlich den Ausgang freigelegt?"
David drehte wie wild an der zweiten Flügelmutter. „Ich weiß nicht, was an Ihrer Schilderung positiv für uns sein soll, Hiob.

Die Ameisen haben bestimmt nicht vor, den See vor ihnen zuzuschütten - ganz im Gegenteil..."
Hiob kniete vor der Lache und verfolgte die Bewegungen der Tiere mit einer Mischung aus Faszination und Respekt. Ihre Anzahl hatte sich in der Zwischenzeit bestimmt schon mehr als verzehnfacht, wobei der immer dicker werdende Teppich selbst grobe Schätzungen sehr schwierig machte. „Sagen Sie mir endlich, was Sie meinen, oder muss ich raten?"
„Moment!", stieß ein angestrengter David zwischen den zusammengebissenen Zähnen hervor. *Das blöde Ding klemmt auf den letzten Zentimetern.*
„Die hecken etwas aus, Wilder. Ich spür das!"
„Ich weiß!" Mit einem kräftigen Ruck gelang es David, die festsitzende Mutter wieder zu lösen. „Sie wollen über das Wasser laufen, aber dazu müssen sie die Oberflächenspannung erhöhen. Je mehr Dreck sie in die Pfütze werfen, umso dicker wird die Suppe und ab einem bestimmten Punkt..."
„Wollen Sie damit etwa behaupten, dass diese Biester so schlau sind, dass...?"
„Ich behaupte gar nichts." David gab der Mutter noch einen letzten Schubs, dann rutschte sie vom Gewinde. „Aber Sie können gerne hierbleiben, um herauszufinden, ob ich mit meiner Theorie Recht habe. Oder Sie kommen her und leuchten in diesen Putzschacht."
„Ich komme!"
David hob den Blechdeckel von der Wand. Offensichtlich hatte er das Gewicht unterschätzt und so landete der Deckel ziemlich unsanft auf dem Boden. Die Ameisen reagierten sofort auf das metallische Geräusch, indem sie eine Ladung Säure verspritzten.
„Wilder!" Hiob leuchtete David wie bei einem Verhör ins Gesicht. „Finden Sie es schlau, die Biester auch noch zu reizen, solange wir nicht wissen, wohin der Weg führt?"
„Geben Sie schon her!" Unerwartet forsch packte David die Taschenlampe und richtete sie in den Putzschacht. „Schwarz!", kommentierte er den Anblick. „Aber ich sehe zumindest nichts, was sich bewegt."

„Dann los!“ Hiobs Arm übte spürbaren Druck auf Davids Rücken aus.

***

Auf einem der riesigen Balkone, 1. Stock, Hausrückseite:
Rühren Sie sich nicht von der Stelle, ich bin bald wieder zurück!
Chess hatte Alons Abschiedsworte keineswegs vergessen, interpretierte sie allerdings zu ihren Gunsten um. Kurz nachdem Alon gegangen war, hatte sie ihr Versteck hinter der Standuhr verlassen und einen vorsichtigen Blick auf den Flur riskiert. Viel war nicht zu sehen gewesen, doch immerhin wusste sie jetzt, dass Alon im vorletzten Zimmer, der Bibliothek, verschwunden war.
Angesichts der wenigen Versteckmöglichkeiten, die der Weg dorthin bot, war ihre Entscheidung dann aber zugunsten des Außenbereichs ausgefallen. Fast jedes der Zimmer im ersten Stock verfügte über einen Balkon und Chess sah darin die perfekte Möglichkeit, ungesehen bis in den hintersten Winkel des Gebäudeflügels zu gelangen.
Sie zog die Balkontür hinter sich zu und stapfte los. Ohne Jacke und Handschuhe war sie dem Winterwetter nahezu schutzlos ausgeliefert. *Wenigstens habe ich mir von David keine Filzpantoffeln aufschwatzen lassen und meine Stiefel anbehalten.*
Dummerweise schien Frau Holle wenig Verständnis für Chess’ Plan zu haben. Der Schnee lag auf den Balkonen stellenweise schon hüfthoch. Nur zu den Außenkanten hin, wo sich dem Wind mehr Angriffsfläche bot, flachten die Schneehauben leicht ab. Da es immer noch kräftig schneite, war die Sicht mehr als bescheiden. Das konnte sich aber auch als Vorteil erweisen, denn obwohl Chess in der Dunkelheit kaum auszumachen war, konnte sie durch die Fenster auch den kleinsten Lichtschimmer im Inneren der Zimmer wahrnehmen.
Der Wind kam böig von hinten und fegte parallel zur Hausfront. Immer wieder riss er losen Pulverschnee vom Dachvorsprung mit.

Chess hatte das Ende des Balkons erreicht und beugte sich respektvoll über das Geländer. Der nächste Balkon war einen knappen Meter entfernt. Nicht viel, um bei Tageslicht und Sonnenschein hinüberzusteigen, aber unter diesen Umständen doch ein gewisses Wagnis. *Vier Meter?* Chess lag mit ihrer Höhenschätzung nur knapp neben der Wahrheit. *Bei so viel Weiß, wie da unten liegt, falle ich zumindest weich.*
Zunächst entfernte sie den Schnee am Balkonrand, um einen möglichst sicheren Stand zu haben. Erst dann stieg sie über das Geländer und inspizierte den Landeplatz auf dem Nachbarbalkon genauer. *Das sieht schlimmer aus, als es ist*, machte sie sich Mut und streckte ihr linkes Bein über den Abgrund, während ihre rechte Hand das Geländer umklammert hielt. Der geschmiedete Stahl fühlte sich eisig an und tat ihr jetzt schon in den Fingern weh. Die extreme Kälte machte deutlich, dass Chess sich nicht zu viel Zeit bei ihrem Klettermanöver lassen durfte.
Ihr linkes Bein wurde immer länger, reichte aber dennoch nicht ganz bis zum Rand des Balkonsimses. Zögerlich neigte sie ihren Oberkörper, um zusätzliche Zentimeter zu gewinnen, musste dabei aber sehr vorsichtig sein, um nicht das Übergewicht zu bekommen. Während ihr rechtes Bein das gesamte Gewicht trug, arbeitete die rechte Hand wie ein Sicherungsseil, das stückweise länger wurde, bis ihre Stiefelspitze den Sims berührte.
Noch ein kleines Stück. Sie ließ noch etwas nach und ihr linker Fuß rutschte durch den Schnee auf den Geländersockel zu. Erst als sie festen Halt unter der Fußsohle spürte, griff ihre Hand nach dem Geländer. Durch die darauf folgende Kippbewegung verlagerte sich Chess' Gewicht vom rechten auf den linken Fuß. Der schwerste Teil war geschafft. Mit einem Ruck zog sie den Rest von sich hinterher und kletterte anschließend über das Geländer. *War doch gar nicht so tragisch.*
Auf dieselbe Art und Weise hangelte Chess sich von einem Balkon zum nächsten, wobei sie ihre Technik laufend verbesserte, ohne dabei leichtsinnig zu werden. Vor allem der rutschige Untergrund war nicht zu unterschätzen. In den

nächsten Minuten machten die Kälte und das Schneetreiben ihr weit mehr zu schaffen als die Höhenluft, trotzdem kam sie gut voran.
Auf jedem Balkon nutzte sie die Gelegenheit, einen vorsichtigen Blick durch das Fenster zu werfen, musste aber feststellen, dass die Zimmer allesamt dunkel waren. So blieb ihr nichts anderes über, als ihre Balkonbesteigung fortzusetzen, bis sie in die Nähe der Bibliothek kam. Da die Bibliothek nur über winzige Fenster knapp unter der Zimmerdecke verfügte, gab es in diesem Bereich der Außenmauer auch keinen Balkon. Stattdessen lockten ein dunkler Abgrund und ein schmaler Sims.
Keine zehn Pferde bringen mich dazu, hier weiterzugehen! Chess drehte sich um und blickte zurück. Die einzige Alternative war, den Rückweg anzutreten - darauf hatte sie ebenso wenig Lust. *Warum hast du dir nicht vorher überlegt...?* Der Wind, die dicken Schneeflocken und vor allem die eiskalten Finger trugen wesentlich dazu bei, Chess' Entscheidungsfindung zu beschleunigen. *Es wird nicht besser, wenn du hier stehenbleibst!*
Chess spürte eine leichte Präferenz für den Sims, die sich rational nicht erklären ließ. Vermutlich war es ihrem archäologischen Abenteurergeist zu verdanken, dass sie mit dem Leichtsinn liebäugelte. *Wenn Alon allen Ernstes glaubt, dass ich tatenlos hinter einer Wanduhr sitze, während wir angegriffen werden, dann hat er sich aber so was von geschnitten.*
Sie starrte auf eine Stelle des Geländers, die noch wenige Sekunden zuvor von ihrer Hand erwärmt worden war. Aus zwei landenden Schneeflocken formte sich schemenhaft Alons Gesicht. Er grinste breit, weil es Chess nicht gelungen war, Davids Wagen die Auffahrt hochzufahren. *Diesem eingebildeten Sunnyboy werde ich zeigen, wozu eine Frau fähig ist!*

***

Am Ende des Putzschachts in Woodberry Mansion:
Eine gefühlte Ewigkeit war David durch den völlig verdreckten Schacht geklettert. Angesichts der Ameisenarmee im Rücken hatten ihn auch Spinnen und Asseln nicht aufhalten können. Endlich zeichnete sich vor ihm ein Raum ab. „Wir müssen einmal um ganz Woodberry Mansion gekrochen sein“, sagte er zu Hiob, der sich unmittelbar hinter ihm durch den Schacht zwängte.
„Übertreiben Sie nicht immer so schamlos, Wilder. Das waren bestenfalls zehn Meter.“
„Pffff! Woher wollen Sie das so genau wissen?“
„Ich weiß es eben! Wie sieht es da vorn aus?“
„Düster“, bemerkte David und kroch weiter. „Ich sehe einen Raum, der mir allerdings nicht bekannt vorkommt.“
„Größe?“
„Ihre oder meine Schätzung?“
„Quadratmeter, die sind genormt!“
„Vielleicht zwanzig“, erwiderte David.
„Fenster?“
David duckte sich ein Stück, um besser unter der Schachtkante vorbeiblicken zu können. „Wäre möglich.“
„Was sehen Sie noch? Lassen Sie sich doch nicht alles aus der Nase ziehen!“
David rutschte weiter. „Eine der Wände ist eingestürzt und eine Menge Erdreich ist nachgerutscht. Ich glaube, das ist eine Sackgasse.“
„Nicht, wenn es ein Fenster gibt.“
David hatte das Ende des Putzschachts erreicht und schaute über den Rand der Maueröffnung. „Hier geht es noch einen Meter weit runter.“ Er zwängte sich auf eine Seite des Schachts, um seine Beine nach vorn zu bekommen und gab sich beim Herausklettern größte Mühe, nicht das Gleichgewicht zu verlieren.
Da Hiob es vergleichsweise eilig hatte, nahm er auf das Befinden seines Vordermanns nur wenig Rücksicht. Mit einem kräftigen Schubs entfernte er David wie ein störendes Hindernis aus seinem Blickfeld.

„Leuchten Sie mal da rüber!“, verlangte Hiob so laut, dass er Davids Flug- und Landegeräusche unmöglich gehört haben konnte.
David bot sich beim Aufrappeln auch gleich eine gute Gelegenheit, die mit ihm abgestürzte Taschenlampe aufzuheben. „Wieso haben Sie mich...“
„Sie sollen da rüber leuchten!“ Hiob zeigte auf einen ganz schwachen Lichtschimmer knapp unterhalb der Raumdecke, der mit viel Glück von einem Kellerfenster stammen konnte.
„Ja, ja...“
„Na, bitte.“ Hiob klang erleichtert. „Im schlimmsten Fall müssen wir uns ein paar Zentimeter durch den Schnee graben, aber in ein paar Minuten sind wir endlich raus aus Ihrem Horrorhaus.“
David wollte gerade etwas erwidern, da drückte Hiob ihm auch schon das dreiläufige Gewehr in die Hand, das er für ihn mitgenommen hatte. „Geben Sie mir die Taschenlampe zurück, sobald ich wieder festen Boden unter den Füßen habe!“
Deutlich kontrollierter als David es vorgemacht hatte, drehte Hiob seinen Körper aus dem Putzschacht. Die Dynamik seiner Bewegung zwang David zu zwei fluchtartigen Schritten im Rückwärtsgang.
Während Hiob eine beidbeinige Punktlandung hinlegte, trat David mit dem Fuß gegen etwas, das sich mit einem unheilvollen Knacksen von seiner ursprünglichen Form verabschiedete. David taumelte, fand aber sofort sein Gleichgewicht wieder. Er richtete instinktiv das Licht seiner Taschenlampe nach unten und wich betroffen zurück. Was er gehört hatte, war das Splittern eines menschlichen Unterarmknochens gewesen, den er in zwei größere und mehrere kleine Teile zertreten hatte.
„Lampe!“, verlangte Hiob nur noch der Form halber, nachdem er sie David bereits aus der Hand gerissen hatte. Wenig beeindruckt leuchtete er die Überreste eines menschlichen Skeletts ab. „Entweder haben wir gerade die Familiengruft gefunden, oder diese verdammten Viecher haben uns geradewegs in ihre Vorratskammer getrieben.“

„Ich hoffe sehr, dass wir in der Familiengruft sind“, merkte David betroffen an.
Der Lichtschein der Taschenlampe wanderte über den Schädelknochen. „Jemand, den Sie kennen?“
„Nie gesehen.“
Hiob leuchtete über die Reste vermeintlich zerschnittener Kleidung im Brust- und Beinbereich des Skeletts. Nur bei genauerer Betrachtung wären die feinen Spuren zu erkennen gewesen, die winzige Beißwerkzeuge im Stoff hinterlassen hatten. Das viel markantere Detail war hingegen der Schlüssel samt Holzanhänger, den die knochigen Finger noch immer eisern umklammert hielten.
Hiob bückte sich wortlos danach.
Gleich darauf bekam David noch einmal Gelegenheit, das knacksende Geräusch in all seinen Variationen zu hören - so schwer dem Skelett das Loslassen auch fiel, Hiob verstand es, den Widerstand zu brechen.
„Kommt Ihnen der vielleicht bekannt vor?“ Hiob hielt David den schaukelnden Schlüsselanhänger direkt vor die Nase.
„Meinen Sie den Finger oder den Schlüssel?“, fragte David mit leicht entgeistertem Blick.
Hiob sah genauer hin, was er da erbeutet hatte, und schüttelte kräftig die Hand, worauf der im Schlüsselring verklemmte Knochen davonflog. „Den Schlüssel natürlich! Sieht aus wie ein Zündschlüssel von einem alten Moped.“
„Finden Sie?“ David nahm den Schlüssel an sich und warf einen Blick auf den Holzanhänger. Die Initialen *T B* waren darin eingeritzt. „Sagt mir gar nichts.“
Hiob leuchtete bereits auf ein weiteres Skelett, dessen Knochengröße einen kleinen Hund oder eine Katze vermuten ließ. Gleich daneben fand sich noch eine ganze Reihe unterschiedlichster Knochen. „Ich habe ein ganz mieses Gefühl, Wilder! Lassen Sie uns abhauen, solange wir noch können.“
„Das Fenster?“
Hiob nickte. „Ich heb Sie hoch, und Sie graben sich durch den Schnee. Anschließend helfen Sie mir beim Rausklettern.“

Davids Blick wanderte an Hiob nach oben. „Ob ich Ihnen dabei eine große Hilfe bin?“
„Finden wir’s raus, bevor die Gourmets des Hauses mit hungrigen Bäuchen zurückkehren.“ Hiob trat unter das Kellerfenster und lehnte sich mit dem Rücken gegen die Mauer. Mit seinen Händen machte er David die Räuberleiter.
Gleich darauf stand David auf Hiobs Schultern und machte sich an dem Fenster zu schaffen. „Es ist offen!“, stellte er erstaunt fest.
„Umso besser.“
„Nein, ich meine, es ist wohl schon seit längerer Zeit einen Spalt weit offen gewesen.“
„Finden Sie wirklich, dass jetzt der richtige Zeitpunkt ist, um sich Sorgen um Ihre Heizrechnung zu machen?“
„Die Tiere!“, half David ihm auf die Sprünge. „Wahrscheinlich sind sie so hereingekommen.“ Er rüttelte an dem Fenster, wodurch eine ganze Menge Schnee hinunterfiel.
„Schon möglich. Aber ich bezweifle doch sehr stark, dass unser Mopedfahrer auch diesen Weg genommen hat.“
„Vorsicht!“, rief David, doch die nächste Minilawine war nicht mehr aufzuhalten.
Hiob spürte, wie sein Kragen sich mit Schnee füllte, sah darin aber durchaus etwas Positives. „Haben Sie es geschafft?“
Die Antwort kam in Form eines ausgerissenen Fensterflügels, der neben Hiob auf den Boden krachte und dabei in tausend Teile zersplitterte.
„Ich fürchte, ich muss Ihnen noch eine Ladung Schnee zukommen lassen.“
„Nur zu! Hauptsache, wir kommen endlich hier raus. Ich will mir gar nicht ausmalen, was die anderen im Haus veranstalten, während wir im Schnee spielen.“
David verstand Hiobs Worte als Ansporn und streckte beide Arme tief in den weichen Pulverschnee. Über einen Kubikmeter der weißen Pracht ließ er in den Keller rieseln, ehe der Weg frei war.
„Ich bin durch!“, meldete David. „Können Sie mich noch ein Stück anheben, dann ist das Rausklettern einfacher.“

Hiob streckte sich durch und spannte die Muskulatur voll an. Auf diesem Weg verhalf er David zu ein paar zusätzlichen Zentimetern.
Hiob spürte, wie seine rechte Schulter entlastet wurde, gleich darauf folgte ein Tritt gegen die Linke. David stieß sich kräftig ab und fand an der Außenseite der Hausmauer zu beiden Seiten des Fensters Halt. „Bin draußen!“ Er setzte seinen ganzen Körper wie einen Pflug ein, um den Bereich rund um das Fenster möglichst schneefrei zu bekommen. „Ich weiß, Sie werden mir das nicht glauben, aber irgendwie war es da unten gemütlicher. Hier tobt ein Schneesturm, wie England ihn noch nie gesehen hat - jedenfalls nicht, solange ich hier bin.“
„Können wir den Wetterbericht auf später verschieben?“ In Hiobs Stimme schwang ein beunruhigender Unterton mit.
„Alles okay da unten?“ David bereitete sich gewissenhaft auf die bevorstehende Aufgabe vor. „Hiob? Ist alles in Ordnung bei Ihnen?“
„Nicht so laut!“, zischte Hiob. „Sie sind hier. Holen Sie mich raus, schnell!“ Er steckte die Taschenlampe ein und streckte David beide Arme entgegen.
„So einfach wird das nicht gehen, weil...“
„Wilder!“
„Ich versuch's!“ David legte sich quer vor das Fenster und reichte Hiob seine rechte Hand. Als Hiob danach griff und sich hochziehen wollte, fiel David ihm fast entgegen.
Hiob ließ sofort wieder los und gab seinem Retter dadurch Gelegenheit, den Oberkörper wieder aufzurichten. „Sie müssen sich ordentlich in der Mauer verspreizen, damit ich sie nicht reinziehen kann.“
„Leichter gesagt als getan... Moment!“
Hiob warf einen sorgenvollen Blick über die Schulter. Sehen konnte er zwar nichts, aber die Konzentration an Ameisensäure war selbst vor dem geöffneten Kellerfenster unerträglich. „Ich könnte jetzt wirklich Hilfe gebrauchen!“ Kaum hatte er den Satz zu Ende gesprochen, spürte er auch schon die ersten Bisse an seinem Unterschenkel. Hiob musste schmerzvoll erkennen, dass sich das Brennen diesmal viel schneller ausbreitete als

beim letzten Angriff - ein untrügliches Zeichen dafür, dass die Ameisenarmee zahlenmäßig deutlich aufgerüstet hatte.
„Der Schnee sollte die Ameisen eigentlich eine Zeit lang aufhalten“, erklärte David.
„Wenn ich das Brennen richtig deute, verwenden sie ihn als Rampe, um schneller nach oben zu gelangen.“
„Das ist schlecht.“
„Wilder!“
„Bin gleich so weit.“ David hatte sich auf den Rücken gelegt und die Beine links und rechts vom Kellerfenster abgestützt. Jetzt musste er nur noch so weit die Knie anwinkeln, bis Hiob seine Hände zu fassen bekam.
„Bis dahin ist es zu spät!“ Hiob konnte die Fülle an Bissen längst nicht mehr als Einzelereignisse wahrnehmen. Mit jeder Sekunde trieben ungezählte Ameisen ihre Beißwerkzeuge in Hiobs Haut, um gleich darauf ihre Säure hineinzuspritzen. Immer schneller kletterte das Brennen an seinem Körper nach oben.
„Jetzt!“ David streckte Hiob die Arme entgegen und spürte, wie Hiobs Hände sich wie Schraubstöcke darum legten. Gleich darauf musste er fürchten, selbst wieder im Kellerfenster zu verschwinden. Mit einem Ruck riss Hiobs Gewicht seinen Retter nach vorn, und fast wäre der dabei mit dem Kopf gegen die Fensterkante geschlagen.
„Holen Sie mich raus, sonst war’s das.“ Hiobs gequälte Stimme ließ nicht den geringsten Zweifel am Ernst der Lage aufkommen.
David stemmte sich breitbeinig gegen die Mauer und gab alles, um Hiob herauszuziehen. Irgendwie musste es ihm gelingen, den eigenen Oberkörper wieder nach hinten zu bekommen, um möglichst viel seines eigenen Gewichts als Hebel einsetzen zu können.
„Ziehen Sie fester!“
David überstreckte den Nacken, bis sein Blick geradewegs in den Himmel gerichtet war. Riesige Schneeflocken landeten überall auf seinem Gesicht.
„Wilder!“

Als hätte David mit der Rettungsaktion nicht ohnehin schon alle Hände voll zu tun, mischte sich plötzlich auch noch eine andere Stimme zwischen Hiobs Rufe: „David!“

***

Auf dem Mauersims der Bibliothek, 239 Sekunden zuvor:
Chess hatte sich wider besseres Wissen dafür entschieden, ihren Weg im Außenbereich fortzusetzen. Ungefähr vier Meter hatte sie auf Knien rutschend zurückgelegt. Weitere eineinhalb Meter Sims lagen aber noch vor ihr, bis an einen Sprung auf den Balkon von Professor Woodberrys Arbeitszimmer zu denken war.
Was für eine total schwachsinnige Idee von dir! Chess kam zwar langsam voran, durfte sich aber zumindest einer Sache sicher sein: Hier draußen würde niemand nach ihr suchen. Ein sicheres Versteck sah dennoch anders aus. Links von ihr ragte die Wand der Bibliothek bis zum Dach auf, rechts von ihr ging es mehrere Meter weit in die Tiefe, und vor ihr lag der Schnee bis auf Augenhöhe.
Um ihr Gewicht möglichst nach innen zu verlagern, hatte Chess ihre Armbrust vorübergehend mauerseitig am Gürtel fixiert. Mit der linken Hand hielt sie sich an der Mauer fest, mit der rechten warf sie den Schnee vom Sims und rutschte Stück für Stück nach. Hätte sie ihre Entscheidung, das trockene Versteck hinter der Wanduhr zu verlassen, noch einmal treffen können, wäre sie mit Sicherheit anders ausgefallen. An eine Umkehr war zu diesem Zeitpunkt allerdings nicht mehr zu denken, weil auf dem schmalen Sims jeder Platz für ein Wendemanöver fehlte.
Das Gefühl in ihren Händen kühlte merklich ab und machte ihr das Vorwärtskommen nicht gerade leichter. Umso mehr nutzte Chess die Gelegenheit, ihr Gemüt bei dem Gedanken an jenen Mann zu erhitzen, dem sie indirekt die Schuld für ihren Ausflug gab. *Du musst diesem gutaussehenden Macho gar nichts beweisen... außerdem sieht er gar nicht so gut aus... und auf seine Fahrkünste braucht er sich auch nichts einzubilden...*

schließlich hab ich Archäologie studiert und nicht Busfahrerin gelernt.
Chess blickte mit Vorfreude auf die wenigen Zentimeter, die sie noch vom Balkon des Arbeitszimmers trennten. Zum letzten Mal musste ihre Hand als Schneebesen herhalten, dann war der Übergang zum Balkon freigelegt. Was dann kam, gestaltete sich, gemessen am Rest ihres Ausflugs, fast schon zu einfach. Mit beiden Händen umklammerte sie die Streben des Geländers und zog sich daran hoch. Erst jetzt wurde ihr bewusst, wie kalt ihre Knie inzwischen waren, trotzdem hatte sie keine Probleme damit, das Geländer zu überklettern, und fand sich gleich darauf auf der richtigen Seite des Balkons wieder.
Ein wenig stolz, aber vor allem unglaublich erleichtert, blickte Chess zurück, soweit es das immer dichter werdende Schneetreiben überhaupt noch zuließ. *Respekt, meine Liebe. Das soll dir Alon erst einmal nachmachen!* Ihre völlig durchnässte Hose und die durchgefrorenen Finger schienen ihr ein mehr als fairer Preis dafür zu sein, dass sie es geschafft hatte.
Sie drehte sich um und sondierte die Lage. Das Arbeitszimmer hatte ein einziges, dafür aber sehr großes Fenster, an das direkt die Balkontür anschloss. Bis zum Fenster waren es für Chess zwar noch drei oder vier Schritte, aber schon jetzt war sie sich sicher, hier richtig zu sein. Vor dem dunklen Hintergrund zeichnete sich das Lichtspiel mehrerer Taschenlampen ab. *Jetzt einfach nur bis zum Fenster an der Mauer entlang, und dann sehen wir weiter.*
Gerade als sie ihren Vorsatz in die Tat umsetzen wollte, drangen einzelne Wortfetzen an ihr Ohr. Chess blickte erschrocken um sich. Es war höchst unwahrscheinlich, dass die Stimme aus dem Arbeitszimmer kam, da die Scheiben doppelt verglast waren. Außerdem drohte der Wind, immer mehr zu einem handfesten Schneesturm anzuwachsen, wodurch kaum ein Wort bis nach draußen dringen konnte.
Sie lauschte, ob sie noch einmal etwas hören würde, und tatsächlich: Auch wenn sie die Worte wieder nicht verstehen

konnte, so war zumindest klar, woher sie kamen. Chess beugte sich weit über das Geländer und blickte schräg nach unten. Erst beim zweiten Hinsehen entdeckte sie eine merkwürdig vertraute Gestalt, die in einem der Kellerfenster zu verschwinden drohte. Chess wischte sich den Schnee aus dem Gesicht, um besser sehen zu können. „David?“
Eigentlich hätte sie sich die Frage sparen können, denn im nächsten Moment lag genau der rücklings im Schnee und starrte völlig erschöpft in den Himmel.
Chess war sich nicht sicher, ob er sie gehört hatte, doch bevor sie ein zweites Mal rufen konnte, bemerkte sie die dunkle Gestalt, die über Davids Beine aus dem Kellerfenster geklettert kam. Es war Hiob, der offenbar nichts Besseres zu tun hatte, als sich möglichst großflächig im Schnee zu wälzen.
„David?“, versuchte Chess erneut Kontakt aufzunehmen, musste aber aufpassen, nicht von den falschen Leuten gehört zu werden, zumal ihr Balkon nur einen einzigen, sehr steilen Fluchtweg anbot.
Hiob war zu sehr mit sich selbst beschäftigt, um von Chess Notiz zu nehmen. Wie ein Besessener schlug und rieb er sich am ganzen Körper und wurde nicht müde, sich dazwischen immer wieder im Schnee zu wälzen.
„Chess!“ Es war David, der auf ihr Rufen reagierte. Sichtlich gezeichnet von den Ereignissen rappelte er sich auf. „Was machst du da oben?“
Sie presste den Finger auf ihre Lippen, um gleich darauf deutlich leiser zu erwidern: „Sag mir lieber, was ihr da unten macht.“
„Es ist die Hölle!“ Wer David in diesem Moment aus der Nähe sah, wusste, dass er damit nicht übertrieben hatte. „Der ganze Keller ist voll mit Killerameisen. Um ein Haar hätten sie uns gefressen.“
„Killerameisen?“, fragte sie ungläubig. „Es gibt keine Killerameisen.“
„Frag Hiob, wenn du mir nicht glaubst.“ David kratzte sich am Gesäß.

„Es gibt sie!“ Hiob nahm sich nicht einmal die Zeit, hochzuschauen, sondern zerdrückte lieber so viele von den Ameisen, wie er konnte.
„Nicht so laut!“, mahnte Chess.
Hiob stieß eine unverständliche Verwünschung aus und ließ es dabei bewenden. Er hatte zurzeit ohnehin ganz andere Sorgen, als mit Chess über gutes Benehmen zu diskutieren.
„Wir haben insgesamt acht Leute in drei Teams gezählt. Drei Männer sind höchstwahrscheinlich im Arbeitszimmer“, fasste Chess die jüngsten Ereignisse zusammen. „Alon ist ihnen gefolgt, um herauszufinden, wonach sie suchen.“
„Über den Balkon?“, fragte David, als wäre das die dümmste Idee, die er sich vorstellen konnte.
Chess warf ihm einen vielsagenden Blick zu, doch der verlor sich im Schneetreiben.
„Wir haben zwei Männer im Keller gesehen“, erklärte David und entfernte sich vorsorglich noch ein paar Meter vom Kellerfenster. „Sie hatten eine große Kiste dabei.“
„Kann ich bestätigen. Sie muss ziemlich schwer sein.“
„Leider wissen wir nicht, was drin ist.“ David rieb sich das Knie.
„Das finden wir gleich heraus!“ Hiob kam wieder auf die Beine, hatte aber noch immer einige blinde Passagiere im Anzug, um die er sich kümmern musste.
„Wollt ihr da ernsthaft noch mal rein?“, fragte Chess.
„Ich nicht.“
„Wir müssen!“ Hiob kniff die Augen zusammen, als wäre es ihm ein regelrechter Genuss, die letzten Tiere zwischen Hemd und Haut zu zerreiben.
„Ich weiß aber nicht, ob ich Sie heute noch einmal retten kann.“
„Ich bedank mich später dafür.“ Hiob ließ die rechte Hand im Anzug verschwinden und holte seine Glock hervor. „Wo ist Ihr Drilling?“
David zeigte auf das Kellerfenster.
Hiob sagte kein Wort, sondern richtete seinen Blick stattdessen auf Chess. „Wir müssen los. Kommen Sie da oben allein klar?“

„Hab ich eine Wahl?“, entgegnete Chess selbstbewusst.
„Sagen Sie Alon, dass wir uns um die beiden Männer im Keller kümmern und uns dann zu Ihnen hocharbeiten.“
„Falls die Ameisen überhaupt noch etwas übriggelassen haben, um das wir uns kümmern können“, merkte David an und kratzte sich abwechselnd an den Oberschenkeln. „Ich halte es für keine gute Idee, da noch einmal runterzugehen.“
„Wir nehmen diesen Weg!“ Hiob schien rein äußerlich schon wieder ganz der Alte zu sein. Doch David hatte zumindest den Hauch einer Vorstellung davon, wie heftig die Flammen unter dessen dicker Haut lodern mussten.

***

Bibliothek von Woodberry Mansion:
„Da hinten braucht ihr nicht suchen“, rief R.I.P. die beiden Männer zurück. „Die Bücher sind schließlich geordnet. Mark Twain muss sich irgendwo hier befinden.“ Er leuchtete mit seiner Taschenlampe einen Bereich von insgesamt vier Wandregalen ab. „Los, beeilt euch, wir haben schon genug Zeit durch eure Unfähigkeit verloren.“
„Das war nicht meine Schuld“, knurrte Nummer zwei und richtete seinen Lichtkegel auf das äußere der vier in Frage kommenden Regale.
Nummer drei stellte sich zwischen seine beiden Kameraden und ging zunächst die Bücher auf Augenhöhe durch.
„Du sollst sie mir nicht vorlesen!“, reagierte R.I.P. genervt auf das Gebrabbel neben sich. „Sag einfach Bescheid, sobald du das richtige gefunden hast. Den Rest kannst du für dich behalten.“
In Windeseile glitten die Taschenlampen durch die Regalreihen, bis Nummer zwei schließlich rief: „Hier sind Bücher von Mark Twain! Ich glaube, ich habe es gefunden.“ Er wollte es gerade aus dem Regal nehmen, da stand R.I.P. auch schon neben ihm und schob ihn unsanft zur Seite.
„Lass mich das machen!“, tönte R.I.P. „Mississippi Writings von Mark Twain“ las er vom Buchrücken ab und zog das

ledergebundene Exemplar heraus. Allerdings nur, um es achtlos auf den Boden fallen zu lassen. Seine Taschenlampe leuchtete den freien Platz im Regal aus, an dessen Rückwand etwas silberfarben glänzte. „Na, wer sagt's denn?" Um seiner Hand ausreichend Platz zu verschaffen, riss er drei weitere Bücher heraus und packte das Fundstück.
„Das soll ein Schlüssel sein?", fragte Nummer zwei ungläubig, als er den glänzenden Gegenstand im Schein der Taschenlampe betrachtete.
„Sieht aus, als hätte ihn jemand abgebrochen."
„Redet kein blödes Zeug!", fuhr R.I.P. seine Leute an. „Natürlich ist das nicht der ganze Schlüssel. Das ist nur der Aufsatz, der auf das Gegenstück geschraubt wird."
„Welches Gegenstück?"
R.I.P. öffnete hastig den Kragen seines Hemds und fischte nach einem Lederband, das er um den Hals trug. Daran baumelte ein Schlüssel, dem der Bart fehlte. „Dieses Gegenstück!" Im nächsten Moment drückte er dem Mann zu seiner Rechten die Taschenlampe in die Hand, um sich ganz auf die beiden Schlüsselhälften konzentrieren zu können. Am Bart war ein feines Gewinde angebracht, das exakt ins mitgebrachte Griffstück passte.
Mit wenigen Umdrehungen waren die beiden Schlüsselteile fix verbunden. R.I.P. verlangte seine Taschenlampe zurück und war schon wieder unterwegs ins frühere Arbeitszimmer des Professors. „Was ist, wollt ihr hier Wurzeln schlagen?", rief er über die Schulter zurück, als sein Lichtkegel im Flur verschwand.
Nummer drei blickte ihm übelgelaunt nach. „Wenn er so genau wusste, wo der verdammte Schlüssel zu finden ist, wieso hat er uns dann überall danach suchen lassen?" Er machte einige Schritte in Richtung Tür, bis ihm auffiel, dass es hinter ihm verdächtig ruhig geworden war. Erst beim Umdrehen wurde ihm bewusst, dass er sich tatsächlich allein in der Bibliothek zu befinden schien. Zumindest legte das der einsame Lichtkegel seiner Taschenlampe nahe.

Nummer drei leuchtete zu beiden Seiten den leeren Regalgang hinunter und stutzte. Er fragte sich, wann sein Kollege ihn unbemerkt überholt hatte. Zur Sicherheit rief er halblaut dessen Namen durch die Buchreihen, bekam aber keine Antwort. Mit einem Achselzucken verließ er die Bibliothek und folgte den beiden anderen - zumindest dachte er das.
Alon beobachtete aus seinem Versteck zwischen den freistehenden Regalen, wie das Licht sich entfernte. Erst jetzt löste er die eiserne Umklammerung und ließ Nummer zwei leise zu Boden gleiten. Der Einstich im Genick blutete nur wenig, hatte sich aber als höchst effektiv erwiesen. Um zu verhindern, dass sich dennoch eine verräterische Lache bildete, nahm Alon das nächstbeste Buch aus dem Regal und klemmte es aufgeklappt in den Nacken seines Opfers. Anschließend sorgte er dafür, dass Arme und Beine nicht in den Gang hinausragten.
Nummer drei, zwischenzeitlich im Arbeitszimmer des Professors angekommen, staunte nicht schlecht, als er nur R.I.P. vor dem Tresor antraf. Der Schlüssel steckte zwar im Schloss, doch die gepanzerte Tür war noch ungeöffnet.
Als R.I.P. den ratlosen Blick seines Helfers sah, interpretierte er diesen völlig falsch: „Keine Panik, es läuft alles nach Plan! Der Tresor hat ein Zeitschloss. Nach dem Aufschließen dauert es noch 300 Sekunden, bis der elektrische Stellmotor den Verriegelungsmechanismus freigibt. Macht euch schon mal bereit zum Abrücken!“
Als Nummer drei nicht gleich reagierte, wurde R.I.P. lauter und deutlicher: „Na los, sag den anderen Bescheid, dass wir hier fertig sind.“
Wortlos drehte Nummer drei um und machte sich neuerlich auf den Weg in die Bibliothek. Diesmal allerdings mit der Pistole im Anschlag. In der anderen Hand hielt er die Taschenlampe. Bei der Tür der Bibliothek angekommen, stoppte er und leuchtete hinein. Alles wirkte noch genauso leblos, wie er es vor wenigen Sekunden verlassen hatte. „Bist du da drin?“
Als keine Antwort kam, rief er den Namen seines Kollegen mit halblauter Stimme hinterher.

Wieder blieb es still.
Nummer drei machte einen entschlossenen Schritt nach vorn und betrat die Bibliothek. Er konnte sich zwar nicht erklären, was da gerade passierte, war aber fest entschlossen, nichts dem Zufall zu überlassen. „Falls du das für witzig hältst, lass dir gesagt sein, dass ich einen nervösen Zeigefinger habe“, warnte er ins Dunkel. „R.I.P. ist hier gleich fertig. Wir sollen uns zum Abmarsch bereit machen. Also lass die Spielchen und komm raus, bevor ich auf Verdacht ein paar Kugeln in die Regale jage. Verdammt, das ist echt nicht witzig!“
Alon konnte gar nichts Besseres passieren als ein Ziel zu haben, das seine Position durch das Reden selbst verriet. So brauchte der Jäger nur noch ruhig zwischen seinen Regalen zu verharren und darauf zu warten, bis die Beute für den Blattschuss posierte. Mit der Pistole wäre die Sache längst geklärt gewesen, doch Alon wollte seinen Gegner lautlos beseitigen.
Nummer drei war inzwischen bis auf wenige Meter an seinen zwischen den Regalen abgelegten Kollegen herangekommen, konnte ihn aber noch nicht sehen. Es war allerdings nur noch eine Frage von zwei oder drei Schritten, bis er die Leiche entdecken musste.
Genau diesen Moment wollte Alon nutzen, um zuzuschlagen. Seine Hand drehte gefühlvoll das Messer, um es für den Wurf vorzubereiten. Alon lauerte nur ein Regal weit entfernt von seinem ersten Opfer. Auf so kurze Distanz wäre es zwar selbst für einen Laien schwer gewesen, ein so großgewachsenes Ziel zu verfehlen. Die wahre Kunst bestand aber darin, den Wurf so durchzuführen, dass die Klinge beim Auftreffen richtig ausgerichtet war, um möglichst tief einzudringen.
Alon atmete flach und gleichmäßig. Jede Sekunde konnte es so weit sein: Nummer drei würde die Leiche entdecken und selbst zu einer werden. Seine Schritte waren bereits ganz nah. Sobald sie vor Entsetzen stoppen würden, war der richtige Zeitpunkt für Alon gekommen.

***

Auf dem Balkon des Arbeitszimmers:
Chess blickte David und Hiob noch einen Moment lang nach. Sie fragte sich, ob das, was die beiden gerade durchmachten, eher nach ihrem Geschmack gewesen wäre.
Sei froh, dass du auf einem Balkon erfrieren darfst!
Sie drehte sich um und ging vorsichtig auf das Balkonfenster zu. Der Lichtschein einer Taschenlampe war in der linken Zimmerecke zu sehen. Er bewegte sich nicht, woraus Chess schloss, dass ihr Besitzer die Lampe irgendwo abgelegt hatte. Als gleich darauf eine Gestalt durch den Lichtkegel lief, bestätigte sich ihre Vermutung.
Chess kannte das Innere des Arbeitszimmers von ihrem letzten Besuch bei David. Auch sie hatte allerdings nichts von dem Wandtresor gewusst, vor dem der Mann sichtlich nervös auf- und ablief. *Worauf wartet er?* Durch sein Verhalten fühlte sie sich darin bestätigt, bisher nichts versäumt zu haben.
Von ihrer Position aus konnte sie nicht sehen, dass der Schlüssel bereits im Schloss steckte, und natürlich wusste sie auch nichts von einem Zeitschloss. Ihre ganze Aufmerksamkeit galt daher dem Unbekannten. Er war weiß, Anfang bis Mitte vierzig und fiel vor allem durch seine perfekten Proportionen auf. Soweit Chess es erkennen konnte, deutete alles an seinem Körper auf einen extrem durchtrainierten Sportler hin.
Dass er ständig auf seine Armbanduhr blickte, konnte Chess nur vermuten, weil er ihr die meiste Zeit den Rücken zuwandte, so wie jetzt auch. Es wurde aber auch so deutlich, wie eilig er es hatte.
Vielleicht wartet er auf einen Schlüssel. Sie hatte sich bisher so auf den einen Mann konzentriert, dass sich ihr noch gar nicht die Frage gestellt hatte, wo sich die anderen beiden befanden, die ihn begleitet hatten. Da Chess im Arbeitszimmer sonst niemanden bemerkt hatte, konnte das im Umkehrschluss nur bedeuten, dass die beiden Männer sich in einem der anderen Zimmer aufhielten, und das Naheliegendste war die Bibliothek.
Alon! Mit einem Mal glaubte Chess den Grund zu kennen, der den Mann davon abhielt den Tresor zu öffnen. *Bestimmt hat einer seiner Leute den Schlüssel und...*

Die aktuellen Ereignisse straften ihre Vermutung Lügen: Der Mann ging zum Wandtresor, stellte sich unmittelbar davor und winkelte beide Arme an. Erstmals konnte Chess einen längeren Blick auf sein Profil werfen, mehr aber auch nicht. Zu ihrer großen Verwunderung wollte er den Tresor nun offensichtlich doch öffnen.

Wieso kann er... Chess drückte ihre Nase an die Scheibe, die prompt anlief. Als Reaktion darauf wollte sie den Kopf etwas senken, wurde aber mitten in der Bewegung zu einer größeren Kurskorrektur gezwungen. Ohne erkennbare Anzeichen hatte der Mann sich umgedreht und blickte wahrscheinlich genau in diesem Moment in Chess' Richtung. Überprüfen konnte sie das nicht mehr, da sie im Tiefschnee Deckung gefunden hatte. *Das war knapp!*

Chess zählte in Gedanken bis dreißig, bevor sie ihren Kopf wie ein Periskop aus dem Schnee streckte. Ein erster vorsichtiger Blick ließ erkennen, dass der Tresor geöffnet war. Der Mann, den sie beobachtet hatte, stand jetzt am Schreibtisch und wühlte sich durch einen Stapel CDs. Dass es sich dabei nicht um eine Musiksammlung, sondern um wichtige Daten handelte, war klar. Chess dachte sofort an geheime Aufzeichnungen des verstorbenen Professors, schloss aber auch Sicherungskopien seiner Arbeiten nicht aus. *Deshalb seid ihr also zurückgekommen. Die Computer im Keller zu zerstören, hat euch nicht gereicht, weil Woodberry hier noch ein Backup hatte.*

R.I.P. spürte die Zeit im Nacken. Eine CD-Hülle nach der anderen fetzte er auf, um sie gleich darauf achtlos beiseite zu werfen. In Windeseile schrumpfte der Stapel, bis R.I.P. im unteren Drittel endlich fündig wurde. Die beiden CDs, nach denen er gesucht hatte, steckten in blauen Hüllen, wodurch sie sich rein äußerlich nicht von den anderen unterschieden. Das war aber auch nicht nötig, da R.I.P. sehr genaue Anweisungen von seinem Auftraggeber erhalten hatte, welche der Scheiben er auszuwählen hatte.

Was macht er jetzt? Zu Chess' Erstaunen steckte er die aussortierten CDs nicht einfach ein, sondern zauberte unter

seinem Pullover eine kleine Metallbox hervor, die er vor sich auf den Tisch legte und aufklappte. Dann öffnete er die blauen Hüllen und bettete ihre silbernen Scheiben in sein Hitech-Mitbringsel um. Die spezielle Transportbox bestand aus Kohlefaser und war zudem mit zwei Lagen Titan verstärkt, um sicherzustellen, dass ihr Inhalt den bevorstehenden Transport unbeschadet überstehen würde.
Als R.I.P. mit dem Umpacken fertig war, ließ er die Box wieder unter seinem Pullover verschwinden und stürmte aus dem Zimmer.

***

Bibliothek von Woodberry Mansion:
Nummer drei näherte sich dem Regal, hinter dem Alon kurz zuvor Nummer zwei entsorgt hatte. Alon konnte sein nächstes Opfer zwar noch nicht sehen, dafür aber hören und riechen.
„Wir sind hier fertig!“, tönte plötzlich die Stimme von R.I.P. draußen aus dem Flur. Er hatte den Lichtschein in der Bibliothek bemerkt und angenommen, dass seine beiden Männer noch einmal in die Bibliothek zurückgegangen waren. „Na los, worauf wartet ihr noch? In Kürze fliegt der ganze Kasten in die Luft!“
„Hier bin nur ich!“ Nummer drei drehte sich um und blickte in die Taschenlampe, mit der R.I.P. ihm entgegenleuchtete. Sein großer Schatten deckte alles hinter ihm ab. „Ich weiß nicht, wo...“ Er stoppte mitten im Satz. Mit weit aufgerissenen Augen begann er, sich wie in Zeitlupe nach vorn zu neigen. Nur einen Augenblick später schlug er wie ein gefällter Baum auf dem Boden auf.
Im Schutz des vergehenden Schattens schaffte Alon es gerade noch in sein Versteck zwischen den Regalen zurück. *Die Wahnsinnigen wollen also tatsächlich das Haus in die Luft sprengen!* Er war von R.I.P. so überrascht worden, dass er keine Gelegenheit mehr gehabt hatte, das Messer gegen die Pistole zu tauschen. Genau das holte er nun nach.

In der gleichen Zeit, die Alon für seinen Rückzug gebraucht hatte, war R.I.P. mit seiner Taschenlampe der Bewegung des fallenden Körpers gefolgt. Erst beim Aufschlag hatte er den Messergriff bemerkt, der senkrecht aus dem Rücken ragte. Er reagierte blitzschnell und zog seine Pistole. Planlos feuerte er drei Schüsse ins Dunkel. Der letzte war noch nicht verhallt, da hechtete R.I.P. bereits nach rechts aus der Gefahrenzone. Sein Sprung endete mit einer Rolle und wurde von zwei Salutschüssen begleitet, die genau dort in der gegenüberliegenden Wand einschlugen, wo sich gerade noch sein Kopf befunden hatte.
R.I.P. zog sofort die Beine an den Körper und presste den Rücken neben den Eingang der Bibliothek. *Dieses verdammte Schwein! Von wegen harmloser Einfaltspinsel!* Um seinen Kopf wieder klar zu bekommen, machte er zwei schnelle Atemzüge, für mehr blieb ohnehin keine Zeit.
Er nahm die Pistole in die Linke, stand auf und drehte sich mit dem Gesicht zur Mauer. Wie ein Schnappmesser ließ er die bewaffnete Hand hervorschnellen und jagte zwei weitere Projektile in die Tiefen der Bibliothek. Ob und was sie trafen, interessierte ihn genauso wenig wie eine mögliche Reaktion darauf. Stattdessen startete er los und rannte den Flur hinunter in Richtung Treppenhaus.
Auf seinem Rückweg musste sich R.I.P. jetzt einem ganz ähnlichen Problem stellen, wie Alon es beim Anschleichen gehabt hatte: Der lange Flur mit seinen geschlossenen Türen bot nur sehr wenige Möglichkeiten, Deckung zu finden.
Anders als Alon bewegte sich R.I.P. aber nicht sehenden Auges auf seinen Gegner zu, sondern hatte ihn im Rücken.
R.I.P rannte im wahrsten Sinn des Wortes um sein Leben, wissend, dass es ein anderer in der Hand hatte, den Wettlauf jederzeit vor der Ziellinie zu beenden. R.I.P. verschwendete keinen Gedanken daran, sich umzudrehen oder weitere Kugeln abzufeuern. Für ihn zählte nur eines: möglichst viel Abstand zwischen sich und seinen Verfolger zu bringen, bevor Letzterer Zeit zum Zielen fand.

Alon hatte auf das Laufgeräusch im Flur reagiert und war bis zum Eingang der Bibliothek aufgerückt, wo er für einen Moment stoppte. Statt sich wie ein lebender Kugelfang in den Flur zu werfen, riskierte er einen schnellen Blick um die Ecke. Als er R.I.P. nur noch wenige Meter vom Treppenabgang entfernt ausmachte, glaubte er, seinen Augen nicht zu trauen. Das Tempo des Flüchtenden war selbst für Alons Verhältnisse unvorstellbar hoch.

Genau diese Schnelligkeit gepaart mit den extrem schlechten Lichtverhältnissen gab einem Schuss über solche Distanz nicht die geringste Aussicht auf Erfolg. *Verdammt!* Alon schlug mit dem Griff seiner Pistole gegen die Wand.

Kochend vor Wut startete er los. Simons Mörder vor Augen musste er sich eingestehen, dass er bisher nicht schnell genug gewesen war, vielleicht aber auch im richtigen Moment zu wenig riskiert hatte. Jetzt blieb ihm nur noch, die sportliche Herausforderung anzunehmen und darauf zu hoffen, dass R.I.P. kein Langstreckenläufer war.

R.I.P. hatte die Treppe fast erreicht und wusste, dass ihn nur noch eine mit unsäglichem Pech verfluchte Kugel stoppen konnte. Vier Schritte später schien festzustehen, dass sein Verfolger keine solche im Lauf hatte. R.I.P. nahm auf seinem Weg nach unten jeweils drei der breiten Stufen. Für den unwahrscheinlichen Fall, dass jemand vorhatte, sich ihm in den Weg zu stellen, hielt er die Pistole fest umklammert.

Am Ende der Treppe angekommen, war es nur noch ein Katzensprung bis zur Eingangstür, wo er sich die erstbeste der auf einem Haufen liegenden Jacken schnappte und nach draußen verschwand.

Um im Schnee möglichst rasch voranzukommen, nutzte er die Spur entlang des Hauses, die er und seine Männer zuvor ausgetreten hatten. Erst nach einigen Metern im Laufschritt gelang es ihm, in die weiße Jacke zu schlüpfen, die sich wie eine Tarnkappe um seine dunklen Konturen legte. Den Rest erledigte das dichte Schneetreiben.

Wer immer jetzt noch versuchen sollte, R.I.P. zu verfolgen, hatte nicht nur denkbar schlechte Karten, sondern auch die Zeit

und das Wetter gegen sich. Der Weg bis zur Mauer war breit ausgetreten, und in Sachen Kondition gab es nur wenige, die sich mit R.I.P. messen konnten.
Damit war der Auftrag zwar noch nicht vollständig erledigt, aber R.I.P hatte zumindest seinen Teil des Jobs so gut wie erfüllt: Er hatte die Daten aus dem Tresor geholt und lag uneinholbar weit vorn.

***

In einem Gästezimmer im Erdgeschoss, 10 Sekunden zuvor:
Yobi hatte das Zimmer gerade erst betreten, da ließen ihn die Schüsse im ersten Stock heftig zusammenzucken.
Milan, der zwei Schritte hinter ihm war, drehte sich sofort zu Spike um, der noch im Flur stand.
„Jetzt ist endlich Schluss mit Versteckspielen!“ Spike erwiderte die besorgten Blicke seiner beiden Männer mit einem zufriedenen Grinsen.
Milans Finger krampften sich entschlossen um den Griff seiner Pistole. „Gehen wir nachsehen!“
Spike machte einen Schritt vorwärts und schnitt ihm den Weg ab. „Einen Dreck werden wir!“, erwiderte er unerwartet deutlich und forsch.
Milan sah ihn erstaunt an. „Aber...“
„Kein aber!“, schnitt ihm Spike das Wort ab. „Unsere Anweisung lautet, dieses Stockwerk abzusuchen. Genau das werden wir tun und längst hier raus sein, bevor der ganze Kasten in die Luft fliegt. Oder hat einer von euch ein Problem damit, am Leben zu bleiben?“
„Vielleicht brauchen die anderen Hilfe“, warf Yobi ein.
„R.I.P.? Hilfe? Von dir?“ Spikes dreckiges Lachen ließ deutlich durchklingen, wie lächerlich er Yobis dummes Geschwätz fand.
„Ich meinte ja nur...“
Spike richtete seine Waffe auf Yobis Kopf. „Willst du mir weiter die Zeit stehlen oder machst du jetzt endlich deinen Job?“

„Schon gut", kam es über Yobis geschwollene Lippen.
„Na, also! Warum nicht gleich?" Spike zeigte sich mit Yobis Entscheidung zufrieden. „Wir nehmen uns die restlichen Räume wie besprochen vor, und wenn dann noch Zeit bleibt, besuchen wir die Kollegen im Keller. Falls aber nicht, kann ich damit auch gut leben."
„Wo machen wir weiter?", fragte Milan.
„Ich bin für links." Spikes Antwort war nicht als Vorschlag zu verstehen.
Sekunden später waren heftige Poltergeräusche zu hören, die so klangen, als ob jemand am anderen Ende des Flügels die Treppe heruntergerannt kam.
„Da haut einer ab!" Milan starrte den dunklen Gang hinunter, hatte aber durch die große Entfernung nicht die Spur einer Chance, etwas zu erkennen.
„Der wird nicht weit kommen." Spike zeigte sich von den Vorgängen im Rest des Gebäudes unbeeindruckt. „Schluss mit der Plauderstunde. Wir haben noch mindestens sieben Zimmer vor uns, wenn Yobi sich nicht verzählt hat, was wir um seinetwillen nicht hoffen wollen."
Dass kurz darauf eine weitere Person die Treppe heruntergestürmt kam, wertete Spike als Bestätigung seiner Einschätzung. „Seht ihr, R.I.P. hat die Sache voll im Griff."
Yobi und Milan schienen geneigt, sich seiner Meinung anzuschließen, wirkten aber trotzdem noch nicht völlig überzeugt.
„Los jetzt!" Spike war bereits einige Schritte voraus den Gang hinuntergegangen.
Yobi nutzte die Gelegenheit und flüsterte Milan zu: „Sobald der Erste aus dem Keller gerannt kommt, bin ich weg!"
Milan stimmte ihm vorbehaltlos zu. „Nicht nur du! Die packen so viel Sprengstoff unter das Haus, dass wir damit zum Mond fliegen könnten."
„Bis zum Mars! Aber dort habe ich nichts verloren. Wir müssen unbedingt hier raus sein, bevor die Reise losgeht." Er warf Milan einen vielsagenden Blick zu, den dieser erwiderte.

„Hört auf zu quatschen und macht lieber eure Arbeit!“ Spike zeigte auf die nächste Tür. „Ab sofort gibt es keinen Grund mehr für euch zu flüstern. Jeder, der nach den Schüssen noch nicht aufgewacht ist, wird das auch künftig nicht mehr.“ Sein Blick galt Milan. „Tritt sie ein!“

Milan war von der Anweisung überrascht. „Wieso kann ich sie nicht...?“

„Weil ich will, dass du sie eintrittst!“ Das Ende von Spikes Geduld tauchte am Horizont auf und näherte sich rasch. „Entweder ihr beide macht jetzt endlich, was ich euch sage, oder wir treten ab sofort als Duo auf.“ Der Lauf seiner Waffe zielte abwechselnd auf Yobi und Milan. „Es fällt mir wirklich schwer, mich für einen von euch zu entscheiden.“

Milan reagierte auf die Drohung und rammte seinen Fuß gegen die Tür, die er buchstäblich aus den Angeln trat. Wie eine hölzerne Wand kippte sie in den Raum und knallte auf den Parkettboden.

„Na bitte, man muss euch nur motivieren.“ Spike stand wie immer etwas abseits des Geschehens und überließ seinen Begleitern den ersten Blick in das Zimmer. Für einen Mann in seiner Position war Neugier ein denkbar schlechtes, weil lebensgefährliches Laster.

***

Hausecke zur Vorderseite, 90 Sekunden zuvor:

David folgte Hiob, der sich wie ein Bulldozer seinen Weg durch den Schnee bahnte.

„Ich halte es noch immer für eine blöde Idee, in den Keller zurückzukehren.“

„Ist notiert“, brummte Hiob und schüttelte beim Gehen eine zermantschte Ameise aus dem Ärmel.

„Ihnen ist schon klar, dass die uns fressen werden, wenn wir ihnen die Gelegenheit dazu geben?“

„Genau die werden sie nicht bekommen!“

„Sie nehmen das mit den Ameisen persönlich. Ich kann das regelrecht spüren.“

„Ich spür es auch, glauben Sie mir! Jetzt hören Sie endlich auf zu jammern und..." Hiob verstummte, als er um die Ecke bog. Er sah den Rücken eines Mannes, der aus der Haustür stürmte und es verdammt eilig hatte, Woodberry Mansion hinter sich zu lassen. Einen Herzschlag lang überlegte Hiob, die Verfolgung aufzunehmen, doch dafür war der Vorsprung des Mannes viel zu groß.

„Warum bleiben Sie stehen?", fragte David.

„Einer von denen ist gerade abgehauen." Hiob zückte die Waffe.

David machte einen Schritt zur Seite und blickte ebenfalls um die Ecke. „Wollen Sie ihn erschießen?"

„Den schaff ich nicht mehr, aber den nächsten, der durch die Tür kommt, kauf ich mir." Mit der linken Hand drängte er David zurück in die Spur. „Sie bleiben genau hinter mir."

„Vielleicht haben ihn die Ameisen in die Flucht geschlagen, so wie der gerannt ist."

„Das war keiner von denen, die wir im Keller gesehen haben - zu klein und wieselflink, der Kerl. Der muss von weiter oben gekommen sein."

„Glauben Sie, Alon hat ihn..."

„Lassen Sie uns die Glaubensdiskussion auf später verschieben. Ich würde gerne voll konzentriert sein, wenn der Nächste von denen Fersengeld gibt." Hiob beschleunigte seinen Schritt und ließ links und rechts den Schnee stauben.

David tat wie befohlen und beschränkte sich darauf, dem Riesen still zu folgen. *Trotzdem ist es eine blöde Idee, noch einmal in den Keller zu gehen!*

Wider Erwarten und entgegen jeder Hoffnung erreichte Hiob die Haustür ohne weitere Zwischenfälle. David ging unmittelbar hinter ihm, war mit seinen Gedanken aber noch nicht in der Gegenwart angekommen. „Moment, ich hab den Schlüssel in meiner..."

„Sie brauchen ein neues Schloss." Hiob stieß mit dem Fuß die aufgebrochene Tür auf und betrat die Empfangshalle gerade in dem Moment, als auch Alon über die Treppe nach unten gehastet kam. Jeder von beiden riss seine Waffe instinktiv hoch

und richtete sie auf die Brust des jeweils anderen. Dass sich dennoch kein Schuss löste, war nur dem unermüdlichen Training ihrer Zeigefingerreflexe zu verdanken.
Alon nutzte die Zwangspause für einen tiefen Atemzug. „Wo ist er hin?“, fragte er abgehackt. „Hast du ihn erwischt?“
Hiob zeigte nach draußen. „Keine Chance. Der ist über alle Berge.“
„Das war Simons Mörder!“ Alon wartete Hiobs Reaktion nicht ab, sondern startete los. Als er an Hiob vorbei aus der Tür rannte, rief er: „Zwei sind kalt, schnapp dir die anderen! Sie wollen das Haus in die Luft sprengen!“ Dabei knallte er fast mit David zusammen, der sich nur durch einen Sprung in den Tiefschnee der Kollision entziehen konnte.
Hiob blickte Alon mit finsterer Miene nach und nahm keine Notiz davon, wie David sich aufrappelte und den Schnee abklopfte.
„Die wollen mein Haus sprengen?“, David konnte nicht ahnen, dass er mit seiner Frage die Rachegedanken störte, denen Hiob fast schon sehnsüchtig nachhing.
Hiob drehte sich um und sein Gesichtsaudruck übertraf alles, was David bisher an schlechter Laune von ihm kannte. „Hier wird niemand etwas sprengen!“
„Okay“, erwiderte David, dem vor Schreck nichts Besseres einfiel.
„Wir kümmern uns zuerst um die zwei Typen im Keller.“
„Dann war das in der Kiste also Sprengstoff?“
Hiob steuerte bereits auf die Kellertreppe zu. „Ich muss mir von Ihren Bauarbeitern ein wenig Material ausborgen.“
„Die haben sicher nichts dagegen“, erklärte David, der keine Vorstellung davon hatte, was Hiob meinte, ihm aber pflichtschuldig nach unten folgte. „Wir sollten aber nicht die Ameisen vergessen, die...“
Hiob stoppte so ruckartig, dass David vor Schreck zusammenzuckte. Obwohl Hiob zwei Stufen tiefer stand, war er mit David fast noch auf Augenhöhe, als er sich umdrehte und aus voller Überzeugung sagte: „Ich werde diese Viecher niemals vergessen!“

David zwang sich dazu, seine Mundwinkel ein Stück nach oben zu bewegen und nickte stumm.
Hiobs einzige Reaktion bestand darin, dass er den Weg in den Keller fortsetzte und bei der ersten Möglichkeit nach rechts in einen der frisch verputzten Räume abbog. Da er das Kellerlicht in diesem Bereich nicht sabotiert hatte, konnte er sich rasch einen Überblick über das hier gelagerte Werkzeug und Material der Arbeiter verschaffen. Sein Interesse galt vor allem den Spraydosen, die auf Baustellen dazu eingesetzt wurden, neonfarbene Markierungen an den Wänden anzubringen. Eine nahm er für sich, zwei weitere drückte er seinem Begleiter in die Hand: „Mitnehmen!"
Hiob sah sich suchend um, dann durchquerte er den Lagerraum. Im Vorbeigehen klappte er mit dem Lauf seiner Pistole ein paar Kartons auf und wurde bald fündig. „Hätte mich auch gewundert auf einer Baustelle", murmelte er und prüfte seinen Fund auf dessen Funktionstauglichkeit.
David sah das Feuerzeug in Hiobs Hand aufflammen und wusste sofort, was die Stunde geschlagen hatte.
„Kommen Sie damit klar?" Hiob streckte David das Feuerzeug entgegen. „Ich würde die Glock gerne in der Hand behalten und die Dose in der anderen. Wenn ich es Ihnen sage, geben Sie mir Feuer."
„Sicher", bestätigte David. „Und die anderen Dosen?"
„Gut aufheben! Es wird ein langer Weg." Hiob schüttelte seine Spraydose kräftig und zielte dann auf eine freie Stelle in Richtung Ausgang. „Probelauf!"
David entzündete das Feuerzeug und näherte sich der Farbdüse zögerlich von unten.
„Das muss schneller gehen!"
„Ich mach das zum ersten Mal."
„Dann sollten Sie sich Mühe geben, dass es nicht gleich Ihr letztes Mal wird."
David hielt das Feuerzeug ein Stück höher und Hiob senkte den Zeigefinger. Sofort fauchte eine gut siebzig Zentimeter lange Stichflamme aus der Dose. David zuckte erschrocken zurück,

und Hiob malte ein feuriges Z in die Luft, ehe er die Flamme so abrupt versterben ließ, wie sie entstanden war.
„Bereit, den Biestern ordentlich einzuheizen?“
„Bereit!“

***

Grundstücksgrenze von Woodberry Mansion:
Alon hatte sein Bestes gegeben, war der Spur im Schnee gefolgt, hatte die Mauer erreicht und trotzdem verloren. R.I.P., und damit auch Simons Mörder, war auf und davon.
Warum hab ich ihn nicht zuerst erledigt? Alon trat wütend gegen die Mauer. *Ich habe es versaut! Das Schwein hat geradezu darum gebettelt, gerichtet zu werden und ich habe ihn entkommen lassen!* Er blickte zurück zum Haus, konnte im dichten Schneetreiben aber nicht einmal mehr die Umrisse erkennen. *Hilft nichts, ich muss zurück!*
Bevor er sich auf den Rückweg machte, tippte er hastig eine Kurznachricht in sein Handy. Dass er in jedem Wort mindestens einen Tippfehler hatte, war ihm völlig egal - sie würde die Botschaft auch so verstehen.
Mit jedem Meter, den Alon sich durch das Weiß zurück zum Haus kämpfte, wuchs sein Zorn über die Flucht von Simons Mörder. Obwohl der Schnee bald einen Meter hoch lag, fielen noch immer riesige Flocken vom Himmel.
So gut es ging, versuchte Alon im Laufschritt durch die Schneelandschaft zu kommen. Über längere Distanzen war das ähnlich anstrengend wie schnelle Bewegungen unter Wasser, Zeit hatte Alon dennoch nicht zu verlieren. Noch immer waren Eindringlinge in Woodberry Mansion und einer von ihnen würde reden, da war er sich sicher. Alon musste nur verhindern, dass die Männer das Haus verließen, ohne sie dabei mundtot zu machen.
Alons Handy vibrierte und ließ ihn umgehend stoppen. Er war erstaunt, dass Souzan-Chaya nichts Besseres zu tun hatte, als ihm zu so später Stunde zu antworten. Noch überraschter war

er allerdings, als er merkte, dass es keine Kurznachricht seiner Chefin, sondern ein Anruf von Chess war. „Wo zum...?“
„Auf dem Balkon vom Arbeitszimmer!“, kam sie seiner Frage zuvor. „Hiob und David kümmern sich um die beiden Männer im Keller.“
„Ich hatte Ihnen doch gesagt, Sie sollen...“
„Sie werden mir das jetzt bestimmt nicht glauben, aber ich wünschte, ich hätte auf Sie gehört. Da waren Schüsse. Haben Sie den Mann erwischt, der aus dem Arbeitszimmer...?“
„Nein!“ Alon versuchte gar nicht erst zu verbergen, wie das Salz brannte, das sie in seine klaffenden Wunden streute. Mit schnellen Schritten setzte er sich wieder in Bewegung. „Gibt es einen bestimmten Grund für Ihren Smalltalk?“
„Ich erfriere!“
„Sie hätten eben auf mich hören sollen.“
„Sehr witzig! Ich möchte die Balkontür vom Arbeitszimmer aufbrechen, das wird aber nicht ohne Lärm gehen.“
„Auf Ihrem Stockwerk ist keiner mehr übrig, den Sie stören könnten. Nur im Erdgeschoss laufen noch drei Typen rum, aber mit denen hab ich etwas ganz Besonderes vor.“
„Wenn Sie Hilfe brauchen, dann...“
„Danke für das Angebot. Wenn ich etwas vom Balkon brauche, lasse ich es Sie wissen.“
Idiot! „Ich meinte natürlich, *nachdem* ich wieder im Arbeitszimmer bin. Soll ich nach unten gehen, um die Männer im Auge zu behalten?“
„Denken Sie nicht mal daran!“ Sein Handy vibrierte erneut. Diesmal war es eindeutig eine SMS. „Ich muss Schluss machen, es ist dienstlich!“
„Alon?“ Chess hauchte ungläubig in den Hörer. *Er hat einfach aufgelegt!* Ihre Verwunderung war nur von kurzer Dauer. Die äußeren Umstände zwangen sie zum raschen Handeln. Vor allem in den Fingern war die Kälte unerträglich geworden. Dazu kamen Chess’ völlig durchnässte Haare, die den Schnee nicht nur auffingen, sondern zum Teil auch schmolzen. Der Pferdeschwanz im Nacken wirkte dabei wie eine Dachrinne, die knapp unter den Schulterblättern endete.

Tut mir leid für die Tür, David, aber ich halt es hier keine Minute länger aus. Chess entspannte einen Arm ihrer Armbrust und entnahm den Bolzen, um ihn als Werkzeug einzusetzen. *So kompliziert kann das nicht sein, wenn es Einbrecher sogar mit einem Schraubenzieher schaffen.* Sie lehnte sich mit der Schulter gegen den oberen Teil der Tür und versuchte, die Bolzenspitze in den entstehenden Spalt zu drücken.
Glücklicherweise waren Fenster und Balkontüren im oberen Stockwerk noch Relikte aus den Mädchenjahren der Queen und hatten roher Gewalt nur wenig entgegenzusetzen.
Als Chess die Metallspitze weit genug hineingetrieben hatte, drückte sie ein paar Mal mit dem Oberkörper gegen den Türrahmen. Das Holz ächzte, splitterte und gab schließlich nach. Der Bolzen fiel zu Boden und die Tür flog auf. *Gebt mir etwas Trockenes zum Anziehen und den besten Platz vor dem Kamin!* Chess trat ein, drückte die Tür behelfsmäßig zu und ließ den Schneesturm hinter sich.
Alon hatte unterdessen ganz andere Sorgen. *Simons Mörder - weg... das, weswegen er hergekommen ist - weg... und ich hab keine Ahnung, was er überhaupt gestohlen hat! Eigentlich brauche ich ihre Antwort gar nicht mehr lesen.* Er blieb dennoch kurz stehen und hielt schützend die Hand über das Display, um sich der Kurznachricht zu widmen, die er von Souzan-Chaya erhalten hatte. Ihr Zweizeiler war als direkte Antwort auf seinen wenig rühmlichen Bericht zu verstehen und trug in keiner Weise dazu bei, seine Kellerstimmung zu verbessern - ganz im Gegenteil.
Natürlich hatte sie Recht mit dem, was sie geschrieben hatte, aber sie saß auch hinter ihrem Schreibtisch, während Alon damit haderte, seinen Auftrag und die persönlichen Rachegelüste unter einen Hut zu bringen.
Sie verschweigt mir etwas! Alon steckte das Handy ein und kämpfte sich im Laufschritt durch den Schnee. Es war keineswegs ungewöhnlich, dass Souzan-Chaya einen Teil ihrer Infos für sich behielt. Alon vermutete allerdings, dass sie diesmal einen anderen Grund hatte als sonst. War es nur Zufall,

dass Souzan-Chayas Verhalten seit ihrer unfreiwilligen Beförderung zunehmend an das ihres Vaters erinnerte?
Alon erhöhte das Tempo und nutzte den Rückweg, um ein paar persönliche Gedanken zu sortieren, die seinen Reflexen sonst nur im Weg standen. *Kann sich jemand so schnell ändern? Kann Souzan-Chaya sich so schnell ändern?*
Er wusste genau, worauf es in letzter Konsequenz hinauslaufen würde, wenn sie ihre freundschaftliche Beziehung auf eine rein professionelle Ebene brachten. Natürlich war es leichter, einen guten Agenten auf eine aussichtslose Mission zu schicken als einen guten Freund in den Tod - viel leichter sogar.
Alon hatte zwar schon den halben Weg zum Haus zurückgelegt, aber immer noch genug Gedanken übrig, die es einzuordnen galt. Seine Beziehung zu Souzan-Chaya war von Anfang an durch ein ganz besonderes Machtverhältnis geprägt gewesen. Alon, der aus bescheidenen Verhältnissen stammte, hatte sich nur zu gerne von Souzan-Chaya dazu überreden lassen, den Wagen ihres Vaters für heimliche Spritztouren auszuborgen. Dass Alon zu jener Zeit noch keinen Führerschein gehabt hatte, war bestenfalls ein kleiner Schönheitsfehler gewesen.
Souzan-Chaya hatte es immer sehr geschickt verstanden, Alons Sucht nach möglichst schnellen Autos für ihre Zwecke einzusetzen. Hinter dem Steuer zu sitzen, war für den jungen Alon wie eine Droge gewesen, und Souzan-Chaya hatte sich nur zu gerne in die Rolle seiner Dealerin gefügt.
Als Alon schließlich das Geld für seinen Führerschein beisammen gehabt hatte, hatte er mit seinem Talent längst alle Fahrlehrer in die Tasche gesteckt. Trotzdem war er bei der Prüfung schon auf den ersten Metern mit Bomben und Granaten durchgefallen. Das war aber nicht etwa geschehen, weil er die Handbremse vergessen hatte oder ihm der Wagen abgestorben war. Vielmehr wurde er wiederbestellt, weil die Fahrprüferin von seiner 180-Grad-Wende beim Ausparken auf dem Fahrschulgelände nicht annähernd so beeindruckt gewesen war, wie er sich das erhofft hatte.
Vier Wochen später hatte Alon das Geld für den zweiten Antritt beisammen gehabt und weit weniger spektakulär

überzeugt. Als sich Alon schließlich seinen ersten eigenen Wagen leisten konnte, lockte Souzan-Chaya mit einem ohne faustgroße Rostlöcher, der obendrein auch noch fast doppelt so schnell war. Während Alon in den folgenden Jahren jeden verdienten Schekel mehrfach umdrehte, musste Souzan-Chaya sich nur für eine Farbe im Katalog entscheiden. Den Rest hatte ein anhimmelnder Augenaufschlag in Gegenwart ihres Vaters erledigt.
Alon näherte sich dem Haus und konzentrierte sich sofort wieder auf den Job, der vor ihm lag.

***

Im Keller von Woodberry Mansion:
David hatte sich für den Kampf gegen die Ameisen mit Feuerzeug und Spraydosen gewappnet. Auch Hiob schien mit der Ausrüstung zufrieden. „Halten Sie sich immer dicht hinter mir und warten Sie auf mein Signal zur Zündung. Falls Sie merken, dass die Flamme kleiner wird, geben Sie mir eine von den Ersatzdosen."
David wollte bereits loslaufen, doch Hiob bremste. „Noch was!"
„Ja?"
„Was immer Sie tun, tun Sie es leise. Wir sind hier, um die Bombenleger zu überraschen, nicht um sie zu warnen." Damit hatte Hiob alles gesagt und machte sich auf den Weg in den hinteren Teil des riesigen Kellers.
David folgte ihm, als wäre er sein Schatten.
„Die haben nicht gespart mit dem Zeug", bemerkte Hiob, als er unterwegs die erste Sprengstoffladung an einem der Stützpfeiler entdeckte. Er klemmte die Spraydose für einen Moment unter seinen rechten Arm und zog mit der Linken den Funkzünder aus dem Plastiksprengstoff.
David sah besorgt zu. „Ist das nicht gefährlich?", fragte er leise.
„Nur falls der Zünder noch drin ist, wenn einer auf den Knopf drückt." Hiob warf die Zündelektronik zu Boden und gab ihr mit einem Tritt den Rest.

Bei der Gelegenheit fielen David mehrere schwarze Punkte auf, die an der Mauer entlang über den Boden krabbelten. „Da sind Ameisen!“

„Nicht so laut!“, mahnte Hiob.

„Da sind Ameisen!“, wiederholte David mit Flüsterstimme und zeigte in die Mauerkante.

„Für die paar lohnt es sich nicht, den Grill anzuheizen.“ Hiob bedachte die Kundschafter der Ameisenarmee mit einem skeptischen Blick und ging weiter. Nach wenigen Metern entdeckte er eine weitere Sprengladung und entschärfte sie ebenfalls. „Ich hoffe, wir finden alle.“

David machte einen großen Bogen um die Ameisenstraße und schrammte im Vorbeigehen fast an der gegenüberliegenden Wand. „Das sind bestimmt nicht die Einzigen. Wo die herkommen, lauern noch mehr.“

„Genau die suchen wir.“ Hiob brannte im wahrsten Sinn des Wortes darauf, den Ameisen einzuheizen, vergaß dabei aber nicht, dass im Keller noch eine ganz andere Gefahr auf sie lauerte. Gerade deshalb begann er sich zu fragen, wo die beiden Männer geblieben waren, die den Sprengstoff ausgelegt hatten.

Immer tiefer drangen David und Hiob in den Keller vor und erreichten schließlich den Raum, in dem sie sich versteckt gehalten hatten, bevor die Ameisen sie attackiert hatten. Für den Moment wirkte alles ruhig. Von den Unmengen an Ameisen fehlte ebenso jede Spur wie von den beiden Eindringlingen, die auch am nächsten Stützpfeiler wieder eine ihrer Sprengstoffladungen hinterlassen hatten.

Hiob machte einen Schritt in den Raum und sah sich flüchtig um. Der Geruch der Ameisensäure lag noch immer in der Luft, hatte aber stark nachgelassen. Nur vereinzelt liefen Ameisen über den Boden, erweckten aber nicht den Anschein, dass von ihnen noch eine Gefahr ausging. Zumindest vorerst sah es für Hiob so aus, dass ihnen der überwiegende Teil der Tiere vom Pumpenraum über den Putzschacht in die Skelettkammer gefolgt war, wo sie sich vermutlich immer noch aufhielten und auf Futter lauerten.

David fühlte sich dennoch nicht wohl dabei, Hiob gerade in diesen Raum folgen zu müssen. Auch wenn das unmittelbare Risiko überschaubar schien, hatte er doch eine Heidenangst davor, dass das Ameisenheer plötzlich zurückkommen könnte.
„Sie sind weg“, bemerkte Hiob, ohne durchklingen zu lassen, ob er sich über diesen Umstand freute oder vielleicht sogar enttäuscht war.
„Dann gibt es für uns auch keinen Grund mehr, noch länger hierzubleiben“, schlussfolgerte David.
„Sie haben Recht.“ Hiob machte kehrt und trat wieder hinaus in den Kellergang. Bereits nach wenigen Metern war sein Talent als Entminungsexperte erneut gefragt. In relativ kurzer Entfernung waren links und rechts an der Mauer weitere Sprengladungen angebracht.
„Einfach rausziehen und verschrotten“, erging die fachkundige Anweisung an David, der parallel zu Hiob den zweiten Funkzünder erledigen sollte. Gleich darauf knirschte es zweimal.
„Was ist mit dem Sprengstoff?“, fragte David.
„Einfach so lassen! Um den kümmern wir uns später, wenn die Lage unter Kontrolle ist.“ Hiob blickte argwöhnisch das letzte Stück Gang hinunter, das frei begehbar war. Weit hatten sie es nicht mehr, um auf Widerstand zu stoßen. Dass es bisher nicht den geringsten Hinweis auf den Verbleib der beiden Eindringlinge gab, bereitete ihm Sorge. Vor allem der große Raum am Ende des Gangs bot sich geradezu an, sie in einen Hinterhalt zu locken.
„Wieso gehen wir nicht weiter?“, flüsterte David.
Hiob ließ sich mit seiner Antwort Zeit. „Kann ich nicht sagen, ist nur so ein Gefühl.“
Ohne dass Hiob deutlicher werden musste, war David im selben Moment klar, genau dieses Gefühl zu kennen, schlimmer noch, es zu teilen. „Wir könnten zurückgehen und nachsehen, ob wir nicht doch ein paar Sprengladungen vergessen haben.“
„Unwahrscheinlich.“
„Vielleicht übersehen?“

Hiobs Knurrlaut beendete die Rückzugsdiskussion. Sein Blick war geradeaus gerichtet. Es gab noch jeweils einen Raum auf der linken und einen auf der rechten Seite, wobei beide zwar abgestützt, aber noch nicht zum Betreten freigegeben waren. Dass sie dort auf weiteren Plastiksprengstoff stoßen würden, war so gut wie sicher, weil das Mauerwerk hier am verwundbarsten war.
Die mehrere Monate zurückliegende Explosion hatte damals einen erheblichen Teil des Kellers beschädigt. Vor allem der Bereich, in dem Hiob und David sich gerade aufhielten, war betroffen gewesen, da sich die Explosion nur wenige Meter entfernt ereignet hatte. Im Raum zur Linken hatten sich einst die Formicarien befunden, in denen Professor Woodberry seine angriffslustigen Ameisen gehalten hatte. Insofern galt zu befürchten, dass die Tiere gerade in diesem hinteren Bereich des Kellers sehr aktiv waren.
Hiob riskierte einen vorsichtigen Blick durch den zweifach abgestützten Türrahmen. Der langgezogene Raum lag im Halbdunkel. Das wenige Ganglicht, das sich überhaupt noch bis hierher verirrte, wurde von Hiobs Körper geblockt, der fast die gesamte Türbreite einnahm.
„Wir sollten da nicht reingehen", stellte David fest.
Hiob bückte sich bereits, um unter der Stützkonstruktion durchzukommen.
„Schön, dass wir darüber gesprochen haben." David hielt das Feuerzeug fest umklammert und folgte ihm.
Im Vergleich zu ihrem letzten Besuch hatte sich der Raum grundlegend verändert. Von Formicarien und Glasscheiben war ebenso wenig übriggeblieben wie von der restlichen Einrichtung. Jene Bereiche der rechten Wand, in denen einst die Ameisen eingesperrt gewesen waren, hatten die Bauarbeiter mit Ziegeln zugemauert.
In der linken Wand klaffte über die gesamte Länge noch eine Aussparung, der in Kürze dasselbe Schicksal zuteil werden sollte. Bis es so weit war, wurde sie von einem Gerüst gestützt. Dort, wo die Wände noch nicht behandelt waren, konnte man

stellenweise die Auswirkungen der Stichflamme sehen, die die Druckwelle damals begleitet hatte.
David wurde unweigerlich wieder daran erinnert, was er für die 18 LKW-Fahrten bezahlt hatte, mit denen der bisherige Schutt abtransportiert worden war. Noch immer konnte ihm keiner sagen, mit wie vielen Ladungen noch zu rechnen war, wenn erst der Durchstich zum Labor erfolgen würde. Aus statischen Gründen war daran bisher nämlich nicht zu denken gewesen.
„Viel ist nicht mehr da.“ Hiob blickte ans Ende des Raums, wo sich der Zugangsscanner für das Labor befunden hatte. Auch hier war alles mit Gerüsten gesichert. Ein Bretterverschlag hinderte lose Erde und Bauschutt daran, einfach loszurollen. Sonst deutete nichts mehr darauf hin, dass der Keller an dieser Stelle einmal weitergegangen war.
„Hiob“, flüsterte David.
Hiob reagierte nicht, stattdessen steuerte er zielstrebig die Stützgerüste vor ihm an, auf denen er weiteren Sprengstoff ausgemacht hatte. „Gleich drei Ladungen“, bemerkte er beeindruckt. „Da wollte jemand auf Nummer sicher gehen.“ Er zog den ersten Zünder aus dem Sprengstoff, als er ein Zupfen an seinem Ärmel spürte.
„Hiob!“ David zupfte erneut.
„Gleich.“ Hiob entschärfte die zweite Ladung.
„Nein, jetzt!“, verlangte David.
„Was?“
„Das!“ David zeigte auf einen dunklen Fleck am Boden. „Wir brauchen den Flammenwerfer! Sofort!“

***

Im Erdgeschoss von Woodberry Mansion:
„Sie gehört dir!“ Spike zeigte auf eine Holztür, von der bereits die Farbe abblätterte, und ermutigte Yobi, sie zu öffnen.
Spike hatte das Tempo der Durchsuchung deutlich erhöht und sowohl Yobi als auch Milan schienen den Gedanken sehr zu begrüßen, das Anwesen möglichst rasch wieder verlassen zu können. Statt Spike also weiterhin mit ihren Fragen und

Widerreden zu nerven, taten sie nur noch das, wofür sie bezahlt wurden: Sie befolgten seine Befehle.
Yobi legte gerade seine Hand auf die Türklinke, da war aus dem Nebenraum das Klirren von Glas zu hören. „Was war das?“ Er drehte sich um und blickte in das ebenfalls verdutzte Gesicht von Milan.
„Na, was wohl?“ Spike schien wie immer eine passende Erklärung parat zu haben. „Da versucht einer, sich aus dem Staub zu machen. Geh sofort nachsehen, Yobi! Du auch!“, befahl er Milan, der Yobi umgehend folgte. Zehn Schritte später hatten sie die Tür zum unteren Billardzimmer erreicht, aus dem das Klirren zu hören gewesen war.
„Keine Gefangenen!“, tönte Spikes Anweisung. Im selben Moment ließ Milan auch schon die Tür auffliegen. Seine ausgestreckten Arme zielten ins Nichts über dem Billardtisch, das Yobi mit seiner Taschenlampe großflächig ausleuchtete. Das untere Billardzimmer hatte etwa vierzig Quadratmeter und beherbergte, im Vergleich zum oberen - in dem der grün bespannte Poolbillardtisch stand - einen riesigen Snookertisch mit blauem Bezug.
In der rechten Hälfte des Snookertisches registrierte Milan beim flüchtigen Hinsehen eine einzelne Kugel, schenkte ihr aber keine weitere Aufmerksamkeit. Auf den ersten Blick war nicht zu erkennen, was das Geräusch verursacht hatte.
„Da ist niemand!“, erklärte Yobi vorschnell.
„Dann haben wir uns das also nur eingebildet?“, fragte Spike mit verächtlichem Tonfall.
„Ich gehe nachsehen!“, würgte Milan die neuerliche Diskussionsbereitschaft seiner Partner ab. Er holte seine eigene Taschenlampe hervor und nahm sie in die linke Hand. Die Pistole behielt er in der rechten. Mit einem höchst mulmigen Gefühl betrat er das Zimmer und näherte sich dem Tisch. Zu seinem Vorteil war die Tür beim Öffnen an die Wand angeschlagen, weshalb es unmöglich war, dass jemand sich dahinter versteckt hielt, der ihm in den Rücken fallen konnte.
„Was siehst du?“, wollte Spike wissen, der sich nicht von der Stelle bewegt hatte.

„Einen Billardtisch, ein paar Sessel, eine Vitrine..." Milan ging um den Tisch herum, um sich die Vitrine aus der Nähe ansehen zu können. Ein kühler Luftzug streifte ihn, als er auf dem Weg dorthin am Fenster vorbeikam. Er blieb stehen und leuchtete mit seiner Taschenlampe auf die Kältequelle. „Da ist ein Loch in der Fensterscheibe! Sieht aus, als hätte jemand etwas hereingeworfen."

„Wer hat was hereingeworfen?", drängte Spike auf eine Erklärung. Seine stoische Gelassenheit angesichts der Vorgänge in Woodberry Mansion wirkte mit einem Mal wie weggeblasen.

Milan blickte sich noch einmal genau um. „Kann ich nicht sagen, da ist nichts."

„Wenn da nichts ist, wie kann dann jemand damit die Scheibe eingeschossen haben?" Spike wandte sich an Yobi, der noch immer wie angewurzelt auf der Türschwelle verharrte. „Steh nicht so blöd rum. Hilf ihm nachsehen! Ich will sofort wissen, was da..."

Ein weiteres Klirren ließ Spikes Worte verstummen. Diesmal kam es aus dem Zimmer genau vor ihm. Mit einem Sprung rettete Spike sich aus dem Türbereich und suchte hinter der Mauer Deckung. „Kommt sofort zurück und seht nach, was da drinnen los ist!"

In Windeseile nahmen Yobi und Milan neben Spike Aufstellung, machten aber vorerst keine Anstalten, die Tür zu öffnen. Milan flüsterte: „Da spielt einer mit uns, Spike."

„Seh ich für dich so aus, als ob mir nach Spielen zumute wäre?", bellte Spike wie ein beißwütiger Pitbull.

„Spike!", sagte Milan beschwörend. „In dem Zimmer ist niemand. Da will nur einer ablenken, bis..."

Es klirrte erneut. Diesmal wieder im Billardzimmer und deutlich lauter als zuvor, da die Tür weit offenstand. Spikes Blick sprach Bände. „Bis was?"

„Da ist niemand", wiederholte Milan.

„Das kannst du wohl kaum sagen, ohne dass du nachsehen gehst." Spike schob Milan mit seiner Waffe in Richtung

Billardzimmer und wies Yobi an, ihm zu folgen. „Es ist mir egal, wer dafür verantwortlich ist, nur legt ihn endlich um!“
Milan war wieder beim Billardzimmer angekommen und lugte vorsichtig um die Ecke. Da er bereits wusste, worauf er schauen musste, fiel ihm das zerstörte Fenster sofort auf. Statt eines kleinen Lochs in der unteren Glashälfte fehlte jetzt die komplette Scheibe. Was davon übrig war, lag auf dem Boden hinter dem Billardtisch, den Milan von seiner Position aus nicht einsehen konnte.
Durch das fast zwei Quadratmeter große Loch wehte der Wind die dicken Schneeflocken bis weit in die Zimmermitte. „Da ist niemand!“
„Geht rein!“, befahl Spike. „Schnappt euch diesen niemand und macht endlich Schluss mit dem Zirkus. Uns läuft die Zeit davon!“
Milan verschwand im Billardzimmer und gleich darauf folgte ihm Yobi nach.
Spike lehnte sich mit dem Rücken gegen die Flurwand und hoffte nur noch, dass es bald vorbei war. Seine Nerven waren bis zum Zerreißen angespannt und es kostete ihn unsagbar viel Überwindung, seine Männer zu Höchstleistungen anzuspornen, während ihm das eigene Herz vor Nervosität bis zum Hals schlug. „Was ist bei euch los?“
„Nichts!“, tönte Milans Stimme. Er hatte den Snookertisch ein weiteres Mal umrundet und war zum selben Schluss gekommen wie beim ersten Mal: Jemand hatte etwas durch die Scheibe geworfen, doch auf dem Boden lag nichts außer zerbrochenem Fensterglas, über das sich bereits der Schnee legte. „Wir verschwenden hier nur unsere Zeit!“
Yobi sah die Sache ähnlich. Außerdem war es ihm völlig egal, welcher Idiot sich bei dem Sauwetter vor dem Haus herumtrieb. Schließlich hatte Spike selbst gesagt, dass sie sich nur um ihren Job kümmern sollten. Geister im Schnee zu jagen war definitiv nicht Teil dieses Jobs.
Es klirrte erneut. Diesmal wieder im Zimmer hinter Spike, der seinen Körper vor lauter Anspannung noch fester gegen die

Mauer presste. „Warum knallt ihr ihn nicht endlich ab?“, rief er mit einer Mischung aus Zorn und Hilflosigkeit.
„Weil da niemand ist!“ Milan eilte zurück in den Flur. Yobi ließ seinen Blick noch einmal über den Billardtisch schweifen, nahm nur unbewusst Notiz von den beiden weißen Kugeln und folgte Milan nach draußen.
„Hört endlich auf mit euren Geistergeschichten und schnappt euch den Kerl!“

***

Im Keller von Woodberry Mansion:
Mit erschreckender Geschwindigkeit rückte die Ameisenarmee in Richtung David und Hiob vor. Fast zwei Quadratmeter des Bodens waren schon bedeckt und ständig strömten weitere Tiere von draußen nach.
„Wo kommen die auf einmal her?“ Hiob packte David beim Arm und zog ihn zurück.
„Vom Gang.“
„Das sehe ich auch.“ Hiob ging in die Knie und visierte den Boden an.
„Kann ich schon?“
„Sie sind noch nicht nah genug.“
„Mir sind sie schon zu nah!“
„Noch nicht!“
David musste mitansehen, wie sich der Ameisenteppich rasend schnell ausbreitete und immer mehr Fläche bedeckte. Der stechende Geruch der Ameisensäure schlug David und Hiob wie eine erste Angriffswelle entgegen. „Jetzt?“
„Bereitmachen!“ Hiob hatte noch nie so viele Ameisen auf einmal gesehen. Das wirklich Schlimme war aber nicht ihre Zahl, sondern ihr Verhalten. Obwohl es zehn-, wenn nicht sogar hunderttausende Tiere sein mussten, die da auf David und Hiob losstürmten, verhielten die Ameisen sich wie ein einziger Riesenorganismus. In dem pulsierenden Schwarz existierte keine erkennbare Hierarchie, kein Anführer, dessen Tod die anderen schwächen würde. Es gab auch keinen

überragenden Strategen, der den Angriff koordinierte. Die schwarze Masse organisierte sich selbst.
„Jetzt?“
Hiob hatte keine Ahnung, wie viele er töten musste, um die restlichen zum Rückzug zu bewegen. Alles, was er wusste, war, dass er lange genug gewartet hatte. „Feuer!“
Hiobs Schlachtruf ließ David zusammenzucken. Hätte er sich nicht so fest an das Feuerzeug geklammert, wäre es ihm vor Schreck bestimmt aus der Hand gefallen. Sein schweißnasser Daumen rutschte zweimal ab.
„Feuer!“, wiederholte Hiob.
Erst beim dritten Versuch zündete der Feuerstein und das Gas flammte auf. Augenblicklich verwandelte sich die Spraydose in einen Drachen, dessen feuriger Atem eine breite Schneise in die Reihen der Angreifer brannte.
Hiob war zunächst selbst überrascht, welche verheerende Wirkung sein Flammenwerfer hatte. Die direkt getroffenen Tiere wurden durch die extreme Temperatur sofort zu Asche verwandelt. Aber auch den Ameisen am Rand des Feuerstrahls erging es nicht besser. Sie krümmten sich durch die Hitze zu schmorenden Kugeln zusammen. Die Säure in ihren Hinterleibern kochte auf und verdampfte im selben Augenblick explosionsartig. Dabei zerplatzten die Ameisen mit einem quietschenden Geräusch, das David durch Mark und Bein ging.
„Es funktioniert viel besser als gedacht!“ Hiob schwenkte die Spraydose zu beiden Seiten und überzog den Boden großflächig mit seinem Feuersturm. Binnen weniger Sekunden war ein ganzer Quadratmeter mit verschmorten Insektenleibern übersät. Der für den Landgewinn zu zahlende Preis war ein bestialischer Gestank, der durch die Kombination von Ameisensäure mit verbranntem Chitin entstand.
Die Ameisen reagierten insofern auf die Verluste, als sie nicht mehr in die Reihen ihrer verbrannten Artgenossen nachrückten. Stattdessen umrundeten sie die flambierten Stellen großräumig, um doch noch an ihr Ziel zu gelangen.
„Vorsicht!“ David machte Hiob auf den Angriff über die Flanken aufmerksam.

Mit einer Drehbewegung errichtete Hiob einen feurigen Schutzwall in Halbkreisform. Wo immer ihm die schwarze Masse zu nahe kam, verging sie in den Flammen.
David war schwer beeindruckt von der durchschlagenden Wirkung, wollte das Glück aber nicht überstrapazieren. „Wir sollten abhauen."
„Das sehe ich genauso. Machen Sie den dritten Zünder unschädlich, ich halte die Biester so lange in Schach."
„Ich drehe diesen Monstern nur ungern den Rücken zu."
„Machen Sie schon!"
„Lassen Sie das Feuer bloß nicht ausgehen." Mit einer Mischung aus Skepsis und Besorgnis näherte David sich dem Plastiksprengstoff. Bevor er den Zünder herauszog, blickte er noch einmal zu Hiob, der gerade die rechte Flanke der Ameisenarmee abfackelte. Es verschaffte ihm offensichtlich große Genugtuung, diesen Rachefeldzug zu führen.
Selbst beim ansonsten so tierlieben David wollte angesichts seiner von brennenden Bissen übersäten Beine kein Mitleid mit den Ameisen aufkommen. Er warf den Fernzünder zu Boden, zertrat die Elektronik und kam zurück. „Erledigt."
„Wir rücken ab!" Hiob setzte sich in gehockter Haltung in Bewegung. Er durfte sich nicht zu weit vom Boden erheben, um einen möglichst großen Bereich mit dem Feuerstrahl abzudecken. „Bleiben Sie immer schön hinter mir."
„Nichts anderes habe ich vor."
Hiob nutzte den Weg bis zum Gang, um eine möglichst große Schneise in den Ameisenteppich zu brennen. Dabei störte ihn das Geräusch der aufplatzenden Leiber weit weniger als ihr Gestank.
„Rechte Seite!", meldete David.
„Schon gesehen."
David stand hinter Hiob und konnte die Lage dadurch weit besser überblicken. Es überraschte ihn, dass die sonst so perfekt organisierten Ameisen offenbar keine Alternative zu ihrer Offensivstrategie hatten. Egal wie viele von ihnen Hiob abfackelte, die nachströmenden Tiere versuchten immer wieder zu David und Hiob vorzudringen.

Auch die verkohlten Kameraden konnten den Vormarsch mittlerweile nur noch für sehr kurze Zeit bremsen. Hatten die Ameisen anfangs noch einen großen Bogen um die Kadaver gemacht, dauerte es jetzt nur noch Sekunden, bis auch die Toten überrannt wurden. Interessanterweise schienen die gefallenen Ameisensoldaten auch nicht als Nahrung für die anderen in Betracht zu kommen. Das Verhalten der Tiere war in vielerlei Hinsicht untypisch und bestärkte David darin, dass es sich bei diesen Ameisen um eine ganz spezielle Züchtung handeln musste. *Ob Professor Woodberry diese riesigen Killerameisen selbst geschaffen hat?*
„Dicht bei mir bleiben“, mahnte Hiob. Bis zum Gang fehlte ihm bestenfalls noch ein Meter.
„Mich werden Sie nicht los!“ David blickte sich um und war vorsichtig optimistisch, was die Lage betraf. Die Bewegung im dunklen Teppich war auf einer Fläche von mehreren Quadratmetern verstorben und der Nachschub schien ins Stocken zu kommen. Wie viele Tiere dem Feuer bisher zum Opfer gefallen waren, wagte David nicht zu schätzen.
„Wir verlassen die Party.“ Hiob hatte den Gang erreicht und fackelte die letzten Nachzügler ab, die ihm noch entgegenkamen.
Auch David trat hinaus in den Gang und wurde von Hiob sogleich aufgefordert, zur Seite zu gehen.
„Bin schon weg!“
Hiob machte eine 180-Grad-Drehung und ließ die Flamme noch einmal zurück in den Raum lodern. Damit stellte er sicher, dass es keine unerwünschten Verfolger gab. Erst danach ließ er die Flamme ausgehen und richtete sich wieder auf.
An Hiobs Blick erkannte David, dass er es als Nächstes auf den kleineren Raum rechts von ihnen abgesehen hatte. Damit war klar, dass Hiob sich den großen Raum bis zuletzt aufheben wollte. Das *Warum* sollte David vorerst ebenso ein Rätsel bleiben wie die Antwort auf die Frage, woher die Ameisenflut so plötzlich gekommen war.
Hiob schüttelte prüfend die Spraydose. „Geben Sie mir eine volle!“

David reichte ihm eine der beiden Ersatzdosen und stellte die fast leere neben sich auf den Boden.
Die Pistole in der einen, die Spraydose in der anderen Hand steuerte Hiob auf den rechts befindlichen Raum zu. David folgte ihm und musste feststellen, dass es für ihn erheblich einfacher gewesen war, die Umgebung im Auge zu behalten, als Hiob sich nur knapp über dem Boden bewegt hatte. Im Vergleich dazu fühlte David sich jetzt wieder, als würde er hinter einer grauen Schrankwand herlaufen. Ein Vorteil des wandelnden Schranks war allerdings, dass er David ein Gefühl von Sicherheit gab. Das erschien David umso wichtiger, als er sich nicht entscheiden konnte, ob er auf den nächsten Metern mehr Angst vor den Ameisen oder den beiden Eindringlingen haben sollte.
Hiob hatte sich dem abgestützten Türstock bis auf zwei Schritte genähert, als er abrupt stoppte. Ohne etwas zu sagen, starrte er einfach nur in das Halbdunkel und ließ David im Unklaren darüber, was er entdeckt hatte.
„Feuer?“, flüsterte David angespannt.
„Nein.“ Hiob bewegte seinen Arm ein Stück, sodass David die Pistole darin sehen konnte. „Hier hätten wir mehr Feuerkraft gebraucht, aber wir sind ohnehin zu spät gekommen.“ Hiob stand noch immer auf demselben Fleck.
Neugierig beugte David sich zur Seite und versuchte an der Schrankwand vorbeizulugen.
Hiob reagierte mit einer gutgemeinten Empfehlung: „Falls Sie einen schwachen Magen haben, sollten Sie da besser nicht reingehen.“
„Ist er tot?“
„Das ist ihm zu wünschen, so wie die Viecher ihn zugerichtet haben. Warten Sie hier, ich kümmere mich um die Sprengladungen.“
Bevor David etwas erwidern konnte, zog Hiob seinen Kopf ein und schlüpfte unter der Stützkonstruktion durch.
David war unterdessen zu dem Schluss gekommen, dass es für ihn das Beste war, genau hier zu warten. Obwohl er damit Hiobs Rat befolgte und keinen Blick nach drinnen riskierte,

fühlte er sich unwohl. Vor allem seine ausgeprägte Fantasie sorgte für grauenvolle Bilder im Kopf. *Wir hätten genauso enden können. Nicht auszudenken, wenn Goliath und ich über die Feiertage allein hier eingeschneit gewesen wären. Wir beide als einziger Weihnachtsproviant für diese Höllenbrut.*
David hörte ein Knirschen gefolgt von einem Knacksen, das er mit einem zertretenen Zünder in Verbindung brachte.
Gleich darauf kam Hiob wieder aus dem Raum. „Ein Gegner und eine Sprengladung weniger!"
„Denken Sie, die Ameisen haben den anderen Mann auch..." David vermied es ganz bewusst, das Wort auszusprechen, das ihm auf der Zunge lag. Stattdessen blickte er Hiob nur verunsichert an.
„Ich nehme an, wir finden die Antwort da drin." Hiob zeigte auf den letzten noch verbliebenen Raum. Er war nicht nur der größte von allen, sondern seine Mauern hatten auch die meiste Last zu tragen. In keinem anderen Raum befand sich eine so große Zahl an Gerüsten und Stützträgern, um das Gewicht des Hauses aufzufangen. Auch David war sich seiner strategischen Bedeutung für die Stabilität von Woodberry Mansion bewusst, hatten doch Bauleiter und Statiker tagelang auf seine Kosten über die Möglichkeiten einer Sanierung diskutiert.
Hiob ging wie gewohnt voran. Davids Aufmerksamkeit galt der Metallkiste, die gleich neben dem Eingang stand.
Auch Hiob riskierte einen flüchtigen Blick. Der Deckel war aufgeklappt und es befanden sich nur noch eine Handvoll Sprengladungen in der Kiste. „Sieht so aus, als wären sie kurz vor dem Ende gestört worden."
Oder gefressen. David wirkte zunächst etwas geistesabwesend, war aber plötzlich wieder hellwach. „Haben Sie das gehört?", flüsterte er.
„Wo?", fragte Hiob und ließ sich von David die Richtung zeigen.
In das Ende des langgezogenen Raums drang so gut wie gar kein Ganglicht mehr. Nur andeutungsweise waren die Umrisse der Stützgerüste im hinteren Teil zu erkennen.
„Da, schon wieder!", wisperte David aufgeregt.

Diesmal hatte Hiob das Geräusch auch gehört. Es erinnerte entfernt an einen verdreckten Dunstabzug, in dem sich die Luft durch mehrere Lagen fetttriefender Filtereinsätze quälen musste. Da das Geräusch nur sehr kurz zu hören gewesen war, ließ es sich schwer klassifizieren.
„Was war das?“, wollte David wissen.
„Sagen Sie’s mir. Ist doch Ihr Haus.“ Hiob schätzte die Tiefe des Raums auf zwölf, die Breite auf sechs oder sieben Meter. Von jeder Wand ragten etwa Stützkonstruktionen von einem guten dreiviertel Meter Breite in den Raum. Außerdem hatten die Bauarbeiter dutzende Stützsäulen eingezogen, die wie Baumstämme aus dem Boden ragten und einen dichten Wald bildeten. Auf diesen Säulen waren Querträger als riesige Überlager angebracht, um das Gewicht zu verteilen. Weil die Säulen leicht versetzt zueinander standen, war ein Durchblick unmöglich.
„Ich hör es schon wieder!“ Davids Flüsterstimme hatte einen äußerst nervösen Unterton.
„Bleiben Sie dicht hinter mir!“ Hiob nahm sich eine Sprengladung vor, die an der Säule gleich neben ihm angebracht war. „Wenn die alle hochgegangen wären, hätten Sie die Reste mit Besen und Schaufel aufräumen können.“
David hatte zwar mitbekommen, dass Hiob ihm etwas zugeflüstert hatte, dessen Worte aber als störend empfunden bei seinem Versuch, sich auf das merkwürdige Geräusch zu konzentrieren. „Es ist genau da drüben.“ David zeigte ins Nichts.
„Konzentrieren Sie sich auf meine Bewegungen!“, verlangte Hiob. „Wir bewegen uns immer von einer Säule zur nächsten, um zumindest etwas Deckung zu haben. Wenn wir dabei auf eine Sprengladung treffen, wird sie unschädlich gemacht. Verstanden?“
„Genau da drüben“, wiederholte David, der das unheimliche Geräusch einfach nicht aus seinem Kopf verbannen konnte.
„Ich weiß“, zischte Hiob. „Wollen Sie jetzt gleich hinlaufen und Hallo sagen, oder lässt sich Ihre Vorfreude noch so lange

zügeln, bis wir uns einen Überblick verschafft haben und wissen, wer oder was dort auf uns lauert?"
„Machen Sie mir keine Angst!"
„Gegenvorschlag: Gehen Sie mir nicht auf die Nerven!" Hiob machte eine geschmeidige Vorwärtsbewegung und fand hinter der nächsten Säule Deckung. Auch hier war eine Sprengladung angebracht, deren Zünder nur darauf wartete, unschädlich gemacht zu werden. „Ich kann kaum noch die Hand vor Augen sehen bei dem Licht."
„Ich könnte Feuer machen."
„Wir könnten im selben Augenblick entdeckt und erschossen werden."
„Ich werde es lieber lassen."
„Nein", brummte Hiob. „Sie haben ja Recht. Bei diesen Lichtverhältnissen schaffen wir es nie bis ganz nach hinten in den Keller und falls doch, würden wir die Ameisen vermutlich erst bemerken, wenn wir knietief darin waten."
„Sie verstehen es immer wieder, mich zu beunruhigen. Soll ich jetzt das Feuerzeug...?"
„Na los!"
Es war erstaunlich, wie viel mehr an Weitsicht die kleine Flamme bedeutete. Ihr Spiegelbild wurde von den glatten Metalloberflächen dutzender Gerüststreben und Stützstangen zurückgeworfen und verwandelte den näheren Umkreis in ein wahres Lichtermeer. Hiob hatte mit einer solchen Streuwirkung nicht gerechnet, empfand sie aber als außerordentlich hilfreich. Einerseits war die Sicht deutlich verbessert, andererseits war es durch die vielen Spiegelbilder nahezu unmöglich, auf Anhieb das Original zu treffen, falls jemand das vorhatte.
„Da ist es wieder!" David richtete das Feuerzeug nach dem Geräusch aus. „Ich glaube..."
Hiob drückte Davids Arm zur Seite. „Halten Sie sich das Ding niemals vors Gesicht oder vor die Brust. Für einen Schützen ist diese Flamme wie ein Leuchtturm, der die Kugel zu den besten Plätzen lockt."
David ließ das Feuerzeug erlöschen.
„Sie sollten es nur weghalten, nicht ausgehen lassen."

„War keine Absicht“, rechtfertigte sich David. „Es wird mit der Zeit ziemlich heiß.“
„Was ist Ihnen lieber, ein brennender Daumen oder ein brennender Rest von Ihnen, weil wir die Ameisen nicht rechtzeitig sehen?“
„Können wir nicht wieder den Flammenwerfer nehmen?“
„Prima Idee. Damit würde uns vermutlich sogar der einbeinige Jonathan erwischen.“
David machte das Feuerzeug wieder an. „Wer ist der einbeinige Jonathan?“
„Ein Pirat.“ Hiob wechselte zur nächsten Stützsäule und machte sich sofort an der Sprengladung zu schaffen.
David folgte ihm. „Warum sollte uns ein Pirat...?“
„Ein blinder Pirat“, kürzte Hiob die Anekdote ab. Ein weiterer Funkzünder hauchte knirschend sein Leben aus.
David wollte antworten, wurde aber dabei von dem merkwürdigen Geräusch unterbrochen. *Das klingt einfach nur furchtbar!* Bisher bewegten er und Hiob sich nicht direkt auf die Geräuschquelle zu, sondern steuerten die linke hintere Ecke des Raums an. Hiob erhoffte sich, von dort aus einen besseren Blick auf die gegenüberliegende Ecke zu haben, und David hoffte, dass Hiob sich nicht irrte.
Sieben Stützsäulen und ebenso viele zertretene Funkzünder später hatten David und Hiob ihr Etappenziel erreicht. David war zwischenzeitlich dazu übergegangen, das Feuerzeug abwechselnd in der einen und dann wieder in der anderen Hand zu halten. Das wirkte sich nicht nur positiv auf die Brenndauer aus, sondern auch auf die Brandblasen an seinen Daumen.
„Können Sie etwas erkennen?“
„Nein“, brummte Hiob.
„Ich hör es schon wieder.“
„Ich auch. Entweder bilde ich mir das ein, oder das Geräusch wird leiser, je näher wir kommen.“
„Wissen Sie, was ich mich frage?“
„Schießen Sie los!“ Hiob erledigte den nächsten Zünder.
„Wie lang wird das Gas in dem Feuerzeug halten, wenn wir es als Kerzenersatz verwenden?“

„Ich weiß, was Sie meinen, das habe ich mich auch schon gefragt.“
„Und wie lautet Ihre Antwort?“, drängte David.
„Die Chancen stehen 80:20, dass der Mann, den wir suchen, dort drüben auf uns wartet. Wenn ich an seiner Stelle wäre, würde ich mit der Pistole dem Licht folgen und abdrücken, sobald ich mir sicher bin.“
„Aber warum hat er uns nicht längst angegriffen? Er muss doch bemerkt haben, dass wir seine Zünder unschädlich machen.“
„Weil er im Moment allein ist und in der Falle sitzt. Wir dürfen nicht vergessen, dass er oben im Haus noch Verstärkung hat, die früher oder später nach ihm suchen wird.“
„Oder er ist bereits tot“, dachte David nicht ganz so laut nach.
„Oder das“, bestätigte Hiob. „Aber dann können Sie sich schon mal eine gute Erklärung zurechtlegen, wer dort drüben so schwer atmet.“
Atemzüge! Hiob hat Recht! Mit einem Mal konnte David das merkwürdige Geräusch zuordnen. Auch wenn die Laute alles andere als menschlich klangen, so hatten sie doch eine nicht von der Hand zu weisende Ähnlichkeit mit Atemzügen. „Was wollen Sie tun?“, flüsterte David.
„Lassen Sie uns noch zwei Säulen weiter gehen. Wenn wir dann immer noch nichts erkennen können, zünden wir unseren Nachbrenner und gehen in die Offensive.“ Was wie ein Vorschlag klang, war eine Anweisung, der David dadurch Folge zu leisten hatte, dass er sich umgehend an Hiobs Fersen heftete.
Zwei weitere Säulen wurden von Sprengladungen befreit, doch der Feind war immer noch nicht auszumachen. In Hiobs Ohren klang das Atmen flach und alles andere als gesund. Trotzdem ließ ihn eine üble Vorahnung zögern. „Es ist besser, wenn Sie jetzt das Feuerzeug ausmachen.“
„Aber...“
„Machen Sie das Feuerzeug aus!“
David ließ die Flamme ausgehen und sofort bemächtigte sich eine beunruhigende Stille seiner Sinne.

Mehrere Herzschläge lang passierte nichts - absolut gar nichts. *Worauf warten wir?* Mit dem Atemgeräusch hatte David auch seine einzige Orientierungshilfe im Dunkel verloren.
Von einem Moment auf den anderen hatte der schwere Atem gestoppt, war einfach so verschwunden, als würde er nicht mehr gebraucht. Genau das konnte aber nicht sein. Jemand musste ihn doch brauchen - David brauchte ihn. *Atme!* Es war geradezu paradox, dass er sich ausgerechnet jenes Geräusch wieder herbeisehnte, das ihn die ganze Zeit in diesem Raum verunsichert hatte. *Atme!*
Als David kurz darauf einen schweren Atemzug hörte, ließ seine Anspannung nach. Mehr noch, er fühlte sich deshalb sogar erleichtert. Vielleicht beruhigte ihn aber auch nur die Tatsache, dass das Atmen immer noch aus der Ecke genau vor ihm kam.
Hiob, der sich bisher nicht einen Millimeter bewegt hatte, gab einen geflüsterten Befehl von sich: „Bereiten Sie das Feuerzeug vor!“
Einen Augenblick später stieg auch David der verhasste Geruch in die Nase. *Ameisensäure!* „Hiob?“
„Feuer!“

***

Im Außenbereich von Woodberry Mansion:
Alon konnte dem Schnee zum ersten Mal etwas Nützliches abgewinnen. Nachdem ihm das Licht ihrer Taschenlampen verraten hatte, wo sich die drei Männer im Erdgeschoss aufhielten, war es ihm ein Leichtes gewesen, sie zu beschäftigen, ohne dabei ein Risiko einzugehen. Sobald sich der Lichtschein einer Taschenlampe näherte, reichte es, einfach im Tiefschnee abzutauchen. Den Rest erledigten Schneesturm und Nacht zu gleichen Teilen.
Zwei von euch kenne ich bereits, aber wo versteckt sich der Dritte im Bunde? Vier eisharte Schneebälle hatte Alon bisher geworfen, um die Männer aus der Reserve zu locken und sich einen Überblick zu verschaffen. Er konnte zu Recht ein wenig

stolz darauf sein, dass die kleinen Eiskunstwerke bei seinen Gegnern als waschechte Billardkugeln durchgegangen waren.
Mittlerweile hatten zwei der drei Männer auch das andere Zimmer gestürmt und verliehen ihrem Ärger Ausdruck darüber, dass sie keinen Sinn darin sahen, eine eingeschossene Scheibe zu betrachten.
Alon gab ihnen noch drei, bestenfalls vier Minuten, dann waren die ersten zwei Gegner genervt genug, um sie risikofrei aus dem Spiel zu nehmen. Nur der dritte Mann bereitete ihm noch Kopfzerbrechen. So wie es aussah, würde er sich Alon erst stellen, wenn die beiden anderen aus dem Weg geräumt waren.
Während Yobi und Milan die Zeit bis zu ihrem Ableben damit verbrachten, das eine Zimmer zu inspizieren, nutzte Alon die Gunst der Stunde und widmete sich dem anderen. Mit einem Sprung in den Stütz erreichte er das Fensterbrett, schwang sein rechtes Bein über den Fensterrahmen und landete am Ende des eintrainierten Bewegungsablaufs sicher und unbemerkt im Billardzimmer.
Die umfassenden Vorbereitungen hatten ein wenig gedauert, erwiesen sich aber jetzt als umso nützlicher. Nachdem das Fensterglas entfernt war, hatte der Wind den Schnee im halben Zimmer verteilt. Yobi und Milan hatten durch ihr Herumgerenne dazu beigetragen, dass er auch in der anderen Hälfte gelandet war. Für Alon bedeuteten diese Bedingungen, dass er sich frei bewegen konnte, ohne Gefahr zu laufen, durch tropfende Kleidung, herabfallenden Schnee oder gar Spuren auf dem Boden verraten zu werden.
Aus dem Flur waren Stimmen zu hören.
„Wir ziehen erst weiter, wenn das hier geklärt ist!“, machte Spike seinen Standpunkt klar. „Einer von euch klettert da jetzt raus und nimmt sich der Sache an.“
Es war nicht zu überhören, mit welcher Begeisterung Yobi und Milan sich um diesen Teil des Jobs drängten.
„Okay, ich gehe!“, gab Yobi Spikes eindringlichem Blick schließlich nach. Er trat mit dem Fuß die letzten Scherben aus dem Fensterrahmen und sprang nach draußen.

„Was siehst du?“, rief Spike.
„Hier sind Spuren!“
„Dann weißt du ja, wohin du musst. Beeil dich, wir wollen endlich weiter.“ Spike wandte sich Milan zu. „Du gehst rüber ins Billardzimmer und wartest am Fenster, bis Yobi dir unseren Hausgeist vor den Lauf treibt.“
Nachdem Milan nun wusste, was Spike vorhatte, fiel es ihm um einiges leichter, seiner Anweisung Folge zu leisten. Den Blick auf das Fenster gerichtet, betrat er ein weiteres Mal das Zimmer und nahm keine Notiz mehr davon, dass die Tür dieses Mal nicht mehr ganz an der Wand anlag, sondern mit ihr einen Hohlraum bildete, der durchaus groß genug war, einem erwachsenen Mann Platz zu bieten.
Milan näherte sich dem Fenster von innen, Yobi von außen und Spike wusste nur zu gut, warum er sich einmal mehr dezent im Hintergrund hielt.

***

Im Keller von Woodberry Mansion:
David stand noch viel zu sehr unter Schock, um auf das Grauen reagieren zu können, das sich ihm und Hiob im Schein der feuerspeienden Spraydose bot.
In einigen Metern Entfernung vor ihnen hing ein Körper zwischen den Gerüststreben, dessen Brustkorb sich unter schweren Atemzügen nur noch widerwillig hob und senkte. Dass es sich dabei um einen Menschen handelte, war durch das pulsierende Schwarz fast nicht mehr zu erkennen. Die Ameisen hatten seinen Körper wie eine zweite Haut überzogen.
Während David noch mit seinen Eindrücken kämpfte, ertönte ein unheilvolles Sirren, das den Ameisen offensichtlich als Angriffssignal diente. Im nächsten Augenblick schwappte eine dunkle Welle aus dem Nichts und ergoss sich vor David und Hiob über den Boden.
Auch Hiob hatte nie zuvor etwas Vergleichbares gesehen. In Ausnahmesituationen wie diesen konnte er aber von seinen kampferprobten Reflexen profitieren. „Ein Köder für uns!“ Die

erste Angriffswelle stoppte er instinktiv mit einer breiten Feuerwand. „Die haben ihn nur am Leben gehalten, um uns anzulocken!“
David begriff zunächst gar nicht, was Hiob damit meinte und vermutlich war das auch besser für sein Gemüt. „Vorsicht, hinter Ihnen!“ Er verwünschte den Moment, in dem er sich von Hiob dazu hatte breitschlagen lassen, dem geheimnisvollen Atemgeräusch in der Ecke des letzten Kellerraums auf den Grund zu gehen.
„Sie müssen mir helfen!“
„Linke Seite!“
„Es sind zu viele.“ Hiob überzog den Boden zu seiner Linken mit einem Flammenmeer.
„Rechts!“
„Ich kann sie nicht alleine aufhalten.“
David haderte mit einer Entscheidung. War es für den weiteren Schlachtverlauf besser, Hiob logistisch beizustehen oder selbst das Feuer zu eröffnen? Der Einsatz der zweiten Spraydose würde auch David in die Knie zwingen, wodurch er seinen Höhenvorteil und die damit verbundene Übersicht einbüßte. Im Klartext bedeutete das den Nachteil der Bodenperspektive für sich und für Hiob.
„Wilder!“ Hiob jagte mehrere Feuerstöße in die zweite Angriffswelle. „Die überrennen uns!“
Die Geschwindigkeit, mit der das Ameisenheer trotz feuriger Gegenwehr vorrückte, ließ keinen Zweifel daran, dass die Tiere alles auf eine Karte setzten. Das Leben einzelner, ja sogar tausender Individuen wurde dem Wohl ihres Staates bedingungslos geopfert.
„Wilder! Zünden Sie endlich die verdammte Spraydose an!“, brüllte Hiob.
Doch die Ameisen hatten David die Entscheidung bereits abgenommen. Die ersten Tiere kletterten die Stützpfeiler hoch, um ihren Kampf auf die nächste Ebene zu verlagern. Den Spähern folgte eine riesige Traube, die das Gerüst mit lebender Farbe überzog. „Sie klettern nach oben.“ David steckte seine

Dose an und zog den Feuerstrahl quer durch die Vorhut bis tief in die hinteren Reihen.
Hiob hatte auch ohne Davids schlechte Neuigkeiten schon alle Hände voll zu tun. „Sie versuchen, uns den Weg abzuschneiden! Wir müssen um jeden Preis verhindern, dass sie sich über unseren Köpfen ausbreiten."
David ließ den Feuerstrahl erneut über das Gerüst gleiten, diesmal in die Gegenrichtung. Unmengen verkohlter Ameisen rieselten zu Boden. Ihr Gestank verwandelte den Keller in ein riesiges Krematorium. „Hier kommt keine mehr hoch."
„Behalten Sie auch die anderen Säulen im Auge!" Hiob konnte einen ersten kleinen Erfolg verbuchen. Er hatte die vierte Angriffswelle vernichtend geschlagen und rückte in Richtung Mauer vor, um den Aufbau einer fünften Welle schon im Keim zu ersticken. „Und bleiben Sie in meiner Nähe!" Hiob hoffte, bei der Gelegenheit auch gleich herauszufinden, woher die Massen an Ameisen kamen.
„Wo wollen Sie hin?" David weigerte sich zu glauben, dass Hiob in die Offensive ging.
„Sie werden es so lange versuchen, bis ihr Nachschub zusammenbricht. Je früher wir sie erwischen, desto dichter sind sie beisammen."
David zuckte zusammen, als er links von sich einen Schatten bemerkte, der sich bereits bis auf Brusthöhe hochgearbeitet hatte. „Diese Viecher kommen von allen Seiten!"
„Sorgen Sie nur dafür, dass sie uns nicht über den Kopf wachsen, ich kümmere mich um den Nachschub."
David war Auge in Auge mit dem Feind und gab sein Bestes, um ihn am Vormarsch zu hindern. Langsam dämmerte ihm, was Hiob zuerst gemeint hatte, als er von einem Köder gesprochen hatte. Es war nicht zu leugnen, dass die Ameisen nicht einfach nur eine bestimmte Strategie verfolgten, sondern ihr Verhalten an die Reaktion ihrer Beute anpassten. Dass sie jetzt nach oben kletterten, um Hiobs Feuerwalze zu entgehen, machte das mehr als deutlich.
David überzog das Gerüst mit einem Feuerstrahl aus nächster Nähe. Er kam den Tieren dabei so nahe, dass er ihre Leiber in

der Hitze wie Popcorn platzen hörte. Gleichzeitig musste er feststellen, dass es nicht ratsam war, die herumspritzende Ameisensäure aus nächster Nähe ins Gesicht zu bekommen. Er drehte den Kopf schützend zur Seite und schenkte den restlichen Ameisen einen zweiten Durchgang.
„Ich glaube, ich habe den Eingang zum Nest entdeckt!"
David war sich nicht sicher, ob Hiobs Worte ein Grund zur Freude waren. Zwischen den Stützsäulen tobte jetzt bereits ein flammendes Inferno, obwohl sie sich dem Nest bisher nicht bewusst genähert hatten. *Andererseits - um wie viel schlimmer kann es noch werden?* „Ich hoffe, uns geht nicht das Feuer aus, wenn wir zur Königin vordringen. Ihre Leibwache möchte ich nämlich nicht sauer erleben."
„Meine Dose ist noch etwa halbvoll. Das sollte für die oberen Zehntausend reichen!" Hiob rückte zielstrebig weiter vor und David folgte ihm. Er trug seine Feuerlanze vor sich her wie ein Vampirjäger das Kreuz und nutzte jede Gelegenheit, den Feind zu dezimieren.
Hiob versuchte unterdessen, bis ganz in die Ecke vorzurücken, wo er die Höllenbrut aus einem Spalt im Boden strömen sah.

***

Unteres Billardzimmer in Woodberry Mansion:
Milan hatte sich schräg neben dem Fenster platziert und wartete darauf, dass Yobi ihm den geheimnisvollen Schützen in die Arme trieb. Vorerst bekam er allerdings nur dichtes Schneetreiben zu sehen, das der Wind durch die Fensteröffnung wehte.
Spike stand gut geschützt im Flur. Nach eigener Aussage, um einen besseren Überblick über das kommende Geschehen zu haben.
Milans Blick und Waffe waren nach draußen gerichtet. Er reagierte wenig überrascht, als ein vertrautes Gesicht vor dem Fenster auftauchte.
„Nicht schießen! Ich bin's", gab Yobi sich zu erkennen.

„Es ist Yobi!“, leitete Milan die Information umgehend an Spike weiter.
„Verdammt!“, war alles, was als Antwort aus dem Flur zurückkam.
„Eine Spur führt bis zu diesem Fenster“, erklärte Yobi. „Es gibt aber auch noch eine ganze Reihe anderer Spuren. Hier draußen ist jedenfalls keiner mehr. Los, hilf mir rauf!“ Er streckte Milan die Hände entgegen.
Bevor Milan der Aufforderung nachkam, holte er sich Spikes Zustimmung.
„Na los, mach schon! Hol ihn wieder rein!“, reagierte ein mehr als übelgelaunter Spike. „Der Typ ist längst über alle Berge.“
Milan steckte vorübergehend die Waffe ein und stellte die Taschenlampe wie eine Kerze neben sich auf den Boden. Dann reichte er Yobi beide Hände. „Bei drei!“
Yobi umklammerte Milans Unterarme und stemmte sein rechtes Bein gegen die Hausmauer. „...zwei ...drei!“
Mit einem kräftigen Ruck zog Milan an, während Yobi sich von der Mauer abstieß. „Zieh!“
Als sich ihre Köpfe schon fast auf gleicher Höhe befanden, knallte scheinbar aus dem Nichts ein Schuss.
Die beiden Körper behielten noch einen Moment lang ihre Richtungen bei, da erschlaffte die Muskulatur bereits. Am Todpunkt von Yobis Aufwärtsbewegung angelangt, kreuzten sich die starren Blicke zum letzten Mal. Milans Hände lösten ihre Umklammerung und überließen Yobi der Schwerkraft, die ihn rückwärts in den Schnee stürzen ließ. Als er den Boden erreichte, lag Milan bereits tot im Billardzimmer. Eine einzige Kugel hatte gereicht, um beide zu erledigen.
Dann breitete sich eine unheimliche Stille aus. Spike starrte entsetzt auf die Reste seines Teams. Im Schein der Taschenlampe legten sich heranfliegende Schneeflocken wie ein grobgewebtes Grabtuch darüber. Selbst Spikes schlimmste Vorahnungen waren mit diesem einen Schuss weit übertroffen worden.
Spike klammerte sich an seine Pistole. Kopf und Körper presste er so flach gegen die Wand, dass er kaum noch atmen

konnte. Dass der Job hart werden würde, hatte man ihm nicht verschwiegen. Bei genauer Betrachtung war er sogar der Einzige im Team, der überhaupt eine Vorstellung davon besaß, worauf man sich bei der Operation in Woodberry Mansion eingelassen hatte.

Immerhin war es Spikes Job, seinen ihm unbekannten Auftraggeber mit Details über die geplante Mission zu versorgen. Über den Mann selbst, sofern es überhaupt einer war, wusste Spike nichts, denn der Kontakt und die bisherigen Zahlungen waren über einen Strohmann gelaufen.

Dummerweise hatte der doch ziemlich paranoide R.I.P. die Angewohnheit, von seinen Leuten vor jedem Einsatz die Mobiltelefone abzusammeln. Ab diesem Zeitpunkt war es Spike daher kaum noch möglich gewesen, den Strohmann zu kontaktieren, um ihn über den weiteren Fortgang der Mission auf dem Laufenden zu halten.

Als dann aber auch noch das Wetter begonnen hatte, verrückt zu spielen, war der Kontakt endgültig abgerissen. Seither hatte Spike keine Anweisungen mehr erhalten und war auf sich allein gestellt. Erst in diesem Moment begann er zu begreifen, was das bedeutete.

Die letzten Informationen, die noch zu Spike durchgedrungen waren, legten nahe, dass sein Auftraggeber versuchen wollte, den Erfolg der Mission in Woodberry Mansion zu verhindern. Ganz offensichtlich hatte er sich dabei vom schlechten Wetter ebenso wenig aufhalten lassen wie die Leute von R.I.P.

Spikes größtes Problem in seiner jetzigen Situation war, dass er nicht wusste, wem er sich zu erkennen geben sollte oder wodurch. Auf keinen Fall wollte er genauso enden wie Yobi und Milan, doch es fiel ihm schwer, einen klaren Gedanken zu fassen.

Zu viele Fragen schossen ihm gleichzeitig durch den Kopf. Wer war der Killer, der hier gerade zugeschlagen hatte? Wusste er überhaupt von Spikes Funktion als Informant für ihren gemeinsamen Auftraggeber? Und falls ja, würde er Spike deshalb verschonen, oder betrachtete er ihn gar als einen störenden Mitwisser, den es zu eliminieren galt, um die eigene

Identität zu schützen? Würde er den Mann noch zu Gesicht bekommen? War es überhaupt ein Mann?

Hör auf! Spike zwang sich zur Konzentration. In gewisser Weise durfte er mit dem Verlauf der Dinge auch nicht unzufrieden sein. Schließlich hatte er Yobi und Milan ganz bewusst einem solchen Risiko ausgesetzt und insgeheim damit gerechnet, dass so etwas passieren würde. Nichts lag ihm ferner, als sich mit dem Killer anzulegen - wozu auch? Spike hatte sein Geld.

Denk nach! Los! Denk nach! Alles war so schnell gegangen, dass Spike nicht einmal mitbekommen hatte, woher der Schuss gekommen war.

Da Milan und Yobi exakt im selben Augenblick durch einen einzigen Schuss gestorben waren, handelte es sich mit hoher Wahrscheinlichkeit um einen Kopfdurchschuss. Für einen solchen Schuss kamen aber nur zwei Positionen in Frage. *Er muss entweder genau vor ihnen oder genau hinter ihnen gestanden haben!*

In einem Fall bedeutete das, dass der Killer sich im Billardzimmer aufhielt, im anderen Fall, dass er noch immer draußen im Schnee unterwegs war. Spike fand beide Varianten wenig reizvoll, zwang sich aber dazu, einen vorsichtigen Blick um die Ecke zu werfen. Milans Taschenlampe stand immer noch auf dem Boden neben dem Fenster und leuchtete einsam zur Decke.

Wenn er im Zimmer geschossen hat, muss er irgendwo in der Verlängerung des Fensters stehen. Spike beugte sich noch weiter vor und lugte zur Tür, die allem Anschein nach nicht ganz an der Wand anlag. *Der Platz könnte reichen, um sich dahinter zu verstecken.* Hätte Spike seine Taschenlampe direkt auf die Tür gerichtet, wäre sicher mehr zu erkennen gewesen, doch dann hätte er sich auch gleich eine Zielscheibe auf die Stirn malen können.

Viel zu lang stand Spike einfach nur unentschlossen da, die Pistole auf die Tür gerichtet, aber offenbar nicht willens abzudrücken. *Der legt dich um, wenn du dich nicht zu erkennen gibst! Sag endlich was, solange du noch kannst!*

Spike fasste einen folgenschweren Entschluss und ließ die Waffe sinken. „Wir sollten reden!“, rief er ins Zimmer. „Ich weiß, dass Sie mich hören können. Wir arbeiten für dieselben Leute.“ Er ließ seine Worte wirken, ehe er fortsetzte. „Ich habe für Ihren Boss alle Informationen über diesen Einsatz beschafft.“
Spikes Stimme klang nicht so selbstsicher, wie sie sollte und das machte die Sache um nichts besser. „Verstehen Sie, was ich Ihnen sagen will? Wir spielen im selben Team. Ich habe nichts gegen Sie und ich werde Ihnen auch nicht im Weg stehen. Leider ist mein Kontakt zu Ihrem Boss abgerissen. Ich habe alles berichtet, was ich wusste, damit Ihr Einsatz zum vollen Erfolg wird.“ Spike hatte sich selten in seinem Leben unwohler gefühlt als bei diesem Gespräch mit seinem potenziellen Killer, von dem er noch nicht einmal wusste, ob er ihm tatsächlich zuhörte.
Spike ließ einige Sekunden verstreichen und hoffte auf eine Reaktion, die allerdings ausblieb.
„Ich weiß, dass Sie mich hören können. Sie sprechen doch Englisch? Mein Gott, sagen Sie mir nicht, dass Sie kein Englisch sprechen! Sie würden mir einen großen Gefallen tun, wenn Sie sich mir zu erkennen geben. Sie können mir vertrauen. Ich weiß, dass Sie hinter der Tür stehen. Wenn es mir darum ginge, Sie zu erschießen, hätte ich das längst tun können. Verstehen Sie mich? Ich will keinen Ärger mit Ihnen und Ihrem Boss. Ganz im Gegenteil, ich will Ihnen helfen! Lassen Sie uns reden! Ich...“
Spike verstummte, als er den Druck warmen Stahls an seiner Schläfe spürte.
„Reden wir!“, sagte Alon.

***

Vor dem Ameisennest im Keller von Woodberry Mansion:
Hiob hatte das Ameisenheer in den Griff bekommen, indem er den Spalt kontrollierte, durch den sie aus dem Boden geklettert kamen und so den Nachschub abschnitt.

Bei David, der die Stützpfeiler im Auge behielt, war die Lage sogar noch besser. Der Ansturm hatte deutlich nachgelassen. Nur noch vereinzelt kletterten Ameisen orientierungslos herum, von denen aber keine Gefahr mehr ausging. Zumindest für den Moment deutete alles darauf hin, dass sie die Ameisen erfolgreich zurückgedrängt hatten. Bei David machte sich vorsichtiger Optimismus breit.
Hiob sah die Dinge nicht ganz so entspannt, weil seine Spraydose sich schon sehr leicht anfühlte. „So langsam sollten wir uns überlegen, wie wir weitermachen, wenn unseren Flammenwerfern der Treibstoff ausgeht. Sieht im Moment nicht so gut aus bei mir."
„Wie meinen Sie das?"
„Nicht so humorvoll, wie es sich vielleicht angehört hat."
„Es hat sich nicht humorvoll angehört."
„Wollen Sie hierbleiben und die Stellung halten oder lieber zurücklaufen und Nachschub holen?"
Angesichts der Alternativen fiel David die Wahl merklich schwer. „Was wollen Sie lieber tun?"
„Ich würde Ihnen die Aufsicht über das Tor zur Unterwelt überlassen und Nachschub besorgen, weil..."
„Ich gehe!", unterbrach David.
„...ich mich zu verteidigen weiß, wenn mir einer von den bösen Jungs entgegenkommt", vervollständigte Hiob seinen Satz ganz beiläufig.
„Sie gehen!"
„Wir können auch losen und sehen, wer von uns mehr Glück hat", erwiderte Hiob.
„Sie gehen!", wiederholte David so überzeugt, wie es ihm möglich war. „Was muss ich tun?" Er stellte sich neben Hiob, der auf dem Boden kniete.
„Sehen Sie diesen Spalt?"
„Ja."
„Frittieren Sie einfach alles, was da herauskriecht, dann haben Sie gar nichts zu befürchten."
„Was ist mit ihm?" David zeigte auf die Überreste des Mannes, der bizarr verflochten im Baugerüst hing.

Hiob schenkte dem Kadaver einen flüchtigen Moment seiner Aufmerksamkeit. „Der hat aufgehört zu atmen."
„Ist das gut?"
„Für ihn nicht, für Sie schon. Wichtig ist, dass er nicht mehr mit Ameisen überzogen ist, die uns jeden Moment anfallen können."
„Dafür erkennt man jetzt, wie wenig sie von ihm übriggelassen haben." David wandte sich angewidert ab.
„Sie können ihn gar nicht sehen, wenn Sie sich auf den Spalt im Boden konzentrieren, und falls Sie sich nicht darauf konzentrieren, schauen Sie in Kürze genauso aus. Es hat also nur Vorteile für Sie, wenn Sie ihn einfach ignorieren." Hiobs rustikale Logik war nicht von der Hand zu weisen und vermochte auch David zu überzeugen.
„Sind Sie bereit?" Hiob machte erste Anstalten, sich langsam zu erheben und David die Kontrolle zu überlassen.
David ging in die Knie und richtete den Feuerstrahl seiner Spraydose auf den Spalt. „Viel tut sich da unten nicht mehr. Glauben Sie, wir haben alle erwischt?"
Hiob erhob sich vorsichtig und ließ seinen Flammenwerfer als Lichtquelle weiterbrennen. „Einen Großteil sicher, aber ich würde nicht zu früh feiern. Möglicherweise sitzen die Biester nur da unten und lauern darauf, dass uns das Feuer ausgeht. Denen trau ich mittlerweile alles zu."
„Wie lange werden Sie brauchen?"
„Nicht lange." Hiobs Antwort wurde von seinem Gegenüber weder tröstlich noch hilfreich empfunden.
„Ich werde einfach weiter voll draufhalten, dann kann nichts schiefgehen." Davids Worte klangen so überzeugt, dass sie vermutlich mehr dazu gedacht gewesen waren, sich selbst Mut zu machen.
„Tun Sie das! Sollten Sie sich allerdings doch anders entscheiden, warten Sie bitte, bis ich weit genug weg bin, bevor Sie die Viecher freilassen."
David grummelte noch etwas, doch Hiob war schon unterwegs in Richtung Kellergang, um sich mit Nachschub einzudecken. Das Feuer seiner Spraydose ließ er brennen, bis er den Gang

erreicht hatte und die erste Kellerleuchte sah. Erst jetzt, im direkten Vergleich, fiel ihm auf, wie viel weniger es hier draußen nach Krematorium stank.
Seine Pistole im Anschlag steuerte er zielstrebig auf den Lagerraum zu, in dem er und David sich schon einmal bedient hatten. Von Feinden, kleinen wie großen, war bisher nichts zu sehen. Hiob blieb dennoch vorsichtig und ließ die Sicherheit über die Schnelligkeit siegen.
Als er den Lagerraum erreichte, fand er ihn noch genauso vor, wie sie ihn zuvor verlassen hatten. Nicht eine einzige herumirrende Ameise war zu sehen. Hiob führte das auf die zahlreichen Kanister und Dosen mit Farben, Dichtstoffen, Lösungs- und Reinigungsmitteln zurück, die hier gelagert waren. Vor allem auf einige der Kanister hatte Hiob es diesmal abgesehen, um dem Ungezieferproblem dauerhaft Herr zu werden. Schließlich war es keine Lösung, bis ans Ende aller Tage wie Zerberus vor dem Höllenschlund zu wachen.
Die nicht... die nicht... die auch nicht... Seine Suche gestaltete sich etwas mühsam, da er viele Kartons erst aufreißen musste, um erkennen zu können, was sie enthielten. *Der kommt in die engere Wahl...*
Hiob hatte sehr konkrete Vorstellungen, womit er das Ameisennest erledigen wollte. Am liebsten hätte er der Teufelsbrut eine Ladung Plastiksprengstoff spendiert, doch das hätte vermutlich alles nur noch verschlechtert - die Stabilität von Woodberry Mansion miteingeschlossen.
Hiobs zweitbeste Wahl war brennbar, vorzugsweise ätzend oder giftig - am besten eine Kombination aus all diesen Eigenschaften. Die Gefahrenhinweise auf den diversen Gebinden erwiesen sich dabei als äußerst hilfreich.
Das kommt mit! Hiob war fündig geworden. *...und zwei von denen!* Er räumte einen der Kartons bis auf zwei neongelbe Kunststoffkanister aus und stellte dann einen kleineren Blechkanister daneben. *Eine Dose hiervon...*
Dass jeder der Kanister zwischen fünf und zehn Kilo schwer war, stellte für Hiob die geringste Sorge dar. Viel anspruchsvoller war es, die bunte Mischung am Ende in einem

einzigen der Riesenkartons zu verstauen, um sie mit einer Hand auf der Schulter balancieren zu können. Selbstverständlich hatte Hiob auch auf dem Rückweg nicht die Absicht, auf seine Waffe zu verzichten.
Insgesamt sieben Kanister unterschiedlicher Größen und Inhalte sowie zwei Dosen stopfte er irgendwie in den Karton, um gleich darauf feststellen zu müssen, dass dieser mit seinen fast sechzig Kilogramm Beladung hart an der Belastungsgrenze war. *Ich komme gleich, Wilder!* Hiobs innere Uhr tickte bereits sehr laut.
Er schob einen kleinen Karton zur Seite, der ihm im Weg war. *Dauert nur noch eine Minute.* Dahinter befand sich eine sehr dicke Kartonkiste, die ihm groß genug erschien, der ersten als Verstärkung zu dienen. *Zier dich nicht so!* Mit etwas gutem Willen und handfesten Argumenten rutschten die beiden Kartons schließlich ineinander. *Bin schon so gut wie unterwegs zu Ihnen, Wilder.*
Auch Davids innerer Chronometer fand, dass es Zeit für Hiobs Rückkehr wurde. Er hatte den Blick stur auf den Boden gerichtet und führte den Feuerstrahl abwechselnd von einem Ende des Spalts zum anderen. *369, 370, 371...*
David hatte zu zählen begonnen, nachdem Hiob gegangen war. Spätestens bei 400 wollte er sich in gesprächigerer Gesellschaft wiederfinden als zwischen verschmorten Ameisen und der Leiche eines angenagten Bombenlegers.
386, 387, 388... Seit 251 hatte keine einzige Ameise mehr ihren Kopf aus dem Spalt gesteckt. Entweder, so vermutete David, weil ihre Neugier nachgelassen hatte, oder weil sie sich alle bei einem geheimen Hinterausgang zum Überraschungsangriff sammelten. *393, 394, 395...* Vor allem die zweite Möglichkeit fand er äußerst beunruhigend, und je länger er darüber grübelte, umso mehr spürte er die stechenden Blicke tausender Facettenaugen in seinem Rücken. Dreimal hatte er deshalb schon einen Blick über die Schulter gewagt, im Dunkel hinter ihm aber nichts erkennen können. Um den Raum zu erhellen, hätte er den Feuerstrahl kurz vom Spalt nehmen müssen, um ihn als Lichtquelle einzusetzen.

400! In Kombination mit Davids Zählerei hatte die Situation durchaus Ähnlichkeit mit einem Versteckspiel. Ein Spiel, bei dem er als Kind stets verloren und das er deshalb gehasst hatte. Doch daran wollte er sich in diesem Moment lieber nicht erinnern.
407, 408, 409... Seit sich keine Ameisen mehr in die Flammen stürzten, hatte auch das Knirschen, Knacksen und Ploppen aufgehört. Nur das monotone Rauschen aus der Spraydose war noch zu hören, und selbst daran schien David sich mittlerweile zu gewöhnen. Fast hatte es den Eindruck, als wäre der Atem des feuerspeienden Drachens ruhiger geworden, um auf das Ausbleiben seiner Feinde zu reagieren.
421, 422, 423... Erst als passend zum Geräusch auch der Feuerstrahl merklich schwächer wurde, schrillten bei David die Alarmglocken. *Die Dose wird leer!* „Hiob!" Er drückte seinen Zeigefinger noch fester nach unten, doch das war der Dose egal. Ihre Flamme war bereits auf die Hälfte zusammengeschrumpft, und ihr Geräusch glich jetzt mehr dem eines sterbenden Luftballons als dem eines feuerspeienden Drachens.
„Hiob!", brüllte David, dem nach der Dose nur noch das Feuerzeug bleiben würde und allem Anschein nach war das schon sehr bald der Fall. „Hiob!"
Ich brauche etwas Brennbares, schoss es ihm durch den Kopf. Sein rechter Arm schwenkte tapfer die sterbende Dose über dem Spalt und seine linke Hand kramte ein paar Taschentücher aus seiner Hose hervor. Unglücklicherweise hatte ihm das Abenteuer im Schnee aber noch viel übler mitgespielt als zunächst angenommen. Nicht nur Davids Hose war durchnässt, auch die Taschentücher hatte es erwischt.
In einem letzten verzweifelten Versuch hielt David eines der klatschnassen Taschentücher über das Flämmchen, dann ging das Licht aus.
„Hiob!" Es war so dunkel, dass David nicht einmal mehr die Hand vor Augen sehen konnte. Zusätzlich war sein Geruchssinn durch die Flambierorgie stark in Mitleidenschaft gezogen worden. So war es nicht weiter verwunderlich, dass David in dieser Situation vor allem eines gut konnte: hören.

Zu seinem Entsetzen waren es aber keine Schritte, die an seine Ohren drangen, sondern ein leises Sirren, das aus dem Spalt vor ihm drang. „HIOB!“
Als Reaktion auf seinen verzweifelten Schrei wurde das Sirren umgehend lauter.
David zündete in Panik das Feuerzeug an. In dem Spalt vor ihm ließ sich noch immer keine einzige Ameise blicken, obwohl der ansteigende Tonfall schwer danach klang, als ob sie in Scharen aus der Tiefe nach oben strömten. *Raus hier!* Sein spontaner Rückzug fiel den Umständen entsprechend recht geordnet aus. *Aber vorsichtig!* Es blieb beim guten Vorsatz, den unsichtbaren Feind nicht unnötig zu provozieren. Als David nämlich gleich darauf aufsprang, war ihm so ziemlich alles egal.
„Wollen Sie desertieren?“
David zuckte vor Schreck zusammen, aber nur, um sich im nächsten Moment unendlich erleichtert zu zeigen. „Hiob?“
„Hatten wir nicht vereinbart, dass Sie den Riss im Auge behalten?“
„Die Dose ist leer! Schnell, ich glaube, sie planen den nächsten Angriff!“
Hiob trat aus dem Dunkel und stellte den schweren Karton unsanft zu Boden. „Nehmen Sie die hier!“ Er drückte David eine neue Spraydose in die Hand.
David zögerte keine Sekunde und legte los. Auch wenn er immer noch keine Ameisen sehen konnte, war ihm das Sirren Motivation genug, ihnen ordentlich einzuheizen. „Wie haben Sie es ohne Licht geschafft hereinzukommen? Ich habe Sie weder gesehen noch gehört.“
„Vermutlich, weil Sie so konzentriert auf den Spalt gestarrt haben. Ich habe mich an Ihrem Feuerzeug orientiert.“ Hiob öffnete einen der Kanister und wies David an, ihm Platz zu machen. „Halten Sie die Flamme nach oben, während ich das Zeug reinschütte. Es wäre nicht gut, wenn wir es zu früh entzünden.“ Hiob kippte den Kanister um und ließ den Inhalt in den Spalt rinnen, der ihn geradezu gierig aufzusaugen schien. „Sorgen Sie einfach nur für Licht und versuchen Sie, möglichst

nicht zu viel von den Dämpfen einzuatmen." Hiob hatte den zweiten Kanister geöffnet und legte ihn an das andere Ende des Spalts. Gluckernd und glucksend verschwand die leicht bläulich schimmernde Flüssigkeit im Boden.
„Was kippen Sie mir da ins Grundwasser?" David konnte nicht erkennen, was auf den Kanistern stand.
„Dieses und jenes. Sehen Sie es einfach als eine Art Grundierung für die spätere Hohlraumversiegelung... Mit dem Zeug hier sollte man besonders vorsichtig sein." Hiob packte einen der großen Kanister, riss die Verschlusskappe auf und stieß ihn mit dem Fuß um.
„Das nennen Sie vorsichtig?"
„Nicht wir, die Ameisen!" Hiob kümmerte sich bereits um den Nachschub.
„Das Sirren hat aufgehört", stellte David erfreut fest. Er lauschte dem Plätschern der Flüssigkeit, wie sie in die Ritzen unter dem Boden floss und sich immer weiter entfernte.
„Das will ich doch schwer hoffen. Wenn diese Biester 10 Liter hochkonzentriertes Aceton abbekommen und danach immer noch ein Liedchen zirpen, ist die ganze Insel nicht mehr vor ihnen zu retten." Hiob legte den nächsten Kanister um. „20 Liter Aceton", verbesserte er sich mit einem Grinsen der Genugtuung. „Sie sollten sich besser noch ein Stück entfernen, nicht dass sich die Dämpfe entzünden und wir doch noch in die Luft fliegen. Außerdem könnte es hier gleich etwas ungemütlich werden."
David trat zwei Schritte zurück.
Hiob kippte einen weiteren Kanister in den Spalt und sofort wurde deutlich, wovon er gesprochen hatte. Aus dem Spalt erhob sich weißer Rauch, der sich wie eine Nebelsuppe über den umliegenden Boden ergoss.
„Nicht einatmen!", mahnte Hiob und kippte die verbleibenden Zutaten seines Giftcocktails hinterher.
David stieg ein stechender Geruch in die Nase, der den der Ameisensäure weit übertraf. Gleichzeitig begannen seine Augen zu tränen.

„Das war's!", beendete Hiob seine Arbeit. „Für heute Nacht sind wir hier unten fertig. Falls sich morgen noch etwas bewegt, werfen wir ein Streichholz hinterher... Kommen Sie, es gibt da oben noch drei Typen, um die ich mich kümmern muss." Er packte David beim Arm und zog ihn weiter von den Dämpfen weg. „Außerdem wird hier die Luft gleich so giftig sein, dass...
„Was ist mit ihm?" David zeigte auf den Toten.
„Der riecht das nicht mehr."

***

25. Dezember, später Vormittag in Woodberry Mansion:
Als David am Weihnachtsmorgen die Augen aufschlug, konnte er bestenfalls ahnen, wie lange er geschlafen hatte. Die Ereignisse der vergangenen Nacht lagen wie ein dunkler Schleier über seiner Erinnerung und passten so gar nicht zu dem Bild, das sich ihm bot.
Goliath hoppelte gutgelaunt im Zimmer herum und durch das Fenster strahlte die Vormittagssonne ins Schlafzimmer. David rieb sich die Augen und schlug die Decke zurück.
Die roten Flecken an seinen Beinen waren das erste Indiz dafür, dass es tatsächlich reale Erinnerungen waren und kein Albtraum, die ihm im Kopf herumgeisterten. Er stand auf und ging zum Fenster.
Der Himmel war strahlend blau mit einzelnen Schäfchenwolken. David öffnete das Fenster und kühle Luft strömte herein. Das alte Außenthermometer über dem Fensterbrett zeigte 21 Grad Celsius an - plus wohlgemerkt. Das war keineswegs verwunderlich, da es noch nie etwas anderes angezeigt hatte.
David verließ sich auf seine Schätzkünste, die ihm sagten, dass die tatsächliche Außentemperatur knapp an der Grenze zwischen dem ein- und zweistelligen Bereich lag. Offenbar war an diesem Morgen das große Tauwetter angebrochen, denn überall am Haus lösten sich Schneebretter von Balkonen, Dachvorsprüngen und Fensterbrettern. Angesichts der gewaltigen Mengen, die es über Nacht geschneit hatte, würde

es sicher noch länger dauern, bis der Garten wieder schneefrei war.
Unter dem Fenster waren schwere Stapfgeräusche im nassen Schnee zu hören. David beugte sich vor und entdeckte eine vertraute Gestalt. Er rieb sich erneut die Augen und sah, dass Hiobs rechte Hand um den Gürtel eines Mannes gekrallt war, den er wie eine zusammengefaltete Einkaufstasche neben sich hertrug. Das war das zweite Indiz an diesem Morgen, dass David nicht geträumt hatte. „Hiob?"
Hiob blieb stehen und blickte nach oben. „Frohe Weihnachten, Wilder!"
Da Davids Schlagfertigkeit offensichtlich auf dem Weg vom Bett zum Fenster aufgehalten worden war, erwiderte er wenig originell: „Frohe Weihnachten!"
„Wir sind noch beim Saubermachen", erklärte Hiob gutgelaunt.
„Das sehe ich", erwiderte ein staunender David. „Wohin bringen Sie den Mann?"
„Zu den anderen. Ich sammle sie drüben bei der Grundstücksgrenze im Schatten der Bäume. So bleiben sie länger frisch und belästigen Sie nicht."
„Sehr rücksichtsvoll von Ihnen." David konnte kaum glauben, dass er diese Konversation ausgerechnet im Pyjama am Weihnachtsmorgen führte.
„Keine Ursache, Aufräumen gehört zu meinem Job. Ich habe mich auch schon beim Ameisennest im Keller umgesehen."
„Ja?", fragte David interessiert.
„Die chemische Keule hat sie alle erledigt - ohne Ausnahme." Ein gewisser Stolz in Hiobs Stimme war ebenso wenig zu überhören wie die Genugtuung, über einen erbitterten Feind gesiegt zu haben.
„Sind Sie sicher?"
„Todsicher! Sie sollten aber vorerst trotzdem nicht runtergehen. Die Luft ist ziemlich... schlecht!"
„Danke für die Warnung. Ich hab den Gestank der verbrannten Ameisen noch immer in der Nase."
„Den meinte ich gar nicht", entgegnete Hiob. „Die Luft ist voller Lösungsmittelrückstände und giftiger Dämpfe. Es ist

sicher ratsam, wenn Sie die Kellerfenster vorerst gekippt lassen. Dafür ist da unten jetzt alles garantiert ungezieferfrei."
David nickte nur.
„Ich muss weiter!", rief Hiob entschlossen. „Die Sonne bekommt ihm nicht so gut... Wir sehen uns in Kürze beim Frühstück."
„Frühstück?" Davids Mundwinkel hoben sich, um gleich darauf festzufrieren. „Chess hat doch nicht etwa...?"
„Um Himmels Willen, nein!", rief Hiob bestürzt. „Alon hat sich dieser wichtigen Mission angenommen."
„Dann ist es ja gut." David lächelte erleichtert. „Ich mach jetzt lieber wieder das Fenster zu, im Pyjama ist es dann doch etwas frisch hier draußen."
Hiob drehte sich um und stapfte munter weiter durch den Schnee. Dass die herunterhängenden Hände und Füße des Toten dabei ein Muster in den klebrigen Schnee zeichneten, schien Hiob entweder gar nicht zu bemerken, oder - was viel wahrscheinlicher war - es kümmerte ihn schlichtweg nicht.
Ein Zupfen an Davids Hosenbein erinnerte ihn daran, dass er nicht der Einzige war, der sich auf ein Frühstück freute. Er bückte sich und hob Goliath hoch. „Bist du schon wieder schwerer geworden?"
Das weiße Riesenkaninchen zeigte sich von dem durchklingenden Vorwurf unbeeindruckt und machte es sich auf Davids verschränkten Armen bequem.
„Ich kann noch immer nicht glauben, dass das alles letzte Nacht passiert sein soll." Er setzte sich aufs Bett und kraulte Goliath zwischen den Ohren. „Hiob ist wirklich ein harter Knochen! Vor ein paar Stunden hätten uns diese Killerameisen im Keller fast aufgefressen und jetzt wünscht er mir so beiläufig frohe Weihnachten, als würde er nebenbei nur den Müll rausbringen. Dabei hat er..." Davids Gedanken hatten seine Worte eingeholt. „Nicht so wichtig, Goliath. So ist Hiob eben!"
Goliath drehte sich auf Davids Schoß um, sodass er seinem Herrchen direkt in die Augen blicken konnte.

„Ich weiß genau, was jetzt kommt.“ David hatte den Satz kaum zu Ende gesprochen, da streckte Goliath sich auch schon in die Länge und schob seinen flauschigen Kopf an Davids Brustkorb entlang, bis die beiden auf Augenhöhe waren. Goliaths Zunge begann zärtlich, aber durchaus bestimmt über Davids Gesicht zu lecken.
„Ist schon gut, mein Riese. Es gibt gleich Frühstück. Aber vorher musst du dir noch anhören, wie wir den gefährlichen Ameisen entkommen sind.“
Goliath schien diesem Vorschlag wenig abgewinnen zu können.
„He! Hör auf, mich zu stupsen... Schon gut! Erzähl ich es dir eben, während ich dusche, dann musst du nicht so lange auf deinen Gemüseteller warten.“
David setzte sein weißes Kuschelmonster auf dem Boden ab und machte sich auf den Weg ins Badezimmer. Goliath hoppelte neben ihm her und sorgte dafür, dass David den kürzesten Weg nahm.
„Ja ja, ich weiß, dass wir es eilig haben.“ Er warf Goliath einen genervten Blick zu. „Vor allem dein Magen.“ David stieg in die Dusche und ließ sich das Wasser in den Nacken prasseln, während Goliath vor der Dusche alle viere von sich streckte.
Wie angedroht, begann David zu schildern, was er und Hiob erlebt hatten. Dabei wurde ihm nach und nach bewusst, dass es noch einiges an Zeit brauchen würde, um die Ereignisse der vergangenen Nacht aufzuarbeiten.
Als er rund 15 Minuten später aus der Dusche kam, beendete er seine Erzählung mit den Worten: „Vielleicht wäre es doch besser, in London zu bleiben. So ein riesiges Haus bietet zwar sehr viel Platz - wenn wir ganz ehrlich sind, sogar viel zu viel für uns beide - aber es macht auch sehr viel Arbeit... Von dem Ärger ganz abgesehen!“

***

Sanctuary Island II, nahe dem Golf von Aden, Mittagszeit:
Warum bleiben solche Arbeiten eigentlich immer an mir hängen? Weil ich schon so lange dabei bin. Das ist ein

Vertrauensbeweis! Enzo, ein altgedienter Angestellter von der Statur eines Durchschnittsitalieners, hatte das zweifelhafte Vergnügen, Dr. Qian an seine Pflichten als Gastgeber zu erinnern. Seine betont langsamen Schritte waren Ausdruck dessen, wie eilig er es hatte, den Doktor zu stören. *Bestimmt schreit er mich wieder an, weil ich ihn bei etwas Wichtigem störe.*

Dabei hatte der Tag für Enzo so gut angefangen. Gleich zu Dienstbeginn war er von einem seiner Kollegen gefragt worden, ob er Lust hätte, mit ihm die Spätschicht zu tauschen. Für Enzo bedeutete das 50 Prozent mehr Geld für eine Nacht unter dem Sternenhimmel. Ohne zu zögern, hatte er den Vorschlag angenommen, denn Enzo war es völlig egal, wann er auf Sanctuary Island II Dienst tat, solange nur die Bezahlung stimmte. Abgesehen von undankbaren Botengängen wie diesem war er mit seinem Job bei Qian mehr als zufrieden.

Einige seiner Kollegen hatten nach der Verlegung an die Küste Sokotras die Befürchtung geäußert, der Doktor könnte sich dort mit einheimischem Personal eindecken, das der altgedienten Besatzung die Löhne ruinieren würde. Das Gegenteil war der Fall gewesen. Einige aus der Stammbelegschaft hatten die Übersiedlung nicht mitmachen wollen, wodurch es kurzfristig sogar zu einem Personalmangel gekommen war. Qian hatte auf den Engpass mit einer anständigen Gehaltserhöhung reagiert und sich weiß Gott nicht lumpen lassen.

Auch Enzo hatte kurz über eine Kündigung nachgedacht, als von der Verlegung der Insel in die Nähe der Piratengewässer im Golf von Aden die Rede war. Letztlich war er aber heilfroh, dem Doktor treu geblieben zu sein. Wer konnte schon sagen, wohin das Schicksal ihn sonst verschlagen hätte? Gelegentlich dachte er noch an zwei seiner ehemaligen Kollegen zurück, die sich gegen ihren Verbleib auf Sanctuary Island II entschieden hatten. Enzo hatte nie wieder etwas von ihnen gehört. Vermutlich segelten sie längst auf irgendeinem Frachtschiff über die sieben Weltmeere.

„Ciao, Enzo!“, rief ihm jemand zu.

Enzo riss sich von seinen Gedanken los und blickte in Richtung der vertrauten Stimme. Sie gehörte einem Landsmann von ihm, der kurz nach Enzo an Bord gekommen war. Er saß in seinem graugetupften Overall neben einem großen Farbtopf und ließ sich die Sonne auf die Halbglatze brennen, während er die Innenseite des Geländers strich.
„Ciao!“, erwiderte Enzo.
„Na, wieder mal die Arschkarte gezogen?“, fragte der Maler lachend und tauchte den Pinsel in die graue Farbe.
„Nicht so laut!“ Enzo presste den Finger auf die Lippen und kam näher. „Muss doch nicht jeder gleich wissen, was ich dir im Vertrauen erzähle.“
„Ach komm schon, Enzo. Mittlerweile hat doch jeder an Bord mitbekommen, dass mit dem Doktor etwas nicht stimmt.“ Er ließ seinen Zeigefinger neben der Schläfe kreisen. „Ich sag dir, der war zu lang unter Deck. Labortypen wie er vertragen keine Sonne und Frischluft, das ist wie Gift für sie. Die sind alle nur noch ihr Kunstlicht und die klimatisierte Filterluft gewöhnt. Kaum kommen sie nach draußen und atmen einmal richtig durch, fangen sie sich gleich ein paar Keime und einen Sonnenstich ein.“
„Geht es auch ein wenig leiser?“, zischte Enzo. „Im Gegensatz zu dir hänge ich nämlich an meinem Job.“
„Ich doch auch“, lachte der Maler und tropfte den Boden zwischen Farbtopf und Reling voll. „Ich hab gehört, dass Qian in letzter Zeit eine Menge Aufputschmittel schluckt, um sich fit zu halten.“
Enzo sah sich vorsorglich nach allen Seiten um und beugte sich mit ernster Miene hinunter. „Ich wäre dir wirklich dankbar, wenn du derartige Geschichten nicht so laut herausposaunen würdest!“
„Das ist keine Geschichte! Ich habe es von mehreren Seiten gehört. Ein halbes Dutzend Leute hat ihn schon dabei beobachtet, wie er sich heimlich Tabletten einwirft.“
Enzo zuckte mit den Schultern. „Vielleicht ist er krank.“
„Na, du machst mir Spaß. Natürlich ist er krank! Schau ihn dir genau an, wenn du ihn gleich besuchen gehst. Der sieht sich

doch selbst nicht mehr ähnlich mit seinen eingefallenen Schlitzaugen.“
„Ich werde darauf achten.“
„Jetzt tu aber nicht so, als wüsstest du von nichts!“
„Nicht so laut!“, mahnte Enzo.
„Weil’s wahr ist! Du hast mir selbst erzählt, wie durchgeknallt er in letzter Zeit auf dich gewirkt hat. So ein merkwürdiges Verhalten kommt doch nicht von ungefähr. Der macht den Stress nicht mehr lange mit, da sind sich alle einig.“
„Wie meinst du das?“
„Nervenzusammenbruch, Burnout, nenn es, wie du willst, aber dass der Mann nicht mehr diensttauglich ist, erkennt selbst ein einfacher Matrose wie ich.“
„Er ist Arzt!“, entgegnete Enzo bestimmt. „Da wird er doch wohl besser wissen, was mit ihm los ist.“
„Von wegen! Das bedeutet nur, dass er es besonders leicht hat, an die Medikamente zu kommen, die er sich jeden Tag reinzwitschert.“
„Ich weiß zwar, was du meinst, aber irgendwie kann ich mir das nur schwer vorstellen.“
„Ich will dich nur gewarnt haben.“ Der Pinsel tauchte tief in die Farbe ein. „Von mir aus kannst du ruhig weiter mit Scheuklappen übers Deck laufen, bis unser Doktor eines Tages völlig austickt. Aber wer weiß, vielleicht passiert es jetzt gleich, wenn du ihn bei seinem Mittagsschlaf störst.“
„Er hält keinen Mittagsschlaf.“
„Wieso hat er dann die Jalousien heruntergelassen?“
Enzo blickte hinüber zum Quartier des Doktors. „Keine Ahnung.“
„Dann solltest du es schleunigst herausfinden! Ich habe mit den Jungs eine Wette laufen, wann Qian zusammenbricht. Wenn du mir Insiderinformationen beschaffen kannst, beteilige ich dich am Gewinn.“ Er grinste verschlagen.
„Ihr seid echt krank.“
„Wir bestimmt nicht!“
„Ich muss los.“ Enzo drehte sich um und ging. Natürlich war ihm aufgefallen, dass Qian sich verändert hatte und sicher nicht

zu seinem Besten. Andererseits war es nicht ungewöhnlich, dass ein Mann wie er von Zeit zu Zeit unter Stress stand. *Bestimmt hat sein sonderbares Verhalten etwas mit dieser Frau und dem alten Ägypter zu tun. Wenn ich die zu Besuch hätte, wäre ich auch unruhig.*
Enzo hatte Qians Quartier erreicht und klopfte an die Tür.
Sekunden verstrichen, in denen Enzo Zeit fand, den Seevögeln zuzusehen, die irgendwo zwischen Sanctuary Island II und der Insel Sokotra über dem Meer kreisten. Trotz ihres dunklen Gefieders schien ihnen die Hitze nichts anhaben zu können.
Enzo klopfte erneut. „Dr. Qian?", fragte er vorsichtig. Er war gut beraten, nicht zu sehr zu drängen, um sich nicht wieder den Unmut des Doktors zuzuziehen.
Unterdessen stürzten sich einige der Vögel pfeilartig vom Himmel und tauchten ins Wasser. Es dauerte eine ganze Weile, bis sie an einer völlig anderen Stelle wieder herauskamen und sich mit kräftigen Flügelschlägen erneut in die Lüfte erhoben.
„Dr. Qian? Ihre Gäste warten!" Enzo klopfte etwas fester.
Als sich dennoch nichts rührte, ging er zum Fenster und lugte vorsichtig durch die schrägstehenden Jalousien. Der Raum war düster und in Kerzenlicht getaucht. An der gegenüberliegenden Wand bemerkte Enzo eine Art Kalender, der durch seine eigenwilligen Schriftzeichen auffiel. Auf einem Hocker in der Zimmermitte steckten in einer blutroten Schale mehrere Räucherstäbchen. *Wo ist er?*
Enzo federte in den Knien leicht auf und ab, um zwischen den Lamellen der linken Jalousie noch mehr erkennen zu können. Die Räucherstäbchen waren bereits zur Hälfte heruntergebrannt, was drauf hindeutete, dass der Doktor sie schon vor längerer Zeit angezündet hatte. *Er muss doch da drin sein...*
Enzo neigte seinen Kopf ein Stück, und plötzlich entdeckte er Qian genau unter dem Fenster. Der Doktor saß mit dem Rücken zur Wand im Schneidersitz. *Was macht er da?*
So wie es aussah, starrte Qian einfach nur auf den Kalender, der vor ihm an der Wand hing. Genau ließ sich das nicht sagen, da sein Gesicht nicht zu erkennen war. *Vielleicht meditiert er.*
Enzo machte einen vorsichtigen Schritt zur Seite und konnte

erkennen, dass Qians Hände gefaltet auf den Oberschenkeln ruhten.

***

Woodberry Mansion, Küche:
Als David die Küche betrat, duftete es nach gebratenem Speck und frischen Waffeln. Hiob und Alon saßen am Frühstückstisch und ließen durchblicken, dass sie schon länger darauf warteten, endlich mit dem Frühstück beginnen zu können.
„Guten Morgen und frohe Weihnachten“, grüßte David. „Wo ist Chess?“
„Frohe Weihnachten.“ Aus Alons Mund klang der Wunsch nicht halb so festlich. „Sie zieht sich noch einmal um. Solltest du übrigens auch.“
David blickte ihn fragend an.
„Es gab beim Zubereiten des Frühstücks einen kleinen Unfall mit dem Gemüse.“ Hiob zeigte auf einen Krug voller Tomatensaft.
„Was ist passiert?“
„Nichts, was eine gute Waschmaschine nicht wieder in Ordnung bringen könnte“, erklärte Alon ruhig.
David zog einen Stuhl heraus und setzte sich. Nach einer kurzen Nachdenkpause sagte er: „Ich glaube, es gibt im ganzen Haus keine Waschmaschine.“
„Stimmt.“ Alons Aufmerksamkeit kreiste über dem gebratenen Speck. „Das ist Chess auch schon aufgefallen... Ich hab ihr gleich gesagt, dass eine weiße Bluse keine gute Idee ist, aber hört sie auf mich?“
„Warum hat sie eine weiße Bluse...?“ David unterbrach sich gleich selbst. „Weil Weihnachten ist!“
„Besonders begeistert klingen Sie aber nicht.“ Hiob behielt die vielen verschiedenen Marmeladengläser im Auge. „Chess wollte sich extra Ihretwegen herausputzen.“
„Meinetwegen?“, fragte David erstaunt.

„Ja, klar. Weil sie mit dir Weihnachten feiern will“, half Alon seinem Freund auf die Sprünge. „Sie meinte, dass man sich zu so einem festlichen Anlass auch ganz besonders in Schale werfen muss. Meinst du, Hiob und ich haben zum Spaß die besten Hosen aus dem Koffer gekramt?“
David blickte an seinem Durchschnittshemd hinunter auf die bodenscheue Jeans. „Das ist wirklich nett.“ Er lächelte verlegen. „Aber um ehrlich zu sein, ist mir gar nicht nach Feiern zumute. Nach allem, was vergangene Nacht passiert ist, will bei mir so gar keine Weihnachtsstimmung aufkommen. Das versteht ihr doch...“
„Unsinn!“, widersprach Alon. „Du kannst dir doch nicht aussuchen, wann du Weihnachten feiern willst!“
„Das hat Chess zu ihm gesagt“, flüsterte Hiob.
„Bevor ihre Bluse die roten Tupfen hatte“, ergänzte Alon. „Sie hat uns geradezu darauf eingeschworen, dass wir dir Weihnachten nicht verderben dürfen.“
„Nicht, dass wir das vorgehabt hätten“, beteuerte Hiob.
„Im Klartext heißt das“, wurde Alon deutlicher, „dass wir so tun, als wäre nichts passiert und den Tag alle gemeinsam in Ruhe und Besinnlichkeit verbringen.“
„Das geht nicht.“ David schüttelte den Kopf. „Ich meine, was ist mit den Leichen, die sich draußen im Garten stapeln?“
„Die natürlich nicht“, stellte Hiob klar. „Nur wir vier und Ihr Riesenkaninchen feiern zusammen Weihnachten.“
David machte den Mund auf, doch Alon war schneller. „Wir könnten selbstverständlich auch den ganzen Tag darüber reden, was letzte Nacht passiert ist, es würde nur an unserer Situation nichts ändern: Die Straßen sind dicht, die Flughäfen auch und vor morgen ist nicht mit einem Team von Scotland Yard zu rechnen... Ich fürchte, so lange wirst du die Schneemänner noch im Garten liegen haben.“
„Also können wir die Zeit genauso gut nutzen und gemeinsam Weihnachten feiern. Mich hat dieser Brauch schon immer interessiert, ganz ehrlich“, versicherte Hiob.
David sah die beiden abwechselnd mit skeptischem Blick an. „Ihr beide wollt mir doch nicht ernsthaft erklären, dass ihr

nichts Besseres zu tun habt, als euch die Zeit mit Weihnachtsliedern und Keksen zu vertreiben? Nach eurem Auftritt vergangene Nacht brennt Souzan-Chaya doch sicher darauf, euren Bericht zu bekommen und..."
„Den Bericht hat sie schon", unterbrach Alon. „Zumindest die Kurzfassung. Dummerweise ist es nicht ganz so gut gelaufen, wie Souzan-Chaya sich das vorgestellt hat. Wenn ich ihre Antwort richtig deute, lohnt es sich für Hiob und mich nicht, allzu früh zurückzukommen."
„Was will sie denn?", frage David verständnislos. „Wir haben dank eurer Hilfe überlebt, die Bösewichte sind besiegt - die Killerameisen hoffentlich auch - und Woodberry Mansion ist nicht explodiert. Aus meiner Sicht war euer Einsatz ein voller Erfolg."
„Souzan-Chaya sieht das etwas anders." Hiob blickte auf die Uhr und frage sich, wie lange Chess wohl noch brauchen würde, um ihre weiße Bluse zu wechseln.
„Sie hält uns vor, dass wir ihre Gedanken nicht lesen können - möglichst schon bevor sie selbst sie überhaupt hat." Langsam begann Alons Gute-Weihnachtslaune-Fassade zu bröckeln und sein Ärger über Souzan-Chaya brach durch. „Wenn sie uns von Anfang an reinen Wein eingeschenkt hätte, dann wären wir anders an die Sache herangegangen. Aber nein, sie muss wieder die Hälfte für sich behalten, und dann wundert sie sich, wenn etwas schiefläuft."
„Ich habe ihre Zeilen nicht so verstanden, dass sie sich wundert", widersprach Hiob. „Ich würde eher sagen, sie war stinksauer, weil es uns nicht gelungen ist, den Diebstahl zu verhindern."
„Das bin ich auch!", entgegnete Alon bestimmt. „Sie hat genau gewusst, dass Simons Mörder hier auftauchen würde!"
„Sie hat es nicht gewusst", korrigierte Hiob.
„Aber geahnt hat sie es!", setzte Alon nach. „Wenn sie uns gleich über ihren Verdacht informiert hätte, hätten wir uns ganz anders auf die Situation vorbereiten können. Aber nein, Souzan-Chaya kocht ihr eigenes Süppchen und lässt uns erst in die Küche, wenn der Salzstreuer bereits im Topf liegt."

„Sie hat bestimmt ihre Gründe.“ Hiob schien die Sache deutlich gelassener zu nehmen.
„Komm mir nicht damit, Hiob! Wir arbeiten lang genug für ihre Familie, dass die Frau wissen muss, wo sie uns einzuordnen hat - zumindest sollte man das annehmen dürfen. Sie selbst hat sich bei mir immer darüber beklagt, dass ihr Vater sie nicht in alles eingeweiht hat, und jetzt, wo sie seinen Sessel hat, verhält sie sich uns gegenüber um nichts besser als er damals.“
David räusperte sich.
„Was?“ fuhr Alon ihn an und war im gleichen Augenblick selbst überrascht von seinem gereizten Tonfall. „Tut mir leid, das war an jemand anderen adressiert. Was wolltest du fragen?“
David versuchte einen neuen Anlauf. „Kann mir einer von euch sagen, was überhaupt aus dem Tresor gestohlen wurde?“
„CDs mit Forschungsdaten aus Woodberrys Labor“, erklärte Alon und fügte beißend hinzu: „Falls Souzan-Chaya wenigstens in diesem Punkt die Wahrheit sagt.“
„Zumindest deckt sich diese Information mit Chess’ Beobachtung.“ Als Hiob merkte, dass David ihm nicht folgen konnte, holte er weiter aus. „Chess hat Alon erzählt, dass sie einen der Männer dabei beobachtet hat, wie er aus dem Tresor im Arbeitszimmer zwei CDs entwendet hat.“
„Nicht irgendeinen Mann!“, wurde Alon laut. „Sie hat Simons Mörder dabei beobachtet! Es wäre besser gewesen, sie hätte ihn gleich mit der Armbrust erledigt, als sich auf dem Balkon zu verstecken.“
„Jetzt hör aber auf“, verteidigte Hiob die Abwesende. „Chess hatte keine Ahnung davon, mit wem sie es zu tun hat. Außerdem hast du ihr gesagt, dass sie im Zimmer neben der Treppe auf dich warten soll. Wenn sie auf dich gehört hätte, wüssten wir noch nicht einmal, dass die Geschichte mit den CDs stimmt.“
„Ja, ja“, gab Alon ihm widerwillig Recht. „Fest steht, dass Simons Mörder die CDs hat, die wir haben sollten, und dass er damit schon auf dem Weg in den Jemen ist.“

„In den Jemen?“, fragte David erstaunt. „Warum ausgerechnet in den Jemen? Wie sollte er überhaupt dort hinkommen? Du hast doch selbst gesagt, dass die Flughäfen dicht sind.“
„Mit einem Schiff!“, entgegnete Alon. „Er hat die Insel mit einem Schiff verlassen und ist auf dem Weg zu einem alten Bekannten von uns: dem größenwahnsinnigen Doktor Qian auf seinem schwimmenden Eiland.“
„Wenn du das weißt, sollte es doch nicht so schwer sein, ihn zu schnappen.“
„Genau darin liegt unser Problem!“, knurrte Alon. „Offiziell wissen wir nichts davon.“
„Woher dann?“
„Hat mir ein Vöglein gezwitschert.“
„Heute Nacht...“, dachte David laut nach. „Quasi eine Nachtigall.“
„Sozusagen“, pflichtete Alon bei.
Davids Blick wanderte von Alon zu Hiob und wieder zurück. „Kann euch doch egal sein. Hauptsache, ihr wisst, wo ihr den Typ findet und schnappt euch die CDs.“
„Wir sollen ihn nicht finden“, wurde Hiob deutlicher.
David sah ihn völlig verdutzt an. „Wie meinen Sie...?“
„So wie ich es sage. Souzan-Chaya will nicht, dass wir Simons Mörder jagen.“
„Aber warum?“
„Weil unsere Vorgesetzte sich Sorgen macht, dass unser Urteilsvermögen durch unsere persönliche Verwicklung in den Fall getrübt ist“, zitierte Alon mit ätzendem Tonfall.
„Außerdem sollen wir Sie und Chess noch ein paar Tage im Auge behalten“, ergänzte Hiob.
Davids Augen weiteten sich. „Da kommt doch nicht etwa noch jemand zu Besuch?“
„Höchst unwahrscheinlich“, beruhigte Hiob.
„Völliger Blödsinn!“, legte Alon nach. „Die haben, was sie wollen. Souzan-Chaya stellt uns nur deshalb als Aufpasser für euch ab, weil sie nicht will, dass wir R.I.P. verfolgen.“
„R.I.P.?“

„Das ist das Schwein, das Simon auf dem Gewissen hat und auch den Überfall auf dein Haus geleitet hat.“
David wurde nachdenklich. „Den wollt ihr doch nicht ungeschoren davonkommen lassen?“
„Sehen wir so aus?“, brummte Hiob.
„Uns sind nur leider im Moment die Hände gebunden“, erklärte Alon.
„Das heißt aber, dass er entkommt“, wiederholte David seine Schlussfolgerung.
„Ich nehme an, dass Souzan-Chaya bereits jemand anderen geschickt hat, der sich seiner annehmen soll. Jemand, der die Sache nicht so persönlich nimmt wie wir beide.“ Es war nicht zu überhören, wie sehr Alon sich darüber ärgerte, dass seine Chefin ihm keine objektive Einschätzung der Lage zugestand.
„Du nimmst an?“ David zeigte sich erstaunt. „Seit wann gibst du dich mit Annahmen zufrieden?“
„Was bleibt mir denn für eine andere Wahl?“, schnauzte Alon ihn an. „Du weißt doch selbst am besten, wie das mit Befehlen ist, die man lieber nicht gehört hätte.“
„Das stehst du keine Woche durch“, prophezeite David. „Und Sie auch nicht, Hiob! Außerdem finde ich es verantwortungslos, dass der Mann, der mein Riesenkaninchen, meine Freunde, mein Haus und mich in die Luft sprengen wollte, einfach so davonspazieren soll.“
„Danke, dass du uns noch vor dem Haus genannt hast“, murmelte Alon. „Mit der Woche liegst du übrigens gar nicht so schlecht. Zumindest bis Jahreswechsel dürfen wir dir nicht von der Seite weichen. In dem Punkt war sie mehr als deutlich.“
„Lass mich bitte da raus“, bat David. „Ich will nicht als Ausrede für irgendwelches Kompetenzgerangel bei euch herhalten müssen. Am Ende verlangt ihr noch von mir, dass ich Silvester im Jemen feiern soll, damit ihr einen handfesten Grund habt, auch dorthin zu reisen.“
„Eine ausgezeichnete Idee“, griff Alon den Vorschlag auf. „Leider ist die Sache aber nicht so einfach, da Souzan-Chaya auch unsere Reisemöglichkeiten eingeschränkt hat.“

„Wir mussten mit einer Linienmaschine fliegen“, erklärte Hiob vorwurfsvoll.
„Ich glaube, mich dunkel erinnern zu können, dass Sie mir in den letzten zwei Tagen schon das ein oder andere Mal davon erzählt haben“, erwiderte David mit einem lockeren Augenzwinkern. „Es gibt aber auch Linienmaschinen, die in den Jemen fliegen, daran sollte es also nicht scheitern, wenn es euch nur darum geht, den direkten Befehl einer Vorgesetzten zu missachten.“
„So leicht ist das nicht“, warf Alon ein. „Wir bekommen keine Dokumente. Für den Jemen brauchen wir ausländische Pässe und ein dazu passendes Visum der entsprechenden Botschaft. So was zaubern wir nicht auf die Schnelle aus dem Ärmel - jedenfalls nicht ohne Unterstützung.“
„Meinen Pass brauche ich selbst“, stellte David klar, „und aus meinem Drucker kommt auch nichts, was einen Zollbeamten überzeugen würde.“
„So war das auch nicht gemeint“, versicherte Alon. „Wir müssten schon professionelle Hilfe haben.“
„Jetzt erklärt mir aber nicht, dass ihr keine passenden Pässe im Gepäck habt.“
„Wir könnten unsere niederländischen Pässe nehmen“, räumte Hiob ein. „Nur, wer stellt uns so kurzfristig ein passendes Visum aus?“
„Du sagst es“, klagte Alon. „Ich kann mich noch gut erinnern, welcher Aufwand es war, als ich mit Chess in den Jemen gereist bin. Ohne 100%ige Rückendeckung unserer Botschaft läuft da gar nichts, und du kannst dir sicher sein, dass Souzan-Chaya den Botschafter sogar persönlich angerufen hat, um sicherzustellen, dass wir kein Visum bekommen. Wir müssen uns damit abfinden, dass im Moment die eigene Infrastruktur gegen uns arbeitet.“
Hiob nickte. „Vermutlich hat sie dem Botschafter sogar mit der Versetzung in den Gaza-Streifen gedroht, falls er uns hilft.“
„Jetzt übertreiben Sie mal nicht.“ David schmunzelte. „Die Niederlande sind doch Mitglied der Europäischen Union.“
Hiob und Alon tauschten verständnislose Blicke. „Und?“

David wurde deutlicher: „Mit niederländischen Pässen seid ihr automatisch auch EU-Bürger und könntet euch an die Botschaften anderer Mitgliedsstaaten wenden. Ich bezweifle doch sehr, dass Souzan-Chaya alle Botschafter in Europa vor euch gewarnt hat."
„Unterschätz diese Frau nicht!", seufzte Alon. „Wenn die sich erst etwas in den Kopf gesetzt hat..."

***

Sanctuary Island II, nahe dem Golf von Aden, Mittagszeit:
Enzo stand nun schon um einiges länger als er ursprünglich vorgehabt hatte vor Qians Quartier und beobachtete den Doktor durch das Fenster. *Er wird stinksauer sein, wenn ich ihn aus seiner Meditationsübung reiße, aber wenn er nicht bald zu seinem Treffen erscheint, werden alle anderen mir die Schuld dafür geben.* Enzo warf noch einmal einen Blick auf den Kalender mit den merkwürdigen Schriftzeichen und ging zurück zur Tür.
„Dr. Qian! Hier ist Enzo. Sie haben einen Termin." Er klopfte gegen die Tür, setzte kurz ab und klopfte erneut. „Es wird wirklich Zeit. Sie wissen doch, Ihre Gäste warten."
Aus dem Inneren des Zimmers war kein Laut zu vernehmen.
„Dr. Qian?" Enzo klopfte deutlich fester und länger gegen die Tür. *Der kann mir nicht einreden, dass er das nicht hört.* „Dr. Qian, bitte kommen Sie, Ihre Gäste warten." *Verdammt, warum passiert so was immer mir? Kann er nicht einfach nur mit leerem Magen vor dem Fernseher sitzen und sich darauf freuen, dass ich ihn zum Essen abholen komme?*
„Dr. Qian!" Enzo zuckte zusammen, weil er so fest gegen die Tür geschlagen hatte. *Ich kann ihm doch nicht sein Quartier zusammentreten, nur damit er zum Essen mitkommt.* „Dr. Qian, ist alles in Ordnung mit Ihnen? Ich mache mir Sorgen, weil Sie sich nicht melden. Sie haben einen dringenden Termin... Dr. Qian? Geht es Ihnen gut?"
Wieder verstrichen nervende Sekunden und nichts geschah.

Enzo entschied sich, noch einmal zum Fenster zu gehen und gegen die Scheibe zu klopfen. Er wusste zwar, dass das nicht seine beste Idee war, aber für den Moment versprach sie mehr Erfolg, als einfach nur zu warten.
Enzo vermied es diesmal, direkt ans Fenster zu treten, sondern streckte noch einen Schritt weit entfernt die Hand aus. Mit dem Knöchel seines Zeigefingers stieß er zögerlich gegen das Glas. „Dr. Qian? Hier ist Enzo, ich komme Sie wie vereinbart zum Geschäftsessen mit Ihren Gästen abholen. Es wäre schön, wenn Sie mir antworten würden, ob es Ihnen gut geht.“ *Natürlich können Sie mich auch einfach wie einen Idioten vor dem Fenster stehenlassen und weiterhin auf Ihren blöden Kalender glotzen.* „Ich dränge wirklich nur ungern, aber Sie sollten bereits bei Tisch sitzen.“
Enzo ging näher an das Fenster und klopfte mit mehr Nachdruck. „Dr. Qian, wenn Sie möchten, kann ich den Termin auch absagen. Ich müsste nur wissen, ob Sie das wollen. Soll ich den Termin für Sie absagen?“
Ist der taub - oder tot? Enzo riskierte einen weiteren Blick durch die Jalousie. Der blieb unweigerlich auf dem mysteriösen Kalender hängen. *So ein hässliches Ding würde ich mir nicht mal für viel Geld in mein Zimmer hängen... Vielleicht steht er erst auf, wenn seine Räucherstäbchen abgefackelt sind...* Enzo beugte sich nach vorn, bis seine Nase fast schon die Fensterscheibe berührte. Erschrocken stellte er fest, dass der Platz unter dem Fenster leer war. *Wo ist er hin?* Im selben Moment ging die Tür auf.
Blitzschnell entfernte Enzo sich vom Fenster, streckte die Brust heraus und legte die Hände an die Hüften. Er stand so gekonnt stramm, als hätte er in den vergangenen Minuten nichts anderes geübt.
Qian trat heraus und wirkte im ersten Moment etwas orientierungslos, fast so, als hätte man ihn gerade erst aus dem Tiefschlaf gerissen. „Wo stecken Sie?“, fragte er in wenig freundlichem Tonfall.
„Ich bin hier, Dr. Qian.“

Enzos Stimme ließ den Doktor herumwirbeln. „Was soll der Unsinn? Sehe ich so aus, als hätte ich Zeit zum Versteckspielen?“
Enzo fand, dass es klüger war, die Frage mit einer Gegenfrage zu beantworten. „Haben Sie mein Klopfen nicht gehört?“
„Ich höre alles!“, erwiderte Qian beleidigt. „Ich höre alles, ich sehe alles und ich weiß alles, was auf meiner Insel vor sich geht. Jeder, der etwas anderes behauptet, wird mich kennenlernen.“
„Natürlich, Dr. Qian“, antwortete Enzo mit einem verlegenen Lächeln. „Wir sollten uns jetzt auf den Weg machen, Ihre Gäste warten sicher schon ganz ungeduldig auf Sie.“
Qian drehte sich wortlos um und ging.
Enzo blickte hinterher und war verunsichert, ob der Doktor Begleitung wünschte.
„Worauf warten Sie?“, fragte Qian nach einigen Schritten. „Sie wissen doch, dass wir es eilig haben.“
„Komme schon!“
Qian wartete, bis Enzo neben ihm war, bevor er ihn mit leiser Stimme fragte: „Sie arbeiten schon länger für mich, nicht wahr?“
„Ja, Dr. Qian. Ich habe vor vier Jahren in Ihrem Labor in Rumänien angefangen.“ Enzo bemerkte einen süßlich bis bitteren Geruch in der Nähe des Doktors, den er mit den Räucherstäbchen in Verbindung brachte.
„Das ist gut.“
Enzo ging ein paar wortlose Schritte neben Qian her und bekam von ihm das Gefühl vermittelt, dass das Gespräch beendet war. *Er sieht wirklich nicht gut aus. Viel geschlafen hat er in den letzten Nächten sicher nicht.*
Qians Augen waren blutunterlaufen und wiesen eine erkennbare Trübung auf. Seine Wangenknochen standen hervor und ließen sein Gesicht spitzer erscheinen als sonst. Auch die für gewöhnlich leicht gelbstichige Haut des Asiaten war unerwartet fahl.
Sie überquerten das Deck mit den Mannschaftsquartieren, stiegen drei Ebenen über die Metallgittertreppen hinunter und

bewegten sich auf einen containerartigen Gebäudekomplex zu. Als Enzo schon gar nicht mehr damit gerechnet hatte, fing Qian wieder an zu reden: „Ist Ihnen in letzter Zeit etwas Ungewöhnliches aufgefallen?“
An Ihnen? „Wie meinen Sie das?“
Qian blieb stehen und legte seine Hand auf Enzos Arm. „Ich meine, ob Sie vielleicht etwas Merkwürdiges bemerkt haben. Sie arbeiten doch schon länger für mich, da würden Sie bestimmt mitbekommen, wenn gewisse Dinge auf einmal nicht mehr so laufen, wie sie sollen.“
„Welche Dinge meinen Sie?“ Enzo hatte keine Ahnung, worauf der Doktor mit seinen Fragen hinauswollte, und genau das verunsicherte ihn.
„Es sind eine Menge neuer Leute an Bord gekommen“, wurde der Doktor deutlicher. „Ich bin sicher, dass die altgediente Besatzung diese Neuankömmlinge besonders genau unter die Lupe nimmt. Sie als alter Hase wissen doch bestimmt besser, wie das hier draußen so läuft.“
„Es gibt schon den einen oder anderen, über den man sich so seine Gedanken macht“, gab Enzo bereitwillig zu. „Manche sind einem gleich vom ersten Tag an sympathisch und mit anderen wechselt man vielleicht nie ein Wort.“
„Genau das meinte ich.“ Qian sah ihn erwartungsvoll an.
Enzo blickte verunsichert zurück. *Worauf will er hinaus?* „Gibt es jemand Bestimmten unter der Besatzung, für den Sie sich interessieren?“
„Sollte ich das Ihrer Meinung nach?“
Enzo fühlte sich zunehmend unwohl bei dem Gespräch. „Falls Sie eine Frage zu einer konkreten Person haben, kann ich mich gerne für Sie umhören. Selbstverständlich völlig vertraulich!“, fügte er hastig hinzu.
„Selbstverständlich“, wiederholte Qian wertlos.
Enzo fiel ein leichtes Zittern der Doktorenhand auf und er fragte sich, inwieweit diese Störung Qians tägliche Arbeit beeinträchtigen würde. „Darf ich offen zu Ihnen sprechen, Doktor?“

Qian antwortete nicht sofort, sondern schaute sich zunächst nach allen Seiten gründlich um. Erst als er davon überzeugt schien, dass kein anderer sich in Hörweite befand, gab er Enzo seine Antwort: „Sie dürfen nicht nur, Sie müssen es sogar. Sagen Sie mir offen, was Sie beschäftigt!"
„Es ist vielleicht nicht der richtige Zeitpunkt..."
„Warum?"
„Ich meine nur, weil Ihre Gäste mit dem Essen..."
„Was beschäftigt Sie wirklich?"
„Nicht nur mich", beugte Enzo vor. „Es sind mehrere Leute, die sich so ihre Gedanken..."
„Reden Sie doch endlich!", bedrängte Qian sein Gegenüber nicht nur verbal. „Sie müssen mir alles erzählen, was Sie wissen. Sofort!"
„Schon gut." Enzo wich einen halben Schritt zurück, um der gröbsten Bedrängnis zu entgehen. „Einigen von uns ist aufgefallen, dass Sie in letzter Zeit noch viel mehr arbeiten, als Sie es ohnehin schon getan haben."
„Worauf wollen Sie hinaus?"
„Wir finden, dass Sie müde aussehen."
„Nur müde?", hakte der Doktor sofort nach.
„Schlecht." Enzo blickte zu Boden, um sich Qians Blick nicht stellen zu müssen. „Wir finden, dass Sie schlecht aussehen. Bitte verstehen Sie mich nicht falsch, wir machen uns Sorgen um Sie!"
Qian richtete sein Gesicht aufs Meer und schwieg eine Weile. Als er sich wieder umdrehte, sagte er mit ungewohnt schwächlicher Stimme: „Das sollten Sie auch!"
Enzo stand die Bestürzung ins Gesicht geschrieben. „Was ist mit Ihnen los, Dr. Qian?"
„Was mit mir los ist?" Er wiederholte die Frage so betont langsam, als wäre ihre Antwort der Schlüssel zum Verständnis der Welt.
„Ich würde Ihnen wirklich gerne helfen, Doktor. Wenn Sie mir sagen, was Ihnen fehlt, dann könnte ich..."

„Vielleicht können Sie das nicht nur, sondern werden es sogar!“, unterbrach Qian seinen Mitarbeiter mit altbekannter Entschiedenheit. „Ich kann mich doch auf Sie verlassen...?“
„Enzo, bitte nennen Sie mich Enzo.“
Qian nickte konzentriert. „Ich denke, dass wir es gemeinsam schaffen können, Enzo. Mein überragender Intellekt gepaart mit Ihrer Opferbereitschaft... Ich habe zumindest wieder eine Chance!“
Opferbereitschaft? Der Begriff trug nicht gerade zu Enzos Wohlbefinden bei. „Was können wir schaffen, Doktor?“
„Wir müssen dafür sorgen, dass Sie keiner verdächtigt, für mich zu arbeiten“, flüsterte Qian und blickte sich erneut in alle Richtungen um. „Das muss unter uns bleiben.“
„Aber...“
„Still!“, befahl Qian. „Was ich Ihnen jetzt sagen werde, muss auf jeden Fall unter uns bleiben. Egal was passiert, zu keinem ein Wort darüber. Verstehen Sie das?“
„Hundertprozentig!“ Enzo nickte eifrig.
Qian wirkte noch etwas unentschlossen, ob er auch sicher den richtigen Mann gewählt hatte, um sich ihm anzuvertrauen.
„Von mir erfährt niemand etwas. Das schwöre ich Ihnen bei meinem Leben.“ Enzo presste zwei ausgestreckte Finger auf seine Lippen.
Der Schwur schien Qian zu überzeugen. „Sie müssen mir helfen, jemanden an Bord von Sanctuary Island II ausfindig zu machen.“
„Wen?“, fragte Enzo entschlossen.
„Meinen Mörder“, hauchte Qian. „Finden Sie die Person, die mich vergiften will... Aber beeilen Sie sich!“

***

Woodberry Mansion am späten Vormittag:
Chess betrat die Küche und zog alle Blicke auf sich. Statt der weißen Bluse mit den roten Punkten, in der Alon und Hiob sie zuletzt gesehen hatten, trug sie jetzt ein smaragdgrünes Seidenkleid, das ihre weiblichen Rundungen auf charmante

und sehr stilvolle Art betonte. Ihr langes, schwarzes Haar trug sie vorübergehend offen, da es immer noch nicht ganz getrocknet war.
Als Chess bemerkte, dass Alon seinen Mund öffnete, kam sie ihm rasch zuvor: „Sagen Sie jetzt bloß nichts Falsches! Wenn ich die Tomatenflecken nicht mehr herausbekomme, schicke ich Ihnen die Rechnung für eine neue Bluse."
Alon lächelte galant. „Ich wollte Ihnen lediglich ein Kompliment machen, wie hervorragend das Kleid zu Ihren Augen passt."
„Danke", erwiderte sie knapp. „Das macht die Bluse aber um nichts billiger für Sie. Sorry, dass ihr meinetwegen mit dem Frühstück warten musstet", sagte sie an Hiob und David gerichtet.
„Kein Problem", bemerkte David. „Wir haben uns die Zeit mit Plaudern vertrieben."
„Worüber habt ihr denn geplaudert?"
„Jemen."
„Weihnachten!", rief Alon dazwischen.
Chess strafte Alon mit einem vielsagenden Blick. „Hatten Sie mir nicht hoch und heilig versprochen, heute nur über Weihnachtsbäume, Lebkuchen und Strohsterne zu sprechen?"
„Wir haben über Weihnachtsbräuche im Jemen gesprochen", entgegnete Alon schlagfertig.
„David?", fragte Chess.
„Alon hat Recht, dein Kleid ist wirklich wunderschön und es passt hervorragend zu deiner Augenfarbe."
„Danke, du hättest erst die Bluse sehen sollen, die ich mir extra für heute gekauft habe. Zurück zum Thema: Wir sollten das Beste aus unserer Situation machen und Weihnachten feiern, genau deshalb bin ich nämlich hergekommen. Wenn Sie beide uns morgen Früh verlassen - und das Tauwetter stimmt mich diesbezüglich optimistisch - können Sie Ihre Geheimnisse wieder ganz unter sich besprechen."
„Ich fürchte", erwiderte Alon, „so schnell werden Sie uns diesmal nicht los."
Chess sah ihn fragend an.

„Unsere Chefin hat uns dazu verdonnert, bis zum Jahreswechsel auf ihn aufzupassen.“ Hiob deutete mit dem Kopf in Davids Richtung. „Das Kleid steht Ihnen übrigens viel besser als die Bluse.“
„Danke.“ Chess’ Interesse schien geweckt. „Ihre Chefin nimmt Sie also an die kurze Leine? Was haben Sie denn ausgefressen?“
Alon lächelte gelangweilt. „Ich dachte, wir wollten nur noch über Lebkuchen und Strohsterne sprechen?“
„Lenken Sie nicht ab! Wenn Sie tatsächlich vorhaben, noch eine Woche hierzubleiben, dann möchte ich schon gerne wissen, was Sie uns diesmal verschweigen. Du doch auch, David?“
„Nichts! Wir sitzen einfach nur hier fest“, erklärte Alon aus vollster Überzeugung. „Glauben Sie mir, wenn ich könnte, würde ich lieber heute als morgen in den Jemen aufbrechen.“
„In den Jemen? Das glaube ich Ihnen sofort! Ich kann mich noch allzu gut erinnern, wie Sie Ihren letzten Besuch genossen haben.“
„Jetzt geht das wieder los.“ Alon massierte sich mit gequältem Blick die Schläfen.
„Hören Sie auf, sich selbst leid zu tun!“, reagierte Chess. „Ich bringe Sie beide sogar höchstpersönlich zum Flughafen, sobald die Straßen wieder frei sind... Was wollen Sie eigentlich im Jemen?“
„Dr. Qian hat dort sein schwimmendes Geheimlabor“, erklärte Hiob. „Seine umgebaute Bohrinsel ankert vor Sokotra, einer Inselgruppe vor dem Horn von Afrika. Genau dort sollen die CDs hingebracht werden, die in der Nacht gestohlen wurden.“
„Das wissen Sie woher?“
„Wir haben unsere Quellen“, zeigte Alon wenig Begeisterung für die Fragestunde.
„Sie wollen also in den Golf von Aden?“, hakte sie nach.
„In die Nähe, ja. Aber wir wollen nicht, wir müssen“, stellte Alon richtig.
„Ihre Chefin sieht das offensichtlich anders.“ Chess eröffnete das Frühstück, indem sie begann, das Brot herumzureichen.

„Wir haben unsere Differenzen“, räumte Alon ein. „Nicht, dass das neu wäre, aber in letzter Zeit scheint ihr die Arbeit über den Kopf zu wachsen.“
„Während Sie die Lage selbstverständlich voll unter Kontrolle haben, nicht wahr?“ Chess lächelte provokant.
„Ich weiß sehr gut, was ich zu tun habe.“ Alon verzog angestrengt das Gesicht, als er mit dem Deckel eines Marmeladeglases kämpfte.
„Die gehen immer so schwer auf“, erklärte David. „Ms. Furgerson kocht die Marmelade selbst ein.“
„Klebt sie die Gläser auch selbst zu?“ Alon überlegte bereits, das Glas an Hiob weiterzugeben, als der Deckel sich doch noch erbarmte. *Na, endlich!* Er blickte zu Chess. „Souzan-Chaya kann ziemlich stur sein, wenn sie glaubt, dass sie im Recht ist. Der größte Fehler in solchen Situationen ist es, ihr zu beweisen, dass sie falsch liegt.“
„Das hat Sie doch nicht etwa davon abgehalten, es trotzdem zu versuchen?“, fragte Chess amüsiert.
Alon zuckte mit den Schultern. „Sie kann so sauer sein, wie sie will. Hiob und ich werden in den Jemen fliegen! Der Job ist die eine Sache, aber hier geht es um etwas Persönliches. Dabei lass ich mir von niemandem dreinreden.“
So leicht ihm die Worte auch über die Lippen kamen, so schwer fühlten sie sich an. In seiner langjährigen Freundschaft zu Souzan-Chaya hatte Alon so manchen Strauß mit ihr ausgefochten. Trotz aller Differenzen hatte er sich ihr aber niemals so fern gefühlt wie in diesen Tagen. Er gab der Beförderung die Schuld dafür, dass der Graben zwischen ihnen immer breiter wurde.
Chess fand Alons Trotzreaktion wenig überzeugend und vermutete, dass mehr dahintersteckte. „Nach allem, was ich bisher über diese Frau gehört habe, wird sie sich mit bloßem Dreinreden kaum zufrieden geben.“
„Wir finden einen Weg, um ans Ziel zu kommen“, sagte Alon selbstbewusst.

Chess schenkte Kaffee ein und ließ ihren Denkanstoß ganz beiläufig klingen: „Vielleicht erwartet sie das sogar von Ihnen."
Alon hatte gerade sein Brot mit Himbeermarmelade getränkt und ein großes Stück abgebissen. Seine Kaubewegungen froren ein. *Das ist genial!*
Hiobs Blick ließ vermuten, dass er in diesem Augenblick die gleichen Überlegungen anstellte: Souzan-Chaya hatte ihnen unmissverständlich zu verstehen gegeben, dass der Mossad aus Rücksicht auf seine Vereinbarung mit den Amerikanern keinen Angriff auf das Labor des Doktors starten würde. Eine solche Stillhaltevereinbarung war aber nur durchzusetzen, solange Souzan-Chaya alle Agenten unter Kontrolle hatte. Unglücklicherweise ließ es sich niemals ausschließen, dass Einzelpersonen eigenmächtig tätig wurden - selbstverständlich ohne Wissen und ohne Duldung ihrer Vorgesetzten. Sollten Alon und Hiob aus rein persönlichen Gründen einen Rachefeldzug gegen den Doktor und sein Labor starten, so konnte man den israelischen Geheimdienst dafür - falls überhaupt - nur indirekt verantwortlich machen. Im allerschlimmsten Fall würde der Mossad jede Beteiligung bestreiten und seine Leiterin müsste zurücktreten.
Alon kaute so hastig fertig, als würde er die verlorene Zeit wieder hereinholen wollen. Kaum hatte er geschluckt, sagte er zu Hiob: „Ich habe nicht den Eindruck, dass Souzan-Chaya an ihrem neuen Job hängt."
Hiob nickte überzeugt. „Zu diesem Schluss bin ich auch gerade gekommen."
Alon zwinkerte Chess zu. „Danke!" Er holte sein Handy heraus und begann zu tippen.
„Gern geschehen." Sie lächelte zufrieden. „Bitte lassen Sie Souzan-Chaya unbekannterweise herzlich von mir grüßen."
„Von mir auch", sagte David. „Außerdem freut es mich, dass mein Haus nicht explodiert ist - gerade zu Weihnachten. Dafür bedanke ich mich ganz besonders bei ihr."
„Ich muss euch leider enttäuschen." Alon sah kurz vom Display auf. „Das wird eine offizielle Dienstnachricht und kein

Glückwunschtelegramm, an das ihr euch mit euren Grüßen dranhängen könnt."
„Geheimsache!", schmatzte David in Richtung Chess.
„Diesmal nicht", widersprach Alon. „Ich werde euch sogar vorlesen, was ich geschrieben habe."
„Im Ernst?", fragte David.
„Klar!" Alon korrigierte noch zwei Wörter in der Kurznachricht, mit denen er nicht zufrieden war. „Ich muss unbedingt wissen, ob der Text überzeugend klingt, bevor ich ihn abschicke." Er überflog die Nachricht noch einmal und las dann laut vor: „Bleiben wie vorgeschlagen bis Jahresende in England und konsumieren unseren Resturlaub. Erwarten neue Befehle nicht vor Anfang nächsten Jahres."
„Resturlaub?" Hiob runzelte die Stirn. „Ist das nicht etwas dick aufgetragen?"
„Lassen wir das von zwei Außenstehenden beurteilen." Alon sah Chess und David erwartungsvoll an. „Was sagt ihr dazu?"
David verzog das Gesicht. „Also für mich klingt das nicht so, als würdet ihr unfreiwillig im Schnee festsitzen und Befehle befolgen."
„Ganz bestimmt nicht", stimmte Chess zu. „Die Sache mit dem Urlaub hört sich so an, als ob Sie beide sogar sehr gerne hier wären. Auch der Hinweis, dass Sie bis zum nächsten Jahr nicht mehr gestört werden wollen, passt gut dazu."
„Siehst du." Alon blickte zufrieden in Hiobs Richtung. „Meine Meldung kommt unverdächtig rüber."
„Unverdächtig vielleicht, aber ich verstehe nicht, was du damit bezwecken willst", wandte David ein. „Souzan-Chaya hat euch doch befohlen, auf das Haus aufzupassen."
„Stimmt, aber das ist nur eine von mehreren möglichen Interpretationen", zeigte Alon sich spitzfindig. „Man könnte nämlich auch herauslesen, dass sie uns nahelegt, ein paar Tage in England auszuspannen. So habe ich es zumindest verstanden und genau das bekommt sie jetzt von mir bestätigt." Er schickte die Nachricht ab.
„Bin ich der Einzige am Tisch, der dem Gespräch nicht folgen kann?", fragte David.

„Wenn wir im Urlaub sind, müssen wir nicht rund um die Uhr erreichbar sein“, erklärte Hiob. „Das bedeutet, dass wir unsere Handys einfach irgendwo in die Ecke legen können und so privat unterwegs sind, wie jeder andere Mensch auch.“
„Nicht einmal Hiobs allwissende Schwester kann uns dann noch orten“, witzelte Alon.
Hiob musste ihm Recht geben. „Falls Souzan-Chaya uns diese Nachricht bestätigt, sind wir für die nächsten sechs Tage ganz hochoffiziell im Urlaub und für niemanden erreichbar.“
David hob nachdenklich eine Augenbraue. „Warum soll sie eurem Urlaub zustimmen, wenn sie vorher noch von euch verlangt hat, dass ihr mein Haus bewacht?“
Alons Mobiltelefon vibrierte.
„Sagen Sie jetzt nicht, dass die Antwort geheim ist!“ Chess sah Alon erwartungsvoll an.
Er überflog die Kurznachricht und seine Mundwinkel gingen nach oben. „Genießt die Zeit und erholt euch gut! Ich melde mich im neuen Jahr.“
„Muss ich das jetzt verstehen?“ David kratzte sich am Kopf.
Chess setzte ihre Kaffeetasse ab. „Die beiden haben jetzt die offizielle Erlaubnis, inoffiziell in den Jemen zu reisen. Richtig?“
Alon grinste Chess verschmitzt an. „Ich schulde Ihnen etwas.“
„Sie meinen zusätzlich zu meiner Bluse?“
„Über die Bluse müssen wir noch reden.“ Er wandte sich David zu: „Hiob und ich sind bis zum Rest des Jahres einfache Touristen und müssen keinem mehr Rechenschaft darüber ablegen, wo wir uns aufhalten. Wenn uns also zum Jahreswechsel danach ist, etwas ganz besonders Verrücktes zu tun, dann machen wir das, ohne dass jemand in Israel davon Wind bekommt.“
„Wie verrückt?“, fragte David vorsichtig.
„Ach, es gibt eine ganze Menge lustiger Bräuche, die man ausprobieren sollte, wenn sich schon einmal die Gelegenheit dazu bietet...“ Alon blickte verträumt zur Decke, als müsste er sich erst für einen davon entscheiden. „Ich denke da zum Beispiel an ein kleines Feuerwerk.“

„Feuerwerk ist gut!“ Hiob lud sich eine weitere Portion knusprig gebratenen Specks auf den Teller. „Und Souzan-Chaya darf guten Gewissens darauf vertrauen, dass wir beide unseren Urlaub genießen. Sie muss sich also keine Sorgen machen, dass wir in den Jemen fliegen und dort eine Bohrinsel im Meer versenken.“
„Nicht, dass wir das vorhätten“, beruhigte Alon. „Aber falls uns so ein Missgeschick in der angeheizten Silvesterstimmung passieren sollte, hat Souzan-Chaya natürlich nie etwas davon gewusst.“
„Gebilligt oder gar befohlen schon gar nicht“, erklärte Hiob aus tiefster Überzeugung. „Wir machen das alles auf eigene Faust.“ Er warf eine weitere Ladung Speck ein.
David blickte zu Alon und schüttelte ungläubig den Kopf. „Ich bin jedes Mal aufs Neue erstaunt, wie du es schaffst, selbst die eindeutigsten Befehle so auszulegen, dass sie dir am Ende doch wieder in den Kram passen.“
„Langjährige Übung“, gab Alon sich bescheiden. „Jetzt müssen wir nur noch einen Weg finden, wie wir an die Visa für unsere niederländischen Pässe kommen, ohne einen unserer offiziellen Kontakte zu nutzen.“

***

Sanctuary Island II:
Cornelia Simmons und der alte Ahil nutzten die Verspätung ihres Gastgebers, um sich hinter seinem Rücken über ihn zu unterhalten. Der Raum, den Qian für das Geschäftsessen vorgesehen hatte, war, gemessen an den ansonsten eher beengten Verhältnissen an Bord, fast schon als kleine Halle zu bezeichnen.
Das ungleiche Paar saß an einem runden Tisch und war allein in dem Raum. Cornelia Simmons hatte sich von den Strapazen der Anreise mittlerweile gut erholt, und auch ihr gepflegtes Äußeres war wiederhergestellt. Mit dezent eingesetztem Make-up, hochgestecktem Haar und ihrem schwarzen Sommerkleid war sie ein hübscher Anblick. Umso härter war der Kontrast zu

Ahil, dessen tiefliegende Augen und die faltige, fast schon pergamentartige Haut einen eher ungesunden Lebenswandel verrieten.
Cornelia saß Ahil gegenüber und hatte den als Vorspeise gedachten Salat noch nicht angerührt. „Sie können aber nicht leugnen, dass Qian völlig überarbeitet ist. Sehen Sie sich den Mann doch an, der ist ein Schatten seiner selbst."
„Ich sehe es Ihnen nach, dass Sie Ihr Gegenüber nach Äußerlichkeiten beurteilen", entgegnete Ahil mit einem wohlwollenden Lächeln.
„So habe ich das nicht gemeint. Ich wollte nur darauf hinweisen, dass unser Doktor vielleicht nicht mehr so viel auf dem Kasten hat, wie Sie es von ihm gewohnt sind."
„Bisher leistet er großartige Arbeit."
„Bisher", betonte Cornelia. „Ich mache mir allerdings Sorgen, ob er diese Leistung auch weiterhin liefern kann. Was ist, wenn er uns in zwei Wochen zusammenklappt, weil sein Körper nicht mehr mitspielt? Dann nützt uns sein genialer Geist gar nichts... Abgesehen davon, dass ich ihn nicht für so genial halte, wie Sie ihn immer darstellen. Unter uns gesagt..." Sie senkte ihre Stimme. „Ich halte ihn für größenwahnsinnig."
Ahil lachte herzhaft. „Das ist er auch, Ms. Simmons! Genie und Wahnsinn werden nicht umsonst als Geschwister bezeichnet. Sie sind wie Kinder, entstanden aus der innigen Vereinigung von Gott und Teufel. Qian ist ein Kind dieser Kinder, und genau deshalb brauchen wir ihn."
„Den Enkel des Teufels?" Cornelia verzog das Gesicht.
„Und der Enkel Gottes!"
„Das sollten Sie ihn besser nicht hören lassen! Er ist auch so schon sehr überzeugt von sich und seiner Arbeit."
„Sie sehen die Dinge viel zu negativ, Ms. Simmons. Der Doktor und sein Verhalten mögen Ihnen zunächst noch ungewöhnlich erscheinen, aber Sie werden sehen, genau das macht diesen Mann zum Erfolgsfaktor für unser Projekt."
„Da sprechen Sie einen interessanten Punkt an, Ahil. Ich habe nämlich nicht den Eindruck, dass Qian das Projekt als *unser* Projekt sieht. Er hat schon zweimal durchklingen lassen, dass

er Sie nur als Materialbeschaffer sieht und mich als Veredlerin *seines* Produkts."
„Ich weiß, was Sie meinen. Wir beide sollten aber nicht vergessen, dass wir nach dem vorübergehenden..." Er machte eine Nachdenkpause, so als wäre es ihm ein dringendes Bedürfnis, das Wort, das ihm auf der Zunge lag, gegen ein besseres zu tauschen. „...Verschwinden unserer gemeinsamen Auftraggeber auf die finanzielle Unterstützung des Doktors angewiesen sind. Ohne ihn säßen wir beide nicht hier."
„Ohne uns könnte er weiter mit den Kaulquappen in seinen Aquarien spielen und davon träumen, die Welt zu verbessern."
Ahil zeigte sich amüsiert. „Sie sind eine bewundernswerte Frau, Ms. Simmons. Ich hätte nicht gedacht, auf meine alten Tage noch einmal eine so willensstarke und selbstbewusste Frau zu treffen."
„Noch einmal?"
Ahil seufzte. „Verflossener Milch soll man nicht nachweinen."
„Es heißt *vergossener Milch*", korrigierte Cornelia.
„Ich weiß", entgegnete Ahil lächelnd. „Haben Sie Kinder, Ms. Simmons?"
„Nein."
„Schade... Kinder können das Leben bereichern."
„Das habe ich irgendwo schon einmal gehört..." Cornelia blickte nachdenklich. „...aber mit so viel Reichtum muss man auch umgehen können. Haben Sie Kinder?"
„Nicht mehr."
„Das tut mir leid."
„Muss es nicht. Nichts geschieht ohne Grund, davon bin ich felsenfest überzeugt."
Cornelia schien mit dieser philosophischen Äußerung wenig anfangen zu können. „Ich bestimme mein Leben lieber selbst." Sie zeigte auf Ahils Salatteller. „Was halten Sie davon, wenn wir einfach anfangen. Falls unser Gastgeber doch noch auftaucht, kann er beim nächsten Gang einsteigen."
„Ehrlich gesagt, halte ich das für keine gute Idee."
Cornelia blickte ihn fragend an.

„In Qians kulturellem Verständnis spielt das gemeinsame Geschäftsessen eine wichtige Rolle. Sie würden ihn damit vielleicht vor den Kopf stoßen."
„Gut!" Cornelia ließ genussvoll ein Salatblatt zwischen ihren leuchtendroten Lippen verschwinden.
„Aber..."
Sie legte neckisch den Kopf zur Seite. „In meinem kulturellen Verständnis spielen Pünktlichkeit und Zuverlässigkeit die größten Rollen. Ich finde, der Doktor sollte das wissen."
Ahil lachte laut los. „Ihre Gesellschaft ist äußerst erfrischend."
Das Lachen verstummte schlagartig, als die Tür aufging und Qian hereinkam. Er trug ein kurzärmliges Hemd und eine dunkle Hose, aber keinen Labormantel, was für ihn durchaus ungewöhnlich war.
„Ich wurde aufgehalten." Ohne weiter auf seine beachtliche Verspätung einzugehen, oder gar eine Entschuldigung anzubringen, nahm Qian zwischen Cornelia Simmons und Ahil Platz. „Gibt es Neuigkeiten aus England?"
Ahil rutschte mit seinem Sessel ein Stück zur Seite, um den Beinen des Doktors Platz zu machen. „Es läuft alles nach Plan."
„Tatsächlich?" Qian klang nicht sonderlich überzeugt. „Ich habe gehört, dass es dort geschneit hat wie seit zwanzig Jahren nicht mehr. Die Flughäfen sollen alle gesperrt sein."
„Machen Sie sich keine Sorgen, Doktor. Meine Leute haben alles unter Kontrolle."
„Ich sehe keinen Grund, mir Sorgen zu machen. Es ist schließlich nicht mein Kopf, der diese Lieferung zu verantworten hat."
Cornelia widmete sich einem weiteren Salatblatt und versuchte, die Sprache auf ein anderes Thema zu bringen. „Die Küche an Bord ist ausgezeichnet."
„Das sagen Sie nur, weil Sie noch nicht so lange hier sind wie ich." Qian blickte lustlos auf seinen Teller und dachte gar nicht daran, den Salat zu probieren.
„Wie läuft Ihre Arbeit?", fragte Ahil. „Konnten Sie schon DNA aus meiner Probe gewinnen?"

„Alles wird pünktlich fertiggestellt sein. Diesmal kümmere ich mich persönlich um jeden einzelnen Arbeitsschritt.“
„Es ist schön, das zu hören“, merkte Cornelia an. „Wenn man will, dass etwas gut erledigt wird, sollte man es immer selbst machen.“
„Manchmal ist das leider nicht möglich“, seufzte Ahil. „Sehen Sie mich doch an. Ich bin ein altersschwacher Krüppel und könnte unmöglich selbst nach England reisen, um uns die fehlenden Daten zu beschaffen. Meine Leute dagegen sind jung und kräftig, die erledigen solche Dinge im Handumdrehen.“
„Mag sein“, bemerkte Qian. „Aber können Sie ihnen auch bedingungslos vertrauen?“
„Vertrauen Sie denn Ihren Leuten?“, fragte Ahil zurück.

***

Woodberry Mansion, um die Mittagszeit:
David fütterte Goliath in der Küche und hatte seine Freunde vorübergehend allein gelassen. Alon und Hiob saßen einander im Jagdzimmer gegenüber und machten seit geraumer Zeit nichts anderes, als Pläne zu schmieden, die sie wenig später wieder über Bord warfen.
Chess stand am Fenster und beobachtete, wie die Sonne dem Schnee zusetzte. Das Wetter hatte völlig überraschend gedreht und bescherte ganz England frühlingshafte Temperaturen und Tauwetter. Fünfzehn Grad zeigte das Außenthermometer mittlerweile an, und im Gegensatz zu dem vor Davids Schlafzimmer funktionierte es auch.
Schon seit dem Morgen lösten sich Dachlawinen und ließen die schweren Schneebretter laut klatschend rund ums Haus aufschlagen. Parallel dazu floss das Schmelzwasser literweise vom Dach. *Klatsch!* Chess zuckte zurück, als eine Ladung Schnee genau vor dem Fenster aufschlug und die Scheibe vollspritzte. „Weihnachten habe ich mir irgendwie anders vorgestellt.“
„Das liegt an den Medien“, bemerkte Alon. „Die übertreiben immer schamlos, wenn es um solche Events geht.“

„Wir könnten uns auch einfach alle um den Weihnachtsbaum setzen und zumindest für ein paar Stunden so tun, als wäre heute ein besonderer Tag."
„Wenn Sie es schaffen, dass uns der Weihnachtsmann die Visa für den Jemen besorgt, setze ich mich mit Ihnen unter den Baum und singe Jingle Bells - wenn es sein muss, auch die ganze Nacht."
„Das würden Sie tun? Sie müssen wirklich verzweifelt sein."
„Verzweifelt ist gar kein Ausdruck. Irgendwie ist einfach der Wurm drin."
„Es sind Feiertage", erklärte Chess. „Die Leute haben alle Besseres zu tun, als darauf zu warten, Ihnen ein Visum auszustellen. Die sitzen zu Hause bei ihren Familien und singen..."
„Ich weiß", sagte Alon mit leicht genervter Stimme. „Es gibt aber auch Leute, die für ihr Geld härter arbeiten müssen und deren Verantwortung nicht an einem Feiertag endet."
„Sagte einer, der offiziell im Urlaub ist", bemerkte Chess amüsiert. „Ich kann sowieso nicht verstehen, warum ein Visum für Sie so ein Problem sein soll. Geheimdienste haben doch immer irgendwelche dubiosen Quellen, die sie mit gefälschten Pässen, Waffen und anderen Dingen versorgen. Schlagen Sie einfach Ihr schwarzes Geheimtelefonbuch auf und lassen Sie Ihre Beziehungen spielen."
„Was glauben Sie eigentlich, was wir hier machen?", fragte Hiob.
„Das wollen Sie nicht wissen." Chess kehrte dem Fenster den Rücken zu und näherte sich der Couch. „Haben Sie denn niemanden, auf den Sie Druck ausüben können? Sie wissen schon, wie im Kino. Sie rufen Mr. X an und erklären ihm, dass er Ihnen noch einen Gefallen schuldet. Er wird natürlich ablehnen, aber dann erinnern Sie ihn daran, dass Sie noch im Besitz der Unterlagen sind, die ihn als..."
Alon seufzte. „Chess?"
„Ja?"
„Wir haben noch eine Menge Arbeit vor uns und Ihre Kinogeschichten sind dabei nicht wirklich hilfreich. Wenn wir

könnten, hätten wir unsere Kontakte genutzt. Wie Sie aber so treffend bemerkt haben, befinden wir uns im Urlaub. Um diesen Schein zu wahren, können wir unmöglich auf die Kontakte in unserem schwarzen Geheimtelefonbuch zurückgreifen, genauso wenig wie wir Diplomatenpässe auf den Tisch legen können."

„Im Übrigen gibt es gar kein solches Telefonbuch", fügte Hiob hinzu. „Das geht heute alles elektronisch."

Chess setzte sich neben Hiob auf die Couch. „Was machen Sie, wenn Sie keine Visa für den Jemen bekommen? Ich meine, Sie können gerne noch den ganzen Tag Anrufe erledigen, aber was ist, wenn Sie sich am Ende eingestehen müssen, dass Sie nicht fahren können?"

„Aufgeben ist für uns keine Option", brummte Hiob. „Einen Weg gibt es immer, auch wenn man ihn erst aus der Wand schlagen muss."

„Hiob hat Recht", stimmte Alon zu. „Wir werden eine Möglichkeit finden, und sobald die Flughäfen wieder offen sind, fliegen wir nach Sanaa. Von dort aus kommen wir schon irgendwie nach Sokotra. Im schlimmsten Fall kapern wir ein Piratenschiff, das uns hinbringt."

„Das wäre doch mal was Neues", merkte Hiob scherzend an.

„Diesen Mann zu schnappen, ist Ihnen offensichtlich wichtiger, als ich zunächst dachte", stellte Chess fest.

„R.I.P.?" Alon sprach den Namen so klangvoll aus wie einen Höllenfluch. „Er hat einen unserer Leute umgelegt! Was meinen Sie wohl, wie wichtig uns das ist?"

„Ich nehme nicht an, dass Sie vorhaben, ihn nach Israel zurückzubringen, um ihm einen fairen Prozess zu machen."

Alon schnaubte abfällig. „Wir reden hier von einem professionellen Killer. Meinen Sie, der lässt sich von uns in Handschellen zum Flughafen begleiten? Abgesehen davon sind wir als Touristen im Jemen unterwegs und haben keinerlei behördliche Befugnisse."

„Noch sind Sie nicht im Jemen unterwegs", sagte Chess besonnen.

„Wenn wir hier noch länger über faire Gerichtsverfahren für Shahids Auftragsmörder philosophieren, dann..."
„Shahid ist tot", unterbrach sie ihn.
„Aber die Hintermänner, für die er gearbeitet hat, sind es nicht! Leute wie Shahid oder R.I.P. sind austauschbar. Für ein paar tausend Dollar findet sich schnell jemand, der anderen das Licht ausbläst, ohne viele Fragen zu stellen."
„Aber schließt diese Beschreibung Sie und Hiob nicht ebenfalls mit ein?"
„Wir sind keine Söldner!", widersprach Alon scharf. „Was wir tun, geschieht zum Wohl unseres Landes und nicht aus persönlicher Geld- oder Machtgier. Wir machen unseren Job, so wie jeder andere auch."
„Also befolgen Sie einfach nur dumm Befehle, ohne dabei an die Konsequenzen zu denken?"
„Wenn ich das täte, würde ich mir wohl kaum Gedanken darüber machen, wie wir in den Jemen gelangen können."
Chess ließ die Gemüter wieder etwas abkühlen und lehnte sich zurück. „Bei unserem letzten Zusammentreffen haben Sie mir von einem alten Araber erzählt. Ich glaube, sein Name war..."
„Ahil." Hiob drehte den Kopf nach rechts, um Chess besser im Blickfeld zu haben.
„Ahil", wiederholte Chess. „Genau so hieß der Mann. Halten Sie ihn für einen der Hintermänner?"
„Wir sind uns nicht sicher", entgegnete Alon. „Ahil hat es bisher sehr gut verstanden, keine nennenswerten Fußabdrücke auf dem internationalen Parkett zu hinterlassen, die wir nachverfolgen könnten. Was wir mit Sicherheit sagen können, ist, dass er einer der engsten Verbündeten von Shahid war, vielleicht sogar ein naher Verwandter von ihm."
„Vielleicht?", fragte Chess.
„Bis vor kurzem waren wir uns in diesem Punkt noch sehr sicher, aber mittlerweile gibt es berechtigte Zweifel an der Familientheorie."
„Die da wären?"
„Kann ich Ihnen im Detail nicht sagen", mauerte Alon. „Fest steht, dass Ahil als Auftraggeber durchaus in Frage kommen

könnte. Wenn dem tatsächlich so ist, wissen es die anderen aber nicht."
„Ich glaube, jetzt stehe ich auf der Leitung." Chess lächelte unschuldig.
„Alon meint die Leute, mit denen Ahil zusammenarbeitet", erklärte Hiob. „Wir nehmen an, dass Ahil den größenwahnsinnigen Doktor und Cornelia Simmons bewusst gegeneinander ausspielt, so wie er auch schon Shahid und dessen Leute ins offene Messer hat laufen lassen."
„Warum sollte er das tun?"
Alon zuckte mit den Schultern. „Wenn ich mir für jeden Wahnsinnigen, der da draußen herumläuft, ein Motiv überlegen müsste, hätte ich vermutlich selbst bald eines. Geld, Macht, Ruhm, was weiß ich."
„Ich tippe auf Ersteres." Hiob überkreuzte seine Beine und lehnte sich entspannt zurück. „Je näher diese Leute ihrem Ziel kommen, desto weniger von ihnen werden noch benötigt. Da ist es doch nur natürlich, dass sie ihre Reihen ausdünnen, um den großen Kuchen nicht in Krümel aufteilen zu müssen."
„Wie auch immer", beendete Alon den Exkurs. „Diese Diskussion bringt uns leider keinen Schritt näher an unsere Visa heran. Ich schlage also vor, dass wir uns wieder..."
„Moment noch!", unterbrach Chess. „Wie sicher können wir sein, dass dieser Ahil sich auf Sokotra befindet?"
„Ziemlich sicher", antwortete Alon, ohne lange nachdenken zu müssen. „Wenn meine letzten Informationen stimmen, wovon ich ausgehe, wird R.I.P. sich mit Cornelia Simmons und Ahil im Labor von Dr. Qian treffen und die gestohlenen CDs übergeben."
„Würde das nicht bedeuten, dass R.I.P. von dort nicht mehr zurückkehrt?", folgerte Chess in Anlehnung an Hiobs Kuchenkrümellogik.
„Gewisse Dinge erledigt man besser selbst", merkte Hiob in seiner gewohnt trockenen Art an.
„Bei der Gelegenheit bringen wir auch gleich das gestohlene Grabtuch zurück", ergänzte Alon. „Wenn Sie uns jetzt bitte

entschuldigen würden. Wir müssen uns dringend etwas einfallen lassen, wie wir an unsere Visa kommen."
„Sie haben niederländische Pässe, nicht wahr?", fragte Chess, die sich nicht so schnell abwimmeln lassen wollte.
„Ja", erwiderte Alon und wandte sich demonstrativ Hiob zu.
„Angenommen, ich würde Ihnen helfen..." Chess sprach nicht zu Ende, sondern kostete die erstaunten Blicke aus, die ihre Andeutung bei Alon und Hiob bewirkte.
„Wie?", fragten die beiden gleichzeitig.
Chess schmunzelte. „Lassen Sie uns zuerst das Wofür besprechen, dann erkläre ich Ihnen, was ich eventuell tun könnte."
„Wie?", wiederholte Alon, der nicht vorhatte, seine Zeit mit Spielchen zu vergeuden.
Chess' Lächeln verbreiterte sich. *Na schön, ich lasse ihn noch ein Stück vom Köder abbeißen.* „Ich kenne jemanden, der Ihnen möglicherweise weiterhelfen kann. Die Sache wäre für mich allerdings mit erheblichem Aufwand verbunden."
„Das soll nicht das Problem sein", erwiderte Alon. „Unsere Kreditkarten funktionieren auch im Urlaub."
„Nicht diese Art von Aufwand." Chess beugte sich ein Stück vor. „Ich spreche von einem persönlichen Opfer, das ich für Sie bringe... ein sehr großes persönliches Opfer."
„Sagen Sie mir, was Sie im Gegenzug wollen und wir reden darüber. Aber zuerst verraten Sie mir, wen Sie kennen, der uns weiterhelfen kann."
„Professor Yellowstone. Er ist der Direktor des Museums, für das ich die Mumien untersucht habe."
Alon und Hiob tauschten verdutzte Blicke.
„Professor Yellowstone hat mir angeboten, eine Expedition meiner Wahl zu starten und sie von einem seiner betuchten Gönner finanzieren zu lassen. Wie er mehr als deutlich betont hat, spielen Geld und Beziehungen keine Rolle. Ich sage ein Ziel und er bringt mich hin."
„Das ist schön für Sie", erwiderte Alon. „Aber inwiefern soll uns das weiterhelfen?"

„Geheimniskrämer!“, seufzte Chess. „Ihnen fehlt einfach die Fantasie. Angenommen, mir fiele ganz zufällig ein, dass ich auf der Insel Sokotra eine Ausgrabung machen möchte, dann würde ich den Direktor anrufen, ihn davon informieren und...“
„Sprechen Sie nur weiter“, wurde sie von Hiob ermuntert.
„Langer Rede, kurzer Sinn“, erklärte Chess, „auf eine offizielle Ausgrabung in den Jemen fährt eine Archäologin wie ich niemals ohne ihren Assistenten und ihre beiden Sicherheitsleute.“
„Ihren Assistenten?“, fragte Alon.
Chess blickte zur Zimmerdecke, und alle Anwesenden sahen vor ihrem geistigen Auge David, wie er einen Stock höher sein Riesenkaninchen mit Gemüse versorgte.
„Das macht er nie!“, rief Hiob überzeugt.
„Darüber unterhalten wir uns später.“ Chess hatte den armen David bereits als eine Art Kindermädchen für den betuchten Archäosaurier eingeplant, den Professor Yellowstone ihr an die Backe kleben würde. „Viel wichtiger für Sie beide ist, dass ich unter gewissen Umständen bereit bin, dieses Opfer zu bringen.“
Alon war noch immer skeptisch. „Wie sicher ist es, dass uns Ihr Museumsdirektor tatsächlich so kurzfristig Einreisepapiere besorgen kann?“
Chess wiegte ihren Kopf zwischen den Schultern. „Das kommt vor allem darauf an, wie schmackhaft wir seinen Geldgebern die geplante Grabung machen können.“
„Da sehe ich schon das erste Problem. Welche Grabung?“, fragte Alon. „Ich weiß nicht einmal, ob es auf dieser Insel überhaupt etwas gibt, das eine Grabung rechtfertigt, und Sie vermutlich auch nicht.“
„Noch nicht im Detail“, gab Chess zu. „Aber soweit ich weiß, wurde auf Sokotra eine der ersten christlichen Gemeinden gegründet. Ich glaube vom Apostel Johannes... oder war es Paulus...? Wie auch immer, mein Assistent findet im Internet sicher etwas, wofür sich eine Expedition nach Sokotra lohnt. Außerdem kenne ich einen Archäologen, der dort seit einigen

Jahren die Höhlensysteme erkundet. Er kann mir sicher weiterhelfen."
„Die Geschichte ist so dünn." Alon presste Daumen und Zeigefinger fest zusammen.
„Ich habe mit keinem Wort behauptet, dass es leicht wird", erwiderte Chess. „Sie beide wollen unbedingt in den Jemen. Mir dagegen konnte dieses Land bereits vor unserem letzten Besuch gestohlen bleiben. Daran hat sich übrigens auch nach dem Besuch nichts geändert."
„Warum wollen Sie uns dann helfen?", fragte Alon.
„Das hat zwei Gründe", erklärte Chess. „Einen beruflichen und einen privaten. Beruflich erwarte ich als Gegenleistung für meine Unterstützung Ihre uneingeschränkte Hilfe bei einem meiner Anliegen."
„Was ist der private Grund?"
„Den behalte ich lieber für mich."
„Aber wir sind die Geheimniskrämer", motzte Alon.
„Mich interessiert die berufliche Gegenleistung mehr", betonte Hiob. „Was können wir Ihnen bieten, das..."
„Eine Grabung!", warf Chess ein. „Sie werden mir helfen, dass ich die Genehmigung für eine Grabung in Israel bekomme."
Hiob runzelte die Stirn. „Haben Sie uns nicht gerade erklärt, dass der Museumsdirektor Ihnen nur allzu gerne dabei hilft, eine Expedition auf die Beine zu stellen? Ich meine, wenn Sie schon an der Quelle sitzen, wofür brauchen Sie dann uns?"
„Bring sie nicht auf dumme Ideen", flüsterte Alon durch die Zähne, während er Chess freundlich anlächelte.
„Bei dem, was ich vorhabe, können nur Sie beide mir weiterhelfen - besser gesagt, Ihre Chefin."
Mir schwant Übles! Alon warf Hiob einen Blick zu, der genau das ausdrückte.
„So wie Sie dreinschauen, wissen Sie bereits, worauf ich hinauswill." Chess blieb ganz ruhig. „Ich dachte an eine Woche mit Ihnen beiden als Aufpasser. Glauben Sie, Souzan-Chaya bekommt das hin?"
„Unmöglich", antwortete Alon noch im selben Augenblick.

„Das sind die Visa für den Jemen auch... sollte man meinen. Trotzdem biete ich Ihnen an, es zu versuchen.“
„Sie kennen Souzan-Chaya nicht“, entgegnete Alon mit aussichtslosem Kopfschütteln. „Auf so einen Kuhhandel lässt sie sich niemals ein.“
„Darum wende ich mich auch nicht direkt an Ihre Chefin. Ich hoffe, wenn es mir gelingt, Sie beide über den Tisch zu ziehen, kann sie gar nicht anders als zuzustimmen.“ Innerlich grinsend, schaffte es Chess irgendwie, ernst zu bleiben.
„Worüber sprecht ihr eigentlich?“, fragte Hiob. „Könnt ihr einem Nichtarchäologen einmal erklären, von welcher Grabung hier die Rede ist?“
Chess blickte Alon auffordernd an.
„Der Tempelberg!“, stieß Alon hervor. „Sie glaubt, sie kann zwei Tickets in den Jemen gegen eine Grabung am Tempelberg eintauschen.“
„Ich muss nicht selbst graben“, schränkte Chess ein. „Mir reicht es, wenn ich vor Ort dabei sein kann.“
„Na dann“, sagte Alon, als wären damit alle Probleme der Menschheit vom Tisch und der Weltfrieden gerettet.
„Kann Souzan-Chaya so etwas genehmigen?“, fragte Hiob skeptisch. „Ich meine, gesetzt den Fall, sie würde es überhaupt in Betracht ziehen.“
Chess zuckte unbekümmert mit den Achseln. „Sie sind die Geheimhaltungsprofis. Sagen Sie es mir!“
Alon stand auf, um seiner inneren Unruhe Ausdruck zu verleihen. „Wissen Sie überhaupt, wie viele Anfragen von international hochangesehenen Archäologen jedes Jahr in Israel einlangen, die eine Genehmigung für Grabungen am Tempelberg wollen?“
„Ich kann’s mir ungefähr denken“, antwortete Chess.
Alon nickte, als hätte er besagte Gedanken gelesen. „Dann haben Sie vielleicht auch eine Vorstellung davon, wie viele keine solche Genehmigung erhalten.“
„Ungefähr genauso viele, würde ich vermuten.“
„Ich sehe, wir wissen beide, wovon wir sprechen.“

Chess stand ebenfalls auf. „Ihnen ist schon klar, dass ich im Gegenzug angeboten habe, mit Ihnen in den Jemen zu reisen. Ich riskiere meinen guten Ruf auf einer Insel, deren Namen die meisten vermutlich nicht einmal richtig aussprechen können. Schlimmer noch, ich überzeuge das Museum von der Notwendigkeit einer Expedition, die am Ende vielleicht nicht viel mehr zu Tage fördert als ein paar versteinerte Ringelwürmer."

„Ringelwürmer?"

„Keine Ahnung, kam mir gerade in den Sinn. Jedenfalls muss Ihnen klar sein, dass ich eine ganze Menge..."

Eine Stunde und ungezählte Argumente später hatten Chess und Alon sich auf einen für beide Seiten tragbaren Kompromiss geeinigt.

„Einverstanden!", besiegelte Chess den Pakt. „Ich werde zunächst einmal mit meinem Archäologenfreund telefonieren und mich über die Höhlensysteme auf Sokotra informieren. Sie dürfen inzwischen David davon überzeugen, dass er schon immer gerne auf diese Trauminsel wollte. Bei der Gelegenheit können Sie dann gleich gemeinsam im Internet Informationen suchen. Sobald wir genug Material beisammen haben, das eine Expedition rechtfertigt, rufe ich Professor Yellowstone an. Dann werden wir ja sehen, ob seine steinreichen Hobbyarchäologen tatsächlich so gute Verbindungen haben, wie er mir erzählt hat."

***

Sanctuary Island II, später Nachmittag:

Er ist nicht paranoid! Was Enzo unmittelbar nach seinem Gespräch mit Dr. Qian noch nicht für möglich gehalten hatte, war eingetreten. Er hatte konkrete Anhaltspunkte gefunden, die Qians Misstrauen gegenüber der Besatzung zu rechtfertigen schienen.

Enzo war binnen weniger Stunden von einem sehr kommunikativen und offenen Mitglied der Crew zum genauen Gegenteil mutiert. Dass es tatsächlich jemanden geben sollte,

der Qian nach dem Leben trachtete, machte ihm umso schwerer zu schaffen, als er mit niemandem darüber reden konnte, außer mit dem Doktor selbst.
Umso erleichterter war Enzo gewesen, dass Qian sehr kurzfristig Zeit für ein Treffen gefunden hatte. Damit sie bei der geheimen Unterredung ungestört blieben, fand sie auf einem der wenig frequentierten Decks statt.
Enzo konnte sich nicht erinnern, in den vergangenen Jahren schon einmal hier unten gewesen zu sein. Das Maschinendeck mit seinen lärmenden Pumpen und den mächtigen Ankerketten war definitiv nicht sein Terrain. Trotzdem fand er sich dank der Beschriftungen leicht zurecht.
Kettensteuerung, las er von einem riesigen Stahlcontainer ab, der noch zwei Decks in die Tiefe zu reichen schien. Enzo blickte sich noch einmal um und ging dann zielstrebig auf die Tür zu. Schon beim Berühren des Türknaufs war klar, wo das Vibrieren und Brummen seinen Ursprung hatte, das er seit dem Betreten des Decks verspürt hatte.
Die isolierte Blechtür öffnete sich mit einem grausamen Quietschen, von dem Enzo aber nichts mitbekam, weil das Stampfen der schweren Dieselaggregate alles übertönte. Die Luft war stickig heiß und stank nach überhitztem Motoröl.
Die einzigen beiden Glühbirnen in Sichtweite sorgten nicht nur für ein schummriges Licht, sondern ließen Enzo auch vermuten, dass Qian den Maschinenraum schon vor ihm betreten hatte. So weit das Auge reichte, war alles grau gestrichen. An einigen wenigen Stellen wechselten sich rostrot und Ölflecken ab.
Den Doktor konnte er allerdings noch nicht ausmachen, da ihm zwei Metallkuppeln die Sicht in den hinteren Bereich versperrten. Ihre wahre Größe wurde erst beim Näherkommen deutlich.
Die Kuppeln waren nur die Spitzen zweier siloähnlicher Behälter, die sich über insgesamt drei Decks erstreckten. Um sie herum führten freitragende Metallstege, durch deren Gitterboden Enzo in einen Abgrund blickte. Obwohl einer der Stege zwischen den beiden Kuppeln verlief, entschied Enzo

sich für den längeren Weg. Zu wenig einladend wirkte der schmale Pfad zwischen den dröhnenden Silos.
Enzo hatte die rechte Kuppel etwa zur Hälfte umrundet, als ihm eine vertraute Gestalt auf der gegenüberliegenden Seite auffiel. „Dr. Qian!“, rief er, ohne auch nur eine Chance zu haben, gegen das Stampfen der Motoren anzukommen.
Der Doktor hatte Enzo den Rücken zugewandt und stand auf einer schmalen Drahtgitterbrücke. Sie führte zu einer etwa zwölf Quadratmeter großen Plattform, die wie ein freischwebendes Bücherregal aus der Wand ragte. Darauf standen ein alter Schreibtisch und mehrere Schaltschränke, mit denen die Antriebsketten gesteuert wurden. Dass sowohl der Schreibtisch als auch sein staubgelber Kunststoffsessel so aussahen, als würden sie nur noch vom Zahn der Zeit benutzt werden, wunderte Enzo nicht im Geringsten. Es war geradezu absurd anzunehmen, dass jemand in dieser Lärmhölle an Arbeit denken konnte.
„Dr. Qian!“ Enzo stieg auf die Drahtgitterbrücke, die ihm durch ihr unerwartet heftiges Schwingen die Aufmerksamkeit des Doktors sicherte. Er konnte sehen, wie der Doktor beim Umdrehen etwas kleines Weißes in seinem Labormantel verschwinden ließ.
„Da sind Sie ja endlich!“ Qians Schreien war gerade laut genug, um die Maschinen zu übertönen.
„Tut mir leid, Doktor. Ich musste zuerst mit den Kollegen meiner Schicht zu den Mannschaftsquartieren gehen, um keine dummen Fragen gestellt zu bekommen!“
„Verstehe!“, zeigte Dr. Qian Verständnis. „Kommen Sie hier rüber, damit wir nicht so brüllen müssen!“
Enzo folgte ihm über die Brücke auf die freischwebende Plattform. Erstaunlicherweise war es in dieser Ecke tatsächlich um einiges leiser, wenngleich die Ketten unter ihren Füßen ebenfalls ordentlich Radau machten. In drei Reihen waren sie quer zur Brücke angeordnet und erinnerten an überdimensionierte Fahrradketten, die in öligen Wannen ihre Runden drehten.

„Was haben Sie herausgefunden?“, fragte Qian ungeduldig. Er vermied es offenbar ganz bewusst, mit seinem Mantel an Sessel oder Schreibtisch anzustreifen.
„Ich glaube, Sie haben Recht mit Ihrer Vermutung, dass hier in letzter Zeit merkwürdige Dinge passieren.“
„Wie meinen Sie das?“
„Ich habe mich vorsichtig umgehört und erfahren, dass vorgestern ein Mann verschwunden ist. Er war auf der Insel, um Vorräte zu kaufen, und ist nicht mehr zurückgekehrt.“
„Ein Einheimischer?“
„Ja!“
„Das muss nichts bedeuten“, erklärte Qian. „Diese Leute sind extrem unzuverlässig. Es kommt immer wieder vor, dass sie ein paar Tage nicht zur Arbeit erscheinen. Das ist mit einer der Gründe, warum ich mein Personal lieber mitbringe und nicht vor Ort rekrutiere. Faules Pack!“
„Der Fall dieses Mannes wird Sie trotzdem interessieren, Doktor. Er hat nämlich in der Küche gearbeitet.“
Qians blutunterlaufene Pupillen weiteten sich. „Was sagen Sie da?“
„Er war als Küchengehilfe angestellt. Einer seiner Arbeitskollegen will gesehen haben, dass er mit einem der Köche gestritten hat. Ich dachte mir, er hat vielleicht etwas gesehen - möglicherweise sogar zu viel, und deshalb musste er verschwinden.“
Qian ging zum Geländer und beugte sich nach vorn. Ohne etwas zu sagen, blickte er auf die Kettenglieder, von denen jedes die Größe eines Handballens hatte.
Enzo stand eine ganze Weile wortlos daneben. „Dr. Qian? Ist alles in Ordnung mit Ihnen?“
„Lassen Sie mir noch einen Moment!“, verlangte der Doktor. „Ich muss mir zunächst über etwas klar werden, bevor ich Ihnen neue Instruktionen geben kann... Es ist alles viel komplizierter, als Sie sich das...“ Er wurde immer leiser, sodass Enzo den Rest des Satzes nicht mehr verstand. Eines ließ sich aber auch so erkennen: Qian schien massiv beunruhigt von den Neuigkeiten.

Als der Doktor nach einigen Minuten immer noch auf die Ketten starrte, die ihre Bahnen in den Ölwannen drehten, sprach Enzo ihn erneut an: „Wissen Sie, ich dachte, weil Sie das neulich mit der Vergiftung erwähnt haben..."
„Ich weiß, worauf Sie hinauswollen!", fuhr Qian ihn an. „Ich weiß es besser, als Sie sich das überhaupt vorstellen können... Haben Sie den Namen von dem Koch herausgefunden, mit dem der Mann sich gestritten hat?"
Enzo nickte und kramte aus der Brusttasche seines Overalls eine zerknitterte Serviette hervor. „Ich habe alle drei Namen hierauf notiert."
„Drei Namen?"
„Der vermisste Mann, der Koch, mit dem er gestritten hat und der Name des Kollegen, von dem ich die Info habe." Er strich die Serviette glatt und reichte sie Qian. Als er bemerkte, wie dünn die Finger des Doktors geworden waren, wurde seine Bewegung langsamer.
„Geben Sie schon her!"
„Ich würde Sie bitten, meinen Namen nicht zu erwähnen, falls Sie die Leute darauf ansprechen."
„Keine Sorge", beruhigte der Doktor. „Das werde ich ganz bestimmt nicht." Sein Blick wanderte wieder in die Ölwanne unter ihm. „Es ist alles nicht so einfach..." Seine Gedanken schienen abzugleiten.
„Wenn Sie möchten, halte ich weiterhin meine Ohren für Sie offen."
Qian reagierte nicht.
Enzo folgte dem Blick des Doktors bis zu jener Stelle, an der zwei der Ketten einander bedrohlich nahe kamen. Eine drehte sich im, die andere gegen den Uhrzeigersinn, beide mit enormem Tempo. Durch ihre gegenläufigen Bewegungen boten sie ein unruhiges Bild, doch genau das schien Qian zu faszinieren. Geradezu hypnotisiert fixierte er den Punkt, an dem sich die Kettenglieder aneinander vorbeibewegten.
„Ich glaube, das Öl in den Wannen müsste wieder einmal gewechselt werden", murmelte Qian gedankenversunken vor sich hin.

„Doktor?“
Qian zuckte zusammen, als hätte Enzo ihn gerade aus einem Albtraum geweckt. Mit hilfesuchendem Blick sah er seinen treuen Mitarbeiter an: „Können Sie mir noch einen Gefallen tun?“

***

Am Abend des 25. Dezember in einer Londoner Wohnung:
„Es ist für dich, Schatz!“, rief Ms. Yellowstone aus dem Vorzimmer und hielt das Mikrofon des fast schon antiken Wandtelefons zu. „Offenbar dienstlich.“
Professor Yellowstone blickte überrascht in die große Runde am Esstisch. Er hatte seine Eltern, die Schwiegereltern und seinen Bruder mit dessen Frau zum Weihnachtsessen eingeladen.
„Entschuldigt mich, bitte.“ Er stand auf. „Ich hoffe, es ist nichts passiert. Wir haben in ein paar Tagen Eröffnung, und ständig läuft etwas schief. Ich bin echt froh, wenn wir die Ausstellung endlich...“
„Hör auf zu jammern!“, unterbrach sein Bruder mit einem versteckten Augenzwinkern. „Du solltest dich lieber beeilen, damit du rechtzeitig zum Ende der Geschichte wieder hier bist.“
„Ja, ja.“ Professor Yellowstone warf seinem Schwiegervater einen unschuldigen Blick zu und ging ins Vorzimmer, wo seine Frau ihm geduldig den Hörer entgegenhielt. Er nahm ihn ihr aus der Hand und bat sie, beim Zurückgehen ins Esszimmer die Tür zu schließen.
Erst als sie das getan hatte, übernahm Yellowstone das Gespräch. „Ja, wer spricht bitte?“
„Hier ist Chess.“ Sie ließ die Information einen Moment lang wirken. „Die mit den Mumien.“
„Chess! Ja, natürlich!“ Er klang ehrlich erfreut. „Ich hätte jetzt mit allem gerechnet, aber nicht damit, dass Sie mich anrufen.“
„Tut mir leid, Professor. Vermutlich störe ich Sie gerade bei einer Familienfeier...“

„Das tun Sie tatsächlich." Der Professor senkte seine sonore Stimme. „Aber unter uns gesagt, bin ich Ihnen überaus dankbar dafür. Mein Schwiegervater gibt gerade eine seiner Anekdoten aus der Marinezeit zum Besten, die ich mir schon so oft anhören musste, dass es mir mittlerweile auffällt, wenn er unwichtige Details auslässt."
Am anderen Ende der Leitung war ein Lachen zu hören.
„Zurück zu Ihrem Anruf. Was kann ich für Sie tun?", fragte Yellowstone.
„Steht Ihr Angebot mit der Expedition noch?"
„Meinen Sie das ernst?"
„Ich denke schon. Würde ich mich sonst trauen, die Erzählung Ihres Schwiegervaters zu unterbrechen?", scherzte Chess.
„Selbstverständlich steht das Angebot noch!" Die Stimme des Professors überschlug sich fast vor Begeisterung. „Wissen Sie, so wie Sie im Museum auf meinen Vorschlag reagiert haben, hätte ich im Traum nicht daran gedacht, dass Sie sich deshalb noch einmal melden werden."
„Ehrlich gesagt, ich auch nicht."
„Was hat Ihre Meinung geändert?", fragte ein angenehm überraschter Yellowstone.
„Es sind ein paar unvorhergesehene Dinge passiert, die mich umgestimmt haben. Ich würde gerne eine Expedition in den Jemen starten."
„Jemen", wiederholte der Professor interessiert.
„Genauer gesagt auf die Insel Sokotra. Die Sache müsste allerdings äußerst kurzfristig über die Bühne gehen."
„Wie schnell wäre das?"
„Die erste Maschine, die nach Freigabe des Flughafens nach Sanaa startet."
Yellowstone schluckte. „Das ist wirklich sehr kurzfristig."
„Ich will offen zu Ihnen sein, Professor. Mit dieser Expedition würde ich nicht nur Ihrem Museum helfen, sondern auch einem Freund von mir einen großen Gefallen tun, der mir wiederum bei einer anderen Grabung behilflich wäre. Da ich nur zwei Wochen in London eingeplant habe, drängt die Zeit schon etwas. Ich weiß, das kommt ziemlich überraschend, aber Sie

haben mir im Museum gesagt, dass ich mich jederzeit bei Ihnen melden kann."
„Sie haben völlig korrekt gehandelt, dass Sie mich angerufen haben", bekräftigte der Professor und dachte bereits angestrengt über die Umsetzung nach. „Ich bin sicher, dass wir gemeinsam etwas auf die Beine stellen können... Der alte Lord Peabody wäre eine Möglichkeit... Nein, ich glaube mich erinnern zu können, dass er über den Jahreswechsel auf einer Kreuzfahrt..."
„Es müsste jemand sein, der uns auch kurzfristig mit Visa versorgen kann", warf Chess ein.
„Da sehe ich kein Problem", erwiderte Yellowstone. „Wir haben ausgezeichnete Kontakte in den Jemen und in den Oman, seit wir vergangenen Sommer eine gemeinsame Ausstellung veranstaltet haben. Bürokratisch sehe ich da gar keine Probleme. Ich frage mich viel mehr, wem von unseren Clubmitgliedern ich eine Expedition auf die Schnelle schmackhaft machen soll. Die meisten der in Frage kommenden Herrschaften sind schon etwas betagt und nicht mehr ganz so spontan, müssen Sie wissen. Da sollte alles schon Monate vorher generalstabsmäßig geplant sein."
„Ich will Ihnen keine Umstände machen."
„Das tun Sie keineswegs", beteuerte Yellowstone. „Auch ich will ganz offen zu Ihnen sein. Bei unseren Sponsoren sitzt das Geld umso lockerer, je spannender die Ausflüge sind, die wir für sie organisieren. Für ein aufregendes Abenteuer zeigen sich diese Leute mit Summen erkenntlich, die uns einen ganzen Schausaal neu einrichten lassen. Glauben Sie mir, Chess, ich bin Ihnen zu größtem Dank verpflichtet, wenn Sie so eine Reise für uns organisieren. Wichtig ist allerdings, dass die Sicherheit vor Ort gewährleistet ist, denn aus dem Abenteuer darf keine ernsthafte Gefahr werden."
„Darauf lege ich ebenfalls großen Wert", erklärte Chess überzeugt. „Ich habe zwei Männer eingeplant, mit denen ich in Sachen Begleitschutz die besten Erfahrungen gemacht habe."
„Nur zwei Leute? Oder wollen Sie sich vor Ort noch Verstärkung suchen?"

„Das wird nicht notwendig sein. Vertrauen Sie mir, wenn ich Ihnen sage, dass sich jeder Sicherheitsdienst die Finger danach abschlecken würde, diese beiden unter Vertrag zu bekommen. Außerdem möchte ich das Team gerne so klein wie möglich halten. Ich dachte an die beiden Bewacher, meinen Assistenten und Ihren Abenteuerurlauber. Abgesehen von mir haben alle europäische Pässe - falls das für die Visa von Bedeutung ist."

„Wie schon gesagt, die behördlichen Formalitäten werden kein Problem darstellen", beruhigte Yellowstone. „Was genau wäre denn das Ziel der Expedition?"

„Höhlenmalereien! Ich würde mich gerne in den Höhlensystemen umsehen, mit deren Kartografierung Peter Karachi vor zwei Jahren begonnen hat. Sie haben bestimmt schon von ihm gehört."

„Wer hat das nicht? Er ist ein hervorragender Archäologe und ein sehr sympathischer obendrein", schwärmte Yellowstone begeistert. „Ich habe ihn im Vorjahr bei einem Kongress in Canberra getroffen und kurz Gelegenheit gehabt, mit ihm über seine Arbeit zu plaudern. Er ist davon überzeugt, in den nächsten Jahren weitere Höhlenmalereien zu finden, viel größere und hoffentlich auch besser erhaltene als die bisher entdeckten."

„Nicht nur das", erwiderte Chess. „Mir gegenüber hat er am Telefon durchklingen lassen, dass er darauf hofft, auch noch eines der legendären Piratenverstecke zu finden."

„Eine perfekt erhaltene Höhlenzeichnung verdeckt von einem Berg Goldmünzen und Juwelen." Yellowstone lachte über die Vorstellung. „Bei Karachis Glück wäre ihm das sogar zuzutrauen."

„Wenn wir ihm zuvorkommen, nützt ihm sein ganzes Glück nichts", gab Chess sich kämpferisch.

„Waren Sie so mutig, ihm das zu sagen?"

„Natürlich! ...Allerdings erst, nachdem er mir versprochen hat, seine Aufzeichnungen über das Höhlensystem zu schicken", antwortete sie lachend.

„Das wird eine großartige Expedition", bekräftigte Yellowstone. „Ich überlege schon die ganze Zeit, wen ich

Ihnen auf eine solche Reise mitgeben könnte... So eine Höhlenwanderung ist auch körperlich anspruchsvoll. Da scheiden einige unserer älteren Semester leider aus. Es müsste schon jemand von den robusteren Herren sein..."

„Sie können mir gerne auch einen jungen, gutaussehenden Millionär an die Seite stellen", scherzte Chess.

„Jünger als sechzig? Da muss ich leider passen", erwiderte Yellowstone amüsiert. „Der rüstige Mr. Byron könnte eventuell ein geeigneter Kandidat für Ihr Vorhaben sein. Er hat vor einem Jahr ein künstliches Hüftgelenk bekommen und ist seither kaum zu bremsen. Ein unterhaltsamer, sehr belesener Mann, bei dem man nie sagen kann, ob er die Geschichten, die er zum Besten gibt, selbst erlebt hat oder nur aus Büchern kennt. Seine Frau ist vor einigen Jahren gestorben und seither ist er Mitglied im Club der Förderer unseres Museums."

„Das klingt gut, den nehmen wir!"

„Geben Sie mir bitte fünf Minuten und rufen Sie mich dann noch einmal an. Ich kläre rasch ab, ob er über die Feiertage..."

„Einverstanden!", kürzte Chess ab. „Ich melde mich gleich wieder." Sie legte auf.

Sechs Minuten später rief sie erneut bei Professor Yellowstone an, sein Anschluss war aber besetzt.

Nach weiteren drei Minuten versuchte Chess ihr Glück noch einmal und hatte den Professor sofort am Telefon. „Was sagt Mr. Byron?"

„Bedauerlicherweise verbringt er die Feiertage im Krankenhaus."

„Das tut mir leid. Ich hoffe, er hat nichts Schlimmes?", fragte Chess.

„Er wird es ganz sicher überstehen, diesmal ist seine andere Hüfte dran."

„Ausgerechnet an Weichnachten?"

„Da ist im Krankenhaus wenig los, wie mir seine Haushälterin erklärt hat. Er hat sich den Termin für die Hüftoperation selbst ausgesucht."

„Ein Glück für ihn, dass er nur zwei hat."

„Sie sagen es. Ich habe mir erlaubt, gleich im Anschluss bei der Bridge-Partnerin von Mr. Byron nachzufragen und darf Ihnen mitteilen, dass Lady Pendergast darauf brennt, an der Expedition teilzunehmen."
„Lady Pendergast?" Chess meinte, den Namen schon einmal gehört zu haben.
„Eine von nur drei Damen in unserem Club. Sie werden sie bestimmt mögen, sobald Sie einander erst näher kennengelernt haben. Bis das erste Eis getaut ist, könnte es allerdings ein paar Stunden dauern."
„Na, Sie machen mir Mut."
Yellowstone lächelte. „Ich bin nur ehrlich zu Ihnen. Lady Pendergast ist eine sehr resolute Dame, die nicht wahrhaben will, dass die Kolonialzeit zu Ende ist. Ich habe es vermieden, sie direkt danach zu fragen, aber Sokotra gehört für sie bestimmt noch zum britischen Empire."
„Und Indien?"
„Das sowieso", scherzte Yellowstone.
„Verstehe. Dann wird es für Ms. Pendergast also nur ein Ausflug in eine ihrer Kolonien."
„Lady Pendergast", verbesserte Yellowstone. „Darauf legt die alte Dame sehr großen Wert."
„Danke für den Hinweis. Wie schnell ist Lady Pendergast reisefertig?"
„So wie ich sie einschätze, sitzt sie gerade auf ihrem hoffnungslos überfüllten Koffer und versucht, den Reißverschluss doch noch irgendwie zuzubekommen. Ich sollte vielleicht noch erwähnen, dass Geduld keine von Lady Pendergasts Tugenden ist. Seien Sie versichert, dass sie vor Ihnen am Flughafen ist - egal wann die erste Maschine starten kann."
„Das klingt so, als wäre sie ganz begeistert, mit uns auf Expedition in den Jemen zu gehen."
„Begeistert ist gar kein Ausdruck. Nur der dünne Kupferdraht hat mich davor bewahrt, dass sie mir vor Freude um den Hals gefallen ist. Wenn Sie jetzt einen Rückzieher machen, bin ich

ein toter Mann“, übertrieb Professor Yellowstone mit amüsierter Stimme.
„Das kann ich Ihnen unmöglich antun, Professor. Wie regeln wir das mit den Formalitäten?“
„Ich bräuchte möglichst rasch die Pässe von Ihnen und Ihren Begleitern. Befinden sich die Herren ebenfalls in England?“
„Ja, sie sind alle schon reisefertig und hier bei mir.“
„Wunderbar. Es wäre gut, wenn Sie mir vorab alle Passkopien per E-Mail schicken könnten, damit wir die Sache mit den Visa beschleunigen. Um den ganzen Papierkram und die Tickets kümmere ich mich. Haben Sie alles an Ausrüstung dabei, oder darf ich Ihnen anbieten, auf unsere Lagerbestände zurückzugreifen?“
„Auf dieses Angebot komme ich gerne zurück. Meine wichtigsten Stücke habe ich zwar immer bei mir, aber mein Assistent leider nicht. Es wäre also wunderbar, wenn wir uns mit dem Nötigsten eindecken dürften.“
„Nicht nur mit dem Nötigsten“, entgegnete Yellowstone voller Stolz über die von seinen Clubmitgliedern gesponserte Sammlung an modernsten Ausrüstungsgegenständen. „Mit dem Allerbesten.“
„Wir sollten es nicht übertreiben“, beugte Chess vor.
„Aber natürlich sollten wir das“, widersprach Professor Yellowstone. „Schließlich soll es ein Abenteuerurlaub für Lady Pendergast werden, über den sie nach ihrer Rückkehr eine Menge berichten kann. Es wird die anderen Clubmitglieder sicher freuen zu wissen, dass die von ihnen gespendete Ausrüstung auch praktische Verwendung findet. Einige von ihnen wären vermutlich sogar zutiefst beleidigt, wenn ihre Stücke nicht zum Einsatz kämen.“
„Auch wenn wir das Zeug nicht brauchen?“
„Brauchen ist relativ“, erklärte Yellowstone. „Alles davon lässt sich zu PR-Zwecken einsetzen.“
„Wie darf ich das verstehen?“
„Ganz einfach. Drücken Sie Lady Pendergast jedes Stück einmal in die Hand und machen Sie ein paar nette Fotos davon. So etwas kommt bei den Clubtreffen immer gut an und hebt die

Bereitschaft der Mitglieder, in weitere Anschaffungen zu investieren. Außerdem kann ich solche Fotos für die Presse gebrauchen. Das zeigt den Leuten unsere Kompetenz bei internationalen Expeditionen."

In diesem Moment bereute Chess zum ersten Mal, Alon und Hiob das Angebot gemacht zu haben, ihnen bei der Reise in den Jemen zu helfen. Es war ihr aber sofort klar, an wem der Job des Haus- und Hoffotografen von Lady Pendergast hängenbleiben würde. *Tut mir leid, David.*

***

27. Dezember, früher Abend auf Sanctuary Island II:

Enzo nutzte die ersten Minuten nach Dienstende gerne, um einfach nur an der Reling zu stehen und aufs Meer hinauszublicken. Meistens dachte er in dieser Zeit an seine Frau und die beiden gemeinsamen Töchter. Über einen Monat würde es noch dauern, bis er wieder für vier Wochen zu ihnen konnte.

Sein Magen knurrte. Zeit, in die Kantine zu gehen! Enzo riss sich von dem herrlichen Anblick los und schlug den Weg nach unten ein. Bereits nach wenigen Metern kamen ihm Qians Gäste, Ahil und Cornelia Simmons, entgegen. *Echt krank, dass der alte Knacker sich so eine scharfe Braut anlacht. Kann kaum gehen, aber dafür reicht's wohl noch.* Dass das Verhältnis zwischen den beiden rein beruflicher Natur war, wollte ihm erst gar nicht in den Sinn kommen. *Vermutlich haben sie wieder eine Besprechung mit Qian. Möchte wissen, wofür er die braucht...* Er blickte den beiden noch einen Moment kopfschüttelnd nach und setzte seinen Weg fort.

Als Enzo kurz darauf die Kantine betrat, lag eine eigenartige Stimmung in der Luft. Obwohl das Gemurmel der Anwesenden deutlich zu hören war, klang es dennoch irgendwie anders als sonst.

Enzo nahm sich ein Tablett vom Stapel, bettete sein Besteck auf eine Serviette und ging weiter zu den Getränken, bei denen Selbstbedienung angesagt war.

„...schon der Zweite in diesem Monat“, schnappte er einen Wortfetzen aus dem allgemeinen Gemurmel auf.
„Um den war es sowieso nicht schade“, hörte er eine andere Stimme sagen.
„...vielleicht ermordet?“ Der Vermutung folgte ein halbherziges Lachen.
Enzo stellte eine Flasche auf sein Tablett und warf einen Blick über die Schulter. Es ließ sich unmöglich sagen, wem genau die Stimmen gehörten, die er gehört hatte, aber irgendwie schien es ihm, dass sich alle Anwesenden über dasselbe Thema unterhielten.
„Einmal das Menü 2, bitte“, orderte Enzo, als er bei den Hauptspeisen angelangt war.
„Sehr gerne“, erwiderte die kleine Frau mit der Kochmütze und nahm einen Teller vom bereitstehenden Stapel. Enzo kannte die junge Frau nur flüchtig, was aber nicht verwunderlich war, da er sich an die meisten neuen Gesichter an Bord erst gewöhnen musste. Während ihre helle Haut und das dunkelblonde Haar sie interessant machten, wirkte ihr Gesicht eher abschreckend.
„Was ist denn passiert, dass hier drin so eine merkwürdige Stimmung herrscht?“, fragte er.
Die Köchin kratzte mit dem Fingernagel etwas vom Teller und wischte ihn an ihrer nicht mehr ganz weißen Schürze ab. „Einer der Köche ist seit gestern Abend abgängig.“
„Tatsächlich?“ Enzo gab sich Mühe, nicht übertrieben viel Interesse durchklingen zu lassen. „Weit kann er nicht sein, wenn alle Rettungsboote noch da sind“, versuchte er es mit einem Scherz.
„Hoffen wir’s.“ Die Köchin schaufelte ein abgezähltes halbes Dutzend Minikartoffeln auf den Teller. „Es gibt einige an Bord, die sich dadurch beunruhigt fühlen. Vor allem, weil es schon der zweite innerhalb kurzer Zeit ist.“ Sie sah kurz auf und blickte demonstrativ zu den Tischen im hinteren Teil.
„Sie offenbar nicht“, folgerte Enzo aus der Gelassenheit seiner Gesprächspartnerin.
„Scharfe Soße?“

Enzo bejahte.
„Ich bin noch hier“, erklärte sie und goss reichlich Chilisauce über das Essen. „Das sollte mich viel mehr beunruhigen, als dass meine Kollegen unerlaubt Landurlaub machen.“
„Gefällt es Ihnen bei uns nicht?“
„Um ehrlich zu sein...“ Sie verzog das Gesicht. „...ich sehe den Job hier nur als Zwischenlösung zum Geldverdienen, bis ich etwas Dauerhaftes finde, das mir mehr zusagt. Petersilie über die Kartoffeln?“
„Ja, gerne. Sie meinen also nicht, dass Ihren Kollegen etwas zugestoßen sein könnte?“
„Zugestoßen? Was denn?“ Die Köchin rang sich ein müdes Lächeln ab. „Meinen Sie, es hat sie einer über Bord geworfen, weil er ihr Essen nicht mehr ertragen konnte? Wobei, wenn ich mir so ansehe, was manche Kollegen der Mannschaft vorsetzen...“ Sie streckte ihm den Teller entgegen und lächelte freundlich. Ganz so, wie es sich für eine gute Kantinenköchin gehörte. „Mahlzeit!“
„Herzlichen Dank.“ Enzo nahm das Essen und stellte es auf sein Tablett. „Eine Frage noch, welcher Koch ist denn abgängig?“
Obwohl die junge Frau den Namen falsch aussprach, zuckte Enzo innerlich zusammen, als er ihn hörte.
Somit waren schon zwei der drei Personen verschwunden, deren Namen Enzo dem Doktor auf die Serviette geschrieben hatte. „Ist Luc heute da?“, fragte er geistesgegenwärtig nach dem dritten Mann, dem er seine Informationen über die beiden anderen überhaupt erst zu verdanken hatte.
„Sollte ich das wissen?“ Sie blickte ihn verständnislos an.
„Er arbeitet schon seit längerem bei euch in der Küche als Gehilfe“, erklärte Enzo.
Sie schüttelte den Kopf. „Das hilft mir leider nicht weiter.“
„Ungefähr einen Meter achtzig groß, schwarz und mit starkem französischen Akzent. Er hat einen großen Anker auf den Unterarm tätowiert, der in einer Meerjungfrau steckt. Ein sehr geschwätziger Typ, ist Ihnen bestimmt schon aufgefallen.“

„Die Nervensäge! Sagen Sie das doch gleich. Warum interessieren Sie sich für ihn?"
„Interessieren wäre übertrieben. Ich hab ihn nur schon eine ganze Weile nicht mehr gesehen. Hat er Dienst?"
„Hmmm. Lassen Sie mich nachdenken... Ich glaube nicht, dass ich ihn heute schon gesehen habe. Moment! Ich frage in der Küche..."
„Lassen Sie nur, ist nicht so wichtig!", machte Enzo einen wohlüberlegten Rückzieher. Das Letzte, was er in diesem Moment wollte, war, sich mit dem Verschwinden der Männer in Zusammenhang zu bringen. „Er läuft mir sicher bald wieder über den Weg."
„Wenn Sie das sagen..."

***

28. Dezember, Vormittag, Flughafen London Heathrow:
Lady Pendergast saß in der Abflughalle und musterte ihre Reisebegleiter. Es war fast auf die Minute genau eine Stunde her, dass sie die anderen Expeditionsteilnehmer kennengelernt hatte.
Da war Chess, die selbstbewusste und bildhübsche Archäologin, in der Lady Pendergast einige Züge ihres jüngeren Ichs wiederfand. Sie kannte Chess bereits aus Zeitungsartikeln und von den Erzählungen im Club. Als Lady Pendergast vom Museumsdirektor gehört hatte, dass die jordanische Archäologin eine Expedition plane, war sie sofort Feuer und Flamme für die Idee gewesen, daran teilzunehmen. Bis an den Rest ihrer Tage würde sie Professor Yellowstone in ihr Nachtgebet einschließen, weil er ihr diese Möglichkeit geboten hatte.
Ihr Blick wanderte zu Mr. Wilder. Er war ihr als der Assistent von Chess vorgestellt worden, eignete sich aber Lady Pendergasts erster Einschätzung nach bestenfalls zum Kofferträger. Mit Bedauern hatte sie festgestellt, dass Chess offenbar kein glückliches Händchen bei der Auswahl ihrer Mitarbeiter hatte.

David Wilder war aus Lady Pendergasts Sicht zu wenig bemerkenswert, um eine längere Unterhaltung mit ihm zu führen. Außerdem versprühte er das Charisma einer Nachttischlampe. Andererseits, so tröstete sich Lady Pendergast, waren derart langweilige Durchschnittstypen zumeist die treuesten Seelen auf Erden und ihren Vorgesetzten ein Leben lang ergeben wie ein Butler. Ein Butler! Genau daran erinnerte Mr. Wilder sie. Sicherlich kein überdurchschnittlich talentierter Vertreter seiner Zunft, aber definitiv eine Dienernatur.
Die Herren Achterberg und van Hauwe waren Lady Pendergast als holländische Sicherheitsleute vorgestellt worden, deren einziger Zweck darin bestand, auf die anderen Expeditionsteilnehmer aufzupassen. Schließlich galt der Jemen als gefährliches Pflaster. Lady Pendergast führte das darauf zurück, dass sich das Empire in einem Anfall von Schwäche aus dem Jemen zurückgezogen hatte. So war es kein Wunder, dass der Jemen ohne den Rückhalt britischer Werte ins tiefste Mittelalter zurückgefallen war.
Noch wusste Lady Pendergast nicht, wie sie die beiden Holländer einzuschätzen hatte. Mr. Achterberg war gutaussehend, sportlich und offensichtlich gerade dabei, sich einen Bart wachsen zu lassen. Er schien gute Umgangsformen mitzubringen, was für einen Mann seiner Branche keineswegs selbstverständlich war.
Auch Mr. van Hauwe verstand es, sich gewählt auszudrücken. Das Wenige, was er bisher gesagt hatte, ließ durchblicken, dass er weit herumgekommen war.
Keiner der beiden wurde dem Klischee von grobschlächtigen Gorillas in Anzügen gerecht, wenngleich Mr. van Hauwe nicht nur die Figur dazu hatte, sondern auch den passenden Namen. Er überragte seinen Partner um ein ganzes Stück und war von derselben unverwüstlichen Statur wie die Eichen in Sherwood Forest. Solange die beiden Holländer für ihre Sicherheit sorgten, davon war Lady Pendergast überzeugt, hatte sie nichts zu befürchten.

David Wilder saß Lady Pendergast gegenüber und wusste Chess an seiner Seite. Noch immer konnte er nicht so recht glauben, dass er sich zu der Reise hatte überreden lassen. Mit Händen und Füßen hatte er sich zunächst dagegen gewehrt, Goliath wieder zu Ms. Furgerson zu bringen und in den Jemen zu fliegen, doch es gab eine klare Mehrheit gegen ihn.

Letztlich war es weniger Chess' honigsüßes Bitten gewesen, sondern Hiobs sachliche Argumentation, die David überzeugt hatte: „Stellen Sie sich vor, wir sind alle weg und Sie sitzen mit Goliath alleine hier und warten auf die Polizei. Nicht, dass ich es für möglich oder gar wahrscheinlich halte, aber was würden Sie tun, wenn ein paar von den Ameisen doch überlebt haben? Der Kammerjäger kommt erst im neuen Jahr, um Sie zu retten. Meinen Sie, Sie halten so lange durch?"

Davids Nackenhaare stellten sich jetzt noch auf, wenn er an die Worte zurückdachte. Hiobs Ameisentrumpf hatte unbestritten die Wende in Davids ablehnender Haltung gegenüber einer Jemenreise eingeleitet. „Der Jemen ist gar nicht so gefährlich, wie die meisten Leute behaupten", hatte er sich wenig später sagen hören und damit sein Schicksal besiegelt.

Nun saß er also hier mit den anderen am Londoner Flughafen und starrte ungläubig auf Lady Pendergast, die er sich aufgrund von Chess' Erzählungen genau so, aber irgendwie doch ganz anders vorgestellt hatte.

Lady Pendergast war klein und drahtig. Sie musste zwischen 60 und 70 sein, vermutlich näher bei Letztgenanntem, und sah so gar nicht nach einer Millionärin aus. Andererseits, das musste David sich eingestehen, fehlten ihm in seinem Bekanntenkreis auch die Vergleichsmöglichkeiten.

Lady Pendergasts ledrige Haut war von Jahrzehnten harter Arbeit gezeichnet, während aus ihren Augen die pure Lebensfreude strahlte. Das grauweiße Haar war kurz und noch reichlich vorhanden. Sie trug eine Hornbrille mit breitem Rand, die ihre Nase klein und den Rest von Lady Pendergast extrem streng aussehen ließ.

Ihre Kleidung brachte David mit Schwarzweißfotos aus der Nachkriegszeit in Verbindung, als es üblich war, die Kolonien in Knickerbockern und Ringelkniestrümpfen zu bereisen.
„Starr sie nicht so auffällig an", flüsterte Chess ihrem Sitznachbarn zu.
„Ich war es nicht, der damit angefangen hat", rechtfertigte David sich. „Ich glaub, die hat mich auf dem Kieker."
„Unsinn, sie kennt dich doch noch gar nicht. Ich bin sicher, ihr kommt gut miteinander aus."
„Solange ich mich an ihre Befehle halte, bestimmt."
„Hör auf, die Reise so schwarzzumalen. Sokotra ist eine wunderschöne Insel, du wirst sehen."
„Gib dir keine Mühe, Chess. Ich hab nicht vergessen, wie völlig anders du noch vor zwei Tagen über den Jemen gesprochen hast."
„Man kann seine Meinung auch ändern."
„Ja, leider. Denn ursprünglich war ich auch gegen diese Reise, bis Hiob... Mr. van Hauwe mich mit seinen Ameisen eingeschüchtert hat."
„Du kannst Sokotra nicht mit dem Rest des Jemen vergleichen, David. Die Insel hat sich sehr eigenständig entwickelt und gilt als überhaupt nicht gefährlich."
„Klar, weil es kaum einer lebend von dort zurückschafft. Erst vorige Woche haben sie in den Nachrichten wieder von einem Schiff berichtet, das von Piraten gekapert wurde."
„Wir fahren nicht mit dem Schiff."
„Stimmt, wir nehmen ja stattdessen einen von den fliegenden Särgen, um von Sanaa nach Sokotra zu kommen. Jetzt fühle ich mich gleich viel besser."
„Es wird dir gefallen."
„Muss es wohl... Schaut sie mich noch immer so komisch an?" David rollte mit den Augen in Lady Pendergasts Richtung, ohne dabei den Kopf zu bewegen.
Chess ließ ihren Blick ganz zufällig durch die Wartehalle schweifen. „Sie schaut dich an. Aber nicht komisch!"
„Ich wusste es! Hast du gesehen, wie sie mir vorher die Hand geschüttelt hat? Als hätte ich Lepra! Und dann hat sie verlangt,

dass ich auf ihren Koffer aufpasse, während sie sich angeregt mit... Mr. Achterberg unterhalten hat. Verlangt - nicht gebeten! Sie kann froh sein, dass ich so ein friedlicher Mensch bin, sonst hätte ich ihr den Koffer glatt versteckt, nur um sie zu ärgern."
„Sie ist Millionärin, diese Reichen sind mitunter etwas sonderbar und distanziert im Umgang mit einfachen Menschen."
„Danke!", erwiderte David beleidigt. „Warum hast du mich als deinen Assistenten ausgegeben und nicht als Spezialisten für... für... keine Ahnung... etwas, das sie mehr beeindruckt?"
Chess schmunzelte. „Weil ich einen Assistenten an meiner Seite brauche und keinen Spezialisten."
„Dann mach ihr bitte klar, dass ich nur *dein* Assistent bin. Ich lass mich von ihr nicht herumkommandieren wie ein Sklave auf einer ihrer Baumwollplantagen."
„Niemand kommandiert dich herum", beruhigte Chess. „Ihr beide hattet einfach nur einen schlechten Start. Der Museumsdirektor hat mich ausdrücklich darauf hingewiesen, dass Lady Pendergast etwas eigenwillig ist, wenn sie neue Leute kennenlernt. Das renkt sich rasch ein, du wirst sehen."

***

28. Dezember, früher Abend auf Sanctuary Island II:
An diesem Abend verzichtete Enzo darauf, ein paar Minuten aufs Meer zu blicken, sondern ging direkt in die Kantine. Seine Zeit war etwas knapp bemessen, da er nach dem Abendbrot noch einen Termin mit Dr. Qian vereinbart hatte.
An der Essensausgabe bediente dieselbe Köchin, die Enzo schon am Vortag gesehen hatte.
„Sieht nicht gut aus für Ihren Freund", begrüßte sie ihn.
Enzo blickte in alle Richtungen, um sicherzugehen, dass er gemeint war. „Ich fürchte, ich kann Ihnen nicht ganz folgen."
„Luc, Sie wissen schon, der Küchengehilfe, nach dem Sie sich gestern erkundigt haben."
Enzo war es offensichtlich unangenehm, dass die Köchin so laut sprach. Er beugte sich vor und sagte mit gedämpfter

Stimme: „Ich würde den Mann nicht als meinen Freund bezeichnen, wir plaudern nur gelegentlich über das Wetter."
„Solange Sie nicht sein Feind sind, haben Sie vermutlich nichts zu befürchten. Was darf es heute sein?" Die Köchin zeigte auf die Speisekarte zu Enzos Rechten.
„Wovor habe ich nichts zu befürchten?", fragte er vorsichtig und blickte nur alibihalber auf die Speisekarte.
„Dass jemand Sie verdächtigt." Sie stocherte mit dem Zeigefinger unter ihrer Kochmütze, um eine herausgerutschte Haarsträhne verschwinden zu lassen.
„Wie kommen Sie darauf?"
„Ich meinte nur, weil Sie sich gestern nach diesem Luc erkundigt haben."
Enzos Magen krampfte sich zusammen und im selben Moment war es ihm auch schon egal, welches Menü die Köchin ihm auf seinen Teller klatschen würde. „Sagen Sie jetzt nicht, dass er auch vermisst wird?"
Die Köchin trat einen Schritt von den Warmhalteschalen zurück. „Entschuldigen Sie bitte." Sie nahm ihre Kochmütze ab, fing ihr blondes Haar zusammen, und verstaute es gleich darauf wieder fachgerecht darunter. „Doch, wird er. Ist einfach nicht zum Dienst erschienen, der Kerl."
Enzo schluckte. „Gibt es eine Spur von den anderen beiden?"
Die Köchin verneinte. „Wenn das so weitergeht, stehe ich am Ende der Woche allein hier, um die Leute zu bedienen. Ich frag mich nur, wer dann das Essen kocht. Haben Sie sich schon entschieden?"
„Wie?", stammelte Enzo gedankenversunken.
„Na, was Sie essen wollen!" Sie zeigte erneut auf die Speisekarte. „Ich persönlich würde Ihnen zu Menü 1 raten. Die Linsensuppe ist zwar nicht jedermanns Sache, aber die Rouladen sind ein Gedicht, das kann ich Ihnen sagen."
„Gut", erwiderte er, ohne richtig zugehört zu haben. „Was glauben Sie, ist mit Ihren Kollegen passiert?"
„Menü 1 also?", fragte die Köchin noch einmal nach.
„Ja, bitte."

„Keine Ahnung." Sie zuckte mit den Schultern. „In der Küche wird darüber spekuliert, dass sie zu einem Restaurant auf der Insel gewechselt haben, weil die besser bezahlen."
„Halten Sie das für möglich?"
„Eher nicht." Die Köchin brachte zwei Rouladen auf dem Teller in Stellung. „Wissen Sie, der Job hier ist keine Offenbarung, aber die Bezahlung ist schwer in Ordnung. Ich kann mir nicht vorstellen, dass irgend so ein Buschgasthof mehr Geld auf den Tisch legen kann... Aber was weiß man", fügte sie hinzu. „Wenn ich morgen ein besseres Angebot auf dem Tisch liegen habe, bin ich auch weg."
„Sie machen sich also noch immer keine Sorgen darüber, dass Ihren Kollegen etwas zugestoßen sein könnte."
„Ach, hören Sie doch auf", wischte sie seine Bedenken mit einer Handbewegung beiseite. „Sie klingen ja schon fast wie die Jungs da drüben." Als sie mit dem Kopf zu den hinteren Tischen deutete, konnte Enzo eine Narbe an ihrem Kinn ausmachen, die ihm bisher noch nicht aufgefallen war.
„Suchen Sie etwas Bestimmtes?", reagierte sie auf seinen neugierigen Blick.
„Nein!", beteuerte er so glaubwürdig wie jemand, den man gerade beim Spannen erwischt hatte.
„Schon gut", sagte sie mit einem versöhnlichen Lächeln. „Es muss Ihnen nicht peinlich sein, wenn Sie mich anstarren. Ich weiß, dass ich keine Schönheitskönigin mehr werde."
„Es tut mir sehr leid. Ich hatte nicht die Absicht..."
„Muss es nicht." Sie streckte ihm die Hand entgegen. „Ich bin Betty."
„Enzo", erwiderte er den Händedruck mit tonloser Stimme.
„Bleiben Sie locker, Enzo. Ich habe mich längst an diese Blicke gewöhnt. Sie würden mich jetzt gerne fragen, woher ich die Narbe habe, das sehe ich Ihnen an der Nasenspitze an." Sie zwinkerte ihm zu.
Enzo blickte verlegen auf den Rouladenteller. „Ich will Sie wirklich nicht..."

„Tun Sie nicht, Enzo. Ich erzähle die Geschichte sogar gerne, weil ich die Hoffnung habe, dass andere aus den Fehlern meiner Eltern lernen. Haben Sie Kinder, Enzo?"
„Ja, zwei Töchter."
„Das ist schön. Zeigen Sie mir ein Foto?"
„Ich...", druckste er herum.
„Sagen Sie mir jetzt nicht, dass Sie kein Foto Ihrer Kinder dabeihaben", verzog sie ungläubig das Gesicht.
Enzo kramte seine Brieftasche hervor und legte ein Foto auf den Tisch. „Die Kleine heißt Stella, die Große mit den Zöpfen Carlotta."
„Sie sind bildhübsch!"
„Das Aussehen haben sie zum Glück ihrer Mutter zu verdanken", erwiderte Enzo mit einem bescheidenen Lächeln.
Betty warf noch einen langen Blick auf das Foto und gab es dann zurück. „Schnallen Sie die beiden im Auto immer an?"
„Ja... meistens."
„Das könnte genau das eine, entscheidende Mal zu wenig sein." Sie hob mahnend den Zeigefinger. „Versprechen Sie mir, dass Sie künftig darauf achten werden, dass die beiden angeschnallt sind. Oder wollen Sie riskieren, dass Ihre hübschen Töchter auch eines Tages am Ende der Welt als hässliche Köchinnen auf einer ausrangierten Ölplattform enden?"
„Nein, natürlich nicht", beteuerte er.
„Das ist schön, Enzo. Wenn mein Vater so einsichtig gewesen wäre, hätte er mir den Flug durch die Windschutzscheibe seines Wagens erspart."
„Es tut mir leid." Enzo war ehrlich betroffen.
„Das muss es nicht, aber das wird es, wenn Sie den Fehler meiner Eltern bei Ihren Töchtern wiederholen. Ich war sieben Jahre alt, als uns ein Lieferwagen die Vorfahrt genommen hat. Es ging alles so schnell, dass ich nicht einmal mehr Zeit hatte, Nora loszulassen..."
„Nora?", fragte Enzo vorsichtig.
„Meine Puppe. Ich hab sie beim Unfall fest umklammert gehalten und erst losgelassen, als ich die Narkose im

Krankenhaus bekommen habe - zumindest hat mir das meine Mutter immer wieder erzählt.“ Sie schmunzelte. „Es kann so schnell gehen, Enzo. In einem Moment ist es ein unschuldiges Lächeln und im nächsten eine entstellte Fratze wie meine.“
„So etwas dürfen Sie nicht sagen!“, widersprach Enzo vehement.
Betty blickte auf den Teller mit den beiden Rouladen. „Ich fürchte, wir haben uns etwas verplaudert. Ich gebe Ihnen zwei neue, die noch warm sind.“ Ohne seine Reaktion abzuwarten, tauschte sie die Rouladen aus und schob ihm den fertig beladenen Teller entgegen. „War nett, sich mit Ihnen zu unterhalten, Enzo.“
Er nickte. „Danke, das gebe ich gerne zurück.“ Er nahm den Teller und trottete wie ein geläuterter Sünder in Richtung des nächsten freien Tisches.
„Denken Sie an Ihr Versprechen!“, rief Betty ihm noch nach.
„Keine Sorge!“
Die nächsten zehn Minuten verbrachte Enzo damit, lustlos in den Rouladen herumzustochern. Er konnte nicht mit Sicherheit sagen, was ihm den Appetit mehr verdorben hatte: Bettys schrecklicher Autounfall oder die Tatsache, dass genau jene drei Männer vermisst wurden, deren Namen er Qian auf die Serviette geschrieben hatte.

***

29. Dezember, Flughafen Sanaa, Jemen:
Obwohl die Sonne erst vor kurzem aufgegangen war, hatte die einstellige Außentemperatur bereits für morgendliche Frische im Team gesorgt. Etwas mehr als zweieinhalb Stunden waren für den Anschlussflug von der jemenitischen Hauptstadt auf die Insel Sokotra angesetzt.
Das renkt sich rasch ein, du wirst sehen. David warf Chess quer durch die enge Flugzeugreihe einen vorwurfsvollen Blick zu. So wie David hatte auch Chess einen Fensterplatz in Reihe 12 der Maschine, allerdings auf der gegenüberliegenden Seite.

„Ich glaube, das ist meine Armlehne“, beklagte sich Lady Pendergast über Davids Ellenbogen auf ihrem vermeintlichen Eigentum.
„Wenn Sie das sagen“, trat er der alten Dame sein Territorium kampflos ab. *Vielleicht kann ich das Eis ein wenig brechen, wenn ich mit ihr Smalltalk führe.* „Waren Sie schon einmal im Jemen?“
„Was ist denn das für eine Frage?“, zeigte sich Lady Pendergast entrüstet.
Offenbar die falsche. „Ich meinte ja nur...“
„Jede anständige Britin sollte wenigstens einmal im Leben die Kolonien des Empires bereist haben. Es ist zwar schon ein paar Jahrzehnte her, aber selbstverständlich war ich schon einmal dort. Damals war Aden allerdings noch eine moderne Metropole und kein Treffpunkt für Piraten und anderes Gesindel.“
„Ich war noch nie im Jemen“, merkte David an, um auch wieder etwas zu sagen.
„Dann ist es aber höchste Zeit, junger Mann! Viel ist von dem britischen Schliff ohnehin nicht mehr zu erkennen.“ Lady Pendergast seufzte verbittert. „Wir hätten dieses wunderbare Land niemals den Wilden überlassen dürfen. Man sieht ja, wie sie es heruntergewirtschaftet haben.“
„Was war denn früher anders?“
„Alles! Alles war früher anders, was aber noch viel wichtiger ist, es war besser!“
Da David gegen eine solche Fülle an sachlichen Argumenten nichts aufzubieten hatte, wechselte er das Thema: „Haben Sie damals auch die Höhlen auf Sokotra besichtigt?“
„Natürlich nicht, die gab es zu der Zeit doch noch gar nicht!“
David hob die Augenbraue. „Wie meinen Sie das?“
Lady Pendergast schüttelte verständnislos den Kopf. „Die waren noch nicht entdeckt, junger Mann!“
„Das bedeutet aber nicht, dass es sie zu der Zeit noch nicht gegeben hat“, sammelte Davids Besserwisserei fette Sympathiepunkte bei der alten Dame. „Ich habe gehört, dass die Höhlen früher von Piraten als Versteck genutzt wurden.

Vielleicht haben wir Glück und finden sogar einen Piratenschatz."
„Liest Ihnen Ihre Frau vor dem Einschlafen Märchen vor?"
„Ich habe keine Frau mehr", reagierte David verschnupft.
„Wie taktlos von mir." Lady Pendergast errötete. „Bitte, entschuldigen Sie, Mr. Wilder. Das mit Ihrer Frau tut mir sehr leid", sagte sie so souverän, wie man es von einer Dame ihres Standes erwarten konnte.
„Das muss es nicht."
„Eine Hitze ist das hier." Lady Pendergast zog ein spitzenverziertes Taschentuch aus ihrer Knickerbocker und tupfte sich die Stirn ab. „Man sollte meinen, dass sich die Erfindung von klimatisierten Flugzeugkabinen auch bis hierher herumgesprochen hat."
„Sie glauben also nicht, dass wir in den Höhlen einen Piratenschatz finden werden?"
„Natürlich nicht! Junger Mann, das ist eine wissenschaftliche Expedition und keine Schatzsuche. Ich hoffe doch, dass Ihnen der Unterschied geläufig ist?"
„Ich meinte nur, dass es möglich sein könnte, dass wir bei unserer Expedition rein zufällig auch auf eines dieser Piratenverstecke stoßen könnten."
Lady Pendergast rümpfte die Nase. „Das will ich nicht hoffen. Vermutlich würde man sich im Club die Münder über mich zerreißen, wenn ich statt mit einer archäologischen Entdeckung mit einem Beutel Goldmünzen nach London zurückkehre. Sie haben ja keine Ahnung, wie wichtig der Erfolg dieser Reise für mich ist. Ich muss in Sokotra zumindest eine bedeutende Höhlenmalerei finden, damit ich den anderen unter die Augen treten kann. Am besten wäre natürlich etwas Handfestes, das sich später im Museum ausstellen lässt und meinen Namen auf der Vitrine trägt."
So viel Bescheidenheit kam selbst für einen Mann wie David überraschend. „Wenn Ihnen damit geholfen ist, werd ich das Gold für Sie zur Seite räumen, damit es auf den Fotos Ihrer Entdeckungen nicht stört."

„Machen Sie etwa die Fotos für das Clubmagazin?“, fragte Lady Pendergast.
„So ist es!“ David lächelte fachmännisch. „Sie sollten immer freundlich dreinschauen, wenn Sie in meine Richtung blicken. Schließlich kann man nie wissen, ob ich nicht gerade den Finger am Auslöser habe.“

***

29. Dezember, früher Abend auf Sanctuary Island II:
Als Enzo die Kantine betrat, konnte man ihm ansehen, dass ihn etwas beschäftigte. Über 23 Stunden war es her, dass Qian die Verabredung hatte platzen lassen.
Enzo war wie vereinbart nach dem Abendessen in den Maschinenraum gegangen, hatte aber statt des Doktors nur einen kleinen, handgeschriebenen Zettel auf dem Schreibtisch vorgefunden:

Problem erfordert Terminverschiebung um 24 Stunden

Die Zeit bis dahin galt es beim Abendessen totzuschlagen. Enzo winkte die beiden Leute, die hinter ihm anstanden, durch und starrte auf die Tafel mit der Menüauswahl. *Warum ist Qian nicht aufgetaucht? Hat er die Nachricht selbst geschrieben, oder weiß noch jemand von unserem Treffen?*
Es dauerte nicht lange, da hatte der Koch die anderen beiden Gäste bedient und widmete sich Enzo und dessen Unentschlossenheit. „Was darf es für Sie sein?“
Enzo machte durch seine Geste deutlich, dass er sich noch zu keiner Entscheidung durchgerungen hatte, musste aber feststellen, dass hinter ihm niemand mehr war, den er vorlassen konnte.
Er war mit der Hoffnung hergekommen, Betty wiederzusehen, um sie über Neuigkeiten hinsichtlich des Verbleibs ihrer Kollegen auszuhorchen. Dass er jetzt mit einem der anderen Köche vorlieb nehmen musste, bereitete ihm wenig Freude.

„Ich kann Ihnen Menü 3 empfehlen", bot der Koch seine Hilfe an. „Haifisch vom Grill. Ich habe ihn heute Morgen persönlich von einem der Fischer gekauft."
„Danke, nehme ich", bestätigte Enzo.
Der Koch hob erfreut die Mundwinkel und begann, Enzos Teller zu beladen.
„Betty hat wohl heute frei?"
„Wer?" Der Koch blickte hoch, als hätte er sich verhört.
„Betty, die kleine Blonde."
„Ach Betty, unsere Neue! Die haben Sie leider verpasst. Sie hatte heute Frühschicht."
„Dann bin ich beruhigt", lächelte Enzo. „Nicht, dass sie auch noch verlorengeht."
„Gott behüte", murmelte der Koch und platzierte zwei Reishäufchen neben den Haifischfilets. „Es ist schlimm, wie wenig Verantwortungsbewusstsein manche Kollegen mitbringen, aber über Betty darf ich mich nicht beschweren."
„Über wen dann?", fragte Enzo vorsichtig.
„Na, Sie machen mir Spaß. Über unsere drei Kollegen natürlich, die sich still und heimlich auf die Insel abgesetzt haben. Ihretwegen ist der ganze Schichtdienst durcheinandergekommen und wir müssen ein Vielfaches an Arbeit in derselben Zeit bewältigen. Ich arbeite bereits den fünften Tag in Folge in einer Doppelschicht. Können Sie sich das vorstellen?"
Enzo konnte und wollte es nicht.
„Ich hoffe nur", fuhr der Koch fort, „der Boss lässt sich bald etwas einfallen. Lange mache ich den Zirkus in dieser Form auch nicht mehr mit."
„Ich bin sicher, Sie bekommen bald Verstärkung." Enzo schnappte seinen Teller, bedankte sich und nahm an einem der freien Tische Platz.
So wie Betty gestern geklungen hat, würde es mich nicht wundern, wenn sie heute schon gekündigt hätte. Der gegrillte Hai schmeckte ausgezeichnet, und Enzo tat es leid, dass seine Nervosität, gepaart mit dem Zeitdruck, ihn davon abhielt, den Fisch zu genießen.

Zehn Minuten vor dem vereinbarten Treffen beendete Enzo sein Mahl und machte sich auf den Weg zum Maschinendeck. Mittlerweile kannte er die Strecke so gut, dass er Gelegenheit fand, sich auf andere Dinge zu konzentrieren. Der abendliche Wind, der von der Insel Sokotra herüberwehte, war salzig und trocken. Ein einsames Schiffshorn ertönte weit draußen auf See und lenkte Enzos Aufmerksamkeit kurzfristig auf den rot-schwarzen Tanker, der den Golf von Aden durchfuhr.
Wenig später erreichte er den riesigen Container mit der Aufschrift *Kettensteuerung* und trat ein. Sofort stülpte sich die ohrenbetäubende Geräuschkulisse der Motoren wie ein Helm aus Lärm über seinen Kopf.
Um zur Brücke zu gelangen, bevorzugte Enzo auch diesmal den längeren Weg, der außen um die beiden Metallkuppeln herumführte. Mit einer gewissen Erleichterung registrierte er, dass der Doktor zwischen Schreibtisch und Schalttafeln auf- und abschritt, als würde er auf jemanden warten. Erst als Enzo sich bis auf wenige Schritte genähert hatte, nahm Qian von ihm Notiz.
„Ich bin froh, Sie zu sehen, Doktor."
„Sie sind der Erste, der mir das heute sagt."
„Ich habe mir Sorgen gemacht, weil Sie unser Treffen gestern..."
„Zerbrechen Sie sich nicht meinen Kopf", unterbrach Qian mit einer abwehrenden Handbewegung. „Im Moment laufen die Dinge nicht ganz so wie geplant. Da kann es schon vorkommen, dass ich kurzfristig umdisponieren muss."
„Ich meinte auch nur, weil ich wichtige Neuigkeiten für Sie hatte."
„Hatte?"
„Habe!", verbesserte Enzo sich.
„Worauf warten Sie?", drängte Qian.
„Es geht um die drei Namen, die ich Ihnen auf die Serviette geschrieben habe."
„Was ist damit?"
„Die Männer sind alle drei verschwunden, einer nach dem anderen. Das wollte ich Ihnen gestern schon sagen, aber weil

Sie mich ausdrücklich darum gebeten haben, nicht mit Ihnen in Kontakt zu treten..."
„Ich habe Sie nicht gebeten, ich habe Sie angewiesen!", stellte Qian die Dinge richtig. „Es war völlig richtig von Ihnen, sich daran zu halten."
Enzo wirkte erleichtert. „Ich habe mich mit einem der Köche unterhalten. Er geht davon aus, dass seine drei abgängigen Kollegen auf der Insel Sokotra in einem Restaurant untergekommen sind. Dieser Einschätzung scheinen sich die meisten Mitglieder der Besatzung anzuschließen."
„Das ist gut", bekräftigte Qian. „Meine wissenschaftliche Arbeit duldet keinen Aufschub. Jede Art von dummem Gerede oder Spekulation würde nur stören."
„Es gibt aber auch einige, die hinter vorgehaltener Hand anders sprechen. Auch von Mord war im Speisesaal schon die Rede. Ich denke, es wäre gut für die Moral an Bord, wenn sich ein Beweis dafür finden ließe, dass die drei vermissten Küchenleute wohlauf sind."
„Wie stellen Sie sich das vor?", fragte Qian, als würde Enzo etwas völlig Unmögliches von ihm verlangen.
„Ich meinte ja nur..."
„Wie stehen Sie zu der Sache?"
„Ich stehe natürlich voll hinter Ihnen, Doktor."
„Das war nicht meine Frage. Ich will wissen, wie Sie die Lage einschätzen."
„Schwierig", erwiderte Enzo. „Es fällt mir schwer zu glauben, dass drei Männer aus der Küche über Nacht ihren Job hinwerfen und ohne ein Wort zu sagen verschwinden..."
„Aber?"
Enzo versuchte, Qians direktem Blick auszuweichen. „Die Alternative wäre, dass ihnen tatsächlich etwas zugestoßen ist und in diesem Fall würde alles auf ein Verbrechen hindeuten, vermutlich sogar drei."
„Reden Sie nicht um den heißen Brei herum! Ich will wissen, was Sie davon halten." Qians Stimme bekam einen unangenehmen Unterton.

„Ich weiß es beim besten Willen nicht. Ich denke seit 24 Stunden über nichts anderes nach, aber keine der Möglichkeiten ergibt einen Sinn“, rechtfertigte Enzo sein Zögern. „Darf ich fragen, wie Sie die Sache einschätzen?“ Am liebsten hätte er den Doktor gefragt, ob er etwas mit dem Verschwinden der drei Männer zu tun hatte, doch dazu reichte sein Mut bei weitem nicht aus.
„Gefährlich“, erwiderte Qian. „Ich kann das, was sich an Bord ereignet, unmöglich gutheißen. Mein wichtigstes Projekt kommt in seine heiße Phase, und offensichtlich will jemand meinen Erfolg mit allen Mitteln verhindern.“ Er ballte wütend seine knochigen Finger zur Faust.
„Glauben Sie, dass dieses Problem mit dem Verschwinden der drei Männer gelöst ist?“ Enzo konnte nicht glauben, dass er so dreist war, die Frage tatsächlich zu stellen.
„Sie meinen, ob einer der drei mich vergiften wollte?“
Enzo nickte vorsichtig.
Qian ging zum Geländer und blickte nachdenklich hinunter auf die Kettenglieder, die auf ovalen Bahnen durch das schwarze Öl sausten. „Der einzig sichere Weg, um das herauszufinden, wäre, wieder etwas zu essen. Was aber, wenn mein Mörder genau das damit beabsichtigt?“
„Sie essen nichts?“, fragte Enzo entgeistert.
Qian schnaubte verächtlich, als wäre die Antwort offensichtlich.
„Wie lange schon?“
„Länger.“ Der Doktor zog den Ärmel seines Labormantels ein Stück zurück und ließ Enzo einen Blick auf den abgemagerten Unterarm werfen.
Enzo erschrak und wich fassungslos zurück. „Aber das ist...“
„Es ist notwendig!“, erklärte der Doktor aus tiefster Überzeugung. „Absolut notwendig! Ich kann es mir nicht leisten, dass ich ausfalle. Niemand außer mir kann dieses Projekt zu Ende bringen. Wenn der Preis für die Vollkommenheit ist, dass ich ein paar Kilogramm verliere, dann bin ich bereit, ihn zu bezahlen.“

„Bei allem Respekt, Doktor. Wir reden hier nicht von ein paar Kilogramm. Haben Sie sich in letzter Zeit im Spiegel betrachtet? Ihre Hand..."
„Ist noch voll einsatzfähig!"
„Dr. Qian, bitte. Sie sollten das wirklich nicht auf die leichte Schulter nehmen. Niemand kann wochenlang aufs Essen verzichten und gleichzeitig weiterhin die volle Leistung bringen."
„Ich schon!"
„Auch Ihre Reserven sind irgendwann aufgebraucht. Wenn Ihnen Ihr Projekt wirklich so wichtig ist, wollen Sie es doch sicher nicht aufs Spiel setzen, indem Sie Ihre Gesundheit vernachlässigen."
„Man will mich vergiften", sagte Qian und starrte auf die rotierenden Ketten. „Verstehen Sie mich?"
„Bitte, Doktor, ich meine es wirklich nur gut mit Ihnen. Wir finden bestimmt einen Weg, wie Sie..."
„Verstehen Sie denn nicht?", brüllte Qian so laut, dass Enzo zusammenzuckte. „Jemand will mich vergiften!"
„Ich verstehe." Enzo machte einen Schritt zurück und hielt es für klüger, dem Doktor nicht mehr zu widersprechen. Stumm stand er da und wartete ab.
Es dauerte eine Weile, bis Qian von sich aus zu erzählen begann: „Ich versuche, den Hunger mit Meditation unter Kontrolle zu halten. Der Geist ist stärker als der Körper, das war schon immer so. Es fällt mir allerdings von Tag zu Tag schwerer, mich auf die Meditation zu konzentrieren. Manchmal verschwimmen die Bilder vor meinen Augen. Dann braucht es Zeit, bis ich meine Gedanken wieder fokussieren kann. Das Wichtigste ist, dass ich..." Die Stimme des Doktors wurde leiser und verebbte im Umgebungslärm.
Enzo wartete geduldig ab, bis Qians Lippen zur Ruhe kamen, bevor er die entscheidende Frage stellte: „Woher wissen wir, dass der Mörder Sanctuary Island II nicht längst verlassen hat?"
Qians trübe Augen blickten Enzo verständnislos an.

„Ich meine, wie können Sie sicher sein, dass derjenige, der Sie vergiften will, nicht schon auf der Flucht ist? Drei Köche sind verschwunden. Möglicherweise ist er darunter. Falls nicht, hat er vielleicht schon kalte Füße bekommen und gibt seinen Plan auf."

„Meinen Sie?" Qian wirkte so verzweifelt wie jemand, der bereit war, sich an einen Strohhalm zu klammern, um nicht untergehen zu müssen. Das Hungern während der vergangenen Wochen hatte ihm schwer zugesetzt und war für seine Gemütsschwankungen nicht ganz unverantwortlich.

„Verstehen Sie mich bitte nicht falsch", versuchte Enzo möglichst diplomatisch vorzugehen. „Es gibt selbstverständlich keine Garantie dafür, dass Ihr Mörder das Labor verlassen hat, aber wir sollten es zumindest in Erwägung ziehen. Die Alternative wäre nämlich, weiterhin nichts zu essen, bis Sie verhungern. Damit hätte Ihr Mörder aber genau das erreicht, was er will, und das, obwohl er vielleicht gar nicht mehr hier ist. Wir müssen ihn irgendwie aus der Reserve locken, ihn dazu zwingen, den nächsten Schritt zu tun."

„Sie haben Recht", erwiderte ein vom Nachdenken zermürbter Qian. *Den Gegner aus der Reserve locken... Ihn zum Handeln zwingen...* „Was schlagen Sie vor?" Er verließ seinen Platz am Geländer und ging hinüber zum Schreibtisch. *Woher weiß ich, wem ich noch trauen kann?*

„Ich gehe davon aus, dass Sie schon alles versucht haben, das vergiftete Essen zu vermeiden: nur originalverpacktes Essen, keine offenen Getränke..."

„Sparen Sie sich die Aufzählung!", unterbrach Qian. „Ich bin kein Idiot! Wir haben es hier mit einem Profi zu tun, der genau weiß, wie er vorzugehen hat, um seine Spuren zu verwischen. Ich habe ein ganzes Labor zu meiner Verfügung und bin noch nicht dahintergekommen, wie er es macht."

„Haben Sie einen Verdacht?"

„Einige. Zuerst hatte ich auf Quecksilber getippt. Vieles spricht dafür, aber alle Nachweise waren negativ." *Er ist mir immer einen Schritt voraus... weiß mehr, als ich weiß...*

„Wie schnell würde das wirken?"

„Kommt auf die Dosis an. In der Regel verlaufen Quecksilbervergiftungen eher schleichend, dafür sind sie aber sehr effektiv." Qian war seine Ratlosigkeit anzusehen.
„Was käme noch in Frage?" Enzo hatte Qians Platz am Geländer eingenommen und blickte auf die Ketten unter sich. Auch auf ihn wirkten die gegenläufigen Drehbewegungen eigenartig beruhigend. „Was ist mit stärkeren Giften, die sofort tödlich sind?"
Stärkere Gifte? Auch daran hatte Qian schon gedacht. Es war offensichtlich, dass sein Mörder ihm keinen schnellen Abgang wünschte, denn das hätte er mit anderen Giften viel leichter haben können. *Ich soll leiden, weil er zusehen will... Er ist noch an Bord... Er ist noch hier und genießt es, mich langsam sterben zu sehen. Er will mich scheitern sehen... Er will, dass ich mein Projekt scheitern sehe!*
Als Enzo von Qian keine Antwort bekam, drehte er sich in Richtung Schreibtisch um. „Doktor...?"
Das Letzte, was Enzo noch mitbekam, war ein Eisenrohr, das mit voller Härte auf seinen Schädel donnerte. Dann gingen die Lichter aus.
„Ich werde nicht scheitern!" Qian öffnete seine abgemagerten Finger und ließ das Rohr fallen. Das metallische Scheppern beim Aufprall auf dem Drahtgitterboden holte den Doktor zurück in die Realität. Es war nicht das erste Mal, dass er dem Dämon in seinem Inneren gehorcht hatte, der seit Wochen sein krankes Spiel mit ihm trieb.
Qian holte eine weiße Pillendose aus seiner Manteltasche und warf drei Tabletten ein, die er alle auf einmal unzerkaut schluckte. Schweiß tropfte von seiner Stirn, dabei stand ihm der schwerste Teil erst noch bevor.
Als der Doktor Enzo in mehreren Etappen über das Geländer hievte, machte sich jedes heruntergehungerte Kilogramm Muskelmasse schmerzlich bemerkbar. Fast zwei Minuten sollte es dauern, bis er den Körper der Schwerkraft überlassen konnte. Dann ging aber alles ganz schnell.
Die gegenläufigen Ketten arbeiteten wie ein Heer von Fleischermessern und zerteilten in Windeseile alles, was sich

ihnen in den Weg stellte. Gleichzeitig überzogen sie jedes Stück ihrer Arbeit mit einer Ladung pechschwarzem Öl. Nach vier Umdrehungen in der Knochenmühle war Enzo verschwunden und das Öl hatte ein weiteres Mal unmerklich an Viskosität eingebüßt.

***

30. Dezember, Bordküche, Sanctuary Island II:
„Kannst du ihnen das Mittagessen bringen?" Betty hatte die Teller für Qian und seine beiden Gäste fertiggestellt.
„Geht grad nicht!", rief ihr der Mann mit der Kochmütze zu und verschwand mit seinem Tablett in Richtung Lagerraum.
„Könntest du das vielleicht...?", versuchte Betty es bei einer Kollegin, die mit Gemüseschneiden beschäftigt war.
„Schlechtes Timing erwischt." Die ältere Dame blickte nur kurz auf, um sich die Zwiebeltränen aus den geröteten Augen zu wischen. „Das nächste Mal gerne wieder."
„Vorsicht, heiß!" Ein dampfender Topf wurde vorbeigetragen.
Betty sah sich um und musste sich eingestehen, dass sie im Moment die Einzige war, die für die Essenslieferung in Frage kam. Bisher hatte sie es immer irgendwie geschafft, Qian und seinen beiden Gästen großräumig aus dem Weg zu gehen, doch das sollte sich nun ändern.
Betty stellte das Essen für drei Personen auf ein Tablett und machte sich mit einem flauen Gefühl in der Magengegend auf den Weg zum Besprechungsraum.
Qian und seine beiden Gäste diskutierten unterdessen sehr angeregt über die jüngsten Projektfortschritte.
„Damit haben wir vorerst alles, was wir brauchen", fasste Cornelia Simmons ihre zuvor gemachten Erläuterungen zusammen. „Von meiner Seite steht dem Erfolg also nichts mehr im Weg."
„Sie sind reichlich zuversichtlich für jemanden, dessen Arbeit noch nicht einmal begonnen hat", merkte Qian mit argwöhnischem Blick an.

Cornelia reagierte mit einem charmanten Lächeln. „Wir drei wären nicht hier, wenn wir nicht an den Erfolg der anderen glauben würden. Nicht wahr, Doktor?“
„Da kann ich nur zustimmen“, bemerkte Ahil. „Im Übrigen bin ich bisher der Einzige, der seinen Teil der Arbeit zur vollsten Zufriedenheit erledigt hat.“
„Mehr als das“, bestätigte Cornelia mit einer Geste der Dankbarkeit für die Beschaffung der CDs aus Woodberry Mansion.
„Meine Arbeit lässt sich nicht weiter beschleunigen oder delegieren“, erinnerte Qian. „Es wird alles wie vereinbart fertiggestellt.“
„Es ist schön, das zu hören, Doktor“, reagierte Ahil. „Aber wir machen uns doch ein wenig Sorgen um Sie und Ihren Gesundheitszustand.“
„Mir geht es gut!“
„So sehen Sie aber leider nicht aus“, wurde Ahil deutlicher.
Cornelias besorgter Blick pflichtete ihm bei. „Wie lange haben Sie schon nichts mehr gegessen?“
„Was spielt das für eine Rolle?“ Qian lehnte sich zurück und ging auf Distanz zu seinen beiden Sitznachbarn.
„Eine große, fürchte ich.“ Ahil streckte die Hand über den Tisch und legte sie demonstrativ neben die von Qian. „Sehen Sie mich an, Doktor. Ich bin ein alter Mann verglichen mit Ihnen und dennoch habe ich um einiges mehr Fleisch an den Fingern als Sie.“
„Ich arbeite mit dem Kopf!“, erwiderte Qian. „Sofern Sie Ihren nicht ebenfalls auf den Tisch legen wollen, schlage ich vor, dass wir auf weitere Vergleiche dieser Art verzichten.“
Ahil reagierte mit einem verhaltenen Lächeln auf die unterschwellige Drohung.
Cornelia Simmons räusperte sich. „Ich denke, wir sollten uns alle wieder auf den eigentlichen Zweck unseres Zusammentreffens besinnen.“
„Das sehe ich genauso“, bestätigte der Doktor. „Ich habe Ihnen hier die ersten Scans mitgebracht, damit Sie sehen können, wie weit...“

Es klopfte an der Tür.
Betty hatte das Tablett kurz abgestellt und zupfte sich die Bluse unter ihrer Kochschürze zurecht. Als sie Qians Aufforderung zum Eintreten vernahm, zog sie die Kochmütze tief ins Gesicht, nahm das Tablett wieder auf und öffnete die Tür.
„Bringen Sie es her!“, wies Qian die Köchin an.
„Sehr wohl.“ Betty verstellte ihre Stimme ein wenig, um höher zu klingen. Es war offensichtlich, dass sie die drei bei einem wichtigen Gespräch gestört hatte. Keiner von ihnen sagte ein Wort. Stattdessen schienen sie nur darauf zu warten, bis sie wieder unter sich waren, um ihre Besprechung fortsetzen zu können.
„Das sieht gut aus“, brach Cornelia Simmons ihr Schweigen, als die Köchin ihr das Essen hinstellte. „Was ist das?“
„Überbackene Lammkeulen mit Röstgemüse.“ Betty ging weiter zu Qian und vermied es, den Blick direkt in die Runde zu richten.
„Stellen Sie es schon hin!“, knurrte Qian.
„Ich liebe Lammkeule“, schwärmte Cornelia und atmete den Duft ein, der von ihrem dampfenden Teller aufstieg. „Sagen Sie jetzt nicht, dass Ihnen dabei nicht auch das Wasser im Mund zusammenläuft, Doktor.“
„Das spielt keine Rolle“, erwiderte Qian.
Betty widmete sich dem heikelsten Teil ihrer Essenszustellung. Der dritte Teller auf dem Tablett war für den alten Ägypter gedacht. Sie drehte den Kopf ein wenig zur Seite, um nur ja keinen direkten Blickkontakt mit Qian oder Cornelia zu riskieren.
„Wenn es Ihnen lieber ist, können wir auch Teller tauschen, Doktor“, erklärte Ahil, als die Köchin ihm seinen Teller hingestellt hatte.
„Wie kommen Sie darauf, dass mir das lieber wäre?“
„Ich dachte nur“, erwiderte Ahil, als könne er die Gedanken des Doktors lesen. „Vielleicht schmeckt es Ihnen besser, wenn Sie von meinem Teller probieren.“ Er hielt Messer und Gabel in der Hand, wartete aber noch auf Qians Reaktion.

„Ich habe keinen Hunger“, erklärte ein wenig überzeugender Doktor.
„Wer bei diesem Festmahl keinen Hunger hat, muss krank sein“, murmelte Cornelia lauter als beabsichtigt.
„Oder er sorgt sich darum, krank zu werden“, Ahil beobachtete den Doktor ganz genau und fühlte sich durch dessen Mimik in seinem Verdacht bestätigt.
Betty war froh, dass die drei sich gegenseitig beschäftigten und nutzte die Gelegenheit, um sich unauffällig in Richtung Tür zu verabschieden. Sie war Cornelia Simmons und Qian in den letzten Minuten näher gekommen, als ihr das lieb gewesen war - viel näher. So interessant sie das Gespräch auch fand, so erleichtert war sie, als sie den Besprechungsraum verließ und die Tür hinter sich zuzog.
Ahil hatte gewartet, bis das Trio wieder unter sich war. „Ich fürchte, ich muss nun doch darauf bestehen, dass Sie meine Frage beantworten, Doktor. Gehen Sie davon aus, dass etwas mit dem Essen nicht in Ordnung ist?“
„Was soll damit nicht in Ordnung sein?“ Qian hatte Mühe, überzeugend beleidigt zu klingen.
„Genau das möchte ich gerne von Ihnen wissen.“ Ahil schob seinen Teller von sich. „Seit wir angekommen sind, haben Sie kein einziges Mal mit uns gegessen. Das lässt nur zwei Schlüsse zu: Entweder sterben bald Sie oder wir.“
Cornelia schien zu dämmern, worauf Ahil mit seiner Frage hinauswollte und ließ die Gabel auf den Teller sinken.
„Unsinn!“, widersprach Qian heftig. „Keiner trachtet Ihnen nach dem Leben. Sie vergessen offensichtlich, dass wir einander brauchen.“
Cornelia zeigte auf Ahil. „Ihn brauchen wir nicht mehr“, sagte sie in ihrer herzlich erfrischenden Art.
„Was wir vorhaben, funktioniert nur, solange wir alle einander vertrauen können“, rief Ahil in Erinnerung. „Ich für meinen Teil habe ein Problem damit, einem Gastgeber zu vertrauen, der vor meinen Augen verhungert, während er mir die feinsten Speisen servieren lässt. Reden Sie endlich, Doktor! Was ist hier los?“

Nach einigem Zögern kam Qian der Aufforderung nach und legte die Karten auf den Tisch. „Na, schön! Jemand hat versucht, mich zu vergiften."
Als Cornelia das hörte, schob sie den Teller so entschieden von sich, als ginge allein schon vom Geruch eine Gefahr für Leib und Leben aus.
„Mit Ihrem Essen ist nichts!", erklärte Qian überzeugt.
„Woher wollen Sie das wissen?", fragte Ahil.
„Man hat es schon seit einer ganzen Weile auf mich abgesehen. Es begann bereits Wochen, bevor Sie beide an Bord gekommen sind."
„Das beruhigt mich nicht im Mindesten!", erwiderte Cornelia.
„Wieso haben Sie uns nicht gewarnt?", wollte Ahil wissen.
„Sie schätzen die Lage völlig falsch ein!", ging der Doktor in die Offensive. *Sie beide sind doch viel zu unbedeutend für dieses Projekt!* „Sie sind nicht in Gefahr. Der Mörder hat es nur auf mich abgesehen."
„Wissen Sie, wer es ist?", fragte Cornelia.
„Nein!", erwiderte Qian zornig. „Oder sehen Sie seine Leiche schon an Deck baumeln?"
Ahil schmunzelte bei dem Gedanken.
„Haben Sie einen Verdacht? Wodurch wurden Sie vergiftet?", drängte Cornelia auf Antworten.
„Entschuldigen Sie mich bitte für einen Moment." Qians Gesicht war aschfahl, als er aufstand und mit schnellen Schritten den Raum verließ.
Cornelia wartete, bis die Tür hinter ihm ins Schloss gefallen war. „Ich glaube, er hat ein ernstzunehmendes Problem."
„Ich sehe das Problem vielmehr auf unserer Seite", widersprach Ahil. „Wir brauchen ihn für das Projekt. Wenn er den Verstand verliert und sich absurden Wahnvorstellungen hingibt, dann..."
„Wovon reden Sie?", fiel Cornelia ihm ins Wort. „Sie haben doch selbst gesehen, wie schlimm er aussieht. Der Mann ist ernsthaft krank!"
„Zweifellos", stimmte Ahil zu. „Aber ich fürchte, dass es nichts mit einer Vergiftung zu tun hat, sondern mit einem

schweren Defekt in seinem Oberstübchen.“ Er beugte sich über den Tisch und zeigte auf Qians Teller. „Würden Sie das noch essen wollen, nach allem, was er uns gerade gesagt hat?“
„Natürlich nicht!“
Ahil zog den Teller zu sich und packte die Lammkeule mit der Hand. Genüsslich biss er davon ab und schmatzte in Cornelias Richtung. „Sagt Ihnen der Name Gödel etwas?“
„Sind Sie verrückt?“ Sie sah ihn fassungslos an.
„Kurt Gödel“, wiederholte Ahil. „Der Mann war ein mathematisches Genie. Seinen Namen kennen Sie doch bestimmt noch aus Ihrer Studienzeit.“ Er biss ein weiteres Stück ab.
„Selbstverständlich habe ich schon von Kurt Gödel gehört.“
„Dann wissen Sie sicher auch, woran er gestorben ist?“
„Nein.“
Ahil lud die Gabel mit Gemüse voll. „Er hatte Angst, vergiftet zu werden und hat das Essen verweigert, um nicht sterben zu müssen. Paradoxerweise ist er letztlich als Folge seiner Wahnvorstellungen verhungert.“
Cornelia blickte ihn wortlos an.
„Qian zeigt genau dieselben Symptome. Unser Doktor ist zweifellos ein Genie, aber auch er ist nicht mehr Herr seines freien Willens.“
„Aber Sie haben doch gerade selbst erlebt, wie schlecht es ihm geht. Wahrscheinlich hängt er schon über der Toilette und übergibt sich.“
„Bestimmt nicht wegen des Essens“, sagte Ahil überzeugt. „Er hat doch nicht einen Bissen davon angerührt. Begreifen Sie denn nicht, Ms. Simmons? Qian hat in seinem Wahn vermutlich schon seit Wochen keine Nahrung mehr zu sich genommen. Kein Wunder, dass sein Körper so bedient ist.“
„Sie meinen also, dass das Essen...“
„Glauben Sie, ich will mich umbringen? Geben Sie Ihren Teller her, dann koste ich gerne auch von Ihrer Lammkeule, falls Sie das beruhigt. Oder wollen Sie lieber meine? Noch habe ich den Teller nicht angerührt.“
Cornelia blieb skeptisch. „Aber...“

„Nichts aber!“, widersprach Ahil und schob ihr seinen Teller entgegen. „Hören Sie auf, sich über das Essen Sorgen zu machen. Wir haben ein weitaus größeres Problem, nämlich den Geisteszustand von Qian! Wenn wir ihn nicht davon überzeugen können, seinen Hungerstreik zu beenden, dann wird er das Ende des Projekts mit Sicherheit nicht mehr erleben. Was das für uns bedeuten würde, muss ich Ihnen hoffentlich nicht erklären.“
„Aber der Mann ist Mediziner“, wandte Cornelia ein. „Meinen Sie nicht, dass er...?“
„Pah!“, stieß Ahil verächtlich aus. „Der Glaube an die Unfehlbarkeit der modernen Medizin ist um nichts besser als andere Religionen.“
Cornelia ließ es dabei bewenden und blickte ihr Gegenüber an, als erwarte sie einen Lösungsvorschlag für das Problem, das sie mit dem Doktor hatten.
„Ich habe eine Idee“, sagte Ahil nach einer Weile des Nachdenkens. „Aber dafür brauche ich Ihre uneingeschränkte Hilfe.“
„Was soll ich tun?“
„Haben Sie schon einmal einen Menschen getötet?“

***

Etwa zur selben Zeit auf Sokotra:
In natura war Sokotra noch um ein Vielfaches schöner als auf den Fotos, die David gesehen hatte. Der Himmel über der Insel war strahlend blau und spiegelte sich im türkisfarbenen Meer. Aus der Mitte des Archipels ragte ein Granitmassiv, dessen oberes Ende von einer mystisch anmutenden Dunstwolke verhüllt blieb. Die Ausläufer der dunklen Felsen boten in Strandnähe einen harten Kontrast zu den schneeweißen Sanddünen, die Höhen bis zu 40 Metern erreichten.
David war schwer versucht, sich einfach nur in den Sand fallen zu lassen und die Störgeräusche ringsum für die nächsten zwei Wochen zu ignorieren.

„Ein Stück weiter links... Nein, das war zu weit!", tönte es aus Lady Pendergasts Mund. Sie trug einen Strohhut, der mit einem weißen Seidentuch unter dem Kinn festgebunden war. Offensichtlich hatte sie präzise Vorstellungen davon, wo der archäologische Assistent das Sonnendach aufstellen musste. „Wieder zurück... weiter... Nicht so viel!"
David steckte den Metallständer in den Sand und stöhnte dabei so laut, dass unmöglich noch Zweifel an der Perfektion des Platzes bestehen durften.
„Ich kann mir beim besten Willen nicht erklären, warum sich eine namhafte Archäologin wie Chess mit einem so schwachbrüstigen Assistenten wie Ihnen abgibt. Wenn Sie jetzt schon schlappmachen, möchte ich mir gar nicht erst ausmalen, wie Sie meine Ausrüstung den Berg hochschleppen wollen."
„Da sind Sie nicht die Einzige", seufzte David. *Ich hoffe, Chess kommt bald zurück von ihrer Erkundungstour.*
„Ach, hören Sie auf zu jammern, junger Mann! Machen Sie lieber ein Foto von mir und dem Sonnendach! Einen kleinen Knopf zu drücken, werden Sie ja hoffentlich noch schaffen."
David, dem die schweißnassen Haare wie frisch geduscht ins Gesicht hingen, machte gute Miene zum bösen Spiel und holte die Kamera heraus.
„Aber achten Sie auf die Tiefenschärfe", belehrte Lady Pendergast. „Ich will, dass man im Hintergrund auch das Meer deutlich in all seinen Farbschattierungen erkennen kann. Sonst glauben die im Club am Ende noch, wir hätten das im Studio vor einer Fototapete aufgenommen."
„So etwas würde mir nie in den Sinn kommen", beteuerte David. „Ich weiß doch, wie wichtig Perfektion für Sie ist. Ein Stück weiter rechts... Nein, das war zu viel!" Er hatte seinen ganz eigenen Weg gefunden, sich bei Lady Pendergast zu revanchieren. „Wieder zurück... noch weiter... Nein, nicht ganz so viel!"
„Sitzen meine Haare auch richtig?"
„Perfekt!", rief David begeistert. *So wie ich nach dieser Tortur zittere, erkennt man das auf dem Foto sowieso nicht.*
„Machen Sie lieber noch ein zweites!"

„So viel Sie wollen", bestätigte David und überlegte, ob er sein Fotomodell fragen sollte, was es mit dem roten Kreuz in der rechten oberen Displayecke auf sich hatte.
„Jetzt hab ich Ihnen aber genug Pause gegönnt", beendete Lady Pendergast den Fototermin. „Ich kann es kaum noch erwarten, zum ersten Mal die Höhlen zu betreten."
„Ich auch."
„Etwas mehr Begeisterung, junger Mann! Als ich in Ihrem Alter war, habe ich ganz allein die wichtigsten Höhlen Frankreichs erkundet. Ich erinnere mich noch, als wäre es gestern gewesen, dass ich zum ersten Mal meinen Fuß in die Höhle von Lascaux gesetzt habe."
„Wow!" David stieß einen anerkennenden Pfiff aus. „Haben Sie diese Höhle entdeckt?"
Lady Pendergasts Gesicht färbte sich rot. „Lascaux wurde bereits 1940 entdeckt!", verlieh sie ihrer Empörung lautstark Ausdruck.
Sag jetzt bloß nichts Falsches! David versuchte, mit seinem Unschuldslächeln verlorenen Boden gutzumachen. „Finden Sie nicht auch, dass Chess schon sehr lange weg ist?"
„Nicht so lange wie Mr. Achterberg und Mr. van Hauwe!", grummelte Lady Pendergast. „Davon, dass sich die beiden um unsere Sicherheit kümmern, habe ich bisher noch nichts bemerkt. Wo stecken sie überhaupt?"
„In Sicherheit!", erklärte David überzeugt. „Versteckte Bodyguards sind der letzte Schrei in Sachen Personenschutz."
„Tatsächlich?" Lady Pendergast ließ einen gehörigen Schuss Argwohn unter ihrem Strohhut vernehmen. „Davon habe ich aber noch nie etwas gehört."
„Selbstverständlich nicht. Solche Berufsgeheimnisse plaudern die Profis schließlich nicht leichtfertig aus."
„Wozu auch, das können sie getrost Leuten wie Ihnen überlassen, nicht wahr?"
David rümpfte die Nase. „Ich wollte nur nicht, dass Sie sich unnötig Sorgen um unsere Sicherheit machen."
„Sorgen? Ich?" Lady Pendergast stieß einen gekünstelten Lacher aus. „Hören Sie junger Mann, mein Neffe war beim

FBI. Ich könnte Ihnen Geschichten erzählen, die so aufregend sind, dass Sie danach für drei Wochen das Licht anlassen müssen, um überhaupt einschlafen zu können."
„Das lasse ich so auch an", erwiderte David unbekümmert.
„Hätt ich mir denken können... Wie wäre es, wenn wir uns um das Mittagessen kümmern?"
„Wir beide?"
Lady Pendergast hielt ihre Hand als Blendschutz an die Stirn und ließ den Blick über den Horizont schweifen. „Sehen Sie sonst jemanden, den ich gemeint haben könnte?"
„Ich bin kein besonders guter Koch."
„Das dachte ich mir schon. Machen Sie einfach, was ich Ihnen sage, dann kommt niemand zu Schaden."
„Darf ich mich vorher noch umziehen?" David zeigte auf seine lange Hose.
„Wenn Sie es nicht genau hier vor meinen Augen machen, soll es mir recht sein."
„Kein Problem, Sie müssen den Kopf nicht extra in den Sand stecken. Das ist nämlich ein ganz tolles Patent." Er bückte sich, um zunächst sein rechtes Hosenbein knapp über dem Knie abzuzippen. „Sehen Sie, ich kann meine Hose dabei sogar anlassen." Triumphierend hielt er das Hosenbein hoch.
Lady Pendergast schien dafür keine Augen zu haben. Ihr entsetzter Blick war auf Davids Unterschenkel gerichtet, der von roten Flecken übersät war. „Was zum Teufel schleppen Sie denn für Krankheiten ein?"
„Krankheiten?", fragte David verdutzt.
Lady Pendergast zeigte mit dem Finger auf Davids Bein. „So sehen Sie England bestimmt nie wieder. Sie können froh sein, dass das bei der Einreise in den Jemen keinem aufgefallen ist. Wir sind hier bei den Wilden. Diese Einheimischen fackeln nicht lang, sondern sägen Ihnen gleich das Bein ab, um die Seuche einzudämmen."
„Ach das!", erwiderte David. „Das sind nur Ameisenbisse."
„Ameisenbisse?" Lady Pendergast schien ihm kein Wort zu glauben.

„Ja, Sie würden es nicht für möglich halten, wie aggressiv die werden können. Ich hatte ein Nest mit zigtausenden Tieren in meinem Haus. So riesig waren die." Er deutete die Größe zwischen Daumen und Zeigefinger an. Um sicherzugehen, dass die entfernt stehende Lady Pendergast ein korrektes Bild bekam, gab er ein paar Zentimeter dazu.
„So groß werden nicht einmal Ameisenbären!"
„Das waren spezielle Riesenameisen", beteuerte David. „Sie haben Hiob und mich im Keller angegriffen."
„Hiob?"
David stutzte. Im nächsten Moment ließ er den Kopf sinken und schüttelte ihn betroffen. Seine kleine Showeinlage verfehlte ihre Wirkung anscheinend nicht.
Lady Pendergast stellte keine weiteren Fragen. *Nie im Leben waren das Ameisen!* „Ich glaube, es ist besser, wenn ich mich allein ums Essen kümmere. Sie können in der Zwischenzeit schon einmal Holz für das Lagerfeuer suchen." *Ich hoffe nur, dass die Hitze der Flammen ausreicht, um diese schrecklichen Bakterien...*
„Da bin ich wieder!", ertönte Chess' Stimme zwischen den Sanddünen. „Ich habe einen Pfad im Fels entdeckt. Wenn wir dem folgen, kommen wir direkt bis zu den Höhlen da oben." Sie zeigte auf mehrere Löcher in der Felswand einige hundert Meter hinter sich.
„Dann kann es also gleich nach dem Essen losgehen!", rief Lady Pendergast erfreut.
„Es gibt schon Essen?", fragte Chess voller Vorfreude.
„Noch nicht, aber bald. Ich wollte Ihren kranken Assistenten gerade losschicken, um Feuerholz zu holen."
„Ich bin nicht krank!"
„Erklären Sie das mal schön dem Seuchenschutzbeauftragten am Flughafen in London", erwiderte Lady Pendergast und fügte leise hinzu: „Falls Sie es überhaupt noch so weit schaffen mit Ihrem abgefaulten Bein."
„Das waren die Ameisen!" David zippte sich das andere Hosenbein auch noch ab. „Sehen Sie! Die haben mich voll erwischt."

Lady Pendergast presste sich die Hand auf den Mund, um dem Grauen Nachdruck zu verleihen.
Chess kommentierte die Szene beim Näherkommen mit einem breiten Schmunzeln. „Hast du wieder ein Opfer gefunden, dem du deine Ameisengeschichte erzählen kannst?“
„Nie im Leben waren das Ameisen!“, erklärte Lady Pendergast voller Überzeugung. „Ihr Assistent meint vielleicht, er kann einer Dame wie mir einen Bären aufbinden. Aber da ist der junge Mann schief gewickelt!“ Sie strafte David mit einem vorwurfsvollen Blick.
„Geben Sie gut Acht. Er probiert es immer wieder“, antwortete Chess sichtlich amüsiert darüber, wie sich die Unterhaltung während ihrer Abwesenheit entwickelt hatte.
„Kommen Sie ihm besser nicht zu nahe“, warnte Lady Pendergast. „Wenn sein Ausschlag nur halb so ansteckend ist, wie er aussieht, sind wir in ein paar Tagen alle tot.“
Chess musste sich schwer zusammenreißen, um nicht lauthals loszulachen.
Na, Sie werd ich bestimmt noch überleben! David drehte sich um und ging Holz holen.

***

Sanctuary Island II:
Qians angekündigter Moment der Abwesenheit hatte sich zu einer halben Stunde auf der Toilette ausgewachsen. Ahil und Cornelia Simmons hatten ihr Mittagessen wahrscheinlich längst beendet. Wissen konnte Qian das freilich nicht, da sein Kopf noch immer über der farblich zu ihm passenden Keramik hing.
Obwohl er sich seit Tagen - gefühlten Wochen - nur noch von Wasser ernährte, quälte ihn eine Übelkeit, als wollten drei üppige Mahlzeiten gleichzeitig zurück durch seinen Hals ans Tageslicht. Der bloße Geruch von Essen, so hatte der Doktor festgestellt, reichte mittlerweile, um augenblicklich Brechreiz bei ihm auszulösen.

„Wenn ich dieses Schwein erwische, dann...“ Sein Magen krampfte sich zusammen und zwang ihn, verwässerte Magensäure hochzuwürgen. *Ich werde mein Projekt zu Ende bringen. Keiner kann mich davon abhalten. Aber wie finde ich heraus, wer...* Eine unsichtbare Faust packte seine Eingeweide und machte sich daran, sie wie nasse Wäsche auszuwringen. Die Folge waren abgehackter Spuckhusten und ein paar Tropfen farbloser Flüssigkeit für die Muschel.

Qian hatte allen Grund, ernsthaft besorgt zu sein. In der letzten Woche hatte sich sein ohnehin schon nicht mehr berauschender Gesamtzustand noch massiv verschlechtert. Ein wenig Trost fand er in der Tatsache, dass der von ihm erschaffene Klon sich blendend entwickelte. Allerdings hatte dieser Umstand auch etwas Beunruhigendes. In seltenen, dafür umso dunkleren Augenblicken beschäftigten Gedanken den Doktor, seine Schöpfung könnte ihm Lebensenergie abziehen. In letzter Zeit mehrten sich diese Augenblicke.

Qian betätigte ein weiteres der ungezählten Male die Spülung. Es war ihm wichtig, den sauren Geruch möglichst rasch aus der Nase zu bekommen. Er kreuzte seine Arme über der Muschel und bettete den Kopf darauf, um in Ruhe durchatmen zu können.

Was immer Qians Mörder auch einsetzte, um ihn zu vergiften, ließ sich im Labor bisher nicht nachweisen. Es war paradox, dass der Leiter eines der modernsten Labore der Welt nicht in der Lage war, sein eigenes Dahinsiechen aufzuklären. Der Doktor war seinem unsichtbaren Giftmörder hilflos ausgeliefert, und genau das zermürbte ihn jeden Tag mehr.

Natürlich hatte Qian bereits darüber nachgedacht, Sanctuary Island II für ein paar Tage zu verlassen, um wieder auf die Beine zu kommen und seine Arbeit danach fortsetzen zu können. Aber das war angesichts des damit verbundenen Risikos keine wirkliche Option.

Zum ersten Mal in all den Jahren bereute er es, keinen Nachfolger herangezogen zu haben, der sein volles Vertrauen genoss. Andererseits, so dachte Qian, leistete Gott sich auch keinen Stellvertreter. Da der Doktor für sich und seine Arbeit

eben diese göttliche Perfektion anstrebte, erschien es ihm nur logisch, die Zügel zu jeder Zeit in der Hand zu behalten.
Die Verantwortung für sein wichtigstes Projekt an andere abzugeben, würde ihn angreifbar machen. Allein die Tatsache, dass sich ein Giftmörder frei an Bord bewegen konnte, zeigte, wie schlecht es um die vermeintliche Sicherheit bestellt war. Schon einmal war es einem Geheimdienst gelungen, Qians Arbeit zu sabotieren, das durfte sich auf keinen Fall wiederholen. Schon der bloße Gedanke daran, dass er trotz aller Genialität sein Lebenswerk nicht zu Ende bringen könnte, erzeugte eine pulsierende Schockwelle in seinen Gedärmen.
„Ich krieg dich, du Schwein!“, zischte er zwischen seinen zusammengepressten Zähnen hervor. Qian, der ursprünglich einmal Zahnarzt werden wollte, sah sein Labor in diesen Tagen wie ein riesiges Gebiss, das erst dann wieder richtig zubeißen würde, wenn der schlechte Zahn entfernt war. Bisher waren allerdings alle Versuche gescheitert, diesen Zahn zwischen den anderen aufzuspüren.
Umso entschlossener war er, in größeren Dimensionen zu denken, wenn es darum ging, die Karies an Bord von Sanctuary Island II in den Griff zu bekommen. Sollte sich der faule Zahn nicht ausfindig machen lassen, mussten eben so lange Zähne entfernt werden, bis das Problem gelöst war. *Ich krieg dich, selbst wenn wir beide am Ende als einzige übrigbleiben. Ich krieg dich, das schwör ich!*

***

Nach dem Mittagessen auf Sokotra:
Das wurde aber auch Zeit! Irgendwo im schroffen Fels in Küstennähe stellte ein Fernglas auf drei Personen scharf, die vor kurzem von ihrem Lager aufgebrochen waren.
Chess, David und Lady Pendergast stiegen im Gänsemarsch den Pfad zu den Höhlen hoch, die Chess auf ihrer Karte hatte.
„Gehen Sie ordentlich, junger Mann!“, hörte David Lady Pendergast hinter sich. „Mit so einem Buckel ruinieren Sie sich das Kreuz.“

„Wenn mir etwas das Kreuz ruiniert, dann der Krempel, den ich für Sie mitschleppen muss."
„Unterstehen Sie sich, so abfällig über unsere Ausrüstung zu sprechen. Bauch rein! Schultern raus! Sie werden es mir noch danken!"
„Es sind nur noch ein paar Minuten", erklärte Chess. „Ich würde vorschlagen, wir beginnen zuerst mit der Erkundung der kleineren Höhle. Sie liegt zwar ein Stück höher, führt aber schräg nach oben, weshalb keine Gefahr besteht, dass wir uns nasse Füße holen."
„Noch mehr bergauf?" David blieb einen Moment stehen und fand, dass es Zeit war, den herrlichen Panoramablick Richtung Meer zu genießen. Trotz der Entfernung wirkten die Sanddünen neben dem Strand immer noch übermächtig. Sie sahen aus wie Zuckerhügel, die ins türkisblaue Meer flossen.
„Keine Müdigkeit vortäuschen", drängte Lady Pendergast unter ihrem Strohhut. „Wenn wir das Höhlensystem der Insel in weniger als zwei Wochen erkunden wollen, dürfen wir uns keine überflüssigen Pausen leisten."
„Ich fürchte, das wird sich auch so nicht machen lassen", Chess bremste lächelnd die übertriebenen Erwartungen. „Wir können froh sein, wenn wir drei oder vier der kleineren Höhlen komplett schaffen. Peter Karachi, mein Kollege und Freund, der schon einen Teil kartografiert hat, hat mir diese Stelle für den Einstieg empfohlen. Die ersten paar Meter der Tour wandern wir noch auf seinen Spuren, aber danach widmen wir uns dem nördlichen Teil und betreten völliges Neuland."
„Genau nach meinem Geschmack", verkündete Lady Pendergast begeistert.
„Ich habe mich als Kind einmal in einer Höhle verlaufen und den Ausgang nicht mehr gefunden", bemerkte David weit weniger euphorisch.
„Die Gefahr dürfte hier kaum bestehen", erwiderte Chess. „Die bisher erkundeten Höhlen führen nie sehr weit in die Tiefe und sind zumeist miteinander verbunden. Einen Weg nach draußen wirst du also immer finden. Außerdem gibt es laut Peter viele

Risse im Fels, durch die Tageslicht kommt. Trotzdem ist es aber wichtig, dass wir immer in Sichtweite bleiben."
„Wo stecken Mr. Achterberg und Mr. van Hauwe?" Lady Pendergast hatte David überholt und legte ein beeindruckendes Tempo an den Tag.
„Ungefähr dort drüben." Chess machte eine ausladende Handbewegung, die annähernd die Hälfte der Insel einschloss. „Wir bleiben wie vereinbart über Funk in Kontakt, bis wir in die Höhlen gehen. Danach behalten die beiden den Eingang im Auge, bis wir wieder herauskommen. Es wird uns also niemand entführen", beruhigte Chess mit einem gutgemeinten Lächeln.
Im hintersten Teil des Trios war es still geworden. David verschwendete seine Energie, um die Ausrüstung von Lady Pendergast zu tragen, während er sie im Stillen dafür verfluchte, dass sie so viel mitgenommen hatte.
„Ich bin erstaunt, wie fit Sie sind, Lady Pendergast", bemerkte Chess anerkennend, als die alte Dame zu ihr aufschloss.
„Sie sollten mich erst auf dem Golfplatz erleben, meine Liebe. Ich finde es schändlich, wie manche Leute sich im Alter gehen lassen und nur noch im Club herumhängen. Lord Peabody zum Beispiel. Kennen Sie Lord Peabody?"
„Nein."
„Da ist Ihnen auch nichts entgangen. Ein entsetzlich langweiliger Mensch, das kann ich Ihnen sagen. Er erzählt jahrein, jahraus dieselbe Geschichte über den Falklandkrieg und tut so, als hätten wir Briten den Sieg nur ihm zu verdanken. Dabei möchte ich darauf wetten, dass er schon damals seinen Hintern nicht von der Kommandocouch hochgebracht hat. Aber lassen Sie ihn das bloß nicht hören", wisperte Lady Pendergast hinter vorgehaltener Hand.
David war bereits einige Meter zurückgefallen und genoss die natürliche Stille, die ihn umgab. Langsam begann auch er, Gefallen an dem Archipel zu finden. *Strahlend blauer Himmel, ein großartiges Meer und so weit das Auge reicht keine Touristen.*

Nur das Zwitschern ungezählter Vogelarten war zu hören, die in jeder Felsspalte und in jedem Strauch zu nisten schienen. Überhaupt, so hatte David den Eindruck, war die Insel das reinste Vogelparadies. Säugetieren war er noch nicht über den Weg gelaufen - die von Menschen gehaltenen Ziegen, Schafe, Esel und Kamele nicht berücksichtigt.
Bei seinem ausgedehnten Rundumblick fiel David in einigen hundert Meter Entfernung eine merkwürdige Erhebung auf einem Felsen auf. *Sind das...*
„Es ist nicht mehr weit." Chess stoppte kurz und zeigte auf einen Felsvorsprung. „Da oben sind die Eingänge zu den ersten Höhlen."
„Wie viele gibt es denn?", fragte Lady Pendergast.
Chess ging weiter. „Bisher hat sich noch niemand die Mühe gemacht, sie zu zählen, aber allein in diesem Abschnitt der Insel sind über 42 erforschte Eingänge zu größeren Höhlen verzeichnet, und das ist nur die Spitze des Eisbergs. Es sind bestimmt nicht alle Höhlen groß und bedeutsam, aber in jeder davon könnte sich eine archäologische Sensation für Ihr Museum befinden."
„Oder ein Piratenschatz!" David war wieder aufgerückt. „Für den opfere ich mich dann, damit er der Archäologie nicht im Weg liegt."
„Sie und Ihre Piraten!", gab Lady Pendergast geringschätzig von sich. „Früher hat man dieses Gesindel wenigstens gleich aufgeknüpft. Heute verhandelt man lieber mit ihnen über Lösegeld, wenn sie harmlose Touristen oder ganze Schiffe entführen. Kein Wunder, dass sie nicht aussterben, solange sich dieses Geschäft für sie rechnet."
„Wer redet denn von so was?", bemerkte David mit einem Ausdruck von Unverständnis. „Damals haben die Piraten Gold und Edelsteine gesammelt und in ihre geheimen Höhlenverstecke geschafft. Mit nervenden Touristen haben die sich nicht abgegeben. So eine kleine Kiste voller Goldstücke würde mir schon reichen..."
„Träumen Sie weiter!"

„So abwegig ist das Piratenthema nicht", verteidigte Chess den Gedanken. „Vor allem indische Seeräuber haben hier gerne Zuflucht mit ihren Schiffen gesucht. In der einen oder anderen Höhle auf Sokotra gibt es bestimmt noch Spuren ihrer Beutezüge, aber ich wage zu bezweifeln, dass ausgerechnet wir sie finden."
„Wenn wir sie mit dieser Superausrüstung nicht finden, dann findet sie niemand", stöhnte David.
„Wir suchen keine Piratenschätze!", stellte Lady Pendergast klar. „Wir sind Archäologen und keine Schatzsucher. Und jetzt hören Sie endlich auf mit diesen blöden Piratengeschichten. Sie machen mich noch ganz nervös."
„Ich kann den Eingang zur ersten Höhle schon sehen." Chess umrundete gerade einen schroffen Vorsprung, der wie eine Ansammlung von Speerspitzen aus dem Fels ragte. „Vorsicht mit dem Gepäck, die Steine sind extrem scharfkantig."
Wenige Meter vor Chess erhob sich die Felsöffnung. Herabgefallenes Geröll hatte die untere Hälfte verschüttet, doch der verbliebene Teil war immer noch groß genug, um mit einem Kleinlastwagen durchfahren zu können. Zu beiden Seiten der Öffnung wucherten Tamarisken und andere Sträucher, um deren Blüten graugestreifte Bienen summten, wie Chess beim Näherkommen feststellte.
„Ist das schon unsere Höhle?", fragte Lady Pendergast.
„Noch nicht", erwiderte Chess. „Diese hier ist schon verzeichnet und kartografiert." Sie lenkte die Aufmerksamkeit ihrer Begleiter auf eine rote Markierung am Fels. „Wir müssen noch ein paar Meter in diese Richtung."
„Sehr gut", war Davids zufriedene Stimme aus dem Hintergrund zu hören. „In so einer einsturzgefährdeten Höhle würde ich meine Schätze auch nicht verstecken, wenn ich Pirat wäre."
Lady Pendergast blieb dicht hinter Chess. „Ich bin schon so aufgeregt. Hoffentlich haben Sie Recht, was Mr. Achterberg und Mr. van Hauwe betrifft. Nicht auszudenken, wenn uns hier draußen jemand entführen würde."

David blickte mit einem Schmunzeln in Richtung der auffälligen Felserhebung, der sie sich langsam näherten.
„Bitte machen Sie sich keine Sorgen, Lady Pendergast. Unsere Sicherheitsleute werden nicht zulassen, dass Ihnen jemand etwas antut."
„Ihr Wort in Gottes Ohr, meine Liebe", seufzte Lady Pendergast, die zwischen ihrer Vorfreude und Davids Piratengeschichten hin- und hergerissen war. Sie folgte Chess durch zwei senkrecht aufragende Felsblöcke, die einen schmalen Spalt formten.
David blieb vor dem Felsspalt stehen. „Genau so stelle ich mir den geheimen Zugang zu einem Piratenversteck vor. Eine Schatzkarte mit zwei Felsnadeln, durch die der Pfad führt. Ich frage mich, ob das Versteck noch bewacht wird. Vielleicht von den Urenkeln der Piraten..."
„Junger Mann!", tönte Lady Pendergast energisch. „Im Gegensatz zu Ihnen bin ich mir der Gefahr bewusst, in der wir uns befinden. Ich kann dem Gedanken nichts Reizvolles abgewinnen, hier draußen auf Eingeborene zu stoßen. Das sind Wilde, die unschuldigen Frauen wie Chess und mir alles antun würden - wirklich alles!"
„Ich bin sicher, der Sultan dieses Bergs brennt darauf, Sie in seinen Harem aufzunehmen", hörte David sich scherzen.
„Ziehen Sie meine Bedenken nicht ins Lächerliche!" Lady Pendergast wandte sich an Chess. „Unsereins kann sich gar nicht vorstellen, wozu diese Leute fähig sind."
„Bitte beruhigen Sie sich, Lady Pendergast." Chess drehte sich zu David und zwinkerte ihm zu. „Und du hör auf, deine Piratengeschichten zum Besten zu geben!"
Lady Pendergast nickte bestätigend. „Sie haben den Krieg nicht erlebt, junger Mann. Ich weiß noch sehr gut, wie es ist, wenn hinter dem nächsten Stein der Feind hervorspringt. Man muss die Umgebung ständig im Auge behalten."
David sagte kein Wort, sondern ließ seinen Blick über die herumliegenden Steine schweifen, als suchte er zwischen ihnen nach kampfwütigen Gartenzwergen.

„Treiben Sie es nicht zu weit! Sie wissen genau, dass ich von größeren Steinen spreche."
David lächelte unschuldig.
Lady Pendergast streckte wütend ihren Arm aus. „Sehen Sie diesen Steinbrocken, der aussieht wie ein riesiger Kaninchenkopf?"
„Der mit den ungleichen Ohren?", fragte David und konnte sich sein Lachen nur noch schwer verkneifen.
„Genau der!", bestätigte Lady Pendergast mit der Dynamik einer entfesselten Dampfwalze.
David winkte in Richtung Kaninchenkopf. „Das sind keine Ohren."
Als Lady Pendergast sah, wie die Ohren zurückwinkten, blieb ihr vor Schreck fast das Herz stehen.
Chess gab sich alle Mühe ernst zu bleiben.
„Das sind Mr. Achterberg und Mr. van Hauwe", erklärte David gutgelaunt. „Sie beobachten uns schon die ganze Zeit."
Lady Pendergasts Gesicht legte merklich an Farbe zu. „Es ist ein Jammer mit der neuen Brille!", schimpfte sie und setzte sie ab. „Seit ich diese Gleitsichtgläser habe..."
Dreißig Meter später wurde das Bild auch für Lady Pendergast erkennbar scharf.
„Wir hätten nicht gedacht, dass Sie den Aufstieg so schnell hinbekommen!", rief Achterberg, dessen schwarzer Vollbart bereits erstaunlich dicht war. „Meinen Respekt für Ihr Tempo, Lady Pendergast. Sie haben die Gruppe förmlich den Berg hochgezogen."
„Vor allem Ihren fußlahmen Assistenten", fügte van Hauwe amüsiert hinzu und ließ seinen Feldstecher sinken.
Die Mundwinkel von Lady Pendergast hoben sich. „Vielen Dank für die Blumen, meine Herren. Ich schätze, das liegt daran, dass ich meine Arbeit ernst nehme und nicht irgendwelchen Piratenträumen nachjage." Sie schenkte David einen entsprechenden Blick. „Na los, worauf warten Sie noch, Mr. Wilder? Packen Sie die Fotoausrüstung aus und machen Sie ein Bild von mir und unseren beiden Beschützern."

„Lieber nicht", blockte van Hauwe sofort. „Wir vom Personenschutz ziehen es vor, nicht auf Fotos zu erscheinen. Dafür haben Sie doch sicher Verständnis."
„Natürlich! Wie dumm von mir!" Lady Pendergast legte die Handflächen auf ihre Wangen. „Wissen Sie, mein Neffe war früher beim FBI. Er konnte es auf den Tod nicht ausstehen, wenn wir bei Familienfesten Fotos gemacht haben. Mit den Jahren wurde es immer schlimmer. Am Schluss hat er sich sogar geweigert, zu einer Hochzeit zu kommen, aus Angst, er könnte zufällig fotografiert werden."
„Tja", erwiderte Achterberg mit einem Schulterzucken. „Das ist eine ganz merkwürdige Berufskrankheit. Paradoxerweise kann man nur daran sterben, wenn man sie nicht hat."
„Verlassen Sie sich nicht darauf!", sagte Lady Pendergast mit erhobenem Zeigefinger. „Mein Neffe hatte sie und ist trotzdem daran gestorben."
Achterberg und van Hauwe tauschten erstaunte Blicke.
„Eine tragische Geschichte", seufzte Lady Pendergast. „Er wurde auf dem Highway von einer mobilen Radarfalle geknipst. Beim Versuch, an das Foto zu gelangen, ist er von einem nachkommenden LKW..."
Davids Interesse an den Erzählungen der alten Dame war äußerst begrenzt. Viel mehr wollte er wissen, was Alon und Hiob auf dem Berg zu suchen hatten. Zielstrebig ging er auf Alon zu. „Mr. Achterberg, darf ich Ihnen eine Frage stellen?"
„Sie dürfen." Der Angesprochene kletterte vom Stein herunter und ging ein paar Schritte, um sich ungestört mit David unterhalten zu können.
„Ich dachte, ihr kümmert euch um die Bohrinsel?", kam David sogleich zur Sache. „Ihr habt mir einen Heidenschreck eingejagt, als ich euch da oben entdeckt habe. Es hat schon ein paar Meter gebraucht, bis ich erkannt habe, dass ihr es seid." Sein Mund formte sich zu einem breiten Grinsen. „Zum Glück sieht Lady Pendergast mit ihrer Brille in der Ferne noch viel schlechter als ich ohne."
„Ist sie sehr anstrengend?", fragte Alon mitfühlend.
„Anstrengend ist gar kein Ausdruck."

„Dein Vaterland weiß deinen Einsatz zu schätzen“, verkündete Alon pathetisch, um gleich darauf wieder ernst zu werden. „Wir erkunden die Bohrinsel seit heute Morgen von hier oben mit dem Fernglas - euch beobachten wir übrigens auch.“
David drehte sich um und suchte mit bloßem Auge das Meer ab. „Wie willst du auf die Entfernung...“
„Richte dich an dem kleinen grauen Punkt in der Verlängerung der Landzunge aus.“ Alon nahm sein Fernglas vom Hals, legte einen kleinen Schalter auf der Oberseite um und drückte es seinem Freund in die Hand. „Du brauchst allerdings eine verdammt ruhige Hand bei dieser extremen Vergrößerung.“
David hatte zunächst gar keine Orientierung und sah Felsen und Meer in einem solchen Tempo vorbeihuschen, dass ihm fast schwindlig wurde.
„Mehr Gefühl“, erklärte Alon. „Beweg die Hand nur im Millimeterbereich.“
Langsam bekam David ein Gespür für die Dimensionen. „Da laufen Leute rum. Unglaublich, wie gut man ihre Gesichter erkennen kann. Ist diese Technik schon für die zivile Nutzung freigegeben?“
Alon schmunzelte. „Das musst du Lady Pendergast fragen. Wir haben uns die Ferngläser von ihrer Ausrüstung geborgt.“
„Danke!“
„Wofür?“
„Dass ich diese sauschweren Dinger nicht auch noch schleppen muss. Falls ihr sonst noch etwas brauchen könnt, bitte bedient euch. Ich verrate bestimmt nichts... Wahnsinn, diese Details. Wenn ich mir vorstelle, dass mein nächster Nachbar nur fünf Kilometer entfernt wohnt, fühle ich mich plötzlich gar nicht mehr so unbeobachtet.“ Gerade als David dachte, alles im Griff zu haben, zuckte er zurück. „Da ist Natascha!“

***

31. Dezember, Bordküche, Sanctuary Island II:
Die Zeit zwischen zwei und drei Uhr morgens war wie geschaffen, um sich unbemerkt in der Küche zu betätigen.

Mindestens zwei Stunden blieben noch, bevor wieder geschäftiges Treiben in den Nirostagängen herrschte und von den Köchen das Frühstück vorbereitet wurde.
Es wird Zeit, Sie endgültig zu verabschieden, Dr. Qian. Das Jahr neigt sich seinem Ende zu und Sie auch. Die geschickten Hände holten unter der Kochschürze einen kleinen Lederbeutel hervor, der mit einem Bändchen verknotet war. Der Großteil seines Inhalts war verbraucht und hatte seine Wirkung nicht verfehlt. Bevor es an der Zeit war, auch die letzten braunen und schwarzen Stückchen zu verarbeiten, die aus dem Beutel geschüttelt wurden, musste allerdings eine Stoffserviette als Atemschutz herhalten.
Es ist nicht falsch, Menschen auf den rechten Weg zurückzuführen. Die rechte Hand berührte Stirn, Brust und Schultern. *Dr. Qian muss erkennen, dass seine Arbeit den Menschen nur Schaden zufügt. An mir ist es nicht, ihn aufzuhalten... Ich öffne ihm nur die Augen. Er wird selbst erkennen, dass seine Arbeit vernichtet werden muss und das Notwendige tun.*
Einer der Metallschränke wurde geöffnet und ein Mörser aus schwarzem Granit herausgenommen. Sehr sorgfältig trennte die Hand braune und schwarze Pilzstückchen. Während die braunen zurück in den Lederbeutel wanderten, landeten die schwarzen im Mörser. Die getrockneten Pilze reichten gerade noch, um den Boden zu bedecken. In Windeseile zerrieb der Stößel sie zu einem feinen Pulver.
Grüße aus Rumänien, Dr. Qian! Sie waren für das Land und seine Leute wie eine Geißel. Statt dem versprochenen Wohlstand haben sie den Menschen in Transsilvanien nur Leid und Tod gebracht. Einfache Bergbauern, die sich viel zu lange haben tyrannisieren lassen, weil ihnen der Mut zum Widerstand fehlte. Ist es nicht eine Ironie des Schicksals, dass Sie nun ausgerechnet durch die Früchte dieses ausgebeuteten Landes in Ihrem schändlichen Tun gestoppt werden? Ein paar vertrocknete Pilze aus rumänischen Wäldern werden dafür sorgen, dass Sie Ihre Taten nicht wiederholen - nie wieder!

Ein Schrank mit Reinigungsmitteln wurde geöffnet und eine längliche Dose entnommen. Der Kunststoffdeckel war an einer Ecke aufgebrochen und erlaubte einen Blick auf das weiße Pulver im Inneren. *Zwei Löffel davon reichen für Ihre ganz persönliche, dämonische Mischung, Doktor. Einer für Candida... und einer... für mich!* Die Lippen formten sich zu einem lautlosen Schrei der Vergeltung.
Es hat Ihnen nicht gereicht, mich nach dem Unfall im Labor einfach nur krepieren zu lassen... Das weiße Pulver vermengte sich im Mörser mit dem schwarzen.
Nein! Sie haben Ihre Leute nach mir geschickt, um die Menschen zu töten, die sich meiner angenommen hatten. Nur ein Teufel ohne Gewissen würde so etwas tun. Sie sind dieser Teufel, Dr. Qian. Sie sind der Teufel!
Der Stößel bewegte sich immer schneller im Mörser. *Für Candida und all die anderen, die Sie ermordet haben! Sie erinnern sich doch noch an Candida? Eine gläubige Krankenschwester, die alles gegeben hat, um mich vor Ihnen zu retten. Ich werde Candidas letzte Worte nie vergessen - ebenso wenig wie ihren Todesschrei. Sie werden sich schon bald an alle Ihre Taten erinnern, Dr. Qian.*
Im Mörser war nur noch schwarzes Pulver zu sehen. Der Stößel hörte auf, sich zu bewegen.
Wussten Sie, dass Candida einen erwachsenen Sohn hatte? Ein Waisenkind, das sie einst bei sich aufgenommen hat. Natürlich wussten Sie das nicht, sonst hätten Sie sicher nicht davor zurückgescheut, auch ihn zu töten. Er hat mich im Krankenhaus gefunden und bei sich wohnen lassen, bis ich wieder gehen konnte. Ich habe ihm alles erzählt, was ich wusste. Die Menschen in seinem Dorf sind arm, sehr arm! Aber wissen Sie was, Dr. Qian? Als ich den Leuten erzählt habe, dass ich Sie suchen würde, um Sie für Ihre Taten zur Verantwortung zu ziehen, haben sie Geld für meine Idee gesammelt. Einige Frauen haben ihre letzten Tiere geschlachtet und das Fleisch verkauft. Frauen, deren Söhne Sie in Ihrem Labor ermordet haben!

Bettys Oberkörper spiegelte sich in der polierten Stahloberfläche des Küchenschranks. Sie erinnerte sich noch gut an ihren ersten Blick auf ihr neues Gesicht. Der Arzt in Rumänien hatte alles in seiner Macht stehende getan, um aus den zerschnittenen und verätzten Fleischklumpen wieder eine menschliche Form zu modellieren. Dennoch war Betty vor Schreck das Herz stehengeblieben, als sie die Fremde im Spiegel zum ersten Mal bewusst erblickt hatte: Die Frau, die ihr mit entsetzten Augen aus dem Spiegel entgegengestarrt hatte, war nicht Sylvia Jones, besaß nicht einmal mehr entfernt Ähnlichkeit mit ihr.

Monate waren seither vergangen. Viel Zeit, um sich an das neue Gesicht zu gewöhnen, sollte man meinen, doch so einfach war es nicht gelaufen. Sylvia Jones hatte sich nicht damit abfinden können, plötzlich in einem anderen Körper zu stecken. Ihre Erinnerungen hatten immer wieder neue, noch schlimmere Szenen hochgebracht, die es Sylvia unmöglich gemacht hatten, ein neues Leben zu beginnen. Nach Wochen zähen Ringens hatte Sylvia Jones ihre folgenschwerste und zugleich letzte Entscheidung getroffen.

Der Neuanfang als Betty hatte auch das Ende von Sylvia bedeutet. Betty war von nun an für all die Möglichkeiten gestanden, die Sylvia nicht gehabt hatte: Dr. Qian zu suchen, ihm nachzureisen, sein Vertrauen zu gewinnen und ihm seine gerechte Strafe zuteilwerden zu lassen.

Doch in jüngster Zeit schien dieser vermeintlich endgültige Prozess sich wieder umzukehren. Je näher der Jahreswechsel kam, umso mehr drängte die Persönlichkeit von Sylvia Jones zurück an die Oberfläche. Sie führte das auf den Wunsch nach Rache zurück und ließ ihr zweites Ich bedingungslos gewähren. Nur auf diesem Weg, so hoffte sie, würden die beiden Seelen in ihrer Brust am Ende Frieden finden.

Worte können nicht beschreiben, wie sehr ich Sie verabscheue, Dr. Qian! Noch immer benutzte sie Qians Doktortitel, wenn sie über ihn redete oder an ihn dachte. Es gab ihr ein Gefühl der Distanz, erinnerte aber auch an ihr Leben als Sylvia Jones. Sylvia holte fünf schwarzgraue Stäbchen unter ihrer

Kochschürze hervor und legte sie auf den Küchentisch. Der Kühlschrank half mit einer Orange aus, die ebenfalls auf dem Tisch landete.
Bald! Sie dachte viel zu oft über die vielen Toten nach, die der Doktor zu verantworten hatte. *Wir alle müssen Opfer bringen, aber es ist bald vorbei. Das neue Jahr wird ohne Sie auskommen müssen.* Aus einer der Schubladen nahm sie ein kleines Glas, das eine dunkle, feste Masse enthielt. Sie stellte es in die Spüle und ließ etwa eine Minute lang heißes Wasser darüberrinnen. Der Temperaturanstieg verwandelte die Masse in eine fast schon wässrige Lösung.
Sylvia öffnete das Glas. Zwei Löffel voll entnahm sie und verteilte den Inhalt auf einem Schneidbrett. Mit der Löffelrückseite strich sie die zerfließenden Hügel glatt. Als das erledigt war, streute sie das vorbereitete Pulver aus dem Mörser möglichst gleichmäßig darüber.
Sie nahm das erste der fünf Stäbchen zwischen Daumen und Zeigefinger, legte es aufs Schneidbrett und rollte es durch die Mixtur, die wie eine Farbschicht anhaftete. Vorsichtig steckte sie das überzogene Stäbchen in die Orange. Es folgten die Stäbchen zwei bis fünf, die die Orange in eine Art Igel verwandelten. *Ab in die Gefriertruhe zum Aushärten!*
Sylvia dachte zurück an all die hoffnungsvollen Gesichter, die sie zu ihrer Reise verabschiedet hatten. Am besten war ihr das Gesicht der alten Kräuterhexe in Erinnerung geblieben, die gleich drei ihrer Söhne an Qians menschenverachtende Experimente verloren hatte. Sie war es auch gewesen, die Sylvia in der Kunst, das Pilzgift zu mixen, unterwiesen hatte. Uraltes Naturwissen, das nur in den abgelegenen Bergdörfern noch gepflegt wurde, um die Guten zu heilen, aber auch, um die Schlechten zu richten. Letzteres war die Absicht der Kräuterhexe gewesen, als sie den Lederbeutel mit den getrockneten Pilzen verflucht hatte, die die Hauptzutat für die sagenumwobene *Dämonische Mischung* bildeten.
„Die Vergangenheit holt alle irgendwann ein. Die einen früher, die anderen später, dafür mit weit weniger Gnade!“, hatte die Kräuterhexe ihren Racheengel verabschiedet.

***

Insel Sokotra am frühen Vormittag:
Alon, alias Mr. Achterberg und mittlerweile mit dichtem Vollbart unterwegs, war zurück in Hadibu, dem überschaubaren Hauptort der Insel Sokotra. Von einem der Einheimischen hatte er den Tipp bekommen, dass für die umgebaute Bohrinsel, die draußen vor der Küste ankerte, Personal gesucht wurde. Aus Achterbergs Sicht war das eine perfekte Gelegenheit, sich Zutritt zu Qians Labor zu verschaffen. Noch wusste er zwar nicht, welche Art von Jobs ausgehängt war, doch im Zweifelsfall wollte er jede Arbeit annehmen, um möglichst rasch auf Sanctuary Island II zu gelangen.

Achterberg hatte beschlossen, sich von van Hauwe zu trennen, um nicht noch mehr Aufmerksamkeit zu erwecken, als es seine vergleichsweise helle Hautfarbe ohnehin schon tat. So praktisch Hiobs Statur in vielerlei Hinsicht war, so sehr stach sie zwischen den kleinwüchsigen Einwohnern heraus. Selbst der dichteste Bart und die beste Tarnung konnten daran nichts ändern.

Auf der geteerten Straße waren kaum Menschen unterwegs, und dass der letzte Geländewagen an Achterberg vorbeigefahren war, lag bereits ein paar Minuten zurück. Es war nicht zu übersehen, dass Sokotra noch keine Probleme mit verstopften Straßen und Verkehrsstaus kannte.

Autos, Ersatzteile und Sprit mussten, wie fast alles auf der Insel, vom Festland herübergebracht werden. Dieser Transport schlug sich im Preis der Güter nieder, der, gemessen an den niedrigen Einkommen auf der Insel, ohnehin schon sehr hoch war. Die Knappheit gewisser Produkte führte zum Teil zu sehr eigenwilligen Formen des Recyclings. Nach der dritten Querstraße hatte Achterberg sich allerdings daran gewöhnt, Einwegwindeln auf Wäscheleinen hängen zu sehen.

Das da vorn wird es sein! Achterberg musste das in Hafennähe gelegene Gebäude nicht lange suchen, das ihm der Mann

beschrieben hatte. Vor dem einstöckigen Steinhaus stand eine Menschenschlange, die bereits weit zurückreichte.
Er stellte sich an das hintere Ende der ausschließlich aus Männern bestehenden Schlange und sprach den Mann vor sich in bewusst schlechtem Arabisch an. „Ich bin doch hier richtig für den Job auf der Bohrinsel?“
Der gänzlich in braunes Tuch gekleidete Mann drehte sich um und warf Achterberg einen verständnislosen Blick zu.
„Bohrinsel?“, fragte Achterberg und zeigte in Richtung Meer.
Schulterzucken und ein Lächeln durch faulige Zahnlücken waren alles, was er zur Antwort bekam.
Achterberg versuchte es noch einmal.
„Sie sind nicht von hier“, stellte ein Mann zwei Plätze weiter vorn in der Schlange fest.
„Das haben Sie gut erkannt“, erwiderte Achterberg. „Ich bin Holländer und auf der Suche nach einem Job.“
„Holländer?“ Der Mann machte einen Schritt aus der Reihe und musterte Achterberg interessiert. „Wenn jetzt schon die Holländer kommen, um unsere Jobs zu machen, dann sehe ich schwarz für die Zukunft.“ Seine Mundwinkel ließen durchblicken, dass sein Einwand als Scherz zu verstehen war.
„Keine Sorge, ich bleibe nicht lange.“ Achterberg prägte sich das Bild des Mannes ein: Anfang dreißig, extrem dunkelhäutig, ausgefranste Jeans und ein rot-schwarz gemustertes Sweatshirt mit zur Hälfte abgerissener Kapuze. „Ich bin um die halbe Welt gereist und will mir nun das Geld für den Heimflug verdienen.“
„Sind Sie gestrandeter Tourist oder Wissenschafter?“
„Ein wenig von beidem. Archäologie ist mein Steckenpferd und herrlichen Inseln kann ich ebenso wenig widerstehen wie schönen Frauen. Dummerweise haben mich beide mehr Geld gekostet als ich gespart habe.“
Der Araber lachte. „Sie haben gute Chancen auf einen der Jobs. Es arbeiten viele Europäer für den Doktor.“
„Doktor?“, fragte Achterberg mit einem gehörigen Schuss Unwissenheit.

„Die Bohrinsel gehört einem Doktor aus Asien. Ein Chinese, glaube ich...“ Der Araber überlegte. „Oder doch ein Koreaner? Egal! Jedenfalls hat er ein schwimmendes Labor auf der Insel eingerichtet mit jeder Menge modernster Technik.“
„Tatsächlich?“
„Wussten Sie das nicht?“
Achterberg schüttelte glaubwürdig den Kopf. „Ich habe nur zufällig davon erfahren, dass hier Jobs vergeben werden. Ich habe mich in den letzten Wochen auf der anderen Seite der Insel herumgetrieben.“
„Verstehe. Für einen Holländer sprechen Sie sehr gut arabisch. Wo haben Sie es gelernt?“
„Danke, ich hatte ein paar Semester an der Volkshochschule“, erwiderte Achterberg mit einem bescheidenen Lächeln. „Offenbar ist meine Aussprache aber nicht gut genug für ihn.“ Er nickte mit dem Kinn in Richtung Vordermann.
„Das darf Sie nicht wundern. Er kommt aus einem der Bergdörfer“, erklärte der Araber. „Dort sprechen sie Sokotri, und das zum Teil mit einem solchen Dialekt, dass es selbst mir schwerfällt, sie zu verstehen.“ Er grinste von einem Ohr zum anderen über seinen Witz.
„Wissen Sie vielleicht schon, welche Jobs hier vergeben werden?“, fragte Achterberg.
„Heute Morgen hing noch eine Liste an der Tür.“ Er zeigte an das vordere Ende der Schlange. „Aber die hat wohl jemanden gestört und deswegen ist sie weg. Ich kann Ihnen aber trotzdem sagen, welche Art von Arbeitern gesucht wird, weil einer aus meiner Straße bereits vor ein paar Wochen einen Job auf der Laborinsel bekommen hat. Von ihm weiß ich schon seit gestern, dass heute wieder Leute gesucht werden.“
„Seit gestern schon?“ Achterberg zeigte sich erstaunt. „Wieso stehen Sie dann nicht weiter vorn?“
„Weil es keinen Sinn hat, so früh aufzustehen, wenn man sowieso weiß, dass man genommen wird. Die suchen diesmal Leute für die Küche und auch richtige Kerle für besonders schwere Arbeiten im Maschinenraum.“ Er schenkte Achterberg

einen vielsagenden Blick. „Mit unserer Statur ist klar, dass wir in der Küche landen werden."
„Ich mach mir da nicht so viel Hoffnung wie Sie." Achterberg spielte auf die lange Schlange vor ihm an.
Der Araber wischte Achterbergs Bedenken mit einem herzhaften Lacher beiseite. „Machen Sie keine Witze, Mr...?"
„Achterberg."
„Ein interessanter Name, Mr. Achterberg. Um die Leute vor Ihnen müssen Sie sich keine Sorgen machen. Die meisten von denen haben keine Chance auf den Job, weil sie nicht ein Wort Englisch können. Sie sprechen doch sicher Englisch, Mr. Achterberg?", wechselte der Araber die Sprache.
„Besser als Arabisch", zeigte Achterberg sich erleichtert.
Ein Raunen in der Schlange deutete an, dass sich vorn an der Tür etwas tat. In zwei Reihen strömten die Wartenden ins Innere des Gebäudes. Wenig später hatte Achterberg einen Stehplatz in unmittelbarer Nähe der rückwärtigen Mauer, von dem aus er den Raum gut überblicken konnte. In der Mitte gab es drei Reihen mit jeweils zehn Holzstühlen und einen kleinen Tisch im vorderen Bereich, hinter dem ein Mann in einem blauen Overall Stellung bezogen hatte. An seiner Seite stand ein kleinerer Mann, dessen Äußeres vermuten ließ, dass er Einheimischer war.
„Danke, dass Sie unserer Einladung so zahlreich gefolgt sind", kam der Mann im Overall sofort zur Sache. Sein Englisch hatte einen stark baltischen Akzent, der gut zu seiner hellen Haut passte. „Wir suchen fünf Männer für die Küche und drei Tiere für den Maschinenraum." Mit den Händen deutete er an, welche Schulterbreite er sich für die *Tiere* vorstellte. Kaum hatte er den Satz beendet, nickte er dem Mann an seiner Seite zu, der die Botschaft auf Arabisch wiederholte.
Der Mann im Overall räusperte sich und fuhr fort. „Jeder, der mich verstanden hat, hebt die rechte Hand und streckt drei Finger in die Höhe. Nicht mehr, aber auch nicht weniger."
Sieben rechte und eine linke Hand erhoben sich. Von den sieben rechten Händen hatten immerhin fünf die verlangte Anzahl von Fingern hochgestreckt.

„Kommen Sie bitte nach vorn... und Sie... Sie auch..." Der Mann im Overall pickte die fünf Gewinner heraus. Unter ihnen befand sich auch Achterberg.
Während Achterberg und seine vier Mitbewerber sich ihren Weg durch das Gedränge bahnten, wiederholte der andere Mann die Botschaft auf Arabisch.
Diesmal kamen zwölf Männer in die engere Auswahl, unter ihnen auch der Araber aus der Warteschlange.
„Danke, der Rest kann gehen!"
Erstaunlich diszipliniert verließen die Abgelehnten ohne größeres Murren den Raum. Der Mann im Overall wartete ab, bis der letzte von ihnen gegangen war, dann wandten er und sein Übersetzer sich den verbliebenen siebzehn zu. Sofort war klar, dass nur zwei Männer die Wunschstatur für den Maschinenraum mitbrachten.
„Gratuliere, Sie haben den Job", wurden die beiden vom Fleck weg engagiert. „Bitte warten Sie dort drüben."
So wie es aussieht, stehen meine Chancen eins zu drei, dachte Achterberg. *Bleibt zu hoffen, dass sie Leute bevorzugen, die beide Sprachen sprechen.*
„Diejenigen von Ihnen, die Englisch sprechen, gehen bitte auf diese Seite."
„Wer Arabisch spricht, bitte auf diese Seite."
Achterberg und der Araber, mit dem er sich schon in der Warteschlange unterhalten hatte, blieben in der Mitte stehen.
„Ihre Namen?", fragte der Mann im blauen Overall die beiden.
„Mohammed."
„Achterberg."
„Sie sprechen Englisch und Arabisch?"
Die beiden bejahten.
Der Mann im Overall musterte zuerst Mohammed und wandte sich dann Achterberg zu. „Woher stammen Sie?"
„Rotterdam, das liegt in den Niederlanden."
„Ich weiß, wo Rotterdam liegt", erwiderte sein Gegenüber hochnäsig. „Sie scheinen mir etwas überqualifiziert für den einfachen Küchendienst zu sein, Mr. Achterberg."

„Ich habe mehrere Jahre als Chefkoch gearbeitet“, bestätigte Achterberg die Einschätzung.
Der Mann im Overall kommentierte die Bemerkung nicht direkt, ließ aber unterschwellig seine ablehnende Haltung durchklingen. An Mohammed gerichtet sagte er: „Gratuliere, Sie haben einen fixen Platz in der Küche. Bitte stellen Sie sich dort hinüber.“
In den nächsten Minuten entschieden sich die beiden Personalwerber für weitere vier Einheimische, die sie zum Küchendienst einteilten. Damit waren alle freien Küchenplätze vergeben und Achterbergs Chancen gegen Null gesunken.
„Uns fehlt noch ein Mann für den Maschinenraum.“ Der Mann im Overall schritt die Reihen der Verbliebenen ab. „Unglücklicherweise sehe ich keinen, der die Vorgaben auch nur annähernd erfüllt. Wir reden hier von richtig harter Arbeit, da können wir keine halben Männer gebrauchen.“
„Wie wäre es mit zwei halben Männern zum Preis eines ganzen?“, fragte einer der Einheimischen. Seine Hand legte sich um die Schulter seines Nachbarn. „Wir beide zusammen leisten mehr als eines von Ihren Tieren und teilen uns das Geld.“
Die Reaktion der Personalwerber verriet, dass der Vorschlag sie positiv überraschte. Nach einer kurzen Beratung erklärte der arabisch sprechende Mann: „Einverstanden! Es soll uns keiner vorwerfen, dass wir gute Kompromisse ausschlagen. Gratuliere, Sie beide haben den Job.“
„Und wir unsere Mannschaft“, ergänzte der Mann im Overall zufrieden. „Pech für Sie, Mr. Achterberg, aber für den Augenblick sind wir vollzählig. Sollten wir noch einen Mann mit Ihrer Qualifikation brauchen, komme ich gerne auf Sie zurück.“ Die Art, wie er das sagte, ließ vermuten, dass er mit der Personalzusammenstellung vollauf zufrieden war.

***

Bordküche, Sanctuary Island II, etwa zur selben Zeit:

„Eigentlich ist es sinnlos, Qian überhaupt ein Frühstück zuzubereiten, er rührt es sowieso nicht an.“
„Hör auf, dir seinen Kopf zu zerbrechen, Betty!“, mahnte der Koch und hielt ihr den Teller hin, den er für Qian vorbereitet hatte. „Irgendwann wird er wieder etwas essen, das geht gar nicht anders.“
„Wenn du es sagst“, murmelte sie wenig überzeugt.
Der Koch sah sich in der Küche um. Abgesehen vom Frühstücksteller für den Doktor war die Arbeit für diesen Vormittag erledigt. Das zeigte sich auch daran, dass alle Küchenhilfen bereits in ihrer wohlverdienten Pause waren. „Na los, Betty. Mach dich auf den Weg! Ich hol noch rasch das Fleisch fürs Mittagessen aus der Gefriertruhe und dann mach ich auch Pause.“
Sie griff sich ein Tablett, stellte den Teller darauf und eine Tasse Kaffee daneben. „Bin schon weg.“ Zwei Sekunden später verschwand sie durch die Küchentür, um Qian aufzusuchen.
Der Koch blickte auf die schwingenden Türflügel, bis diese fast zur Ruhe gekommen waren und seufzte. *Im Prinzip hat Betty völlig recht. Ganz egal, was wir für ihn zaubern, letztlich landet es doch nur bei den Fischen...* Er wischte im Vorbeigehen mit seinem Geschirrtuch über die Arbeitsplatte und steuerte die Gefriertruhe an.
„Da kommen wir gerade noch rechtzeitig“, hörte er eine Frauenstimme hinter sich. Cornelia Simmons betrat gefolgt von Ahil die Küche.
„Rechtzeitig wofür?“, fragte der Koch und kam auf seine beiden Besucher zu.
„Es ist mir ein wenig unangenehm“, zeigte sich Cornelia von ihrer verlegenen Seite. „Ich weiß, die Küche ist eigentlich schon geschlossen, aber ich wollte Sie fragen, ob Sie vielleicht eine Ausnahme für...“
„Schießen Sie los!“, erwiderte der Koch freundlich. „Was kann ich für Sie tun?“

„Nicht für mich“, erklärte sie. „Wir“, ihr Blick schloss Ahil mit ein, „machen uns große Sorgen um Dr. Qian. Er hat nichts mehr gegessen seit wir an Bord sind.“
Das Gesicht des Kochs wurde ernst. „Glauben Sie mir, der hat schon viel länger nichts mehr gegessen. Betty ist gerade zu ihm unterwegs, um ihm das Frühstück zu bringen. Jede Wette, dass ich es genauso wieder zurückbekomme, wie es rausgegangen ist.“
Cornelia und ihr Begleiter senkten gleichzeitig betroffen ihre Häupter. „Genau darüber wollen wir mit Ihnen reden“, wurde Ahil deutlicher. „Wir haben uns eine kleine Zusammenstellung überlegt, die der Doktor ganz bestimmt nicht ausschlagen wird.“
„Eine kleine Auswahl an kulinarischen Highlights, denen selbst er nicht widerstehen kann.“
„Ich glaube nicht, dass Sie ihn damit überzeugen können“, widersprach der Koch.
„Aber Sie werden uns doch sicher bei dem Versuch unterstützen?“, fragte Ahil fordernd.
„An mir soll es nicht scheitern.“
„Das ist schön zu hören.“ Cornelia lächelte zuversichtlich.
Ahil trat einen Schritt nach vorn und holte eine Liste aus seiner Jacke. „Wir haben hier ein paar Dinge zusammengeschrieben, von denen wir wissen, dass sie Qians Geschmack treffen werden.“
Der Koch nahm die Liste an sich und überflog sie. Auf den ersten Blick war darauf nichts zu entdecken, das sich nicht in wenigen Minuten umsetzen ließ. „Da haben wir ihm schon deutlich exotischere Sachen geliefert, die er nicht angerührt hat.“
„Wahrscheinlich liegt genau darin das Problem“, erklärte Cornelia. „Mr. Ahil kennt den Doktor und seine kulinarischen Vorzüge schon seit vielen Jahren, müssen Sie wissen. Sie können sich darauf verlassen, dass ein solcher Teller seinen Geschmack treffen wird.“
Ahil unterstrich Cornelias Behauptung mit einem souveränen Nicken.

„Wenn Sie meinen..." Der Koch schnappte sich einen Teller und ging damit zum Kühlschrank. „Ich sehe nichts, was wir nicht an Bord hätten. Es sollte kein Problem sein, Ihr gewünschtes Frühstück in fünf Minuten fertigzustellen."
„Sie sind ein Schatz!" Cornelia strahlte.
„Wir werden dafür sorgen, dass der Doktor erfährt, wie kooperativ Sie sich gezeigt haben", versprach Ahil.
„Hauptsache, Dr. Qian fängt wieder an zu essen", entgegnete der Koch und holte mehrere Vorratsbehälter aus dem Kühlschrank. „Viele von der Besatzung machen sich schon große Sorgen um ihn. Ich übrigens auch."
„Er hat sehr stark abgenommen", erklärte Cornelia besorgt.
„Ich hätte ihn fast nicht mehr erkannt", legte Ahil noch einen drauf. „Es hat mich wirklich geschockt, ihn so zu sehen. Das kann auf keinen Fall so weitergehen."
Der Koch zerhackte in Windeseile das Gemüse auf seinem Schneidbrett, fand dabei aber noch Zeit, den beiden Besuchern ein Lob auszusprechen: „Dr. Qian kann sich wirklich glücklich schätzen, Freunde wie Sie zu haben. Ich hoffe, er hört auf Sie."
„Das wird er." In Cornelias Stimme klang eine ganz besondere Art von Zuversicht mit.
Während der Koch damit beschäftigt war, den Teller für den Doktor zu garnieren, versäumten Cornelia und Ahil es nicht, ihn mit Komplimenten zu überhäufen, weil er sich so viel Mühe bei der Zubereitung gab.
„Ich mache nur meinen Job", erwiderte der gebauchpinselte Koch immer wieder und fühlte sich zu Höchstleistungen angespornt.
„Sie tun weit mehr als das, glauben Sie mir", beharrte Cornelia auf ihrer Meinung.
Mit einem abschließenden Blick auf die Liste stellte der Koch schließlich fest: „Genau nach Vorgabe. Wir hatten alles vorrätig."
„Wunderbar!" Cornelias überschwängliche Begeisterung wirkte fast schon unnatürlich. „Sie haben uns einen wirklich großen Gefallen getan."

„Ich bitte Sie, das war doch nicht der Rede..." Er stoppte mitten im Satz, als er sah, wie Ahil ihm einen Salzstreuer entgegenhielt. „Würden Sie dieses Essen bitte noch für uns würzen?"
Der Koch stutzte, als er den gläsernen Streuer in die Hand nahm und das grüne Pulver darin bemerkte. „Das ist doch kein Salz."
„Nein", erwiderte Ahil ganz selbstverständlich. „Zu viel Salz ist nicht gesund, das wissen Sie doch bestimmt."
„Aber was..."
„Vitamine!", fiel Ahil ihm ins Wort. „Sie werden den Appetit des Doktors anregen."
Der Koch beäugte den Streuer skeptisch. „Ich glaube nicht, dass ich das über das Essen..."
„Ich fürchte, das müssen Sie sogar." Wie aus dem Nichts war die Pistole in Cornelias Hand aufgetaucht. „Gehen Sie nicht zu sparsam damit um, Vitamine kann man gar nicht genug haben."
Die Verwirrung stand dem Koch in riesigen Leuchtbuchstaben ins Gesicht geschrieben. „Was wollen Sie von mir?", stammelte er mit verunsicherter Stimme.
„Würzen!", befahl Cornelia. „Einfach nur würzen." Ihre Handbewegung unterstrich die Forderung. „Na, los! Wir wollen doch alle, dass der Doktor wieder gesund wird, nicht wahr?"
Wie in Trance drehte der Koch den Streuer um und ließ das grüne Pulver über den Teller rieseln.
„So ist es gut!", lobte Cornelia lächelnd. „Vergessen Sie die Tomaten nicht!"
„Ich denke, das sollte reichen", meldete sich Ahil wieder zu Wort. „Vielen Dank, Sie haben uns wirklich sehr geholfen - und dem Doktor natürlich auch", fügte er zufrieden hinzu.
„Ich verstehe wirklich nicht..."
„Ms. Simmons?" Ahils Blick lenkte die Aufmerksamkeit des Kochs wieder auf die Frau mit der Waffe. „Ich denke, wir können das hier beenden. Wären Sie bitte so freundlich, unseren Chefkoch von seinen Pflichten zu entbinden?"

***

Sanctuary Island II, 120 Sekunden zuvor:
Sylvia stand im Quartier von Dr. Qian und spielte die geduldige Küchengehilfin. „Es ist doch nur zu Ihrem Besten, Doktor."
„Was das Beste für mich ist, bestimme ich selbst!", widersprach Qian und dachte gar nicht daran, den Teller mit dem Frühstück auch nur anzurühren.
„Vielleicht möchten Sie lieber etwas ganz Spezielles?", formulierte sie ihre Frage vorsichtig. „Die Küche kann Ihnen alles zubereiten. Sie müssen uns nur wissen lassen, worauf Sie Lust haben."
„Geben Sie sich keine Mühe", sagte ein sichtlich gezeichneter Qian. „Ich rühre so lange nichts an, bis ich das Projekt abgeschlossen habe."
„Das Projekt?", fragte Sylvia.
„Das hat Sie nicht zu interessieren", blockte Qian ab. „Bitte nehmen Sie den Teller wieder mit. Ich werde mich jetzt meiner Meditation widmen, und dabei stört mich der Geruch von Essen nur."
„Ganz wie Sie wünschen, Doktor Qian", gab Sylvia die pflichtschuldige Küchenhelferin. „Falls ich sonst noch etwas für Sie tun kann..."
„Die Räucherstäbchen?", fragte Qian.
„Die habe ich erneuert, so wie Sie es gewünscht haben." Sie zeigte auf die neuen Räucherstäbchen, die in der blutroten Schale steckten. „Soll ich sie anzünden?"
„Danke", blockte Qian ab. „Das kann ich..."
Ein Schuss donnerte über das Deck und ließ den Doktor jäh verstummen.
Sylvia zuckte zusammen und sah Qian mit aufgerissenen Augen an. „Was war das?", fragte sie mit brüchiger Stimme.
„Das werden wir gleich wissen!" Qian schob sie beiseite und stürmte zur Tür. Kaum war er im Freien, knallte ein weiterer Schuss, der diesmal noch viel lauter klang.

„Das kommt aus der Küche!“, rief Sylvia dem Doktor nach.
Qian gab ihr keine Antwort, sondern rannte in die Richtung, aus der der Schuss gekommen war. *Was zum Teufel ist hier los?*
Auf dem Weg vorbei an den Mannschaftsquartieren traf Qian mehrere Leute, die wild durcheinanderredeten. „Gehen Sie zurück an Ihre Arbeit!“, befahl er im Vorbeilaufen. „Es gibt keinen Grund für eine Volksversammlung!“
Der Doktor erreichte die Küchentür zeitgleich mit einem der Sicherheitsleute, der Qian bat, zurückzutreten.
„Machen Sie sich nicht lächerlich!“, fauchte Qian den Wachmann an. „Das hier ist mein Labor. Hier bestimme immer noch ich, wer welchen Raum betritt!“ Ohne Widerspruch zu dulden, stieß Qian ihn zur Seite und riss die Tür auf. Sein erster Blick fiel auf Cornelia Simmons und Ahil, die ihm beide den Rücken zugedreht hatten.
„Was ist hier los?“ Qians durchdringende Stimme sicherte ihm die sofortige Aufmerksamkeit der beiden.
„Sieht so aus, als hätten wir Ihren Giftmörder gefunden.“ Ahil machte einen Schritt zur Seite und gab den Blick auf den am Boden liegenden Koch frei.
Qian kam näher und dabei fiel ihm auf, dass Cornelia Simmons wie Espenlaub zitterte. Da sie ihm immer noch den Rücken zugekehrt hatte, sah er die Pistole in ihrer Hand erst, als er auf gleicher Höhe war.
„Um ein Haar hätten wir Ms. Simmons an diesen Wahnsinnigen verloren.“ Ahil lenkte die Aufmerksamkeit des Doktors auf Cornelias Unterarm, an dem sich auf rund zehn Zentimetern Länge ein Blutstreifen gebildet hatte, der in Richtung Handgelenk tropfte. „Wir müssen sie sofort medizinisch versorgen.“
Qian reagierte geistesgegenwärtig. „Bringen Sie einen Verbandskasten!“, rief er seinem Wachmann zu und richtete das Wort sofort wieder an Ahil. „Was ist passiert?“
Ahils Fußspitze stieß gegen den auf dem Boden liegenden Streuer, von dem der Deckel abgeplatzt war. „Wir sind in die Küche gekommen, weil ich fand, dass das Frühstück heute Morgen sehr eigenartig geschmeckt hat. Ich wollte den Koch

zur Rede stellen, und dabei haben wir ihn überrascht, wie er dieses grüne Pulver über den Teller gestreut hat. Bevor wir ihn darauf ansprechen konnten, ist er mit dem Messer auf Ms. Simmons losgegangen."
„Er wollte mich umbringen...", stammelte Cornelia geschockt.
„Nicht nur Sie!", bemerkte Ahil. „Ich möchte gar nicht wissen, für wen dieser Giftteller bestimmt war..."
Qian offenbar schon. Er tat einen beherzten Schritt nach vorn und nahm den Teller unter die Lupe. Sofort fiel ihm der handgeschriebene Zettel auf, der daneben lag. „Zweites Frühstück für Dr. Qian...", las er vor und seine Gesichtszüge verfinsterten sich. Verächtlich blickte er auf die Leiche zu seinen Füßen, die das blutige Messer fest umklammert hielt.
„Hier bitte, Doktor Qian!" Der Wachmann brachte den Verbandskasten. Als er die Waffe in Cornelias Hand bemerkte, reagierte er sofort. „Woher haben Sie die Pistole?" Er streckte die Hand aus und nahm sie an sich.
„Von mir!", sagte Ahil bestimmt. „Ich habe Ms. Simmons die Waffe gegeben, nachdem wir auf der AFWYS von Piraten überfallen wurden. Ich hätte nicht gedacht, dass wir sie hier an Bord brauchen, aber wie es aussieht, hat sie nicht nur uns das Leben gerettet." Sein Blick in Richtung Qian unterstrich, was er mit seiner Feststellung andeuten wollte.
Der Doktor war von den jüngsten Ereignissen sichtlich überwältigt und wusste die neue Lage noch nicht richtig einzuschätzen.
„Ms. Simmons ist verletzt", lenkte Ahil die Aufmerksamkeit wieder auf den blutenden Unterarm.
„Ich kümmere mich darum", erwiderte Qian und begann geistesabwesend, aber mit der nötigen Sorgfalt, die Wunde zu versorgen.
„Danke." Ahils Stimme war betont ruhig, um dem Doktor ein Gefühl von Sicherheit und Kontrolle über die Situation zu vermitteln. „Ich kann Ihnen gar nicht sagen, wie erleichtert ich bin, dass wir den Giftmörder gefunden haben. Wissen Sie, Qian, als Sie mir zum ersten Mal davon erzählt haben, hatte ich ernste Zweifel, aber spätestens seit dem Frühstück heute bin

ich froh, dass ich noch lebe.“ Er hielt sich die Hand auf den Magen und deutete Unwohlsein an. „Sie müssen ein verdammt zäher Knochen sein, wenn Sie diese Anschläge so lange durchgehalten haben.“ Ahil schenkte dem Doktor ein respektvolles Lächeln.
Auf Qians eingefallenem Gesicht waren erste Anzeichen von Erleichterung zu erkennen. Es war, diesen Eindruck gewannen die Anwesenden zumindest, als würde der Doktor langsam aus einem bösen Traum erwachen und in die Realität zurückkehren.
„Ich muss in mein Quartier!“
„Aber...“
„Sofort!“ Qian machte auf dem Absatz kehrt und verschwand.

***

Hadibu, Insel Sokotra, etwa zur selben Zeit:
„Tut mir leid für Sie und Ihre Reisepläne, Mr. Achterberg.“ Mohammed verließ in Begleitung des vermeintlichen Holländers das Haus, in dem die Rekrutierung stattgefunden hatte. „Ich kann mir nicht erklären, warum die sich einen Mann mit Ihrer Erfahrung entgehen lassen.“
„Tja“, seufzte Achterberg. „Die werden schon ihre Gründe haben.“
„Haben Sie wirklich als Chefkoch gearbeitet?“
„Länger, als mir lieb war.“ Achterberg schielte einem der anderen Männer nach, die unmittelbar hinter ihm aus dem Haus gekommen waren.
„Jammerschade, dass ich nicht in den Genuss Ihres Talents kommen werde.“ Mohammed blickte in Richtung Hafen, wo gemäß der Ankündigung, die die beiden Personalwerber gemacht hatten, innerhalb der nächsten halben Stunde ein Boot anlegen sollte, um die ausgesuchten Männer zur Bohrinsel zu bringen. „Begleiten Sie mich noch zum Strand? Der Weg führt an meinem Haus vorbei.“
„Besser nicht“, erwiderte Achterberg. „Ich überleg mir lieber, wie ich doch noch an das Geld für mein Rückreiseticket komme.“

„Wie Sie meinen.“ Mohammed streckte ihm zum Abschied die Hand entgegen. „Allah hat seine Gründe, dass er Ihnen keinen Platz auf der Laborinsel zugedacht hat. Bestimmt hat er Größeres mit Ihnen vor, als Sie für andere Zwiebeln schneiden zu lassen.“

„So wird es sein.“ Achterberg erwiderte den Gruß und entfernte sich in die entgegengesetzte Richtung. *Ich hätte ja gerne noch länger mit dir geplaudert, lieber Freund, aber ich muss mich dringend um einen freien Platz auf dem Boot kümmern, bevor es ausläuft.* Achterberg nahm unbemerkt die Verfolgung eines der Männer auf, der erfolgreich für den Küchendienst angeworben worden war. *Wenn du nicht fährst, ist wieder ein Platz frei!*

Hadibu war eine kleine Stadt. Gemessen an der spärlich frequentierten Hauptstraße, glichen die kleineren Nebengassen fast schon einem Friedhof.

Achterberg vermutete, dass sich der Einheimische, dem er folgte, noch von seiner Familie verabschieden wollte, bevor ihn Qians Boot zur Laborinsel brachte. Außerdem, so musste Achterberg vermuten, würde besagter Mann bestimmt mehr mitnehmen wollen als nur den dunkel gestreiften Rock und die dazugehörende Weste, die er am Körper trug.

Achterberg ließ sich etwas zurückfallen, um nur ja keine Aufmerksamkeit zu erregen. Auch wenn sein dichter Vollbart die meisten Sommersprossen überdeckte und seine Kleidung den örtlichen Gegebenheiten angepasst war, ging er keinesfalls als Insulaner durch.

Die Straße zwischen den schlichten Steinhäusern war staubig und mit Steinen unterschiedlichster Größe durchzogen. Der schlechte Straßenzustand und die Fußspuren im Sand machten deutlich, dass sich hierhin keine Autos verirrten.

Der Verfolgte bog in eine schmale Seitengasse ab, in der die Häuser noch einfacher gebaut waren. Die meisten waren durch Mauern mit den Nachbarhäusern verbunden, wodurch ein steinerner Schlauch entstand. Anstrich oder Verputz fehlten den Gebäuden völlig, und so war jeder einzelne ihrer unregelmäßigen Steine im Mauerwerk zu sehen.

Alle Häuser in der Gasse waren einstöckig und verfügten über zwei kleine Fenster. Ihre Flügel waren mit dicken Holzstreben verrammelt, wie sie auch bei den Türen zum Einsatz kamen. Farbreste auf einigen davon legten nahe, dass die vorherrschenden Erdtöne von Holz und Stein die Gasse nicht immer dominiert hatten. *Ganz schön heruntergekommen, dieses Viertel.*
Als Achterberg erkannte, welches Haus der Mann vor ihm ansteuerte, entschloss er sich zu handeln. Mit großen, schnellen Schritten holte er auf. „Bitte warten Sie! Ich muss mit Ihnen reden!“, rief er dem Mann auf Arabisch nach.
Der Araber blickte ihn erstaunt an.
„Sie wollen als Küchengehilfe auf der Laborinsel des Doktors anfangen, nicht wahr?“
„Ich will nicht nur, ich werde“, entgegnete der Mann mit zufriedener Stimme. „Sie waren doch auch bei der Versammlung. Ich habe Sie dort gesehen.“
„Stimmt“, sagte Achterberg. „Ich habe leider keinen Platz mehr bekommen, obwohl ich viele Jahre Chefkoch in den Niederlanden war.“
„Wahrscheinlich haben die schon einen Chefkoch auf der Insel, und der lässt sich nicht gerne dreinreden“, erklärte der neue Küchengehilfe mit einem Augenzwinkern.
„Das will ich nicht hoffen“, erwiderte Achterberg mit einem milden Lächeln. „Es ist wirklich wichtig, dass ich den Job bekomme.“
Der Küchengehilfe zuckte mit den Schultern. „Ist nicht meine Entscheidung. Ich bin froh, dass ich dort arbeiten darf. Der Doktor zahlt sehr gut und meine Familie kann das Geld dringend gebrauchen, nachdem der letzte große Sturm so viel zerstört hat.“
„Geld alleine wird Ihnen bei den Reparaturen nicht helfen. Wer soll sich um die Arbeiten kümmern, wenn Sie auf der Laborinsel sind?“, fragte Achterberg.
„Wir schaffen das schon irgendwie.“ Der Küchengehilfe schob den schweren Holzbalken vor der Tür beiseite. „Ich will nicht

unhöflich sein, aber das Boot legt in Kürze ab und ich muss noch ein paar Sachen zum Strand bringen."
„Ich helfe Ihnen!"
„Warum sollten Sie das tun?"
„Weil ich Ihnen gerne ein Angebot unterbreiten würde." Achterberg war seine Möglichkeiten mehrfach im Geiste durchgegangen: Er konnte sein Gegenüber unauffällig verschwinden lassen, vorübergehend arbeitsunfähig machen oder davon überzeugen, dass es besser war, den Job nicht anzutreten.
„Was für ein Angebot?"
Achterberg kramte ein Bündel Geldscheine hervor und hielt sie dem Mann unter die Nase. „Schlafen Sie darüber, und wenn Sie im neuen Jahr noch immer der Meinung sind, dass der Job das Richtige für Sie ist, melden Sie sich bei mir."
Der Blick des Küchengehilfen verriet, wie überrascht er von dem Angebot war. „Sie bezahlen mich dafür, dass ich den Job sausen lasse?"
„Wenn Sie ihn nicht nehmen, rücke ich nach."
Der Küchengehilfe warf einen skeptischen Blick auf das Geldbündel. „So viel Geld verdiene ich auf der Laborinsel in einer Woche."
„Von mir können Sie es gleich haben."
„Einen sicheren Arbeitsplatz gegen das Geld für eine Woche tauschen? Das scheint mir kein gutes Geschäft zu sein."
„Mehr habe ich leider nicht." Achterberg hatte sich genau überlegt, wie weit er zu gehen bereit war. Auf keinen Fall durfte er zu hoch pokern. Das Gehalt einer Woche zu riskieren, um sich das Geld für die Heimreise verdienen zu können, schien ihm angemessen und glaubwürdig. Alles, was deutlich darüber hinausging, war aber schwer zu erklären.
„Danke für Ihr Angebot, aber ich nehme den Job."
„Ich biete Ihnen noch dreimal so viel, sobald ich wieder zurück in den Niederlanden bin", erhöhte Achterberg. „Dort finde ich leicht wieder einen Job als Koch und verdiene diese Summe an einem Nachmittag."
„An einem Nachmittag?"

Achterberg nickte.
„Wenn das so ist, kann ich gut verstehen, dass Sie wieder zurück nach Hause möchten. Ich bezweifle allerdings, dass ich von Ihnen noch einmal etwas hören würde, nachdem Sie zurück in Europa sind. Tut mir sehr leid für Sie, mein Freund. Ich muss jetzt wirklich los, sonst verpasse ich das Boot zur Insel. Wenn Allah will, dass Sie Ihre Heimat wiedersehen, wird er Ihnen auch den Weg zeigen." Er öffnete die Tür und verschwand im Haus.
Verdammt! Achterberg trat mit dem Fuß gegen einen der kleineren Steine, der daraufhin die Gasse entlangflog und ein paar Spatzen aufscheuchte.
Und jetzt? Seine Gedanken kreisten zwischen einem kleinen Unfall, der dem Küchengehilfen widerfahren konnte und der Möglichkeit, am Hafen einen der anderen Männer mit Geld zu überzeugen.
Zehn Minuten später stand Achterberg allein am Hafen. Von dem Boot, das die Leute zum Labor transportieren sollte, war noch nichts zu sehen. Achterberg blickte sich in alle Richtungen um. Interessanterweise hatte sich auch noch keiner der Arbeiter eingefunden. *Wie lange kann es dauern, drei Hemden in eine Tasche zu stopfen?*
Es war erstaunlich, wie schnell er zehn Männer in einer so kleinen Stadt aus den Augen verloren hatte. Achterberg blieb nur noch, an dem vereinbarten Treffpunkt zu warten, bis der Erste von ihnen auftauchte. *Du warst schon mal konsequenter!* Er setzte sich auf eine kniehohe Steinmauer in Meeresnähe und hing seinen Gedanken nach. *Ich kann keinen fünffachen Familienvater beseitigen, nur um für ein paar Stunden seinen Platz einzunehmen - Willst du stattdessen lieber schwimmen? - Eine Leiche hätte außerdem zu viel Aufsehen erregt. Ich kann nicht riskieren, enttarnt zu werden.*
„Mr. Achterberg!" Mohammeds Stimme drückte ehrliche Freude über das unerwartete Wiedersehen aus. „Haben Sie doch noch einen Platz bekommen?" Er stellte eine Stofftasche ab und setzte sich daneben.

„Noch nicht." Achterberg nahm einen kleinen Stein und schoss ihn ins Meer. „Aber so schnell gebe ich die Hoffnung nicht auf."
„Das gefällt mir an euch Europäern. Obwohl Sie den Job nicht bekommen haben, sind Sie der Einzige, der pünktlich am Treffpunkt erschienen ist." Mohammed lachte und blickte hinüber zur Laborinsel. „Die sind auch zu spät dran. Das Boot wird gerade erst zu Wasser gelassen."
Achterberg registrierte den Vorgang draußen auf See mit einem Achselzucken. „Ich kann nur hoffen, dass es sich zumindest einer Ihrer künftigen Kollegen noch anders überlegt und nicht erscheint."
Mohammed verzog das Gesicht. „Unmöglich ist es nicht, aber die Chancen stehen nicht gut." Er lenkte die Aufmerksamkeit seines Gegenübers auf zwei Männer, die Lederbeutel geschultert hatten und die Straße herunterkamen.
Die Minuten verstrichen, und die Chancen verschlechterten sich weiter. Das Boot hatte den Hafen fast erreicht, und Achterberg zählte acht Männer in seiner unmittelbaren Umgebung, die sich angeregt unterhielten. Ein weiterer war in Sichtweite.
„Ein Platz ist noch frei." Mohammeds Optimismus währte nur kurz, da der Nachzügler gerade aus einer Seitengasse bog.
Das Boot legte an und die beiden Personalwerber stiegen aus. Im Vergleich zu vorher trugen sie extrem dunkle Sonnenbrillen. Der Mann im Overall schien Achterberg bemerkt zu haben und steuerte geradewegs auf ihn zu. „Ihr Name war Achterbaum?", rief er über den Landungssteg herüber.
„Achterberg!", verbesserte Mohammed und stand auf. „Mein Freund ist der beste Chefkoch, den sie in den Niederlanden, ach was sag ich, in ganz Europa haben!"
Der Mann im Overall gab etwas Unverständliches von sich und kam näher. Das Gemurmel der Wartenden verstummte, als er sich breitbeinig vor ihnen hinstellte und die Sonnenbrille zurechtrückte. „Mr. Achterberg, sieht so aus, als hätten Sie Glück."
„Inwiefern?"

„Einer unserer Köche hatte Pech."

***

Ein Höhleneingang auf Sokotra, später Vormittag:
Chess, Lady Pendergast und David hatten am Vortag eine der kleinen Höhlen untersucht und widmeten sich diesmal einem deutlich größeren Kaliber.
„Du hast mir noch immer nicht erzählt, was du gestern so lang mit Al... Mr. Achterberg besprochen hast", sagte Chess mit Flüsterstimme zu David.
„Stimmt."
„Willst du mir vielleicht jetzt..."
„Nein!"
Chess seufzte. Es war nicht zu übersehen, dass zwischen Alon und David etwas vorgefallen war, nachdem die beiden am Vortag mit dem Fernglas das Meer beobachtet hatten. „Wenn du darüber..."
„Ich weiß, danke! Vielleicht im nächsten Jahr", brach er das Gespräch ab und widmete sich wieder der Kamera. Bevor das Höhlenabenteuer beginnen konnte, musste David nämlich noch in seiner Funktion als Haus- & Hoffotograf für Lady Pendergast tätig werden: „Der Hut wirft einen Schatten auf Ihr Gesicht."
Lady Pendergast zog an der Krempe und rückte den Strohhut zurecht. „Jetzt besser?"
„Nicht bewegen!" David drückte den Auslöser gleich mehrfach und hoffte, dass er nicht dabei war, wenn die anstrengende Dame nach ihrer Rückkehr die Fotos zu sehen bekam. „Ich bin fertig!"
„Gut, ich gehe voraus", bestimmte Chess und schulterte ihren Rucksack. „Lady Pendergast, ich würde Sie gerne in die Mitte nehmen."
„Wie Sie wünschen, meine Liebe. Sie sollten sich aber mehr Sorgen um Ihren Assistenten machen. Bei ihm habe ich den Eindruck, dass er erst beim zweiten Schritt schaut, wohin er beim ersten getreten ist."

„Das habe ich gehört!“
„Gut so“, merkte Lady Pendergast an. „Reichen Sie mir bitte den Kompass aus dem Gepäck.“
David blickte genervt und zippte den Rucksack mit der Ausrüstung auf. „Wie genau sieht...“
„Blau! Er ist so groß, rund und blitzblau. Ein Kompass eben. Sie werden doch schon einmal einen Kompass gesehen haben, junger Mann.“
David kramte sich durch Lady Pendergasts Ausrüstung, bis er das gesuchte Stück an einem weiß-blau gestreiften Band herauszog. *Scheint genauso oft benutzt worden zu sein wie der Rest von dem Zeug.* „Da hängt sogar noch der Preiszettel dran“, bemerkte er spöttisch.
„Umso besser, dann wissen Sie gleich, wie viel Sie dem Club schulden, wenn Sie das gute Stück fallen lassen. Los, geben Sie schon her!“
„Kann's losgehen?“, fragte Chess, die bereits ein paar Schritte weit in die Höhle gegangen war.
„Ich bitte darum!“ Lady Pendergast schloss zu Chess auf und auch David setzte sich in Bewegung.
„Über diesen Höhlenabschnitt ist noch nichts bekannt“, erklärte Chess auf dem Weg in das Halbdunkel.
Die Höhle war ungefähr zehn Meter breit und ebenso hoch. Ein Ende ließ sich noch nicht ausmachen, es schien aber so, als ob sie sich nach hinten verjüngen würde. Durch Risse in der Felsdecke fiel an mehreren Stellen Licht herein.
„Hübsche Ablagerungen“, stellte David fest, als der Lichtstrahl seiner Taschenlampe den Fels über ihm gelblich schimmern ließ. Mit leichter Verzögerung wurden seine Worte aus dem hinteren Teil der Höhle zurückgeworfen.
„Sprechen Sie bitte leiser“, verlangte Lady Pendergast mit gedämpfter Stimme. „Es reicht mir, Sie einmal zu hören.“
„Sie hatten als Kind bestimmt viel Spaß“, grummelte David und trottete hinter den anderen her. Für die nächsten Minuten beschränkte er seine Aktivitäten darauf, sich im Stillen zu freuen und bei Bedarf das ein oder andere Foto von den Ablagerungen auf den Höhlenwänden zu machen.

„Da vorn gabelt sich der Weg“, bemerkte Chess nach einer Weile. Genau über der Weggabelung war ein großer Riss in der Höhlendecke, durch den ein mehrere Meter breiter Lichtstreifen auf den Boden fiel. In der Mitte des erhellten Bereichs wuchsen dichte Büsche, die zum Rand hin immer mickriger wurden. Zu einer Seite stieg der Fels schräg an und bildete eine grüne Rampe, die sich geradewegs in den Himmel zu erstrecken schien.
„Eine hübsche kleine Oase!“, stellte David fest und brachte sich mit dem Fotoapparat in Stellung. „Einen Schritt nach links, damit ich euch genau im Lichtschein habe... Den Kompass ein Stück höher halten und nach vorn kippen, damit er nicht spiegelt. Perfekt!“
„Ihre Clubkollegen werden vor Neid erblassen, wenn sie diese herrlichen Bilder sehen“, merkte Chess an.
„Sie sagen es, meine Liebe, Sie sagen es. Ich stelle mir gerade vor, wie Lord Peabody an einem ungemütlichen Wintertag auf der rotbraunen Ledercouch in der Bibliothek sitzt und alle mit seiner Geschichte langweilt, bis ich zur Tür hereinkomme und ihnen die Fotos von unserer Expedition unter die Nase halte. Ich hoffe nur, Ihr Assistent ist wirklich so gut als Fotograf, wie er behauptet hat.“ Die Blicke der beiden Frauen wanderten zu ihrem Begleiter, der ohne erkennbaren Grund bis zur Hüfte im Gestrüpp stand und seine Hand nach einem Ast ausstreckte.
„David?“
„Moment, ich hab es gleich.“
„Was?“, fragte Chess als der angesprochene Moment begann, sich zu einer kleinen Ewigkeit auszuwachsen.
David war bis auf Brusthöhe in den Strauchwald vorgerückt und hielt seinen Arm wie ein Ertrinkender hoch. „Seht ihr es? Da oben sitzt es!“
Chess drehte sich fragend zu Lady Pendergast, die den Kopf so mutlos schüttelte, als müsste sie gleich ein lahmendes Pferd einschläfern.
„Hab es!“, rief David und machte sich auf den Rückweg.

„Was schleppen Sie da an?“ Lady Pendergast beschlich eine üble Vorahnung, als sie David mit ausgestreckter Hand auf sich zukommen sah.
„Ein Chamäleon!“ Er drehte seinen Finger zur Seite, um den Blickwinkel zu verbessern. „Ist es nicht wunderschön?“
„Bleiben Sie mir bloß vom Leib mit dem Vieh!“
„Das kleine Kerlchen tut Ihnen doch nichts“, beruhigte Chess und sah sich das grüne Chamäleon aus der Nähe an. „Ist der süß!“
David ließ das etwa zehn Zentimeter lange Tier über seine gespreizten Finger balancieren. Wie ein Blatt im Wind federte es bei jedem Schritt und klammerte sich mit seinen zangenartigen Beinchen vorsichtig fest.
Lady Pendergast wandte sich angewidert ab. „Kein Wunder, dass Sie so schlimme Ausschläge haben, junger Mann.“
David tat wieder einmal so, als hätte die Bemerkung seine Ohren nicht erreicht und ließ das Chamäleon auf Chess’ Hand hinüberklettern.
„Sehen Sie sich vor, meine Liebe! Diese Viecher können jede Menge ansteckender Krankheiten übertragen.“
„Blödsinn!“, verteidigte David seinen Fund. „Der Kleine ist putzmunter und kerngesund.“
„Mhmm. Genauso gesund wie Sie mit Ihren Flecken!“
„Hör nicht auf die alte Hexe“, flüsterte David dem Chamäleon zu, das über Chess’ Hand wanderte.
„David!“, mahnte Chess zur Raison.
„Können wir dann endlich weitergehen?“, drängte Lady Pendergast.
„Erst wenn wir ein paar Fotos von ihm haben! Wollen Sie auch mit drauf?“
„Gott behüte! Was soll ich mit einem Bild von diesem grässlichen Ungeziefer?“
„Unterschätzen Sie seine Wirkung in der zivilisierten Welt nicht. So ein Motiv würde sich bestimmt gut in Ihrer Fotosammlung machen.“ David musste sich zwingen, ernst zu bleiben. „Sie könnten Ihren Freunden im Club erzählen, dass Sie dieses schreckliche Ungeheuer ganz alleine mit Hilfe Ihrer

tollen Ausrüstung gefangen haben, während der Rest seiner Herde im Gebüsch auf Vergeltung gelauert hat. Das zieht doch hundertmal mehr als die Bilder mit den ausgestopften Löwen, die man in jedem Touristenshop bekommt.“
Lady Pendergast verzog vor Ekel das Gesicht. „Wollen Sie etwa sagen, in dem Gebüsch verstecken sich noch mehr solche Viecher?“
„Was dachten Sie denn? Die gibt es hier rudelweise“, erklärte David ganz selbstverständlich. „Jedes Jahr fallen ihnen unvorsichtige Touristen zum Opfer.“ Er seufzte theatralisch.
Lady Pendergast warf ihm einen bösen Blick zu. „Reden Sie nicht so ein dummes Zeug, sondern machen Sie endlich Ihre Fotos, damit wir weiterkönnen.“
Nach wenigen Minuten war die Fotosession mit dem Chamäleon abgeschlossen und David brachte es wieder zurück in sein Gebüsch.
„Mit solchen Aktionen verschwendet er unsere Zeit“, murrte Lady Pendergast und reichte Chess ein Erfrischungstuch. „Hier, nehmen Sie das zur Desinfektion Ihrer Hände!“ Mit Blick auf David fügte sie hinzu: „Würde mich nicht wundern, wenn er heute Nacht das Denguefieber bekommt.“
„Blabla“, äffte David leise nach und bahnte sich seinen Weg zurück aus dem Gebüsch. Dabei trat er mit seinem Fuß gegen etwas Rundes, das ihn stolpern ließ.
Lady Pendergast atmete lange und gequält aus. „Hat Ihr Assistent früher als Clown im Zirkus gearbeitet?“
„Glauben Sie mir, Sie tun ihm Unrecht. David ist der beste Assistent, den ich je hatte.“
„Das tut mir leid“, zeigte sich Lady Pendergast betroffen.
„Ich hab etwas entdeckt!“ David kam wieder auf die Beine und hielt ein blutrotes Fundstück hoch.

***

Auf dem Boot nach Sanctuary Island II:
Achterberg saß im hinteren Teil des Boots neben Mohammed und ließ sich die salzige Seeluft durch den Bart streichen.

Obwohl in dem Holzboot noch einige Plätze frei waren, ließen sein Tiefgang und der aufheulende Motor vermuten, dass es überladen war. Die Überfahrt zur Laborinsel dauerte nur ein paar Minuten und bot Gelegenheit für ein weiteres Gespräch.
„In der kleinen Tasche ist alles, was Sie brauchen?“, fragte Mohammed seinen Sitznachbarn.
„In der Tasche ist alles, was ich habe“, stellte Achterberg klar.
„Das hat auch seine Vorteile“, erwiderte Mohammed in seiner optimistischen Art. „Sie tragen Ihr Zuhause immer mit sich rum und sind überall daheim.“
Das Boot näherte sich der Rückseite der Laborinsel in einem Halbkreis, wodurch die Männer im Boot Gelegenheit bekamen, einen Blick auf den imposanten Stahlkoloss vor ihnen zu werfen, der wie ein Wolkenkratzer aus dem Meer ragte und einen Schatten von der Größe mehrerer Fußballfelder warf.
Der Personalwerber im blauen Overall erhob seine Stimme: „Wir erreichen gleich Sanctuary Island II. Das unterste Deck befindet sich derzeit 44 Meter über der Wasserlinie. Um an Bord zu gelangen, müssen Sie in das Beiboot umsteigen, das mit einem Kran heruntergelassen wird. An Deck folgen Sie mir bitte in mein Büro, wo wir die Formalitäten erledigen. Sobald das geschafft ist, werden Ihnen Mannschaftsquartiere zugewiesen, danach folgt die Einteilung Ihres Dienstplans für die nächste...“
Achterberg klinkte sich aus und starrte gebannt auf das Beiboot, das an zwei Stahlseilen abgesenkt wurde. Es hatte rund die Hälfte seines Weges hinter sich und wirkte trotzdem noch wie Puppenspielzeug im Vergleich zur riesigen Stahlkonstruktion der künstlichen Insel.
Vorsichtig steuerte das Boot mit den Neuankömmlingen die Position an, an der die Wasserung des Beibootes erfolgen sollte. Nach und nach veränderten sich die Dimensionen, und das vermeintliche Spielzeugschiffchen wuchs zu einem stattlichen Beiboot heran, das gut und gerne 30 Männer aufnehmen konnte. An Bord waren allerdings nur drei Köpfe zu sehen, die über die Seitenwand nach unten blickten. Einer davon, der Bootsmann, gehörte zur Besatzung und stand über Funk in ständigem

Kontakt mit dem Mann, der den Kran bediente. „Langsamer!", übertönte seine Stimme das Plätschern der Wellen gegen die mächtigen Stahlsäulen.
Die Akustik veränderte sich, je näher das Boot kam. Der Klang der anbrandenden Wellen wurde dumpfer und bekam ein leichtes Echo, wie man es sonst nur in einer riesigen Halle erwarten würde.
Achterberg betrachtete zwei Schnellboote, die vor dem südlichen Ende der Stahlkonstruktion vertäut lagen. *Ob die vollgetankt sind?*
„Die sind hübsch!", reagierte Mohammed auf den Blick seines Sitznachbarn. „Nicht so lahme Kähne, wie unsere Fischer sie verwenden. Diese Schnellboote haben Kraft ohne Ende. Damit kannst du sogar einen Walfisch ans Ufer ziehen."
„Tatsächlich?"
Mohammed nickte begeistert. „Das rote habe ich schon öfter vom Ufer aus beobachtet. Hast du so was in Holland auch? Ihr habt doch so viele Kanäle."
„Schön wär's!" Achterberg seufzte. „So ein Baby kann ich mir von meinem Gehalt als Koch in 1000 Jahren nicht leisten."
„Noch drei Meter! Wellen bei zwanzig von Backbord", wurde der Kranfahrer vom Bootsmann aus erster Hand über den Zustand der Wasseroberfläche informiert. „Noch ein Meter!"
Gleichmäßig setzte das Beiboot auf dem Wasser auf und schaukelte leicht, bis der Kranfahrer es in die Strömung drehte.
Mit einem leichten Ruck beschleunigte das Boot der Neuankömmlinge, um längsseits zu gehen.
„Da wartet unser Aufzug zum Kreuzfahrtsdeck", scherzte Mohammed.
Aufbruchstimmung machte sich unter den Männern im Boot breit und sorgte für eine allgemeine Unruhe, wie man sie von Flugzeugen nach der Landung kannte.
„Drängt nicht so, ihr kommt noch früh genug zum Arbeiten!", ließ der Mann im blauen Overall von sich hören.
Achterberg schien es als einziger Neuling nicht besonders eilig zu haben. Er saß ruhig auf seinem Platz, die Tasche zwischen die Beine gestellt und hatte den Blick auf das Beiboot gerichtet,

das langsam in Reichweite kam. Nur einer der drei Männer an Bord erweckte den Eindruck, zur Besatzung zu gehören, die beiden anderen, ein Weißer und ein sehr Dunkelhäutiger, hatten Gepäck dabei.
Mohammed, die Griffe seiner Tasche fest umklammernd und bereit aufzuspringen, sobald das Signal dazu kam, wandte sich gutgelaunt seinem Sitznachbarn zu. „Wir kommen und die gehen. Wenn wir in ein paar Wochen unseren Landurlaub antreten, werden Sie auch so einen Koffer haben, Mr. Achterberg. Voll mit Geld, damit Sie nach Holland zurückfliegen können, um wieder als Chefkoch zu arbeiten."
„Vermutlich." Achterberg ließ durchklingen, dass er seine Aufmerksamkeit nicht mit Smalltalk binden wollte. Ihn interessierte viel mehr, was auf dem Beiboot passierte.
Der Job beim israelischen Geheimdienst verlangte ein ausgezeichnetes Personengedächtnis. Ganz im Gegensatz zu dem Mann mit dem beigefarbenen Koffer, der gerade dabei war, Sanctuary Island zu verlassen. Sein Gesicht hätte Achterberg unter tausenden sofort wiedererkannt. Es gehörte Simons Mörder: R.I.P.
Achterbergs Muskeln spannten sich an und ein Adrenalintsunami jagte durch seine Blutbahn.
In den nächsten Sekunden drehte sich alles um die entscheidende Frage: Würde R.I.P. in einem der Neuankömmlinge jenen Mann erkennen, der knapp eine Woche zuvor in Woodberry Mansion auf ihn geschossen hatte oder nicht?
Mit einem schleifenden Geräusch gingen die beiden Boote längsseits und wurden vertäut.
„Vorsicht, damit mir keiner ins Wasser fällt", mahnte einer der Personalwerber und wurde sogleich von seinem Kollegen ins Arabische übersetzt.
„Alles okay mit Ihnen?", fragte Mohammed, der bereits aufgestanden war und auf Achterberg hinunterblickte.
„Ja", erwiderte der Angesprochene geistesabwesend. „Mir geht's gut. Bin nur das Geschaukel dieser Nussschale nicht gewöhnt."

„Typisch Festlandbewohner!“ Mohammed lachte und streckte Achterberg seine Hand entgegen. „Kommen Sie, ich gebe Ihnen Halt, bis wir wieder festen Boden unter den Füßen haben.“
„Danke, nicht nötig. Es ist sicher besser, dass ich mich schnell daran gewöhne.“ Achterberg erhob sich langsam und gab vor, auf sehr wackeligen Beinen zu stehen. Ein Umstand, der ihn dazu zwang, in die Knie zu gehen, wodurch er kleiner war als Mohammed und hinter ihm Deckung fand, ohne Misstrauen zu erwecken. „Ich bleibe einfach dicht hinter Ihnen, dann kann mir gar nichts passieren.“
„Wie Sie meinen.“ Mohammed hatte ganz offensichtlich seinen Spaß mit der niederländischen Landratte.
„Immer schön weitergehen!“, tönte die Stimme des Bootsmannes. Er streckte jedem der Neuankömmlinge seine Hand entgegen und half ihnen ins Beiboot. Einer nach dem anderen wechselte hinüber.
Kurz bevor Mohammed an der Reihe war, drehte er sich um und beraubte Achterberg damit seiner Deckung. „Wollen Sie zuerst?“
„Nein!“ Achterbergs Antwort fiel genau mit dem Blickkontakt zusammen, den er zu vermeiden versucht hatte. Die stechenden Augen von R.I.P. hatten ihn entdeckt, starrten direkt in die seinen. Achterberg reagierte blitzschnell, indem er sein Gewicht auf den rechten Fuß verlagerte und das leere Boot zum Schaukeln brachte. Um nicht umzufallen, klammerte er sich an seinem Vordermann fest und brachte dadurch sein Gesicht aus der Gefahrenzone. *Mit dem Bart kann er mich unmöglich erkannt haben... außerdem war er in Woodberry Mansion viel zu weit entfernt... es war dunkel und er auf der Flucht...*
„Wird das in diesem Jahr noch etwas mit euch?“, fragte der Bootsmann leicht ungehalten.
„Mein Freund ist eine Landratte“, erwiderte Mohammed freundlich und ließ sich von Achterberg in Position schieben.
„Hauptsache, ihr kommt endlich an Bord.“

Mohammed stieg über die parallelliegenden Bordwände und hatte seinen Fuß noch nicht richtig auf den Planken, da folgte ihm sein Hintermann bereits mit einem waghalsigen Sprung.
„Pass doch auf!“, brüllte der Bootsmann erschrocken, doch im nächsten Augenblick war die heikle Situation auch schon wieder geklärt.
Achterberg ließ sich auf die erstbeste Sitzbank sinken und zog Mohammed als lebende Deckung zu sich nach unten. „Ich weiß, warum ich nie auf einem der Kreuzfahrtschiffe Koch werden wollte“, sagte er mit aufgeregt klingender Stimme. Scheinbar zufällig brachte seine Hand dabei die Metallschnalle seiner Tasche in Position, die er als Spiegel einsetzte. Der Blick hinter seinen Rücken bestätigte Achterberg darin, dass R.I.P. ihn nicht erkannt hatte. Ohne sich noch einmal umzudrehen, stieg Simons Mörder, gemeinsam mit dem zweiten Abreisenden, in das andere Boot um.
Als das Beiboot mit den Neuankömmlingen senkrecht nach oben gehievt wurde, blickte Achterberg dem Boot, das zurück nach Sokotra fuhr, noch lange nach. Einerseits war er erleichtert darüber, dass seine Tarnung als Achterberg gehalten hatte, andererseits enttäuscht, weil Simons Mörder nun nicht durch seine Hand gerichtet werden würde. *Er gehört dir, Hiob!*

***

Unterdessen in der Höhle auf Sokotra:
Chess und Lady Pendergast standen unter dem riesigen Spalt in der Höhlendecke und untersuchten im Sonnenlicht die blutfarbene Keramik, über die David gestolpert war. Ganz offensichtlich handelte es sich dabei um eine alte Weihrauchlampe.
„Gibt es hier drinnen Bären?“, reagierte Lady Pendergast auf ein grollendes Geräusch hinter ihr.
„Das war mein Magen“, entgegnete David. „Ein Wunder, dass er sich nicht schon früher gemeldet hat.“
„Denken Sie nicht ans Essen, junger Mann, konzentrieren Sie sich lieber auf die Arbeit.“

David verzog das Gesicht. „Im Gegensatz zu Ihnen habe ich zumindest schon etwas gefunden, das Sie auf den Kaminsims in Ihrem Museumsclub stellen können."
„Dieses hässliche Ding?", fragte sie abfällig. „Sicher nicht! Für einen Platz auf unserem Kamin müssen Sie sich schon um einiges mehr anstrengen!"
David zuckte ungerührt mit den Achseln. „Was erwarten Sie von mir? Ich bin nur der Assistent. Die wirklich bedeutenden Funde überlasse ich den Fachleuten."
Chess räusperte sich. „Für den Anfang ist diese Weihrauchlampe gar nicht so schlecht. Die Machart ist ganz typisch für die Gegend. Ich bin mir sicher, die rote Farbe stammt von den Drachenblutbäumen, die wir schon beim Herfahren gesehen haben. So wie sie aussieht, liegt sie schon ein paar Jahrzehnte hier, und das beweist, dass diese Höhle früher schon von Menschen aufgesucht wurde - vielleicht, um zu beten, vielleicht, um Schutz vor den Stürmen zu finden. Wollen wir weitergehen?"
„Links oder rechts?", fragte Lady Pendergast und blickte auf die Gabelung in der Höhlenwand.
„Links!", gab David seine Präferenz bekannt.
„Links geht es bergab", erwiderte Lady Pendergast.
„Genau deshalb hätte jeder intelligente Pirat diesen Weg für sein Schatzversteck gewählt. Chess?"
„Links passt perfekt zu meiner Entscheidung", bestätigte die Archäologin und machte den ersten Schritt, um die Richtungsdiskussion gleich im Keim zu ersticken. „Hier drin brauchen wir wieder unsere Taschenlampen. Soweit ich sehen kann... sehe ich nichts."
Vor ihr lag ein langer, etwa zwei Meter breiter Gang, der sich wie ein Riss durch den schwarzen Fels zog. Das leichte Gefälle machte es unmöglich, das Ende des Wegs zu erkennen. Alles, was sich mit Sicherheit sagen ließ, war, dass es für die nächste Zeit bergab ging.
Während Chess beim Weitergehen zumeist geradeaus leuchtete und Lady Pendergast den Boden vor sich im Auge behielt, ließ David den Lichtkegel seiner Taschenlampe über die Wände

tanzen. „Piraten haben oft Markierungen an den Fels gemalt, um ihre geheimen Wege zu kennzeichnen.“
„Geheimwege beschildern? Wie überaus schlau!“, merkte Lady Pendergast bissig an.
„Da vorn wird es flacher... und enger!“ Chess richtete ihre Taschenlampe auf einen großen Steinbrocken, der über die Hälfte des Ganges versperrte. Als sie sich näherte, wurde deutlich, wie wenig Platz blieb, um auf der Seite daran vorbeizukommen. „Wenn wir da durchwollen, heißt es Bauch einziehen.“
Lady Pendergast war aufgerückt und beäugte das große Hindernis. „Wie um alles in der Welt ist dieser Brocken hierhergekommen?“
„Von oben.“ Chess leuchtete die Konturen der dazupassenden Ausnehmung in der Höhlendecke ab.
Lady Pendergast musterte argwöhnisch den Fels über ihren Köpfen und suchte nach verräterischen Rissen. „Stellen Sie sich vor, so ein Felsen löst sich just in dem Moment, wenn wir druntersteheh.“
„Genau das war der Sinn dieser Falle“, merkte David an.
„Falle?“, fragte Lady Pendergast verunsichert.
„Piraten!“, erklärte David überzeugt. „Ich kenne unzählige Geschichten über Fallen, mit denen die Piraten ihre Verstecke gesichert haben. Jede Wette, dass wir unter diesem Brocken das Skelett einer armen Schatzsucherseele finden.“
„Halten Sie das für möglich?“ Lady Pendergast drehte sich antwortsuchend zu Chess.
„Ich denke, es ist wahrscheinlicher, dass dieser Felsen ganz ohne menschliches Zutun heruntergestürzt ist. Wobei...“ Sie zwinkerte David zu. „...bei Piraten kann man nie wissen.“
„Eindeutig Freibeuter!“, legte David sich endgültig fest. „Dieser massive Fels spricht ganz klar für eines ihrer Verstecke.“ Er klopfte mit der Hand gegen den Fels und ein faustgroßer Stein bröckelte heraus.
„Lassen Sie das!“, rief Lady Pendergast bestürzt.
„War ich das?“ David schien selbst überrascht von den geologischen Auswirkungen seiner Tätschelei.

„Das ist vermutlich nicht der beste Platz, um die Diskussion zu vertiefen“, sagte Chess ruhig, aber bestimmt.
„Genau, meine Liebe. Lassen Sie uns weitergehen.“
„Moment! Ich mach nur noch schnell ein Foto!“ David hatte die Kamera herausgeholt und visierte Lady Pendergast und Chess vor dem riesigen Felsstück an. „Im Club erzählen Sie einfach, dass der Brocken genau vor Ihnen runtergeknallt ist. Wenn Sie möchten, kopiere ich Ihnen im Photoshop noch eine Hand dazu, die unter dem Stein hervorragt. Dann kann Ihr Mr. Peabody mit seinen Falklandgeschichten endgültig einpacken.“
„Lord Peabody“, verbesserte die alte Dame näselnd.
„Ja, der auch.“ David drückte den Auslöser.
„Wollen Sie wirklich weitergehen... Lady Pendergast?“, fragte Chess, während David die Kamera wieder sicher im Rucksack verstaute.
„Selbstverständlich gehen wir weiter!“, sagte die alte Stimme resolut. „Ich muss Lord Peabody und den anderen doch zeigen, dass sich unser todesmutiger Einsatz gelohnt hat.“ Mit schielendem Blick in Richtung David sagte sie: „Vielleicht wäre es besser, wenn ab jetzt Ihr Assistent vorangeht...“ Eine gefühlte Ewigkeit verstrich, ehe sie hinzufügte: „Immerhin scheint er sich mit Piratenfallen am besten auszukennen.“
„Ich gehe vor!“ Chess nahm ihren Rucksack ab und zwängte sich durch den schmalen Spalt zwischen Steinbrocken und Felswand. „Jetzt die Rucksäcke!“ Ihre ausgestreckte Hand untermauerte die Forderung.
David reichte ihr nacheinander die Ausrüstung, dann erst kletterte Lady Pendergast auf die andere Seite und schließlich David selbst.
„Auf dieser Seite geht es wieder bergauf.“ Chess hatte die Zeit genutzt, um sich einen ersten Überblick zu verschaffen. „So wie es aussieht, markiert der heruntergefallene Felsbrocken den tiefsten Punkt des Tunnels.“
„Bin gespannt, ob er wieder zurück an die Oberfläche führt.“ David clipste den Bauchgurt seines Rucksacks fest und folgte den beiden Damen. Auch auf dieser Seite des Tunnels war, so weit der Lichtschein reichte, kein Ende absehbar. Der

Weg stieg allerdings nicht kontinuierlich an, sondern hatte steile Phasen, die sich immer wieder mit flachen Stücken, teilweise sogar Senken, abwechselten, in denen sich Sand abgelagert hatte.
„Die Luft wird immer feuchter, je weiter wir wieder nach oben kommen", stellte Chess nach einer Weile fest.
„Der Sand auch." David fiel zudem die glänzende Felsoberfläche auf, die offenbar von der erhöhten Feuchtigkeit herrührte.
„Eigenartig", bemerkte Lady Pendergast. „Das Meer liegt doch in der anderen Richtung."
Chess strich mit dem Finger über einen Tropfen auf der Felswand und hielt ihn prüfend an ihre Zunge. „Eindeutig Süßwasser."
„Das ist ein sehr gutes Zeichen", verkündete David erfreut. „Piraten haben ihre Schätze gerne in der Nähe von Süßwasservorkommen versteckt."
„Was ihnen bei dieser Insel nicht sehr schwer gefallen sein dürfte", ätzte Lady Pendergast und spielte auf die zahllosen Bäche, Seen und Tümpel an, die es auf Sokotra gab.
Chess richtete den Strahl ihrer Taschenlampe zu Boden und den Blick geradeaus. „Da vorn wird es hell."
„Das ist jetzt kein gutes Zeichen", stellte David weit weniger euphorisch fest.
„Nicht, dass es mich wirklich interessieren würde...", schickte Lady Pendergast ihrer Frage voraus. „Wieso?"
„Piratenverstecke habe niemals zwei Ausgänge. Das wäre viel zu unsicher."
„Gut!", Lady Pendergast klang aufrichtig erfreut. „Ich hatte nämlich schon befürchtet, dass Sie mit dem Blödsinn über Piratenfallen vielleicht doch Recht haben."
„Warten wir's ab, für Sie findet sich bestimmt noch eine, die funktioniert", flüsterte David.
Frechheit! Lady Pendergast ließ sich nicht anmerken, dass sie ihren Hintermann gehört hatte, sondern stapfte weiter - direkt in eine sandige Lache. „Hier steht Wasser! Dreckiges Wasser."

„Das kommt von hier oben!“ Chess hatte das Ende des langen Ganges erreicht und betrat eine halbkugelförmige Höhle von ungefähr 15 Metern Durchmesser. In der Decke klaffte ein großes Loch, durch das die Sonne auf einen Teich fiel, der fast den gesamten ansonsten eher sandigen Boden bedeckte. Wie ein Spiegelei ragte das herausgebrochene Stück Höhlendecke aus dem rötlich schimmernden Wasser und bildete eine mit kleinen Sträuchern bewachsene Insel in der Teichmitte. Um den Anblick zu krönen, ergoss sich über die Abbruchkante in der Höhlendecke eine dünne Wasserwand, in der sich ein Regenbogen spiegelte.
Lady Pendergast trat aus dem Gang in die Höhle und war von dem Farbenspiel sofort begeistert. „Davon will ich ein Foto für den Club!“
„Wovon?“ David konnte zunächst nichts erkennen, da die beiden Rücken ihm die Sicht versperrten.
Lady Pendergast und Chess machten fast gleichzeitig einen Schritt zur Seite und ermöglichten David, einen Blick auf den Teich zu werfen. „Wow!“
Lady Pendergast nickte. „Ich halte zwar nichts von diesen neumodischen Wortschöpfungen, aber in diesem Fall bin ich geneigt, Ihnen beizupflichten.“
„Ist das da drüben eine Felszeichnung?“ David lenkte die Aufmerksamkeit auf ein von der Wasserwand verdecktes Muster im Fels.
Chess machte zwei Schritte, dann berührte ihre Schuhspitze das Wasser. „Von hier aus ist das schwer zu sagen.“
„Ein Grund mehr, nicht hierzubleiben.“
„Nicht so hastig, junger Mann. Bevor Sie ertrinken, machen Sie erst noch ein paar anständige Fotos von uns!“ Lady Pendergast brachte sich neben Chess in Pose und legte ihren Arm um die Archäologin. „Den Regenbogen im Hintergrund will ich selbstverständlich auch draufhaben! Na los! Worauf warten Sie noch?“
„Ja, ja...“ David hievte den Rucksack von seinen Schultern und stellte ihn unsanfter neben der Felswand ab als geplant.

„He! Seien Sie gefälligst..." Lady Pendergasts Worte wurden durch einen ohrenbetäubenden Donnerschlag zerrissen. Vom Tunneleingang war ein Felsblock mit den Abmessungen eines Kleintransporters herabgestürzt. Der tonnenschwere Aufschlag erzeugte eine Schockwelle, die den Höhlenboden erzittern und den Teich überschwappen ließ.
Keine der beiden Frauen nahm von der Springflut Notiz, die sich von hinten über ihre Füße ergoss. Stattdessen starrten sie geschockt auf die Stelle, an der David gerade noch gestanden hatte.

***

Zur selben Zeit im Quartier des Doktors:
Qian hatte die Jalousien heruntergelassen und das Licht ausgeschaltet. Nur zwei Kerzen erhellten mit ihren Flammen das ansonsten düstere Zimmer.
Sie haben ihn geschnappt! Sollte das neue Jahr tatsächlich die herbeigesehnte Erlösung mit sich bringen? Nichts brauchte der Doktor jetzt dringender, als einen Moment der Entspannung und der Meditation. Er nahm ein schwarzes Kissen und legte es für später auf den Boden.
Ahil hat gesagt, dass sie ihn erwischt haben. Sie haben ihn für mich erledigt! Das Schwein wird mir nie wieder Gift ins Essen mischen. Ich bin wieder frei! Er seufzte erleichtert und blätterte den vermeintlichen Wandkalender so lange um, bis drei Schriftzeichen zum Vorschein kamen, die in Kreisform angeordnet waren. Jedes der Zeichen hatte einen längeren Strich, der die Kreisform nach außen durchbrach. Zwei nach oben zu den Seiten, der dritte nach unten.
Ich habe seine Leiche gesehen. Ich habe sie gesehen, das Blut gerochen. Tot! Er ist tot! Daran besteht kein Zweifel - jetzt nicht mehr. Qian kämpfte gegen die Flut von Gedanken an, die ihm durch den Kopf schossen. Sie wirbelten wild durcheinander, waren unzusammenhängend und mussten dringend geordnet werden.

Ich wusste es schon immer. Es war einer von den Köchen. Jetzt wird alles wieder gut. Ich werde mich für ein paar Minuten sammeln, und dann kann ich meine Arbeit fortsetzen. Keiner kann mich jetzt noch aufhalten! Ein wohliges Triumphgefühl floss durch seinen Körper, baute ihn auf, wie nur der nahe Erfolg das konnte.

In den letzten Wochen haben sie gedacht, dass ich nicht mehr ganz dicht bin...

Er nahm die blutrote Schale vom Tisch und stellte sie auf ihren Platz - den richtigen Platz. Es schien ihm nur angemessen, alle verbliebenen Räucherstäbchen auf einmal zu verwenden. *Es ist mein Erfolg. Ich habe mich durchgesetzt.* Zum ersten Mal seit vielen Wochen verspürte er so etwas wie Zufriedenheit, die sich als langsam wachsendes Lächeln in seinem Gesicht widerspiegelte.

Er nahm ein Streichholz aus einem silbernen Vorratsbehälter und entzündete es, indem er es über den Zimmerboden rieb. Es dauerte nicht lange, und vom ersten Stäbchen stieg eine graugelbe Rauchsäule auf. Sie war hauchdünn, gerade erst im Entstehen begriffen, und dennoch verbreitete sie bereits einen extrem süßen Geruch. *Hier an Bord muss sich einiges ändern... wird sich einiges ändern...*

Er entzündete das zweite Räucherstäbchen. *Hinter vorgehaltener Hand haben sie sich über mich unterhalten... sich hinter meinem Rücken das Maul über mich zerrissen und geglaubt, ich würde es nicht merken.* Das dritte Stäbchen begann zu rauchen.

Ich merke alles. Ich weiß alles! Gott weiß alles! Seine Atmung beschleunigte sich, während Qian sich innerlich über jene aufregte, denen er mit die Schuld an seinem schlechten Zustand gab. *Keiner hat mir geholfen, als er gekommen ist. Sie sehen ihn nicht, haben sie gesagt...*

Räucherstäbchen Nummer vier begann zu qualmen. *Nur ich würde ihn sehen! Aber einige haben ihn dann doch gesehen. Ich musste ihnen nur die Augen öffnen, ihnen zeigen, wo sich das Böse versteckt hält!*

Er entzündete das fünfte Stäbchen und holte tief Luft. *Sie haben ihn gesehen. Am Ende haben alle ihn gesehen! Erst am Ende, als es schon zu spät für sie war... Ich hatte Recht... Ich habe immer Recht. Gott hat immer Recht!*
Er ging zu dem Kissen auf dem Boden, setzte sich darauf und verschränkte die Beine. Nachdem er die drei Schriftzeichen vor sich an der Wand eine Weile angestarrt hatte, ließ er die Arme auf die Oberschenkel sinken. *Nur ich konnte ihn die ganze Zeit sehen. Ich wusste, dass er ständig unter uns weilt... Ich wusste es. Ich weiß alles. Gott weiß alles!*
Je länger er so dasaß, umso mehr verlangsamte sich seine Atmung. Ein leichtes Schwindelgefühl machte sich breit. Es war aber keineswegs unangenehm. Im Gegenteil, es wirkte befreiend und gab dem Doktor das Gefühl von körperloser Leichtigkeit. Er kannte dieses Gefühl, mehr noch, er liebte es, brauchte es, war süchtig danach.
Seit er sie zum ersten Mal verspürt hatte, wollte er nicht mehr ohne diese unbeschreibliche Befreitheit leben. *Ich brauche keinen Körper.* Er genoss jeden Moment, in dem er so empfand. *Ich bin reine Energie! Ich bin Gott!*
Von den Stäbchen stiegen mittlerweile kräftige Rauchsäulen auf, die sich in immer dunkleren Bahnen zur Decke wanden. Längst hatte ihr süßer Geruch den ganzen Raum eingehüllt und drang tief in Qians Nase ein, in seine Lungen, in seinen Kopf, in seinen Geist.
Sein Blick war immer noch starr auf die drei Symbole gerichtet, deren feste Formen sich langsam aufzulösen begannen. Während ihre Körper sich zu einer Einheit formierten, fransten ihre Querstriche immer weiter aus, wurden länger und bildeten Spitzen, von denen die oberen beiden die Gestalt gedrehter Hörner annahmen. Der dritte Strich wuchs zu einem Ziegenbart heran, und plötzlich war da ein Gesicht - eine Fratze! Eine dämonische Fratze!
Er ist noch hier! Der Dämon ist noch hier! Qian war längst zu tief in Trance, um zu begreifen, was mit ihm geschah. Seine Realität folgte ganz eigenen Regeln. Er hatte die dämonische Mischung aus Leibeskräften in sich aufgesaugt, sie bereitwillig

in seinen Geist gelassen und jetzt ergriff sie von ihm Besitz. Alles würde genau so laufen, wie die Kräuterhexe in Transsilvanien es vorhergesagt hatte: „Die Vergangenheit holt alle irgendwann ein. Die einen früher, die anderen später, dafür mit weit weniger Gnade!"

***

In der Höhle auf Sokotra:
Lady Pendergast und Chess erlebten ihre nächsten Herzschläge wie in Zeitlupe. Das Echo des soeben herabgestürzten Felsens verlor sich zwischen den Höhlenwänden und verstarb zu einer bedrückenden Stille. Dort, wo vor einem Augenblick noch der Tunneleingang zu sehen gewesen war, hing jetzt eine dichte Staubwolke in der Luft. Wie ein samtgrauer Vorhang sank sie bedächtig zu Boden.
„David?" Chess löste sich aus ihrer Schockstarre und stürmte zu der Unglücksstelle. „David!"
Der erste Anblick brachte Erleichterung und Entsetzen zu gleichen Teilen. David lag regungslos auf dem Rücken und war allem Anschein nach von einem direkten Treffer durch den tonnenschweren Felsbrocken verschont geblieben. Auf der Stirn über seinem rechten Auge klaffte allerdings ein breiter Riss, der stark blutete.
„David!" Chess kniete sich neben ihn und strich mit der Hand über seine Wange.
„Ich messe seinen Puls, Sie sehen nach, ob er sonst noch Verletzungen hat." Lady Pendergast packte fachmännisch Davids Arm und forderte Chess mit einem Kopfnicken auf, tätig zu werden. „Los!"
„Ich..."
„Still!" Lady Pendergast konzentrierte sich auf den Pulsschlag, der zwar etwas schwächer als erhofft, aber dafür regelmäßig zu spüren war. „Sein Puls ist okay", beruhigte sie kurz darauf und sah Chess erwartungsvoll an.
„Ich kann keine weitere Verletzung erkennen." Chess blickte besorgt auf die stark blutende Kopfwunde.

„Diesen Kratzer lassen Sie mal schön meine Sorge sein!“ Lady Pendergast versprühte die Zuversicht einer Krankenschwester im Feldlazarett. „Es scheint mir zwar nur eine Platzwunde zu sein, aber sie muss unbedingt genäht werden.“
„Das nächste Krankenhaus ist in Hadibu.“
„Machen Sie sich nicht lächerlich, meine Liebe“, erwiderte die alte Dame scharf. „Selbst wenn wir einen Weg hier raus finden, ist Ihr Freund verblutet, bevor wir mit ihm zum Strand gelangen. Haben Sie Nadel und Faden dabei?“
„Das nicht, aber Verbandszeug!“ Chess begann augenblicklich in ihrem Rucksack zu kramen.
„Eine echte Dame geht niemals ohne ihr Nähzeug auf Reisen. Merken Sie sich das, meine Liebe.“ Lady Pendergast blickte hinüber zum Rucksack mit der Ausrüstung, den David für sie getragen hatte. Zwei Drittel davon waren unter dem herabgestürzten Felsbrocken begraben. „Wollen wir hoffen, dass mein Nähzeug in der linken Seitentasche war...“
„Hier ist es!“ Chess hatte ihr Verbandszeug gefunden.
„Gut“, bemerkte Lady Pendergast und kramte ihrerseits in der Seitentasche des Rucksacks. „Sehen Sie nach, ob etwas zum Desinfizieren dabei ist.“ Bevor Chess antworten konnte, hielt Lady Pendergast triumphierend ihr Reisenähzeug hoch.
„Sie wollen ihn doch nicht etwa damit...?“
Obwohl Lady Pendergasts Blick als Antwort gereicht hätte, merkte sie an: „Meine Liebe, seien Sie froh, dass Sie nicht wissen, womit wir im Krieg gearbeitet haben. Glauben Sie mir, Ihr Freund kann ausgesprochen froh sein über die Auswahl. Wollen Sie eine bestimmte Farbe für ihn?“ Sie hielt Chess das aufgeklappte Nähzeug hin, in dem sich eine Nähnadel, eine Sicherheitsnadel, drei Knöpfe und fünf verschiedenfarbige Fäden befanden.
Während Chess den Eindruck vermittelte, von der Fülle des Angebots überwältigt zu sein, entschied Lady Pendergast sich für das grüne Garn. Sie leckte das Ende ab, um es gleich darauf fachgerecht zu verzwirbeln und durchs Nadelöhr zu schieben. „Jetzt könnte ich Hilfe gebrauchen. Sie müssen die beiden

Hauthälften zusammenhalten, damit ich sie gut vernähen kann."
Wie in einem Traum kam Chess der Aufforderung nach und schob die blutigen Hautenden aneinander. „So?"
„Noch näher, die Haut muss überlappen, damit ich schön durchstechen kann. Sonst reißt uns das am Ende wieder auf und das wollen wir doch nicht?"
Lady Pendergast fand die Antwort in Chess' Gesicht und schenkte ihrer medizinischen Helferin ein aufmunterndes Lächeln. „Keine Sorge, meine Liebe, der junge Mann geht uns bald wieder auf die Nerven."
„Jod", las Lady Pendergast von der weißen Plastikflasche aus Chess' Verbandskasten ab. „Ich hoffe nur, er wacht uns nicht gleich auf, wenn er das in die Wunde bekommt. Besonders hart im Nehmen scheint er mir ja nicht zu sein." Sie tränkte Nadel und Faden in der orangebraunen Flüssigkeit und begann mit einer Selbstsicherheit zu nähen, die keinen Zweifel mehr daran ließ, dass sie ihr Handwerk von den Besten gelernt hatte.
Stich für Stich zog sich die Wunde zusammen und ließ die Blutung immer weiter versiegen.
„Nnnnnh." Ein Raunen drang aus Davids Mund und gleich darauf öffnete er die Augen.
„Liegenbleiben!" Die Autorität von Lady Pendergast verfehlte ihre Wirkung nicht.
„Was ist... passiert?", stammelte der Angeschlagene, während seine Augenlider erneut schwer wurden.
„Du hast die Piratenfalle überlebt", sagte Chess mit einem Lächeln der Erleichterung. Gerne hätte sie ihm über die Wange gestreichelt, musste mit ihren Fingern aber noch als menschliche Klammer herhalten.
Davids Arm bewegte sich langsam in Richtung Stirn.
„Ganz schlechte Idee!", machte Lady Pendergast mit forscher Stimme deutlich und blockte Davids Bewegung mit ihrem Ellenbogen ab. „Wir nähen Ihnen gerade den Kopf wieder zusammen. Bis das erledigt ist, bleiben Sie ganz ruhig liegen. Ist das klar?"

„Mein Kopf?“ David blinzelte, als er seine Lebensgeister zurückkehren spürte.
„Nur eine Platzwunde“, beruhigte Chess. „Wir sind gleich fertig.“
„Es brennt“, hauchte David.
„Hab ich’s nicht gesagt?“ stöhnte Lady Pendergast. „Sparen Sie uns Ihr Gejammer und probieren Sie, ob Sie die Zehen und Finger bewegen können - aber vorsichtig!“
David testete der Reihe nach seine Extremitäten durch.
„Sehr schön“, lobte Chess. „Du hast mir einen ordentlichen Schrecken eingejagt, David! Einen Moment lang hab ich geglaubt, der Felsbrocken hätte dich verschluckt und wir müssten Silvester ohne dich feiern.“
„Halten Sie den Kopf ruhig!“ Lady Pendergast führte die Nadel ein weiteres Mal durch die Hautfalte.
„Au!“
„Weichei! Sie können froh sein, dass ich Ihnen nicht mit dem Brotmesser den Blinddarm rausholen muss, wie wir es im Krieg gemacht haben. Solche Operationen sind nämlich wirklich schmerzhaft.“
David verdrehte die Augen.
„Du hast es gleich überstanden.“
„Hat sie das wirklich schon einmal gemacht?“, flüsterte er.
„Einmal ist immer das erste Mal. Nicht wahr, junger Mann?“ Lady Pendergast führte den Faden beim Festziehen an Davids Nase vorbei. „Und jetzt Mund halten, damit ich mich konzentrieren kann. Nicht, dass ich Ihnen aus Versehen noch einen Knopf annähe.“
Er schwieg.
„Das wird schon wieder“, tröstete Chess und fand erstmals seit dem Felsrutsch Gelegenheit, sich ihre Situation bewusst zu machen. Durch den eingestürzten Tunnel war ihnen der Rückweg abgeschnitten. So wie es aussah, war das Loch in der Höhlendecke der einzige Weg nach draußen. Allerdings nur, wenn man entweder Flügel oder eine mindestens sieben Meter lange Leiter dabei hatte.

„Ich weiß genau, woran Sie gerade denken“, sagte Lady Pendergast, als sich ihre Blicke kreuzten.
„Wir finden einen Weg hier raus.“ Diesmal war es Chess, aus der die Zuversicht zu sprechen schien.
„Das müssen wir auch.“ Lady Pendergast flüsterte, um ihren Patienten nicht zu beunruhigen. Mit einer Kopfbewegung forderte sie Chess auf, sich umzudrehen, und dem Teich hinter ihrem Rücken Beachtung zu schenken.
Einen Blickwechsel später war die Zuversicht aus Chess' Gesicht verschwunden.

***

Sanctuary Island II, zur selben Zeit:
Die kleine Gruppe rund um Achterberg sammelte sich auf dem vierten Unterdeck der Laborinsel.
„Hier entlang, bitte!“, wies ein sonnengebräunter Mann die Neuankömmlinge lautstark an, ihm zu folgen.
Achterberg hatte sein Gespräch mit Mohammed bereits kurz vor Verlassen des Beiboots beendet und sog die neuen Eindrücke wie ein Schwamm auf. Im Gegensatz zu den anderen entsprang seine Sprachlosigkeit nicht dem Staunen über die ungeheuren Dimensionen der stählernen Insel, die von Sokotra aus nur ein mickriger Punkt gewesen war.
Achterberg war hochkonzentriert und vertiefte den Überblick, den er sich schon tags zuvor mit dem Fernglas verschafft hatte. Neben Abständen und Blickwinkeln, ließ sich auch die Geräuschkulisse viel besser einschätzen, wenn man direkt vor Ort war. Obwohl er einen groben Plan hatte, gab es doch einige Unbekannte, wie die Abreise von R.I.P. auf gefährliche Weise gezeigt hatte.
Achterbergs Aufmerksamkeit fiel auf eine kleine Gruppe Männer in öliger Arbeitskleidung, die offenbar gerade Pause hatten und vor einem der ungezählten Container angeregt diskutierten. Er ließ sich ein Stück zurückfallen und machte schließlich sogar einen kleinen Umweg, um zu hören, worüber sie sprachen.

„...so weitergeht, sehe ich schwarz. Noch mehr Ausfälle dürfen wir uns nicht leisten. Außerdem nützt mir der größte Haufen Dollars nichts, wenn ich tot bin!“, schimpfte einer.
„So schnell stirbt man nicht“, beruhigte ein Mann mit Brille.
„Erzähl das dem abgeknallten Koch!“
Ein dritter Mann meldete sich leise zu Wort: „Ich mach mir mehr Gedanken über Qian, weil...“
„Mir hat sein Fraß sowieso nicht geschmeckt“, unterbrach der Brillenträger mit einem dreckigen Lachen. „Außerdem kommt hier schon wieder Frischfleisch für die Küche.“ Seine abfällige Geste galt der Gruppe Neuankömmlinge. Als er Achterberg unmittelbar neben sich bemerkte, setzte er ein gezwungenes Lächeln auf. „Ist nicht persönlich gemeint, Frischfleisch. Und jetzt geh weiter!“
Achterberg wandte seinen Blick ab und schloss wieder zu den anderen auf. *Zumindest weiß ich jetzt, was mit meinem Vorgänger passiert ist...*
„Bitte bleiben Sie zusammen!“, tönte die Stimme des Mannes, der die Gruppe anführte. „Ich habe weder Zeit noch Lust, Sie zusammenzusammeln, wenn Sie sich zwischen den Decks verlaufen. Glauben Sie mir, das geht schneller, als Sie mit den Augen blinzeln können.“
„Der hat mich noch nicht blinzeln gesehen“, scherzte Mohammed.
Achterberg reagierte mit einem mechanischen Lächeln und verfolgte mit seinen Augen eine Gestalt im hinteren Teil des Decks, die sich in drei Punkten ganz deutlich von allen anderen unterschied, denen er bisher an Bord begegnet war: Sie war hellhäutig, gutaussehend und weiblich. *Du stehst ganz oben auf meiner Liste!* Sein Blick wanderte einen halben Meter weiter. *Und du kommst gleich danach!*
Cornelia Simmons nahm von der Gruppe der Neuankömmlinge keine Notiz. Sie war viel zu sehr in ihr Gespräch mit dem alten Ahil vertieft. „Ich bin mir keineswegs sicher, dass Ihr Plan funktioniert hat“, erklärte sie.
„Jetzt enttäuschen Sie mich aber“, erwiderte Ahil mit gespielter Betroffenheit.

„Haben Sie nicht gesehen, wie Qian vorhin davongestürmt ist?“, fragte Cornelia wirsch.
„Natürlich!“, bestätigte Ahil, als hätte er vom Doktor gar keine andere Reaktion erwartet. „Was dachten Sie denn? Der Mann ist mit den Nerven am Ende. Immerhin haben wir ihm einen handfesten Mörder auf dem Silbertablett serviert. Einen Beweis, der seine wirre Vergiftungstheorie bestätigt. Das muss er doch erst einmal verarbeiten. Geben Sie ihm nur ein paar Stunden, und Sie werden sehen, dass er...“
„Mr. Ahil?“ Eine atemlose Männerstimme unterbrach das Gespräch.
„Sehen Sie nicht, dass ich beschäftigt bin?“, zischte Ahil, ohne sich nach dem Störenfried umzublicken.
„Tut mir leid, Mr. Ahil, aber ich glaube nicht, dass Sie auf diese Information auch nur eine Sekunde länger verzichten möchten!“, prophezeite der Wachmann keuchend.
Die verheißungsvolle Ankündigung zeigte Wirkung. Ahil drehte sich widerwillig um und seine dunklen Augen funkelten böse: „Reden Sie!“
„Es geht um Dr. Qian. Er ist nach dem Vorfall in der Küche nicht wie vereinbart zur Besprechung mit dem Sicherheitsteam erschienen. Also wurde einer meiner Kollegen zu Dr. Qians Quartier geschickt, um nach ihm zu sehen.“
„Und?“ Ahils stechender Blick signalisierte Ungeduld.
Es ließ sich schwer sagen, ob es Ahils Auftreten oder die schlechte Nachricht war, die dem Wachmann mehr Unbehagen bereitete. „Mein Kollege ist nicht mehr zurückgekommen und war auch über Funk nicht zu erreichen. Ich wurde hinterhergeschickt, um nach dem Rechten zu sehen.“ Er schluckte. „Als ich in Dr. Qians Quartier ankam, stand die Tür weit offen und mein Kollege lag auf dem Boden - tot!“
Der angespannte Ausdruck in Ahils Gesicht verblasste und machte einem neuen, noch viel besorgniserregenderen Blick Platz. „Reden Sie weiter!“
„Ich glaube, der Doktor hat ihn ermordet“, sagte der Wachmann mit brüchiger Stimme.

„Sie glauben?“, fuhr Ahil sein Gegenüber an. „Wissen Sie überhaupt, was Sie da behaupten? Wo steckt Qian?“
„Im Labor... Er hat sich in seinem Labor eingesperrt und die Sicherheitsverriegelung aktiviert. Im Moment kann keiner zu ihm.“
Cornelia Simmons wurde kreidebleich und wandte sich sorgenvoll an Ahil: „Das gehört aber jetzt nicht zu Ihrem Plan... Oder?“
„Still!“, fauchte er und dachte nach. „Ich muss mit Qian reden, sofort!“
„Das könnte schwer werden.“ Der Wachmann starrte auf den Boden, um den Blicken der beiden auszuweichen. „Mr. Ahil, es sieht nicht so aus, als ob der Doktor im Moment überhaupt ansprechbar wäre.“
„Wie meinen Sie das?“ Cornelia dachte gar nicht daran, sich nach allem, was passiert war, das Wort verbieten zu lassen.
„Er... Er steht irgendwie neben sich“, druckste der Wachmann herum. „Ich habe nicht den Eindruck, dass er für rationale Argumente zugänglich ist.“
„Übergeschnappt?“, fragte Ahil.
Das betroffene Schweigen schien seine Vermutung zu bestätigen.
„Bringen Sie mich sofort zu ihm!“, befahl Ahil, und an Cornelia Simmons gerichtet fügte er hinzu: „Sie gehen in Ihr Quartier und warten dort auf mich! Ich habe alles im Griff.“
Der Hauch von Erleichterung im Gesicht des Wachmanns stand in krassem Widerspruch zu dem Anblick, den Cornelia gerade bot.

***

In der Höhle auf Sokotra:
„Fertig.“ Chess hatte die Enden von Davids Stirnverband verknotet und betrachtete das Gesamtwerk. „Sieht aus wie in der Notaufnahme... wenn sie keine Zeit hatten, es ordentlich zu machen.“
„Na dann...“ David lächelte gequält.

„Schön langsam!“, ermahnte Lady Pendergast ihren Patienten, es mit dem Aufrichten nicht gleich zu übertreiben.
„Geht schon...“ David wirkte noch etwas benommen, fühlte sich aber gut genug, um wieder aufzustehen. „Wie lange war ich weg?“
„Ein paar Minuten“, erwiderte Chess. „Geht es dir wirklich gut?“
Sein Versuch zu nicken, endete mit einem schmerzverzerrten Gesicht. „Ja“, sagte er stattdessen und war fortan darauf bedacht, seinen Kopf ruhig zu halten.
„Ich habe Schmerztabletten dabei“, bot Chess an.
„Nehm ich!“
„Moment... Ich such sie schon... Hier bitte!“
„Danke.“ David beäugte die gelbliche Schachtel mit skeptischem Blick.
„Ist was?“, fragte Chess.
„Hier steht etwas von Menstruationsbeschwerden.“
Lady Pendergast machte einen Schritt auf David zu. „Jetzt stellen Sie sich nicht so an, junger Mann! Wenn diese Tabletten sogar gegen Regelschmerzen helfen, dann werden Sie Ihr Wehwehchen allemal in den Griff bekommen. Machen Sie schon, es gibt hier ganz andere Dinge, um die wir uns dringend kümmern müssen.“ Sie zeigte auf den Teich mit seinem rötlich bis braun schimmernden Wasser.
Davids Blick folgte ihrer ausgestreckten Hand. Es dauerte einen Moment, ehe er begriff, worauf Lady Pendergast mit ihrer Anspielung hinauswollte. „Bilde ich mir das ein, oder ist das Wasser tatsächlich gestiegen?“
„Ungefähr um fünf Zentimeter seit dem Tunneleinsturz“, antwortete Chess. „Und das ist jetzt ziemlich genau eine halbe Stunde her.“
David blickte zunächst zu Chess und dann zu Lady Pendergast, als wollte er sich den Ernst der Lage bewusst machen. „Das sind zehn Zentimeter in der Stunde, wenn mein Rechenzentrum noch richtig funktioniert.“

„Tut es“, bestätigte Lady Pendergast. „Ich vermute, dass der Felsrutsch den natürlichen Abfluss dieser Höhle blockiert hat.“ Sie sah Chess an, als erwartete sie deren Bestätigung.
„Zum einen das“, stimmte Chess zu, „zum anderen kommt jetzt auch mehr Wasser über die Kante.“ Sie lenkte die Aufmerksamkeit auf das Loch in der Höhlendecke, wo sich die vormals dünne Wasserwand zu einem respektablen Wasserfall verbreitert hatte.
David schluckte indessen zwei von Chess’ Tabletten hinunter und rechnete nach. „Wenn das Wasser so weitersteigt, steht es bis zum Einbruch der Dämmerung einen halben Meter höher.“ Er deutete mit der Hand an, wo das sein würde.
„Du vergisst, dass die Höhle nach oben hin schmaler wird, wodurch das Wasser immer schneller steigen wird.“ Chess hielt ihre Hand ein ganzes Stück höher, um den Effekt zu verdeutlichen.
Lady Pendergast blickte zur Steininsel in der Teichmitte. „So, wie ich die Sache sehe, bleibt für die Nacht nur noch ein trockenes Plätzchen übrig.“
„Ich will hier nicht über Nacht bleiben!“ Ein stechender Schmerz in Davids Kopfwunde bremste seine Dynamik.
„Nicht übermütig werden“, reagierte Lady Pendergast auf Davids gequälten Gesichtsausdruck. „Mir liegt auch nichts an einem gemeinsamen Campingabenteuer auf diesem Eiland. Aber so wie unsere Aktien stehen...“
„Wir finden einen Weg hier raus.“ Aus David sprach mehr Hoffnung als Überzeugung.
„Und wie? Wollen Sie einen Rucksack an Ihre Schnürsenkel binden und ihn durch das Loch in der Höhlendecke werfen, um daran rauszuklettern?“
„Wir sollten es zumindest in Erwägung ziehen...“ David blickte nachdenklich zur Höhlendecke. „Sie haben doch noch eine Menge toller Gimmicks in Ihrer Ausrüstung. Da war doch auch ein Kletterseil dabei.“
„Selbstverständlich!“, bestätigte Lady Pendergast. „Es ist alles in dem Rucksack... den Sie unter dem abgestürzten Felsen geparkt haben.“

„Die Kamera nicht“, merkte David zu seiner Verteidigung an.
„Auf die Hilfe unserer beiden Beschützer werden wir jedenfalls noch eine Weile warten müssen.“ Chess dachte laut nach. „Hat einer von euch Handyempfang?“ Sie blickte in die Runde. „Das hab ich befürchtet. Sobald die anderen merken, dass wir nicht mehr zurückkommen, werden sie nach uns suchen. Aber dann müssen sie erst einmal einen Zugang von oben finden und uns ein Seil herunterlassen. Das wird in jedem Fall noch einige Zeit dauern.“
Lady Pendergast pflichtete ihr bei. „Wir sollten uns mit dem Gedanken vertraut machen, die Nacht auf diesem Stein in der Teichmitte zu verbringen. Je früher wir damit beginnen, ihn zu erkunden, desto besser stehen unsere Chancen.“
„Erkunden?“ David versuchte, eine Augenbraue zu heben, ließ es aber sofort wieder sein. „Der ganze Stein hat bestenfalls zehn Quadratmeter Oberfläche. Ich bezweifle doch sehr, dass es sich lohnt, ein Expeditionsteam zu seiner Erkundung dorthin zu...“ Ein unerwartetes Frischegefühl in seinen Schuhen zwang ihn, seine Aufmerksamkeit augenblicklich dem Boden zu widmen. *Wasser!*
„Ich fürchte“, sagte Chess, „wir müssen unsere Prognose bezüglich des Wasserpegels noch einmal korrigieren.“
David empfand die nassen Füße als Ansporn, die Initiative zu ergreifen, und wandte sich an Lady Pendergast: „Haben Sie schon versucht, das Seil aus dem Rucksack zu holen?“
„Können Sie vergessen, den hat der Fels plattgemacht.“
„Was ist mit deinem Seil, Chess?“
„Wir haben aus Gewichtsgründen nur eines mitgenommen“, antwortete die Archäologin. „Leider. Während du noch im Dämmerzustand warst, haben wir uns schon über die Möglichkeiten unterhalten. Ohne Seil kommen wir hier nicht raus. Es sei denn...“
„Was?“, fragte David.
Chess’ Mimik machte deutlich, dass ihr diese Möglichkeit nicht behagte. „Wir können warten, bis das Wasser steigt und so lange schwimmen, bis wir die Höhlendecke erreichen. Aber ob wir das durchhalten?“

„Ich hole das Seil!“, verkündete David.
„Ach ja? Wie wollen Sie das machen?“
„Ausgraben! Hier liegt eine anständige Sandschicht auf dem Boden. Wenn sie dick genug ist, kann ich das Seil vielleicht so weit lockern, dass es sich herausziehen lässt.“ Er kniete sich vorsichtig hin und begann, mit bloßen Händen zu Testzwecken im lockeren Sand zu graben.
Wenig später kratzten seine Fingernägel bereits über felsigen Untergrund.
„Das sind bestenfalls zehn Zentimeter“, ließ Lady Pendergast vernehmen. „Ich bezweifle, dass das reichen wird, um das Seil herauszuziehen. Außerdem graben Sie hier im weichen Boden. Dort drüben wurde der Sand aber von zig Tonnen verdichtet, die immer noch draufliegen.“
„Haben Sie eine bessere Idee?“
„O ja, die habe ich, junger Mann. Während Sie sich hier als Maulwurf betätigen, werde ich die Insel für unser Nachtlager vorbereiten.“
„Sie haben doch selbst gesehen, wie schnell das Wasser steigt.“ David ging hinüber zum eingequetschten Rucksack, um sich an die Bergung des Seils zu machen. „Die Chancen, dass Ihre Insel bis zum Sonnenaufgang zwei oder drei Meter unter Wasser steht, halte ich für ziemlich hoch.“
„Da muss ich ihm leider Recht geben“, sagte Chess mit besorgtem Blick auf den Wasserpegel. „Trotzdem sollten wir nichts unversucht lassen. Vielleicht gelingt es mir, ein paar Schwimmpolster aus der Kleidung in meinem Rucksack zu bauen. Nur, falls es ganz schlimm kommt.“
„Meine Bluse können Sie gerne dafür haben, wenn sie Ihnen weiterhilft, meine Liebe!“ Lady Pendergast warf einen mahnenden Blick auf David. „Lassen Sie sich nicht einfallen, sich umzudrehen, während ich mich entblöße!“
„Danke für die Warnung.“ David starrte nur noch auf den Rucksack, der vor ihm im Sand steckte.
„Hier!“ Lady Pendergast übergab ihren Strohhut und ihre Bluse an Chess. Anschließend zog sie noch ihre Schuhe, die Knickerbocker und die naturtonfarbenen Ringelkniestrümpfe

aus, um in zeitlos unmoderner Unterwäsche barfuß in Richtung Insel zu waten.

Bereits nach zwei Schritten ging ihr das rotbraune Wasser bis zur Hüfte. Es war durch den herabstürzenden Wasserfall so aufgewühlt, dass der Grund des dunklen Gewässers nicht zu sehen war. „Es ist ganz schön steil." Lady Pendergast setzte einen weiteren Schritt und trat ins Bodenlose. Nur durch ein schnelles Schwimmtempo gelang es ihr, den Kopf noch über Wasser zu halten.

„Passen Sie auf!" Chess konnte nur ahnen, wie tief der Teich tatsächlich war. Den einzigen Anhaltspunkt dafür bot das steil abfallende Ufer, das gut zu der halbkugelförmigen Höhle über der Wasserlinie passte. Falls der darunter verborgene Rest ähnliche Dimensionen hatte, war eine maximale Wassertiefe zwischen sieben und zehn Metern nicht auszuschließen.

„Machen Sie sich um mich keine Sorgen", beruhigte die alte Lady und steuerte die kleine, mit Gebüsch bewachsene Insel an. „Ich habe Schwimmen gelernt, als ich vier Jahre alt war. Das Wasser ist übrigens angenehm warm. Wenn unsere Situation nicht so prekär wäre, könnte mir dieses Bad fast Spaß machen."

„Verausgaben Sie sich nicht zu sehr!" Chess hatte eine Jacke aus dem Rucksack geholt und prüfte sie auf ihre Luftdurchlässigkeit. „Wenn alle Stricke reißen, werden Sie noch die ganze Nacht durchschwimmen."

„Falls wir überhaupt an den Strick kommen." David musste feststellen, dass es einen ganz entscheidenden Unterschied machte, ob er sich durch lockeren oder zusammengepressten Sand grub.

Lady Pendergast hatte die Insel unterdessen erreicht und wollte einmal herumschwimmen, um den besten Platz für ein Landemanöver zu finden. Dass sie dabei mit ihrem Gestrampel bis in die Abgeschiedenheit des Teichbodens vordrang, war ihr nicht bewusst.

Im Dunkel der Tiefe begann das Leben zu erwachen - so wie immer, wenn Beute in den Teich fiel und wild um sich schlug.

Nach über einem Jahr des Fastens war die Gier nach Futter geradezu unstillbar groß.

***

Aufgang zum Labordeck, Sanctuary Island II:
Ahil und der Wachmann hatten noch einen kurzen Zwischenstopp in Qians Quartier eingelegt, da dieses sich auf dem Weg zum Labor befand. Wie angekündigt, hatte Ahil dort einen der Sicherheitsleute tot vorgefunden.
In der Eile war für Ahil nicht nachvollziehbar gewesen, was den Doktor zu einer solchen Wahnsinnstat getrieben hatte. Aufgefallen war ihm lediglich, wie rasch eine Blutlache, selbst in einigen Kilometern Entfernung zur Küste, Fliegen anzog.
Der Wachmann hatte sein Tempo an Ahils angeglichen und stieg vor ihm die Stahltreppe zur Laborebene hoch. Da die Treppen der verschiedenen Decks exakt übereinander angeordnet waren, ließ sich durch den Gitterboden noch immer das Meer erkennen. Der löchrige Boden zwang Ahil, genau hinzusehen, wo er seinen Stock aufstützte. Mit jedem Schritt blickte er rund sechzig Meter in die Tiefe.
„Ich weiß nicht, was plötzlich in Dr. Qian gefahren ist, aber ich hoffe inständig, dass Sie ihn zur Vernunft bringen können, Mr. Ahil." Der Wachmann klang ehrlich besorgt.
„Das hoffe ich auch." Das blecherne Geräusch, das Ahils Stock auf den Gitterstufen hinterließ, gab die Schrittgeschwindigkeit vor. *Wenn wir Qian in einer solch frühen Phase verlieren, ist das ganze Projekt zum Scheitern...*
„Ist Ihnen der süße Geruch aufgefallen?"
Ahil überlegte kurz. „Jetzt, wo Sie es ansprechen..."
„Der Doktor hat in letzter Zeit sehr oft meditiert, müssen Sie wissen. Ich frage mich, ob die Meditation vielleicht etwas mit seinem Zustand zu tun hat."
„Schon möglich", erwiderte Ahil etwas außer Atem.
„Haben Sie denn eine andere Vermutung, was passiert sein könnte?", wollte der Wachmann wissen.

„Qian hat Ihrem Kollegen zwei Räucherstäbchen durch die Augenhöhlen ins Gehirn gerammt. Das ist passiert!"
Die beiden Männer erreichten das Labordeck und bogen nach links ab. Der Trakt, in dem Qian sich eingesperrt hatte, war nur durch drei Türen zu erreichen.
„Es ist gleich dort drüben." Der Wachmann zeigte auf einen röhrenartigen Komplex, dessen Aluminiumoberfläche grell in der frühen Nachmittagssonne glänzte. Eine Gruppe, bestehend aus mehreren Wissenschaftern in Labormänteln und vier Sicherheitsleuten, stand davor.
Der Wachmann ging zielstrebig in Richtung Eingang. „Es gibt nur diesen Zugang, der über ein elektronisches Schloss gesichert ist. Dahinter kommt nach einigen Metern Gang eine weitere Tür und dahinter dann die Säuredusche, die an das Labor grenzt. Wir haben schon versucht, Zutritt zur Säuredusche zu bekommen, doch Dr. Qian hat offenbar einen falschen Alarm ausgelöst und damit die Zugangscodes deaktiviert."
„Kann man diese Codes wieder reaktivieren?"
Der Wachmann schüttelte den Kopf. „Nicht ohne Sicherheitsbestätigung von innen. Die Zugangscodes können zwar grundsätzlich von innen und außen gesperrt werden, müssen dann aber jeweils von beiden Seiten wieder reaktiviert werden. Das soll sicherstellen, dass im Notfall keine Krankheitserreger nach draußen gelangen."
„Sie meinen, falls da drin Alarm ausgelöst wird und einer die Nerven verliert, kommt er nicht weit?"
„Nicht weiter als in den Raum dahinter." Der Wachmann stoppte vor einer gerippten Stahltür, auf der ein neongelbes Biohazardzeichen prangte, und wandte sich an die Wartenden. „Gibt es irgendwelche Neuigkeiten von drinnen?"
„Absolute Funkstille!", erwiderte einer der Sicherheitsleute und deutete auf die Gegensprechanlage. „Wir sind sicher, dass er uns hören kann, aber er reagiert nicht auf unsere Kontaktversuche."
Ahils Blick fiel auf einen Zutrittsscanner, dessen rotes Licht nervös blinkte. Über das Display scrollte eine Warnmeldung,

die über den Grund für den Alarm sowie Dauer und Umfang der Sicherheitssperre informierte. „Qian kann also nicht heraus und wir können nicht hinein?"
„Genau so ist es!", bestätigte ein grauhaariger Wissenschafter mit polnischem Akzent. „Qian legt es aber auch gar nicht darauf an, herauszukommen. Von unserer Seite spricht jedenfalls nichts dagegen, die Codes zu reaktivieren, sodass er wieder heraus kann."
„Falls er das möchte", ergänzte sein deutlich jüngerer Kollege.
„Ist das nicht gefährlich?" Ahil musterte die beiden Männer in Weiß. „Was ist, wenn er da drin irgendwelche Killerviren freigesetzt hat?"
„Hat er nicht", beruhigte der Grauhaarige. „Das ist das Klonlabor. Da drin haben wir keine Killerviren."
„Und der Alarm?" Ahil klopfte mit seinem Stock gegen das Display.
„Der gilt für die gesamte Anlage, die in unterschiedliche Abschnitte geteilt ist. Es gibt mehrere Schleusen, die im Ernstfall automatisch verriegeln, um eine mögliche Ausbreitung einzudämmen. Die Tür, die Sie vor sich sehen, ist nur eine von drei, die man überwinden muss, um ins Labor zu kommen. Wir könnten die erste manuell öffnen, um in den Raum dahinter zu gelangen, aber das hilft uns nicht wirklich weiter. Die zweite Tür ist elektronisch verriegelt und die dritte ebenso. Damit kontrolliert Qian den Ein- und Ausgang zur Säuredusche."
„Da muss jeder durch, der ins Labor will?", fragte Ahil.
„Ja, aber sie ist nicht aktiv. Der Bereich, in dem Qian sich befindet, hat im Moment eine sehr niedrige Sicherheitsstufe. Dafür reicht normale Laborkleidung, wie wir sie auch tragen."
„Im Moment?"
„Der gesamte Laborkomplex wurde grundsätzlich für die höchste Sicherheitsstufe ausgelegt", führte der jüngere Wissenschafter die Erklärung seines Kollegen fort. „Je nach aktueller Auftragslage und Forschungsgegenstand aktivieren wir aber immer nur einen Teil der Sicherheitsvorkehrungen. Bedarfsabhängig können wir in sehr kurzer Zeit das ganze

Labor zum Hochsicherheitstrakt machen oder Teile wieder freigeben. Dieses Modulsystem spart eine Menge Geld im laufenden Betrieb."

„Es besteht also keine Gefahr, wenn wir ihn jetzt wieder herauslassen?", wollte Ahil wissen.

„Das hab ich nicht gesagt! Vor Viren hätten wir nichts zu befürchten, aber für den Geisteszustand des Doktors lege ich meine Hand nicht ins Feuer."

Ahil nahm die offen zur Schau gestellte Respektlosigkeit ihrem Vorgesetzten gegenüber unkommentiert zur Kenntnis. Es war augenscheinlich, dass Qian in den letzten Wochen sehr viel von seiner einstigen Machtposition und Führungsrolle verloren hatte. *Dieser Idiot setzt das ganze Projekt aufs Spiel!* „Was wollen Sie jetzt tun?"

„Wir warten!", erklärte einer der Wachleute ungerührt. Seine dunkelgraue Uniform wies ihn als *Lieutenant Cougar*, den ranghöchsten der Anwesenden aus. „Unser Doktor kann schließlich nicht ewig da drin bleiben."

„Inakzeptabel!" Ahil hatte genug gehört. Für ihn stand fest, dass es Zeit war, das Ruder selbst in die Hand zu nehmen. Keinesfalls wollte er sich mit Warten zufriedengeben. „Ich werde reingehen!"

Ein Raunen macht die Runde. Die Bandbreite der begleitenden Blicke reichte von versteckter Bewunderung bis zu offener Geringschätzung für Ahils Vorstoß.

Lieutenant Cougar räusperte sich. „Ich halte das für keine gute Idee. Wir müssen den Doktor in seinem derzeitigen Zustand als ernsthafte Bedrohung für uns alle einstufen. Noch mehr Leichen würden uns in eine äußerst prekäre Lage..."

„Ich werde es trotzdem tun!", erwiderte Ahil und beobachtete die Reaktion der Gruppe.

„Ich fürchte, das kann ich nicht zulassen!" Lieutenant Cougar machte zwei entschlossene Schritte nach vorn. Seine 1,94 Meter stellten Ahil im wahrsten Sinn des Wortes in den Schatten.

Ahil ließ seinen Blick nach oben wandern, bis er das Namensschild unter den Rangabzeichen lesen konnte. Mehr als

einmal hatte er sich abfällig über Qians Duldung militärischer Ränge beim Sicherheitspersonal geäußert. „Lt. Cougar? Das steht für Lieutenant, wie ich vermuten darf?“
„Sie dürfen.“
Ahil lächelte nachsichtig, als bräuchte dem Lieutenant sein Dienstgrad nicht peinlich zu sein. „Wie Sie sicherlich wissen, arbeitet Qian da drinnen an einem meiner Projekte. Ich habe daher großes Interesse daran, dass die Arbeit umgehend fortgesetzt wird. Das verstehen Sie doch sicher?“
Cougar nickte. „Selbst wenn ich Sie durch diese Tür gehen lasse, ist noch lange nicht gesagt, dass Qian Ihnen Zutritt zum Labor gewährt. Die Codes müssen von beiden Seiten...“
Mit einer Handbewegung forderte Ahil sein Gegenüber zur Schweigsamkeit auf. „Das ist mir bekannt. Ich gehe davon aus, dass Qian mir Zutritt gewährt, wenn ich mit ihm spreche. Wir haben doch noch Verbindung zu ihm?“
Mit gereizter Stimme erwiderte der Lieutenant: „Ja, aber ich bezweifle, dass...“
„Lassen Sie das meine Sorge sein!“
„Bedaure!“ Cougar stellte sich breitbeinig vor die Tür und spannte demonstrativ seine Brustmuskulatur an, wodurch er Ahil bedrohlich nahe kam. „Die Sicherheit ist und bleibt einzig und allein meine Sorge. Sie gehen nicht rein!“
Ahil legte seinen Kopf weit in den Nacken, um Cougars Gesicht wieder sehen zu können. „Ich respektiere Ihre Meinung, aber mir läuft die Zeit davon. Wie ich bereits sagte, habe ich großes Interesse daran, dass die Arbeit umgehend fortgesetzt wird. Finanzielles Interesse!“ Er trat einen Schritt beiseite, um sicherzustellen, dass seine Worte alle Anwesenden erreichen würden: „20.000 Dollar bar auf die Hand für jeden, der mithilft, den Weg augenblicklich freizumachen!“

***

In der Höhle auf Sokotra:
„Mr. Wilder lag mit seiner Vermutung richtig!“, tönte Lady Pendergasts Stimme hinter dem Wasservorhang hervor. Sie

hatte die kleine Insel in der Teichmitte einmal komplett umschwommen. „Da hinten ist tatsächlich eine Felsmalerei an der Höhlenwand! Die müssen Sie einfach sehen!"

„Das freut mich!" David hatte eine der Stabtaschenlampen und ein Messer zu Grabwerkzeugen umfunktioniert und mühte sich ab, das Seil aus dem Rucksack zu bekommen, der unter dem Felsen eingeklemmt war.

„Wenn das Wasser weitersteigt, wird sie nicht mehr lange zu sehen sein. Sie sollten möglichst rasch herkommen und Fotos davon machen!"

David ließ sich nicht beirren und grub weiter. „Ihre Vorliebe für die Archäologie in Ehren, Lady Pendergast, aber im Moment mache ich mir deutlich mehr Sorgen darüber, wie lange *wir* noch zu sehen sein werden."

„Sie können schwimmen, die Malerei nicht!", rief Lady Pendergast zurück.

„Das gilt auch für Ihre Kamera!" David kniff sein Gesicht zusammen, als er mit aller Kraft an dem festgeklemmten Seil zog. Sofort meldete sich seine Kopfwunde wieder.

„Wie sieht's bei dir aus, David?", wollte Chess wissen, die mit diversen Kleidungsstücken experimentierte, um sie irgendwie luftdicht zu verknoten.

„Fünf oder sechs Meter Seil habe ich relativ leicht freibekommen, aber jetzt bockt es umso mehr. Und bei dir?"

„Wenn es einen Preis für die originellsten Schwimmtiere gibt, bin ich knapp dran, ihn zu gewinnen. Ich fürchte nur, keines von ihnen wird uns lange genug über Wasser halten. Dieser atmungsaktive Stoff hat definitiv auch Nachteile!" Chess betrachtete ihre wasserumspülten Knöchel. „Wir brauchen schätzungsweise drei Mal so viel Seil, damit wir hier rauskommen."

„Ich arbeite daran." Davids Platz lag zwar tiefer, war aber noch trocken. Der mit Sand überzogene Höhlenboden war an dieser Stelle durch eine Verwerfung geschützt, die wie ein natürlicher Damm wirkte. Es war allerdings nur noch eine Frage von Minuten, bis das Teichwasser ihn überspülen und die Arbeit in der Senke mit einem Schwall unmöglich machen würde.

„Ich helfe dir ziehen!“ Chess erhob sich und ging hinüber zu David. „Meinen Versuch mit den Luftpolstern können wir vergessen, der bringt uns nicht...“
Ein schrilles Kreischen aus der Teichmitte traf die Höhlenwände und wurde von dort zigfach zurückgeworfen.
„Lady Pendergast!“ Chess und David wirbelten gleichzeitig herum. Letzterer vergaß für einen Augenblick sogar den Schmerz seiner Bewegung.
Hinter dem Wasserfall wechselten sich abgehackte Schreie mit dem Schnappen nach Luft ab. Lady Pendergasts Kopf tauchte nur schemenhaft auf, während ihre Arme wie wild auf das Wasser schlugen.
Chess und David tauschten entsetzte Blicke.
„Halten Sie durch, ich komme!“ Chess riss sich die Bluse mit solchem Elan vom Leib, dass die Knöpfe in alle Richtungen davonflogen.
Wegen des Kopfverbandes gestaltete sich für David der Ausstieg aus dem T-Shirt um einiges komplizierter.
„Bleiben Sie, wo Sie sind!“, brüllte Lady Pendergast zwischen zwei Atemzügen.
Chess wollte gerade loshechten, da packte David sie am Arm und hielt sie zurück. „Warte!“
„Nicht... ins Wasser...“ Lady Pendergast ruderte so kräftig in Richtung Insel, dass es aussah, als würde das Wasser um sie kochen.
„Wir müssen ihr helfen!“, fuhr Chess David an. Doch im selben Ausmaß, wie sie versuchte, sich loszureißen, wurde sein Griff fester.
„Nicht nachkommen!“ Trotz aller Probleme im Kampf gegen die blutgierigen Teichmonster fand Lady Pendergast Zeit, ihre Warnung mit Nachdruck zu wiederholen.
„David!“, rief Chess entsetzt. „Wir müssen etwas tun!“
„Genau das, was sie von uns verlangt!“, rechtfertigte David sein Zögern.
Lady Pendergasts rechter Arm bekam eines der Gebüsche auf der Insel zu fassen und krallte sich daran fest. Mit einer Geschwindigkeit, die David bei der alten Dame nicht für

möglich gehalten hätte, zog sie sich aus dem Wasser und stolperte in die Mitte der Insel. „Auf keinen Fall nachkommen!“, wiederholte sie und sank zwischen dem Inselgrün in die Knie.
David war sich nicht sicher, ob der Schreck seinen Augen einen Streich gespielt hatte, oder ob es tatsächlich dutzende Schlangen gewesen waren, die sich um Lady Pendergasts entblößten Körper geschlungen hatten. In seinem Staunen über das Geschehen ließ er Chess’ Arm los.
„Was ist mit Ihnen?“, rief Chess besorgt.
Die alte Dame gab keine Antwort, sondern schien ihren Kampf im Gebüsch weiterzuführen.
„Lady Pendergast!“, drängte Chess.
„Ich komme klar!“ Mit einem lauten Klatschen landete eine der schwarzen Schlangen an der Höhlenwand. „Machen Sie das Seil fertig! Sofort! Wir können hier unmöglich über Nacht bleiben!“
Als Chess sich zu David umdrehte, hatte er seine Arbeit am Seil schon wieder aufgenommen.
„Komm schon, hilf mir ziehen!“, forderte er.
„Aber wir wissen doch gar nicht...“
„Ist mir egal!“
Chess packte das Seil. „Ich meine doch nur...“
„Hast du die Schlangen gesehen?“ Davids Tonfall ließ keinen Zweifel daran, dass er sie gesehen hatte - und zwar alle! „Ich habe mich nicht durch einen Keller voller Monsterameisen gekämpft, um am Ende der Welt als Schlangenfutter zu enden. Irgendwann muss Schluss sein mit meiner übertriebenen Tierliebe!“
Lady Pendergast empfand das offenbar ganz ähnlich. Fast schon im Sekundentakt riss sie sich ihre Peiniger vom Körper und klatschte sie gegen den Fels. „Euch werde ich helfen, eine wehrlose Lady zu attackieren!“
Zum Glück für Davids schwachen Magen konnte und musste er nicht mitansehen, wie blutig Lady Pendergasts Abwehrschlacht verlief. Einmal aus ihrem feuchten Element entfernt, hatten die beißwütigen Angreifer erheblich an

Dynamik eingebüßt. Mehr noch, sie wurden zu Opfern von Lady Pendergasts erbitterter Gegenwehr.
„Zieh doch!“ David hing so verbissen im Seil, dass ihm gar nicht mehr auffiel, als eine der Nähte seiner Kopfwunde wieder aufplatzte.
„Was meinst du, was ich hier mache?“ Chess hatte das freiliegende Seilende verknotet, um mehr Angriffsfläche zu haben.
„Zieh! Fester! Zieh!“ Davids gebrüllte Kommandos waren weniger an Chess gerichtet, sondern primär dazu gedacht, die ekelhaften Klatschgeräusche zu übertönen.
„Lady Pendergast?“, rief Chess zwischendurch. „Alles in Ordnung bei Ihnen?“
„Machen Sie sich um mich keine Sorgen, meine Liebe.“ Mit beiden Händen riss sie die schwarzen Tiere ab, die sich an ihren Beinen festgebissen hatten und schleuderte sie gegen den Fels. „Sorgen Sie nur dafür, dass wir ein Seil haben, bevor die Insel im Wasser versinkt! Hier lauern hunderte von den Biestern auf ein Abendessen.“
„Wir tun unser Bestes!“ Chess ließ sich ruckartig ins Seil fallen, um den Zug zu erhöhen.
Komm schon, du blödes Ding! David lag schon fast auf dem Rücken und stemmte seine Füße gegen den Fels. „Wie wollen wir zur Insel gelangen, ohne selbst gefressen zu werden?“, stieß er zwischen den Zähnen hervor.
„Gute Frage!“ Ein weiterer Ruck ging durch das Seil.
„Ich geh auf keinen Fall ins Wasser!“, stellte David klar.
„Das muss du auch nicht.“ Chess blickte besorgt über die Schulter. „Es kommt sowieso gleich zu uns.“
David sah das als Aufforderung, sein Messer zu nehmen und panisch den Sand unter dem Fels hervorzukratzen. „Ich lass mich nicht von Schlangen fressen!“
„Das sind keine Schlangen.“ Chess hatte sich das freie Seilende um den Oberkörper gewickelt und nahm ein Stück Anlauf, um hineinzurennen.
„Netter Trick“, gab David zu. „Aber ich habe sie mit eigenen Augen gesehen.“

„Ouuuh!“ Das ruckartig zusammengezogene Seil schnürte Chess die Luft ab und hinterließ rote Striemen auf ihrem nackten Bauch. *Ich hätte die Bluse nicht ausziehen sollen.* Sie atmete stoßweise. „Das sind... Blutegel!“
„Horroregel trifft es wohl eher!“, rief Lady Pendergast. „Ich hätte im Traum nicht daran gedacht, dass diese Viecher so groß werden können.“
„Ich kenn sie sogar noch größer!“ Chess stopfte ihre zusammengerollte Bluse zwischen Seil und Bauch, um sich für den nächsten Versuch zu rüsten. „Aber ich hab noch nie so viele auf einem Fleck gesehen. Vor allem nicht so ausgehungert!“
„Wundert Sie das?“ Lady Pendergast riss einen besonders fetten Egel aus ihrer Wade. „Wahrscheinlich sind wir seit Jahren das erste Futter, das sich in diese Höhle verirrt.“
„Ich will das gar nicht hören!“ David legte sein Messer beiseite und zerrte an dem Seil. *Da waren mir ja die Schlangen noch lieber.*
„Achtung!“ Chess nahm erneut Anlauf und rannte in das Seil - diesmal so heftig, dass sie über das Ziel hinausschoss, stolperte und im kniehohen Wasser zum Liegen kam.
„Das war gut!“, rief David. Zwei weitere Schlaufen waren unter dem Fels hervorgerutscht und gaben über drei Meter zusätzliches Seil frei. Angespornt von dem Erfolg, legte auch David noch einmal kräftig nach.
Chess riss den Kopf aus dem Wasser und schnappte nach Luft. Auf die Arme gestützt, rappelte sie sich auf. Viel Zeit blieb ihr allerdings nicht. Pfeilschnell und zielsicher wie Torpedos jagten die Blutegel auf sie zu. „Ihr verdammten...“ Mit einem beherzten Sprung kam sie in die Vertikale und rannte aus dem Wasser zurück zu David. „Diese Viecher sind unglaublich“, schimpfte sie keuchend und spuckend.
David drehte sich um und erschrak, als er das Blut auf Chess’ Schulter bemerkte. „Du blutest!“
„Du auch.“ Chess hatte schon befürchtet, dass Davids übertriebene Anstrengung nicht gerade förderlich für seine

Wundheilung war. Rund die Hälfte des Verbands war in dunkles Rot getränkt.
David sprang auf und fasste nach Chess' Arm. Voller Abscheu packte er den festgesaugten Blutegel und riss ihn herunter. „Die werden dich nicht fressen - keinen von uns!"
„Danke." Chess schenkte ihrem Beschützer ein Lächeln.
„Die sind noch schneller, als ich dachte!" David sah einen weiteren Egel, der sich ihren Hals hochschob. Durch seine blitzschnelle Handbewegung landeten feinste Blutspritzer auf Chess' weißem BH. „Dreh dich um! Wer weiß, wie viele du dir noch eingefangen hast."
„Ich dränge Sie nur ungern!", rief Lady Pendergast. „Aber wenn Sie jetzt anfangen, Ihre Zeit mit Einzelexemplaren zu verschwenden, dann wird sie am Ende nicht mehr reichen, um dem Massenansturm zu entkommen." Sie donnerte einen weiteren Blutegel gegen den Fels. „97!"
„Wie sollen wir da rüberkommen?", fragte David und wollte die Antwort gar nicht hören.
„Wir brauchen ein gutes Ablenkungsmanöver!", rief Lady Pendergast. Zur Demonstration ihrer Idee warf sie einen faustgroßen Stein ins tiefe Wasser. Zunächst blieb alles ruhig, doch es war eine trügerische Ruhe. Die Wellen, die der Stein beim Auftreffen auf die Wasseroberfläche erzeugt hatte, zogen ihre Kreise.
Plötzlich schoss aus der Tiefe ein dunkler Schwarm nach oben und brachte das Wasser zum Kochen. Gierig schlangen sich die Blutegel ineinander und suchten mehrere Sekunden lang das vermeintliche Futter. Dann, ebenso schnell, wie sie gekommen waren, verschwanden sie wieder in der Tiefe. Die Wellen verebbten und nur das gleichmäßige Plätschern des Wasserfalls verhinderte, dass sich die Oberfläche völlig glättete.

***

Labordeck, Sanctuary Island II:

Der vorübergehende Tumult in der kleinen Gruppe, die vor dem Eingang zu den Säureduschen wartete, hatte sich wieder gelegt.
„Worauf warten Sie noch?“, Ahil klopfte mit seinem Stock ungeduldig auf den Boden.
„Einen Moment“, erwiderte ein junger Wachmann, dessen Uniform unter der Meinungsverschiedenheit mit seinem Vorgesetzten gelitten hatte. „Der eingegebene Code wird gerade vom System überprüft.“
Die explosive Kombination aus Geld und Gruppendynamik war seit jeher ein probates Mittel, um vermeintlich unüberwindbare Hindernisse aus dem Weg räumen zu lassen. Am Ende hatte das auch Lieutenant Cougar begreifen müssen.
Ahil ließ ein selbstgefälliges Grinsen aufblitzen, als die erste von drei Türen sich vor ihm öffnete.
Der Raum dahinter war etwa 3 Meter lang und 2 Meter breit. Er endete an einer mattschwarzen Panzertür, in die eine grüngetönte Glasscheibe in Dreiecksform eingelassen war.
„Das ist die Tür zur Säuredusche“, erklärte der junge Wachmann. „Sie kann nur geöffnet werden, wenn Dr. Qian die Reaktivierung unserer Sicherheitscodes bestätigt.“
„Das wird er!“, erwiderte Ahil, als wäre es selbstverständlich. Er ging vor bis zur Tür und musste feststellen, dass seine Größe gerade nicht reichte, um einen Blick durch die Glasscheibe zu werfen. „Wie sieht es da drin aus?“
„Grün“, erwiderte der Wachmann, ohne näherzukommen. „Es ist ein zehn Meter langer Gang, in dem sich die Luft über feine Düsen mit konzentrierter Säure anreichern lässt.“
„Nicht so zögerlich“, munterte Ahil seinen Begleiter auf, ihm zu folgen.
„Ich warte lieber hier. Mein Job war es, die erste Tür für Sie zu öffnen, das habe ich getan.“
„Und ich habe Sie dafür bezahlt.“ Ahil drehte sich um. Seine Gestik verriet, dass es noch mehr Geld zu verdienen gab. „Ich hätte Sie gerne an meiner Seite... Als Rückversicherung, damit sich auch weiterhin alle Türen vor mir öffnen.“

„Wie schon gesagt“, blockte der Wachmann ab, „darauf habe ich keinen Einfluss mehr. Ab hier kann Ihnen nur noch Dr. Qian weiterhelfen.“
„Sie sind viel zu bescheiden.“ Ahil zog ein zusammengerolltes Geldbündel von der Art hervor, wie er sie zuvor schon sehr großzügig verteilt hatte. „Sagen wir weitere 20.000 für jede Tür, durch die sie mich begleiten?“ Er konnte die Dollarzeichen in den Augen seines Geschäftspartners leuchten sehen. „Das bedeutet in Summe 80.000 für Sie, wenn wir gemeinsam durch die Labortür gehen.“
„60.000“, korrigierte der Wachmann. „Es sind nur noch zwei Türen.“
„Sie haben Recht.“ Ahil lächelte verlegen. „Im Kopfrechnen war ich noch nie gut. Ihre ehrliche Art gefällt mir...“ Er blickte sein Gegenüber fragend an.
„Mehmet!“, erwiderte der Wachmann und zeigte auf das Namensschild an seiner Brust.
„Mehmet!“, rief Ahil höchst erfreut aus und seufzte gleich darauf herzzerreißend. „Kann ich von hier nicht lesen. Im Alter werden die Augen leider nicht besser.“
Mehmet kam näher. „Ich weiß Ihr Angebot wirklich zu schätzen, Mr. Ahil, aber...“
„Du willst wissen, warum ich dich dabeihaben will? Ist das nicht offensichtlich, Mehmet? Ich bin ein unbewaffneter alter Krüppel. Du dagegen bist ein junger kräftiger Mann. Ich hatte gerade Gelegenheit, mich von deiner Kampfkraft zu überzeugen. Wir beide wissen, wozu Qian fähig ist. Ich will da nicht völlig ohne Schutz reingehen.“
„Aber...“
„Was hältst du von 100.000, Mehmet? Dafür versprichst du mir, dass du mich wieder sicher und wohlbehalten zurück nach draußen bringst. Ist das ein Geschäft?“ Er streckte Mehmet seine ledrige Hand entgegen und zog sie gleich darauf ein Stück zurück. „Du musst es mir versprechen! Ich verlass mich auf dich!“
Mehmet runzelte die Stirn.

Ahil zwinkerte. „Sag mir nicht, dass du in einer halben Stunde schon einmal so viel Geld verdient hast. Keiner von euch!"
Mehmet drehte sich um und blickte zurück zu seinen Kollegen, die neugierig ihre Köpfe durch den Eingang steckten. Es war klar, dass jeder von ihnen das mehr als großzügige Angebot sofort annehmen würde, falls Mehmet dumm genug wäre, es abzulehnen. „Einverstanden!" Er ergriff Ahils Hand und schüttelte sie.
„Gut!" Ahil zeigte auf die Kontrolltafel neben der Tür zur Säuredusche. „Stell jetzt eine Verbindung zum Labor her. Ich muss Qian davon überzeugen, dass er uns zu sich lässt."
Mehmet tippte seinen Zahlencode unter dem Monitor ein und wandte sich wieder Ahil zu. „Auf Qians Bildschirm leuchtet jetzt eine Anfrage zur Bestätigung auf. Er muss zustimmen, um den Code zu reaktivieren und die Tür zu öffnen. Wenn Sie wollen, können Sie jetzt mit ihm sprechen."
„Natürlich will ich!" Ahil setzte seinen Stock geschickt ein, um Mehmet von der Anzeigetafel wegzudrängen. „Qian?" Er starrte auf den schwarzen Monitor. „Qian, hören Sie mich?" Als keine Antwort kam, drehte er sich zu Mehmet und schnauzte ihn an: „Wieso sehe ich nichts?"
„Drücken Sie auf den rechten Pfeil!"
Der Monitor wurde hell und zeigte einen Schreibtisch mit leerem Drehsessel vor einer getönten Glaswand, durch die schemenhaft das Labor zu erkennen war. Im Vordergrund war verschwommen ein Stück einer schwarzen Tastatur zu sehen.
„Qian, hier ist Ahil. Hören Sie mich? Ich muss dringend mit Ihnen sprechen!" Er warf Mehmet einen flüchtigen Blick zu.
„Er kann Sie über den Laborlautsprecher hören, auch wenn er nicht vor der Kamera sitzt."
Ahil nickte. „Qian! Ich stehe hier vor dem Eingang zur Säuredusche. Die Schiebetür ist verriegelt, und ich kann leider erst zu Ihnen kommen, wenn Sie den Code bestätigen... Sie wollen doch sicher, dass wir das Projekt zu einem guten Ende bringen. Ich würde Ihnen sehr gerne dabei helfen. Hören Sie mich, Qian?"
Sekunden der Ereignislosigkeit verstrichen.

Mehmet seufzte. „Ich habe Ihnen gleich gesagt, dass es nicht leicht werden wird, ihn zu überzeugen."
Ahil wollte etwas erwidern, da huschte ein Schatten über den Monitor. Sofort galt seine Aufmerksamkeit wieder dem Geschehen auf dem Bildschirm. „Qian? Sind Sie da?"
Eine Hand zog den Sessel unter dem Tisch hervor und gleich darauf nahm der Doktor Platz. „Natürlich bin ich da! Wo stecken Sie denn so lange? Ich warte hier schon seit über einer Stunde auf Sie!" Qian beugte sich nach vorn, bis das Bild unscharf wurde, und flüsterte: „Wir müssen sehr vorsichtig sein."
Im nächsten Augenblick fiel die Tür hinter Ahil und Mehmet ins Schloss und schnitt sie von der Außenwelt ab.
„Was zum...?" Mehmet wollte gerade losfluchen, doch Ahil brachte ihn mit einer Handbewegung zum Schweigen.
„Aber natürlich müssen wir das", erklärte Ahil dem Doktor mit erzwungen ruhiger Stimme. „Ich bin immer vorsichtig."
„Sie haben keine Ahnung, was hier wirklich läuft!", flüsterte Qian. „Das ganze Projekt ist in höchster Gefahr! Wir können keinem von meinen Leuten mehr trauen."
„Ich weiß", bestätigte Ahil. „Genau darüber möchte ich mit Ihnen reden. Es wäre aber besser, wenn wir das nicht hier über das Bildtelefon besprechen würden, sondern bei Ihnen im Labor."
Qians Finger klopften etwas in die Tastatur und gleich darauf war ein metallisches Klicken in der Schiebetür zur Säuredusche zu hören. „Es ist offen!"
Ahil warf Mehmet einen auffordernden Blick zu.
„Die müsste mit Druckluft aufgehen", erklärte Mehmet.
„Qian? Die Tür geht nicht auf. Es hat nur geklickt."
„Ich habe sie lediglich entriegelt", erklärte der Doktor. „Aufschieben müssen Sie sie schon selbst."
„Wozu...?"
„Weil die Druckluftanlage sabotiert wurde!", fauchte Qian zornig. „Begreifen Sie jetzt endlich, warum wir niemandem mehr trauen können?"

Ahil wies Mehmet mit einer Kopfbewegung an, die Behauptung zu überprüfen.
Mehmet betrachtete die Kontrolltafel und tippte mit dem Finger auf ein rotes Symbol, das durchkreuzt war. Ohne ein Wort zu sagen, nickte er Ahil zu.
„Können Sie die Tür von Hand öffnen?“, flüsterte Ahil.
Mehmet schob die Ärmel seiner Uniform hoch und stemmte seine Handflächen in eine Vertiefung der Tür. Unter großer Anstrengung gelang es ihm, sie ein paar Zentimeter aufzuschieben.

***

In der Höhle auf Sokotra, zur selben Zeit:
Durch das Loch in der Höhlendecke war zwar nur ein kleines Stück des Himmels zu sehen, doch Chess, David und Lady Pendergast war auch so klar, dass die Sonne im Untergehen begriffen war.
„Ich glaube nicht, dass es reichen wird“, zeigte sich David skeptisch.
„Wir können nicht länger warten!“ Chess blickte besorgt auf die kleine Bodenerhebung, die jeden Moment im Teich zu versinken drohte. „Wenn das Wasser erst einmal da drüber ist, dann wimmelt es hier drin nur so vor Blutegeln. Schneid das Seil durch, wir nehmen, was wir haben und retten uns auf die Insel!“
„Wo bleiben Sie denn?“, rief Lady Pendergast herüber. Sie hatte sich schon vor einiger Zeit von ihrem letzten Peiniger befreit. Vor allem ihr Unterleib war schwer gezeichnet von den vielen Bissspuren.
„Wir sind gleich so weit!“, gab Chess zur Antwort. „David schneidet schon das Seil durch.“
„Beeilen Sie sich, junger Mann! Wir müssen schließlich auch noch einen Weg da rauf finden.“ Sie starrte auf das Loch über sich und verspürte ein ganz ungutes Gefühl bei dem Gedanken, diese sechs bis sieben Meter hinaufzuklettern.

„Fertig!“ David klappte das Messer zusammen und ließ es in seiner Hosentasche verschwinden.
„Gut.“ Chess sah sich ein letztes Mal um. Alles, was ihr noch einigermaßen brauchbar erschienen war, hatte sie bereits in ihrem Rucksack verstaut.
Sie zog ihre dreckige Bluse wieder an, um ihre Haut zumindest einigermaßen zu schützen.
David rollte das abgeschnittene Seil auf. „Und jetzt?“
„Jetzt kommt der leichte Teil“, erklärte Chess. „Wir müssen nur zur Insel schwimmen, ohne uns fressen zu lassen.“
„Ich würde den leichten Teil gerne überspringen.“
Sie lächelte ihn an. „Glaub mir, ich auch.“
David reichte ihr ein Ende des Seils und Chess knotete es an ihrem Rucksack fest. Als das erledigt war, suchte sie den Blickkontakt zu Lady Pendergast. „Ich werde Ihnen jetzt das Seilende zuwerfen.“
„Einverstanden!“
Chess streckte die Hand nach dem Seil aus, doch David blockte ab. „Das mache ich selbst.“
„Aber dein Kopf...“
„Halt den Rucksack fest, ich mach das.“ Er hielt das in losen Schlingen aufgewickelte Seil in seiner rechten Hand und begann, gefühlvoll zu schwingen. *Eins... zwei... drei!* Mit mehr Präzision, als er sich selbst zugetraut hätte, segelte das Seilende in Richtung Insel, überflog Lady Pendergast und traf sogar noch die gegenüberliegende Höhlenwand.
„Guter Schuss!“, lobte Chess.
„Sie hätten Cowboy werden sollen, junger Mann“, merkte Lady Pendergast an. „Dazu haben Sie offenbar mehr Talent als zum Archäologen.“ Sie bückte sich und hob das Seil auf.
„Gut festhalten!“, kommandierte David. „Ich hänge jetzt die Kamera drauf.“
„Wozu?“, fragte Chess, die im Moment ganz andere Sorgen hatte als Lady Pendergasts Fotoserie für den Museumsclub.
„Ich mache nur meinen Job.“ David wies Chess an, das am Rucksack befestigte Ende ebenfalls anzuheben, sodass das Seil in Brusthöhe über den Teich verlief. „Auf deiner Seite noch ein

Stück höher, Chess... Gehen Sie noch weiter in die Knie, Lady Pendergast! Ja, so ist es gut."
Die Kameratasche kam auf dem schräg gespannten Seil ins Rutschen und landete gleich darauf wohlbehalten und trocken bei Lady Pendergast. „Hab sie!" Sie stellte die Tasche neben sich ab und widmete sich dem nächsten Teil des Plans. Ihre beiden Hände umklammerten das Seil und übten leichten Zug aus. „Ich hoffe, dass das klappt", rief sie David zu.
„Glauben Sie mir, ich auch!" Er drehte sich zu Chess und forderte sie mit einer Geste auf, sich bereitzumachen. „Du zuerst!"
„Vergiss es. Wir gehen gleichzeitig!"
„Im Ernst?"
„Natürlich! Erstens müssen sich die Viecher dann aufteilen und zweitens bleibt uns gar nicht mehr genug Zeit, darüber zu diskutieren. Los jetzt!"
„Bei drei?"
„Bei drei!" bestätigte Chess und machte sich bereit, den immer noch am Seil hängenden Rucksack ins Wasser zu werfen. „Sie zählen, Lady Pendergast!"
Lady Pendergast bestätigte und begann, langsam, aber lautstark zu zählen. „Eins... zwei... drei!"
Etwa bei *eineinhalb* hatte Chess den Rucksack in hohem Bogen nach links katapultiert, wo er knapp vor *drei* laut platschend aufschlug und für ordentliche Wellenbewegungen sorgte, die sofort das Interesse der Blutegel weckten.
„Jetzt!", rief David beim Absprung, doch da war Chess bereits in der Luft. Angesichts seiner Stirnnaht hatte er auf einen Kopfsprung verzichtet und sich für einen Bauchklatscher entschieden. Chess tauchte deutlich graziler in die Fluten und hatte dadurch über einen Meter Vorsprung.
„Schneller!" Lady Pendergast feuerte die beiden an, während sie den Rucksack wie einen Anker einholte. Sie hoffte, die Aufmerksamkeit möglichst vieler Blutegel auf ihren Köder lenken zu können, um den beiden Schwimmern eine so intensive Begegnung mit den Tieren zu ersparen wie jene, die sie selbst gemacht hatte. „Ziehen Sie ordentlich durch!"

Was bei Chess' Schwimmbewegungen relativ leicht aussah, wirkte bei David deutlich verkrampfter. Er lag bereits eineinhalb, fast zwei Meter hinter Chess zurück und sein Verband war über das rechte Auge gerutscht.
„In welcher Wüste haben Sie das Schwimmen gelernt?", rief Lady Pendergast.
David keuchte und schnaufte auf dem Weg durch das Wasser.
„Das kriegt doch sogar ein Sack gebrauchter Kartoffeln besser hin als Sie!" Lady Pendergast war sich fast sicher, dass Mr. Wilder sie nicht hören konnte, gab aber trotzdem ihr Bestes, um ihn anzutreiben. Die Geschwindigkeit, mit der sie den Rucksack zu sich heranzog, passte sie an Davids Schwimmtempo an.
Chess erreichte die Insel als Erste und hatte es noch nie so eilig gehabt, aus dem Wasser zu kommen. „Diese blöden Viecher!" Sie schlug mit den Händen wild auf die Blutegel ein, die wie schwarze Blätter an ihr klebten.
„Sie sind der Letzte, Mr. Wilder!" Lady Pendergast ließ David nicht aus den Augen. „Den Letzten beißen die Egel!"
„Nicht nur den Letzten. Drecksviecher!", fluchte Chess und konnte im Augenwinkel erkennen, dass auch David das Ufer erreichte. Sie trotzte dem übermächtigen Reiz, sich auf der Stelle von den Blutsaugern zu befreien und streckte David die Hand entgegen, um ihm an Land zu helfen.
„Schön, dass Sie da sind!", kommentierte Lady Pendergast die sichere Landung ihrer beiden Mitstreiter. „Kümmern Sie sich um den Rücken Ihres Assistenten, ich klaub die Biester in der Zwischenzeit von Ihnen ab!"
Geschockt nahm David zur Kenntnis, wie viele Blutegel sich in der kurzen Zeit im Wasser an ihm festgesaugt hatten. Einige ließen sich sehr leicht entfernen, doch die meisten mussten wie unreifes Obst abgerissen werden. Durch das schmerzstillende Mittel, das die Egel ihren Opfern beim Zubeißen injizierten, waren die Attacken selbst fast schmerzfrei.
Das Entfernen verlief allerdings nicht immer nach Plan. Einige besonders wehrhafte Tiere blieben selbst dann noch in der Haut ihrer Beute verhakt, wenn sie um ein oder zwei Zentimeter

angehoben wurden. Es war zudem keine ganz unblutige Angelegenheit, die Egel mitten im Saugen brutal zu entfernen.
„Je schneller die Viecher runterkommen, umso besser“, erklärte Lady Pendergast. „Gar nicht lange fackeln, sondern so viel wie möglich herunterreißen.“
„Genau mein Plan!“, bestätigte David, der gar nicht merkte, dass er drei Blutegel an der Stirn kleben hatte.
„Ziehen Sie die Bluse aus, Chess!“
„Du auch, David!“, gab Chess den Befehl an ihren Vordermann weiter.
David entblößte seinen Oberkörper und fand auf Anhieb über ein Dutzend Egel auf Brust und Bauch verteilt. „Man spürt sie überhaupt nicht.“
„Das ist der Sinn der Sache.“ Lady Pendergast zählte über dreißig Tiere auf Chess’ Rücken. Die meisten waren bereits festgesaugt, andere schoben sich sehr zielstrebig in Richtung Nacken und Hals.
Chess klaubte drei Blutegel aus ihrem BH. „Die sitzen sogar in der Unterwäsche!“
„In der Unterwäsche?“ David zuckte zusammen.
„Was dachten Sie denn?“, fragte Lady Pendergast. „Glauben Sie, die scheren sich etwas um Ihr Schamgefühl? Sie wollen bestimmt nicht wissen, wo ich die Biester schon überall gefunden habe.“
„Sie haben Recht“, sagte David mit tonloser Stimme. „Das will ich nicht wissen.“
„Wir müssen uns beeilen“, drängte Lady Pendergast. „In spätestens einer Stunde sitzen wir hier im Dunkeln.“
„Schlimm genug“, pflichtete Chess bei und entfernte zwei Blutegel aus Davids Kniekehle. „Aber in spätestens zwei bis drei Stunden steht unsere Insel komplett unter Wasser und dann...“

***

Zugang zur Säuredusche, Sanctuary Island II:

Ahil hatte Mehmet angewiesen, die schwere Panzertür zur Säuredusche von Hand zu öffnen. Obwohl Mehmet vollen Einsatz leistete, bewegte sich die Tür bei jedem Versuch nur zentimeterweise zur Seite.
„Machen Sie weiter!“, drängte Ahil.
Mehmet verzog angestrengt das Gesicht und erkämpfte sich ein weiteres Stück.
„Sind Sie noch da?“ Qians verschwörerische Stimme lenkte Ahils Aufmerksamkeit wieder auf den Monitor.
„Ja!“
Qian presste seinen Zeigefinger auf die Lippen und blinzelte in die Kamera. Dann hielt er einen vorbereiteten Zettel hoch. In großen Buchstaben stand darauf geschrieben:

Ich bin nicht verrückt! Sagen Sie nichts, sondern nicken Sie nur, wenn Sie überleben wollen!

Mehmet stöhnte vor Anstrengung. „Es wäre einfacher, wenn Sie mir helfen würden.“
Ahils Blick wechselte zur Tür und wieder zurück zum Monitor. Der Zettel war verschwunden, und Qian starrte abwartend in die Kamera.
„Ich schaff das nicht allein!“ stieß Mehmet hervor. „Sie müssen mir helfen!“
Ahil machte einen zögerlichen Schritt, drehte sich noch einmal um und nickte flüchtig in die Kamera. „Ich bin schon da!“ Er stellte sich neben Mehmet und steckte seinen Stock in den etwa zwanzig Zentimeter breiten Spalt. Die Panzertür, die für gewöhnlich mittels Druckluft zur Seite glitt, zeigte sich betont schwergängig und widerspenstig.
Mehmet stemmte sich mit dem ganzen Körper dagegen, während Ahil mit dem Stock nachdrückte. Der Spalt wurde ruckweise breiter, bis er schließlich groß genug war, um sich durchzuzwängen.
„Ich denke, das sollte reichen!“ Mehmet lehnte sich mit dem Rücken gegen die Wand und wischte sich den Schweiß von der Stirn. „Ich hätte nicht geglaubt, dass wir es schaffen.“

„Noch ist es nicht so weit. Gehen Sie nachsehen, ob die Tür zum Labor auch entriegelt ist!“, befahl Ahil.
„Eine kleine Pause...“
„Sofort!“, wurde Ahil deutlicher und wies mit dem Stock den Weg. „Bei Ihrem Gehalt kann ich mir keine Pausen leisten.“
Mehmet verzog widerwillig das Gesicht und zwängte sich durch den Spalt in die Säuredusche. Über zehn Meter musste er zurücklegen, um die dritte und letzte Tür zu erreichen, die direkt ins Labor führte.
Ahil wartete ungeduldig.
„Ist entriegelt!“, rief Mehmet. „Und sie geht genauso schwer auf wie die andere!“
„Fangen Sie ruhig schon ohne mich an!“ Ahil hatte allen Grund, misstrauisch zu sein.
Mehmet mühte sich eine Weile ab, gab sich dann aber geschlagen. „Keine Chance. Diese Tür kriegen wir nur gemeinsam auf.“
Ahil zögerte.
„Haben Sie mich gehört? Ohne Ihre Hilfe wird das nichts!“
„Na, schön!“ Ahil zwängte sich durch den Spalt. „Ich komme schon!“ Geistesgegenwärtig klemmte er seinen Stock so in die Tür, dass diese sich nicht hinter ihm schließen konnte - zumindest dachte er das.
„Sie unten, ich oben“, schlug Mehmet vor, als Ahil auf ihn zuhinkte.
„Von mir aus.“
Ahil musste sich bald eingestehen, dass er ohne seinen Stock nicht die geringste Chance hatte, die Tür zum Labor aufzuschieben. Nach mehreren erfolglosen Versuchen brach er ab: „Warten Sie, ich hole meinen Stock!“
Mehmet atmete kräftig durch. Er schien nichts gegen eine kleine Pause einzuwenden zu haben.
Ahil hinkte zurück zur anderen Tür und packte den festsitzenden Stock mit beiden Händen. Kaum hatte er ihn herausgezogen, ertönte ein kurzes Piepsen. Es kam von der Türkontrolltafel im Nebenraum. Auf dem Display wechselte die Druckluftanzeige von Rot auf Grün. Ein lautes Zischen war

zu hören, als die Türsteuerung wieder unter Druck gesetzt wurde.
„Nein!" Hilflos musste Ahil mitansehen, wie sich die Panzertür vor seiner Nase zuschob und schließlich mit einem satten Schlag einrastete. „Nein!" Er hämmerte mit dem Stock gegen den Stahl, was sich kaum lauter anhörte als zu Boden fallende Stecknadeln.
Umso heftiger tönte plötzlich ein Donnerschlag hinter ihm. Ahil wirbelte so schnell herum, dass er sich dabei fast selbst von den Beinen riss. Der Anblick trieb ihm den kalten Schweiß auf die Stirn. Nicht nur, dass auch die zweite Tür zugegangen war, von Mehmet fehlte jede Spur. „Qian!"
Ahil hämmerte erneut gegen den Stahl. „Qian!" In seiner Aufregung schenkte er dem kleinen Monitor neben der Tür keine Aufmerksamkeit, auf dem Qian an seinem Schreibtisch zu sehen war.
Der Qualm von Räucherstäbchen verlieh der Szene einen fast schon mystischen Charakter, als der Doktor tief Luft holte und fanatisch grinste. Qian hatte allen Grund, mit sich und dem Universum zufrieden zu sein. Ihm war es endlich gelungen, den Dämon zu fangen.
Qians rechte Hand glitt zufrieden über die Steuerung für die Säuredusche, während er gebannt den Bildschirm im Auge behielt, auf dem die verhasste Dämonenfratze zu sehen war. Der Dämon fauchte und zischte, hämmerte seine Flüche gegen die Wand, doch das alles würde ihm nun nichts mehr helfen. Qian hatte seinen Feind in die Falle gelockt. Jetzt musste er nur noch die Säurekonzentration entsprechend erhöhen: von Normalbetrieb auf Selbstreinigung.
„Schrei nur, Dämon! Schrei, so laut du kannst!" Vom Wahnsinn getriebenes Lachen tönte aus den Lautsprechern der Säuredusche, prallte von den kalten Metallwänden zurück und ließ Ahil das Blut in den Adern gefrieren.
„Aus der Drachenhöhle gibt es kein Entkommen für dich! Ich weiß jetzt, wie ich dich besiegen kann. Der Feind des Dämons ist der Drache! Sein Feuer wird die Welt von dir befreien!" Er

aktivierte die Pumpen im Säuretank, die daraufhin begannen, Druck in den Leitungen aufzubauen.
„Qian!“, kreischte Ahil. „Sie wissen nicht mehr, was Sie tun!“
Der Doktor erhob seine bebende Stimme so laut, dass sie alles störende Gebrüll übertönte. „Gott schickte das Feuer der Drachen, um die Erde von allen Dämonen zu reinigen... Ich schicke dir das Feuer, Dämon! Vernichtet ihn, meine göttlichen Drachen! Vernichtet ihn!“ Mit einem Knopfdruck öffnete er die Auslassventile in der Decke, durch die hochkonzentrierte Säure zunächst nur als feiner Sprühnebel austrat.
„Qian! Sie verdammter...“
Der Doktor war viel zu sehr mit der Befriedigung seiner Sucht beschäftigt, um noch ein offenes Ohr für Ahils verätzte Schreie zu haben.
Qian inhalierte den süßlichen Rauch, wodurch das Brüllen und Husten des Dämons immer mehr an Intensität verlor. Eine Zeit lang war noch das Fallen von Stecknadeln zu hören, doch letztlich verstummte auch das.

***

In der Höhle auf Sokotra:
Chess, David und Lady Pendergast hatten sich von ihren blutgierigen Peinigern befreit und standen auf der kleinen Insel in der Mitte des Teichs, die langsam in den Fluten zu versinken drohte. Trotzdem gab die Malerei an der Höhlenwand Anlass für einen kurzen Moment der Freude.
„Sind wir dann fertig mit den Fotos?“, fragte David mit leicht nervösem Tonfall.
„Zur Sicherheit noch eines von dieser Seite!“, verlangte Lady Pendergast und brachte sich vor der Höhlenmalerei neben dem Wasserfall in Pose. Das mit Erdtönen gezeichnete Bild zeigte eine Jagdszene. Neben drei Strichmännchen mit Speeren lagen mehrere große Tiere in einem Teich. Chess und die anderen hatten ihre Fantasie nicht sonderlich bemühen müssen, um sie als Krokodile zu deuten.
David seufzte.

„Etwas mehr Respekt vor der Wissenschaft, junger Mann. In ein paar Stunden versinkt diese archäologische Sensation im Wasser und Sie sind einer der Letzten, der sie sieht!“
„Ich bin vermutlich auch der Letzte, der *Sie* sieht, wenn wir hier nicht bald rauskommen.“
Chess räusperte sich. „Ich glaube, wir haben jetzt genug Fotos. So schön die Höhlenmalerei auch ist, die Bilder helfen uns nichts, wenn wir es nicht aus der Höhle schaffen.“
„Na gut“, seufzte Lady Pendergast enttäuscht und machte einen Schritt nach vorn.
Ist das ein Kreuz? David war bisher viel zu sehr mit der Sorge um die Blutegel beschäftigt gewesen, als dass er sich das Motiv im Sucher der Kamera genauer angesehen hätte. „Ich glaube, da unten ist ein Kreuz.“
„Schon möglich“, erwiderte Chess wenig interessiert.
„Gehen Sie ein Stück nach rechts!“ David winkte Lady Pendergast entschlossen zur Seite.
„Lassen Sie's gut sein! Chess hat völlig Recht, wir haben wirklich schon genug Fotos.“
„Aber nur solche, auf denen Ihr dicker Fuß das Kreuz der Schatzkarte verdeckt.“
„Mein was?“ Lady Pendergast blähte ihre Wangen wie ein gereizter Truthahn und änderte die Hautfarbe auf Knallrot.
„Welche Schatzkarte?“, warf Chess rasch dazwischen.
David griff den Themenwechsel dankend auf. „Die Linien rechts neben dem Kreuz sehen so aus, als würden sie zu einer Landkarte gehören.“
„Ich sehe keine Linien.“
„Die sieht man nur im Sucher“, erwiderte er. „Die Kamera hellt sie auf. Würden Sie jetzt bitte...“
Der Blick der Rothaut traf David wie ein vergifteter Pfeil.
„Sorry, war nicht so gemeint“, sagte er mit viel Eile und wenig Überzeugung. „Das X markiert den Schatz auf einer Karte, die gleich im Teich versinkt. Jetzt gehen Sie schon zur Seite!“
„Das ist ja wieder typisch für Sie, junger Mann!“, schimpfte Lady Pendergast und machte zwei Schritte. „Erst jammern Sie um Ihr armseliges Leben, während die Wissenschaft bedroht

scheint, und jetzt können Sie gar nicht genug Zeit damit verschwenden, dieses blöde Gekritzel abzulichten."
„David?", fragte Chess.
„Nur noch eines."
„David!"
„Gleich."
„Die Blutegel kommen!", brüllte Lady Pendergast so laut, dass David vor Schreck fast die Kamera fallen ließ.
„Wo?"
„Falscher Alarm", bemerkte die alte Dame mit einem schadenfrohen Grinsen und nahm ihm die Kamera aus der Hand. „Wir haben jetzt Wichtigeres zu tun!"
„Genau!" Chess blickte zu dem fast vier Meter großen Loch in der Höhlendecke. „Nachdem wir alle wieder bei der Sache sind, sollten wir uns endlich darum kümmern, da hinaufzukommen. Ich halte es für die beste Idee, den Rucksack ans Seil zu binden und nach draußen zu werfen. Mit etwas Glück bleibt er irgendwo zwischen den Felsen hängen und wir können am Seil hinaufklettern."
„Das sind locker sechs Meter", gab Lady Pendergast zu bedenken. „Ich glaube nicht, dass ich den Rucksack so hoch werfen kann."
„Leicht wird es nicht", bestätigte Chess. „In jedem Fall müssen wir Knoten ins Seil machen, um daran hochklettern zu können. Ich schlage vor, wir machen jeden halben Meter einen, dann verlieren wir nicht zu viel von der Länge."
David riss sich von seiner Schatzkarte los und blickte skeptisch nach oben, wo die Strahlen der Nachmittagssonne nur noch einen schmalen Grat der Höhlendecke beleuchteten. Insgeheim hoffte er noch immer darauf, dass Hiob kommen würde, um sie zu retten.
„Mach dich nützlich!" Chess drückte ihm den Rucksack in die Hand. „Du musst das Seil so festbinden, dass es sich auf keinen Fall wieder lösen kann."
David nahm den Rucksack und kniete sich hin. „Meinst du nicht, dass Hio... van Hauwe schon nach uns sucht?"

Chess machte den ersten Knoten in das Seil. „Klar tut er das! Wir dürfen aber nicht vergessen, dass wir ein paar hundert Meter tief in den Fels vorgedrungen sind. Wenn man die Abzweigungen berücksichtigt, ergibt das schon einige Quadratmeter, die er nach uns absuchen muss. In jedem Fall wird er es leichter haben, uns zu finden, wenn er da draußen unseren Rucksack liegen sieht.“

„Wir könnten eines unserer Handys rauswerfen.“ David schob seinen Verband nach oben, der ihm schon fast über die Augen gerutscht war. „Mit etwas Glück hat es da oben Empfang und van Hauwe hört es läuten.“

„Na, ich weiß nicht.“ Lady Pendergast rümpfte die Nase. „Bei Ihrem Glück treffen Sie ihn damit am Hinterkopf und schalten unseren Retter aus.“

„Ich halte das auch für keine gute Idee“, sagte Chess. „Mit hoher Wahrscheinlichkeit geht das Handy bei der Landung kaputt. Nachdem ohnehin schon eines nass geworden ist, sollten wir die beiden verbliebenen nicht auch noch riskieren. Sobald der Erste von uns aus der Höhle raus ist, brauchen wir eine Möglichkeit, um nach Hilfe zu rufen.“

„Wer von uns soll denn als Erster da hoch?“ Davids Blick galt Lady Pendergast, die ihm gar nicht zuzuhören schien.

„Bilde ich mir das nur ein, oder fangen die Viecher an, an Land zu klettern?“

„An Land?“ Chess’ Aufmerksamkeit war auf den Boden gerichtet. „Warum sollten sie...“

„Blut!“ Lady Pendergast hatte bereits die passende Erklärung parat. Sie zeigte auf ein paar Tropfen, die wie eine Spur vom Inselrand in die Mitte führten.

„Aber woher...?“ Gleichzeitig blickten Chess und Lady Pendergast zu David.

„Was seht ihr mich so an?“

„Das muss von deiner Kopfwunde stammen.“

„Na, bravo! Jetzt lockt er uns die Biester auch noch an.“ Lady Pendergast warf drei besonders wagemutige Blutegel zurück ins Wasser.

Chess rupfte eine Hand voll Blätter ab und verrieb die Blutstropfen auf dem felsigen Untergrund. „Zum Glück kommen die Egel an Land nicht sehr weit, aber wir müssen trotzdem vorsichtig sein."
Lady Pendergasts strenger Blick sprach Bände: *Hören Sie sofort auf zu bluten!*

***

Quartier von Cornelia Simmons, Sanctuary Island II:
Cornelia lief im Zimmer auf und ab. Sorgenvoll blickte sie auf die Uhr. *Wann kommt Ahil endlich zurück?* Sie hatte von Anfang an Bedenken wegen Qian gehabt. Der Doktor war ihr nicht nur extrem unsympathisch, sie stufte ihn auch als extrem gefährlichen Fanatiker ein, der sich durch nichts und niemanden von seinem Vorhaben abbringen lassen würde. Umso weniger konnte sie sich sein derzeitiges Verhalten erklären.
Cornelia öffnete den Kühlschrank, der gerade groß genug für die Weinflasche war, und schenkte sich ein weiteres Glas des roten Tropfens ein.
Sie ließ sich in den Sessel sinken und dachte über all die Möglichkeiten nach, die dieses einzigartige Projekt ihr eröffnen würde. Nie zuvor hatte jemand ihre Arbeit so zu schätzen gewusst wie die beiden Auftraggeber, von denen sie selbst erst einen zu Gesicht bekommen hatte. *Wenn ich mir vorstelle, dass er Qian in diesem Zustand sieht...*
Es klopfte an der Tür.
Cornelia nahm das Glas von den Lippen und sprang auf. „Na endlich!" Die Warterei hatte sie entnervt. Mit zwei schnellen Schritten war sie bei der Tür und riss sie auf. „Wo waren Sie denn so...?"
„Ms. Simmons?", fragte ein großgewachsener Mann, bei dem Cornelia große Mühe hatte, ihn sich ohne Vollbart vorzustellen.
„Ja?"
„Mein Name ist Achterberg. Ich arbeite in der Küche und wurde hergeschickt, um Ihnen ein paar Fragen zu dem...

bedauerlichen Unfall zu stellen.“ Seine Körpersprache ließ Cornelia ein Stück zurückweichen.
„Ich habe schon alles gesagt, was ich weiß!“ Es war nicht zu übersehen, dass sie sich angesichts seiner Vorwärtsbewegung in die Defensive gedrängt fühlte.
„Nur noch ein paar Kleinigkeiten“, beruhigte Achterberg und forderte sie mit einer Handbewegung auf, Platz zu nehmen.
„Na schön.“ Cornelia rang ihren Lippen ein Lächeln ab, bevor sie ihm den Rücken zudrehte und zum Tisch zurückging. „Was genau wollen Sie mich fragen?“ Ihre Aufregung verhinderte, dass sie die verräterische Veränderung in ihrer Stimme wahrnahm. Wie aus dem Nichts hielt sie plötzlich eine Pistole in der Hand, die auf Achterbergs Kopf gerichtet war.
Nur einen Lidschlag später war Achterberg nach links weggetaucht und hatte seine rechte Hand von vorn um den Griff der Waffe gelegt. Aus der Bewegung heraus verdrehte er die Pistole, was Cornelias um den Abzug gelegter Zeigefinger mit einem schmerzvollen Knacksen kommentierte. Ihr Aufschrei verstummte sofort, als Achterbergs linke Hand ihren Hals erreichte.
Tränen schossen Cornelia ins Gesicht und ihr rechter Arm zuckte wie bei einem epileptischen Anfall. Sie spürte unbeschreiblichen Schmerz, doch nur ein leises Wimmern verließ ihre Lippen.
„Ich habe kein Interesse an Ihrem Tod“, erklärte Achterberg mit ruhiger Stimme. „Falls Sie Ärger machen, werde ich diesen Nervenstrang aber so verletzen, dass Sie sich wünschen, ich hätte Sie getötet.“ Er drückte seinen Daumen fester in Cornelias Haut und sie verlor vor Schmerz fast das Bewusstsein.
„Ich sehe, wir verstehen uns.“ Achterberg lockerte den Druck wieder. „Mich interessiert nur das Tuch, das Sie und Ihre Freunde gestohlen haben. Zwinkern Sie, wenn Sie mich hinführen wollen.“
Cornelias Antwort presste dicke Tränen unter den Augenlidern hervor.

„Gut!“ Achterberg ließ Cornelias Waffe in seinem Hosenbund verschwinden und veränderte ohne Vorwarnung seinen Griff. Bevor Cornelia verstand, was mit ihr passierte, hatte Achterberg sie bereits an ihrer linken Hand genommen und signalisierte durch eine ruckartige Drehbewegung, wie schmerzvoll der Ausflug werden konnte.
Cornelia sank ruckartig in die Knie, um das Splittern ihres Handgelenks zu verhindern.
Achterberg lockerte seinen stählernen Griff. „Bleiben Sie immer in meiner Nähe, dann kommen Sie mit dem gebrochenen Zeigefinger davon.“
Cornelia schnupfte, um ihren Tränenfluss unter Kontrolle zu bringen.
Draußen begann eine Sirene zu heulen.
„Zeit für uns zu gehen!“, reagierte Achterberg. „Wohin müssen wir?“
„Das Tuch ist in dem Gebäude hinter dem Klonlabor, ein Deck höher.“
„Genauer!“, verlangte Achterberg.
„Die silberne Halle mit dem roten Streifen.“
„Dann los!“ Er schob seine Geisel durch die Tür und führte sie wie ein Puppenspieler über das Deck.
Das Sirenengeheul wurde lauter, je näher sie den Treppen kamen.
„Was ist passiert?“, fragte eine eingeschüchterte Cornelia.
„Sie sollten sich mehr Sorgen darum machen, was mit Ihnen passiert, falls ich das Tuch nicht bekomme.“ Achterberg drängte sie in Richtung Treppe.
Als sie das Labordeck erreichten, bekam das Sirenengeheul endlich ein Gesicht. Eine schwarze Rauchsäule stieg hinter den Säureduschen auf.
Cornelia wurde langsamer. „Dort drüben brennt es!“
„Ein Grund mehr, dass wir uns beeilen.“ Achterberg drehte am Handgelenk, um seine Begleiterin zu motivieren.
Obwohl noch keine Flammen zu sehen waren, schien klar, dass einer der Laborabschnitte in Brand geraten war. Die

Rauchsäule wurde immer dichter und breitete sich in alle Richtungen aus.
Der Ursprung des Brandherds lag in Qians Klonlabor. Nachdem der Doktor den ersten Dämon höchst erfolgreich bekämpft hatte, zwang ihn sein Wahn dazu, auch den Rest der Welt mit Feuer zu reinigen. Die Flammen sollten sich wie göttlicher Atem über die Schatten der Vergangenheit legen und alle Schuld sühnen.
Hastig öffnete Qian eine Art Thermoskanne, aus der weiße Nebelschwaden stiegen. Anschließend holte er aus einem Probenschrank einen winzigen Metallbehälter, den er in die Thermoskanne fallen ließ.
Qian spürte die Hitze des schnell wachsenden Feuers bereits in seinem Rücken, als er das Labor verließ und in die Säuredusche trat. Ein stechender Geruch schlug ihm entgegen, der schon beim ersten Atemzug bis tief in die Lungen schmerzte. Qian blinzelte instinktiv, um gegen das Brennen in seinen Augen anzukämpfen. Obwohl die Säuredusche deaktiviert war, stiegen vom Boden immer noch Dämpfe auf.
Ohne Ahils zersetzten Überresten große Bedeutung zu schenken, stapfte der Doktor hustend auf den Ausgang zu. Er hatte es zurecht eilig, die Säuredusche zu verlassen, denn seine Schuhsohlen begannen bereits, sich aufzulösen und hinterließen auf dem Boden klebrige Spuren.

***

Kurz darauf vor dem Klonlabor auf Sanctuary Island II:
Das Feuer im Klonlabor breitete sich mit beängstigender Geschwindigkeit aus. Da Qian alle Türen der Säuredusche geöffnet hatte, war ein langer Gang entstanden, durch den die Flammen gierig die Luft ansaugten.
Fast zwei Dutzend Männer kämpften bereits gegen die Feuersbrunst an und versuchten, ein Übergreifen auf die benachbarten Einrichtungen zu verhindern. Verglichen mit ihnen liefen Wissenschafter und Hilfspersonal scheinbar planlos herum. Der Feueralarm hatte längst die gesamte

Besatzung nach draußen getrieben und in helle Aufregung versetzt.
In den unteren Decks bereitete das Sicherheitspersonal eine Evakuierung vor. Sollte es nicht gelingen, das Feuer unter Kontrolle zu bringen, war das Räumen von Sanctuary Island II der nächste logische Schritt.
Der Bereich unmittelbar hinter dem Klonlabor galt als hochriskante Schlüsselstelle, da dort ein Chemikalienlager untergebracht war. Keiner wollte sich zu diesem Zeitpunkt vorstellen, wie die dort gelagerten Substanzen bei direktem Flammenkontakt reagieren würden.
„Wir brauchen sofort mehr Löschpulver!“, brüllte einer der Verantwortlichen.
„Ist schon unterwegs!“, rief ein anderer zurück und schlug mit seiner Axt ein Lüftungsgitter ein.
Keiner der Anwesenden fand Zeit, sich um die beiden Gestalten zu sorgen, die dem Feuer so gut wie keine Beachtung schenkten, sondern ihren eingeschlagenen Weg sehr zielstrebig fortsetzten.
Achterberg und Cornelia Simmons hatten die Halle mit dem roten Streifen fast erreicht, in der sich das gestohlene Grabtuch befand. Zwar hatte Achterberg keine Ahnung, wie es zu dem Feuer gekommen war, die allgemeine Panik spielte ihm aber voll in die Hände.
„Gehen Sie weiter!“, drängte er und unterstrich seine Forderung mit einem Verdrehen von Cornelias Handgelenk.
Ein ersticktes Stöhnen signalisierte, dass die Botschaft angekommen war.
Wenige Schritte später kam Cornelia vor dem Kartenleser der Tür zu stehen. „Sie wollen doch nicht wirklich da reingehen?“
„Wir beide gehen da rein!“, stellte Achterberg klar.
„Ich habe keine Karte“, log Cornelia.
„Nehmen Sie die!“ Achterberg hielt ihr mit der Linken eine silberne Zugangskarte unter die Nase.
„Woher...?“
„Machen Sie schon!“ Sein nervöses Handgelenk verstand es, den Worten Nachdruck zu verleihen.

Cornelia hielt die Karte über das Lesegerät und sogleich ließ ein Summen die Tür aufspringen.
„Rein da!“ Mit einem abschließenden Blick stellte Achterberg sicher, dass ihnen niemand folgte, dann verschwand er mit Cornelia in dem Gebäude.
„Wir müssen hier sofort weg!“, verlangte Cornelia, als die Tür hinter ihnen zufiel.
Achterberg verschaffte sich einen Überblick über den Raum, der nur von grüner Notbeleuchtung erhellt wurde. Die kleinen Fenster in der Rückwand waren vergittert und mit schwarzer Folie abgeklebt. Selbst in diesem Halbdunkel war der riesige Tisch klar auszumachen, auf dem das Tuch ausgebreitet lag. Anders als beim letzten Mal, als Alon es im Naturhistorischen Museum in Wien gesehen hatte, war es diesmal nicht durch dicke Panzerscheiben geschützt. Stattdessen musste eine dünne Plexiglaskonstruktion genügen.
„Hören Sie nicht?“, wiederholte Cornelia eindringlich. „Wir müssen sofort hier weg. Das Feuer kann jeden Moment durch die Wand kommen.“ Ihr Kinn deutete in Richtung der Trennwand zum angrenzenden Lagerraum. „Da drin lagern Chemikalien.“
„Welche Chemikalien?“ Achterberg dirigierte sie in Richtung Tisch.
„Alles mögliche! Ätzend, giftig, explosiv...“
„Klingt gefährlich“, erwiderte er gleichgültig. „Öffnen Sie die Abdeckung!“
„Sind Sie verrückt?“ Cornelia war kurz davor, angesichts der anrückenden Flammenhölle in Panik zu geraten. „Wir müssen weg!“
„Nicht ohne das Tuch.“ Er ließ ihren Arm los und hielt ihr im selben Moment bereits die Pistole an den Hinterkopf.
„Ich will nicht sterben!“, brüllte sie. „Lassen Sie mich gehen, bitte!“
Achterberg erkannte, dass seine Geisel ihren Zweck erfüllt hatte und zog die Waffe ein Stück zurück, um ein kurzfristiges Gefühl von Sicherheit zu vermitteln. „Ich soll Sie von David grüßen lassen.“

Sie zuckte zusammen, als wäre der Name eine spitze Klinge, die sich in ihre Brust bohrte. Mit weit aufgerissenen Augen drehte sie sich um, als ergäbe plötzlich alles einen Sinn. „Sie... Sie sind..."

Achterberg beendete die Geiselnahme, indem er Cornelia mit einem Schlag gegen die Schläfe zu Boden schickte. „Ruhen Sie sanft, Ms. Wilder, Simmons, Preston oder wie immer Sie gerade heißen."

Es bereitete Achterberg keine große Mühe, die lose Plexiglasabdeckung zu entfernen und das Tuch freizulegen. Von seinem Einsatz in Wien wusste er, dass es am besten war, das Tuch aufzurollen. Keinesfalls durfte es gefaltet werden, da die Knicke den Stoff beschädigen könnten.

Bevor er das Tuch aufrollte, ging er zu einem Tisch am Rande des Raums. *Das müsste passen!* Mit einem wuchtigen Tritt gegen das Tischbein riss er es aus der Verankerung. Zwei gezielte Schläge gegen die Wand lösten die verbliebenen Splitter von dem Aluminiumrohr ab.

Anschließend fetzte er die Papierlade eines herumstehenden Druckers heraus und verteilte die leeren Blätter gleichmäßig auf dem Tuch. *Ich hoffe, dem Ding passiert nichts. Souzan-Chaya killt mich, wenn etwas schiefgeht.* Er legte das Rohr auf den Rand des Tuchs und begann, es vorsichtig aufzurollen.

Ein ploppendes Geräusch aus dem Nebenraum rief ihm Cornelias warnende Worte wieder in Erinnerung. Wenn sich tatsächlich schon die ersten Kanister verabschiedeten, war es höchste Zeit, auch selbst das Weite zu suchen.

Achterberg blickte von seiner Arbeit auf und bemerkte mit Sorge, dass sich im oberen Teil der Wand ein schwarzer Fleck bildete, um den die Farbe abzuplatzen begann. Ein untrügliches Zeichen dafür, dass die Flammen im Nebenraum bereits bis unter die Decke loderten.

Sieht so aus, als wäre eines Ihrer Experimente nicht ganz nach Plan verlaufen, Dr. Qian. Achterberg rollte schneller und nahm billigend in Kauf, dass sich die eine oder andere Falte einschlich. *Tut mir leid, Souzan-Chaya, aber bügeln musst du das Tuch dann selbst.*

Wieder war das Platzen eines Kanisters zu hören, dem ein pfeifendes Zischen folgte.
Achterberg war fast fertig. Er hob sein Hosenbein an und zog eine zur Hälfte im Socken steckende Rolle Frischhaltefolie hervor. Hastig wickelte er das aufgerollte Tuch damit ein, um es vor Feuchtigkeit zu schützen.
Und jetzt raus hier! Er klemmte sich die einen Meter lange Rolle unter die Achsel und stürzte zur Tür. Dass die Chemikalien hochgehen würden, stand außer Zweifel. Die Frage war nur noch, wie viele Sekunden Achterberg blieben, um sich in Sicherheit zu bringen.
Er riss die Tür auf und stürmte nach draußen. Dabei stieß er fast mit einem der Wachleute zusammen. Einen Augenblick lang überwog noch die Erleichterung über die vermiedene Beinahekollision, dann wurden die Blicke ernst. Der Gesichtsausdruck des Wachmanns verriet, dass er gerade die auf dem Boden liegende Ms. Simmons entdeckt hatte. „Was...?“
Achterberg warf ihm das zusammengerollte Tuch zu.
Der Wachmann streckte reflexartig die Hände danach aus, und Achterberg rammte ihm den Fuß zwischen die Beine.
Mit einem erstickten Aufschrei ließ der Getroffene die Rolle zurück in Achterbergs Hände fallen und ging wimmernd zu Boden.
Ein anderer Mann, der gerade damit beschäftigt war, zwei Feuerlöscher anzuschleppen, beobachtete das Geschehen aus dem Augenwinkel und schlug sofort Alarm.
Das war's dann mit meiner Tarnung als Mr. Achterberg! Alons Glück war, dass die Sirene des Feueralarms so laut heulte, dass kaum einer von dem Gebrüll des Mannes Notiz nahm. Hinzu kam, dass sich die Blechwand des Chemielagerraums mit einem bedrohlichen Grollen nach außen beulte und die Aufmerksamkeit der meisten Anwesenden auf sich zog.
Alon rannte bereits in Richtung Treppe. Er war überzeugt, dass ihm die Männer in Kürze nachlaufen würden. Sei es, weil sie ihn verfolgen wollten, oder um vor der drohenden Explosion zu

flüchten. In beiden Fällen war er gut beraten, möglichst viel Abstand zwischen sich und die anderen zu bringen.

***

Rückseite des Klonlabors, fünf Minuten zuvor:
Wo bin ich? Qian hatte sich wie in Trance durch die ätzende Atmosphäre der Säuredusche gekämpft und lehnte sichtlich angeschlagen an der Außenwand. Die Luft hinter dem Labor war allerdings nur wenig besser. Dichte Rauchschwaden traten durch ein Loch im Dach aus und senkten sich wie eine Dunstglocke ab.
Je mehr der Doktor von dem Qualm einatmete, umso mehr schien die Wirkung der Pilzgifte zu verblassen, die er über die Räucherstäbchen aufgenommen hatte.
Alles lief so, wie es die Kräuterhexe aus Transsilvanien vorhergesehen hatte. Das Abklingen der Symptome sorgte dafür, dass Qians Sinne langsam wieder klar wurden. Es war, als würde sein Geist aus dem trüben Seitenarm eines Flusses den Weg zurück zur Quelle finden.
Qian hustete. *Was...?* Er hörte das schrille Kreischen einer Sirene, die rasch näherkam. Oder stand die Sirene still, und er war es, der sich bewegte? Auf jeden Fall wurde das Kreischen immer lauter - unerträglich laut. *Was ist hier los...?*
„Aus dem Weg!“ Einer der Sicherheitsleute rannte mit einer roten Axt in der Hand vorbei.
Der Doktor drehte sich um und wollte ihm etwas nachrufen, doch da war der Mann bereits im Rauch verschwunden.
„Schafft endlich die Kanister hier weg!“, brüllte eine Stimme aus dem Grau. Gleich darauf trugen dunkle Silhouetten im Laufschritt mehrere Behälter durch den Rauch und lösten sich langsam darin auf.
In Qians Kopf drehte sich alles. Es war, als hätte ihn jemand mitten im tiefsten Schlaf geweckt und an einen der lautesten Plätze der Welt entführt. *Wo...* Nicht nur seine vorübergehende Orientierungslosigkeit machte ihm zu schaffen, auch sein Zeitgefühl spielte verrückt. *...bin ich? Wie bin ich?* Der

Zustand seiner Schuhe verriet, dass er damit durch konzentrierte Säure gelaufen sein musste.
Er drehte sich zum Meer, um freie Sicht auf den Himmel zu haben. Dem Stand der Sonne nach zu urteilen, musste es bereits später Nachmittag sein. *Ich war doch gerade noch in meinem Quartier...* Übelkeit stieg in ihm auf und zwang ihn, ein paar Schritte zurückzuweichen, um den Rauchschwaden zu entkommen. *Das Labor ist in Gefahr,* schoss es ihm durch den Kopf. Doch gleich darauf verlor sich der Gedanke wieder zwischen grauen Nebelschleiern.
„Geht es Ihnen gut?“, fragte plötzlich eine Frauenstimme wie aus dem Nichts.
Qian reagierte nicht. Er hatte zwischen all dem Lärm noch immer Probleme, sich zu orientieren.
„Dr. Qian?“ Die Stimme kam näher. Sie klang hell und freundlich, aber zugleich auch besorgt.
Der Doktor wischte sich mit dem Handrücken Schweiß von der Stirn. „Ich... ich fühle...“
„Ich weiß“, sagte sie sanft. „Sie fühlen sich nicht wohl. Ihnen ist heiß, obwohl Sie am ganzen Körper frieren, und Ihr Kopf fühlt sich an, als würde er jeden Moment zerspringen.“
„Ja...“ Qian nickte. „Woher wissen Sie...?“
Die Stimme trat aus dem Rauch und nahm schemenhaft Gestalt an. „Diese Reaktion ist ganz normal“, erklärte sie. „Ihr Körper wehrt sich gegen das Pilzgift, das Sie seit Wochen aufgenommen haben.“
„Pilzgift...?“, stammelte Qian, als ergäben die Worte für ihn keinerlei Sinn.
„Sie wurden mit Pilzen vergiftet - mit einer eigens für Sie zusammengestellten Mischung... Daran können Sie sich doch noch erinnern - oder?“
Qians verstörter Blick schien ihr widersprechen zu wollen.
„Ach, kommen Sie schon. Geben Sie sich Mühe! Das Gift hat Ihre Gedanken vernebelt, aber jetzt klärt sich alles wieder. Es wird Zeit, dass Sie sich Ihren Taten stellen. Sie wissen doch noch, was Sie getan haben?“

„Wer...?“ Qian hustete gelben Schleim hervor, den er den Dämpfen in der Säuredusche zu verdanken hatte. Sein ohnehin schon angeschlagener Körper reagierte unerwartet heftig auf die an sich nur leichten Verätzungen im Hals. „Wer sind Sie?“ Dem Doktor fiel das Reden schwer.
„Sylvia Jones, aber mein Name tut nichts zur Sache“, erwiderte sie. „Die Zeit reicht ohnehin nicht mehr, um alle Ihre Opfer aufzuzählen. Sie, Dr. Qian, haben mein Leben ruiniert, so wie Sie das von so vielen anderen Menschen ruiniert haben. Bestimmt können Sie sich an die meisten davon gar nicht mehr erinnern. Aber es ist wichtig, dass Sie eines wissen: *Wir* haben *Sie* nicht vergessen!“
Qian gab sich Mühe, seine Gedanken zu ordnen, die immer nur kurz und wie ein Feuerwerk im Dunkel seiner Erinnerung aufblitzten. „Was wollen Sie von mir?“
„Was ich will?“ Sylvia lachte verbittert und kam näher. „Das, was wir alle wollen: Gerechtigkeit!“
Qian stützte sich an der Wand ab, um gegen sein Schwindelgefühl anzukämpfen. „Ich weiß nicht...“
„Zwingen Sie sich zu nichts!“, verlangte sie. „Ihr Gedächtnis wird ganz von allein zurückkehren, das ist schließlich der Sinn der Sache.“
Qian hustete kurz und spuckte dann auf den Boden. „Welche Sache?“
„Na, das hier!“ Sylvia zeigte zufrieden auf das brennende Klonlabor. „Sie haben jahrelang ganze Dörfer ausgelöscht, nur um Ihre verachtenswerte Forschung voranzutreiben. Aber heute haben Sie Ihre Forschung vernichtet, und damit findet alles ein Ende.“
„Meine Forschung?“ In Qians Hinterkopf begann sich aus groben Strichen ein Albtraum abzuzeichnen.
„Ihr Lebenswerk!“ Sylvia war bis auf einen Meter an den Doktor herangetreten. „Alles, woran Sie jemals geglaubt haben, geht hinter uns in Flammen auf.“
Qians angestrengter Blick unterstrich, wie sehr er sich bemühte, die Worte zu begreifen, die Sylvia ihm an den Kopf warf.

Jones... Sylvia Jones... Seine Augen weiteten sich. „Sie haben für mich gearbeitet! Ihre Tante..."
Qian sah das Küchenmesser in Sylvias Hand erst aufblitzen, als es zu spät war. Aus einem geplanten Stich in die Brust wurde ein von oben nach unten verlaufender Hieb. Mit einem grauenhaften Geräusch kratzte der Stahl über die hervorstehenden Rippen des abgemagerten Doktors. Nur seiner extrem breiten Klinge war es zu verdanken, dass das Messer nicht in den Brustkorb eindringen konnte.
Qian schrie vor Schmerz auf und schlug mit der Hand gegen die Klinge.
Sylvia, die nicht mit Gegenwehr gerechnet hatte, stolperte zurück und startete aus der Defensive heraus einen weiteren Angriff. Sie führte das Messer in einem steilen Winkel von unten nach oben und zielte auf den Bauch.
Diesmal war Qian allerdings vorgewarnt und streckte schützend seine Hände aus, die einen Großteil der Wucht abfingen.
Sylvia spürte Angst in sich aufsteigen und stieß noch einmal zu. Die Klinge schnitt durch die Luft und verfehlte ihr Ziel. Sylvias vor Entsetzen weit aufgerissene Augen starrten ihr Opfer an. Nach allem, was ihr widerfahren war, hatte sie sich das Töten einfacher vorgestellt - einfacher und schneller.
Qians Labormantel war im linken Brustbereich der Länge nach aufgeschnitten und färbte sich rot. Auch von seinen Händen tropfte Blut. „Sie..." Seine schmerzverzerrte Stimme bebte vor Aufregung, doch die Worte waren nicht zu verstehen. Mit einer Mischung aus Verständnislosigkeit und Überlebenswillen wechselte der Doktor in die Offensive und taumelte auf die Angreiferin zu.
Sylvia geriet in Panik, ließ das Messer fallen und rannte los. Sie flüchtete sich geradewegs in die dunklen Rauchschwaden, die rund um den brennenden Chemielagerraum immer dichter wurden.
Qian war zu wackelig auf den Beinen, um Sylvia folgen zu können. Er musste sich damit begnügen, zuzusehen, wie ihre Silhouette fast schon im Rauch verschwunden war, als es

plötzlich zu einer gewaltigen Detonation kam. Aus dem Fenster neben Sylvia schlug eine Stichflamme, die wie eine Feuerlanze über das Deck und sogar noch darüber hinausjagte. Alles, was sich ihr in den Weg stellte, wurde in zwei Hälften geteilt: Die eine befand sich unterhalb des Fensters, die andere wurde verkohlt.
Obwohl Qian in einigen Metern Entfernung zur Stichflamme stand, blieb auch er nicht völlig von deren Auswirkungen verschont. Die Hitze breitete sich in alle Richtungen aus. Qians Haut trocknete explosionsartig, und seine Haare wurden versengt. Gleichzeitig riss die Druckwelle ihn zu Boden, wo er sein Gesicht sofort schutzsuchend in den blutverschmierten Händen vergrub.
Stille breitete sich aus. Die Explosion der Chemikalien hatte nicht nur die Feuersirene erledigt, sondern auch die Flammen gelöscht, indem sie den Umgebungssauerstoff auf einen Schlag verbrannt hatte.
Die Ruhe hielt zwar nur für wenige, dafür aber umso schwerere Atemzüge.
„Hier drüben liegt ein Verletzter!“, brüllte eine Männerstimme auf der anderen Seite des Rauchvorhangs.
Qian schloss die Augen und verlor das Bewusstsein.

***

Vorderseite des Klonlabors, zehn Sekunden zuvor:
Alon hatte das zusammengerollte Tuch unter den linken Arm geklemmt und flüchtete. Zwischen dem Sirenengeheul hörte er eine Stimme heraus, die ihm aus vollem Hals nachschrie. Er kümmerte sich nicht darum. Stattdessen rannte er auf die Stahltreppe zu, die zu den unteren Decks führte. Mit riesigen Schritten nahm er immer drei bis vier Stufen auf einmal.
Alon hatte die letzte Stufe fast erreicht, da explodierte das Chemielager auf dem darüberliegenden Deck. Er nahm die Detonation zunächst nur als leichtes Vibrieren der Stahlkonstruktion wahr, dann erst folgte der Knall, der das Treppengeländer erzittern ließ.

Danke! Alon war sich sicher, dass er selbst kein besseres Ablenkungsmanöver für seine Flucht hätte planen können, hatte aber nicht die leiseste Ahnung, wem er die unerwartete Schützenhilfe zu verdanken hatte.
Noch vier! Alon hatte die Treppe hinter sich gelassen. Zwischen ihm und den Beibooten lagen vier weitere Decks, die ihn von einer erfolgreichen Flucht trennten.
„Stehenbleiben!“, brüllte jemand hinter ihm.
Alon musste zehn Meter über das Deck rennen, um den nächsten Treppenabgang zu erreichen, da diese versetzt angeordnet waren. Seine riesigen Schritte versetzten den Drahtgitterboden in Schwingungen.
„Stopp!“
Alon rannte weiter und erreichte die nächste Treppe. Mit dem rechten Arm packte er das Geländer und schwang den Rest von sich um die Strebe wie einen Ball, den man an einer Schnur kreisen ließ. Dabei fand er Gelegenheit, einen Blick auf seinen Verfolger zu werfen. Seiner Uniform nach zu urteilen war er ein übermotivierter Wachmann, der seine Waffe allerdings noch nicht gezogen hatte - wahrscheinlich, um besser laufen zu können. Im Moment lag er noch gut zwanzig Schritte zurück. Alon sah in dem Mann keine unmittelbare Bedrohung, solange diese Distanz gewahrt blieb.
Mit einem Sprung hechtete Alon vom letzten Viertel der Treppe auf das Deck darunter und landete unüberhörbar auf der zitternden Stahlkonstruktion. *Noch drei!* Etwa zu diesem Zeitpunkt notierte sein Unterbewusstsein, dass die Sirene verstummt war.
„Bleiben Sie stehen!“, keuchte der Verfolger. Seine Stimme verriet, dass er Probleme damit hatte, das hohe Tempo zu halten, das Alon vorlegte.
„Weg da!“, schrie Alon einen jungen Mann an, der gerade um die Ecke eines Containers gebogen kam. Gemessen an ihren Relativgeschwindigkeiten raste das schnellste Speedboot im Rennen auf ein Stück Treibgut zu. Der Zusammenstoß war unausweichlich. Alon riss schützend den rechten Arm hoch und hielt ihn schräg vor die Brust. Das Treibgut prallte wie von

einer Leitschiene ab und wurde rückwärts zu Boden gestoßen, während das Speedboot schon wieder beschleunigte.
Wie viel Geschwindigkeit der Zusammenstoß ihn gekostet hatte, merkte Alon erst, als er auf der nächsten Treppe das Trampeln seines Verfolgers dicht hinter sich hörte.
„Stehenbleiben oder ich schieße!“
Bisher hatte Alon die letzten fünf Stufen einer Treppe immer auf einmal genommen, diesmal stieß er sich von der siebten Stufe ab und ließ das Tuch los. Sein Oberkörper kippte extrem weit nach vorn, und es sah so aus, als hätte er im vollen Lauf das Gleichgewicht verloren. Den Kopf voran flog er auf den Boden zu.
Der vermeintliche Sturz über die Stufen ließ den Verfolger instinktiv abbremsen. Vom oberen Drittel der Treppe aus sah er mit an, wie der Flüchtende im letzten Augenblick die Hände vor den Kopf riss und im Stahlgitter zu verschwinden schien, wie ein Turmspringer beim Kopfsprung ins Wasser.
Tatsächlich rollte Alon seinen Körper aber nur zusammen und wandelte die Fallenergie in eine Vorwärtsbewegung um.
Bevor der Verfolger das richtig mitbekam, hatte Alon nicht nur die Richtung gewechselt, sondern beim Aufstehen auch gleich die Waffe gezogen und auf den Oberschenkel abgefeuert.
Mit einem Aufschrei fasste sich der Getroffene ans Bein. Ein dunkler Fleck breitete sich zwischen seinen Fingern aus und ließ ihn zu Boden sinken. Als er wieder aufblickte, war der Flüchtige längst verschwunden und die Rolle, die er bei sich gehabt hatte, mit ihm.
Noch zwei! Alon hatte die nächste Treppe erreicht. Er musste fürchten, dass der Knall nicht unbemerkt geblieben war. Gleichzeitig durfte er allerdings auch darauf hoffen, dass durch den Brand auf dem Labordeck genug Chaos herrschte, um dem Schuss keine Bedeutung beizumessen.
Seine Hoffnung hielt bis zum Ende des nächsten Treppenabgangs. Zwei Wachleute kamen ihm von unten entgegengestürmt.
„Da oben!“, rief der kleinere von ihnen und zeigte auf Alon.
„Sofort stehenbleiben!“, verlangte der andere.

Alon rannte nach rechts und verschwand zwischen zwei Containern. Verglichen mit den darüberliegenden Decks war dieser Teil von Sanctuary Island II sehr unübersichtlich. Oberschenkeldicke Rohrleitungen liefen kreuz und quer, teilten sich auf und mündeten wenige Meter später wieder in andere.
Die Stimmen der Verfolger holten auf: „Wir schneiden ihm den Weg ab!"
„Okay, ich nehm diese Seite!"
Beim nächsten Container schlug Alon einen scharfen Haken nach links und prallte mit einem Mechaniker zusammen.
„Was...", stammelte der verdutzte Mann unter seinem gelben Helm und wurde im nächsten Moment auch schon von Alons Faustschlag zu Boden geschickt.
„Ich seh ihn nicht mehr!", rief einer der Verfolger und gab Alon damit dankenswerterweise zu verstehen, wo er sich in etwa befand.
„Er läuft zum Pumpenraum!", tönte die Stimme des anderen und verriet auch dessen Position.
Haben die keine Funkgeräte? Alon war schon im Vorfeld bewusst gewesen, dass das Personal an Bord von Sanctuary Island II nicht zur Elite des Sicherheitsgeschäfts gehörte. Dass Qians Leute ihm die Arbeit aber so leicht machen würden, hatte er nicht erwartet.
Alon hatte den bewusstlosen Mechaniker auf seine Schulter gehievt und trug ihn ein paar Meter bis zu einer dunklen Ecke, die durch unzählige Rohrleitungen und Ventile einen guten Sichtschutz bot. Wenig sanft ließ er ihn fallen und legte das zusammengerollte Grabtuch auf eines der Rohre.
In Windeseile zog Alon dem Niedergeschlagenen die dunkelblaue Arbeitskleidung aus und zwängte sich selbst hinein.
„Ich bin auf Höhe der Hilfsventile! Bisher nichts!"
„Hier drüben ist er auch nicht! Ich geh weiter zum Generator, dort nehmen wir ihn in die Zange."
Alon ließ sich durch die näherkommenden Rufe nicht beirren, sondern zog die Ärmel der Jacke zurecht, sodass sie nicht schon auf den ersten Blick verrieten, um wie viel sie zu kurz

waren. Dann riss er mit einem beherzten Ruck das gepolsterte Innenleben des gelben Schutzhelms heraus, um Platz für seinen Kopf zu schaffen. Der Helm war ihm jetzt zwar um mindestens zwei Nummern zu groß, ließ sich dafür aber tief ins Gesicht ziehen.
„Ich seh ihn noch immer nicht. Er muss uns entwischt sein!"
„Kann nicht sein!" Die Stimme war nur noch wenige Schritte von Alons Position entfernt. „Geh rechts herum weiter, ich bin gleich bei dir!"
„Hilfe!" Der Schrei kam wie aus dem Nichts und ging durch Mark und Bein. „Hilfe!"
„Alles okay bei dir?", rief der Wachmann seinem Kollegen zu.
„Ja!"
„Hilfe!", rief die geschwächte Stimme dazwischen.
„Bleib, wo du bist!" Der Wachmann stürmte mit gezogener Waffe zu der Position, von der die Rufe kamen. Bereits beim Näherkommen sah er hinter den Rohrleitungen eine Gestalt auf dem Boden liegen. „Da liegt einer!", informierte er seinen Kollegen.
Die Gestalt auf dem Boden reagierte mit einem verhaltenen Winken und rappelte sich langsam auf. „Hier!"
„Alles okay bei Ihnen?" Der Wachmann hatte den am Boden Liegenden erreicht, dabei war seine Pistole auf keine bestimmte Stelle gerichtet, sondern schien die ganze Umgebung in Schach halten zu wollen.
„Geht schon", murmelte der Angesprochene benommen und tat so, als müsste er seinen Helm nach dem Überfall wieder zurechtrücken. „Er ist dorthin gelaufen!"
„Danke!" Ohne ihn eines weiteren Blickes zu würdigen, rannte der Wachmann in die vorgegebene Richtung. „Er will zu den Generatoren!", ließ er seinen Kollegen lautstark wissen.
Alon wartete noch, bis der Wachmann hinter der nächsten Ecke verschwunden war, dann sprang er auf, schnappte sich das Tuch und rannte in die entgegengesetzte Richtung davon.
Bei der Treppe angekommen, blickte er für einen kurzen Augenblick über die Schulter zurück. Keiner folgte ihm.

Alons Ziel war das Beiboot, mit dem er und die anderen an Bord von Sanctuary Island II gekommen waren. Vier Stufen vor Ende der Treppe konnte er den Kran bereits sehen, mit dem das Boot zu Wasser gelassen wurde. Gleichzeitig bemerkte er aber auch drei Männer, die damit beschäftigt waren, Schwimmwesten wegzuräumen. Alon näherte sich zügig, aber ohne verräterische Hast und schnappte einige Gesprächsfetzen auf.
„Evakuieren - nicht evakuieren - können die da oben sich auch mal entscheiden?“, schimpfte einer der Männer.
„Halt’s Maul und mach deine Arbeit, Steve! Dafür wirst du bezahlt, nicht fürs Redenschwingen.“ Er drückte dem jungen Steve einen Stapel Schwimmwesten in die Hand und diktierte dem dritten Mann: „7 Stück für Boot 4!“
„7 Stück für Boot 4“, wiederholte er und kritzelte die Daten in ein Lagerbüchlein.
Steve trug die Westen ein paar Meter weiter zu einem Stahlschrank und verstaute sie darin.
„Noch 8 Stück für Boot 4!“, hielt ihm sein Kollege bereits den nächsten Stoß entgegen.
„8 Stück für Boot 4“, notierte der Buchhalter.
„Heißt einer von euch Steve?“
Drei Augenpaare richteten sich auf den Mann in der blauen Mechanikermontur.
„Ich suche einen Steve!“, wiederholte Alon.
„Ich bin Steve.“ Ein skeptischer Blick begleitete die Aussage.
„Tut mir leid für dich, mein Junge.“ Alon senkte betroffen den Kopf. „Dein Quartier hat es leider erwischt.“
„Mein Quartier?“ Steves Stimme überschlug sich fast.
„Verdammte Flammen!“ Alon zog auf und spuckte vor sich auf den Boden. „Da oben ist nichts mehr, wie es war.“
Der Mann neben Steve trat hervor. „Was ist mit meinem Quartier? Es liegt nur vier Kabinen weiter.“
„Östlich oder westlich?“, hielt Alon die Spannung am Leben.
„Westlich! Kabine 89.“
Alon wiegte den Kopf zwischen den Schultern, als wollte er sich zu keiner verbindlichen Aussage durchringen.

„Red schon, Mann!“
„Du könntest Glück haben“, beruhigte Alon. „Als ich oben losgegangen bin, hat die Explosion einen Teil des Feuers gelöscht. Gut möglich, dass sie den Rest davon unter Kontrolle bringen, bevor...“
„Das hier kann warten!“ Der Mann warf dem Buchhalter die Westen hin und forderte Steve mit einer Handbewegung auf, ihm zu folgen.
„Hey! Ihr könnt doch nicht einfach...“, der Protest des Buchhalters verebbte in den Rücken seiner davoneilenden Kollegen.
„Wo liegt dein Quartier?“, versuchte Alon den Trick erneut.
„Zwei Decks tiefer beim Reinigungspersonal.“
„Schade.“
„Wie meinst du...“
Ein Faustschlag gegen die Stirn musste dem Mann als Antwort reichen. Ohne noch einen Laut von sich zu geben, kippte er nach hinten und fiel in die aufgetürmten Schwimmwesten.
Alon lief hinüber zu der Kransteuerung für das Beiboot und löste die Arretierung. Surrend setzte sich ein paar Meter entfernt der Motor in Bewegung. Er hob das Boot ein Stück weit an, bevor die gesamte Krankonstruktion zur Seite schwenkte. Mit einem deutlichen Ruck fuhr das Boot über die Plattform hinaus, wo es 44 Meter über dem Meer schaukelte.
Alon legte den Abwärtsschalter um, und die Winde begann, die beiden Stahlseile abzurollen. Mit dem Griff der Pistole schlug er so fest gegen die Kipprichtung des Aufwärtsschalters, dass dieser abbrach und mit Sicherheit nicht mehr verwendet werden konnte.
Alon rannte los. Obwohl es von der Steuerung bis zum Kran nicht weit war, durfte er keine Zeit verlieren. Üblicherweise wurde der Kran von einer zweiten Person bedient, die wartete, bis alle Passagiere sicher im Boot saßen. Als Alon den Rand der Plattform erreichte, war das Beiboot schon zwei Meter weit abgesunken und nur noch durch einen waghalsigen Sprung zu erreichen. Er warf das Tuch in den vorderen Teil und visierte selbst das Heck an. *Dann los!*

Das Boot schaukelte so heftig bei Alons Landung, dass er fast herausgeschleudert wurde. Nur weil er sich sofort flach auf den Boden fallen ließ, konnte er das Schlimmste verhindern. Als er wenig später wagte, den Kopf wieder zu heben, stellte er mit Erleichterung fest, dass das Tuch unter der Sitzbank im Bug einen sicheren Platz gefunden hatte. *Jetzt müssen wir dich nur noch außer Landes schaffen...*

***

Hadibu, Insel Sokotra, am Abend des 31. Dezembers:
Falscher Alarm! R.I.P. trat vom Fenster seines Hotelzimmers zurück und zog den speckigen Vorhang zu. Anschließend drehte er das Licht auf und setzte sich wieder hin.
Es fiel ihm schwer, sich mit dem Zimmer im Zweisternehotel anzufreunden, doch für die folgenden beiden Nächte blieb ihm keine Wahl. Bis zum nächsten Flug zum Festland musste er es irgendwie zwischen dem quietschenden Deckenventilator und der durchgewetzten Couch aushalten.
R.I.P. griff nach einer Flasche, die er bereits zur Hälfte geleert hatte. Der Importfusel war keine Offenbarung, aber das Stärkste, was der kleine Touristenshop an der Ecke zu bieten hatte. „Auf euer Wohl, Freunde!" Er prostete in die Luft und schwor sich, für den nächsten Abend etwas Besseres zum Anstoßen zu finden.
Ihr hättet euch zumindest Champagner verdient. Sein dreckiges Grinsen galt den Geldscheinen, die fein säuberlich gebündelt in einem mit rotem Samt ausgekleideten Aktenkoffer auf dem Couchtisch lagen. Dass R.I.P. mit niemandem mehr teilen musste, machte den Auftrag zu seinem lukrativsten Job überhaupt. *So viel Kohle für zwei dämliche CDs!* Er nahm einen kräftigen Schluck für sich und einen weiteren für seine auf der Strecke gebliebenen Partner.
Mit beiden Händen klappte er den Koffer zu und verdrehte das Zahlenschloss. Natürlich gab es bessere Orte als den Jemen, um eine solche Menge Bargeld mit sich herumzuschleppen, das

wusste auch R.I.P. Aber in seiner Branche war eben nur Bares Wahres.
Er ließ den Koffer in seinem billigen Freizeitrucksack verschwinden und war überzeugt, dass er damit weniger Aufsehen erregen würde. Von nun an würde er den Rucksack keine Sekunde mehr aus den Augen lassen. Das galt auch für seinen nächsten Weg.
Statt Fliesen klebten sandbraune Natursteinplatten an den Lehmwänden des Badezimmers. Ihre Fugen waren groß genug, um halbe Ratten darin zu verstecken.
R.I.P. stellte den Rucksack neben der Dusche auf den Boden und deponierte seine Pistole griffbereit. Dem Metallriegel, den er im Bad vorlegte, traute er noch weniger zu als dem Schloss an der Zimmertür.
Verdammtes Ungeziefer! Der Mann an der Rezeption hatte ihm aus gutem Grund empfohlen, vor dem Benutzen der Dusche das heiße Wasser aufzudrehen und die Wände gründlich abzuspülen. *Stirb!*
Zwei Minuten später stand R.I.P. unter dem schwächlichen Wasserstrahl und wusch sich neben dem Schweiß auch gleich den Ärger und die Anstrengungen der letzten Tage ab.
Selbst als er sein Gesicht mit Seife wusch, ließ er immer ein Auge offen, um den Koffer sehen zu können. Die Paranoia war der Preis, den er für seinen plötzlichen Reichtum zu zahlen hatte.
Hat es geklopft? R.I.P. stutzte und streckte den Kopf neben dem Duschvorhang heraus, um besser hören zu können.
Gleich darauf waren die gegen die Tür des Hotelzimmers geschlagenen Knöchel deutlich zu hören. Eine heisere Männerstimme krächzte den Namen, unter dem R.I.P. im Hotel abgestiegen war. „Sind Sie da?"
Eine seifige Hand legte sich um den Griff der Pistole. „Wer will das wissen?"
Kurzes Zögern.
„Mohammed von der Rezeption ist hier!"
„Schön für Sie, Mohammed." Die Pistole richtete sich auf die Badezimmertür, die gleich links neben der Zimmertür lag. „Ich

stehe gerade unter der Dusche und habe die Augen voller Seife. Worum geht es?“
„Jemand hat ein Kuvert für Sie abgegeben.“
R.I.P. trocknete sich das Gesicht ab, ohne dabei aber auch nur einen einzigen Moment den Blick von der Tür zu lassen. „Wer genau hat es abgegeben?“
„Ein Bote.“
„Was für ein Kuvert?“
„Ein einfaches Kuvert, nichts Besonderes.“
„Ist es dick?“ In seiner Fantasie sah R.I.P. die Briefbombe bereits hochgehen.
„Nein.“
„Warum bringen Sie es aufs Zimmer?“
„Ich habe Geld dafür bekommen, dass ich es Ihnen sofort bringe. Der Bote hat gesagt, dass es sehr eilig ist.“
„Schieben Sie es unter der Tür durch!“
„Ich soll es nur persönlich übergeben.“
„Dann werden Sie durchhalten müssen, bis ich hier drin fertig bin. Dauert bestimmt nicht länger als eine halbe Stunde, und erwarten Sie sich kein Trinkgeld!“
„Ich schiebe es unter der Tür durch!“
R.I.P. schenkte seinem zur Hälfte beschlagenen Spiegelbild ein überlegenes Lächeln. „Steht auf dem Kuvert etwas drauf?“
„Nein, es ist nur ein Kuvert.“
„Danke.“ Er lauschte, ob er das Kratzen von Papier auf dem Steinboden hören würde, doch das Rauschen des Wassers war zu laut. „Mohammed, sind Sie noch da?“
„Ja?“
„Hat der Bote gesagt, von wem das Kuvert ist?“
„Nein, hat er nicht. Ich muss zurück in die Rezeption. Das Kuvert habe ich Ihnen unter der Tür durchgeschoben. Guten Abend.“
R.I.P. hielt die Waffe noch eine Weile auf die Badezimmertür gerichtet, bis er der Meinung war, dass es sicher war, die Dusche zu verlassen und mit einem Handtuch bekleidet auf den Zimmerflur hinauszutreten. Wie von Mohammed angekündigt, fand er das Kuvert auf dem Boden vor. Er hob es auf und ging

damit zum Tisch neben der Couch, auf die er sich und den Rucksack mit dem Geld fallen ließ.

Wer zum Teufel weiß, dass ich hier bin? Er hielt das Kuvert gegen die halbstarke Glühbirne, die an zwei Drähten von der Zimmerdecke baumelte. *Hadibu ist nicht groß... Mit meiner hellen Haut bin ich leicht ausfindig zu machen... Höchste Zeit, dass ich diese Insel verlasse!*

Nachdem er sich davon überzeugt hatte, dass sich im Inneren des Kuverts keine Kabel befanden, riss er es an einer der Seiten auf. Eine zusammengefaltete Serviette mit dem Aufdruck des Hotels fiel heraus, auf die jemand von Hand eine kurze, aber klare Botschaft geschrieben hatte.

R.I.P. las den Text wieder und wieder, wobei sich seine Finger bei jedem Durchgang fester an die Pistole klammerten. *Schwachsinn!* Wütend und zugleich erleichtert über die soeben getroffene Entscheidung, knüllte er die Serviette zusammen und warf sie in den Papierkorb. *Das kann gar nicht sein!* Er atmete tief durch und gönnte sich einen ausgedehnten Schluck vom Touristenfusel.

Ich habe weiß Gott Besseres zu tun. Er beschloss, sich anzuziehen und das Buch weiterzulesen, das er auf der Fahrt nach Sanctuary Island II begonnen hatte. *Kane and Abel* stand mit goldenen Buchstaben auf dem blauen Einband.

Für gewöhnlich gelang es R.I.P. ausgesprochen gut, in die gelesenen Geschichten einzutauchen und alles um sich herum zu vergessen. An diesem Abend nicht. In der nächsten halben Stunde machte ihm vor allem das Ticken seiner Armbanduhr zu schaffen, das mit jedem Schlag lauter zu werden schien.

Immer wieder erwischte er sich dabei, wie sein Blick von den Seiten abrutschte und zum Papierkorb hinüberglitt. Im selben Maß verloren auch seine Gedanken das Interesse an den gedruckten Buchstaben und kreisten um die Nachricht auf der Serviette.

Und wenn es stimmt?

Er verdrängte den Einwand und blätterte zurück, um die letzte Seite noch einmal zu lesen. *Mach dich nicht verrückt. Es kann einfach nicht...* Er versuchte, sich wieder auf den Text im Buch zu konzentrieren und schaffte es, die Seite bis zum Ende zu lesen, allerdings ohne auch nur einen Satz davon in Erinnerung behalten zu haben.

Verdammt! Die geballte Faust traf den Tisch und die Augenbrauen spitzten sich im Zorn. *Warum ausgerechnet jetzt? Warum jetzt?* Die neue Situation zwang ihn, seine Optionen gegeneinander abzuwägen: Was hätte er vom Leben noch zu erwarten, wenn der Autor der Nachricht mit seiner Behauptung Recht hatte? *Er wird es nicht dabei belassen, mir Briefe zu schicken, wenn ich nicht reagiere!* Angesichts dessen, was R.I.P. im schlimmsten Fall befürchten musste, war es geradezu fahrlässig, nicht zu handeln.

Noch war er klar im Vorteil, hatte die Zügel in der Hand und konnte das Problem erledigen, bevor die Falschen davon Wind bekamen. Noch! Aber sein Vorsprung schrumpfte mit jedem Ticken der Uhr.

Du wirst dir wünschen, diese Nachricht nie geschrieben zu haben! Er stand so ungestüm auf, dass er dabei die Flasche umwarf, deren Inhalt den Tisch um einen weiteren Fleck bereichern sollte.

Mit einem Tritt stieß er den Papierkorb um, und die Serviette kullerte heraus. Am liebsten hätte er sie auf der Stelle in tausend Stücke zerrissen. Stattdessen hob er sie auf und strich sie glatt, um den Text ein weiteres Mal zu lesen. Es waren exakt dieselben drei Zeilen, wie er sie Wort für Wort in Erinnerung hatte. Frech und unverbindlich geschrieben, aber mit einer Macht, wie nur die rechten Worte zur richtigen Zeit sie hatten.

R.I.P. schnallte seinen Rucksack um und steckte die Pistole ein, dann verließ er sein Hotelzimmer mit dem Vorsatz, noch vor Jahreswechsel den wahrscheinlich wichtigsten Mord seines Lebens zu begehen.

***

Unterdessen in der Höhle auf Sokotra:

Chess, Lady Pendergast und David teilten sich die letzten beiden Quadratmeter trockener Insel inmitten des Blutegelteichs. Mit den letzten Strahlen der untergegangenen Sonne war vor einer Weile auch die Hoffnung auf Rettung von außen geschwunden. Umso verbitterter kämpften die drei gegen ihr Schicksal an.
„Auf ein Neues." Chess ließ sich die Erschöpfung nicht anmerken. Sie hatte den Rucksack an Land gezogen und leerte das Wasser aus, um sich auf einen weiteren Wurf vorzubereiten. Es wurde immer schwerer, durch das Loch in der Höhlendecke zu treffen, je kleiner die Insel wurde. Mittlerweile musste sie schon bis zu den Waden ins Wasser waten, um einen brauchbaren Wurfwinkel zu haben.
„Achtung!" Sie schwang den am Seil hängenden Rucksack zweimal im Kreis, ehe sie ihn in Richtung Sternenhimmel abrauschen ließ.
„Gut gemacht!", kommentierte Lady Pendergast den Flug über die Felskante und darüber hinaus.
„Hoffen wir, dass er diesmal hält." Chess stapfte müde aus dem Wasser. Mit ihren Stiefeln war sie die Einzige, deren Beine nicht gleich von den Blutegeln attackiert wurden. „Lange machen meine Hände dieses Cowboyspielen nämlich nicht mehr mit." Das scheuernde Seil hatte deutliche Spuren an ihren Fingern hinterlassen.
„Als Cowgirl wärst du echt gut!" David nahm ihr das Seilende ab und begann, vorsichtig daran zu ziehen. „Irgendwo da oben muss es doch einen passenden Stein oder Baum geben, an dem der Rucksack sich verklemmt."
Anfangs hatten die drei noch an einen schnellen Erfolg ihrer Taktik geglaubt, dann hatten sie begonnen, die misslungenen Versuche zu zählen. Mittlerweile beschränkten sie sich nur noch darauf, bei jedem weiteren Versuch ihr Bestes zu geben.
David zog gleichmäßig am Seil und holte es ein wie ein Angler seine Leine. Zweimal blockierte es, doch sobald er fester zog, riss es sich wieder los.
Durch die Länge des Seils blieb ihnen ein Bereich von drei bis vier Metern um das Loch in der Höhlendecke, in dem sich der

Rucksack verhaken musste. Chess gab sich alle Mühe, ihre Würfe immer möglichst knapp neben die vorangegangenen zu platzieren, um sich einmal herumzuarbeiten. Je länger es dauerte, umso mehr musste sie sich aber damit zufriedengeben, das Loch überhaupt noch zu treffen.
„Ich glaube, es hält.“ David klang verhalten optimistisch und ruckte ein paar Mal am Seil.
„Fragt sich nur wie lange, und was Sie uns diesmal auf den Kopf fallen lassen.“ Lady Pendergast stellte sich hinter David, wie sie es in den vergangenen Stunden schon viele Male getan hatte. „Also los!“ Sie griff sich das Seil, um es für einen Kletterversuch zu fixieren.
David lehnte seinen Oberkörper gegen das vorgespannte Seil und erhöhte langsam den Zug.
Alle drei behielten die Kante der Höhlendecke im Blick, um sofort zur Seite springen zu können, sollte sich wieder Geröll lösen und herabstürzen. Lady Pendergast hatte bereits mehrere kleine Treffer an Hand und Schulter zu verbuchen, und Chess war nur um Haaresbreite einem fußballgroßen Brocken entkommen. Das meiste Glück von allen hatte aber zweifellos David gehabt, der bei seinem bislang besten Versuch aus gut zwei Metern Höhe abgestürzt war. Nur dem dichten Gebüsch war es zu verdanken, dass er nicht rücklings auf den Felsen geknallt war.
„Soll *ich* es versuchen?“, reagierte Lady Pendergast auf Davids Zögern.
„Ich mach das schon“, winkte David ab. Sein gesamtes Gewicht hing bereits im Seil, auch wenn seine Füße nur wenige Zentimeter über dem Boden baumelten. Demonstrativ ließ er den ersten Knoten hinter sich und kletterte höher.
„Wie Sie meinen!“ Lady Pendergast stand auf dem Seilende und hielt es mit beiden Händen fest umklammert. „Versuchen Sie diesmal, beim Hochziehen nicht so viel zu ruckeln, damit das Seil nicht wieder so zu schwingen beginnt.“
„Toller Tipp“, stieß David verbissen hervor und zog sich mit Schwung hoch. *Ich bin froh, wenn ich den nächsten Knoten überhaupt erreiche...*

„Nicht so arg wackeln!“, rief Lady Pendergast.
Mist! Davids Rechte hatte den Knoten knapp verfehlt und ins Leere gegriffen. Nun musste die andere Hand seine Pendelbewegung abfangen.
„Lass dir Zeit!“, beruhigte Chess, die sah, wie verkrampft er sich an das Seil klammerte.
David drückte Körper und Kopf fest gegen das Seil, um dessen Schaukelbewegungen zu dämpfen. Sein Stirnverband rutschte über das rechte Auge und ließ ihn wie einen Piraten aussehen.
„Du schaffst es!“
„Das will ich ihm auch geraten haben!“
David hätte gerne in die Anfeuerungsrufe eingestimmt, hatte aber genug damit zu tun, sich ans Seil zu klammern. Der Absturz zuvor hatte ihn einen Heidenrespekt gelehrt. Allein der Gedanke, dass etwas Vergleichbares kurz vor Erreichen der Höhlendecke passieren würde, bremste seine Motivation, weiterzuklettern. *Wenn ich aus sechs Metern auf den Rücken falle, hilft auch kein Gebüsch mehr.*
Lady Pendergast blickte auf ihre Knöchel, an denen sich dunkle Streifen festgesaugt hatten. „Verdammte Vampire“, fluchte sie. „Kaum ist die Sonne weg, fallen sie über uns her.“
„Es ist einfach schon alles zu nass.“ Chess bückte sich, um Lady Pendergast von den Blutsaugern zu befreien. „Der Weg übers Land schreckt sie kaum noch ab.“
„Danke, meine Liebe!“ Ihr blieb nur die Hoffnung, dass David schneller war als das steigende Wasser, und genau das beunruhigte sie. „Finden Sie nicht, dass Sie sich lange genug ausgeruht haben, junger Mann?“
„Ich mach, so schnell ich kann“, beteuerte David und starrte auf den Knoten unmittelbar über ihm.
„Sie sollten lieber noch einen Zahn zulegen“, drängte die alte Dame. „Wir werden hier unten nämlich nicht die Köder spielen, während Sie da oben die Aussicht genießen.“
David streckte den Arm aus und packte den nächsten Knoten. Ein Ruck ging durch das Seil und David hielt vor Schreck den Atem an. Obwohl es kräftig schaukelte, schien das Seil wieder Halt gefunden zu haben.

„Ein Drittel hast du schon!“, rief Chess, um ihn anzufeuern.
„So weit war ich vorher auch schon“, stöhnte David, während er wartete, dass das schwingende Seil sich wieder beruhigte.
„Machen Sie nicht so lange Pausen!“, warnte Lady Pendergast. „Sonst geht Ihnen am Ende die Kraft aus.“
„Welche Kraft?“, konterte Davids Galgenhumor.
„Nicht reden, klettern!“
„Ja, ja...“ *...alter Kolonialdrache!*
Chess blickte besorgt auf die Wasseroberfläche, in der sich der Mond spiegelte. „Ich hatte eigentlich gehofft, dass die Viecher wenigstens in der Nacht schlafen.“
„Das Böse schläft nie, meine Liebe. Deshalb gewinnt es auch immer.“
„Diesmal nicht“, widersprach Chess. „Diesmal gewinnen wir!“
„Mit *ihm?*“ Lady Pendergast verzog das Gesicht in Richtung David. „Wissen Sie, es ist schon eine Ironie des Schicksals... Im Club bereiten sich Lord Peabody und die anderen vermutlich gerade auf die Neujahrsfeier vor, um auf unsere bevorstehende Niederlage anzustoßen.“
„Warum sollten sie das tun?“, fragte Chess erstaunt.
„Neid! Wenn die in der Zeitung davon lesen, dass ich bei der Expedition gescheitert bin, lassen sie den Artikel rahmen und hängen ihn über den Clubkamin. Natürlich mit Trauerflor, aber auch mit dem guten Gefühl, dass es die alte Schachtel endlich erwischt hat.“
„Das meinen Sie nicht ernst!“
„Da wär ich mir nicht sicher“, seufzte Lady Pendergast.
„Wenn dort etwas über dem Kamin hängen wird“, stieß David abgehackt hervor, „dann das Foto von Ihnen und der Höhlenmalerei.“ Er hatte Knoten Nummer fünf bezwungen und mit demselben Schwung auch gleich den sechsten in Angriff genommen.
„Nicht so wild, David.“ Chess hinderte zwei weitere Blutegel daran, sich in Lady Pendergast zu verbeißen.
„Ich fürchte, sie hat Recht“, griff David eine der vorangegangen Bemerkungen wieder auf. „Je länger ich mir Zeit lasse, umso müder werde ich.“

„Müde?“, rief Lady Pendergast. „Von Einschlafen hat keiner etwas gesagt. Lassen Sie sich ja nicht einfallen, auf der Zielgerade zu schwächeln!“
„Keine Sorge.“ David lächelte gezwungen unter seiner Augenklappe hervor. „Als Entdecker der Schatzkarte sehe ich es als meine Pflicht an, den Piratenschatz zu finden, und das geht nur, wenn ich den Aufstieg schaffe.“
„Soll mir recht sein“, knurrte Lady Pendergast. „Hauptsache, Sie holen uns hier raus, bevor die Viecher uns auffressen.“
„Glauben Sie wirklich“, fragte Chess leise, „dass sie uns auffressen würden? Ich habe keine Ahnung, wie viel Blut so ein Riesenegel abzapfen kann, aber...“
„Ich werde Ihnen sagen, was uns erwartet“, unterbrach Lady Pendergast laut genug, dass auch David es hören musste. „Es werden sich so viele Blutegel an uns festbeißen, bis wir nicht mehr schwimmen können, weil uns ihr Gewicht in die Tiefe zieht. Insofern lautet meine Antwort auf Ihre Frage: Nein, meine Liebe, sie werden uns nicht bei lebendigem Leib auffressen, sondern mit in die Hölle ziehen, aus der sie gekommen sind.“

***

Hadibu, Insel Sokotra:
Alles deutete auf eine perfekte Nacht für den bevorstehenden Jahreswechsel hin. Der Sternenhimmel war so klar, wie er es in zivilisierten Gegenden nie sein konnte, und der rötlich schimmernde Mond hockte bequem zwischen zwei Berggipfeln wie in einem alten Ohrensessel. Auch der kalte Abendwind war abgeflaut und trieb nur noch vereinzelt sandige Böen vor sich her. An ausgelassene Silvesterstimmung mit Party und Feuerwerk war dennoch nicht zu denken.
R.I.P. folgte dem steinigen Hauptweg Richtung Berge. Das Leben in Hadibu verlor sich schnell, je näher man dem Ortsrand kam. Straßenbeleuchtung gab es keine, und selbst wenn, war der Strom sowieso wieder einmal ausgefallen. Hatten in Hotelnähe noch brennende Fässer am Straßenrand

einen entfernten Eindruck von Zivilisation vermittelt, so musste R.I.P. hier schon sehr genau schauen, um zwischen den Spalten der Fensterläden eine Kerze flackern zu sehen. Gegen Ende des Weges wurden auch die Lehmhütten kleiner. Einige waren bereits eingestürzt, andere kurz davor.
R.I.P. erreichte den alten Brunnen, der auf der Serviette erwähnt war und bog nach rechts ab. An einer kleinen Mauer lehnten diverse Gartengeräte, deren Holzstiele zweifelsfrei von Hand gefertigt waren: ein Rechen, mehrere Spitzhacken, eine Sense und jede Menge Schaufeln.
Wäre das Mondlicht nicht gewesen, hätte er eine Taschenlampe gebraucht, um nicht über einen der herumliegenden Steine zu stolpern oder in eines der Löcher zu fallen.
Nur ein Idiot würde mit einer Taschenlampe zu einem solchen Treffen kommen, dachte R.I.P. Irgendwo in der Ferne schrie ein Vogel und lenkte seine Aufmerksamkeit kurz ab. Erst kreischte er kurz und kräftig, gleich darauf andauernd und panisch für fast eine Minute. Schließlich verstarb das Geschrei zu einem Röcheln und hörte ganz auf.
Es war wieder ruhig, einsam und trostlos - ganz so, wie man es von einem Totenacker erwarten durfte. R.I.P. hatte sich bisher nie viel aus Friedhöfen gemacht. Die Toten, so war er überzeugt, scherten sich einen Dreck darum, wer vor ihren Gräbern heulte, und die Lebenden hatten ohnehin Besseres zu tun, als ihre verbleibende Zeit derart zu verschwenden.
Gerade deshalb war R.I.P. angenehm überrascht, wie einfach dieser Friedhof gehalten war. Ein Loch in der Erde, ein paar Schaufeln Schotter und einen der herumliegenden Steine als feierlichen Abschluss - so einfach konnte das Ende in diesem Teil der Welt aussehen.
R.I.P. stand am Rand des Gräberfelds und verschaffte sich einen ersten Überblick. Der Friedhof war nicht geplant worden, sondern mit dem Leid seiner Besucher gewachsen. Wege fehlten ebenso wie eine erkennbare Symmetrie. Es ließ sich auch nicht mit Sicherheit sagen, welche Gräber belegt oder

noch frei waren. Vermutlich grub jeder einfach dort ein Loch, wo es ihm gerade passte.
R.I.P. ließ seinen Blick schweifen. Für einen Hinterhalt bot das zu allen Seiten hin offene Gelände kaum Möglichkeiten. Im Idealfall würde der Mann, der ihm die Nachricht geschrieben hatte, auftauchen, die CD übergeben und sich dafür eine Kugel einfangen. R.I.P. konnte aber auch mit einer verkürzten Version dieses Plans leben. Solange kein anderer von der CD wusste, sah er in ihrer Existenz kein Problem.
Und wenn er nicht auftaucht? R.I.P. blickte auf das fluoreszierende Zifferblatt seiner Uhr. Er war ein paar Minuten zu früh, doch darin sah er keinen Nachteil. Der Mann, der ihm die CD zum Kauf angeboten hatte, war ein Amateur, das hatte seine Nachricht zwischen den Zeilen durchklingen lassen. Bestimmt war er nur durch einen dummen Zufall an die heiße Ware gelangt und wollte sie nun für seinen Vorteil nutzen.
R.I.P. hatte ein Gespür für diese kleinen Fische, die in ihrer Gier das Maul zu weit aufrissen. Vermutlich lehnte der Typ an irgendeiner Hausecke und schiss sich aus Angst vor dem Treffen in die Hose. Das musste auch der Grund sein, warum er sich überhaupt an R.I.P. gewandt hatte: Ihm fehlte schlicht und ergreifend der Mut, um die CD Ahil direkt anzubieten. Entweder das, oder dieser Typ hatte keine Ahnung, was ihm da in die Hände gefallen war. Vermutlich traf beides zu. Darauf deutete auch der lächerliche Preis hin, den er auf die Serviette geschrieben hatte. Er wollte seine Ware loswerden, und er hatte es verdammt eilig damit.
Na also! R.I.P. zielte mit der schussbereiten Pistole in seiner Jackentasche auf das hintere Ende des Friedhofs. Keine hundert Meter entfernt tauchte eine Gestalt auf, die in einen hellen Umhang gehüllt war. Der Mann - für R.I.P. hatte nie ein Zweifel am Geschlecht des Serviettenschreibers bestanden - kam ohne Licht und bewegte sich geradezu tölpelhaft über den Totenacker. Seine Größe ließ sich schlecht schätzen, da er nach vorn gebeugt und auf einen Stock gestützt war. Zweimal kam er ins Straucheln, wobei das zweite Mal beabsichtigt schien, da er nicht gleich wieder aufstand. Stattdessen schien er sich an

einem der Gräber zu schaffen zu machen. Offenbar hatte er den Treffpunkt erreicht.
Schon die Art der Übergabe, die der Mann vorgeschlagen hatte, ließ R.I.P. erkennen, wie wenig Rückgrat der Typ besaß. Er wollte die CD deponieren und hatte darum gebeten, dass R.I.P. dann im Ausgleich dafür das Geld an der Stelle hinterlassen würde. *Gebeten! Was für ein Idiot von einem Erpresser.*
Der Pistolenlauf folgte der gebrechlichen Gestalt, als diese sich wieder aufrappelte und ein paar unsichere Schritte machte.
Plötzlich blitzte ein Licht auf und R.I.P. musste reflexartig auf die Stelle blicken, an der der Mann zuvor gekniet hatte. Das Licht ging zwei weitere Male kurz hintereinander an, als wollte jemand Zeichen geben.
R.I.P. schien einen Augenblick lang verwirrt. Bisher war er davon ausgegangen, dass der Mann allein gekommen war. Oder hatte sein heller Umhang nur dazu gedient, von einer zweiten Person abzulenken? R.I.P. hörte die Alarmglocken schrillen. Sofort riss er die Waffe aus der Jacke und zielte - versuchte zu zielen. Der Mann mit dem Umhang war verschwunden.
R.I.P. kniff die Augen zusammen, um mehr erkennen zu können. Wieder ging das Licht an, diesmal etwas länger. *Sieht aus wie eine Taschenlampe.* Der Strahl war nicht direkt auf R.I.P. gerichtet, sondern wanderte an ihm vorbei, als würde jemand die Gegend absuchen. R.I.P. kniete sich blitzschnell hin und fand hinter einem Steinhaufen Deckung.
Das Licht erlosch wieder.
R.I.P. zog die Riemen seines Rucksacks fester, als wollte er sich damit selbst zusammenreißen. Vorsichtig streckte er den Kopf hoch und sah sich um. Alles war dunkel, nichts bewegte sich. Ein höchst unangenehmes Gefühl beschlich ihn, als er aufstand und seine Deckung verließ.
Sofort blinkte die Taschenlampe wieder auf - dreimal hintereinander, allerdings nicht direkt in seine Richtung. Trotzdem zuckte er zusammen. *Ich hab keine Lust auf diese Spielchen!* R.I.P. verließ seine Position in geduckter Haltung und versuchte, die Taschenlampe in großem Bogen zu

umrunden, um sich ihrem Besitzer unbemerkt von hinten nähern zu können.
Der Weg, den R.I.P. zurückzulegen hatte, war im wahrsten Sinn des Wortes steinig und beschwerlich. Die Mischung aus Löchern, Erdbrocken und Steinen verhinderte jeden schnellen Schritt und war ein perfekter Boden für Beinfrakturen aller Art. Erschwerend kamen die scheinbar willkürlichen Lichtsignale der Taschenlampe dazu, die zwangsläufig einen Teil der Konzentration auf sich zogen. Vor allem dann, wenn sie abrupt die Richtung änderten, so wie in diesem Moment.
R.I.P. kniete sich hin. Er war überzeugt, dass er in seiner schwarzen Kleidung nicht von den Steinhaufen zu unterscheiden war, von denen es reichlich gab. Außerdem brachte die Taschenlampe auch für ihren Besitzer Nachteile mit sich. Zum einen stellten sich die Augen auf ihr Licht ein und nahmen die dunklen Bereiche daneben kaum wahr, zum anderen wusste R.I.P. genau, wohin er musste.
Als der Lichtstrahl sich seiner Position erneut näherte, kniete er sich hin und verharrte regungslos auf dem Boden. Eine Windböe wehte Verwesungsgeruch herüber. Zuerst nur einen Atemzug lang, doch dann wurde der Gestank ausdauernder und setzte sich in der Nase fest. R.I.P. musste einem der frischen Gräber zu nahe gekommen sein, bei dem an der einen oder anderen Schaufel gespart worden war.
Mit Erleichterung stellte er fest, dass der Besitzer der Taschenlampe sich wieder für den westlichen Teil des Friedhofs interessierte. *Weg hier!*
Fast den gesamten Rest der Strecke konnte R.I.P. ohne eine einzige Pause zurücklegen. Je näher er der Taschenlampe kam, umso mehr zweifelte er allerdings, dass es sich tatsächlich um eine handelte.
Als er bis auf ein paar Meter herangekommen war, sah er, dass der Boden unmittelbar davor schimmerte, und zwar unabhängig davon, ob die Taschenlampe gerade aufblitzte oder nicht. Er brauchte noch zwei weitere Schritte, um zu erkennen, was er da vor sich hatte.

Ich Idiot! Die Anspannung fiel wie eine zu eng gewordene Haut von ihm ab. Es war tatsächlich eine Taschenlampe, allerdings wurde diese von niemandem ein- und ausgeschaltet. Vielmehr lag sie in einem Loch und leuchtete schräg nach oben. Genau darüber baumelte auf einem in die Erde gesteckten Ast eine CD, die sich im Wind drehte. Sie reflektierte den Lichtstrahl je nach Position in die eine oder andere Richtung, wodurch aus der Ferne das Gefühl entstehen konnte, jemand versuchte, damit Lichtzeichen zu geben.
Ich hab mich vom Wind verarschen lassen! Erst jetzt fiel ihm das Geräusch auf, das ebenfalls zu den Bewegungen passte: Irgendwo in der Ferne kratzte langes, dünnes Metall im Rhythmus des Winds über einen Stein.
Schluss damit! Mit dem Absatz seines Schuhs trat R.I.P. gegen den Rand des Lochs. Loses Geröll löste sich, größere Steine und Erdreich folgten und fielen auf die Lampe. Zwei weitere Tritte, und es war dunkel. Er pflückte die CD vom Ast und ließ sie in seiner Jacke verschwinden. Dann holte er ein Bündel Geldscheine hervor und legte es neben den Ast.
Der unbekannte Erpresser hatte seinen Teil der Abmachung erfüllt, und R.I.P. sah keinen Grund, von seinem Plan abzuweichen. Er musste sich nur noch einen geeigneten Platz suchen und abwarten, bis die Gier ihm die Beute vor den Lauf trieb.
R.I.P. entfernte sich. Nach wenigen Schritten fand er eine weit bessere Deckung, als er es sich hätte träumen lassen. Ein frisch ausgehobenes Grab war der perfekte Platz für einen Hinterhalt, zumal es kaum tiefer als einen Meter war.
Er kniete sich hin und richtete seine Pistole auf die Stelle, an der er das Geld deponiert hatte. Dass der Wind sein rhythmisches Kratzen irgendwann eingestellt hatte, kümmerte ihn nicht. R.I.P. hatte es ohnehin nicht mit jener langen Klinge in Verbindung gebracht, die man für ihn geschliffen hatte.
Was war das? Ein polterndes Geräusch unterbrach die angespannte Stille. Es klang nicht wie Schritte, sondern hörte sich nach einem Stein an, den jemand neben das Geldbündel geworfen hatte.

Du hältst dich für besonders schlau und glaubst, dass ich auf einen solchen Trick hereinfalle. Sein Zeigefinger krümmte sich um den Abzug und seine Augen starrten ins Dunkel.
„Für Simon!"
Bevor R.I.P. sich umdrehen konnte, hatte der Sensenmann ihn schon geköpft.

***

Etwa zur selben Zeit in der Höhle auf Sokotra:
David baumelte zirka einen halben Meter unterhalb der Höhlendecke. Er wagte es nicht, nach unten zu blicken, wo Chess und Lady Pendergast sich die letzten Quadratzentimeter versinkender Insel teilten.
„Nur noch einer!", tönte Lady Pendergasts Stimme. „Sie haben es fast geschafft!"
„Noch bin ich nicht oben." David machte sich weniger Sorgen um den Knoten vor ihm, sondern darüber, wie er es schaffen sollte, über die Kante nach draußen zu klettern, ohne dabei vom Seil zu fallen. *Wenn ich aus der Höhe abstürze, dann...*
„Ich kann genau sehen, was du denkst!", rief Chess. „Hör dir gar nicht zu, sondern konzentrier dich auf den Ausstieg!"
„Mhm." David redete sich ein, dass seine Hände vor Kälte zitterten und nicht etwa, weil er Angst hatte oder ihm auf den entscheidenden Metern doch noch die Kraft ausging. Es fiel ihm schwer, die Finger zu lösen, und mit der rechten Hand nach oben zu fassen. Der letzte Seilknoten lag genau über der Kante und war deshalb schwer zu greifen. Dreimal musste er ansetzen, bis seine Finger zumindest einigermaßen Halt fanden, doch ans Hochziehen war unter diesen Bedingungen nicht zu denken. „Der blöde Knoten liegt genau über der Felskante. Ich kann mich nicht richtig festhalten."
„Jetzt ist keine Zeit, sich über eingerissene Fingernägel zu beklagen, junger Mann! Schieben Sie einfach irgendwie Ihre Hand zwischen Stein und Seil!" Lady Pendergast hatte sich damit abgefunden, dass über zwei Dutzend Blutegel an jedem ihrer Beine saugten.

Davids Knöchel scheuerten über den Stein, als er versuchte, unter das Seil zu kommen, doch sein eigenes Gewicht war ihm im Weg. *Das wird nichts!* Er blickte am Felsüberhang vorbei in den nächtlichen Sternenhimmel und hätte vor Verzweiflung am liebsten den Mond angeheult. Das Ziel unmittelbar vor Augen, war es doch unerreichbar fern. „Ich finde einfach keinen Halt!"
„Versuchen Sie es damit!" Ein mächtiger Schatten schob sich vor den Mond und streckte ihm eine Hand entgegen.
„Hiob!" Davids Herz schlug bis zum Hals.
„Für Sie immer noch Mr. van Hauwe. Halten Sie sich fest, ich zieh Sie hoch!"
„Hiob ist da!", rief David mit bebender Stimme. „Ich meine natürlich Mr. van Hauwe!"
„Uns ist jede Hilfe recht!" Lady Pendergast und Chess fielen einander vor Erleichterung um den Hals.
Hiobs Finger hielten Davids Unterarm wie ein Schraubstock fest und zogen ihn aus dem Loch.
David konnte sein Glück noch immer nicht fassen. „Ich dachte schon, Sie lassen mich hängen."
„Sie können von Glück sagen, dass ich Sie überhaupt gefunden habe. Warum können Sie nicht einfach dort wieder herauskommen, wo Sie hineingegangen sind?"
„Das ist eine lange Geschichte." David hatte endlich wieder festen Boden unter den Füßen.
„Für lange Geschichten haben wir keine Zeit!", schrie Lady Pendergast nach oben. „Ich hab hier unten schon genug Blut verloren. Ziehen Sie uns rauf."
Hiob warf das Seilende wieder hinunter.
„Sie zuerst!", sagte Chess. „Meine Stiefel halten sie noch ein paar Minuten auf."
„Auf keinen Fall!", widersprach Lady Pendergast und drückte Chess das Seil in die Hand. „Ich werde die sinkende Insel mit Sicherheit als Letzte verlassen."
„Aber..."
„Kein Aber, meine Liebe! Sorgen Sie nur dafür, dass Ihr Assistent die Kamera bereithält, wenn Sie mich da oben rausziehen. Lord Peabody und die anderen sollen genau sehen,

welchen Gefahren ich mich ausgesetzt habe." Sie zwinkerte Chess zu.
Hiob hatte sich das Seil um die Schultern gelegt, um besser ziehen zu können. „War ja klar!", stieß er genervt aus.
„Was?"
„Dass Alon sich ausgerechnet jetzt meldet."
David sah ihn fragend an.
„Mein Telefon", erklärte Hiob und zeigte mit dem Kinn auf seine Hosentasche. „Lesen Sie vor, was er schreibt."
David zögerte.
„Na los, machen Sie schon!" Hiob stemmte sich mit seinem ganzen Körper gegen das Seil. „Er schickt uns bestimmt keine Neujahrsgrüße."
Mit zwei Fingern fischte David das Handy heraus und las laut vor: „War einkaufen - Freund getroffen - Flasche geleert - Ausflug fällt ins Wasser - komme am 6. nach London"
„Wie spät ist es?", fragte Hiob.
„Halb neun", erwiderte David geistesabwesend. Er war damit beschäftigt, die Nachricht zu entschlüsseln, die Alon geschickt hatte. *War einkaufen...* „Er hat das Tuch!"
„Und er hat Simons Mörder erledigt!" Ein eiskaltes Lächeln breitete sich in Hiobs kantigem Gesicht aus.
Freund getroffen - Flasche geleert, folgerte David korrekt.
Hiob hatte Chess schon fast herausgezogen. „Na los, helfen Sie ihr!", wies er David an.
Gleich darauf war auch Chess in Sicherheit. „Danke." Sie klopfte Hiob auf die Schulter. „Ich bin immer wieder froh, Sie zu sehen."
„Keine Ursache", brummte Hiob und ließ das Seil schon wieder in die Tiefe. „Achtung, Lady Pendergast! Hier kommt die Bergrettung!"
Ausflug fällt ins Wasser...
„David?", fragte Chess.
„Ja?"
„Lady Pendergast hat mir ihren Platz überlassen, aber dafür musste ich ihr versprechen, dass du ein paar gute Fotos von ihrer Rettung machst... mit Blutegeln!"

„Kein Problem." David zog sein Poloshirt aus, unter dem die Kamera um seinen Hals baumelte.
„Wir müssen uns beeilen!", drängte Hiob.
„Ich weiß", bekräftigte David. „Ich werde ein paar schnelle Fotos schießen, damit wir pünktlich um 21:00 Uhr am Strand sind."
„Was ist um 21:00 Uhr?", fragte Chess.
„Da kommt Alon uns mit einem Boot abholen." David blickte zu Hiob. „Stimmt doch?"
...komme am 6. nach London. Hiob runzelte die Stirn und rechnete nach. „Drei Stunden Zeitverschiebung zwischen hier und London... Das macht 21:00 Uhr beim Lager am Strand. Korrekt!"
Chess konnte mit den Wortfetzen nur wenig anfangen. „Woher hat er ein Boot?"
„Das wollen Sie lieber nicht wissen!", sagte Hiob so überzeugend, dass sie ihm vorbehaltlos Recht gab.
„Endlich! Die Erde hat mich wieder", stöhnte Lady Pendergast erleichtert, als ihre Knie den Boden berührten. „Ich werde Sie für den Rest des Jahres in mein Abendgebet einschließen, meine Herren!"
Sofort begann David mit den Fotos. Er achtete darauf, dass möglichst viele der Blutegel gleichzeitig auf nacktem Fleisch zu sehen waren. „Drehen Sie das Bein ein Stück nach rechts... Ja, perfekt!"
„Wir haben nur noch eine halbe Stunde", machte Hiob den Geretteten Druck.
„Was ist in einer halben Stunde?" Lady Pendergast begann damit, sich die Blutegel von den Beinen zu reißen.
„Die Sicherheitslage hat sich zugespitzt", erklärte Hiob. „Wir müssen die Insel sofort verlassen. Mr. Achterberg holt uns in einer halben Stunde mit einem Boot ab."
„Ein Boot!", wiederholte Lady Pendergast erfreut. „Mit einem Boot bin ich schon lange nicht mehr gefahren." Gleich darauf wurde sie wieder ernst. „Dieses Sicherheitsproblem, von dem Sie sprachen... Es sind doch nicht etwa aufständische Wilde auf dem Weg hierher, weil wir ihre Gebetshöhle entweiht haben?"

Hiob warf Chess und David entgeisterte Blicke zu.
„Ein ganzer Stamm sogar!“ David unterstrich seine Behauptung mit einer ausladenden Geste. „Wenn wir nicht bald das Meer erreichen...“
Lady Pendergast sprang auf, wie keiner der anderen es für möglich gehalten hätte. „Na los, bevor sie uns einholen!“ Sie zwinkerte David zu. „Aber ich will, dass Sie mir die Geschichte dann auch glaubhaft für den Club bestätigen. Ein ganzer Stamm, sagten Sie, ich hab’s genau gehört.“
„Ich auch“, bestätigte Chess grinsend.
Hiob räusperte sich. „Kann mir einer erklären, was...“
„Später, Mr. van Hauwe!“ unterbrach Lady Pendergast und packte seinen Arm. „Zuerst müssen Sie uns in Sicherheit bringen. Diese Wilden machen keine Gefangenen!“

***

Tel Aviv, am Abend des 2. Januar:
Souzan-Chaya saß an ihrem Schreibtisch und quälte sich durch den Bericht, den Alon und Hiob Minuten zuvor überreicht hatten. Nach einer Weile blickte sie hoch und sah geradewegs in die Augen ihrer beiden Agenten, die ihr erwartungsvoll gegenübersaßen. „Das soll ich also so zu den Akten geben?“
„Eine ausgezeichnete Idee!“, lobte Alon.
„Find ich auch!“ Hiob nickte bekräftigend.
„So, so...“ Sie hielt die Mappe noch geöffnet.
„Gibt es ein Problem?“, fragte Alon scheinheilig.
„Na, ja.“ Sie strich mit dem Finger durch die beachtliche Ansammlung loser Blätter in der blau-weißen Mappe. „Es kommt nicht alle Tage vor, dass ein gestohlenes Artefakt plötzlich im Kofferraum eines unserer Fahrzeuge wieder auftaucht.“
„Das heißt aber nicht, dass es unmöglich ist!“, warf Alon sofort ein. „Du warst selbst dabei, als wir es gefunden haben. Die Fakten kann man nicht leugnen.“

„Okay...“ Souzan-Chaya ließ die Mappe zufallen. „Da mir sowieso nichts an meinem Job liegt, kann ich mich auch einfach mit euch freuen.“
„Das heißt, du kündigst?“, fragte Alon.
„Schön wär's! Diesen Job kann man nicht so einfach hinwerfen. Schon gar nicht, wenn man unverhoffte Erfolge zu verbuchen hat.“ Sie nahm die Mappe und ließ sie in einer der Schreibtischladen verschwinden. „Ich kann mich also darauf verlassen, dass R.I.P. seinem Namen alle Ehre gemacht hat?“
Alon nickte lächelnd. „Gibt es schon Neuigkeiten von Qian?“
„Wird offiziell vermisst... sein Tod kann nicht ausgeschlossen werden...“, zitierte sie in aller Kürze aus einem Bericht des amerikanischen Geheimdienstes. „Aber das soll nicht mehr unsere Sorge sein.“ Wie aus dem Nichts holte sie eine weitere Mappe hervor und schob sie den beiden hin. „Das schon!“
Alon öffnete den neuen Auftrag und sein Lächeln fror ein.

***

Sacer Sanguis Junior - Mein erster kleiner Hasenthriller

Autor & Verlag: Albert Knorr
Co-Autorin: Christina Stauber
Illustrator: Holger Herrmann
Hardcover: 28 Seiten
Bilderbuch mit Text, ab 3 Jahren
1. Auflage: Nov. 2010
ISBN: 978-3-950-26813-3

Knuffi ist ein kleiner grauer Hase. Flauschi, seine Freundin, lebt im Nachbardorf bei den braunen Hasen. Eines Tages tauchen Füchse in den beiden Dörfern auf und stellen den Hasen eine ganz gemeine Falle. Nur Knuffi und Flauschi durchschauen den Plan. Aber was können zwei so kleine Hasen schon tun?

Eine Menge! Denn wahre Freundschaft kann auch Kleine ganz groß machen, egal welche Farbe das Fell hat.

Sacer Sanguis II - Die Rückkehr

Autor & Verlag: Albert Knorr
Taschenbuch: 500 Seiten
1. Auflage: Sep. 2007, 2. Auflage: Okt. 2009
ISBN: 978-3-200-00969-1

David ist verheiratet und hat einen ruhigen Job als Computerfachmann in London. Die abendlichen Spaziergänge mit seinem vierbeinigen Freund sind ihm Aufregung genug. Wer David Wilder kennt, beschreibt ihn als warmherzigen, ehrlichen und humorvollen Menschen. Keine Eigenschaften, hinter denen man einen ehemaligen Kryptologen des israelischen Geheimdienstes vermuten würde.

Doch ausgerechnet der ist plötzlich wieder gefragt, als der Mossad eine Verräterin in den eigenen Reihen entdeckt. David soll die verschlüsselte Nachricht der vermeintlichen Spionin knacken. Was sich wie ein Gefallen unter alten Kollegen anhört, wird schnell zu einem lebensgefährlichen Abenteuer.

Sacer Sanguis II - Die Rückkehr

Ungekürzte Version

Autor & Verlag: Albert Knorr
Sprecher: Achim Zien
Umfang: 2 CDs
1. Auflage: Apr. 2010
Preis: 14,90 €
Laufzeit: über 14 Stunden
MP3-Hörbuch (14 Stunden) mit Booklet
ISBN: 978-3-950-26812-6

Sacer Sanguis III - Thors Hammer
Autor & Verlag: Albert Knorr
Taschenbuch: 500 Seiten
1. Auflage: Nov. 2008, 2. Auflage: Okt. 2010
ISBN: 978-3-200-01309-4

Wenn Alon seinen Job als einschläfernd bezeichnet, verstehen ihn die meisten völlig falsch. Der israelische Geheimagent erledigt seine Aufträge lautlos und endgültig.

Über die Archäologin Chess weiß er, dass sie im wahrsten Sinn des Wortes Leichen im Keller hat. Als sie ihn in ihr einsames Haus am Rande der jordanischen Wüste bittet, schätzt Alon die drohende Gefahr dennoch falsch ein. Chess ist nicht nur eine miserable Köchin, sie versteckt auch Reliquien vor einem eiskalten Psychopathen, dessen Name völlig zu Recht die Todesliste des Mossad anführt.

Als plötzlich Jäger und Gejagte ihre Rollen tauschen, wird nicht nur das Abendessen kalt. Ein lebensgefährliches Abenteuer an historischen Schauplätzen von Jordanien bis Schweden beginnt.

Sacer Sanguis I - Wien Nautilus

Autor & Verlag: Albert Knorr
Taschenbuch: 500 Seiten
1. Auflage: Okt. 2009, 2. Auflage: Okt. 2010
ISBN: 978-3-950-26810-2

Naturhistorisches Museum Wien: Ein Expertenteam soll einen archäologischen Fund untersuchen. Nur einer weiß, worauf sie sich einlassen. Seine Regierung hat Objekt L2471 bisher unter Verschluss gehalten - aus gutem Grund.

Während sich in Wien die ersten Nebel lichten, verdichten sie sich über den Bergfriedhöfen in den Südkarpaten immer mehr. Sylvia Jones wird von einem Biotechlabor zum Vorstellungsgespräch nach Transsilvanien eingeladen - beworben hat sie sich dort allerdings nie.

Sacer Sanguis IV - Snowdown in England

Autor & Verlag: Albert Knorr
Taschenbuch: 500 Seiten
1. Auflage: Okt. 2010
ISBN: 978-3-950-26811-9

David Wilder stellt sich auf einsame Weihnachten in seinem englischen Herrenhaus ein, da steht überraschend eine alte Freundin vor der Tür. Die Feiertage scheinen gerettet, wären da nicht diese unheilvollen Erdhügel, die im Keller heranwachsen.

Auch für eine Handvoll Piraten im Golf von Aden hält das Jahresende eine böse Überraschung bereit: Als sie erfahren, welches Schiff sie geentert haben, schlägt ihre Freude in blankes Entsetzen um. Es kommt zum heißesten Snowdown aller Zeiten, und das ist erst der Anfang...

Sacer Sanguis Evolution - Rote Elemente

Autor & Verlag: Albert Knorr
Co-Autoren: Marlen Raab, Thorsten Michel
Taschenbuch: 500 Seiten
1. Auflage: Okt. 2010
ISBN: 978-3-950-26817-1

1977 schickte die NASA zwei Voyager-Raumsonden los, um ferne Zivilisationen auf uns aufmerksam zu machen. Diese Einladung zur Erde blieb allerdings unbeantwortet, und so geriet das Projekt immer mehr in Vergessenheit.

Jahre später startet ein Team rund um den russischen Weltraumbastler Dmitrij zu einer völlig anderen Mission. Sein Improvisationstalent stellt Technik und Kollegen auf eine harte Probe. Gerade als einer der Astrophysiker das NASA-Maskottchen füttert, geht ein Signal von außerhalb des Sonnensystems ein: Voyager 2 wurde reaktiviert...